A MORTE DO PAI

KARL OVE KNAUSGÅRD

A morte do pai
Minha luta 1

Tradução do norueguês
Leonardo Pinto Silva

2ª edição
7ª reimpressão

Copyright © 2009 by Forlaget Oktober A/S

Esta tradução foi publicada com o apoio financeiro de NORLA.

Grafia atualizada segundo o Acordo Ortográfico da Língua Portuguesa de 1990, que entrou em vigor no Brasil em 2009.

Título original
Min Kamp I

Capa
warrakloureiro

Imagem de capa
Fuse/ Getty Images

Preparação
Márcia Copola

Revisão
Valquíria Della Pozza
Jane Pessoa

Dados Internacionais de Catalogação na Publicação (CIP)
(Câmara Brasileira do Livro, SP, Brasil)

Knausgård, Karl Ove
  A morte do pai : minha luta 1 / Karl Ove Knausgård ; tradução do norueguês Leonardo Pinto Silva. — 2ª ed. — São Paulo : Companhia das Letras, 2015.

  Título original : Min Kamp I
  ISBN 978-85-359-2588-3

  1. Literatura norueguesa 2. Romance autobiográfico I. Título.

13-02141   CDD-839.823

Índice para catálogo sistemático:
1. Romances : Literatura norueguesa 839.823

Todos os direitos desta edição reservados à
EDITORA SCHWARCZ S.A.
Rua Bandeira Paulista, 702, cj. 32
04532-002 — São Paulo — SP
Telefone: (11) 3707-3500
www.companhiadasletras.com.br
www.blogdacompanhia.com.br
facebook.com/companhiadasletras
instagram.com/companhiadasletras
twitter.com/cialetras

PARTE 1

Para o coração a vida é simples: ele bate enquanto puder. E então para. Cedo ou tarde, mais dia, menos dia, cessa aquele movimento repetitivo e involuntário, e o sangue começa a escorrer para o ponto mais inferior do corpo, onde se acumula numa pequena poça, visível do exterior como uma área escura e flácida numa pele cada vez mais pálida, tudo isso enquanto a temperatura cai, as juntas enrijecem e as entranhas se esvaem. Essas transformações das primeiras horas se dão lentamente e com tal constância que há um quê de ritualístico nelas, como se a vida capitulasse diante de regras determinadas, um tipo de *gentlemen's agreement* que os representantes da morte respeitam enquanto aguardam a vida se retirar de cena para então invadirem o novo território. Por outro lado, é um processo inexorável. Bactérias, um exército delas, começam a se alastrar pelo interior do corpo sem que nada possa detê-las. Houvessem tentado apenas algumas horas antes, e teriam enfrentado uma resistência cerrada, mas agora tudo em volta está calmo, e elas avançam pelas profundezas escuras e úmidas. Chegam aos canais de Havers, às glândulas de Lieberkühn, às ilhotas de Langerhans. Chegam à cápsula de Bowman nos rins, à coluna de Clarke na medula, à substância escura no mesencéfalo. E chegam ao coração. Ele continua intacto, mas se recusa a pulsar, atividade para a qual toda a sua estrutura foi construída. É um cenário desolador e estranho, como uma fábrica que trabalhadores tivessem sido obrigados a evacuar às pressas, os veículos parados a projetar a luz amarela dos faróis na escuridão da floresta, os galpões abandonados, os vagões carregados sobre os trilhos, um atrás do outro, estacionados na encosta da montanha.

No exato instante em que a vida abandona o corpo, ele passa para os domínios da morte. As lâmpadas, as malas, os tapetes, as maçanetas, as janelas. A terra, os campos, os rios, as montanhas, as nuvens, o céu. Nada disso nos é estranho. Estamos permanentemente rodeados por objetos e fenômenos do mundo dos mortos. Ainda assim, poucas coisas nos causam mais desconforto do que ver alguém preso a essa condição, ao menos se julgarmos pelos esforços que empreendemos para manter os cadáveres longe dos nossos olhos. Nos grandes hospitais eles não são apenas escondidos em ambientes isolados, os corredores que levam até eles são ermos, com elevadores e acessos privativos, e, mesmo que acidentalmente topemos com eles, serão apenas corpos empurrados sobre macas, sempre cobertos por lençóis. Quando deixam o hospital, fazem-no por uma saída própria e são transportados em carros com vidros escurecidos, nas igrejas são velados em salões sem janelas, durante o funeral estão em caixões lacrados, até afundarem numa cova ou serem consumidos no calor de um forno. Difícil enxergar um objetivo prático em tudo isso. Os cadáveres poderiam muito bem, por exemplo, ser conduzidos descobertos pelos corredores dos hospitais e transportados em carros comuns sem representar risco a quem quer que fosse. O homem idoso que morre numa sessão de cinema poderia, da mesma forma, permanecer no seu assento até o filme terminar, ou durante a sessão seguinte. O professor que sofre um ataque súbito e tomba no pátio da escola não tem necessariamente que ser retirado dali no mesmo instante, não faz mal nenhum que o corpo continue no chão até que o zelador tenha tempo de cuidar dele, ainda que mais para o fim da tarde, talvez mesmo à noite. Se um pássaro decidir pousar sobre ele para bicá-lo, que diferença fará? Porventura o destino que o aguarda na cova será melhor somente porque não o presenciaremos? Contanto que o corpo não esteja bloqueando uma rua, não é preciso pressa, pois ele não vai morrer outra vez. Nesse caso, os dias de frio extremo no inverno são especialmente propícios. Mendigos que morrem congelados em bancos de praça ou debaixo de marquises, suicidas que saltam de prédios altos ou de pontes, senhoras idosas que despencam de escadarias, vítimas presas nas ferragens de veículos, o garoto embriagado que cai na água depois de uma noitada na cidade, a garotinha que vai parar debaixo do pneu de um ônibus, por que a pressa em ocultá-los? Decoro? O que seria mais decoroso que permitir ao pai e à mãe daquela garota encontrá-la uma ou duas horas mais tarde, deitada na neve ao lado do local do acidente, a cabeça esmagada tão visível quanto o restante do corpo, o cabelo empapado de sangue e o casaco imaculado? A céu aberto, sem segredos, do jeito que estava. Mas mesmo uma hora na neve é impensável. Uma cidade que não mantenha seus mortos longe dos olhos, que os deixe jazer nas ruas e calçadas, parques e estacionamentos, não é uma cidade, e sim um inferno. Não importa que esse inferno reflita de modo mais realista e profundo nossa conduta. Sabemos que ela é assim, mas nos recusamos a encará-la. Eis o ato coletivo de repressão simbolizado no ocultamento dos nossos mortos.

O que exatamente está sendo reprimido não é, porém, tão fácil dizer. A morte em si não pode ser, pois sua presença na sociedade é grande o bastante. O número de mortes diariamente anunciado nos jornais ou mostrado nos noticiários de TV varia conforme as circunstâncias, mas a média anual tende a ser uma constante, e, sendo divulgado por tantos meios de comunicação, é impossível ignorá-lo. *Essa* morte, contudo, não parece ameaçadora. Ao contrário, é algo que nos apetece, pagamos de bom grado para vê-la. Se acrescentarmos a enorme quantidade de mortes produzidas pela ficção, torna-se ainda mais difícil entender o sistema que mantém os mortos longe dos nossos olhos. Se o fenômeno da morte não nos assusta, por que o desconforto diante de um cadáver? Isso pode significar que, ou há dois tipos de morte, ou há uma contradição entre nossa concepção de morte e a morte como ela é de fato, o que no fim dá na mesma: o que importa aí é que nossa concepção de morte está tão entranhada na nossa consciência que não só nos abalamos ao perceber que a realidade diverge dela, mas também procuramos ocultar isso de todas as maneiras. Não por algum tipo de vontade consciente, como ocorre com as cerimônias fúnebres, cuja forma e conteúdo hoje em dia são discutíveis, e portanto passaram da esfera do irracional para a do racional, do coletivo para o individual, não, o modo como nos desfazemos de cadáveres jamais foi objeto de discussão, apenas esse é o modo como temos agido, diante de uma necessidade cuja razão ninguém sabe explicar mas que todos intuem: se seu pai morre no gramado durante uma forte ventania na manhã de um domingo de outono, você o carrega para dentro de casa se conseguir, caso contrário, ao menos o cobre com uma manta. Porém, esse impulso não é o único que temos em relação aos mortos. Tão evidente quanto o impulso de esconder corpos é o fato de que precisamos levá-los para o térreo o mais rápido possível. É quase inconcebível um hospital que transporte seus cadáveres para o topo do prédio, um hospital em que as câmaras refrigeradas e as salas de necropsia estejam situadas nos andares mais altos. Os mortos são mantidos o mais perto possível do térreo. E o mesmo princípio é válido para as empresas que se encarregam deles: uma seguradora pode muito bem ter seus escritórios no oitavo andar, mas uma funerária jamais. Todas as funerárias funcionam o mais próximo possível do nível da rua. Por que deve ser assim é difícil dizer, poderíamos ser tentados a acreditar que isso se baseou numa antiga convenção, a qual inicialmente tinha uma razão prática, o frio do porão, por exemplo, mais adequado para conservar corpos, e que esse princípio durou até nossa era de refrigeradores e câmaras frias, não fosse a noção de que transportar cadáveres para o alto de edifícios parece algo *contrário às leis da natureza*, como se altura e morte fossem incompatíveis. Como se fôssemos tomados por uma espécie de instinto ctônico, algo no nosso íntimo que nos compele a guiar a morte à terra de onde viemos.

Pode, portanto, parecer que a morte se divide em dois sistemas distintos. Um é associado ao ocultamento e à discrição, à terra e à escuridão, o outro tem a ver com a abertura e a leveza, com o éter e a luz. Um pai e seu filho são mortos quando o pai tenta resgatar a criança da linha de tiro numa cidade qualquer do Oriente Médio, e a imagem dos dois abraçados enquanto os projéteis atravessam a carne, fazendo chacoalhar seus corpos por assim dizer, é capturada pelas câmeras, transmitida para um dos milhares de satélites em órbita na Terra, e ganha as telas de TV do mundo, de onde penetra em nossa consciência como mais uma imagem da morte ou de moribundos. Essas imagens não têm peso, profundidade, tempo ou lugar, nem têm ligação alguma com os corpos dos quais provêm. Não estão em lugar nenhum e estão em todos os lugares. A maioria delas apenas passa por nós e se vai, algumas poucas, por razões insondáveis, permanecem nos recantos escuros do nosso cérebro. Uma esquiadora amadora cai e uma artéria da sua coxa se rompe, o sangue escorre deixando uma trilha vermelha na colina branca, ela morre bem antes de a descida do corpo cessar. Um avião decola, as chamas irrompem das asas assim que ele ganha altura, o avião explode numa bola de fogo atrás dos telhados das casas emoldurados pelo azul do céu. Certa noite, um barco pesqueiro afunda no norte da Noruega, sete membros da tripulação morrem afogados, na manhã seguinte o incidente é notícia em todos os jornais, e é considerado um mistério, o tempo estava bom e nenhum chamado de emergência partiu do barco, ele simplesmente desapareceu, algumas estações de TV deixaram isso bem claro naquela noite, sobrevoando em helicópteros o local da tragédia e exibindo imagens do mar vazio. O céu está nublado, apesar das ondas a água cinza-esverdeada está calma, como se tivesse um temperamento bem diferente da arrebentação, que espalha aqui e ali uma espuma branca pela superfície. Sozinho eu assisto àquilo, num dia qualquer de primavera, acho, pois meu pai está cuidando do jardim. Fixo o olhar na superfície do mar, sem ouvir o que diz o repórter, *e de repente emerge o contorno de um rosto*. Não sei por quanto tempo ele permanece ali, segundos talvez, mas tempo suficiente para me causar um enorme impacto. No mesmo instante em que o rosto desaparece, levanto-me e procuro alguém a quem contar o que vi. Minha mãe está no plantão noturno, meu irmão está jogando futebol, e as demais crianças da vizinhança não vão me dar ouvidos, então só resta papai, penso, e desço as escadas depressa, enfio os pés nos sapatos, os braços nas mangas do casaco, abro a porta e dou a volta na casa correndo. Estamos proibidos de correr no jardim, então, antes que ele possa me ver, diminuo a velocidade e passo a andar. Ele está nos fundos da casa, debaixo do que se tornará uma horta, batendo com uma marreta num afloramento de rocha. Embora o vão esteja a poucos metros de profundidade, a terra escura do solo que ele escavou e a densa mata de sorveiras que cresce atrás da cerca ao fundo parecem ter atraído toda a escuridão do crepúsculo para o nível do chão. Quando ele se ergue e se vira para mim, seu rosto é quase uma sombra.

No entanto, isso é mais que suficiente para que eu saiba qual o seu estado de ânimo. Não se trata de algo que esteja nas suas expressões faciais, e sim na postura corporal, nem é à razão que recorro para descobri-lo, mas à intuição.

Ele deposita a marreta no chão e tira as luvas.

"E aí?", diz.

"Acabei de ver na TV um rosto no mar", respondo, parado no gramado acima da cabeça dele. O vizinho derrubou um pinheiro mais cedo nessa tarde, e o ar está tomado pelo forte aroma de resina que emana das achas empilhadas do outro lado do muro de pedra.

"Um mergulhador?", pergunta papai. Ele sabe que me interesso por mergulho submarino, e não consegue imaginar outra coisa que me interessasse a ponto de eu sair de casa para lhe contar.

Balanço a cabeça.

"Não era uma pessoa. O que eu vi no mar foi uma espécie de imagem."

"Uma espécie de imagem, é?", diz ele, tirando do bolso da camisa um maço de cigarros.

Faço que sim com a cabeça e me viro para ir embora.

"Espere um pouco", ele diz.

Acende um fósforo e inclina a cabeça na direção da chama, que lança uma pequena réstia de luz no crepúsculo cinzento.

"Muito bem", diz.

Depois de uma tragada profunda, apoia um pé na rocha e olha para a floresta do outro lado da rua. Ou talvez para o céu acima das árvores.

"Foi Jesus que você viu?", pergunta, voltando-se para mim. Não fosse o tom de voz amistoso e a longa pausa antes da pergunta, eu teria achado que ele estava zombando. Para ele é um tanto constrangedor o fato de eu ser cristão, só o que quer de mim é que eu não me isole dos outros garotos, e, entre todos os garotos da vizinhança, seu filho caçula é o único que se diz cristão.

Mas ele está falando sério.

Sinto um sopro de felicidade por ele se interessar de verdade, embora ainda me sinta um pouco ofendido pelo fato de me subestimar dessa forma.

Balanço a cabeça.

"Não foi Jesus que eu vi."

"É quase um alívio ouvir isso", diz papai, sorridente. Dá para ouvir o ruído de pneus de bicicleta rolando sobre o asfalto no alto da colina. O som aumenta, e tudo está tão quieto que podemos ouvir claramente o eco daquele ruído, e logo em seguida a bicicleta cruza a rua diante de nós.

Meu pai dá mais uma tragada antes de jogar o cigarro, fumado pela metade, por cima da cerca, e então tosse algumas vezes, calça as luvas e novamente empunha a marreta.

"Não pense mais nisso", diz, olhando para mim.

* * *

Eu tinha oito anos naquele fim de tarde, meu pai trinta e dois. Embora até hoje eu não possa afirmar que o compreendia ou sabia que tipo de pessoa ele era, o fato é que agora sou sete anos mais velho que ele na época, e isso torna mais fácil entender certas coisas. Por exemplo, como é abissal a diferença entre nossas vidas. Enquanto meus dias eram repletos de significado, cada passo levando a uma nova oportunidade, e cada oportunidade me preenchendo, de um jeito hoje difícil de entender, o significado dos seus dias não se limitava a eventos individuais, mas abrangia áreas tão extensas que não era possível compreendê-las senão em termos abstratos. "Família" era um, "carreira" outro. Poucas oportunidades, talvez nenhuma, se abriram para ele no decorrer da sua existência, ele tinha sempre que saber de antemão o que elas lhe trariam e como iria reagir. Fora casado por doze anos, trabalhara como professor de uma escola fundamental em oito deles, tivera dois filhos, uma casa e um carro. Elegera-se para a Câmara e fora escolhido representante do Partido de Esquerda no conselho municipal. Durante os meses de inverno ocupava-se da filatelia, não sem algum progresso: em pouco tempo se tornara um dos filatelistas mais destacados da região, enquanto nos meses de verão era a jardinagem que lhe tomava a maior parte do tempo livre. Do que ele pensou daquele entardecer de primavera não faço a menor ideia, tampouco sei da imagem que tinha de si mesmo ao se erguer na escuridão empunhando uma marreta, mas estou convencido de que ele tinha a sensação de que compreendia muito bem suas circunstâncias. Ele conhecia todos os vizinhos e sabia qual a posição social que ocupavam em relação a ele, e imagino que também soubesse um pouco de assuntos que prefeririam manter em segredo, tanto porque ele lecionava aos seus filhos como porque tinha um olho clínico para fraquezas alheias. Como membro da nova classe média escolarizada, era igualmente bem informado sobre o mundo, que lhe chegava todos os dias via jornal, rádio e televisão. Dominava botânica e zoologia, pois tinha se interessado por essas disciplinas quando jovem e, embora não fosse muito versado nas demais ciências, lembrava-se dos fundamentos destas da época do ginásio. Saía-se melhor em história, que, a exemplo de norueguês e inglês, estudara na universidade. Em outras palavras, não era um expert em nada, exceto talvez em pedagogia, mas, enfim, sabia um pouco de tudo. Nesse aspecto era um professor típico, porém numa época em que lecionar numa escola fundamental conferia certo status. O vizinho do outro lado do muro de pedra, Prestbakmo, era professor da mesma escola, assim como o que morava no alto da colina repleta de árvores atrás da nossa casa, Olsen, enquanto um dos vizinhos que morava no fim do anel viário, Knudsen, era o supervisor de ensino de outra escola fundamental. Então, quando meu pai erguia a marreta acima da cabeça e a deixava cair sobre a rocha naquele entardecer de primavera da metade da década de 1970, fazia isso num mundo que conhecia bem e que lhe inspirava confiança. Somente ao atingir aquela mesma idade eu fui entender que é preciso pagar um preço por isso. Quando sua perspectiva de mundo se amplia, não mitiga apenas a dor que acarreta, mas também o sentido dessa dor. Compreender o mundo requer que se mantenha uma certa distância dele. Ampliamos aquilo que é pequeno demais para ser visto a olho nu, como moléculas e átomos, enquanto minimizamos grandezas como formações de nuvens, deltas de rios, constelações. Somente ao trazer as coisas para a dimensão dos nossos sentidos é que somos capazes de fixá-las. E a essa fixação chamamos conhecimento. Ao longo de toda a infância e juventude lutamos para manter a distância adequada das coisas e dos fenômenos. Lemos, aprendemos, experimentamos, corrigimos. E aí um dia chegamos ao ponto em que todas as distâncias de que necessitamos foram determinadas, todos os sistemas de que necessitamos foram estabelecidos. É quando o tempo começa a passar mais rápido. Ele não encontra mais obstáculos, tudo está determinado, o tempo se esvai pela nossa vida, os dias passam num piscar de olhos, e, antes que nos demos conta do que está acontecendo, completamos quarenta, cinquenta, sessenta anos... Sentido requer conteúdo, conteúdo requer tempo, tempo requer resistência. Conhecimento é distância, conhecimento é deixar-se estar e é inimigo do sentido. A imagem que tenho do meu pai naquele entardecer de 1976 é, em outras palavras, dupla: por um lado, vejo-o como o vi daquela vez, com os olhos de um menino de oito anos: imprevisível e assustador, por outro lado o vejo como a um igual, cujo tempo de vida está sendo arrancado em grandes nacos, que carregam com eles o sentido da existência.

O barulho do impacto da marreta contra a rocha reverberava na vizinhança. Um carro, luzes acesas, desceu a rua principal percorrendo a suave inclinação da colina. A porta da casa vizinha se abriu, Prestbakmo ficou parado na entrada, tirou do bolso um par de luvas de trabalho, e pareceu desfrutar do ar fresco da noite antes de suspender o carrinho de mão e empurrá-lo sobre o gramado. Havia um cheiro de betume proveniente da rocha que meu pai golpeava, de pinho que emanava das achas atrás do muro de pedra, de terra recém-escavada e de floresta, e a brisa boreal recendia uma leve maresia. Pensei no rosto que tinha visto no mar. Haviam se passado apenas alguns minutos, tudo se transformara, agora era o rosto do meu pai que eu via.

Lá embaixo, no vão, meu pai parou de martelar a rocha.

"Continua aí, garoto?"

Fiz que sim com a cabeça.

"Pois trate de ir já para dentro."

Eu comecei a caminhar.

"E não se esqueça, Karl Ove."

Parei e virei o rosto com uma expressão de dúvida.

"Sem correr desta vez."

Encarei-o, admirado. Como sabia que eu tinha corrido?

"E feche essa boca. Você fica parecendo um idiota."

Fiz o que ele disse, fechei a boca e dei a volta na casa, devagar. Quando cheguei ao jardim, vi a rua tomada por garotos. Os mais velhos formavam um grupo com suas bicicletas, que no lusco-fusco pareciam uma extensão do corpo deles. Os mais novos brincavam de pique-bandeira. Os que haviam sido pegos ficavam dentro de um círculo desenhado a giz no asfalto, os demais estavam escondidos pela floresta rente à estrada, longe dos olhos de quem guardava a bandeira, mas não dos meus.

As luzes vermelhas dos mastros na ponte brilhavam acima da copa negra das árvores. Outro carro desceu a colina. A luz dos faróis iluminou primeiro os ciclistas, um rápido reflexo de refletores, metal, jaquetas acolchoadas, olhos negros e rostos pálidos, depois as crianças, que haviam se afastado o suficiente para dar passagem ao veículo, e agora estavam ali paradas como fantasmas, o olhar perdido.

Eram os Trollnes, pais de Sverre, um garoto da minha classe. Parecia que não estava com eles.

Virei-me e acompanhei as lanternas vermelhas do carro até que sumissem no sopé da colina. Depois entrei em casa. Tentei deitar na cama e ler, mas não consegui relaxar, e fui até o quarto de Yngve, de onde poderia ver papai. Ao avistá-lo, tive uma sensação de segurança que, na verdade, era o mais importante. Eu conhecia seus estados de ânimo e, havia muito tempo, aprendera a prevê-los, com a ajuda de uma espécie de sistema subconsciente de categorias, me dei conta mais tarde, no qual a relação entre algumas constantes bastava para determinar o que me esperava, de modo que eu teria como me preparar. Uma espécie de meteorologia da mente... A velocidade do carro subindo em direção à casa, o tempo que ele levava para desligar o motor, pegar suas coisas e descer, a maneira como olhava em torno ao trancar a porta do carro, as nuances dos diversos ruídos que provinham do hall de entrada quando ele tirava o casaco, tudo era um sinal, tudo podia ser interpretado. A isso eu acrescentava a informação sobre onde ele estivera e com quem, quanto tempo demorara, até poder chegar a uma conclusão, única parte consciente de todo o processo. O que mais me apavorava era quando ele chegava *sem aviso...* quando, por alguma razão, eu era pego *distraído...*

Como, afinal, ele sabia que eu tinha corrido?

Não era a primeira vez que ele me flagrava de um jeito que eu achava incompreensível. Uma noite naquele outono, por exemplo, eu havia escondido um saquinho de doces debaixo do edredom, exatamente porque tive a sensação de que ele viria até o quarto e jamais iria acreditar na minha explicação de como conseguira dinheiro para comprá-los. Dito e feito, ele entrou no quarto e me encarou por alguns instantes.

"O que é que você escondeu aí na cama?", perguntou.

Como ele *podia* saber?

Lá fora, Prestbakmo acendeu a luz forte instalada sobre a bancada onde costumava trabalhar. A nova ilha de luz que emergiu da escuridão me deixou vislumbrar uma série de objetos para os quais ele olhava com cobiça. Uma fileira de latas de tinta, potes com pincéis, tábuas, pedaços de lixa, lonas dobradas, pneus de automóvel, o quadro de uma bicicleta, algumas caixas de ferramenta, latas de pregos e parafusos de todos os tamanhos e tipos, uma bandeja de caixas de leite com mudas de flores, sacos de cal, uma mangueira enrolada e, encostado na parede, um quadro com contornos de todo tipo de ferramenta, provavelmente destinado ao cômodo no porão onde ele se dedicava a seus hobbies.

Quando tornei a olhar para papai, ele estava cruzando o gramado com a marreta numa das mãos e uma pá na outra. Rapidamente dei dois passos para trás. Ao mesmo tempo a porta da frente se abriu. Era Yngve. Eu olhei as horas. Oito e vinte e oito. Logo depois ele subia as escadas com o jeito familiar, um tanto desengonçado, parecido com o de um pato, com que costumávamos andar para nos locomover depressa sem fazer barulho. Estava sem fôlego e tinha as bochechas coradas.

"Cadê o papai?", perguntou, assim que entrou no quarto.

"No jardim", eu disse. "Mas você não está atrasado. Olhe aqui, são oito e meia *agora*."

Estendi o braço com o relógio.

Ele passou por mim e arrastou a cadeira da escrivaninha. Estava impregnado do cheiro lá de fora. Ar frio, floresta, cascalho, asfalto.

"Você mexeu nas minhas fitas?", perguntou.

"Não."

"O que está fazendo no meu quarto, então?"

"Nada."

"Que acha de ir não fazer nada no seu quarto?"

Lá embaixo, a porta da frente voltou a se abrir. Dessa vez eram os passos pesados de papai. Ele havia tirado as luvas lá fora, como costumava fazer, e se dirigia ao lavabo para se trocar.

"Eu vi um rosto no mar no noticiário da TV hoje", eu disse. "Você ouviu algum comentário? Sabe de alguém mais que tenha visto?"

Yngve me olhou com uma expressão que era metade curiosidade e metade desdém.

"O que é que você está matraqueando?"

"Sabe o pesqueiro que afundou?"

Ele assentiu quase imperceptivelmente.

"Quando eles mostraram na TV o local onde ele afundou, eu vi um rosto no mar."

"De um cadáver?"

"Não. Não era um rosto de verdade. Foi o mar que tomou a forma de um rosto."

Ele me olhou sem dizer nada. Depois levou o indicador à têmpora.

"Não acredita em mim?", perguntei. "É a mais pura verdade."

"A verdade é que você é um inútil."

Assim que papai fechou a torneira lá embaixo, eu achei melhor ir para o meu quarto, para não me arriscar a topar com ele no corredor. Mas não queria que Yngve tivesse a última palavra.

"Você que é um inútil", eu disse.

Ele nem se deu ao trabalho de retrucar. Apenas virou o rosto para mim, com os incisivos à mostra, e soprando por entre eles como um coelho. Era uma alusão aos meus dentes proeminentes. Eu me virei e saí do quarto antes que ele visse que eu estava chorando. Contanto que estivesse sozinho, não havia problema em chorar. E dessa vez tinha dado certo, não é? Ele não conseguira ver.

Já dentro do meu quarto, parei diante da porta e fiquei pensando se não deveria ir ao banheiro. Poderia lavar o rosto com água fria e disfarçar as marcas reveladoras. Como papai já estava subindo as escadas, tive que me contentar em enxugar os olhos nas mangas do suéter. O atrito do tecido com meus olhos marejados, dispersando as lágrimas sem propriamente enxugá-las, fez com que os contornos e as cores do quarto ficassem borrados, como se eu tivesse subitamente afundado na água e agora estivesse submerso, e essa sensação era tão vívida que fui até a escrivaninha dando braçadas pelo ar. Eu me imaginava usando um capacete de metal de um escafandro, dos primórdios do mergulho submarino, quando os mergulhadores usavam botas de chumbo e roupas de um tecido tão grosso quanto a pele de um elefante, e um tubo de oxigênio que saía da cabeça deles como uma tromba. Soltei o ar pela boca em pequenos sopros e cambaleei por uns instantes com aqueles movimentos lentos e pesados dos mergulhadores de outrora, até que o horror daquela sensação começou a inundar meu corpo como água fria.

Meses antes eu havia assistido na TV à série *A ilha misteriosa*, baseada no romance de Júlio Verne, e desde o primeiro episódio a história daqueles homens que sobreviviam à queda de um balão numa ilha deserta no Atlântico me causou um enorme impacto. Tudo era excitante. O balão, a tempestade, os homens com suas roupas do século XIX, a ilha dourada e paradisíaca onde tinham aterrissado, que provavelmente nem era tão deserta quanto acreditavam, coisas misteriosas e inexplicáveis não cessavam de acontecer ao seu redor... mas quem eram, afinal, os outros? A resposta veio inadvertidamente no fim de um episódio. Havia alguém nas cavernas submarinas... criaturas humanoides, muitas delas... à luz das lanternas que carregavam, eles viram reflexos de cabeças sem contorno, semelhantes a máscaras... barbatanas... pareciam um tipo de lagarto, mas andavam erguidos... nas costas carregavam uma espécie de caixa... um deles ficou de frente e não tinha olhos...

Não gritei quando vi essas coisas, mas o horror das imagens tomou conta de mim e se recusou a me abandonar, mesmo em plena luz do dia aquele horror me abatia, bastava que eu imaginasse os homens-sapo na caverna. E agora em meus pensamentos eu me transformava num deles. Minha respiração passou a ser a deles, minhas pegadas, meus braços eram os deles, e, quando fechava os olhos, era o seu rosto sem olhos que eu via diante de mim. A caverna... a água escura... um bando de homens-sapo com lanternas na mão... Era algo que não me saía da cabeça, mesmo quando eu tornava a abrir os olhos. Embora visse que estava no meu quarto, cercado de objetos familiares, o horror não me deixava. Mal conseguia piscar, temendo que alguma coisa fosse acontecer. Rijo de medo, sentei na cama, alcancei minha mochila apenas tateando, dei uma olhada na agenda escolar, achei a quarta-feira, li o que estava escrito, *matemática, orientação, música*, pus a mochila no colo e passei a folhear mecanicamente os livros lá dentro. Isto feito, peguei o livro aberto em cima do travesseiro, encostei-me na parede e comecei a ler. Os segundos que se passavam entre o instante em que eu erguia a cabeça da leitura e o instante seguinte logo se tornaram minutos, e, quando papai gritou que era hora do jantar, às nove em ponto, já não era o horror que me dominava, mas o livro. Largá-lo foi um esforço e tanto.

Nós não tínhamos permissão para cortar o pão sozinhos, nem para usar o fogão, então quem preparava o jantar era sempre mamãe ou papai. Quando mamãe estava de plantão, papai fazia tudo: chegávamos à cozinha e à nossa espera já havia dois copos de leite e dois pratos, cada um com quatro fatias de pão com alguma coisa em cima. As fatias ele costumava deixar prontas mais cedo, punha-as na geladeira, elas esfriavam e ficava difícil engolir o pão, ainda que eu gostasse do que ele escolhera como acompanhamento. Quando mamãe estava em casa, as fatias eram preparadas na mesa, por ela ou por nós, e podíamos escolher o que pôr na mesa e o que queríamos de acompanhamento, além disso o pão era deixado à temperatura ambiente, o que bastava para nos proporcionar uma sensação de liberdade: podíamos abrir a porta do armário, pegar os pratos, que sempre retiniam ao se chocarem uns com os outros, e colocá-los na mesa, podíamos abrir a gaveta de talheres, que sempre tilintavam, e pôr as facas ao lado dos pratos, podíamos pôr também os copos, abrir a geladeira, pegar o leite e servi-lo, e tínhamos certeza de que depois poderíamos abrir a boca e falar. Uma coisa levava a outra quando fazíamos a refeição com mamãe. Conversávamos sobre qualquer coisa que nos passasse pela cabeça, ela se interessava pelo que dizíamos, e, se derramássemos um pouco de leite ou, distraídos, puséssemos o saquinho de chá em cima da toalha (pois ela costumava fazer chá para nós), não tinha tanta importância. Contudo, se nossa contribuição no preparo da refeição dava o tom da nossa estreita liberdade, a proximidade ou não do meu pai dava a medida do seu impacto. Se ele estivesse fora de casa ou no escritório do térreo, conversávamos alto e sem inibição, gesticulando o quanto queríamos, se pusesse os pés na escada, automaticamente baixávamos o tom de voz e mudávamos o rumo da conversa, caso estivéssemos falando de algo que achávamos que ele não aprovaria, se entrasse na cozinha, nós nos calávamos, ficávamos duros como tábuas, demonstrando para todos os fins nossa concentração total na comida, se ele seguisse para a sala, retomávamos a conversa, porém mais discretos e atentos.

Naquela noite, os pratos com as quatro fatias já preparadas esperavam por nós quando chegamos à cozinha. Uma com queijo de cabra adocicado, uma com queijo amarelo, uma com sardinha ao molho de tomate, uma com queijo temperado com cravo. Eu não gostava de sardinha, mas comi essa fatia primeiro. Não suportava peixe, bacalhau cozido, que costumávamos comer ao menos uma vez por semana, me dava náuseas, assim como o vapor da panela onde era cozido, seu sabor e sua consistência. O mesmo valia, naturalmente, para hadoque cozido, arenque cozido, linguado cozido, cavala cozida e perca-do-mar cozida. O gosto da sardinha, no entanto, não era tão ruim, e o tomate eu tolerava imaginando que estava comendo ketchup, mas a consistência e, pior de tudo, a cauda escorregadia das sardinhas, eu as achava nojentas. Para minimizar o contato com elas, costumava cortá-las em pedaços, empurrá-las para a borda do prato, espalhar molho na crosta do pão, enfiar as caudas bem no centro e em seguida dobrar a fatia ao meio. Dessa forma eu conseguia mastigar algumas vezes sem sequer encostar nas caudas, e depois mandava tudo para baixo com uns goles de leite. Se meu pai não estivesse por perto, como naquela noite, era bem provável que eu enfiasse as caudas no bolso da calça.

Yngve franzia o cenho e balançava a cabeça quando eu fazia isso. Depois sorria. Eu retribuía o sorriso.

Na sala papai se reclinava na poltrona. E então se ouvia o leve chacoalhar de uma caixa de fósforos, no instante seguinte o riscar fugaz da cabeça de enxofre na superfície áspera e o estalo antes da chama, que parecia se misturar ao silêncio que sobrevinha. Quando o odor do tabaco tomava conta da cozinha, segundos depois, Yngve se inclinava para abrir a janela, o mais silenciosamente possível. Os ruídos provenientes da escuridão lá fora alteravam toda a atmosfera na cozinha. De repente ela se transformava numa parte da paisagem. *É como se estivéssemos sentados num penhasco*, pensei. O pensamento arrepiou os pelos do meu antebraço. O vento uivava pela floresta e açoitava os arbustos e árvores no jardim lá embaixo. Do cruzamento das ruas vinham as vozes dos garotos conversando, ainda montados em suas bicicletas. No alto da colina em direção à ponte uma motocicleta mudava de marcha. E bem ao longe, como que pairando acima de todo o resto, o ruído do motor de um barco entrando no fiorde.

Claro. Ele me *ouviu*! O barulho dos meus passos sobre o cascalho!

"Vamos trocar?", sussurrou Yngve, apontando para a fatia com queijo temperado com cravo.

"Vamos", eu disse. Aliviado por ter decifrado o enigma, engoli com um pouco de leite o último pedaço do sanduíche de sardinha e passei a comer a fatia que Yngve pusera no meu prato. Era preciso racionar o leite até a última fatia, pois, se o copo estivesse vazio, ficava impossível deglutir. O melhor de tudo era, naturalmente, economizar até que não houvesse mais fatias, beber leite nunca foi tão gostoso, ele já não estava ali para desempenhar uma função, apenas escorria garganta abaixo, puro e incontaminado, mas essa era uma façanha que eu quase nunca conseguia realizar: as vicissitudes sempre triunfavam sobre as promessas do futuro, por mais tentadoras que estas fossem.

Mas Yngve conseguia. Ele era um mestre na arte do racionamento.

Na casa de Prestbakmo, o barulho de saltos de bota nos degraus. E então três gritos curtos cortando o silêncio da noite.

"*Geir! Geir! Geir!*"

A resposta partiu da entrada de carros diante da casa de John Beck, após uma demora que todos que ouviram consideraram proposital.

"*Diga*", ele gritou.

Logo em seguida seus passos ecoaram lá fora. Assim que chegaram ao muro de Gustavsen, papai se levantou. Algo na maneira como ele atravessou a sala me deixou desconfiado. E também a Yngve. Papai entrou na cozinha, foi até o balcão, inclinou-se para a frente sem dizer nada e fechou a janela com força.

"Nós deixamos a janela fechada à noite", disse ele.

Yngve assentiu.

Papai olhou para nós.

"E agora tratem de comer", disse.

Assim que ele voltou lá para dentro, eu pisquei para Yngve.

"Ha-ha", sussurrei.

"Ha-ha?", sussurrou ele de volta. "Era com você que ele estava falando."

Ele estava duas fatias à minha frente, e, quando terminasse, poderia se levantar e se enfiar no quarto, enquanto eu ainda tinha muito que mastigar. Estava planejando ir até a sala depois do jantar e dizer a papai que no noticiário da noite certamente exibiriam a reportagem com o rosto no mar, mas naquelas circunstâncias talvez fosse melhor abandonar esse plano.

Ou não?

Decidi improvisar. Quando saía da cozinha, costumava ir até a sala apenas para lhe dar boa-noite. Se seu tom de voz estivesse neutro ou, na melhor das hipóteses, amistoso, eu tocaria no assunto. Do contrário, não.

Infelizmente ele estava sentado no sofá, no fundo da sala, e não numa das duas poltronas de couro diante da TV, como de hábito. Para entrar em contato com ele, eu não poderia apenas virar a cabeça na sua direção e dar um boa-noite apressado, como faria se ele estivesse numa das poltronas de couro, mas seria obrigado a dar vários passos pela sala. Isso chamaria sua atenção para o fato de que eu tinha outra coisa em mente, é claro. Como o plano de parecer natural fora frustrado, eu teria que agir independentemente do tom de voz com que ele respondesse.

Só fui perceber isso depois de sair da cozinha e, como a incerteza me detinha, de repente me vi sem escolha, pois ele naturalmente ouviu que eu parei, e isso sem dúvida o levou à conclusão de que eu queria alguma coisa dele. Então dei os quatro passos que faltavam para entrar no seu campo de visão.

Ele estava de pernas cruzadas, as costas apoiadas no encosto do sofá, a cabeça levemente inclinada para trás, repousando sobre os dedos entrelaçados. Seu olhar, que parecia estar concentrado no teto, se voltou para mim.

"Boa noite, papai", eu disse.

"Boa noite."

"Tenho certeza que eles vão mostrar a mesma imagem no noticiário da noite. Achei que devia te lembrar. Assim você e mamãe também poderiam ver."

"Que imagem?"

"A do rosto."

"Rosto?"

Eu devia estar com a boca aberta, pois de repente ele abriu e fechou a sua de um modo que entendi que estava me imitando.

"A imagem que eu te falei", eu disse.

Ele fechou a boca e se endireitou sem tirar os olhos de mim.

"Já chega de bobagens sobre essa conversa de rosto."

"Está bem."

Virei-me e me dirigi ao corredor, sentindo a força que aquele olhar exercia sobre mim. Escovei os dentes, tirei a roupa e vesti o pijama, acendi a luminária acima da cama antes de apagar a luz principal e comecei a ler.

Só tinha permissão para ler durante meia hora, até as dez, mas costumava fazê-lo até mamãe chegar em casa, por volta das dez e meia. Assim foi naquela noite. Quando ouvi o fusca subindo a colina desde a rua principal, pus o livro no chão, me deitei e apaguei a luz para escutar no escuro: a porta do carro se fechando, os passos sobre o cascalho, a porta da frente sendo aberta, o casaco e o cachecol sendo tirados, os passos na escada... A casa parecia diferente quando ela estava ali, e o incrível é que eu podia *perceber* isso, caso tivesse caído no sono antes de ela chegar e acordasse no meio da noite, eu conseguia sentir que ela estava em casa, algo na atmosfera se modificava sem que eu pudesse precisar o quê, apenas experimentava uma sensação de reconforto. O mesmo ocorria nas ocasiões em que ela voltava mais cedo que o planejado e eu estava fora: no instante em que punha os pés em casa, sabia que ela havia chegado.

Claro que eu queria lhe contar, ela, sim, teria compreendido a história do rosto, mas não era uma necessidade premente. O mais importante era que ela estava ali. Ouvi-a pondo o chaveiro na mesinha do telefone antes de subir as escadas, abrir a porta de correr, dizer algo para papai e tornar a fechá-la. Às vezes, sobretudo depois dos plantões nos fins de semana, ele preparava uma refeição para quando ela chegasse. De quando em quando ouviam discos. Muito raramente o dia amanhecia com uma garrafa de vinho vazia na bancada da cozinha, sempre da mesma marca, vinho tinto ordinário, outras raras ocasiões era cerveja, também sempre da mesma marca, duas ou três garrafas da cervejaria Arendal, frascos marrons de setecentos mililitros com o veleiro amarelo no rótulo.

Mas não naquela noite, o que me encheu de satisfação. Quando jantavam juntos, não viam TV, e isso era um pré-requisito caso eu fosse mesmo levar a cabo o meu plano, tão simples quanto ousado: alguns segundos depois das onze eu sairia da cama sorrateiramente, avançaria pé ante pé pelo corredor, abriria uma fresta da porta de correr e assistiria ao noticiário noturno dali mesmo. Jamais havia feito nada parecido, nem sequer em pensamento. Se não tinha permissão para fazer alguma coisa, eu não fazia. Nunca. Nem uma única vez fiz algo que meu pai proibira. Não conscientemente, pelo menos. Mas isso era diferente, não se tratava de mim, mas deles próprios. Afinal eu já tinha visto a imagem do rosto no mar, e não precisava vê-la mais uma vez. Só queria descobrir se eles veriam a mesma coisa que eu vira.

Foi com isso em mente que me deitei no escuro, mantendo os olhos fixos no mostrador verde do despertador. Quando tudo estava quieto como agora, dava para ouvir os carros na rua principal. Uma corrida acústica que começava assim que eles passavam pelo alto da colina, defronte ao B-Max, o supermercado novo, prosseguiam rumo ao cruzamento próximo ao vilarejo de Holtet, passavam pelo acesso à Gamle Tybakken e subiam até a ponte, onde a corrida terminava da mesma maneira que havia se iniciado meio minuto antes.

Faltavam nove minutos para as onze quando a porta da casa do outro lado da rua se abriu. Ajoelhei na cama e espiei pela janela. Era a sra. Gustavsen cruzando a entrada de carros com um saco de lixo na mão.

Só me dei conta de quão rara era aquela aparição quando a vi. A sra. Gustavsen jamais aparecia em público, era vista ou dentro de casa ou no banco de passageiro do Ford Taunus azul da família, e, embora eu soubesse disso, nunca havia me dado conta. Mas agora, com ela diante da lata de lixo, destampando-a, jogando o saco lá dentro e voltando a tampá-la, tudo com uma certa graciosidade lerda própria de tantas mulheres obesas, aquilo me chamou a atenção. Ela jamais saía de casa.

A lâmpada da rua além da nossa cerca projetava sobre ela sua luz forte, mas, ao contrário dos objetos ao redor, a lata de lixo, as laterais brancas do trailer, as pedras da calçada, o asfalto, todos refletindo aquela luz fria e chapada, sua figura parecia ajustar e absorver a luz. Os braços nus irradiavam um brilho opaco, o tecido do suéter branco cintilava, o cabelo castanho acinzentado parecia quase dourado.

Ela se deteve por alguns instantes e olhou em torno, primeiro para a casa dos Prestbakmo, depois para a casa dos Hansens, no alto, e então para a floresta do outro lado da estrada.

Um gato veio em disparada até ela, parou e a observou por algum tempo. Ela deslizou a mão sobre um dos braços algumas vezes. Então deu meia-volta e entrou em casa.

Olhei novamente para o relógio. Quatro para as onze. Senti um pouco de frio e pensei se não era o caso de vestir um agasalho, mas concluí que pareceria algo muito premeditado se me descobrissem. E aquilo não ia demorar muito.

Caminhei com cautela e encostei o ouvido na porta do quarto. O único risco que eu corria se devia ao fato de que o banheiro ficava do lado de cá da porta de correr. De lá, poderia vê-los e bater em retirada se eles se levantassem, mas, com a porta de correr fechada, não teria como descobrir se estavam a caminho antes que fosse tarde demais.

Mas nesse caso eu poderia fingir que estava indo ao banheiro!

Aliviado com essa possibilidade, abri cuidadosamente a porta e saí do quarto. Tudo estava quieto. Esgueirei-me pelo corredor, senti na sola suada dos pés a aspereza do carpete, parei diante da porta de correr, não ouvi nada, empurrei-a um pouco para o lado e espiei pela fresta.

A TV ficava no canto. As duas poltronas de couro estavam vazias.

Logo, eles estavam sentados no sofá, os dois.

Perfeito.

E então surgiu o globo com a letra N rodopiando na tela. Pedi a Deus que exibissem a mesma reportagem, para que mamãe e papai pudessem ver o que eu tinha visto.

O locutor iniciou o programa falando do pesqueiro desaparecido e eu senti o coração palpitar. Mas a reportagem que exibiram era outra: em vez das imagens do mar calmo, a entrevista de um policial diante de um cais, depois a de uma mulher com um bebê no colo, em seguida o próprio repórter falou, tendo atrás de si um mar revolto.

Assim que terminou a reportagem, ouvi a voz do meu pai, e logo depois gargalhadas. A sensação de vergonha que tomou conta de mim foi tão forte que eu nem conseguia pensar. Aquilo revirou meu estômago. A magnitude daquela vergonha repentina foi o único sentimento da minha infância capaz de se equiparar em intensidade ao terror e à raiva, claro, e os três tinham em comum a obliteração do meu *ser*. Era *apenas* isso que contava. Então me virei e voltei para o quarto, sem reparar em nada. Sei que a claraboia da escada devia estar tão escura que a imagem do corredor estava refletida nela, sei que a porta do quarto de Yngve devia estar fechada, assim como a do quarto de mamãe e papai e também a do banheiro. Sei que o chaveiro de mamãe devia estar esparramado na mesinha do telefone, como uma espécie de criatura mítica em repouso, com sua cabeça de couro e uma miríade de pernas de metal, sei que o vaso de cerâmica, que chegava até a altura dos meus joelhos, com galhos e flores ressecados devia estar no chão ao lado, inconciliável com o material sintético de que era feito o carpete. Mas não vi nada, não ouvi nada, não pensei em nada. Entrei no quarto, deitei-me na cama e apaguei a luz, e então a escuridão se abateu sobre mim. Respirei tão profundamente que estremeci, ao mesmo tempo que os músculos do estômago enrijeceram e se contraíram com força, produzindo ruídos tão altos que tive que abafá-los sob a maciez do travesseiro ainda seco, embora por pouco tempo. Foi um alívio, como é um alívio vomitar quando se está enjoado. Muito depois de as lágrimas terem cessado de escorrer, eu ainda soluçava. Nisso havia também um certo consolo. Quando tudo parecia ter terminado, virei-me de bruços, repousei a cabeça sobre o braço e fechei os olhos para dormir.

Quando escrevo isso, já se passaram mais de trinta anos. Na janela diante de mim mal posso divisar o reflexo do meu rosto. Exceto por um dos olhos, que brilha, e pela região imediatamente abaixo dele, que reflete um pouco da luz, toda a minha face esquerda está na penumbra. Dois vincos profundos dividem minha testa, há um vinco profundo em cada bochecha, todos preenchidos de escuridão, e com o olhar sério e perdido, e os cantos da boca pendendo para baixo, é impossível não considerar triste esse rosto.

O que ficou gravado nele?

Hoje é dia 27 de fevereiro de 2008. São 23h43. Eu, Karl Ove Knausgård, nasci em dezembro de 1968, portanto, no instante em que escrevo, tenho trinta e nove anos de idade. Tenho três filhos, Vanja, Heidi e John, e sou casado pela segunda vez, com Linda Boström Knausgård. Os quatro estão dormindo nos quartos ao meu redor, num apartamento em Malmö, onde há um ano e meio fixamos moradia. Porém, exceto alguns pais das crianças da escola de Vanja e Heidi, não conhecemos ninguém por aqui. Isso não faz falta, ao menos para mim, a vida social não me traz nada. Nunca expresso o que realmente penso, o que realmente quero dizer, mas sempre concordo mais ou menos com o que meu interlocutor diz, finjo que o que ele diz me interessa, a não ser quando bebo, nesse caso costumo agir de maneira oposta e acordar no dia seguinte com a sensação de ter ultrapassado os limites, algo que só tem aumentado com o passar dos anos, e agora pode se prolongar por semanas. Quando bebo, minha mente se turva e perco totalmente o controle sobre minhas ações, que com frequência se tornam desesperadas e idiotas, mas sobretudo desesperadas e perigosas. Por isso parei de beber. Não quero que se aproximem de mim, não quero que me vejam, e é assim que as coisas têm sido: ninguém se aproxima e ninguém me vê. É isso que deve ter ficado gravado no meu rosto, é isso que deve tê-lo feito tão duro e com aspecto de máscara, é quase impossível associá-lo a mim mesmo quando me acontece de deparar com ele numa vitrine de loja.

A única coisa que não envelhece no rosto são os olhos. Têm o mesmo brilho no dia em que nascemos e no dia em que morremos. Seus vasos sanguíneos podem se romper, é verdade, e as córneas podem se tornar baças, mas sua luz jamais se modifica. Há uma pintura em Londres que, toda vez que vejo, mexe comigo. É um autorretrato de Rembrandt velho. As pinturas tardias de Rembrandt em geral se caracterizam por uma crueza sem precedentes, e nelas tudo se subordina à expressão do momento, a um só tempo reluzente e sagrado, e continuam sem paralelo nas artes, com a possível exceção do patamar que Hölderlin atingiu nos seus poemas tardios, não importa quão diferentes e incomparáveis sejam, pois naquilo que a luz de Hölderlin, expressa através da linguagem, é etérea e celestial, a luz de Rembrandt, expressa através da cor, é terrena, metálica e material, mas precisamente esse quadro, exposto na National Gallery, foi pintado com um certo realismo clássico, mais próximo da realidade, semelhante ao estilo do jovem Rembrandt. Porém, o que o quadro retrata é o Rembrandt velho. É a senectude. Todos os detalhes da face, todos os traços nela impressos pela vida, são mostrados. O rosto é enrugado, cheio de vincos, sem viço, maltratado pelo tempo. Mas os olhos brilham e, embora não sejam jovens, parecem imunes ao tempo que imprimiu sua marca no rosto. É como se outra pessoa olhasse para nós de algum lugar dentro do rosto, onde tudo é diferente. Aproximar-se mais que isso de outra alma humana é difícil. Pois tudo que concerne à pessoa de Rembrandt, seus bons hábitos e seus vícios, os odores e sons de seu corpo, sua voz e expressão, seus pensamentos e opiniões, sua conduta, suas características físicas e defeitos, tudo que distingue um ser humano de outros, já não está ali, o quadro tem mais de quatrocentos anos, e Rembrandt morreu no mesmo ano em que ele foi pintado, então o que o quadro retrata, o que Rembrandt pintou, é a essência desse ser, aquilo para o qual ele despertava a cada manhã, que logo ocupava seus pensamentos mas não era propriamente um pensamento, que ele sentia primeiro mas que não era exatamente um sentimento, e aquilo que a cada noite o fazia adormecer, até que certo dia para sempre. Aquilo que num ser humano o tempo não atinge e de onde provém o brilho dos olhos. A diferença entre esse quadro e os outros que o Rembrandt velho pintou é a diferença entre ver e ser visto. Isto é, nessa pintura ele se vê ao mesmo tempo que é visto, e sem dúvida só no Barroco, com seu jogo de espelhos, *play within the play*, a vida no palco e a crença na inter-relação de todas as coisas, quando o engenho humano atingiu um nível jamais visto, nem antes nem depois, é que tal pintura foi possível. No entanto, ela existe na nossa época, e é através de nós que ela vê.

Na noite em que Vanja nasceu, durante várias horas ela fixou o olhar em nós. Seus olhos eram como duas lanternas negras. O corpo coberto de sangue, o cabelo comprido emplastado na cabeça, e, quando ela se mexia, era com os movimentos lentos de um réptil. Mais parecia uma criatura da floresta, deitada sobre a barriga de Linda, nos fitando. Não conseguíamos extrair nada nem dela nem daquele olhar. Mas o que ele encerrava? Placidez, seriedade, escuridão. Mostrei a língua, um minuto transcorreu, então ela mostrou sua língua. Nunca houve tanto futuro na minha vida como então, nunca tamanha alegria. Hoje ela tem quatro anos, e tudo está diferente. Seus olhos são alertas, alternando ciúme e felicidade com a velocidade de uma piscadela, tristeza e raiva, ela está preparada para o mundo e pode ser tão insolente que eu perco completamente a cabeça e às vezes grito com ela ou lhe dou umas sacudidas até que comece a chorar, embora costume apenas rir. A última vez que isso aconteceu, a última vez que fiquei zangado a ponto de lhe dar uma sacudida e ela apenas riu, tive a presença de espírito de pôr a mão sobre seu peito.

Seu coração batia forte. Ah, como batia.

Agora são oito e cinco da manhã. É dia 4 de março de 2008. Estou no escritório, cercado de livros do chão ao teto, ouvindo a banda sueca Dungen e refletindo sobre o que escrevi e aonde isso vai levar. Linda e John dormem no quarto ao lado, Vanja e Heidi estão na escolinha, onde as deixei faz meia hora. O enorme hotel Hilton ainda está escuro, seus elevadores sobem e descem pelos três andares envidraçados. Bem ao lado há um prédio de tijolos vermelhos que, a julgar pelos balcões, arcos e águas-furtadas, deve ser do fim do século XIX ou começo do XX. Mais atrás, pode-se vislumbrar o parque Magistrat, com suas árvores e seu gramado verde, onde uma casa cinza, em estilo eclético, bloqueia a visão e a conduz em direção ao céu, que pela primeira vez em várias semanas está limpo e azul.

Depois de morar aqui durante um ano e meio, conheço bem esta paisagem e tudo que ela expressa no correr dos dias, mas não me sinto ligado a ela. Nada do que vejo aqui significa algo para mim. Talvez fosse exatamente isso que eu estivesse procurando, pois existe alguma coisa que me atrai nessa ausência de vínculo, talvez eu até precise dela, mas não foi uma escolha consciente. Há seis anos eu residia e escrevia em Bergen e, embora não tivesse a intenção de passar o resto da vida ali, também não nutria planos de abandonar nem a cidade nem a mulher com quem vivia. Ao contrário, planejávamos ter filhos, talvez nos mudar para Oslo, onde eu escreveria alguns romances e ela continuaria sua carreira em rádio e TV. Mas o futuro que prevíamos, o qual não passava de um prolongamento do nosso presente, com sua rotina diária e refeições com amigos e conhecidos, viagens de férias e visitas a pais e sogros, tudo adornado com o sonho de ter filhos, não resultou em nada. Algo aconteceu, e de um dia para o outro me mudei para Estocolmo, primeiro para ficar algumas semanas, e de repente aquilo se tornou minha vida. Não apenas a cidade e o país se modificaram, mas também todas as pessoas. Se isso parece estranho, mais estranho ainda é o fato de eu jamais ter refletido sobre isso. Como vim parar aqui? Por que teve de ser *assim*?

Quando cheguei a Estocolmo, conhecia duas pessoas, nenhuma delas muito bem: Geir, a quem conhecera em Bergen e vira durante poucas semanas na primavera de 1990, portanto doze anos antes, e Linda, a quem conhecera num seminário para escritores novatos em Biskops-Arnö na primavera de 1999. Enviei um e-mail para Geir perguntando se poderia dividir a residência com ele enquanto não arranjasse um local para morar, ele respondeu que sim, e então pus um anúncio nos classificados de dois jornais suecos. Recebi mais de quarenta respostas, das quais selecionei duas. Uma era na rua Bastu, a outra na Brännkyrk. Depois de analisá-las, me decidi pela última, até bater os olhos na lista de inquilinos no hall de entrada, onde estava escrito o nome de Linda. Quais as probabilidades de isso ocorrer? Estocolmo tem mais de um milhão e meio de habitantes. Se o apartamento tivesse chegado até mim por intermédio de amigos ou conhecidos, as chances teriam sido muito maiores, pois todos os círculos literários são relativamente pequenos, não importa o tamanho da cidade, mas eu havia chegado até ele por meio de um classificado anônimo, um entre centenas de milhares, e, claro, a proprietária que respondeu ao anúncio não conhecia nem a mim nem a Linda. A partir de então decidi que seria melhor ficar com o outro apartamento, pois, se escolhesse aquele, Linda talvez achasse que eu a estava assediando. Mas era um sinal. Que se provou acertado, pois agora sou casado com Linda e ela é a mãe dos meus três filhos. Agora é ela a mulher com quem divido a vida. O único rastro visível da minha vida anterior são os livros e discos que ficaram comigo. Todo o resto eu deixei para trás. E, se antes passei um bom período remoendo o passado, talvez um período doentiamente longo, me ocorre agora, o que implica não apenas ter lido *Em busca do tempo perdido*, de Marcel Proust, mas quase ter submergido no romance, hoje o passado mal aparece em meus pensamentos. Acredito que a principal razão disso são as nossas crianças, já que a vida cotidiana com elas preenche todos os espaços. Mesmo o passado mais recente elas se encarregam de pôr de lado: pergunte-me o que fiz há três dias e eu não vou lembrar. Pergunte-me como Vanja era há dois anos, Heidi há dois meses, John há duas semanas, e não vou lembrar. Muita coisa acontece no nosso diminuto dia a dia, tudo sempre obedecendo à mesma rotina. Isso, mais que qualquer coisa, alterou minha percepção do tempo. Enquanto antes eu via o tempo como um trecho do percurso e o futuro como uma meta distante, promissora na melhor das hipóteses, ou ao menos jamais entediante, ele agora está entrelaçado com o aqui e agora de maneira totalmente diversa. Se tivesse que representar isso com uma imagem visual, ela seria a de um barco num dique: a vida vai, lenta e inelutavelmente, sendo erguida pelo tempo que jorra de todos os lados. A não ser pelos detalhes, tudo é sempre igual. E, a cada dia que passa, aumenta o desejo pelo momento em que a vida chegará ao topo, o momento em que as comportas se abrem e ela enfim toma seu rumo. Ao mesmo tempo eu me conscientizo de que essa repetição, essa reclusão, essa imutabilidade são necessárias, elas me protegem, pois, nas poucas vezes em que as abandonei, as antigas mazelas retornaram. De súbito me vi tomado por toda sorte de pensamentos sobre o que se disse, o que se viu, o que se pensou, como se tivesse sido arrastado para o ambiente incontrolável, estéril e na maioria das vezes degradante em que vivi durante tantos anos. Lá existe igualmente uma nostalgia, um sentimento tão forte quanto o que existe aqui, com a diferença de que lá esse sentimento tem um propósito realizável, aqui não. Aqui tenho que encontrar outros propósitos e me contentar com eles. À arte de viver é que estou me referindo. No papel isso não é problema, nele posso facilmente conceber uma imagem de Heidi, por exemplo, pulando do berço às cinco da manhã e cambaleando pelo chão da casa no escuro, segundos antes de acender a luz, parar diante de mim, semiacordado e mal a enxergando, e dizer Cozinha! Sua fala ainda é idiossincrática: as palavras têm um significado diferente, e "cozinha" quer dizer müsli com iogurte de mirtilo. Da mesma forma, velas significam "Feliz aniversário!". Heidi tem olhos grandes, boca grande, um apetite enorme, é uma criança ávida em todos os sentidos, e a felicidade robusta e autêntica que demonstrou no seu ano e meio de vida foi eclipsada, este ano, pelo nascimento de John, por emoções desconhecidas até então. Nos primeiros meses ela aproveitou quase todas as oportunidades que teve para tentar machucá-lo. Cicatrizes de arranhões no rosto dele eram mais regra que exceção. Quando voltei para casa depois de uma viagem de quatro dias a Frankfurt, no outono, John parecia ter acabado de chegar de uma guerra. Foi difícil, porque não queríamos separá-los, então passamos a tentar decifrar o humor de Heidi e, conforme fosse, controlar seu acesso a John. Mas, mesmo que ela estivesse muito bem-humorada, de repente sua mão o atingia com um tapa ou um arranhão. Além disso, ela passou a embirrar com uma intensidade tal que eu julgaria impossível apenas dois meses antes, ao mesmo tempo também veio à tona uma vulnerabilidade insuspeita: ao menor indício de austeridade no meu tom de voz ou no meu comportamento, ela abaixava a cabeça, dava as costas para mim e se punha a chorar, como se desejasse nos mostrar sua raiva e ocultar seus sentimentos. Quando escrevo estas linhas, sou tomado por uma ternura enorme para com ela. Mas aqui é o papel. Na realidade, quando isso ocorre de fato, ela parada diante de mim de manhã, tão cedo que as ruas estão desertas e não se ouve um som sequer na casa, ela empolgada com o raiar de mais um dia, eu tentando me manter em pé, vestindo as roupas da véspera e acompanhando-a até a cozinha, onde a esperam o iogurte de mirtilo e o müsli sem açúcar, não é ternura que sinto, e, quando ela ultrapassa meus limites, por exemplo, ao me irritar seguidamente durante um filme ou tentando entrar no quarto onde John está dormindo, em resumo, toda vez que se recusa a aceitar um não como resposta, prolongando uma situação ao infinito, não raro minha irritação se transforma em raiva, e, quando lhe dou uma bronca e lágrimas escorrem pelo seu rosto e ela abaixa a cabeça e encolhe os ombros, acho que ela teve o que mereceu. A constatação de que ela tem apenas dois anos não encontra espaço na minha mente até o cair da noite, quando eles estão dormindo e eu fico pensando por que agi daquele modo. Mas este sou eu observando tudo de fora. Quando estou imerso naquilo, não tenho a menor chance. O que importa então é conseguir chegar à manhã seguinte, as fraldas que precisam ser trocadas a cada três horas, as roupas que precisam ser vestidas, o desjejum que precisa ser servido, os rostos que precisam ser lavados, os cabelos que precisam ser penteados e presos, os dentes que precisam ser escovados, as brigas que precisam ser apartadas, os tapas que precisam ser evitados, os aventais e as botas que precisam ser colocados, antes que eu, levando o carrinho duplo dobrável numa das mãos e tentando conduzir as duas meninas com a outra, entre no elevador, que não raro ecoa o barulho das birras e brigas na descida até o térreo, saia no hall, onde as faço sentar no carrinho e ponho suas luvas e gorros, e caminhe pela rua, já lotada de gente que vai para o trabalho, para dez minutos depois deixá-las na escolinha, e assim ter as cinco horas seguintes livres para escrever, até que a exigente rotina das crianças assuma novamente o controle.

Sempre tive uma grande necessidade de estar sozinho, preciso ter meu quinhão de isolamento, e, quando não consigo, como nos últimos cinco anos, a frustração que surge pode às vezes se transformar em pânico ou agressividade. E, quando aquilo que me levou para a frente durante toda a vida adulta, a ambição de um dia escrever algo brilhante, de algum modo se vê ameaçado, meu único pensamento, que me corrói as entranhas, é que preciso fugir. O tempo está escapando de mim, escorrendo entre meus dedos como areia, enquanto eu... faço o quê? Limpo o chão, lavo roupa, preparo o jantar, faço faxina, compras, brinco com as crianças em playgrounds, trago-as para casa, dou banho nelas, cuido delas até a hora de dormir, ponho-as na cama, penduro roupas no varal, dobro outras e guardo nas gavetas, arrumo a casa, arrumo a mesa, cadeiras e armários. É uma luta, embora nada heroica, é uma luta contra uma força superior, pois, não importa quanto eu trabalhe em casa, os quartos ficam desarrumados e sujos, e as crianças, que não perco de vista quando estão acordadas, são as mais teimosas que jamais vi, há momentos em que a casa se transforma num verdadeiro hospício, talvez porque nunca tenhamos conseguido atingir o equilíbrio necessário entre distância e intimidade, tanto mais importante quanto mais fortes as personalidades envolvidas. E aqui temos um bom punhado delas. Quando Vanja estava com cerca de oito meses, passou a ter violentos acessos de raiva, às vezes semelhantes a convulsões, por algum tempo era impossível nos aproximarmos, ela gritava sem parar. A única coisa que podíamos fazer era segurá-la até que ela cedesse. O que provocava isso não é fácil precisar, mas acontecia com mais frequência depois que ela era exposta a estímulos novos, como, por exemplo, quando viajamos para visitar sua avó nos arredores de Estocolmo e ela brincou bastante com outras crianças, ou quando passeamos o dia inteiro pela cidade. Então, aflita e fora de si, ela berrava a plenos pulmões, incansavelmente. Não é simples conciliar sensibilidade e obstinação. E as coisas não ficaram mais fáceis para ela quando Heidi nasceu. Eu gostaria de poder dizer que mantinha o domínio da situação, mas lamento não poder fazê-lo, pois minha raiva e meus sentimentos também eram postos à prova nessas situações, que se intensificavam, com frequência em público: acontecia de eu, em minha fúria, erguê-la do chão, onde desabara em pleno shopping center em Estocolmo, jogá-la sobre os ombros como se fosse um saco de batatas e carregá-la pelas ruas, enquanto ela esperneava, me batia e uivava como se estivesse possuída. Às vezes eu reagia aos seus uivos gritando de volta, sacudindo-a na cama e segurando-a até que aquilo terminasse, fosse o que fosse que a estivesse atormentando. Ela mal tinha aprendido a andar e já sabia exatamente o que me deixava louco, um tipo particular de grito, não era um choro, nem um soluço, nem um berro, mas um grito sem causa aparente, direcionado, agressivo, que me tirava completamente do sério, eu me levantava e no instante seguinte estava diante da pobre garota, sacudindo-a até que seus gritos se convertessem em lágrimas, seu corpo amolecesse e ela aceitasse ser confortada.

Em retrospecto, percebo como ela, com apenas dois anos de existência, exerceu uma enorme influência em nossa vida. Só o que importava era aquilo que ela fazia. Isso, claro, não diz nada sobre ela, mas diz tudo sobre nós. Tanto Linda como eu vivemos perto do caos, ou de uma sensação de caos, tudo podia ruir a qualquer momento, e tínhamos que nos limitar às demandas da vida com crianças pequenas. Não fazíamos planos. Até a compra do jantar era uma surpresa a cada dia. As contas que deviam ser pagas no fim do mês eram outra. Não fossem alguns depósitos esporádicos feitos na minha conta, fruto de direitos autorais, vendas de clubes de livros ou, em menor quantidade, de livros didáticos, ou ainda, como neste outono, a segunda parcela de honorários estrangeiros que eu havia esquecido, e teríamos fracassado. Mas essa improvisação constante só aumenta a importância do momento, que, claro, com o passar do tempo vai se tornando extremamente significativo, uma vez que nada nele é automático, e durante os momentos prazerosos, que naturalmente também existem, nossos laços afetivos são fortalecidos, numa felicidade intensa. Ah, como irradiamos alegria. As crianças se enchem de vida e ficam instintivamente propensas à felicidade, o que nos dá uma energia extra e ficamos bem com elas, e elas esquecem as birras em alguns segundos. A parte penosa de tudo isso é saber que só ficar bem com elas não tem a menor importância quando estou preso numa espécie de areia movediça, arrastado por uma torrente de lágrimas e frustração. E cada gesto meu serve apenas para me fazer afundar cada vez mais. E tão penoso quanto isso é saber que estou lidando com *crianças*. Que são *crianças* que estão me fazendo afundar. E isso é profundamente humilhante. Em tais situações me sinto por demais distante de quem desejo ser. Não tinha consciência de nada disso antes de ter filhos. Achava que tudo estaria bem se eu fosse bom para eles. O que é mais ou menos verdade, mas nenhuma das minhas experiências anteriores me preveniu da invasão de privacidade que ter filhos implica. A intimidade extrema que temos com eles, a maneira como nosso temperamento e humor, por assim dizer, se mesclam aos deles, tanto que nossos defeitos deixam de ser particulares, não podem mais ser encobertos, mas de certo modo assumem uma forma exterior e se voltam contra nós. O mesmo vale, claro, para nossas qualidades. Pois, exceto quando a pressão chegou ao limiar do insuportável, logo após o nascimento de Heidi e em seguida o de John, quando nossa vida escapou dos eixos e degenerou em momentos de crise pura e simples, a vida deles hoje é constituída em bases estáveis e seguras, e, mesmo que às vezes eu perca a paciência e os repreenda, eles confiam em mim e procuram minha companhia sempre que precisam. Não há nada de que gostem mais do que sair em família, algo que para eles se converte numa aventura: uma ida até Västra Hamnen num dia ensolarado, cortando caminho pelo parque, onde uma pilha de lenha é suficiente para entretê-los por meia hora, andando em seguida ao lado dos iates ancorados na marina, logo depois almoço nas escadas do píer, panini de um café italiano próximo, desnecessário mencionar que nem havíamos planejado fazer piquenique, e, depois de tudo, mais uma hora correndo, brincando e se divertindo, Vanja correndo do seu jeito típico, ziguezagueante, revelado quando ela completou um ano e meio, Heidi atabalhoada e entusiasmada dois metros atrás da irmã mais velha, ansiosa por aqueles raros momentos de companhia, antes de tomarmos o rumo de volta para casa. Se acontecer de Heidi cair no sono no carrinho, sentamos num café com Vanja, que adora estar sozinha conosco, com sua limonada, falando sem parar e fazendo todas as perguntas possíveis: por que o céu não cai, se não dá para impedir a chegada do outono ou se macacos têm esqueleto. A sensação de felicidade que experimento não me ocorre exatamente como um turbilhão, está mais próxima do prazer e da tranquilidade, não importa, tudo é felicidade. Em certos momentos, talvez, seja até êxtase. E isso não é o bastante? Não é o bastante? Sim, se o objetivo fosse a felicidade, seria o bastante. Mas a felicidade não é meu objetivo, jamais foi, para que vou querê-la? Tampouco a família é meu objetivo. Se fosse, poderia devotar a ela toda a minha energia, seria fantástico, não tenho dúvida. Poderíamos morar num lugar qualquer da Noruega, esquiar e andar de patins no inverno, carregando lanches e garrafas térmicas na mochila, velejar no verão, mergulhar, pescar, acampar, viajar com outras famílias para o exterior nas férias, ter uma casa arrumada, passar mais tempo na cozinha preparando receitas deliciosas, aproveitar o tempo com amigos, felizes e contentes. Ah, tudo isso pode soar caricato, mas todo dia eu vejo famílias que conseguem funcionar dessa maneira. As crianças são limpas, vestem-se com elegância, os pais são felizes e, embora às vezes levantem a voz, jamais se portam como idiotas com elas. Viajam nos fins de semana, alugam casas na Normandia no verão, e suas geladeiras jamais ficam vazias. Trabalham em bancos ou hospitais, empresas de TI ou na administração municipal, no teatro ou em universidades. Por que eu, um escritor, devo ser excluído desse mundo? Por que eu, um escritor, tenho que empurrar carrinhos de bebê que mais parecem ter sido encontrados no lixo? Por que eu, um escritor, tenho que chegar à escolinha com os olhos injetados e o rosto transformado numa máscara de frustração? Por que eu, um escritor, tenho que deixar nossos filhos fazerem tudo que lhes dá na telha, não importam as consequências? De onde vem essa bagunça que tomou conta da nossa vida? Sei que posso mudar tudo isso, sei que podemos ser uma família daquelas, basta querer e a vida se encarregará do resto. Mas não quero. Faço tudo que posso pela família, é meu dever. Resistir é a única coisa que a vida me ensinou, sem jamais fazer perguntas, incendiando toda essa angústia através da escrita. Não faço a menor ideia de onde vem esse ideal e, quando o vejo diante de mim, preto no branco, acho tudo um tanto perverso: por que o dever antes da felicidade? A pergunta sobre a felicidade é banal, mas não a que se segue, a pergunta sobre o sentido. Meus olhos se enchem de lágrimas quando olho para uma bela pintura, mas não quando olho para os meus filhos. Isso não significa que não os ame, pois os amo do fundo do coração, significa apenas que o que eles me trazem não é suficiente para dar sentido à vida. Ao menos não à minha. Logo vou completar quarenta anos, ao completá-los logo terei cinquenta. Aos cinquenta, logo terei sessenta. Aos sessenta, setenta. E pronto, acabou. Meu epitáfio talvez seja:

> *Aqui jaz alguém que resistiu,*
> *só no final de joelhos caiu.*
> *(Peço que me enterrem na Suécia para que se conserve a rima dos versos.)*

Ou talvez ainda:

> *Aqui jaz alguém*
> *que em tudo se via.*
> *Sua vida, por isso,*
> *foi quase vazia.*
> *Ao finar-se implorou:*
> *"Oh, faz frio de sentir dor,*
> *alguém me traga um cobertor."*

Ou, melhor ainda:

> *Aqui jaz um escritor*
> *que estranhamente sorria,*
> *sem ter conhecido a alegria.*
> *Homem gentil,*
> *tinha palavras na mente,*
> *hoje tem terra entre os dentes.*
> *Venham, larvas, venham, vermes,*
> *sirvam-se à vontade:*
> *estes olhos*
> *não têm mais necessidade.*

Porém, caso ainda me restem trinta anos, não se deve supor que serei o mesmo. Então que tal algo assim?

> *De todos nós para Ti, ó Deus,*
> *guarda-o bem junto aos Teus.*
> *Karl Ove Knausgård se vai*
> *para o convívio do Pai.*
> *Rompeu com os amigos*

para escrever seus livros,
que nunca eram bons.
Careciam de tons,
de maestria,
escrita vazia.
Faltava-lhes lustro.
Então, com gosto,
devorou como um tolo
uma fatia de bolo,
uma batata, um robalo.
Assou um leitão
e comeu-o, então, bradando
"Heil!", em alemão.
Nazista? Não é sua ótica,
só escreve em língua gótica,
para recusa de editores
e fúria de leitores.
No chão despencou
gemendo de dor.
Nos olhos um véu,
a língua, um fel.
O mundo veio abaixo:
"Só estou dizendo o que acho!"

A pança tão cheia,
tal qual as veias.
A dor do final,
um estorvo:
"Meu coração está mal.
Socorro, um corpo novo!"

O médico recusa:
"Eu li o teu livro.
Morrerás como um bicho,
jogado no lixo.

Dói? Ouve o que digo:
teu coração parou.
É o fim, meu amigo."

Ou talvez, se tiver mais sorte, algo mais específico e personalizado?

Aqui jazem
um homem
que fumava no leito
e sua esposa,
que morreu do mesmo jeito.

Não deixaram rastro.
Estas são apenas cinzas
recolhidas no pasto.

Quando meu pai tinha a minha idade atual, resolveu deixar de lado sua antiga vida e começar tudo de novo. Eu tinha dezesseis anos então e cursava o primeiro ano do ensino médio no colégio arquidiocesano de Kristiansand. No início do ano escolar meus pais ainda eram casados e, embora estivessem enfrentando problemas, eu não tinha motivos para suspeitar do que iria acontecer com a relação deles. Vivíamos em Tveit, distante cerca de vinte quilômetros de Kristiansand, numa velha casa bem nos limites de um povoado no vale. A casa ficava no alto das montanhas, com a floresta ao fundo e a vista do rio defronte. Da propriedade também faziam parte um enorme celeiro e uma cabana. Quando nos mudamos para lá, num verão, eu tinha treze anos, mamãe e papai haviam comprado galinhas, acho que duraram seis meses. Num terreno anexo ao jardim papai plantava batatas e, mais embaixo, havia uma área destinada à compostagem. Meu pai costumava fantasiar, entre tantas coisas, a possibilidade de se tornar jardineiro, e até tinha um certo talento para isso, o jardim ao redor da casa na vila de onde vínhamos era imponente, não sem um toque exótico, como o pessegueiro que papai plantou junto à fachada voltada para o sul, do qual sentiu imenso orgulho quando ele de fato deu frutos. A mudança para o campo, portanto, foi cheia de otimismo e de planos para o futuro, ainda que lentamente a ironia começasse a espreitar, pois uma das poucas coisas concretas de que me recordo sobre a vida de meu pai naqueles anos é uma frase que ele deixou escapar quando estávamos sentados à mesa do jardim numa tarde de verão, preparando algo na grelha, ele, mamãe e eu.

"Que vida boa essa nossa, hein?"

A ironia era simples, até mesmo eu a percebi, mas também complicada, pois não consegui atinar sua razão. Para mim, uma tarde daquelas era muito boa. O que a ironia sugeria fluiu como uma corrente subterrânea por todo o resto do verão: nadávamos no rio logo de manhã, jogávamos futebol na grama na sombra, pedalávamos até o camping de Hamresanden, onde também nadávamos e olhávamos para as meninas, e em julho vimos os jogos da Norway Cup, a copa de futebol infantojuvenil, quando tomei meu primeiro porre. Alguém conhecia alguém que tinha um apartamento, um conhecido de alguém comprou cerveja para nós, e então eu me pus a beber numa sala estranha numa tarde de verão, e foi como uma explosão de felicidade, nada mais era perigoso nem digno da minha preocupação, eu apenas ria sem parar, e em meio a tudo isso, a mobília estranha, as garotas estranhas, o jardim estranho lá fora, pensei que era assim que as coisas deveriam ser. Exatamente assim. Risadas, só risadas, o tempo todo. Existem duas fotos minhas daquela tarde, numa estou deitado sob um monte de gente no meio da sala, segurando uma caveira, a minha cabeça está aparentemente desconectada das mãos e dos pés e aparece no lado oposto, contorcida numa espécie de esgar de euforia. Na outra foto estou sozinho, esparramado numa cama, numa das mãos uma garrafa de cerveja, a outra segurando a caveira sobre a virilha, óculos escuros, a boca escancarada numa risada. Era o verão de 1984, eu tinha quinze anos, e acabara de fazer uma nova descoberta: beber era fantástico.

Minha vida de garoto continuou como antes nas semanas seguintes, deitávamos em penhascos debaixo de cachoeiras e cochilávamos, caíamos na água de vez em quando, pegávamos o ônibus até a cidade nas manhãs de sábado apenas para comprar doces e ir a lojas de discos, enquanto acalentávamos a expectativa de ingressar no ensino médio, que eu logo começaria. Essa não era a única mudança na família: minha mãe tirara um período sabático no trabalho para cursar a escola de enfermagem e naquele ano iria estudar em Bergen, onde Yngve já estava morando. A ideia era que meu pai e eu morássemos sozinhos ali, e foi o que fizemos nos primeiros meses, até ele sugerir, provavelmente para me tirar do caminho, que eu fosse morar no sobrado que pertencera aos meus avós na rua Elve, onde por muitos anos meu avô mantivera seu escritório de contabilidade. Todos os meus amigos moravam em Tveit, e os colegas da nova escola não eram tão próximos assim, eu achava, para me fazerem companhia depois da aula, então quando não estava jogando bola, o que eu costumava fazer cinco vezes por semana naquela época, ficava sozinho na sala vendo TV, fazendo a lição de casa no quarto do andar de cima ou deitado na cama lendo e ouvindo música. De vez em quando eu ia até Sannes, como era chamada a nossa casa, apenas para buscar roupas, fitas ou livros, algumas vezes até dormia lá, mas preferia o aconchego da casa dos meus avós, sentia um calafrio sempre que chegava na nossa casa, provavelmente porque ela quase não abrigava mais vida, meu pai fazia a maior parte das refeições fora e realizava o mínimo de tarefas domésticas. Isso se revelava na aura da casa, que, quanto mais se aproximava o Natal, mais abandonada parecia. Havia montes de merda de gato ressecada no sofá em frente à TV na sala do andar superior, pilhas de pratos sujos na pia da cozinha, todos os aquecedores, exceto um que ele levara para o quarto onde dormia, estavam desligados. Sua alma estava por assim dizer atormentada. Certa noite eu fui até a casa, deve ter sido no começo de dezembro, e, assim que pus a mochila no chão do meu quarto congelado, dei com ele no corredor. Ele chegara do celeiro, cujo térreo se transformara num dormitório, seu cabelo estava desgrenhado, os olhos sombrios.

"Não podemos acender a lareira?", perguntei. "Está frio aqui dentro."

"Fuío?", ele repetiu. "Não vamos acender lareira nenhuma, por mais fuío que esteja."

Eu não conseguia pronunciar direito os erres, nunca consegui, esse foi um dos traumas que marcaram o fim da minha infância. Meu pai costumava me imitar, às vezes porque queria chamar minha atenção para aquilo, numa inútil tentativa de fazer com que eu escarrasse os erres como um típico nativo do sul da Noruega, sempre que eu o irritava, como agora.

Eu apenas me virei e tomei o rumo das escadas, não quis lhe dar o prazer de ver meus olhos úmidos. A vergonha que eu sentia quando estava prestes a chorar, aos quinze anos, quase dezesseis, era mais forte que a desonra de vê-lo me imitar. Eu não costumava mais chorar, mas meu pai detinha sobre mim um controle do qual eu não consegui me livrar nunca. Mas por certo eu podia registrar meu protesto. Subi até meu quarto, peguei algumas fitas, enfiei-as na mochila e a arrastei para o quarto ao lado do hall, onde ficava o guarda-roupa, apanhei uns suéteres, fui até o corredor, vesti o casaco, pus a mochila nas costas e segui para o jardim. A neve tinha formado uma crosta, as luzes acima da garagem refletiam naquele espelho de gelo, totalmente amarelado debaixo das lâmpadas da rua. O prado ao lado da estrada também se achava iluminado, pois a noite estava estrelada e a lua nascia quase cheia sobre a outra margem do rio. Comecei a caminhar. Minhas pegadas desmanchavam os rastros deixados pelos pneus dos carros. Parei diante das caixas de correio. Talvez devesse ter avisado que ia embora. Mas isso poderia ter estragado tudo. O objetivo era levá-lo a refletir sobre o que acabara de fazer.

Perguntei-me que horas seriam.

Puxei a extremidade da meia-luva do punho esquerdo, arregacei um pouco a manga do casaco e espiei. Sete e quarenta. O ônibus passaria dali a meia hora. Havia tempo suficiente para voltar.

Mas não. Nem a pau.

Pus a mochila nas costas novamente e continuei a descer a colina. Quando dei a última olhada na casa, vi fumaça saindo da chaminé. Ele devia achar que eu ainda estava no quarto. Óbvio que estava arrependido, apanhara lenha e acendera a lareira.

O gelo no rio estalava. O som reverberava vale acima.

E então se ouviu o estrondo de um enorme bloco de gelo se quebrando.

Senti um calafrio na espinha. Aquele barulho sempre me deixava extasiado. Olhei para a profusão de estrelas no alto. A lua suspensa nos picos. Os faróis dos carros, do outro lado do rio, devassando o breu. As árvores, negras e silentes, ainda que não hostis, perfiladas rente à margem. Na superfície branca, as duas estacas de madeira que serviam para medir o nível do rio, encobertas pelas águas durante o outono, agora despontavam no raso.

Ele acendera a lareira. Era uma forma de pedir desculpas. Logo, ir embora sem dizer nada já não tinha sentido.

Voltei. Entrei na casa, comecei a desamarrar as botas e, ao ouvir seus passos na sala, me levantei. Ele abriu a porta e me fitou sem largar a maçaneta.

"Já vai?", perguntou.

Era impossível explicar que já tinha ido e voltado. Então me limitei a assentir.

"Acho que sim", respondi. "Amanhã acordo cedo."

"Claro. Só para você saber, estou pensando em dar uma passada lá amanhã à tarde."

"O.k."

Ele ficou olhando para mim durante alguns instantes, depois fechou a porta e voltou para a sala.

Eu abri a porta.

"Papai", disse.

Ele se virou e me olhou em silêncio.

"Amanhã tem reunião de pais no colégio, lembra? Às seis."

"É mesmo? Bom, então é melhor eu ir."

Ele se virou e continuou na sala, enquanto eu fechava a porta, amarrava as botas, punha a mochila nas costas e retomava o caminho até o ponto de ônibus, que passaria dali a dez minutos. Lá embaixo, via-se a cachoeira congelada em largos arcos e teias de gelo, refletindo levemente a luz que provinha da fábrica de parquê. Atrás dela e também de mim, erguiam-se as montanhas, envolvendo o vilarejo escassamente iluminado no vale do rio com sua escuridão impessoal. As estrelas no céu pareciam repousar nas profundezas de um oceano congelado.

O ônibus se aproximou, varrendo a pista com a luz dos seus faróis, eu mostrei meu passe ao motorista e embarquei, sentando-me no penúltimo banco à esquerda, como sempre fazia quando ele estava desocupado. O trânsito estava bom, logo passamos por Solsletta, Ryensletta, seguimos paralelamente à praia em Hamresanden, atravessamos a floresta a caminho de Timenes e pegamos a E18, cruzamos a ponte de Varodd, passamos defronte ao colégio de Gimle e chegamos à cidade.

O sobrado se localizava bem perto da margem do rio. À esquerda de quem entrava era o escritório do meu avô. A casa ficava à direita. Duas salas de estar, uma cozinha e um banheiro pequeno. O andar superior também era bipartido, de um lado um imenso vão e do outro o quarto que eu ocupava. Havia uma cama, uma escrivaninha, um pequeno sofá e uma mesa de centro, um toca-fitas, uma pilha de livros escolares, revistas, algumas de música, e, no armário, um amontoado de roupas.

A casa era antiga, pertencera à avó paterna do meu pai, ou seja, minha bisavó, que morreu ali. Pelo que sei, papai era bastante chegado a ela e, quando criança, costumava passar muito tempo lá. Para mim ela era uma espécie de figura mitológica, forte, autoritária, voluntariosa, mãe de três filhos, um dos quais era meu avô. Nas fotos que vi estava sempre usando discretos vestidos pretos. Ela nasceu nos anos 1870 e, já no fim da vida, sofreu de demência senil por quase uma década, ou "ficou atrapalhada", como dizia a família. Era só o que eu sabia dela.

Tirei as botas e subi a escada íngreme que levava ao quarto. Estava frio, liguei o aquecedor. Pus uma fita para tocar. Echo and the Bunnymen, "Heaven Up Here". Deitei na cama e comecei a ler *Drácula*, de Bram Stoker. Já tinha lido esse livro no ano anterior, mas continuava achando-o intenso e fantástico. A cidade, com seus edifícios e com o ruído constante dos veículos, desaparecera da minha mente, só de quando em quando retornava em ondas, como se eu estivesse em movimento. Mas não: fiquei deitado, lendo, completamente imóvel, até onze e meia, quando por fim escovei os dentes, tirei a roupa e fui dormir.

Era uma sensação peculiar a de acordar totalmente sozinho na casa, era como se o vazio não apenas me rodeasse mas também estivesse dentro de mim. Até eu começar o colégio, sempre acordara numa casa onde mamãe e papai já estavam de pé, preparando-se para ir trabalhar, com tudo que isso implicava, fumaça de cigarro, café quente, rádio ligado, desjejum e o motor do carro esquentando na escuridão lá de fora. Isso era algo diferente, que eu adorava. Também adorava percorrer a trilha de cerca de um quilômetro que ligava o bloco de residências antigas à escola, isso me enchia a mente de pensamentos prazerosos, eu tinha a sensação de ser alguém. A maioria dos alunos vinha da cidade ou dos vilarejos próximos, só eu e alguns outros éramos de localidades isoladas, o que representava uma enorme desvantagem. Significava que todos os outros se conheciam, se encontravam fora do colégio e saíam em turmas. Essas turmas atuavam também na escola, e não dava para simplesmente se juntar a elas, não, senhor, então a cada intervalo surgia o problema: para onde eu vou? Onde devo ficar? Podia ficar na biblioteca lendo, ou sentar na carteira da sala e fingir que fazia a lição de casa, mas isso equivaleria a dizer que eu era um dos excluídos, e não seria bom a longo prazo, então em outubro daquele ano comecei a fumar. Não porque gostasse nem porque achasse bacana, mas porque isso me dava um lugar para ficar: a cada intervalo eu saía do colégio e dividia o espaço na porta com os demais fumantes, sem que ninguém me fizesse perguntas. Quando a aula terminava e eu voltava para casa, o problema deixava de existir. Primeiro porque eu costumava ir até Tveit para jogar bola ou encontrar Jan Vidar, melhor amigo da escola fundamental, e segundo porque ninguém me via e, portanto, não tinha como saber da minha solidão durante aquelas noites.

Nas aulas era diferente. Na minha sala havia outros três garotos e vinte e seis garotas, e lá eu desempenhava um papel, tinha um lugar, podia falar, responder a perguntas, debater, resolver exercícios, ser alguém. Lá eu estava junto de outros, de todos que frequentavam a sala, voluntariamente, sem a necessidade de responder por que motivo nem a obrigação de dizer nada. Sentava na última carteira, lá atrás, no canto da sala, ao meu lado sentava-se Bassen, na minha frente Molle, na mesma fileira, à frente, Pål, e o resto da classe era composto de garotas. Vinte e seis garotas de dezesseis anos. Umas me agradavam mais que outras, mas não posso dizer que algum dia tenha me apaixonado por alguma delas. Havia Monica, cujos pais eram judeus húngaros, ela era afiada como uma lâmina, culta, defendia Israel com todas as forças quando discutíamos o conflito na Palestina, postura que eu não entendia, era tão óbvio que Israel era um Estado militar e a Palestina uma vítima. Havia Hanne, uma linda garota de Vågsbygd que cantava no coral, era cristã e completamente ingênua, mas sua aparência e sua companhia eram agradáveis. Havia Siv, loura, bronzeada, pernas grossas, que nos primeiros dias de aula dissera que a área compreendida entre o colégio arquidiocesano e a escola de comércio se assemelhava a um campus americano, comentário que aos meus olhos a destacou das demais, pois demonstrou que ela sabia algo que eu ignorava, algo sobre um mundo do qual eu queria fazer parte. Ela acabara de retornar de Gana, onde passara alguns anos, era falante e ria alto. Havia também Benedicte, de feições expressivas, semelhantes às da década de 1950, cabelo encaracolado, vestida com certa classe. Havia Tone, de movimentos graciosos, cabelos escuros, séria, que sabia desenhar e dava a impressão de ser mais independente que as outras. Havia Anne, que usava aparelho nos dentes e a quem flagrei no salão de beleza da mãe de Bassen se arrumando para uma festa que teríamos naquele outono, havia Hilde, cabelos claros e bochechas rosadas, que parecia ter uma personalidade forte mas ao mesmo tempo era discreta, havia Irene, representante da média das garotas, cuja beleza era daquelas que aparecem e desaparecem durante um único olhar, havia Nina, uma figura musculosa de aparência masculina que mesmo assim tinha uma aura de fragilidade e timidez. Havia Mette, pequenina, curiosa e intrigante. Era ela que gostava de Bruce Springsteen e estava sempre de jeans, era baixinha e ria o tempo todo, vestia-se de modo provocante e cheirava a cigarro, suas gengivas apareciam quando ela sorria, e apesar disso era bonita, mas sua risada, uma espécie de guincho com que terminava todas as frases, e as bobagens que costumava dizer, além do seu leve ceceio, de certo modo tiravam um pouco da sua beleza, ou a anulavam. Eu estava cercado por um dilúvio de garotas, uma torrente de corpos, um mar de seios e coxas. Vê-las apenas em ocasiões formais, atrás de suas carteiras, só tornava a presença delas mais marcante. De alguma maneira isso dava sentido aos meus dias, eu não via a hora de entrar na sala de aula, sentar no meu lugar marcado, junto com todas aquelas garotas.

Naquela manhã fui à cantina, comprei um pão doce e uma coca, sentei no meu lugar e comi meu lanche folheando um livro, enquanto a sala lentamente ia se enchendo de alunos, ainda sonolentos e com movimentos vagarosos. Troquei algumas palavras com Molle, ele morava em Hamresanden, tínhamos frequentado a mesma escola fundamental. Aí chegou o professor, seu nome era Berg, vestindo um jaleco, teríamos aula de norueguês. Depois de história, era minha disciplina favorita, eu costumava tirar entre oito e nove, não conseguira obter a nota máxima, mas estava determinado a obtê-la nas provas de fim de ano. Ciências biológicas eram, claro, meu ponto fraco, em matemática eu ia mal, nunca fazia a lição de casa e não suportava a disciplina. Os professores de biológicas e de matemática eram da velha escola, o de matemática se chamava Vestby, era cheio de tiques, um dos seus braços tremia e não parava de se mover. Durante suas aulas eu punha os pés em cima da carteira e conversava com Bassen até que Vestby, com as bochechas gordas brilhando de cólera, gritasse meu nome. Então eu tirava as pernas de cima da carteira, esperava que ele se virasse e continuava a conversa. O professor de ciências, Nygaard, era baixinho e magro, um homem franzino, com um sorriso satânico e gestos infantis, prestes a se aposentar. Ele também tinha uma série de tiques, piscava um olho, encolhia os ombros, torcia o pescoço, era o típico professor atormentado. Usava um paletó claro no verão, um escuro no inverno, e uma vez o vi empunhando um compasso como se fosse uma arma: estávamos debruçados na carteira fazendo uma prova, ele nos fitou, juntou as hastes do compasso, apoiou-o no ombro e o apontou para a classe com gestos idiotas e um sorriso demoníaco nos lábios. Custei a acreditar. Teria perdido o juízo? Também em suas aulas eu costumava ficar conversando, tanto que agora levava a culpa toda vez que alguém falava, "Knausgård", dizia ele, assim que ouvia algum murmúrio, espalmando a mão no alto, o que significava que eu teria que ficar em pé ao lado da carteira até o fim da aula. E eu fazia isso com prazer, pois dentro de mim crescia um sentimento de revolta, eu tinha vontade de não dar mais a mínima para nada, começar a cabular, beber, implicar com as pessoas. Eu era anarquista, ateu e, a cada dia que passava, mais e mais antiburguês. Flertava com a ideia de pôr um brinco na orelha e raspar a cabeça. Ciências biológicas, de que me serviria isso? Matemática, para quê? Eu queria era tocar numa banda, ser livre, viver do jeito que gostava, não como me obrigavam a viver.

Nisso eu estava só, não tinha ninguém a meu lado, e, enquanto esses planos não se concretizassem, eles eram coisa do futuro, e eram tão amorfos quanto são todas as coisas do futuro.

Não fazer a lição, não prestar atenção na aula, era parte da mesma atitude. Eu sempre estivera entre os melhores em todas as matérias, sempre gostara de me mostrar como tal, mas agora não mais, agora havia um quê de embaraçoso em tirar notas altas, implicava ficar em casa fazendo a lição, ser certinho, um bocó. Com o norueguês era diferente, eu o associava aos escritores de vida boêmia, além disso não era matéria possível de decorar, era algo mais, um sentimento, um talento natural, requeria personalidade.

Eu rabiscava no caderno durante as aulas, saía para fumar nos intervalos, e nesse ritmo as horas transcorriam, até que as nuvens do céu lentamente se abrissem, clareando a paisagem, e por fim, quando o sinal tocava às duas e meia da tarde, eu tomasse o rumo de casa. Era dia 5 de dezembro, véspera do meu aniversário de dezesseis anos, e minha mãe retornaria de Bergen. Estava ansioso para vê-la. De um lado era boa a vida a sós com papai, na medida em que ele se mantinha o mais distante possível, ficava em Sannes enquanto eu ficava na cidade, e vice-versa. Quando mamãe chegasse, não seria mais assim, moraríamos todos juntos até bem depois do Ano-Novo, então a sensação desagradável de ver meu pai todo dia seria compensada pela presença dela.

Com ela eu podia conversar. Podia conversar sobre tudo. Com papai eu mal podia falar. A não ser sobre coisas práticas, como para onde eu estava indo e a que horas voltaria.

Quando cheguei, o carro dele estava estacionado em frente de casa. Entrei, o hall cheirava a fritura, dava para ouvir o rádio tocando na cozinha.

Enfiei a cabeça no vão da porta.

"Olá", disse.

"Olá", respondeu ele. "Está com fome?"

"Sim, muita. O que está fazendo?"

"Costeletas. Senta aí, já estão prontas."

Entrei na cozinha e sentei à mesa redonda. Era antiga, eu imaginava que tivesse pertencido à sua avó.

Papai pôs duas costeletas, três batatas e um punhado de cebolas fritas no meu prato. Depois sentou-se e se serviu.

"E aí?", disse. "Alguma novidade no colégio?"

Balancei a cabeça.

"Não aprendeu nada hoje?"

"Não."

"Não, claro que não."

Comemos em silêncio.

Não queria magoá-lo, não queria que pensasse que eu era um inútil, que a relação com seu filho era um fracasso, então fiquei me perguntando o que poderia dizer. Mas não encontrei resposta.

Ele não estava de mau humor. Nem com raiva. Apenas preocupado.

"Tem ido na casa do vovô e da vovó ultimamente?", perguntei.

Ele olhou para mim.

"Tenho, sim", disse. "Fui até lá ontem à tarde. Por que está perguntando?"

"Por nada", respondi, e senti um leve rubor tomar conta do meu rosto. "Só curiosidade."

Tinha separado com a faca toda a carne que dava para separar. Então pus o osso na boca e comecei a roê-lo. Papai fez o mesmo. Devolvi o osso ao prato e tomei a água do copo.

"Obrigado pela comida", disse, e me retirei da mesa.

"Você disse que a reunião de pais era às seis?", perguntou ele.

"Sim."

"Vai ficar aqui?"

"Acho que sim."

"Então passo aqui depois e te apanho para irmos para Sannes. Tudo bem assim?"

"Claro."

Estava fazendo uma redação sobre um comercial de bebida esportiva quando ele voltou. A porta se abrindo, o rumor de sons da cidade, o barulho dos passos no hall. Sua voz.

"Karl Ove? Está pronto? Já vamos."

Eu tinha posto em duas mochilas tudo de que precisaria, elas estavam a ponto de estourar, pois ficaria fora por um mês e não estava certo do que realmente iria precisar.

Ele me observou quando desci as escadas. Balançou a cabeça. Mas não estava zangado. Era outra coisa.

"Como foi a reunião?", perguntei, evitando seu olhar, embora isso fosse uma das coisas que mais o irritavam.

"Como foi? Vou te dizer como foi. Tive que ouvir um monte de reclamações do seu professor de matemática. Foi assim. É Vestby o nome dele, não é?"

"É."

"Por que não me contou? Eu não estava sabendo de nada. Ele me pegou totalmente desprevenido."

"E o que foi que ele disse?", perguntei, enquanto vestia o casaco, sentindo um alívio imenso por papai não ter ficado bravo.

"Ele disse que você senta e põe as pernas em cima da carteira durante a aula, que é indisciplinado, atrevido, conversa o tempo todo e não faz a lição de casa. E disse que, se você continuar assim, será reprovado. É verdade?"

"É mais ou menos verdade", eu disse, já pronto para sair.

"Ele pôs a culpa em mim, sabia? Reclamou comigo por eu ter um filho tão mal-educado."

Não movi um músculo.

"E você, o que disse?"

"Eu dei o troco. O seu comportamento no colégio é responsabilidade dele. Não minha. Mas não foi exatamente uma conversa agradável. Está me entendendo?"

"Estou. Desculpe."

"Não adianta nada se desculpar. E essa foi minha última reunião de pais, pode ter certeza. Então, podemos ir?"

Saímos de casa e fomos para o carro. Papai se inclinou para abrir a porta do meu lado.

"Pode abrir lá atrás também?", pedi.

Ele não respondeu, só abriu. Pus as mochilas no porta-malas, fechei-o com cuidado para não irritar papai, sentei no banco do carona e afivelei o cinto de segurança cruzando-o sobre o peito.

"Foi um vexame, não tem outra palavra para o que aconteceu", disse papai, dando a partida. O painel se acendeu, assim como os faróis, iluminando nosso caminho até perto da margem do rio. "Mas me diga: como é esse Vestby como professor?"

"Bem ruim. Ele não tem moral. Ninguém o respeita. E ele não sabe ensinar, também."

"Ele tirou as melhores notas na universidade, sabia?"

"Não, não sabia."

Ele deu ré por alguns metros, manobrou em direção à pista e seguiu para a saída da cidade. O aquecedor do carro e o atrito dos pneus no asfalto produziam um zumbido contínuo. Ele corria, como de hábito. Uma das mãos no volante, a outra sobre o assento, do lado do câmbio. Eu sentia um frio na barriga, ondas de felicidade se espalhavam pelo meu corpo, pois aquilo jamais acontecera: ele nunca ficara a meu favor. Jamais relevara meus desvios de comportamento. Entregar-lhe meu boletim às vésperas do verão ou do Natal era sempre motivo de pânico nas semanas que as antecediam. A menor observação crítica o levava a despejar sua raiva sobre mim. O mesmo valia para as reuniões de pais. A mínima reclamação de que eu conversava muito ou não estava indo bem era motivo para desencadear sua cólera. Para não mencionar as poucas vezes em que fizeram observações na minha agenda escolar. Era o fim do mundo. Era um inferno.

Era porque eu estava me tornando adulto que ele me tratava desse jeito? Estávamos nos tornando iguais?

Senti vontade de observá-lo enquanto ele pisava fundo e mantinha o olhar fixo na estrada. Mas não podia, seria obrigado a dizer alguma coisa, e não tinha nada para dizer.

Meia hora depois subimos a última colina e entramos na rua que terminava diante da nossa casa. Papai deixou o motor ligado e desceu para abrir o portão da garagem. Eu fui até a porta da frente e a abri. Lembrei-me das mochilas e voltei para o carro, enquanto ele desligava o motor e as luzes vermelhas das lanternas se apagavam.
"Abre o porta-malas, por favor?", pedi.
Ele assentiu, enfiou a chave no contato e a girou. Tive a impressão de que a tampa se ergueu como a cauda de uma baleia. Assim que pus os pés em casa, percebi que ele tinha feito uma faxina. O ambiente recendia a desinfetante, os quartos estavam arrumados, o chão brilhava. E não havia mais merda de gato ressecada no sofá.
Claro que ele tinha feito aquilo porque mamãe estava a caminho. Mas, embora houvesse esse motivo concreto e ele não tivesse feito aquilo porque a casa estava inacreditavelmente imunda e nojenta, para mim foi um alívio. Um pouco de ordem fora reintroduzido ali. Não que eu me importasse ou algo assim, mas estava sentindo uma espécie de inquietação, tinha a impressão de que não fora só aquilo. Alguma coisa nele se modificara durante o outono. Provavelmente em decorrência da maneira como estávamos vivendo, ele e eu, apenas isso, era evidente. Ele nunca fora de ter amigos, de receber visitas em casa, exceto os parentes. Seus únicos conhecidos eram os colegas de trabalho e os vizinhos, isso quando estávamos em Tromøya, aqui ele não conhecia nem os vizinhos. Porém, poucas semanas depois que mamãe se mudou para Bergen para estudar, ele convidou alguns colegas de trabalho para irem a Sannes, iria dar uma festa, e me perguntou se eu não podia ficar na cidade aquela noite. Caso me sentisse sozinho, sempre teria a casa dos meus avós como alternativa, se quisesse. Mas solidão era a última coisa no mundo que me metia medo, e naquela manhã ele me trouxe uma pizza congelada, coca e um pacote de batatas fritas, que devorei em frente à TV.
Na manhã seguinte tomei um ônibus para ir à casa de Jan Vidar, fiquei algumas horas por lá, e depois voltei de ônibus para nossa casa. A porta estava trancada. Abri a garagem para verificar se ele fora caminhar ou se saíra de

carro. Estava vazia. Voltei para a casa e entrei. Na mesa da sala havia algumas garrafas vazias de vinho, os cinzeiros estavam cheios, mas até que a bagunça não era tanta, considerando-se que não tinham arrumado nada depois da festa, que, afinal, devia ter sido apenas uma pequena comemoração. O aparelho de som geralmente ficava no celeiro, mas ele o pusera numa mesa ao lado do aquecedor, e eu ajoelhei diante da pequena pilha de discos, parte encostada no pé de uma cadeira, parte espalhada pelo chão. Pelo que me lembro, eram os únicos que ele costumava pôr para tocar. Pink Floyd. Joe Dassin. Arja Saijonmaa. Johnny Cash. Elvis Presley. Bach. Vivaldi. Os dois últimos ele deve ter escutado antes da festa ou talvez naquela manhã, embora as outras músicas não fossem tão animadas para uma festa. Levantei-me e fui até a cozinha, onde havia uns poucos pratos e copos sujos dentro da pia, abri a geladeira que, exceto por um par de garrafas de vinho branco e algumas cervejas, estava vazia, e depois subi. A porta do quarto de papai estava aberta. Entrei para espiar. A cama no quarto de mamãe fora arrastada até lá e colocada ao lado da do meu pai. A festa tinha ido até tarde, e, como haviam bebido e a casa ficava distante demais da cidade, a corrida de táxi para lá ou para Vennesla, onde papai trabalhava, seria muito cara, então alguém pernoitara ali. Meu quarto estava intacto. Peguei o que precisava e, ainda que tivesse planejado dormir lá, voltei para a cidade. Um clima muito estranho tinha se abatido sobre a casa.

Outra vez eu fui até lá sem avisar, era de noite, estava cansado demais para voltar para a cidade depois do treino de futebol, e Tom, companheiro de time, me ofereceu carona. Pela janela da cozinha iluminada avistei papai sentado com a cabeça apoiada numa das mãos e uma garrafa de vinho diante de si. Isso também era novo, ele nunca havia bebido, ao menos não na minha presença, e certamente nunca sozinho. Era o que eu via agora e preferia não ter visto, mas não tinha como voltar, então bati os sapatos no capacho da entrada para limpar a neve da sola, abri a porta bruscamente e a fechei com força atrás de mim e, para que não restassem dúvidas de que tinha chegado, abri as duas torneiras da pia do banheiro, sentei na privada por alguns minutos e esperei. Quando entrei na cozinha, não havia ninguém lá. O copo estava vazio na bancada, a garrafa estava vazia sob a torneira, papai fora para o dormitório no térreo do celeiro. Como se isso não fosse intrigante o suficiente, certa vez, num começo de tarde, eu o vi passando de carro em frente a uma loja em Solsletta. Eu matara as três últimas aulas e tinha ido dar uma volta com Jan Vidar antes do treino da noite no ginásio de Kjevik, estava sentado num banco do lado de fora da loja, fumando, quando vi o inconfundível Ascona verde-musgo de papai. Joguei o cigarro fora, mas não vi razão para me esconder, e fiz sinal quando o carro se aproximou, levantando a mão e acenando para ele. Mas ele não me viu, conversava com alguém no banco do carona. No dia seguinte ele veio até em casa, eu mencionei o episódio, era um colega, estavam juntos num projeto e haviam trabalhado na nossa casa, fora do horário escolar.

Houve muitos encontros dele com seus colegas naquele período. Um fim de semana ele participou de um seminário com eles em Hovden, e passou a ir a mais festas do que, pelo que me lembro, jamais fora. Certamente porque estava entediado, ou não gostava de ficar tanto tempo sozinho, e eu estava contente, naquela época passara a olhá-lo com outros olhos, não mais com os olhos de uma criança, mas com os de alguém que não demoraria a se tornar adulto, e desse ponto de vista eu desejava que ele se entrosasse com amigos e colegas de trabalho, como as outras pessoas faziam. Ao mesmo tempo eu não gostava daquela mudança, ela o tornava imprevisível.

A defesa que ele fizera de mim na reunião de pais contribuiu para esse meu novo modo de olhá-lo. Sim, foi talvez o fator mais significativo de todos.

Recolhi as roupas espalhadas pelo quarto, coloquei as fitas de volta nas caixas e as empilhei na escrivaninha, assim como os livros do colégio. A casa era do século XIX, o piso rangia, os ruídos se propagavam pelas paredes, então eu sabia que papai não só estava na sala lá embaixo, mas também que estava sentado no sofá. Eu tinha pensado em acabar de ler *Drácula*, mas senti que não conseguiria fazê-lo até esclarecer o que estava se passando entre nós. Isto é, até que ele soubesse o que eu estava planejando fazer e eu soubesse o que ele estava planejando fazer. Ao mesmo tempo, não era apenas o caso de descer até lá e dizer Oi, papai, estou aqui em cima lendo. Por que está me dizendo isso?, ele iria perguntar, ainda que fosse em pensamento. Mas era preciso restabelecer o equilíbrio, então desci as escadas, passei rapidamente pela cozinha, talvez para pegar alguma coisa para comer, antes de dar os últimos passos em direção à sala, onde ele estava sentado com um dos meus velhos gibis na mão.

"Já jantou?", perguntei.

Ele olhou para mim.

"Come alguma coisa aí", disse.

"Está bem. Depois vou para o quarto, o.k.?"

Ele não respondeu, continuou lendo *Agent X9* à luz do abajur ao lado do sofá. Cortei um bom naco de salsicha, que comi sentado à escrivaninha. Tive a impressão de que ele não tinha comprado nada para me dar de presente de aniversário, mamãe iria trazer algo de Bergen. Mas não caberia a ele comprar um bolo? Será que ele havia pensado nisso?

Quando voltei do colégio no dia seguinte, mamãe já tinha chegado. Papai fora apanhá-la no aeroporto, eles estavam sentados à mesa da cozinha, havia um assado no forno, almoçamos com velas na mesa, ganhei um cheque de quinhentas coroas e uma camisa que ela comprara em Bergen. Não tive coragem de dizer que jamais iria usá-la, afinal mamãe fora a várias lojas de Bergen procurar algo para mim, tinha encontrado aquela camisa, achou que era bonita e que eu iria gostar.

Eu a experimentei, nós comemos bolo e tomamos café na sala. Mamãe estava feliz, ela repetia como era bom estar em casa. Yngve ligou para me cumprimentar, provavelmente não conseguiria vir para casa antes da véspera do Natal, e só então me daria o presente. Saí para treinar e, quando voltei, cerca de nove horas, eles estavam no dormitório do celeiro.

Eu queria ter conversado a sós com mamãe, mas parecia que não seria possível, esperei um pouco e então fui me deitar. No dia seguinte teria prova no colégio, nas duas últimas semanas fizera um monte delas, eu as terminava muito cedo e ia a lojas de CD ou cafés na cidade, às vezes com Bassen, outras com uma das garotas da classe, se calhasse de ser algo espontâneo, não queria que pensassem que eu estava dando em cima delas. Mas com Bassen era tranquilo, nós havíamos começado a passar mais tempo juntos. Uma noite eu fui até sua casa, não fizemos nada além de ouvir música no quarto, mas fiquei muito feliz por ter feito uma nova amizade. Eu não era fã de música country nem metaleiro, mas gostava de Talk Talk e U2, Waterboys e Talking Heads. Bassen, ou Reid, seu verdadeiro nome, era moreno e bonito, as garotas o achavam muito atraente, mas isso não o tornara convencido, ele não gostava de aparecer, era tímido, mas também não era modesto, era como se sua personalidade possuísse uma faceta introvertida que o continha. Ele nunca deixava transparecer tudo que sentia. Ou porque não queria, ou porque não conseguia, não sei, em geral esses são dois lados da mesma moeda. Mas o que eu mais admirava nele eram suas opiniões próprias sobre as coisas. Em assuntos nos quais eu costumava fazer juízos coerentes, política, por exemplo, em que um ponto de vista automaticamente pressupunha outro, ou no gosto musical, em que gostar de determinada banda implicava gostar de outra parecida, ou nas relações interpessoais, nas quais eu jamais conseguia me libertar de opiniões preconcebidas sobre os outros, ele pensava de forma independente, um pensamento próprio, que funcionava de maneira mais ou menos idiossincrática. Nem mesmo disso ele se gabava, ao contrário, era preciso conhecê-lo um pouco melhor para isso se revelar. Não era uma coisa que ele costumava fazer, era como ele era. Eu sentia orgulho de ter Bassen como amigo não apenas por suas excelentes qualidades nem pela amizade em si, mas também, e sobretudo, pelas vantagens que sua popularidade acabaria trazendo para mim. Eu não tinha consciência disso, mas em retrospecto vejo claramente: quando você é um excluído, precisa encontrar alguém capaz de incluí-lo, pelo menos quando você tem dezesseis anos. Nesse caso a exclusão não era metafórica, mas literal e concreta. Eu estava cercado de centenas de garotos e garotas da minha idade, mas não conseguia penetrar no meio ao qual eles pertenciam. Toda segunda-feira eu temia pela pergunta fatídica que me fariam, isto é: "O que você fez no fim de semana?". Podia-se responder: "Fiquei em casa vendo TV" uma vez, "Fui para a casa de um amigo e ficamos ouvindo música" também uma única vez, mas depois era preciso se sair com algo melhor para não ficar estigmatizado. Uns até eram excluídos no primeiro dia de aula, e assim permaneciam durante todo o período do colégio, mas eu não queria acabar como um desses, custasse o que custasse, eu queria estar junto de quem era o centro das atenções, queria ser convidado para suas festas, sair com eles pela cidade, viver a vida deles.

A prova mais difícil, a maior festa do ano, era o réveillon. Nas últimas semanas do ano, só se falava nisso. Bassen iria para a casa de amigos em Justvik, não havia jeito de eu ir junto, e até o início das férias, antes do Natal, eu não tinha sido convidado para lugar nenhum. Depois do Natal, passamos a analisar nossas alternativas, eu e Jan Vidar, que morava em Solsletta, distante da nossa casa cerca de quatro quilômetros colina abaixo, e naquele outono começara o curso de confeiteiro no colégio técnico. Queríamos ir a uma festa e encher a cara. Quanto a isso não haveria problema, eu jogava no time juvenil e o goleiro, Tom, daria um jeito, ele não se recusaria a comprar cerveja para nós. Já quanto à festa... Alguns garotos do nono ano, uns semidelinquentes, iriam se reunir numa casa nas redondezas, mas isso não nos interessava de modo algum, nesse caso eu preferia ficar em casa. Também havia a festa de uma turma que conhecíamos mas da qual não fazíamos parte, baseada em Hamresanden, eram nossos colegas de classe ou de time, mas não tínhamos sido convidados, e, embora pudéssemos dar um jeito de entrar como penetras, isso não era coisa que eu gostasse de fazer. Moravam em Tveit, cursavam o colégio técnico ou trabalhavam, e os que já dirigiam tinham carros com assentos revestidos de couro e penduricalhos chamativos no retrovisor. Não havia outras opções. Era preciso ser convidado para as festas de réveillon, e pronto. Por outro lado, as pessoas começavam a ir para a rua por volta da meia-noite, aglomeravam-se na praça ou nos cruzamentos para soltar fogos de artifício e dar boas-vindas ao novo ano. Para isso não era preciso convite. Muitos colegas de escola iriam a festas nos arredores de Søm, eu sabia, então por que não ir até lá? Foi quando Jan Vidar se deu conta de que o baterista da nossa banda, a quem havíamos acolhido por puro desespero, um garoto do oitavo ano que morava em Hånes, tinha dito que iria para Søm no réveillon.

Dois telefonemas depois, já estava tudo acertado. Tom compraria cerveja para nós e, junto com os garotos do oitavo e do nono ano, ficaríamos na casa dele até por volta da meia-noite, de lá seguiríamos para um cruzamento onde as pessoas se reuniriam, encontraríamos alguns conhecidos do colégio e lá permaneceríamos o resto da noite. Era um plano razoável. Quando cheguei em casa naquela tarde, mencionei casualmente para mamãe e papai que tinha sido convidado para uma festa de réveillon, alguém da minha classe daria uma festa em Søm, e tudo bem eu ir? Nós também receberíamos convidados, meus avós paternos e o irmão do meu pai, Gunnar, com a família, mas nem mamãe nem papai acharam ruim que eu saísse.

"Que bom!", disse mamãe.

"Tudo bem", disse papai. "Mas volte à uma hora."

"Mas é réveillon", eu disse. "Não pode ser às duas?"

"O.k. Então às duas, mas não duas e meia. Entendido?"

Na manhã do dia 31 fomos de bicicleta até uma loja em Ryensletta, onde Tom nos esperava. Demos a ele o dinheiro e em troca recebemos duas sacolas com dez garrafas de cerveja cada uma. Jan Vidar escondeu as sacolas no jardim defronte à sua casa e eu voltei para a minha, onde encontrei mamãe e papai a mil cuidando dos preparativos para a festa. Ventava muito lá fora. Fiquei algum tempo diante da janela do meu quarto observando a neve rodopiar e o céu cinza que parecia ter baixado sobre as árvores escuras da floresta. Depois pus um disco, peguei o livro que estava lendo e me deitei. Logo em seguida mamãe bateu na porta.

"Jan Vidar no telefone", disse ela.

O telefone ficava no quarto de baixo, perto do armário de roupas. Desci, fechei a porta e atendi.

"Fala."

"Aconteceu uma catástrofe", disse Jan Vidar. "O filho da puta do Leif Reidar..."

Leif Reidar era seu irmão. Tinha vinte e poucos anos, um Opel Ascona incrementado, trabalhava na fábrica de parquê em Boen. Sua vida não era orientada em direção ao sudoeste, à cidade, a Kristiansand, como a minha e a da maioria dos demais, mas em direção ao nordeste, a Birkeland e Lillesand, e, por ele ser mais velho, além de trabalhar e ser do jeito que era, jamais me aproximei dele. Usava bigode e óculos escuros de piloto, mas não era o típico boçal, suas roupas e sua conduta o distanciavam disso.

"O que ele fez?", perguntei.

"Achou as sacolas de cerveja no jardim. E não me deixou ficar com elas de jeito nenhum. Maldito. Hipócrita. Fodeu comigo, não foi? Logo quem. Disse que eu só tinha dezesseis anos e sei lá mais o quê. E aí quis que eu entregasse quem tinha comprado a cerveja. Eu não entreguei, claro. Não é da conta dele. Mas aí ele disse que ia contar tudo para o papai se eu não falasse. Moralista de merda. Aí tive que contar. E sabe o que ele fez? Sabe o que aquele bosta fez?"

"Não", respondi.

Com a ventania, a neve parecia um véu caindo do telhado do celeiro. A luz das janelas do térreo se projetava, quase clandestina, na escuridão do crepúsculo. Eu avistei um movimento lá dentro, devia ser papai, imaginei, e de fato, no instante seguinte, seu rosto apareceu atrás da vidraça. Ele olhou bem na minha direção. Eu baixei os olhos e virei a cabeça para o lado.

"Ele me arrastou para o carro e fomos até a casa do Tom, levando as sacolas."

"Está brincando."

"Que imbecil que ele é. Ele curtiu isso. Parecia que estava se divertindo. Virou um caga-regras de uma hora para outra. Logo ele. Fiquei muito puto."

"Mas o que aconteceu?"

Quando voltei a olhar para as janelas, o rosto havia desaparecido.

"Como assim, o que aconteceu? O que você acha? Ele deu um esporro no Tom. E aí falou que era para eu devolver as sacolas de cerveja para o Tom. Eu obedeci. E aí ele disse para o Tom me devolver o dinheiro. Como se eu fosse um moleque. Como se ele não tivesse feito a mesma coisa quando tinha dezesseis anos. Filho da puta. Ele estava achando aquilo tudo ótimo, estava curtindo. Minha indignação, me levar de carro até lá, infernizar o Tom."

"E agora, o que vamos fazer? Ir até lá sem cerveja? Não vai dar."

"Não, não vai, mas eu pisquei para o Tom quando fomos embora. Ele entendeu. Aí liguei para ele quando cheguei em casa e pedi desculpas. As cervejas ainda estavam com ele. Então eu disse para ele levá-las para a tua casa. Mas antes vai passar aqui para eu devolver o dinheiro para ele."

"Vocês vêm *aqui*?"

"Sim, ele vai chegar daqui a dez minutos. Chegaremos aí em quinze."

"Preciso pensar."

Só então reparei que o gato estava deitado na poltrona ao lado da mesinha do telefone. Ele me olhou e começou a lamber uma pata. Na sala começou a funcionar o aspirador de pó. O gato virou a cabeça na direção do ruído. No instante seguinte ele voltou a relaxar. Eu me inclinei e acariciei seu peito.

"Vocês não podem vir aqui. Não vai dar certo. Mas nós podemos deixar as sacolas em algum lugar no acostamento da estrada. Ninguém vai achar, mesmo."

"No sopé da colina, talvez?"

"A colina da casa?"

"É."

"No sopé da colina da casa daqui a quinze minutos?"

"Certo."

"Ótimo. E aí diz para o Tom não virar o carro na direção da casa nem manobrar perto das caixas de correio. Mais adiante tem um recuo onde ele pode retornar. Acha que ele faria isso?"

"O.k. Até já."

Pus o fone no gancho e fui para a sala, onde mamãe estava. Ela desligou o aspirador quando me viu.

"Vou ali na casa do Per", disse. "Só para desejar feliz ano novo."

"Ótimo", disse ela. "Mande lembranças se vir os pais dele."

Per era um ano mais novo que eu e morava na casa vizinha, que ficava uns duzentos metros abaixo na colina. Ele era minha companhia mais frequente nos anos que passamos ali. Jogávamos futebol sempre que podíamos, depois da escola, aos sábados e domingos, nas férias, e boa parte do tempo era dedicada a encontrar jogadores suficientes para uma partida decente, mas, caso não os encontrássemos, jogávamos em duplas durante horas, e, se nem isso fosse possível, um contra o outro, eu e Per. Eu chutava a bola para ele, ele chutava de volta, eu centrava para ele, ele devolvia, ou jogávamos gol a gol, como costumávamos chamar. Jogávamos dia sim, dia não mesmo depois que entrei no colégio. Afora isso, costumávamos nadar na parte mais funda do rio debaixo da cachoeira, aonde chegávamos pulando do alto de uma rocha, ou escorregávamos num tobogã natural, nos deixando levar pela corrente. Quando o tempo estava ruim e não dava para fazer nada ao ar livre, víamos um vídeo na casa dele, ou ficávamos apenas conversando na garagem. Eu me sentia à vontade lá, sua família era acolhedora e generosa, e, ainda que seu pai não fosse muito com a minha cara, eu era bem-vindo. Apesar de passar mais tempo com Per do que com qualquer outra pessoa, eu não o considerava um amigo, jamais mencionei seu nome em nenhum outro contexto, tanto porque ele era mais novo que eu, o que era péssimo, como porque ele era do campo. Não se interessava por música, não dava a mínima, nem se interessava por garotas ou por bebida, estava muito à vontade em casa, passando os fins de semana com a família. Não demonstrava constrangimento algum em ir de galochas para a escola, contentava-se em usar suéteres de tricô e jeans já curtos para o seu tamanho, bem como camisetas com a estampa do zoológico de Kristiansand. Quando me mudei para lá, descobri que ele jamais tinha ido para Kristiansand sozinho. Livros ele não lia, gostava de gibis, que eu também lia, desde que acompanhados pela lista interminável de livros de MacLean, Bagley, Smith, Le Carré e Follet, que eu devorava e pelos quais fiz com que ele também passasse a se interessar. Sábado sim, sábado não, íamos juntos à biblioteca e aos treinos no Start de Kristiansand em domingos alternados, treinávamos com o time de futebol duas vezes por semana, no verão jogávamos uma vez por semana, e ainda tomávamos o ônibus juntos para ir e voltar da escola todos os dias. Mas não sentávamos um perto do outro, pois, quanto mais nos aproximávamos do colégio e daquele ambiente, menos amigo de Per eu ia ficando, até que, no pátio, perdíamos contato. Estranhamente, ele nunca reclamou. Estava sempre feliz, era sempre receptivo, tinha um senso de humor apurado e era, assim como sua família, uma pessoa calorosa. Na semana entre o Natal e o Ano-Novo fui até sua casa algumas vezes, vimos alguns vídeos e esquiamos nas colinas atrás da nossa casa. Não havia me ocorrido convidá-lo para a festa de réveillon, nem seria possível. Jan Vidar não tinha a menor relação com Per, eles se conheciam, claro, como todos se conheciam por ali, mas ele jamais se aproximou de Per, nem via razão para isso. Quando me mudei para lá, Jan Vidar era amigo de Kjetil, um garoto da nossa idade que morava em Kjevik, eles eram bastante próximos e costumavam ir um à casa do outro. O pai de Kjetil era militar e a família se mudava com frequência, pelo que entendi. Quando Jan Vidar se tornou meu amigo, muito por causa do interesse por música, Kjetil tentou reconquistar sua amizade, telefonando insistentemente e convidando-o para ir à sua casa, contando piadas que só eles entendiam quando estávamos os três juntos na escola, se isso não funcionasse, recorria a métodos mais dissimulados, envolvendo a mim e a Jan Vidar. Fomos de bicicleta até o aeroporto, ficamos um tempo no café, de lá fomos até Hamresanden e ligamos para uma das garotas que moravam ali perto, Rita, em quem tanto Jan Vidar como Kjetil estavam interessados. Kjetil levou uma barra de chocolate, que dividiu com Jan Vidar no caminho, sem me oferecer um pedaço, mas não adiantou, pois Jan Vidar partiu seu pedaço em dois e me deu metade. Depois disso Kjetil aliviou a pressão e passou a voltar sua atenção para outras coisas, mas, durante todo o tempo que frequentamos a mesma escola, ele não teve outros amigos tão próximos quanto Jan Vidar. Kjetil era um sujeito de quem todos gostavam, sobretudo as garotas, mas ninguém queria ficar com ele. Rita, que tinha fama de ser atirada e dura, e não poupava ninguém, havia se encantado com ele, ambos davam boas risadas juntos e engatavam longas conversas, mas nunca passaram de bons amigos. Rita sempre reservava sua pior cota de sarcasmo para mim, e eu sempre ficava alerta quando ela estava por perto, jamais sabia quando ou de que forma ela iria atacar. Era baixinha e delicada, tinha o rosto fino, a boca pequena, mas seus traços eram bem definidos, e os olhos, em geral cheios de desdém, brilhavam com rara intensidade, eram quase cintilantes. Rita era atraente, mas ainda não era assim que a viam, e podia ser tão desagradável que talvez jamais fosse considerada bonita.

Certa noite ela me telefonou.

"Oi, Karl Ove, aqui é Rita", disse.

"Rita?", repeti.

"Sim, seu bobão. Rita Lolita."

"Ah."

"Tenho uma pergunta para você."

"É?"

"Quer namorar comigo?"

"Como?"

"De novo: quer namorar comigo? É uma pergunta simples. Você tem que responder sim ou não."

"Eu não sei..."

"Ah, deixa disso. Se não quer, é só dizer."

"Acho que não..."

"Tudo bem", disse ela. "A gente se vê na escola amanhã. Tchau."

E desligou. Na manhã seguinte eu agi como se nada houvesse acontecido, ela agiu como se nada houvesse acontecido, embora talvez estivesse mais atenta para não perder nenhuma oportunidade de me atacar. Ela nunca mencionou aquela conversa, eu nunca mencionei aquela conversa, nem mesmo para Jan Vidar ou Kjetil, não queria que eles ficassem sabendo.

Depois que falei com mamãe e ela desligou o aspirador de pó, me agasalhei bem e saí, enfrentando o vento forte. Papai abrira o portão da garagem e estava mexendo no removedor de neve. O cascalho lá dentro estava limpo e seco, o que me deu um leve desconforto, pois o cascalho pertencia ao lado de fora, que estava coberto de neve, portanto havia uma espécie de desequilíbrio entre o lado de dentro e o lado de fora. Enquanto estava dentro de casa, eu não pensava em nada disso, mas, quando vi...

"Vou dar uma passada na casa do Per", gritei.

Papai, que travava uma luta colossal com o removedor de neve, virou a cabeça e assentiu. Eu lamentei um pouco ter sugerido que nos encontrássemos no sopé da colina, talvez fosse muito perto, meu pai costumava ter um sexto sentido para desvios de comportamento. Por outro lado, já fazia um bom tempo que ele perdera o interesse por mim. Quando cheguei ao local onde ficavam as caixas de correio, ouvi o barulho do removedor de neve no alto da colina. Olhei para trás para verificar se dava para ele me ver. Como não dava, desci o morro, margeando a pista para diminuir a chance de ser percebido. No fim, parei para esperar, já bem próximo do rio. Três carros passaram em sequência do outro lado. O amarelo de seus faróis como que rasgava a imensidão cinza. A neve sobre os campos havia descolorido o céu, cuja luminosidade parecia ter sido absorvida pela escuridão. A água no leito do rio semicongelado era escura e reluzente. Aí ouvi o motor de um carro reduzindo a marcha numa curva a poucos metros de distância. Era um ruído metálico, devia ser um carro velho. Era Tom, sem dúvida. Avistei-o na pista, acenei com a mão quando ele se aproximou. Ele freou e parou do meu lado. Tom baixou o vidro.

"E aí, Karl Ove?", disse.

"E aí?", respondi.

Ele sorriu.

"Levou um esporro?", perguntei.

"Aquele filho da puta babaca", disse Jan Vidar, que estava no banco do carona.

"Não foi nada", disse Tom. "Vocês vão sair hoje à noite?"

"Vamos. Você não?"

"Só dar uma voltinha."

"E fora isso?"

"Tudo bem."

Ele me lançou um olhar condescendente, seguido de um sorriso.

"As coisas de vocês estão no porta-malas."

"Está aberto?"

"Claro, vai lá."

Eu contornei o carro, abri o porta-malas, e peguei as duas sacolas de plástico vermelho e branco do meio da confusão de ferramentas, caixas de ferramenta e daqueles troços elásticos com ganchos usados para prender coisas no teto do carro.

"Peguei tudo", disse. "Obrigado, Tom. Não vamos esquecer disso."

Ele deu de ombros.

"A gente se vê", eu disse para Jan Vidar.

Ele fez que sim com a cabeça, Tom levantou o vidro, acenou levando o indicador e o médio até a testa como sempre, engatou a primeira marcha e subiu a colina. Eu escalei o barranco nevado, fui para o meio das árvores, seguindo contra o fluxo da correnteza talvez uns vinte metros, e pus as garrafas no pé de um tronco de bétula fácil de encontrar, enquanto ouvia o carro de Tom se afastando.

Esperei alguns minutos no meio das árvores, para que minha saída durasse o tempo necessário para não levantar suspeitas. Só então voltei para casa, onde papai estava entretido removendo a neve do entorno. Ele não usava gorro nem luvas, empurrava a máquina vestindo seu velho casaco forrado de pele de cordeiro e um cachecol grosso afrouxado ao redor do pescoço. A neve removida que o vento não carregava era lançada a alguns metros de distância. Eu fiz um sinal com a cabeça para ele quando passei, ele olhou rapidamente para mim, mas sua expressão permaneceu impassível. Quando entrei na cozinha, depois de pendurar o casaco no hall, mamãe estava sentada, fumando. Uma vela bruxuleava no parapeito da janela. O relógio do fogão mostrava três e meia da tarde.

"Tudo sob controle?", perguntei.

"Sim", ela respondeu. "Vai ser animado. Não quer comer antes de ir?"

"Vou preparar uns sanduíches", eu disse.

No balcão havia um enorme pacote branco de *lutefisk*. Dentro da pia estava cheio de batatas ainda sujas de terra. Num canto a luz da cafeteira estava acesa, e a jarra pela metade.

"Mas acho que vou esperar um pouco", eu disse. "Não preciso sair antes das sete. Que horas eles chegam?"

"Papai vai buscar seus avós, acho que daqui a pouco. Gunnar chega por volta das sete."

"Então acho que vamos nos encontrar", eu disse, e segui para a sala, parei diante da janela e olhei para o vale, depois fui até a mesa de centro, peguei uma laranja, sentei no sofá e a descasquei. As luzes da árvore de Natal brilhavam, as chamas cintilavam na lareira, e as velas em copos de cristal reluziam na mesa decorada do outro lado da sala. Pensei em Yngve, imaginei como ele lidava com essas situações na sua época de colégio. Agora ele não tinha mais problemas, estava em Vindilhytta, no interior do condado de Aust-Agder, com todos os seus amigos. Ele só dera as caras na véspera do Natal, e voltara o mais rápido possível, no dia 27. Nunca morou conosco ali. No verão em que nos mudamos, ele começara o terceiro e último ano, e não quis se separar dos amigos. Isso deixou papai furioso. Mas Yngve estava inflexível, não iria se mudar, fez um empréstimo escolar, pois papai não lhe deu uma única coroa, e alugou um quarto não tão distante da nossa antiga residência. Papai quase não lhe dirigia a palavra nos poucos fins de semana que ele passava conosco. O clima entre eles era um gelo. No ano seguinte Yngve serviu o Exército, e lembro que num fim de semana ele trouxe a namorada, Alfhild, para casa. Foi a primeira vez que ele fez isso. Papai, claro, não apareceu, ficamos só Yngve, Alfhild, eu e mamãe. Somente no domingo à noite, quando descíamos a colina até o ponto de ônibus, papai subiu de carro. Ele parou, baixou o vidro e cumprimentou Alfhild com um sorriso. Eu jamais tinha visto aquele sorriso. Era radiante, caloroso. Com certeza, ele nunca sorrira assim para nenhum de nós. Em seguida ele desviou o olhar e prosseguiu no rumo de casa, enquanto nós continuamos nosso caminho até o ponto do ônibus.

Aquele era mesmo o nosso pai?

Toda a gentileza e atenção de mamãe com Alfhild e Yngve foi eclipsada por aquele olhar, que não durou mais de quatro segundos no rosto de papai. Aliás, provavelmente fora assim que ela agira nos fins de semana em que Yngve vinha sozinho para casa e papai permanecia a maior parte do tempo no térreo do celeiro, só aparecendo para as refeições, durante as quais sua recusa em dirigir a Yngve uma única pergunta que fosse ou em lhe dedicar um mínimo de atenção era o que ficava impresso na memória quando terminava o fim de semana, apesar de todos os esforços de mamãe para agradar Yngve. Era papai quem ditava o tom da casa, ninguém podia fazer nada em relação a isso.

O ruído do removedor de neve cessou de repente. Eu me levantei, peguei as cascas da laranja, fui para a cozinha, onde mamãe agora estava descascando batatas, abri o armário ao lado dela e joguei as cascas na lixeira, avistei papai cruzando a entrada de carros enquanto corria a mão pelos cabelos do seu jeito bem característico, e em seguida subi as escadas até meu quarto, onde entrei, tranquei a porta, pus um disco e tornei a me deitar.

Nós tínhamos pensado em várias maneiras de ir até Søm. Tanto o pai de Jan Vidar como a minha mãe se ofereceriam para nos dar uma carona, o que de fato fizeram assim que lhes contamos nossos planos. Mas as duas sacolas de cerveja, claro, eliminaram essa possibilidade. A solução a que chegamos foi a seguinte: Jan Vidar diria a seus pais que minha mãe nos levaria, enquanto eu diria aos meus que quem nos levaria seria o pai de Jan Vidar. Era um pouco arriscado, porque às vezes nossos pais se encontravam, mas a chance de surgir a questão sobre quem dera a carona era tão insignificante que decidimos tentar a sorte. Isso resolvido, era só pensar em como ir até lá. Os ônibus não passavam por ali na noite de Ano-Novo, porém descobrimos que uma linha estaria funcionando no cruzamento de Timenes, a cerca de dez quilômetros de distância. Precisaríamos então pegar uma carona até lá, se tivéssemos sorte, alguém nos levaria até o destino final, caso contrário pegaríamos o ônibus. Para evitar perguntas e suspeitas, tudo teria de acontecer depois que os convidados tivessem chegado. Ou seja, depois das sete. O ônibus passaria às oito e dez, então, com alguma sorte, tudo correria bem.

Tomar um porre requeria planejamento. As bebidas tinham que ser obtidas antecipadamente, era preciso achar um lugar seguro para guardá-las, transporte de ida e volta, e evitar os pais ao chegar em casa. Desde a primeira bendita ocasião em Oslo, portanto, eu só me embebedara duas vezes. Na segunda, quase fiquei maluco. Liv, a irmã de Jan Vidar, acabara de ficar noiva de Stig, um militar que conhecera em Kjevik, onde ela e o pai trabalhavam. Ela queria casar jovem, ter filhos e ser dona de casa, sonho um tanto incomum para uma garota da sua idade, que, embora apenas um ano mais velha que nós, parecia habitar outro planeta. O casal nos convidou para uma reunião com alguns amigos seus numa noite de sábado. Como não tínhamos outros planos, aceitamos o convite e, dias depois, lá estávamos nós, sentados num sofá de uma casa num lugar qualquer, tomando vinho caseiro e vendo TV. Era para ser um jantar aconchegante, havia velas sobre a mesa, o prato era lasanha, e poderia de fato ter sido aconchegante, não fora o vinho, disponível em grande quantidade. Bebi, e fiquei tão eufórico quanto na outra vez, mas agora minha memória foi apagada e eu não me lembrava de nada que acontecera entre o quinto copo de vinho e o instante em que acordei deitado numa adega escura, vestindo uma calça e um suéter de moletom que jamais tinha visto, e dei com as roupas que eu usava totalmente empapadas de vômito em cima de um balde cheio de toalhas. Consegui identificar uma máquina de lavar roupas junto a uma parede, um cesto de roupas sujas ao lado dela, um freezer horizontal junto a outra parede, com vários trajes impermeáveis sobre a tampa. Havia ainda samburás, uma rede, uma vara de pescar e uma prateleira cheia de ferramentas e quinquilharias. Esse cenário, tão novo para mim, foi o que visualizei na primeira olhada, só depois é que fui acordar mais descansado e com a mente em ordem. Minha cabeça estava a alguns passos de uma porta entreaberta, que eu empurrei e fui dar na cozinha, onde Stig e Liv estavam sentados, com as mãos entrelaçadas e transbordando de felicidade.

"Oi", cumprimentei.

"Você não é o Garfield?", perguntou Stig. "Está tudo bem?"

"Tudo", respondi. "Que foi que aconteceu mesmo?"

"Você não lembra?"

Balancei a cabeça.

"De nada?"

Ele riu. Nesse instante Jan Vidar surgiu vindo da sala.

"E aí?", disse ele.

"E aí?", repeti.

Ele sorriu.

"E aí, Garfield?"

"Que história é essa de Garfield?"

"Você não lembra?"

"Não. Não lembro de nada. Mas estou sabendo que vomitei."

"Estávamos vendo TV. Um filme do Garfield. E aí você levantou e ficou batendo no peito e dizendo que era o Garfield. Aí voltou a sentar e ficou rindo. E aí falou de novo: 'I'm Garfield! I'm Garfield!'. E depois vomitou. Na sala. No carpete. E aí caiu no sono. Bangue. Bum. Numa poça de vômito. E era impossível fazer contato com você."

"Puta que pariu. Me desculpem."

"Não é tão grave", disse Stig. "Dá para lavar o carpete. Agora temos que levar vocês dois para casa."

Só então eu senti o pânico tomar conta de mim.

"Que horas são?"

"Quase uma."

"Só uma? Ah, então tudo bem. Eu disse que ia voltar à uma. Então vou chegar só alguns minutos atrasado."

Stig não bebeu, e nós o acompanhamos até o carro e entramos, Jan Vidar na frente, eu no banco detrás.

"Você não lembra de nada, mesmo?", perguntou Jan Vidar no caminho.

"Não, porra, nada."

Aquilo me deixou orgulhoso. A história toda, tudo que eu tinha dito e tudo que eu tinha feito, até mesmo o vômito, me deixou orgulhoso. Era quase isso que eu queria ser. Mas, quando Stig parou o carro diante das caixas de correio e eu subi a ladeira escura vestido com roupas de outra pessoa, carregando as minhas num saco plástico, o que eu senti foi medo.

Eles têm que estar dormindo. Tomara que eles estejam dormindo.

E parecia que realmente estavam dormindo. Pelo menos as luzes da cozinha estavam apagadas, e isso era sempre a última coisa que faziam antes de ir se deitar. Mas, quando abri a porta e entrei no hall na ponta dos pés, ouvi a voz deles. Estavam no andar de cima, no sofá em frente à TV, conversando. Nunca faziam isso.

Estariam me esperando? Controlando meus horários? Meu pai era do tipo que iria conferir meu hálito. Seus pais faziam isso com ele, eles costumavam rir disso agora, mas na época certamente não riam.

Passar despercebido por ali seria impossível, a escada terminava praticamente ao lado deles. O jeito era enfrentar a situação.

"Olá", eu disse. "Ainda estão de pé?"

"Olá, Karl Ove", respondeu mamãe.

Subi as escadas bem devagar e, quando estava no campo de visão deles, parei.

Estavam sentados lado a lado, papai com o braço apoiado no braço do sofá.

"Você se divertiu?", perguntou mamãe.

Será que ela *não* tinha percebido?

Duvido.

"Foi o.k.", respondi, avançando uns passos. "Vimos TV e comemos lasanha."

"Que bom", ela disse.

"Mas estou morto de cansado. Acho que já vou me deitar."

"Pode ir. Nós também já estamos indo."

Fiquei a quatro metros deles, vestido com as roupas de outra pessoa, minhas roupas imundas num saco plástico. E fedendo a álcool. Mas eles não perceberam.

"Boa noite, então", eu disse.

"Boa noite", responderam.

E isso foi tudo. Como consegui, não faço a menor ideia, apenas agradeci a sorte. Escondi no armário o saco com as roupas e, quando fiquei sozinho em casa, lavei-as no banheiro, deixei-as secando no meu quarto, e só depois as coloquei no cesto de roupas sujas na área de serviço, como de hábito.

Ninguém jamais disse nada sobre isso.

Beber me fazia bem, punha as coisas em movimento. E eu era impelido a algo, um sentimento de... não exatamente de infinitude, mas, bem, a algo sem limites. Algo que eu poderia explorar cada vez mais. Era um sentimento nítido e distinto de todos os outros.

Sem fronteiras. Era isso, um sentimento de ausência de fronteiras.

Então eu estava muito animado. E, mesmo que na outra ocasião tivesse dado tudo certo, dessa vez eu havia tomado algumas medidas de precaução. Levaria comigo escova e pasta de dentes, e comprara pastilhas de eucalipto, balas de menta e chiclete. E levaria também uma muda de camisa.

Dava para ouvir a voz de papai na sala lá embaixo. Sentei-me, estiquei os braços acima da cabeça, inclinei-os para trás, depois para a frente até onde conseguia, primeiro um braço, depois o outro. Minhas juntas estavam doloridas, tinham ficado assim o outono inteiro. Eu estava crescendo. Na foto da minha turma do nono ano, tirada no fim da primavera, minha altura estava na média. Agora eu já tinha quase um metro e noventa. Meu maior medo era não parar por ali e continuar a crescer. Havia um garoto no colégio, de uma turma anterior à minha, que media quase dois metros e dez e era um varapau.

Eu tinha pavor de ficar igual a ele, pensava nisso várias vezes por dia. De quando em quando pedia a Deus, em quem não acreditava, que não deixasse isso acontecer. Não acreditava em Deus, mas quando criança pedia coisas a Ele, e fazer isso agora era como trazer de volta a esperança da infância. Querido Deus, faça-me parar de crescer, eu implorava. Deixe-me ficar com um metro e noventa, ou um e noventa e um, um e noventa e dois, mas não mais que isso! Prometo ser uma pessoa muito boa se atender ao meu pedido. Querido Deus, querido Deus, está me ouvindo?

Ah, eu sabia que era uma coisa estúpida, mas assim mesmo implorava, pois não havia nada de estúpido no medo que eu sentia, ele era simplesmente insuportável. Outro medo, ainda mais forte, que senti naquela época foi quando descobri que meu pinto entortava quando estava ereto. Eu era deformado, uma aberração, e, ignorante, não sabia se era possível dar um jeito naquilo, operar ou o que quer que fosse. À noite eu me levantava e provocava uma ereção só para ver se ele tinha se modificado. Mas não, nunca. Ele era torto, merda, quase encostava na barriga. E não era curvo, também? Torto e curvo como a porra de um galho de árvore. Isso significava que eu jamais conseguiria ir para a cama com ninguém. Como isso era praticamente a única coisa que eu desejava, ou com a qual sonhava, meu desespero chegava ao auge. Botei na cabeça que iria conseguir corrigi-lo. E eu bem que tentava, empurrava-o para baixo até doer. Ele ficava mais reto. Mas doía muito. E não daria para ir para a cama com uma garota segurando o pinto daquele jeito, daria? Que mais eu poderia fazer, porra? Havia algo a ser feito? Isso não saía da minha cabeça. Toda vez que meu pau ficava duro, o pânico se instalava. Se estivesse num sofá beijando uma garota, talvez apalpando seus seios, e meu pinto ficasse duro como um espeto dentro das calças, eu sabia que aquele era o meu limite, aquele sempre seria o meu limite. Era pior que impotência, pois não só me tornava incapaz de agir, como também era grotesco. Mas eu podia pedir a Deus que impedisse isso? Sim, podia, e no fim era o que eu fazia. Querido Deus, eu pedia. Querido Deus, permita que meu órgão sexual fique reto quando se encher de sangue. Só vou pedir isso uma vez. Então, por favor, seja generoso e faça com que meu desejo se realize.

Quando comecei no ensino médio, todos os calouros se reuniram uma manhã na arquibancada do ginásio de Gimle, não lembro mais a ocasião, mas um dos professores, um notório nudista das praias de Kristiansand, famoso por ter pintado sua casa usando apenas uma gravata, que não tomava banho, vestia-se como um boêmio provinciano e tinha os cabelos brancos encaracolados em permanente desalinho, leu um poema para nós, enquanto caminhava por entre as fileiras da arquibancada, e a certa altura cantou, para gargalhada geral, louvores à ereção reta.

Eu não ri. Achei que meu queixo tinha caído quando ouvi aquilo. Boquiaberto e com os olhos vidrados, fiquei ali imóvel enquanto o insight lentamente tomava forma dentro de mim. Todos os pintos duros são tortos. Ou, se não todos, ao menos a maioria, do contrário não haveria razão para exaltar a ereção reta num poema.

De onde vinha o grotesco? Apenas dois anos antes, quando nos mudamos, eu era um garotinho de treze anos, com a pele lisa, que não conseguia pronunciar os erres, mais que satisfeito em poder nadar, andar de bicicleta e jogar futebol naquele lugar novo, onde nada acontecia sem a minha presença. Ao contrário, nos primeiros dias de aula todos queriam falar comigo, um aluno novo era um fenômeno raro por ali, todos naturalmente queriam saber quem eu era, o que fazia. À tarde e nos fins de semana acontecia de garotas virem de bicicleta de Hamresanden para me encontrar. Eu estava jogando futebol com Per, Trygve, Tom e William, e lá vinham elas, pedalando pela rua, duas garotas, o que queriam? Nossa casa era a última, depois dela era somente floresta, depois duas fazendas, e depois floresta, floresta e mais floresta. Elas subiram a colina empurrando as bicicletas, olharam para nós e desapareceram atrás das árvores. Depois voltaram e pararam para nos observar.

"O que elas querem?", perguntou Trygve.

"Vieram ver Karl Ove", respondeu Per.

"Você está de brincadeira", disse Trygve. "Não vieram de bicicleta lá de Hamresanden para *isso*. São dez quilômetros, cara!"

"O que elas viriam fazer aqui, então? Sem dúvida não vieram ver você", retrucou Per. "Você sempre esteve aqui, certo?"

Nós ficamos observando enquanto elas atravessavam os arbustos. Uma delas usava um casaco cor-de-rosa, o da outra era azul-claro. Cabelos longos.

"Deixa pra lá", Trygve disse. "Vamos jogar."

E continuamos a jogar na pequena várzea onde o pai de Per e de Tom tinha enfiado duas traves. As garotas se detiveram quando chegaram numa touceira de juncos a uns cem metros de distância. Eu as conhecia, não tinham nada de especial, então as ignorei, e depois de ficarem atrás dos juncos cerca de dez minutos, como se fossem pássaros estranhos, deram meia-volta, subiram nas bicicletas e foram para casa. Outra ocasião, algumas semanas mais tarde, três garotas se aproximaram de nós quando estávamos fazendo um bico no enorme galpão da fábrica de parquê. Nosso trabalho consistia em empilhar tacos sobre os paletes, separando cada camada com tábuas, era esse o combinado, e depois que aprendi a carregar vários tacos de uma vez, atirando-os direitinho no lugar, o trabalho até que rendia algum dinheiro. Podíamos entrar e sair quando quiséssemos, em geral íamos para lá quando voltávamos da escola e empilhávamos um monte, depois íamos para casa comer alguma coisa, retornávamos e ficávamos lá até de noite. Queríamos tanto o dinheiro, que trabalharíamos toda tarde e todo fim de semana, mas na maioria das vezes não havia o que fazer, ou porque já tínhamos enchido o galpão, ou porque os trabalhadores da fábrica tinham feito tudo no seu turno. O pai de Per trabalhava na administração, então era através de Per ou através de William, cujo pai dirigia um caminhão da fábrica, que a tão esperada notícia nos chegava: tem trabalho. Foi numa noite dessas que as três garotas vieram nos ver no galpão. Elas também moravam em Hamresanden. Dessa vez eu estava prevenido, corria o boato de que uma das garotas do sétimo ano estava interessada em mim, e lá estava ela, consideravelmente mais ousada que as duas passarinhas escondidas atrás dos juncos, pois Line, esse era o seu nome, veio na minha direção e apoiou os braços na moldura de tábuas da pilha de tacos, e lá ficou, confiante, mascando chiclete, observando o que eu estava fazendo, enquanto suas duas amigas se mantinham à distância. Como eu tinha ouvido que ela estava a fim de mim, achei que devia aproveitar a oportunidade, pois, ainda que ela estivesse no sétimo ano, sua irmã era modelo fotográfico e, embora Line ainda não fosse, ela iria ficar maravilhosa. Era o que todos diziam sobre ela, que iria ficar maravilhosa, todo mundo elogiava seu potencial. Ela era magra e tinha as pernas longas, cabelos escuros compridos, era pálida com as maças do rosto salientes e uma boca desproporcionalmente grande. Sua magreza, seu jeito um tanto desengonçado, como o de uma bezerra recém-nascida, me deixaram um pouco cético. Mas Line tinha belos quadris. A boca e os olhos também eram bonitos. Outra coisa que não a favorecia era que ela também não conseguia pronunciar os erres e dava a impressão de ser estúpida, ou ao menos distraída. Essa era a sua fama. Ao mesmo tempo ela era popular na sua classe, todas as garotas queriam tê-la como amiga.

"Oi", disse ela. "Vim te fazer uma visita. Gostou?"

"Estou vendo", respondi. Virei-me de lado, equilibrei uma pilha de tacos no antebraço e os atirei no espaço demarcado pela moldura de tábuas, onde caíram direitinho, empurrei com o pé os que estavam desalinhados e apanhei uma nova braçada.

"Quanto você ganha por hora?", ela perguntou.

"É por trabalho. São vinte coroas por duas pilhas, quarenta por quatro."

"Ah", fez ela.

Per e Trygve, que cursavam o mesmo ano que Line mas estavam em outra classe e tinham demonstrado repetidas vezes sua antipatia por ela e por sua turma, estavam trabalhando a alguns metros dali. Na hora tive a impressão de que pareciam anões. Baixinhos, curvados para a frente, fazendo caretas, estavam lá, no meio do enorme galpão cheio de paletes até o teto, trabalhando sem parar.

"Você gosta de mim?", ela perguntou.

"E como não gostar?", eu disse. Quando a vi entrando pelo portão, decidi não desperdiçar aquela chance, mas, agora que ela estava ali e o caminho estava livre, eu não tive como, não consegui dizer o que tinha que dizer. De um modo que eu não sabia bem qual era mas que assim mesmo fazia todo sentido, ela era bem mais sofisticada que eu. O.k., talvez ela fosse um pouco ignorante, mas era sofisticada. E era com essa sofisticação que eu não conseguia lidar.

"Eu gosto de você", ela disse. "Mas acho que você já sabe, não é?"

Eu me inclinei para a frente e arrumei uma das pilhas, o rosto inesperadamente ruborizado.

"Não", respondi.

Então ela ficou em silêncio por algum tempo, apoiada na moldura, mascando o chiclete. As amigas atrás da pilha de tacos pareciam impacientes. Por fim ela se endireitou.

"Tudo bem, então", disse. Virou-se e foi embora.

O problema não foi ter estragado tudo, pior foi a maneira como aconteceu, eu não ter tido coragem de dar o passo que faltava, cruzar a última ponte. E, quando a novidade que eu representava deixou de interessar, nada mais me chegava de graça. Ao contrário, as antigas opiniões que as pessoas tinham sobre mim aos poucos voltavam à tona. Eu podia pressenti-las, ouvir seu burburinho, embora não houvesse o menor contato entre as duas localidades onde eu morara. Ainda no primeiro dia de aula bati os olhos numa determinada garota, ela se chamava Inger, tinha lindos olhos amendoados, a pele levemente bronzeada, um nariz pequeno, infantil, que ressaltava suas feições arredondadas, e ela exalava frieza, exceto quando sorria. Tinha um sorriso livre e doce que eu admirava e achava infinitamente encantador, tanto porque não envolvia nem a mim nem a outros como eu, era algo que brotava da essência do seu ser, apenas ela mesma e seus amigos eram dignos daquele sorriso, e também porque seu lábio superior era levemente protuberante. Ela estava um ano atrás de mim e, ao longo dos dois anos que passei naquela escola, jamais troquei uma palavra com ela. Em vez disso, namorei com sua prima, Susanne. Éramos de classes diferentes do mesmo ano, ela morava numa casa do outro lado do rio. Seu nariz era afilado, a boca pequena e os dentes da frente um tanto protrusos, mas os seios eram fartos e arredondados, os quadris na medida exata, e o olhar provocante, como se ela sempre soubesse o que queria. Estava sempre se comparando às outras garotas. Enquanto Inger, com toda aquela inacessibilidade, era cheia de segredos e mistérios, e seu encanto consistia quase inteiramente em coisas que eu desconhecia mas apenas suspeitava ou sonhava, Susanne era uma igual, pensávamos mais ou menos do mesmo modo. Com ela eu tinha menos a perder, menos a temer, mas também menos a ganhar. Eu tinha catorze anos, ela quinze, e bastaram alguns dias para nos enamorarmos, como é comum acontecer nessa idade. Pouco depois foi Jan Vidar que começou a namorar a amiga dela, Margrethe. Nossos relacionamentos se situavam em algum lugar entre a infância e a adolescência, e as fronteiras entre esses dois universos eram instáveis. Sentávamos no mesmo banco no ônibus escolar pela manhã, sentávamos um ao lado do outro quando toda a escola comparecia às reuniões das manhãs de sexta-feira, íamos de bicicleta para as aulas de crisma que eram dadas na igreja uma vez por semana, e depois ficávamos juntos num cruzamento ou no estacionamento do shopping, em todas essas situações agíamos como se Susanne e Margrethe fossem moleques como nós. Mas nos fins de semana era diferente:

podíamos ir ao cinema no centro da cidade ou para a casa de alguém, comer pizza e tomar coca enquanto víamos TV ou ouvíamos música abraçados. Estava chegando a hora, era só o que pensávamos. O que algumas semanas antes havia sido um enorme passo adiante, o beijo, já era uma conquista do passado: Jan Vidar e eu tínhamos discutido como procederíamos, os detalhes práticos, como, por exemplo, de que lado sentar, o que dizer para dar início ao processo que iria culminar no beijo, ou se não seria melhor partir logo para a ação sem dizer nada. Tudo isso agora começava a se tornar quase mecânico: depois de comer pizza ou lasanha, as garotas sentavam no nosso colo e começávamos a nos agarrar. Às vezes também deitávamos no sofá, um casal em cada extremidade, mas só se tivéssemos certeza de que ninguém iria entrar na sala. Susanne ficou sozinha em casa uma noite de sexta. Jan Vidar veio de bicicleta até minha casa à tarde, de lá seguimos margeando o rio e cruzamos a ponte estreita até chegar à casa, onde as duas já estavam à nossa espera. Os pais de Susanne tinham feito pizza, nós comemos, Susanne sentou no meu colo, Margrethe no colo de Jan Vidar, no aparelho de som tocava "Telegraph Road", do Dire Straits, e naquela sala eu fiquei agarrando Susanne, e Jan Vidar ficou agarrando Margrethe durante o que pareceu ser uma eternidade. *Eu te amo, Karl Ove*, ela sussurrou no meu ouvido a certa altura. *Vamos para o meu quarto?* Eu fiz que sim com a cabeça e nos levantamos, de mãos dadas.

"Nós vamos para o meu quarto", disse ela aos outros dois. "Assim vocês podem ficar mais à vontade."

Eles olharam para nós e assentiram. E continuaram a se agarrar. O cabelo longo e escuro de Margrethe encobria quase totalmente o rosto de Jan Vidar. As línguas giravam uma na boca do outro. Ele acariciava as costas dela, seus dedos corriam de cima a baixo, enquanto seu corpo permanecia imóvel. Susanne sorriu para mim, apertou minha mão e me conduziu pelo corredor até seu quarto. Estava escuro e frio lá dentro. Eu já estivera ali, e gostava de estar na casa dela, ainda que seus pais sempre estivessem lá e, em geral, nós só fizéssemos o que Jan Vidar e eu costumávamos fazer, ou seja, conversar, ir para a sala ver TV com os pais, comer alguma coisa na cozinha, dar longas caminhadas pela margem do rio, mas agora não estávamos mais no quarto escuro e com cheiro de suor de Jan Vidar, com seu amplificador e seu aparelho de som, sua guitarra e seus discos, suas revistas de música e seus gibis, não, estávamos no quarto claro e perfumado de Susanne, revestido de papel de parede branco florido, com seu edredom bordado, sua estante branca cheia de enfeites e livros, o armário branco com as roupas cuidadosamente arrumadas e penduradas. Quando vi suas calças jeans lá dentro, ou dobradas no encosto de uma cadeira, engoli em seco, porque era com aquelas mesmas calças que ela cobriria suas coxas e quadris, puxando o zíper e abotoando o cós. O quarto estava repleto de tantas promessas que eu mal conseguia expressá-las, elas apenas erguiam ondas de emoção dentro de mim. Outras razões também me faziam gostar de ficar ali. Seus pais por exemplo, eles eram sempre simpáticos, havia algo nos modos daquela família que me dava a certeza de que eu significava algo para eles. Eu era alguém na vida de Susanne, alguém de quem ela falava para os pais e para a irmã mais nova.

Então ela foi fechar a janela. A neblina era tão forte que as luzes das casas vizinhas quase desapareciam no cinza. Alguns carros passaram pela rua lá embaixo, o som de suas músicas vibrava. Depois, tudo voltou a ficar quieto.

"Hum", eu disse.

Ela sorriu.

"Hum", disse ela, e sentou na beirada da cama. Eu não tinha outra expectativa senão deitar e ficar perto dela. Uma vez eu enfiara a mão por baixo da sua jaqueta e tocara em seu seio, ela disse não e eu tirei a mão. Um não que não era áspero nem de reprovação, apenas uma declaração, como que invocando alguma lei a que nós dois estivéssemos sujeitos. Voltamos a nos agarrar, só fazíamos isso, e, ainda que eu sempre estivesse a fim quando nos encontrávamos, logo me cansava daquilo. Depois de um tempo quase me dava náuseas, pois havia algo de inútil e sem solução naquilo, todo o meu ser tentando achar uma saída, que eu sabia que existia mas era impossível alcançar. Eu queria avançar, mas era obrigado a ficar ali, num perpétuo girar de línguas e com o cabelo dela caindo sobre o meu rosto.

Sentei-me ao seu lado. Ela sorriu para mim. Eu a beijei, ela fechou os olhos e se recostou na cama. Eu me deitei sobre ela, senti seu corpo macio debaixo do meu, ela deu um gemido, será que eu era pesado demais? Deitei-me então ao seu lado, com as pernas sobre as dela. Comecei a alisar seu ombro, depois o braço. Quando minha mão chegou aos seus dedos, ela os apertou com força. Ergui a cabeça e abri os olhos. Ela estava olhando para mim. Seu rosto, branco na penumbra, estava sério. Eu me inclinei e beijei o seu pescoço. Nunca tinha feito aquilo. Apoiei a cabeça no seu peito. Ela correu a mão pelos meus cabelos. Eu ouvia seu coração bater. Passei a mão em seus quadris. Ela ficou tensa. Levantei a blusa dela e pus a mão na sua barriga, que em seguida beijei. Ela agarrou a blusa pela barra e lentamente a tirou. Eu não acreditei no que vi. Lá estavam, bem diante de mim, seus seios nus. Na sala, tocava de novo "Telegraph Road". Não hesitei e rocei-os com os lábios. Primeiro um seio, depois o outro. Esfreguei minhas bochechas neles, lambi-os, suguei-os, por fim os acariciei e a beijei. Por instantes me esqueci completamente dela. Nem nos meus devaneios eu passara desse ponto, e agora estava ali, mas dez minutos depois senti o mesmo fastio, de repente aquilo já não me satisfazia, por mais intenso que fosse, eu queria mais, queria chegar lá, e decidi tentar, primeiro desabotoando a sua calça. Consegui, ela não disse nada, continuou deitada de olhos fechados como antes, com a blusa levantada até o queixo. Abri o zíper. A calcinha branca ficou à mostra. Eu engoli em seco. Peguei a calça na altura do cós e a abaixei. Ela não disse nada. Apenas se mexeu um pouco para facilitar. Quando a calça estava na altura dos joelhos, enfiei a mão na calcinha. Senti os pelos macios. *Karl Ove*, ela disse. Tornei a me deitar sobre ela, nos beijamos, e enquanto isso abaixei sua calcinha, não muito, o suficiente para deslizar um dedo por seus pelos, e, quando senti a ponta do dedo úmida, algo em mim pareceu se romper. Foi como um golpe no abdômen, seguido de uma espécie de espasmo nas virilhas. No instante seguinte tudo pareceu estranho para mim. De uma hora para outra, seus seios nus e suas coxas nuas perderam todo o significado. Mas, pelo que pude perceber, não para ela, que continuava deitada do mesmo jeito, com os olhos fechados, a boca entreaberta, a respiração ofegante, tomada por uma sensação que até pouco antes também me dominara porém agora não mais.

"Que foi?", perguntou ela.

"Nada", eu disse. "Mas talvez a gente devesse descer e ficar com eles, não?"

"Não. Espere mais um pouco."

"O.k."

Então continuamos. Nós nos abraçamos, mas eu já não sentia nada, podia muito bem estar preparando um sanduíche. Beijava os seus seios e aquilo não me excitava, tudo era estranhamente neutro, seus mamilos eram só mamilos, a pele era só pele, o umbigo era só umbigo, mas aí, de repente, para meu espanto e deleite, tudo voltou a ser como antes, e de novo não havia nada que eu tivesse mais vontade do que estar ali deitado, cobrindo-a de beijos.

Foi quando alguém bateu na porta.

Nós nos sentamos, ela levantou as calças num movimento brusco e abaixou a blusa.

Era Jan Vidar.

"Vocês já estão vindo?", perguntou.

"Sim", respondeu Susanne. "Já estamos descendo. Dá só um tempinho."

"São dez e meia", disse ele. "É melhor irmos embora antes que seus pais voltem."

Enquanto Jan Vidar recolhia seus discos e os colocava numa sacola de plástico, meu olhar cruzou com o de Susanne e eu sorri para ela. Quando já estávamos no hall, prontos para sair, antes de nos despedirmos com um beijo ela piscou para mim.

"A gente se vê amanhã!", disse ela.

Estava garoando. As minúsculas partículas de água desenhavam halos enormes nas lâmpadas dos postes.

"E aí?", perguntei. "Como foi?"

"Como sempre", disse Jan Vidar. "Ficamos lá nos agarrando. Não sei se quero ficar com ela por muito mais tempo."

"Ah. Então não está exatamente apaixonado."

"Você está?"

Dei de ombros.

"Talvez não."

Chegamos à rua principal e seguimos por ela para cruzar o vale. De um lado havia uma fazenda, o solo encharcado que cintilava desaparecia na escuridão para ressurgir somente perto da casa principal, cujas luzes estavam acesas. Do outro lado havia duas casas velhas com jardins que se estendiam até o rio.

"E com você, como foi?", indagou Jan Vidar.

"Foi bom", eu disse. "Ela tirou a blusa."

"Quê? Verdade?"

Fiz que sim com a cabeça.

"Você está mentindo, cara. Ela não tirou."
"Tirou, sim."
"Não a Susanne."
"Ela mesma."
"E o que foi que você fez?"
"Beijei os peitos dela, o que mais eu poderia fazer?"
"Filho da mãe. Não é verdade."
"É, sim."

Não tive coragem de contar que ela havia também abaixado a calcinha. Se ele tivesse chegado perto disso com Margrethe, eu teria contado. Como não chegou, eu não queria me gabar. Além do mais, ele nunca ia acreditar. Nunca.

Eu mesmo mal podia acreditar.

"Como eles eram?", perguntou ele.
"Eles quem?"
"Os peitos, ora!"
"Eram bonitos. Do tamanho certo e firmes. Bem firmes. Ficaram empinados mesmo com ela deitada."
"Filho da puta. Não é verdade."
"É, sim, porra!"
"Puta que pariu!"

Depois disso não conversamos mais. Cruzamos a ponte sobre o rio escuro e reluzente que fluía em silêncio, atravessamos os campos de morangos e pegamos a rua asfaltada que, depois de uma curva fechada, virava uma ladeira íngreme, margeada por pinheiros escuros cujos galhos se inclinavam sobre a calçada, e depois de algumas curvas, bem no alto, passava em frente à nossa casa. Estava tudo escuro, pesado e úmido, apesar da minha lembrança do que tinha acontecido, que tornava meus pensamentos leves como bolhas de sabão. Jan Vidar por fim se contentara com a minha explicação, e, embora eu estivesse louco para lhe contar que os seios não eram tudo, havia mais, quando percebi sua expressão de desânimo eu desisti. E foi melhor assim, fazer daquilo um segredo entre mim e Susanne. No entanto, os espasmos me preocupavam. Eu quase não tinha pelos no púbis, só um ou outro, compridos e pretos, e uma das coisas que me apavorava era que isso chegasse nos ouvidos das meninas, em particular no de Susanne. Eu sabia que não podia dormir com ninguém enquanto não estivesse coberto de pelos, então para mim aquele espasmo foi uma espécie de falso orgasmo, eu tinha ido mais longe do que meu pinto permitia. Por isso a dor. Eu tivera uma espécie de ejaculação "seca". Algo que eu sabia que poderia ser perigoso. Por outro lado, minha cueca estava molhada. Poderia ser urina, poderia também ser sêmen. Ou até sangue? Os dois últimos eu achava improvável, afinal eu não era sexualmente maduro, e não havia sentido dores nas virilhas até aquele momento. O que quer que fosse, tinha doído, e me deixava preocupado.

Jan Vidar estacionara a bicicleta em frente à nossa garagem, ficamos ali conversando um pouco, depois ele foi embora pedalando e eu entrei em casa. Yngve viera naquele fim de semana, ele e mamãe estavam na cozinha, eu os vi pela janela. Papai devia estar no dormitório no celeiro. Depois que me livrei do casaco, fui até o banheiro, tranquei a porta, abaixei a calça até a altura dos joelhos, afastei minha cueca e raspei com o indicador a mancha molhada. Era gosmenta. Ergui o dedo e o esfreguei no polegar. Brilhante e gosmento. Cheirava a mar.

Mar?

Então era sêmen?

Claro que era sêmen.

Eu estava sexualmente maduro.

Exultante, entrei na cozinha.

"Quer pizza? Guardamos uns pedaços para você", disse mamãe.

"Não, obrigado. A gente comeu."

"Foi legal?"

"Foi, sim", respondi, deixando escapar um sorriso.

"As bochechas dele estão coradas", reparou Yngve. "Só pode ser de felicidade, não é?"

"Você tem que convidá-la para vir aqui um dia", disse mamãe.

"Vou convidar", eu disse, e continuei a sorrir.

O relacionamento com Susanne chegou ao fim duas semanas depois. Muito tempo antes eu havia combinado com Lars, meu melhor amigo em Tromøya, em trocar fotos das garotas mais lindas de lá por fotos das mais lindas daqui. Não me perguntem por quê. Eu tinha me esquecido completamente disso quando uma tarde chegou pelo correio um envelope com fotografias. Fotos de passaporte de Lene, Beate, Ellen, Siv, Bente, Marianne, Anne Lisbet ou sei lá como se chamavam. Eram as garotas mais lindas de Tromøya. Então era a minha vez de providenciar fotos das garotas mais lindas de Tveit. Passei uns dias debatendo com Jan Vidar, e elaboramos uma lista, agora eu teria só que conseguir as fotos. Algumas, eu poderia pedir diretamente, por exemplo, a Susann, amiga da irmã de Jan Vidar, que era crescida o suficiente para eu me preocupar com o que ela fosse pensar, Jan Vidar talvez pudesse pedir aos seus amigos fotos das namoradas. Quanto a mim, eu estava de mãos atadas: pedir uma foto era demonstrar interesse por elas, e, como eu estava saindo com Susanne, esse interesse seria inadequado o bastante para que começassem a surgir fofocas. Mas havia outras formas. Per, por exemplo, talvez tivesse fotos de Kristin, que era da classe dele. Ele tinha, e no fim eu consegui arrumar seis fotos. Era mais que suficiente, mas faltava a joia da coroa, a mais linda de todas, Inger, alguém que eu queria muito mostrar a Lars. E Inger era prima de Susanne...

Assim, certa tarde eu tirei a bicicleta da garagem e fui até a casa de Susanne. Não tínhamos combinado nada, e ela pareceu feliz quando desceu para me receber. Cumprimentei seus pais, fomos para o quarto e conversamos um pouco sobre o que faríamos, sem chegar a um acordo, falamos da escola e dos professores, antes de eu tocar o mais casualmente possível no assunto. Será que ela não teria uma foto da Inger para me emprestar?

Sentada na cama, ela enrijeceu e me encarou, confusa.

"Da Inger?", disse, por fim. "O que você vai fazer com a foto dela?"

Não achei que Susanne fosse criar problema. Eu estava namorando com ela, e o fato de ter lhe pedido diretamente só podia significar que minhas intenções eram puras.

"Não posso te contar", eu disse.

E não podia mesmo. Se tivesse contado a ela que iria mandar fotos das oito garotas mais lindas de Tveit para um amigo em Tromøya, ela iria achar que era uma delas. Ela não era, mas eu não podia lhe dizer isso.

"Não vou te dar nenhuma foto da Inger se não me contar o que vai fazer com ela", disse.

"Mas eu não posso", respondi. "Por que não me dá a foto? Não é para mim, se é isso que quer saber."

"E para quem é, então?"

"Não posso dizer."

Ela se levantou. Percebi que estava furiosa. Todos os seus movimentos eram bruscos e truncados, como se ela não quisesse mais me dar a alegria de vê-la se movendo livremente e assim compartilhar a sua graça.

"Você está apaixonado pela Inger, não está?"

Não respondi.

"Karl Ove! Está? Muita gente já me disse isso."

"Esquece a foto. Esquece."

"Então está?"

"Não. Talvez até tenha estado, logo que me mudei para cá, bem no começo, mas agora não estou mais."

"E para que quer a foto, então?"

"Não posso dizer."

Ela começou a chorar.

"Você está, sim", disse. "Está apaixonado pela Inger. Eu sei que está. Eu sei."

Se Susanne sabia, me dei conta de repente, Inger também devia saber.

Foi como se uma luz se acendesse na minha mente. Se ela sabia, não seria tão complicado ficar com Inger. Numa festa da escola, por exemplo, eu poderia chegar nela, tirá-la para dançar e ela saberia que não era apenas mais uma. Quem sabe até não demonstrasse algum interesse por mim?

Soluçando, Susanne foi até a escrivaninha na outra extremidade do quarto e abriu uma gaveta.

"Tome aqui a sua foto", disse. "E pode ir, não quero mais te ver aqui."

Ela pusera uma das mãos diante do rosto e com a outra me estendia a foto de Inger. Seus ombros tremiam.

"Não é para mim", eu disse. "Juro. Não vou ficar com essa foto."

"Seu merda. Sai daqui!"

Eu peguei a foto.

"Acabou, então?", perguntei.

Dois anos haviam se passado desde aquela noite de Ano-Novo congelada em que eu lia na cama enquanto esperava o início das comemorações.

Susanne começou a namorar outro apenas poucos meses depois. Seu nome era Terje, ele era baixo, rechonchudo, frisava o cabelo e usava um bigode estúpido. Eu achava inaceitável que ela deixasse alguém como ele tomar o meu lugar. Se bem que ele tinha dezoito anos, tinha carro, eles saíam para passear depois das aulas e nos fins de semana, mas mesmo assim: ele e não eu? Um gordinho de bigode? Bem, Susanne era livre para escolher. Foi o que pensei na época, e era o que ainda pensava, ali deitado. Mas agora eu não era mais uma criança, agora tinha dezesseis anos, não frequentava mais a escola fundamental de Ve, e sim o colégio arquidiocesano de Kristiansand.

Ouvi o rangido do portão da garagem sendo aberto. O barulho surdo do portão se encaixando, o carro sendo ligado e logo em seguida o ruído do motor. Fui à janela e lá fiquei até as duas luzes vermelhas desaparecerem na curva. Depois desci para a cozinha e pus um pouco de água para ferver, me servi das sobras da ceia de Natal, presunto, terrina de carne de porco, linguiça de cordeiro, patê de fígado, cortei algumas fatias de pão, peguei o jornal na sala, abri-o sobre a mesa e sentei para ler enquanto comia. Lá fora já estava totalmente escuro. As velinhas cintilando no parapeito da janela e a toalha vermelha na mesa tornavam a atmosfera aconchegante. Quando a água ferveu, eu aqueci o bule, joguei algumas folhas de chá e despejei na água fervente, chamando: "Mãe, quer chá?".

Não houve resposta.

Sentei-me e continuei a comer. Depois de algum tempo peguei o bule e me servi. O chá marrom-escuro, quase igual madeira, subiu pela xícara branca. Algumas folhas rodopiaram e ficaram flutuando, outras se depositaram no fundo como um tapete negro. Acrescentei leite, três colherinhas de açúcar, mexi, esperei até que as folhas voltassem a pousar no fundo da xícara, e bebi.

Hum.

Um removedor de neve passou rapidamente, com as luzes piscando. Foi quando a porta da frente se abriu. Ouvi o barulho dos sapatos sendo batidos na soleira e me virei a tempo de ver mamãe, metida no enorme casaco forrado de pele de cordeiro de papai, entrando em casa com uma braçada de lenha.

Por que estava com a roupa dele? Não era coisa que costumasse fazer.

Ela foi para a sala sem me dirigir o olhar. Tinha neve nos cabelos e na lapela do casaco. Em seguida, ouvi o barulho alto da lenha sendo jogada no cesto.

"Quer um pouco de chá?", perguntei, assim que ela voltou.

"Quero, sim, obrigada", disse ela. "Vou só tirar essas roupas."

Eu me levantei, peguei uma xícara para ela, pus a xícara do outro lado da mesa e servi o chá.

"Onde você estava?", perguntei, assim que ela sentou.

"Fui só buscar madeira."

"Mas e antes? Estou aqui faz tempo. Em vinte minutos a gente pega a madeira, não é?"

"Ah. Eu estava trocando uma lâmpada da árvore de Natal. Agora ela está acendendo."

Eu me virei e olhei pela janela do outro cômodo. O pinheiro no fim do nosso terreno brilhava no escuro.

"Posso te ajudar em alguma coisa?", perguntei.

"Não, já está tudo pronto. Tenho só que passar uma blusa. E depois falta preparar a comida, porque não tem nada para almoçar. Mas papai vai cuidar disso."

"Você pode passar minha camisa também?"

Ela fez que sim com a cabeça.

"Põe a camisa em cima da tábua."

Depois de comer, subi até o quarto, liguei o amplificador, pluguei a guitarra e sentei para tocar um pouco. Adorava o cheiro que o amplificador exalava quando aquecia, às vezes ficava com vontade de tocar apenas para senti-lo. Adorava também as pequenas coisas que tocar guitarra envolvia, o *fuzz*, o pedal, os cabos, os plugues, as palhetas, os saquinhos de cordas, o capotasto, o estojo da guitarra e seus vários compartimentos internos. Adorava as marcas: Gibson, Fender, Hagström, Rickenbacker, Marshall, Music Man, Vox, Roland. Eu ia a lojas de discos com Jan Vidar e inspecionava com ar de especialista as guitarras expostas. Para a minha própria guitarra, imitação barata de uma Stratocaster, que eu comprara com o dinheiro que ganhei de crisma, eu havia encomendado novos pickups, que, me disseram, eram de ponta, e um prendedor para eles, de um dos catálogos postais de Jan Vidar. Tudo isso era ótimo. Mas minha habilidade como guitarrista continuava ruim. Apesar de ter praticado obstinadamente por um ano e meio, os progressos foram poucos. Eu sabia todos os acordes e tinha ensaiado diversas escalas musicais incessantemente, mas nunca conseguia me libertar delas, nunca conseguia tocar de verdade, não havia conexão entre meu cérebro e meus dedos, meus dedos se comportavam como se não pertencessem ao meu corpo, e sim às escalas, que eles até conseguiam tocar com facilidade, mas o que saía do amplificador não tinha nada a ver com música. Eu passava um ou dois dias copiando um solo nota após nota para depois tocá-lo, mas nada além disso, sempre parava aí. O mesmo valia para Jan Vidar. Porém, ele era ainda mais ambicioso que eu, praticava muito mais, havia épocas em que só fazia isso, mas do seu amplificador saíam apenas escalas e cópias de solos. Ele lixava as unhas para tocar com mais facilidade, deixava a unha do polegar direito crescer para poder usá-la como palheta, comprara uma espécie de aparelho para exercitar os dedos e ficava apertando-o para fortalecê-los; com a ajuda do pai, que era engenheiro elétrico em Kjevik, ele modificou seu instrumento e o adaptou a uma espécie de sintetizador de guitarra feito em casa. Eu sempre levava minha guitarra para a casa dele, carregando o estojo numa das mãos enquanto segurava o guidão da bicicleta com a outra, e, ainda que aquilo que tocávamos no seu quarto não fosse nada brilhante, era bom, porque carregando o estojo ao menos eu *me sentia* um músico, e, embora ainda não tivéssemos nos tornado o que desejávamos ser, as coisas poderiam mudar. Não sabíamos o que o futuro nos reservava, quem poderia saber quantos ensaios seriam necessários para que nos soltássemos? Um mês? Seis meses? Um ano? Enquanto isso, nós tocávamos. Conseguimos improvisar uma banda: um certo Jan Henrik, do sétimo ano, sabia tocar um pouco de guitarra e, muito embora usasse mocassins, roupas de grife e gel nos cabelos, nós o convidamos para tocar baixo conosco. Ele aceitou, e eu, que era o guitarrista mais sofrível, passei a tocar bateria. No verão em que começaríamos o nono ano, o pai de Jan Vidar nos levou até Evje para apanharmos uma bateria ordinária que compramos com o dinheiro de uma vaquinha, e estávamos prontos para começar. Conversamos com o diretor da escola, conseguimos uma sala emprestada e, uma vez por semana, montávamos a bateria e os amplificadores e mandávamos ver.

Quando me mudei para lá, no ano anterior, ouvia bandas como The Clash, The Police, The Specials, Teardrop Explodes, The Cure, Joy Division, New Order, Echo and The Bunnymen, The Chameleons, Simple

Minds, Ultravox, The Aller Værste, Talking Heads, The B-52's, PiL, David Bowie, The Psychedelic Furs, Iggy Pop e Velvet Underground, tudo graças a Yngve, que não só gastava todo o seu dinheiro com música, mas também tocava guitarra, com seu som muito próprio e seu estilo particular, e compunha suas próprias canções. Em Tveit não havia ninguém que tivesse ouvido falar nessas bandas. Jan Vidar, por exemplo, ouvia Deep Purple, Rainbow, Gillan, Whitesnake, Black Sabbath, Ozzy Osbourne, Def Leppard e Judas Priest. Conciliar esses mundos era impossível, e, uma vez que o que tínhamos em comum era o interesse por música, um de nós teria que ceder. Sobrou para mim. Jamais comprei discos dessas bandas, mas tive que ouvi-las quando estava na casa de Jan Vidar, enquanto as músicas das minhas bandas preferidas, que naquele tempo eram muito importantes para mim, eu só ouvia quando estava sozinho. E havia ainda umas poucas "bandas obrigatórias", de que tanto ele como eu gostávamos, primeiramente Led Zeppelin, mas também Dire Straits, da parte dele por causa dos solos de guitarra. O assunto que mais discutíamos era feeling versus técnica. Jan Vidar podia comprar discos da banda Lava por achar que seus componentes eram músicos habilidosos, e não tinha aversão à banda Toto, que teve lá seus hits naquela época, enquanto eu detestava a técnica, era algo que ia de encontro a tudo que eu aprendera ao ler as revistas de música do meu irmão, nas quais a competência musical era o inimigo, e o ideal era criatividade, energia e emoção. Mas, apesar das muitas discussões e do tempo que gastamos em lojas de discos ou folheando catálogos postais, não conseguimos fazer nossa banda acontecer, éramos uns inúteis diante dos nossos instrumentos, e assim continuamos, nem sequer tínhamos a manha de, para compensar, compor nossas próprias músicas, ah, não, tocávamos as versões mais enfadonhas e medíocres possíveis de músicas como "Smoke on the Water", do Deep Purple, "Paranoid", do Black Sabbath, "Black Magic Woman", do Santana, além de "So Lonely", do Police, que só entrou no repertório porque Yngve havia me ensinado os acordes.

Éramos uma negação, um desastre, não havia a mínima chance de aquilo dar em alguma coisa, não conseguiríamos nem mesmo animar uma festa da escola, mas, embora essa fosse a realidade, não era assim que nos sentíamos. Ao contrário, aquilo dava sentido à nossa vida. Não era a minha música que nós tocávamos, mas a de Jan Vidar, que ia de encontro a tudo aquilo em que eu acreditava, mas ainda assim era exatamente isso que me motivava. A introdução de "Smoke on the Water", a própria encarnação da estupidez, a antítese do cool, era o que eu estava ensaiando numa sala da escola de Ve em 1983. Primeiro o *riff* da guitarra, depois os pratos, tsss-tsss, tsss-tsss, tsss-tsss, tsss-tsss, depois o bumbo, bum, bum, bum, depois o tarol, tá, tá, tá, e então aquela estúpida sequência de baixo, em que nos entreolhávamos com um sorriso, enquanto balançávamos a cabeça e marcávamos o compasso com a perna até chegarmos ao refrão, totalmente fora de sincronia. Não tínhamos vocalista. Quando Jan Vidar começou no colégio técnico, ele ouviu falar de um baterista de Hånes que estava apenas no oitavo ano, mas ele era o cara, tudo a ver, além disso ele tinha acesso a um local para ensaiarmos, com bateria, palco e tudo mais, então lá estávamos nós: eu, que cursava o primeiro ano do colégio e sonhava com uma carreira na música indie apesar de não ter ouvido musical, na guitarra rítmica, Jan Vidar, aluno de confeitaria, que ensaiava muito para se tornar um Yngwie Malmsteen, um Eddie van Halen ou um Ritchie Blackmore mas não conseguia dar conta dos exercícios para os dedos, na guitarra solo, Jan Henrik, a quem evitávamos fora da banda, no baixo, e Øyvind, um garoto atarracado e alegre de Hånes, desprovido de ambição, na bateria. "Smoke on the Water", "Paranoid", "Black Magic Woman", "So Lonely" e, por fim, as primeiras de Bowie, "Ziggy Stardust" e "Hang onto Yourself", cujos acordes Yngve também havia me ensinado. Nada de cantar, somente a parte instrumental. Todo fim de semana. Estojos de guitarra no ônibus, longas conversas sobre música e instrumentos na praia, nos bancos em frente às lojas, no quarto de Jan Vidar, no café do aeroporto em Kristiansand, e depois nas gravações dos ensaios, nas quais analisávamos cuidadosamente nosso desempenho na tentativa obstinada e vã de elevar a banda ao nível que tínhamos em mente.

Certo dia levei para a escola uma fita cassete com a gravação de alguns ensaios. Nos intervalos, escutava-a com fones de ouvido e ficava imaginando a quem poderia mostrar aquilo. Bassen tinha o gosto musical idêntico ao meu, então não adiantaria, pois aquilo era algo totalmente diferente, e ele jamais iria compreender. Hanne, talvez? Afinal ela cantava, e eu a admirava bastante. Mas o risco seria muito grande. Ela sabia que eu tocava numa banda, e isso era bom, me conferia um certo status superior, que talvez caísse por terra se ela nos ouvisse tocar. Pål? Sim, ele poderia ouvir. Tocava numa banda chamada Vampire, rock pesado, inspirado no Metallica. Pål, que em geral era tímido, sensível e delicado a ponto de ser quase feminino mas usava roupas de couro escuras, tocava baixo e no palco gritava como o diabo, entenderia o que pretendíamos com aquilo. Então, no intervalo seguinte eu fui até ele, disse que tínhamos gravado algumas músicas no fim de semana anterior, gostaria de ouvir e dar sua opinião? Claro. Ele pôs os fones de ouvido e apertou o play enquanto eu o olhava ansioso. Ele sorriu e me olhou perplexo. Depois de alguns minutos, começou a rir e tirou os fones do ouvido.

"Mas isso é uma droga, Karl Ove", disse. "Por que me fez ouvir essa porra? Está me tirando?"

"Droga? Como assim, droga?"

"Vocês não sabem tocar. E não cantam. É uma droga."

Ele fez um gesto de rejeição com os braços.

"Acho que temos como melhorar", eu disse.

"Desista."

Você acha que a sua banda é tão fodona assim?, pensei em dizer, mas não disse.

"O.k., o.k.", foi o que eu disse. "Mas, em todo caso, obrigado."

Ele riu novamente, ao mesmo tempo que me olhou com ar de espanto. Pål era um sujeito difícil de decifrar por causa do seu estilo metaleiro, e dos seus trejeitos que faziam a classe rir e não combinavam nem um pouco com sua timidez, a qual por sua vez não combinava com a franqueza quase total que ele era capaz de demonstrar, não se sentia ameaçado por nada. Um dia apareceu com um poema que havia publicado numa revista para garotas, *Det Nye*, que também o entrevistara. Falante, ousado, sensível, tímido, agressivo, durão. Esse era Pål. De certa forma foi bom que ele nos ouvisse tocar, porque Pål não significava nada, o fato de ele ter rido da gente não tinha a menor importância. Então tranquilamente guardei o walkman no bolso e voltei para a sala de aula. Talvez ele tivesse razão em dizer que não sabíamos tocar muito bem. Mas desde quando era preciso saber tocar alguma coisa? Ele não ouvira falar das bandas punk? De new wave? Elas não tocavam nada. Mas tinham tesão. Força. Alma. Presença.

Não muito depois disso, no começo do outono de 1984, fizemos nossa primeira apresentação. Foi Øyvind quem a conseguiu. O shopping center de Hånes completava cinco anos e marcaria a data com bexigas, bolo e música.

Os irmãos Bøksle, famosos na região havia duas décadas por suas interpretações de canções folclóricas do sul da Noruega, iriam se apresentar. Mas os administradores do shopping também queriam um número local, de preferência com algum apelo juvenil, e, como ensaiávamos a poucas quadras do shopping, nos enquadrávamos perfeitamente nesse perfil. Tocaríamos durante vinte minutos e ganharíamos quinhentas coroas pelo trabalho. Demos um grande abraço em Øyvind quando ele nos contou a novidade. Porra, enfim chegara a nossa vez.

As duas semanas que antecederam o show, marcado para as onze da manhã de um sábado, passaram voando. Ensaiamos várias vezes, tanto a banda completa como eu e Jan Vidar sozinhos, discutimos a ordem das músicas, alterando-a e tornando a alterá-la, compramos cordas novas a tempo de estreá-las na apresentação, escolhemos as roupas que usaríamos e, quando o dia chegou, nos encontramos cedo no local do ensaio para repassar as músicas várias vezes antes do show, pois, embora estivéssemos cientes de que havia o risco de gastar todas as nossas energias antes do momento decisivo, imaginamos que seria melhor estarmos bem à vontade com as músicas que iríamos tocar.

Ah, que sensação maravilhosa eu tive ao passar pelo pátio asfaltado defronte ao shopping, com o estojo da guitarra na mão. O equipamento já estava instalado num corredor que levava à praça central. Øyvind montava a bateria, Jan Vidar trocava o encordoamento da guitarra pelo que havia comprado. Alguns garotos os observavam. Logo estariam observando a mim também. Eu tinha cortado o cabelo bem curto, vestia uma jaqueta militar verde, jeans preto, cinto com tachinhas e tênis de beisebol azuis e brancos. E, claro, levava na mão o estojo da guitarra.

Do outro lado os irmãos Bøksle já faziam seu show. Um pequeno grupo, de talvez dez pessoas, estava assistindo. Outras entravam ou saíam das lojas. Ventava, e isso me fez lembrar o concerto dos Beatles no alto do prédio da Apple em 1970.

"Tudo bem?", perguntei a Jan Vidar, pondo o estojo no chão, retirando a guitarra, pegando a alça e pendurando-a no ombro.

"Tudo", disse ele. "Vamos ligar o equipamento? Que horas são, Øyvind?"

"Já passaram dez minutos."

"Faltam dez. Vamos esperar um pouco. Cinco minutos, o.k.?"

Ele foi até o amplificador e deu um gole na coca-cola que estava sobre o aparelho. Tinha uma bandana enrolada na cabeça. Usava uma camiseta branca por fora das calças pretas.

Os irmãos Bøksle continuavam a cantar.

Dei uma olhada na lista de músicas fixada atrás do amplificador.

Smoke on the Water
Paranoid
Black Magic Woman
So Lonely

"Empresta o afinador?", pedi a Jan Vidar. Ele o estendeu para mim e eu pluguei o cabo. A guitarra estava afinada, mas assim mesmo dei uma mexida nas tarraxas. Vários carros davam voltas à procura de vagas no estacionamento. Mal as portas se abriam, as crianças desciam do banco detrás, davam uns pulinhos, pegavam na mão dos pais e caminhavam na nossa direção. Todo mundo olhava para nós, mas ninguém parava.

Jan Henrik plugou o baixo no amplificador e puxou uma corda com força. O som repercutiu no pátio.

BUM.

BUM. BUM. BUM.

Os irmãos Bøksle, que continuavam a cantar, passaram a olhar fixo para nós. Jan Henrik se aproximou do amplificador e aumentou um pouco o volume. Ainda tocou mais umas notas.

BUM. BUM.

Øyvind bateu com as baquetas. Jan Vidar tirou um acorde da guitarra. Estava extremamente alta. Todo mundo olhou na nossa direção.

"Ei! Parem já com isso!", gritou um dos irmãos Bøksle.

Jan Vidar os encarou, depois se virou e deu outro gole na coca. O amplificador do baixo funcionava, o da guitarra de Jan Vidar também. Mas e quanto ao meu? Baixei o volume da guitarra, toquei um acorde, aumentei o volume lentamente até o amplificador dizer a que veio e depois aumentei um pouco mais, tudo isso enquanto espiava os dois homens que tocavam guitarra do outro lado, com as pernas abertas e um sorriso no rosto, entoando baladas adocicadas sobre gaivotas, barcos pesqueiros e poentes. Quando eles olharam para mim, com uma expressão no mínimo furiosa, eu voltei a baixar o volume. Som havia, estava tudo o.k.

"Que horas são agora?", perguntei a Jan Vidar. Seus dedos corriam de cima a baixo pelo braço da guitarra.

"Vinte minutos", respondeu ele.

"Idiotas. Já deviam ter terminado."

Os irmãos Bøksle representavam tudo aquilo a que eu me opunha, o mundo respeitável, acolhedor, burguês, e eu não via a hora de aumentar o volume do amplificador e expulsá-los dali. Até então minha rebeldia consistira em expressar opiniões divergentes na sala de aula, deitar a cabeça na carteira e tirar um cochilo, e uma vez, ao jogar um papel de lanche no chão e ouvir de um homem idoso que o apanhasse e jogasse no lixo, responder que, já que aquilo o incomodava tanto, ele que o apanhasse. Quando fui embora, meu coração batia tão acelerado que eu mal conseguia respirar. Afora isso, minha rebeldia era expressa nas músicas que eu ouvia, de bandas não comerciais, underground, descomprometidas com o establishment, que me transformavam num rebelde, alguém avesso a convenções que lutava pela mudança. E, quanto mais alto eu tocava, mais me aproximava desse ideal. Tinha comprado um cabo extralongo para poder tocar guitarra em frente ao espelho do hall, com o amplificador no quarto, no volume máximo, e era então que realmente algo acontecia, o som saía distorcido, cortante e, quase que independentemente do que eu fizesse, aquilo era agradável, a casa inteira se enchia do som da minha guitarra, e surgia uma estranha sintonia entre meus sentimentos e aqueles sons, era como se *os sons* fossem eu, como se *aquilo* fosse o meu eu verdadeiro. Eu escrevera sobre isso, na realidade a letra de uma canção, mas, como não consegui compor nenhuma melodia para acompanhá-la, denominei-a de poema quando mais tarde a escrevi no meu diário.

Eu distorço o feedback da minha alma
Toco meu coração nu
Vejo você e imagino:
Somos um só na minha solidão
Somos um só na minha solidão
Você e eu
Você e eu, meu amor

* * *

Queria escapar, fugir para a vastidão do mundo. E a única maneira que eu conhecia era através da música. Por isso estava ali, no shopping center em Hånes, naquele dia do início do outono de 1984, com minha imitação barata de uma Stratocaster, de madeira branca, que eu comprara com o dinheiro que ganhei de crisma, pendurada no pescoço e com um dedo no controle do volume, pronto para aumentá-lo assim que soasse o último acorde dos irmãos Bøksle.

O vento de repente soprou mais forte, um redemoinho de folhas passou diante de nós, assim como um cartaz de propaganda de sorvete, agitando-se e farfalhando. Tive a impressão de haver sentido uma gota de chuva na bochecha e olhei para o céu cor de leite.

"Está começando a chover?", perguntei.

Jan Vidar estendeu a palma da mão. Deu de ombros.

"Não senti nada", disse. "Mas vamos tocar assim mesmo. Nem que caia uma porra de uma tempestade."

"Também acho. Está nervoso?"

Ele meneou a cabeça com convicção.

Em seguida os irmãos acabaram de cantar. A pequena plateia aplaudiu, e os irmãos agradeceram curvando levemente o tronco.

Jan Vidar se virou para Øyvind.

"Está pronto?", perguntou.

Øyvind assentiu.

"Está pronto, Jan Henrik?"

Jan Henrik assentiu.

"Karl Ove?"

Eu assenti.

"Dois, três, quatro", disse Jan Vidar, mais para si mesmo, pois os primeiros *riffs* ele tocava sozinho.

No instante seguinte o som da sua guitarra ressoou no pátio. As pessoas se assustaram. Todo mundo olhou na nossa direção. Eu contei mentalmente. Segurei firme a palheta. Minhas mãos tremiam.

UM DOIS TRÊS — UM DOIS TRÊS QUATRO — UM DOIS TRÊS — UM DOIS.

Era aí que eu entrava.

Mas não saiu nenhum som!

Jan Vidar se virou para mim com os olhos arregalados. Esperei o compasso seguinte, pus o volume no máximo e entrei. Com duas guitarras era ensurdecedor.

um dois três — um dois três quatro — um dois três — um dois.

Agora era a vez dos pratos.

Tsss-tsss, tsss-tsss, tsss-tsss, tsss-tsss, tsss-tsss.

Bumbos. Tarol.

E aí o baixo.

bam-bam-bam-bambambambambambambambambam-bam
bam-bam-bam-bambambambambambambambambam-bam

Foi só então que voltei a olhar para Jan Vidar. Seu rosto se contorcia numa espécie de careta, e ele se esforçava para dizer algo sem recorrer à voz.

Muito rápido! Muito rápido!

Øyvind passou a tocar mais devagar. Tentei fazer o mesmo, mas foi confuso, porque tanto o baixo como a guitarra de Jan Vidar continuaram no mesmo tempo, e, quando mudei de ideia e os acompanhei, eles de repente passaram a tocar mais devagar, e agora eu era o único que tocava numa velocidade absurda. No meio da confusão reparei que o vento desgrenhava os cabelos de Jan Vidar e que alguns garotos que assistiam à nossa apresentação taparam os ouvidos. No instante seguinte nós tínhamos chegado ao primeiro refrão, e estávamos mais ou menos sincronizados. Foi quando um homem de calça clara, camisa listrada de azul e branco e casaco amarelo surgiu caminhando a passos apressados pelo pátio. Era o gerente do shopping. Vinha bem na nossa direção. A vinte metros de distância ele começou a acenar com os braços, como se estivesse tentando deter um navio. E não parava de acenar. Continuamos a tocar, mas, quando ele chegou bem à nossa frente, ainda gesticulando, já não havia dúvida de que era conosco e nós paramos de tocar.

"Que diabo vocês estão fazendo?", disse ele.

"Chamaram a gente para tocar aqui", respondeu Jan Vidar.

"Vocês estão loucos! Aqui é um shopping. É sábado. As pessoas vieram aqui para fazer compras e se divertir. Vocês não podem tocar tão alto!"

"Podemos abaixar um pouco o volume", sugeriu Jan Vidar. "Que tal?"

"Um pouco só, não", disse ele.

Uma aglomeração começava a se formar à nossa volta. Talvez quinze, dezesseis pessoas, incluindo as crianças. Nada mau.

Jan Vidar se virou e abaixou o volume do amplificador. Tocou um acorde e olhou para o gerente.

"Está bom assim?", perguntou.

"Mais baixo!", disse o gerente.

Jan Vidar abaixou um pouco mais o volume, tocou um acorde.

"Assim está melhor?", perguntou. "Também, não somos um grupo de dança."

"O.k.", respondeu o gerente. "Deixe assim, ou um pouco mais baixo."

Jan Vidar se virou e mexeu no controle do volume mais uma vez, mas eu percebi que estava só fingindo.

"Pronto", disse ele.

Jan Henrik e eu também ajustamos o volume.

"Vamos começar de novo", disse Jan Vidar.

E começamos de novo. Eu contei mentalmente.

UM DOIS TRÊS — UM DOIS TRÊS QUATRO — UM DOIS TRÊS — UM DOIS.

O gerente estava voltando para a entrada principal do shopping. Eu o observei enquanto tocávamos. Quando chegamos à parte em que tínhamos sido interrompidos, ele parou e olhou para trás. Olhou para nós. Virou-se de novo, deu mais uns passos e tornou a olhar. De repente veio em nossa direção, outra vez gesticulando furiosamente. Jan Vidar nem percebeu, estava de olhos fechados. Jan Henrik, no entanto, percebeu e ergueu uma sobrancelha.

"Chega, chega, chega", disse o gerente, parando diante de nós. "Não dá. Lamento. Vocês têm que ir embora."

"Quê?", disse Jan Vidar. "Por quê? Você disse vinte e cinco minutos."

"Não dá", repetiu ele, abaixando a cabeça e fazendo um gesto com as mãos. "*Sorry*, meninos."

"Por quê?", insistiu Jan Vidar.

"Não dá para ouvir isso. Vocês nem sequer cantam! Vamos lá. Vou pagar vocês. Aqui está."

Ele tirou um envelope do bolso interno do casaco e o estendeu para Jan Vidar.

"Aqui está", disse. "Muito obrigado por terem vindo. Mas não era isso que eu tinha em mente. *No hard feelings*, o.k.?"

Jan Vidar pegou o envelope. Deu as costas para o gerente, puxou o cabo do amplificador, desligou-o, passou a guitarra sobre a cabeça, caminhou até onde estava o estojo, abriu-o e guardou a guitarra. As pessoas ao nosso redor riam.

"Deixa pra lá", disse Jan Vidar. "Vamos embora."

Depois disso a situação da banda ficou incerta, ainda ensaiamos algumas vezes, mas sem a mínima vontade, então Øyvind avisou que não participaria do ensaio seguinte, e no outro não haveria bateria, e no outro eu tive treino de futebol... Enquanto isso, eu e Jan Vidar nos víamos cada vez menos, já que íamos a escolas diferentes, e algumas semanas depois ele mencionou que havia feito umas jam sessions com alguém de outra classe, então tocar um instrumento se tornou apenas um passatempo para mim.

Cantei "Ground Control to Major Tom", tocando os dois acordes em bemol que eu adorava e pensando nas duas sacolas de cerveja escondidas na floresta.

Quando Yngve chegou em casa para o Natal, ele trouxe um livro com canções de David Bowie. Eu as copiei num caderno de cifras, os acordes, as letras, tudo. Então pus para tocar *Hunky Dory*, faixa quatro, "Life on Mars?", e acompanhei com a guitarra, baixinho para ouvir a letra e os demais instrumentos. Senti um calafrio na espinha. Era uma canção fantástica e, quando eu tocava os acordes na guitarra, ela parecia se abrir para mim, eu me sentia transportado para dentro da música, não era mais um mero ouvinte. Se tivesse que aprender a tocar uma canção sozinho, precisaria de vários dias, pois não conseguia identificar quais acordes estavam sendo tocados, era uma trilha árdua a percorrer, pois, mesmo que chegasse a acordes semelhantes, nunca estava seguro de que eram os mesmos. Eu punha a caneta de lado, escutava com bastante concentração, pegava a caneta, tocava um acorde. Hum... Largava de novo a caneta, escutava mais uma vez, tocava o mesmo acorde, seria mesmo *aquele*? Ou *este* aqui? Isso para não mencionar todas as outras técnicas de guitarra possíveis no decorrer de uma canção. Era desesperador. Já Yngve, por exemplo, só precisava ouvir uma canção uma vez para tocá-la corretamente depois de algumas poucas tentativas. Eu vira outros como ele, era um dom que tinham, música e pensamento não eram distintos, ou talvez a música não tivesse nada a ver com o pensamento deles, e sim com a sua alma. Quando tocavam, tocavam, não ficavam repetindo mecanicamente um padrão que haviam aprendido, e ali residia a liberdade, era isso que caracterizava a verdadeira música. O mesmo valia para o desenho. Não era coisa que desse status, mas assim mesmo eu gostava de desenhar, e passava boa parte do tempo fazendo isso quando estava sozinho no quarto. Quando tinha um modelo, como um personagem dos quadrinhos, o desenho saía até passável, mas, quando não se tratava de cópia e sim de um desenho à mão livre, o resultado era bom. Também nessa área eu conhecera pessoas que tinham o dom, talvez Tone, minha colega de sala, que sem esforço conseguia desenhar o que queria, a árvore lá fora, o carro estacionado debaixo da árvore, o professor diante da lousa. Quando tivéramos que decidir as matérias optativas, eu pensei em cursar formas e cores, mas, como sabia que as coisas eram assim, que os outros alunos sabiam desenhar, tinham o dom, eu desisti. Escolhi cinema. Lembrar disso me deixava deprimido às vezes, pois eu queria muito ser alguém, queria muito ser especial.

Levantei-me, pus a guitarra no pedestal, desliguei o amplificador e desci para o térreo, onde mamãe estava passando roupa. Lá fora, a neve cobria quase totalmente a luz das lâmpadas acima da porta e nas paredes do celeiro.

"Mas que tempinho!", eu disse.

"É mesmo", concordou ela.

Quando entrei na cozinha, me dei conta de que um removedor de neve acabara de passar pela rua. Talvez fosse uma boa ideia limpar a neve acumulada nas laterais.

Virei-me para mamãe.

"Acho que vou lá fora remover um pouco da neve antes que eles cheguem."

"Ótimo. Você pode também acender os tocheiros? Estão na garagem, num saco encostado na parede."

"Pode deixar. Tem um isqueiro?"

"Na bolsa."

Vesti o agasalho e o casaco e saí, abri o portão da garagem, peguei uma pá, amarrei o cachecol em volta do rosto e fui até o cruzamento. Ainda que eu tivesse ficado de costas para a neve que açoitava os campos, ela castigava meus olhos e minhas bochechas enquanto eu cavava a neve fresca e a antiga acumulada. Minutos depois ouvi o barulho de uma explosão, longínqua e abafada, como se partisse de um cômodo, e ergui a cabeça a tempo de ver ao longe, no alto do céu escuro, um pequeno clarão. Deviam ser Tom, Per e o pai deles testando os fogos que haviam comprado. Se isso os animava, comigo era o oposto, pois aquele clarão só conseguira intensificar a sensação de vazio que se seguira a ele. Nenhum carro, nenhuma alma, só o negrume da floresta, a nevasca, a fileira de luzes imóveis dos postes ao longo da rua. A escuridão estendendo-se vale abaixo. O barulho da pá que desbastava a neve compacta e o som da minha respiração eram como que amplificados pelo cachecol enrolado em volta do gorro e das orelhas.

Quando terminei, voltei para a garagem, guardei a pá, tirei os quatro tocheiros do saco, acendi-os um após o outro, não sem sentir um certo prazer, pois as chamas eram tão delicadas, e seu brilho azul oscilava para cima e para baixo conforme o vento soprava. Fiquei um tempo pensando qual o melhor lugar para colocá-los, e cheguei à conclusão de que dois deles deveriam ser postos diante da porta da frente e dois sobre o muro defronte ao celeiro.

Mal acabara de instalar os tocheiros, os dois do muro escorados num montinho de neve, e de fechar o portão da garagem, ouvi um carro subindo a curva em direção à casa. Tornei a abrir o portão da garagem e entrei em casa apressado, tinha que estar *completamente* pronto antes que eles chegassem, sem deixar rastros das minhas atividades recentes. Essa pequena obsessão se tornou tão forte que eu corri para o banheiro, peguei uma toalha e com ela sequei as botas, de modo a eliminar os vestígios de neve fresca, e depois fui buscar meu casaco, o gorro, o cachecol e as luvas. Ao descer as escadas, vi o carro parado, com as lanternas acesas. Meu avô, com a mão na porta, esperava minha avó descer.

Quando eu estava sozinho em casa, cada cômodo tinha sua própria característica, que, se não era exatamente hostil, também não me deixava à vontade. Era como se eles não quisessem se subordinar à minha pessoa mas quisessem existir por sua própria vontade, com suas próprias paredes, pisos, tetos, rodapés, janelas escancaradas como bocas que bocejam. Eu sentia a morte dominar aqueles cômodos, era isso que me incomodava, não digo morte como interrupção da vida, mas como ausência de vida, da mesma maneira como há ausência de vida numa pedra, num copo d'água, num livro. A presença do nosso gato, Mefisto, não era forte o suficiente para afastar essa sensação, eu via apenas o gato num ambiente ermo, mas, caso alguém entrasse ali, mesmo que fosse um recém-nascido, essa impressão desaparecia. Meu pai preenchia os ambientes com inquietação, minha mãe os preenchia com doçura, paciência, melancolia e às vezes, quando voltava do trabalho exausta, com uma irritação leve, ainda que perceptível. Per, que nunca passara do hall de entrada, o preenchia com alegria, expectativa e submissão. Jan Vidar, até então o único que entrara no meu quarto além da minha família, o preenchia com obstinação, ambição e companheirismo. Era interessante quando várias pessoas se reuniam ali, pois no quarto não havia espaço para mais de uma influência, no máximo duas, e nem sempre a mais forte era a mais óbvia. A submissão de Per, por exemplo, a polidez com que tratava os adultos, era mais forte que a natureza lupina do meu pai, quando ele passava rapidamente diante da porta e acenava para Per com a cabeça. Mas era raro haver alguém além de nós ali dentro. Exceções eram as visitas dos meus avós paternos e do irmão do meu pai, Gunnar, com sua família. Eles vinham com frequência, talvez três, quatro vezes por semestre, e eu sempre ficava feliz quando chegavam. Em parte porque aquela pessoa que minha avó fora para mim quando eu era criança não tinha se modificado agora que eu crescera, e a felicidade radiante que dela emanava, a qual não se devia apenas aos presentes que ela sempre me trazia, mas também ao seu amor genuíno por crianças, ainda iluminava a imagem que eu tinha dela, e em parte por causa da leveza com que meu pai reagia a tais eventos. Ele ficava mais afável comigo, me tratava como alguém que merecia sua confiança, e isso não era o mais importante, pois a afabilidade que demonstrava com seu filho era somente uma faceta da grande generosidade que tomava conta dele nessas ocasiões: ele se tornava encantador, espirituoso, sábio e bem-humorado, o que de certa forma justificava a mescla de sentimentos que eu nutria por ele e o fato de que a eles dedicasse tanto tempo.

Quando eles chegaram à entrada, mamãe abriu a porta.
"Olá, bem-vindos!", disse ela.
"Olá, Sissel", respondeu vovô.

"Que tempo horrível!", exclamou vovó. "Você já viu isso? Mas devo dizer que os tocheiros ficaram muito bonitos."

"Deixe que eu pego os casacos de vocês", disse mamãe.

Vovó usava um chapéu redondo de pele escura, que tirou e sacudiu algumas vezes para limpar a neve, e um casaco de pele escura, que entregou a mamãe junto com o chapéu.

"Que bom que você foi nos buscar", disse ela, virando-se para papai. "Não teríamos como vir dirigindo com esse tempo!"

"Não sei, não", objetou vovô. "Se bem que aqui é bem longe e a estrada é cheia de curvas."

Vovó entrou no hall, alisou o vestido e ajeitou o penteado.

"Aí está você!", me disse com um sorriso nos lábios.

"Olá", respondi.

Atrás dela vinha meu avô, carregando seu casaco cinza. Mamãe passou na frente de vovó, pegou o casaco das mãos dele e o pendurou no cabide ao lado do espelho debaixo da escada. Papai veio em seguida, limpando a neve dos sapatos na soleira da porta.

"Ei, olá", disse vovô. "Seu pai me disse que você vai a uma festa de réveillon..."

"Vou, sim", respondi.

"Como vocês cresceram", disse vovó. "Imagine só, festa de réveillon."

"É, a gente não serve mais para nada", disse papai do hall, passando a mão nos cabelos e balançando a cabeça algumas vezes.

"Vamos para a sala?", convidou mamãe.

Eu os segui e me instalei na poltrona de vime ao lado da porta que dava para o jardim, enquanto eles sentavam no sofá. Os passos pesados de papai ecoaram primeiro nas escadas, depois no teto da sala, que ficava debaixo do seu quarto.

"Vou fazer um cafezinho para nós", disse mamãe, levantando-se. O silêncio que se apoderou da sala quando ela saiu passou a ser responsabilidade minha.

"Erling está em Trondheim, não é?", perguntei.

"Com certeza", respondeu vovó. "Eles iam passar o réveillon em casa."

Ela usava um vestido de seda azul com estampas pretas no busto. Brincos de pérolas brancas, gargantilha de ouro. Cabelo escuro, talvez tingido, mas eu não tinha certeza, senão por que aquela mecha grisalha na sua testa? Ela não era gorda nem sequer rechonchuda, porém era robusta, o que contrastava com seus gestos, sempre rápidos. Mas a primeira coisa que chamava a atenção em vovó eram os olhos. Eram de um azul-celeste límpido e, não sei se por causa da cor bastante incomum ou pelo contraste com o cabelo escuro, pareciam quase artificiais, como se fossem duas pedras preciosas. Os olhos do meu pai eram exatamente iguais aos dela, e davam a mesma impressão. Além do amor por crianças, outra virtude que sobressaía em vovó era a habilidade que tinha para a jardinagem. Quando a visitávamos no verão, em geral estava no jardim, e, quando eu pensava nela, era lá que a imaginava. Luvas, cabelos desalinhados pelo vento, atravessando o gramado com uma braçada de galhos ressecados para atear fogo, ou ajoelhada diante de um buraco que acabara de cavar, afofando cuidadosamente a terra ao redor das raízes para ali plantar uma arvorezinha, ou olhando por cima do ombro para se assegurar de que o aspersor começara a girar quando ela abrira a torneira sob a varanda, e logo em seguida se erguer e, com as mãos na cintura, admirar o vapor d'água sendo lançado pelo ar, rebrilhando na luz do sol. Ou se agachando na colina atrás da casa para arrancar as ervas daninhas que brotavam nos vãos das rochas da mesma forma que a água se acumula em piscinas nos recifes de um arquipélago, separadas do seu ambiente original. Lembro-me de sentir pena daquelas plantas, isoladas e expostas nos rochedos onde estavam, eu imaginava como tinham desejado a vida que viam se desenvolver sob elas. Logo abaixo havia uma profusão de plantas se entrelaçando umas nas outras, criando continuamente combinações que variavam de acordo com a hora do dia e a época do ano, como era o caso da velha pereira e das ameixeiras que minha avó um dia trouxera da chácara dos seus avós no interior, as sombras tremulavam sobre a grama à medida que o vento soprava a folhagem num daqueles dias preguiçosos de verão, nos quais o sol se punha além do horizonte na boca do fiorde e dava para ouvir o burburinho longínquo da cidade crescendo e diminuindo como ondas quebrando no ar, misturando-se ao zunido das vespas e abelhas que faziam seu trabalho no roseiral perto do muro, onde as pétalas pálidas resplandeciam brancas e tranquilas em meio a todo o verde. Na época, o jardim já era impregnado de uma atmosfera antiga, uma dignidade e uma integridade que só o tempo pode conferir e que sem dúvida era a razão de ela ter construído uma estufa no baixio do terreno, quase oculta atrás de um rochedo, onde podia se dedicar ao seu hobby e também cultivar espécies raras de árvores e plantas, sem macular o restante do jardim com algo artificial e provisório. No outono e no inverno por vezes podíamos avistá-la lá embaixo, uma silhueta colorida atrás das paredes opacas, e não era sem uma ponta de orgulho que ela observava, entusiasmada, que os pepinos e tomates na mesa não provinham do supermercado mas da estufa no jardim.

Vovô não se interessava pelo jardim e, quando vovó e papai, ou vovó e Gunnar, ou ainda vovó e Alf, irmão de vovô, discutiam sobre plantas, flores ou árvores, pois na família era grande a paixão por tudo que se pode cultivar, ele preferia folhear um jornal, quem sabe em busca de um cupom de descontos ou para conferir a tabela de resultados dos jogos da rodada. Eu sempre achei tão estranho que um homem que trabalhava com números se ocupasse justamente de números nas horas vagas, em vez de, por exemplo, ir cuidar do jardim, trabalhar com carpintaria ou exercitar o corpo. A única outra coisa que eu sabia que lhe agradava era política. Se a conversa fosse para esse lado, ele se animava, suas opiniões eram firmes, mas sua disposição para o debate era maior ainda, de modo que ele gostava quando alguém o contradizia. Nas poucas vezes em que mamãe externou seus pontos de vista de esquerda, os olhos dele não transmitiram nada além de cordialidade, ainda que seu tom de voz tenha se elevado e ficado mais ríspido. Minha avó, por sua vez, nessas ocasiões sempre lhe pedia que mudasse de assunto ou se acalmasse. Ela costumava fazer comentários irônicos, e às vezes era até mordaz, mas ele não reagia, e, se estivéssemos por perto, ela piscava para nós, deixando claro que não estava falando sério. Ria com facilidade e adorava relembrar todos os episódios divertidos que vivenciara ou que haviam lhe contado. Lembrava-se de todos os comentários engraçados que Yngve fazia quando criança, os dois eram muito próximos, ele tinha morado com ela por seis meses quando era menino, e mais tarde passara longas temporadas em sua casa. Ela nos contava também as coisas estranhas que aconteceram com Erling na escola de Trondheim, mas o que mais impressionava eram as histórias da década de 1930, quando ela trabalhou como motorista de uma rica senhora idosa que provavelmente sofria de demência senil.

Agora eles haviam entrado na casa dos setenta, minha avó alguns anos mais velha que meu avô, mas ambos eram lúcidos e tinham boa saúde, e continuavam a viajar para o exterior no inverno, como sempre fizeram.

Por alguns instantes ninguém falou. Eu me esforcei para achar algo para dizer. Olhei pela janela para aliviar o peso daquele silêncio.

"Como é que está indo no colégio arquidiocesano?", perguntou vovô finalmente. "Stray já conseguiu dizer alguma coisa sensata?"

Stray era nosso professor de francês. Era um homem baixo, atarracado, calvo e cheio de energia, de cerca de setenta anos, que tinha uma casa perto do antigo escritório do meu avô. Pelo que sei, eles se envolveram numa querela qualquer, talvez uma disputa sobre os limites da propriedade, não sei se levaram o caso aos tribunais, nem se a questão foi resolvida, mas de todo modo eles não se cumprimentavam havia muitos anos.

"Bem", respondi. "Ele só me chama de 'moleque do canto'."

"Posso imaginar", disse vovô. "E o velho Nygaard?"

Dei de ombros.

"Vai bem, acho. Continua fazendo as mesmas coisas. Ele é da velha escola. Falando nisso, de onde você o conhece?"

"Através de Alf."

"Ah, claro."

Vovô se levantou e foi até a janela, cruzou os braços nas costas e ficou espiando lá fora. A não ser pelas poucas luzes que vinham das janelas, estava completamente escuro daquele lado da casa.

"Está vendo alguma coisa, meu velho?", perguntou vovó, piscando para mim.

"Esta casa é muito bem localizada", vovô observou.

Nesse instante mamãe entrou na sala com quatro xícaras nas mãos. Ele se voltou para ela.

"Acabei de dizer a Karl Ove que esta casa é muito bem localizada!"

Mamãe parou, como se não conseguisse falar enquanto andava.

"Sim, nós estamos muito satisfeitos com este lugar", disse, ali parada, com as xícaras nas mãos, olhando para vovô com um leve sorriso nos lábios. Havia algo... sim, seu rosto quase corou naquele instante. Não que estivesse envergonhada ou constrangida, nada disso. Era como se ela não estivesse usando um artifício para se proteger. Aliás, ela jamais fazia isso. Quando falava, era sempre para dizer o que tinha em mente, nunca apenas por falar.

"A casa é tão antiga", continuou ela. "A idade transparece nas paredes. Isso tem um lado bom e um lado ruim. Mas é um lugar agradável para viver."

Vovô concordou e tornou a olhar para a escuridão. Mamãe foi pôr as xícaras na mesa de centro.

"Mas o que aconteceu com o anfitrião?", perguntou vovó.

"Estou aqui", disse papai.

Todos se voltaram. Ele estava em pé diante da mesa posta na sala de jantar, debaixo da viga da laje, com uma garrafa de vinho na mão, obviamente estudando o rótulo.

Como ele chegara ali?

Não ouvi um único ruído. E, se havia algo em que eu reparava naquela casa, era nos movimentos dele.

"Você pode apanhar um pouco mais de lenha antes de sair, Karl Ove?", ele pediu.

"O.k.", eu disse. Levantei-me, fui para o hall, enfiei os pés nas botas e abri a porta da frente. O vento me agrediu. Mas pelo menos tinha parado de nevar. Atravessei o pátio e entrei no depósito de madeira sob o celeiro. A luz da única lâmpada no teto reluzia nas paredes de tijolos. O chão estava quase completamente coberto de lascas e aparas de madeira. Na parede havia um machado pendurado. No canto a motosserra laranja e preta que meu pai comprara quando nos mudamos. Na propriedade havia uma árvore que ele queria derrubar. Quando estava prestes a fazê-lo, a motosserra não funcionou. Ele passou horas examinando-a, amaldiçoando-a, e depois entrou em casa e telefonou para reclamar na loja onde a comprara. "Que há de errado com a motosserra?", perguntei, quando ele voltou. "Nada", respondeu ele. "Só uma coisa que eles esqueceram de me dizer." Devia ser algum tipo de trava de segurança, pelo que entendi, para impedir que crianças acionassem a máquina. Então ele ligou a motosserra, derrubou a árvore e passou a tarde inteira cortando-a em pedaços. Ele gostava do que estava fazendo, percebi. Mas depois daquilo não encontrou mais uso para a motosserra, que desde então ficou ali largada.

Peguei a maior quantidade de lenha que conseguia carregar, meti o pé na porta e cambaleei de volta pelo pátio, imaginando, antes de mais nada, a impressão que causaria, tirei os sapatos na entrada e caminhei meio torto, quase sucumbindo ao peso, até a sala.

"Olha só", disse vovó, ao me ver. "É muito peso para você carregar, coitado!"

Só fui parar perto do cesto de lenha.

"Espere um pouco, vou te ajudar", disse papai, vindo na minha direção, retirando a lenha do topo da pilha e pondo-a no cesto. Seus lábios estavam secos, os olhos, frios. Ajoelhei e deixei o resto escorregar pelos braços.

"Agora temos madeira suficiente até o verão", disse ele.

Levantei-me, limpei as lascas de madeira da camisa e sentei na poltrona, enquanto papai se agachava, abria a portinhola da lareira e atirava lá dentro duas achas de lenha. Ele usava um terno escuro e uma gravata cor de sangue, sapatos pretos, e uma camisa branca contrastando com os olhos azuis cor de gelo, a barba preta e o leve bronzeado da pele. No verão ele tomava sol sempre que podia, em agosto seu corpo costumava ficar bem moreno, mas naquele inverno ele devia ter feito bronzeamento artificial, me ocorreu agora, a não ser que houvesse tomado tanto sol no verão que o bronzeado tivesse se tornado permanente.

A pele em torno dos seus olhos começara a rachar, assim como racha o couro seco, formando discretos pés de galinha.

Ele olhou seu relógio de pulso.

"Acho bom Gunnar chegar logo, se for para cearmos antes da meia-noite", disse.

"É o tempo", disse vovó. "Ele deve estar dirigindo com muito cuidado hoje."

Papai olhou para mim.

"Já não tem que ir?"

"Tenho, sim", eu disse. "Mas vou esperar para falar com Gunnar e Tove."

Papai bufou.

"Vá logo se divertir. Você não tem nada que ficar aqui fazendo sala conosco, garoto."

Eu me levantei.

"Sua camisa está pendurada lá no armário", avisou mamãe.

Eu levei a camisa para o meu quarto e me troquei. Calça preta de algodão, larga na cintura, estreita na barra, com bolsos laterais, camisa branca, blazer preto. O cinto com tachinhas que eu planejava usar, enrolei-o e enfiei na mochila, pois, embora não fosse exatamente proibido usá-lo, era um item que chamaria a atenção, e isso eu não queria de jeito nenhum. Além dele, pus na mochila um par de Doc Martens pretos, uma muda de camisa, dois maços de Pall Mall Mild, chicletes e pastilhas. Quando terminei, fui até a janela. Eram sete e cinco. Eu já devia ter saído, mas precisava esperar Gunnar o máximo de tempo possível, pois, se ele não tivesse chegado, corria o risco de encontrá-lo no caminho. Carregando duas sacolas de cerveja, não seria uma boa ideia.

Além do vento e das árvores na borda da floresta, que mal podiam ser vistas de casa, nada se mexia.

Se eles não chegassem em cinco minutos, então eu sairia.

Vesti o casaco, fiquei diante da janela por um instante, ansioso para ouvir o barulho de um carro, olhando fixo para o local onde avistaria os faróis, depois me virei, apaguei a luz e desci as escadas.

Papai estava na cozinha, despejando água numa panela grande. Ergueu os olhos quando cheguei.

"Já vai?", perguntou.

Fiz que sim com a cabeça.

"Tenha uma ótima noite", desejou ele.

Chegando ao sopé da colina, onde os rastros da manhã já tinham sido encobertos pela neve e pelo vento, eu fiquei parado como uma estátua por alguns instantes, tentando ouvir qualquer barulho. Quando tive plena certeza de que nenhum carro se aproximava, subi a colina e entrei na mata. As sacolas estavam onde eu as deixara, cobertas por uma fina camada de neve que escorregou pelo plástico assim que as apanhei. Com uma em cada mão, voltei, parei atrás de uma árvore e novamente tentei ouvir algum barulho. Como o silêncio continuava absoluto, venci o monte de neve ao lado da estrada e corri até a curva. Não havia muitas casas nos arredores e o tráfego mais pesado passava pelo outro lado do rio, logo, se algum carro se aproximasse, eram grandes as chances de que fosse o de Gunnar. Subi o morro e passei em frente à casa de William. A casa ficava um pouco recuada, bem rente ao ponto onde a floresta se erguia por uma montanha bastante íngreme. A luz azul da TV piscava na sala. Era uma casa da década de 1970, o terreno ao redor estava cheio de entulho e pedras, havia um balanço quebrado, uma pilha de troncos de madeira debaixo de uma lona, um carro avariado e alguns pneus. Nunca entendi por que viviam daquela maneira. Será que não queriam morar bem?

Ou não tinham recursos? Ou não se importavam? Ou achavam que moravam bem daquele jeito mesmo? O pai era gentil e atencioso, a mãe sempre irritada, os três filhos usavam roupas ou muito grandes ou pequenas demais.

Certa manhã, indo para a escola, vi pai e filha escalando um monte de rochas do outro lado da estrada, ambos com a testa sangrando, a garota com um lenço branco manchado de sangue amarrado na cabeça. Lembro de ter achado que havia algo de animalesco neles, porque não diziam nada, não gritavam, apenas escalavam calmamente as rochas. Rente à escarpa, o caminhão deles, que colidira contra uma árvore. Pouco mais abaixo corria o rio escuro e reluzente. Perguntei-lhes se precisavam de ajuda, lá da escarpa o pai respondeu que não, que estavam bem, e, ainda que aquela cena fosse insólita a ponto de ser quase impossível sair dali, tive a impressão de que era imoral ficar assistindo àquilo, então continuei meu caminho para o ponto de ônibus. Na única vez que me permiti virar-me para ver o que estava acontecendo, eles claudicavam pela estrada, o pai, como sempre de macacão, com o braço em torno do corpo frágil da menina de onze anos.

Nós costumávamos zombar dela e de William, eles se irritavam com facilidade e não eram bons de discussão, palavras e ideias não eram o seu forte, mas eu não me dera conta de que aquilo os magoava até que, num dia entediante de verão, quando eu e Per tocamos a campainha para chamar William para jogar futebol, sua mãe apareceu na varanda e nos pôs para correr, sobretudo a mim, porque eu me achava superior a todo mundo e em particular ao seu filho e à sua filha. Eu retruquei, ela também não era muito hábil com as palavras, mas por outro lado sua irritação não se aplacava, então só o que ganhei com isso foi o sorriso de admiração de Per diante da minha destreza verbal, a qual não demorou a ser esquecida. As pessoas que moravam ali, contudo, não a esqueceram. O pai era muito afável para se meter, mas a mãe... seu semblante ficava pesado toda vez que ela me via. Para mim eles eram alvo da minha zombaria, nada mais. Se William fosse à escola de bermuda, se dissesse uma bobagem mais grave, não havia motivo para que ele não fosse objeto de gozação. Não era assim que as coisas eram? E cabia a ele interromper a gargalhada que desencadeava. Eu mesmo não era exatamente invulnerável, meu flanco estava ali, aberto, para quem quisesse ver, e, caso ninguém se interessasse, não conseguisse explorar minhas fraquezas, não era problema meu. As condições eram as mesmas para todo mundo. Na escola William andava com uma turma que saía para fumar na garoa, dirigia mobilete aos treze anos e começava a abandonar a escola aos catorze, gente que brigava e bebia, e eles também caçoavam de William, mas de um modo que ele tolerava, pois sempre havia algo para ele usar como parâmetro, ele sempre achava um jeito de se sair bem. Conosco, isto é, com os que moravam na vizinhança, era diferente, o sarcasmo, a ironia e os comentários mordazes o levavam à loucura, pois estava fora do seu alcance refutá-los. Mas ele precisava de nós mais do que nós precisávamos dele, e sempre voltava. Para mim aquilo era uma questão de liberdade. Quando me mudei para lá, ninguém me conhecia, e, embora no fundo eu fosse a mesma pessoa de sempre, isso me deu a chance de fazer coisas que jamais tinha feito. Por exemplo, próximo ao ponto de ônibus havia uma mercearia antiga que pertencia a duas irmãs septuagenárias, onde as mercadorias ficavam atrás de um balcão. Elas eram gentis e particularmente lentas. Quando alguém pedia algo que estava nas prateleiras mais altas e elas se viravam por um ou dois minutos, enchíamos de doces e chocolates os bolsos do casaco. Para não mencionar as ocasiões em que o que se pedia estava no porão. Em Tromøya eu jamais faria nada parecido, mas ali eu nem titubeava, ali eu não só roubava doces e chocolates de duas senhoras idosas, como também incentivava os outros a fazê-lo. Eles eram um ano mais novos que eu, mal tinham saído da cidade, em relação a eles eu me sentia um cidadão do mundo. Eles já haviam roubado morangos das plantações, por exemplo, mas eu lhes sugeri um toque de sofisticação ao propor que levassem pratos, colheres, creme de leite e açúcar às plantações de morango.

No depósito da fábrica tínhamos que preencher formulários descrevendo o trabalho que realizávamos para então receber o dinheiro correspondente, e aparentemente nunca lhes ocorrera que o sistema era sujeito a fraudes. Fomos os primeiros a praticá-las. A mudança mais importante no meu comportamento, porém, aconteceu no campo verbal, quando descobri as possibilidades que as palavras me ofereciam para insultar os outros. Eu caçoava, manipulava e ironizava, e nunca, nem uma única vez, ninguém se deu conta de que a base desse meu poder era tão instável que um único golpe seria suficiente para fazê-la ruir. Eu falava errado! Não conseguia pronunciar os erres! Bastaria que alguém me imitasse e eu estaria arruinado. Mas ninguém jamais o fez.

Quer dizer, o irmão de Per, que era três anos mais novo que eu, fez isso uma vez. Per e eu conversávamos no estábulo da casa dele, que seu pai acabara de construir ao lado da garagem para abrigar o pônei que havia comprado para sua filha, Marit, a irmãzinha de Per e Tom, tínhamos passado a tarde fora e terminamos ali, no galpão apertado e quente que recendia a cavalo e feno, quando Tom, que não gostava de mim, provavelmente porque eu tomara posse do irmão que antes estava sempre disponível para ele, de repente começou a me arremedar.

"Fode Siela?", disse ele. "Que carro é esse, Fode Siela?"

"Tom!", censurou Per.

"Fode Siela é um carro", eu disse. "Nunca ouviu falar?"

"Nunca ouvi falar de um carro chamado Fode", insistiu ele. "Muito menos Siela."

"Tom!", gritou Per.

"Ah, você quer dizer *Ford*", disse Tom.

"Claro", respondi.

"Então por que não falou logo? Forrrrrd! Sierrrrrra!"

"Para com isso, Tom", disse Per. Quando Tom fez menção de que não obedeceria, ele deu um murro no ombro do irmão.

"Ai!", gemeu Tom. "Para."

"Sai daqui, seu moleque", disse Per, e o acertou novamente.

Tom foi embora, e nós continuamos a conversar como se nada tivesse acontecido.

Era estranho que aquela tivesse sido a única vez que um dos moleques tentou explorar meu ponto fraco, já que eu zombava deles o tempo todo. Mas o fato é que não revidavam. Lá eu era rei, rei da molecada. Mas meu poder era limitado. Quando aparecia alguém da minha idade, ou que morasse mais afastado no vale, ele deixava de existir. Então eu estava sempre atento para as pessoas que me rodeavam, tanto naquela época como agora.

Pus as sacolas no chão por um instante, abri o casaco e puxei o cachecol, enrolei-o no rosto, peguei de novo as sacolas e segui em frente. O vento assobiava nos meus ouvidos, espalhando neve por toda parte, soprando-a para o alto e em seguida girando-a em redemoinhos. Eram quatro quilômetros até a casa de Jan Vidar, eu tinha que apertar o passo. Comecei a correr. As sacolas pesavam feito chumbo. Ao longe, além da curva, avistei um par de faróis aproximando-se pela estrada. Os fachos abriam clareiras na floresta. Era como se as árvores se acendessem, uma após a outra. Interrompi a marcha, apoiei um pé na beirada da valeta e cuidadosamente escondi as sacolas ali. Em seguida continuei a caminhar. Virei o rosto quando o carro passou. O motorista era um velho que eu não conhecia. Voltei vinte metros e peguei as sacolas da valeta, continuei a caminhar, fiz a curva, passei em frente à casa do homem idoso que morava sozinho, saí da floresta e divisei as lâmpadas da fábrica, a essa altura meio borradas na escuridão açoitada pela neve, cruzei a pequena fazenda abandonada, totalmente às escuras naquela noite, e havia quase chegado à última casa antes do cruzamento com a rua principal, quando outro carro apareceu. Fiz a mesma coisa que antes, escondi rapidamente as sacolas na valeta e segui em frente de mãos abanando. Dessa vez também não era Gunnar. Quando o carro passou, voltei correndo, peguei as sacolas e apressei ainda mais o passo, já eram sete e meia. Continuei a marcha, e não estava distante da rua principal quando apareceram mais três carros. De novo pus as sacolas na valeta. Tomara que seja Gunnar, pensei, porque, depois que ele se fosse, eu não precisaria mais parar e esconder as cervejas a cada carro que surgisse. Dois dos carros foram em direção à ponte, o terceiro retornou e passou do meu lado, mas também não era Gunnar. Apanhei as sacolas e peguei a rua principal, passei pelo ponto de ônibus, pela antiga mercearia, pela oficina, pelas velhas casas, tudo iluminado pelas lâmpadas dos postes, tudo castigado pela ventania, tudo deserto. Quase no alto da ladeira comprida avistei os faróis de outro carro. Ali já não havia valeta, então tive que pôr as sacolas atrás de um montinho de neve, e, como estivessem visíveis, apertei o passo para me distanciar delas.

Olhei para o interior do carro quando passou. Dessa vez era Gunnar. Ele virou a cabeça e, ao me reconhecer, freou. Um halo de pequenas partículas de neve formou-se ao redor das luzes vermelhas do freio, o carro reduziu a velocidade e, vinte metros depois, quando por fim parou, Gunnar engatou a ré. O motor guinchava.

Ele estacionou ao meu lado e abriu a porta.

"Então é você que está aí nesse tempo!", gritou.

"Sim, brrr, sou eu", respondi.

"E para onde está indo?"
"A uma festa."
"Entra aqui, te dou uma carona."
"Não, não precisa. É aqui perto. Está tudo o.k."
"Nada disso", insistiu Gunnar. "Entra aí."
Eu balancei a cabeça.
"Vocês estão atrasados. Já passou das sete e meia."
"Não tem problema. É um pulo. É noite de Ano-Novo e tudo mais. Não tem por que você ir andando nesse frio, imagina. Vamos te levar. *End of discussion.*"
Não teria mais como relutar sem levantar suspeitas.
"O.k., então", eu disse. "É muita gentileza da sua parte."
Ele espirrou.
"Senta aí atrás", disse. "E me diga para onde vamos."
Abri a porta e sentei no banco detrás. Estava quente e gostoso lá dentro. Harald, o filho deles de quase três anos, estava na cadeirinha para crianças e arregalou os olhos para mim em silêncio.
"Oi, Harald", cumprimentei-o, sorrindo.
Tove, no banco do passageiro, virou-se para mim.
"Oi, Karl Ove", disse. "Bom te ver."
"Olá. E feliz Natal."
"Então vamos", disse Gunnar. "Imagino que temos que fazer o retorno."
Eu assenti.
Fomos até o ponto de ônibus, fizemos o retorno e seguimos ladeira acima. Quando passamos pelo local onde eu deixara as sacolas, não resisti e me inclinei para ver se continuavam lá. Continuavam.
"Aonde você vai?", perguntou Gunnar.
"Primeiro para a casa de um amigo em Solsletta. Depois vamos para Søm, numa festa."
"Posso levá-los até lá então, se você quiser."
Tove olhou para ele.
"Não, não precisa", eu disse. "Já combinamos de ir de ônibus com outras pessoas."
Gunnar era dez anos mais novo que meu pai e trabalhava como contabilista numa empresa de grande porte na cidade. Ele era o único dos filhos

que havia seguido a carreira do pai, os outros dois eram professores, papai no colégio em Vennesla, Erling numa escola fundamental em Trondheim. Erling era o único a quem chamávamos de "tio", ele era mais tranquilo e não ligava tanto para status quanto os outros dois. Não tivemos muito contato com os irmãos do meu pai na infância, mas gostávamos muito dos dois, eles adoravam brincar conosco, sobretudo Erling, mas também Gunnar, o tio preferido, meu e de Yngve, talvez porque tivesse quase a nossa idade. Tinha cabelos compridos, tocava guitarra e, não menos importante que isso, tinha um barco com um motor Mercury de vinte cavalos que ficava atracado no chalé situado nos arredores de Mandal onde ele costumava passar longas temporadas nos verões da nossa infância. Na minha imaginação, as histórias que ele contava sobre seus amigos eram envoltas numa aura de mistério, em parte porque meu pai não tinha amigos, em parte porque eram pessoas das quais ouvíamos falar mas que jamais víamos, ele pegava o barco para se encontrar com elas, e eu imaginava a vida deles como uma jornada infinita entre ilhotas e recifes em barcos de corrida durante o dia, cabelos louros compridos soltos ao vento emoldurando rostos bronzeados e sorridentes, à tarde e à noite jogavam cartas e tocavam violão, quando estavam na companhia de garotas.

Mas agora ele estava casado e tinha filhos, e, embora continuasse com o barco, aquela aura de aventura romântica no mar havia desaparecido. Os cabelos compridos também. Tove, era esse o nome da sua mulher, vinha de uma família de policiais de algum lugar em Trøndelag e era professora de escola infantil.

"Como foram de Natal?", perguntou ela, virando-se para mim.

"Muito bem", respondi.

"Yngve passou com vocês, não?", disse Gunnar.

Eu assenti. Yngve era seu sobrinho predileto, decerto porque era o primogênito e porque passara um bom tempo da infância na casa dos nossos avós quando Gunnar ainda morava lá. Mas possivelmente também porque, quando criança, Yngve não era tão chorão e frágil como eu. Ele se divertira muito com Yngve. Quando eu os encontrava, tentava interagir com eles, tentava ser engraçado, contar piadas, mostrar-lhes que era tão bacana quanto eles, tão brincalhão quanto eles, tanto quanto qualquer norueguês do sul.

"Ele foi embora faz uns dias", respondi. "Foi passar o réveillon num sítio com amigos."

"É, ele está virando um cara de Arendal, sabe como é", disse Gunnar.

Passamos pela capela, fizemos a curva numa ravina onde o sol jamais brilhava e atravessamos a pequena ponte. Os limpadores de para-brisa iam de um lado para outro no seu ritmo próprio. A ventoinha zumbia. Ao meu lado Harald apenas piscava.

"A festa vai ser na casa de quem?", perguntou Gunnar. "Algum colega de classe?"

"Uma garota da outra classe, na verdade", respondi.

"É, tudo muda quando a gente entra no colégio."

"Você estudou no colégio arquidiocesano, não é?"

"Estudei, sim", disse ele, virando a cabeça o suficiente para olhar para mim antes de voltar a atenção para a estrada. Seu rosto era comprido e estreito, como o de meu pai, mas o azul dos olhos era mais escuro, mais parecido com o do meu avô que com o da minha avó. A parte detrás da cabeça era grande, como a do meu avô e a minha, enquanto os lábios, que eram delicados e revelavam mais do seu íntimo que os olhos, eram idênticos aos de papai e aos de Yngve.

Deixamos a floresta para trás, e as luzes dos faróis, que por um bom tempo só haviam iluminado árvores e penhascos, muros de casas e colinas, enfim encontravam um espaço livre pela frente.

"É bem no fim dessa reta", eu disse. "Pode estacionar ali, em frente àquela loja."

"O.k.", Gunnar disse, reduzindo até parar.

"Tchau para vocês, divirtam-se. E feliz ano novo!"

"Feliz ano novo para você também!", disse Gunnar.

Bati a porta e comecei a caminhar na direção da casa de Jan Vidar enquanto o carro fazia o retorno e voltava pelo caminho por onde viéramos. Assim que ele desapareceu, comecei a correr. Agora, sim, não me restava muito tempo. Saltei a escarpa que dava no jardim, vi a luz do quarto dele acesa, aproximei-me e bati na janela. Seu rosto surgiu um instante depois, olhando para a escuridão lá fora com os olhos semicerrados. Apontei para a porta da frente. Quando ele afinal me viu, meneou a cabeça e eu dei a volta para o outro lado da casa, onde ficava a porta.

"Desculpe", eu disse. "Mas as cervejas estão em Krageboen. Temos que ir até lá pegar."

"Por que você as deixou lá?", perguntou ele. "Por que não trouxe com você?"

"Meu tio cruzou comigo no caminho. Foi só o tempo de pôr as sacolas na valeta e ele parou. E aí insistiu para me trazer até aqui, merda. Eu não tinha como dizer não, ele ia desconfiar."

"Essa não. Puta que pariu. Que saco."

"Porra, é mesmo. Mas vamos, temos que nos apressar."

Alguns minutos depois subíamos a colina até a estrada. Jan Vidar enfiou o gorro até o meio da testa, enrolou o cachecol em volta da boca e ergueu a gola do casaco até a altura das bochechas. A única parte visível do seu rosto eram os olhos, ou nem isso, porque seus óculos redondos como os de John Lennon estavam embaçados, notei quando ele olhou para mim.

"Vamos lá, então", eu disse.

"Vamos nessa", ele concordou.

Com passos firmes, arrastando as pernas para não gastar toda a energia de uma só vez, começamos a correr pela estrada. Íamos contra o vento. A neve rodopiava à nossa volta. Lágrimas escorriam dos meus olhos apertados. Meus pés começavam a adormecer, não obedeciam mais aos meus comandos, estavam inertes dentro das botas, duros como duas achas de lenha.

Um carro passou por nós, e, quando instantes depois ele desapareceu atrás da curva no fim da estrada, nós nos demos conta da nossa lerdeza.

"Agora podemos caminhar um pouco?", sugeriu Jan Vidar.

Eu assenti.

"Só espero que as sacolas ainda estejam lá", disse.

"Quê?", gritou Jan Vidar.

"As sacolas! Espero que ninguém as tenha levado."

"Não é possível que um ladrão esteja rondando por aqui justo agora."

Rimos. Chegamos ao fim da reta e nos pusemos a correr de novo. Subimos a ladeira, onde a pista de cascalho levava a uma estranha mansão próxima ao rio, passamos pela pequena ponte, pela ravina, pela oficina mecânica em decadência, pela capela e pelas casinhas brancas da década de 1950 nos dois lados da pista, até finalmente chegarmos ao lugar onde eu deixara as duas sacolas. Cada um pegou uma sacola e começamos a voltar.

Quando estávamos diante da capela, ouvimos um carro atrás de nós.

"Vamos pegar uma carona?", sugeriu Jan Vidar.

"Por que não?", eu disse.

Com a sacola na mão esquerda e o polegar da direita erguido, sorrimos para o motorista. Ele nem sequer piscou os faróis. Continuamos a correr.

"O que vamos fazer se não conseguirmos carona?", perguntou Jan Vidar logo depois.

"Nós vamos conseguir carona", assegurei.

"Por aqui passam dois carros por hora."

"Você tem alguma sugestão melhor?"

"Não sei. Mas tem um pessoal lá na casa do Richard."

"Ah, não me venha com essa, porra."

"E Stig e Liv estão em Kjevik na casa de uns amigos. Também pode ser."

"A gente combinou ir para Søm, não foi? Aí, em pleno réveillon, você vem sugerir outros lugares! Já *é* réveillon, entende?"

"Sim, e nós estamos no meio da estrada. Grande coisa."

Atrás de nós vinha outro carro.

"Olha lá", eu disse. "Outro carro!"

Ele não parou.

Quando passamos novamente pela casa de Jan Vidar, eram oito e meia. Meus pés estavam congelados, e por pouco não sugeri que escondêssemos as cervejas e entrássemos para festejar o Ano-Novo com seus pais. *Lutefisk*, refrigerante, sorvete, bolos e fogos de artifício. Era o que sempre tínhamos feito. Nossos olhares se cruzaram e eu percebi que a mesma ideia havia passado pela cabeça dele. Mas prosseguimos. Afastamo-nos do vilarejo, seguimos pela pista até a igreja, fizemos a curva e continuamos até outro vilarejo, onde moravam Kåre e outros colegas da nossa classe.

"Acha que Kåre saiu hoje?", perguntei.

"Saiu, sim", disse Jan Vidar. "Foi para a casa do Richard."

"Mais uma razão para não irmos lá."

Não havia nada de errado com Kåre, mas também nada de certo. Kåre tinha orelhas grandes, de abano, lábios grossos, cabelo fino louro escuro e um olhar raivoso. Quase sempre estava zangado, e provavelmente tinha razões para isso. No verão em que comecei a frequentar a escola, ele estivera internado com costelas quebradas e uma fratura no punho. Havia ido à cidade com seu pai para buscar material de construção, placas de gesso entre outras coisas, e tinham carregado tudo num reboque, mas, como não amarraram direito, ao se aproximarem da ponte de Varodd o pai pediu a ele que descesse do carro e fosse sentar no reboque para evitar que a carga continuasse balançando. Kåre foi jogado para fora junto com as placas de gesso e caiu desacordado no meio da pista. Foi motivo de chacota durante todo o outono, e aquilo ainda era a primeira coisa que pensávamos quando ele aparecia.

Agora Kåre ganhara uma mobilete e passara a frequentar a turma dos que tinham bicicleta motorizada.

Do outro lado da curva morava Liv, por quem Jan Vidar sempre tivera uma queda. Eu, nem tanto. Liv tinha um corpo bonito, mas havia algo de masculino na sua índole e no seu modo de se comportar que para mim praticamente invalidava seus quadris e seios. Além disso, certa vez eu estava sentado na sua frente no ônibus quando ela acenou para algumas das outras garotas, freneticamente, e depois disse: "Argh, são horrorosas! Olha só que mãos enormes. Vocês viram?". Como a reação não foi a esperada, as garotas às quais ela se dirigira estavam olhando na minha direção, ela se virou para mim e corou de um jeito que jamais vi alguém corar, não deixando dúvida sobre quais eram as mãos que ela havia achado horrorosas.

Mais abaixo ficava o centro comunitário, em seguida uma descida curta mas íngreme no fim da qual havia uma loja e começava a vasta planície de Ryen, que se estendia até o aeroporto.

"Acho que vou fumar um cigarro", eu disse, indicando com um gesto da cabeça o ponto de ônibus ao lado do centro comunitário. "Vamos parar um pouquinho ali?"

"Pode ir", disse Jan Vidar. "Afinal, é noite de Ano-Novo."

"Que tal uma cerveja também?"

"Aqui? Para quê?"

"Você está mal-humorado ou o quê?"

"Depende do que você quer dizer com 'mal-humorado'."

"Ah, deixa disso!", eu disse, abrindo a mochila e pegando o isqueiro e o maço, pegando um cigarro e protegendo-o com a mão em concha para acendê-lo.

"Quer um?", perguntei, estendendo o maço para ele.

Ele balançou a cabeça.

Eu tossi, e a fumaça que parecia ter ficado presa na garganta desceu para o estômago, me deu náuseas.

"Argh, merda", eu disse.

"Está tudo bem?", perguntou Jan Vidar.

"Eu não costumo tossir. Mas prendi a fumaça na garganta. Não é porque eu não esteja acostumado a fumar."

"Eu sei. Quem fuma tosse quando prende a fumaça na garganta. Todo mundo sabe disso. Minha mãe fuma faz trinta anos. Toda vez que fica com a fumaça presa na garganta, ela tosse."

"Ha-ha."

Do nada um carro surgiu da curva na escuridão. Jan Vidar deu um passo adiante, esticou o braço e ergueu o polegar. O carro parou! Ele se aproximou depressa e abriu a porta. Então, virou-se para mim e acenou. Joguei fora o cigarro, pus a mochila nas costas, peguei a sacola e fui. Susanne desceu do carro. Ela se abaixou, puxou a alavanca e deslizou o banco para a frente. Depois olhou para mim.

"Oi, Karl Ove", disse.

"Oi, Susanne", respondi.

Jan Vidar já estava dentro do carro escuro. As garrafas tilintavam nas sacolas.

"Quer pôr a sacola lá atrás?", perguntou Susanne.

"Não, obrigado", eu disse. "Está bem assim."

Sentei-me, comprimindo a sacola entre as pernas. Susanne entrou no carro. Terje, que estava ao volante, se virou e olhou para mim.

"Vocês estão pegando carona na noite de Ano-Novo?"

"Be...em...", titubeou Jan Vidar, como se considerasse que na verdade não estávamos pegando carona. "Tivemos um puta azar esta noite."

Terje engatou a primeira, os pneus rodaram em falso até conseguirem acompanhar a força do motor, e nós descemos a ladeira e chegamos à pista.

"Para onde vocês estão indo, rapazes?", perguntou ele.

Rapazes.

Que filho da puta idiota.

Como é que ele podia sair com aquele cabelo frisado e achar que estava bacana? Será que ele achava mesmo que ficava o máximo com aquele cabelo e aquele bigode?

Cresça. Perca uns vinte quilos. Tire esse bigode. Corte o cabelo. E aí, sim, podemos conversar.

O que é que Susanne via nele?

"Vamos até Søm. Numa festa", eu disse. "Até onde vocês vão?"

"Nós vamos só até Hamre", respondeu ele. "Na festa da Helge. Mas podemos levar vocês até o cruzamento de Timenes, se quiserem."

"Perfeito", disse Jan Vidar. "Muito obrigado."

Eu olhei para ele. Mas ele estava olhando pela janela e não percebeu.

"Quem vai estar na casa da Helge?", perguntou Jan Vidar.

"Os de sempre", disse Terje. "Richard, Ekse, Molle, Jøgge, Hebbe, Tjådi. E Frode, John, Jomås e Bjørn."

"Nenhuma garota?"

"Sim, claro. Você acha que somos loucos?"

"Quem então?"

"Kristin, Randi, Kathrine, Hilde... Inger, Ellen, Anne Kathrine, Rita, Vibecke... Por quê? Você quer ir com a gente?"

"Nós vamos noutra festa", eu disse, antes que Jan Vidar tivesse tempo de abrir a boca. "E já estamos superatrasados."

"Principalmente se tiverem que pegar carona até lá."

Na nossa frente começavam a surgir as luzes do aeroporto. Do outro lado do rio, que cruzamos no instante seguinte, a pequena rampa de salto em esqui atrás da escola estava toda iluminada. A neve ganhara um tom alaranjado.

"Como vai a escola de comércio, Susanne?", perguntei.

"Ótima", disse ela, imóvel no banco na minha frente. "Como vai o colégio arquidiocesano?"

"Está ótimo."

"Você e Molle estão na mesma sala, não é?", perguntou Terje, me olhando de relance.

"Estamos, sim."

"Não é a sala com vinte e seis garotas?"

"É."

Ele riu.

"Que beleza, hein?"

Num dos lados da estrada, surgiu o espaço reservado para camping, coberto de neve e abandonado, do outro lado, a pequena capela, o supermercado e o posto Esso. O céu escuro sobre os telhados das casas situadas na encosta da colina se iluminava com a explosão de fogos de artifício. Um grupinho de garotos rodeava uma bateria de fogos no estacionamento, centelhas de luz explodiam em cascata. Uma fila de carros seguia lentamente na estrada paralela à nossa. Do outro lado era a praia. A baía estava oculta sob uma fina camada branca de gelo, que cem metros adiante havia rachado, expondo a escuridão do mar.

"Que horas são?", perguntou Jan Vidar.

"Nove e meia", disse Terje.

"Merda. Não vamos conseguir ficar bêbados antes da meia-noite."

"Vocês têm que voltar para casa à meia-noite?"

"Ha-ha", fez Jan Vidar.

Minutos depois Terje parou o carro no ponto de ônibus do cruzamento de Timenes e nós saltamos. Fomos para debaixo do abrigo com nossas sacolas.

"O ônibus não passava oito e dez?", perguntou Jan Vidar.

"Sim", eu disse. "Mas quem sabe ele não está atrasado?"

Nós rimos.

"Que merda, hein?", exclamei. "Bem, pelo menos agora podemos tomar uma cerveja!"

Não conseguia abrir as cervejas com o isqueiro e as passei para Jan Vidar. Sem dizer nada, ele destampou as duas garrafas e me deu uma.

"Aaah, que delícia!", eu disse, limpando a boca com as costas da mão. "Vamos matar duas ou três agora para fazer uma base e deixar o resto para mais tarde."

"Meus pés estão congelando", disse Jan Vidar. "E os seus?"

"Também estão, claro."

Pus a garrafa na boca e bebi o quanto aguentei. Só restou um pouco de cerveja no fundo. Meu estômago se encheu de espuma e gás. Tentei arrotar, mas não consegui, só regurgitei um pouco da espuma.

"Abre outra, vai", pedi.

"Deixa comigo", disse ele. "Mas, cara, a gente não pode ficar aqui a noite inteira."

Ele abriu outra cerveja e me deu. Pus a garrafa na boca e fechei os olhos, concentrado. Bebi um pouco mais da metade. Senti novamente a espuma subir pela garganta.

"Ai, *cacete*", eu disse. "Não é bom beber tão rápido."

Estávamos ao lado da rodovia que ligava as principais cidades de Sørlandet, a região sul. Normalmente ela estaria cheia de carros. Mas, durante os dez minutos que ficáramos ali, passaram apenas dois, ambos em direção a Lillesand.

O ar debaixo das potentes lâmpadas da estrada estava coalhado de flocos de neve revoltos. O vento, que a neve tornava visível, subia e descia como ondas, às vezes devagar, outras vezes bruscamente, outras em vórtices. Jan Vidar batia um pé contra o outro sem parar...

"Vamos beber, vai", eu disse. Entornei o resto e atirei a garrafa vazia na floresta atrás do ponto de ônibus.

"Me dá outra", intimei.

"Você vai vomitar logo, logo", alertou Jan Vidar. "Melhor dar um tempo."

"Deixa disso. Mais uma. Já são quase dez horas, porra."

Ele abriu outra garrafa e me deu.

"Que vamos fazer?", perguntou. "É muito longe para irmos andando. O ônibus já passou. Não tem carro para dar carona. Nem telefone público tem por aqui para ligarmos para alguém vir nos pegar."

"Nós vamos morrer aqui", eu disse.

"Olha lá!", gritou Jan Vidar. "Vem vindo um ônibus. É um ônibus de Arendal."

"Fala sério!", eu disse, olhando para o topo da colina. Na curva lá em cima surgiu um ônibus alto, maravilhoso.

"Vamos, joga fora a garrafa", Jan Vidar ordenou. "E seja simpático."

Ele acenou com a mão. O ônibus piscou a seta, parou, e a porta se abriu.

"Duas passagens para Søm", pediu Jan Vidar, estendendo uma nota de cem para o motorista. Eu espiei o corredor. Estava escuro e totalmente vazio.

"Vocês vão ter que esperar para beber isso aí", disse o motorista, enquanto pegava o troco. "Tudo bem?"

"Claro", respondeu Jan Vidar.

Sentamos num banco do meio. Jan Vidar reclinou o encosto e apoiou os pés no painel que protegia a porta.

"Aah, que delícia", eu disse. "Quentinho e gostoso."

"Hum", concordou Jan Vidar.

Inclinei-me para a frente e comecei a desamarrar as botas.

"Você sabe o endereço aonde vamos?", perguntei.

"Elgstien alguma coisa", disse ele. "Sei mais ou menos onde fica."

Tirei os pés das botas e os esfreguei com as mãos. Quando passamos pelo pequeno posto de gasolina self-service que existia ali desde quando consigo me lembrar e sempre fora o sinal de que nos aproximávamos de Kristiansand no trajeto que fazíamos para visitar meus avós na época em que morávamos em Arendal, tornei a enfiar os pés nas botas, e acabei de amarrar os cadarços exatamente quando o ônibus parou próximo à ponte de Varodd.

"Feliz ano novo!", gritou Jan Vidar para o motorista, antes de sair correndo atrás de mim na escuridão.

Embora tivesse passado de carro por lá inúmeras vezes, jamais pusera os pés na ponte, a não ser em sonho. A ponte de Varodd era um dos lugares com que eu mais sonhava. Às vezes eu apenas estava ali ao lado, observando sua estrutura, outras vezes eu caminhava sobre ela. De repente, o parapeito desaparecia e eu tinha que sentar no chão e procurar algum lugar para me apoiar, ou a ponte se desintegrava e eu afundava inexoravelmente. Quando eu era menor, era a ponte da ilha de Tromøya que assumia essa função nos meus sonhos. Agora era a de Varodd.

"Meu pai esteve na inauguração", eu disse, indicando a ponte com um gesto da cabeça quando atravessávamos a estrada.

"Que sorte", disse Jan Vidar.

Seguimos em silêncio, passando por um conjunto de casas. Geralmente a vista dali era fantástica, dava para ver Kjevik e o fiorde, que de um lado avançava terra adentro e do outro se abria para o mar. Mas naquela noite tudo estava escuro como o fundo de um poço.

"Parece que o vento diminuiu um pouco, não é?", perguntei pouco depois.

"É, parece", disse Jan Vidar, virando-se para mim. "E aí, já sentiu o efeito das cervejas?"

Balancei a cabeça.

"Nada. Que desperdício!"

Depois de andarmos um pouco, começaram a aparecer as casas. Algumas vazias e escuras, outras cheias de pessoas vestidas com roupas de festa. Numa ou noutra varanda havia gente soltando fogos. Vi um grupinho de crianças sacudindo estrelinhas. Voltei a sentir os pés congelarem. E os dedos da mão com que não estava segurando a sacola de cervejas, mesmo enrolados na luva, não se aqueceram. Porém, agora estávamos quase chegando, disse Jan Vidar, e em seguida parou no meio de um cruzamento.

"Elgstien é por aqui", apontou ele. "E depois por ali. E depois descendo ali e ali. Você escolhe. Vamos por onde?"

"Tem quatro ruas chamadas Elgstien?"

"Provavelmente. Mas qual vamos pegar? Use a sua intuição feminina."

Feminina? Por que ele disse isso? Será que me achava afeminado?

"Como assim? Por que você acha que eu tenho intuição feminina?"

"Relaxa, Karl Ove. Por onde vamos?"

Eu apontei para a direita. Seguimos naquele sentido. Procurávamos o número 13. O número da primeira casa era 23, da segunda 21, então estávamos na rua certa.

Alguns minutos depois paramos diante da casa. Era da década de 1970 e parecia um pouco decadente. A neve do caminho que levava à porta da frente não era removida havia tempo, a julgar pelos buracos das pegadas, nos quais afundávamos até os joelhos, avançando em direção à entrada.

"Como era mesmo o nome do cara da festa?", perguntei, quando paramos diante da porta.

"Jan Ronny", disse Jan Vidar, tocando a campainha.

"Jan Ronny?"

"É esse o nome dele."

A porta se abriu e nos vimos diante de quem devia ser o anfitrião. Ele tinha cabelos louros curtos, espinhas nas bochechas e no nariz, usava uma corrente de ouro no pescoço, calças jeans pretas, camisa de lenhador, de flanela, e meias de tênis brancas. Sorriu e apontou para o peito de Jan Vidar.

"Jan Vidar!", exclamou.

"É isso aí", respondeu Jan Vidar.

"E você é...", disse ele, com o indicador voltado para mim. "Kai Olav!"

"Karl Ove", corrigi.

"*What the fuck*. Vamos entrar! A festa já começou!"

Tiramos o casaco no hall e o acompanhamos, descendo a escada para a adega. Lá estavam cinco pessoas. Viam TV. A mesa diante deles estava repleta de garrafas de cerveja, tigelas com batatas fritas, maços de cigarro e tabaco a granel. Øyvind, que estava no sofá abraçado com a namorada, Lene, uma garota do sétimo ano apenas, mas bacana e tão desenvolta que nem nos lembrávamos da diferença de idade, sorriu para nós quando entramos.

"E aí?", Øyvind disse. "Que bom que vocês vieram!"

Ele nos apresentou aos outros. Rune, Jens e Ellen. Rune era do nono ano, Jens e Ellen do oitavo, enquanto Jan Ronny, que era primo de Øyvind, fazia colégio técnico, mecânica industrial. Ninguém estava com roupa de festa. Nem sequer uma camisa branca.

"O que estão assistindo?", perguntou Jan Vidar, sentando-se no sofá e pegando uma cerveja. Eu estava encostado na parede perto da janela baixa, completamente coberta de neve pelo lado de fora.

"Um filme do Bruce Lee", disse Øyvind. "Já está terminando. Mas trouxemos também A *última festa de solteiro* e um do Dirty Harry. E Jan Ronny também tem alguns. O que estão a fim de ver? Para nós tanto faz."

Jan Vidar deu de ombros.

"Para mim também. E você, Karl Ove?"

Dei de ombros.

"Tem um abridor por aí?", perguntei.

Øyvind se esticou, pegou um isqueiro na mesa e o jogou para mim. Mas eu não sabia abrir garrafas com isqueiro. Nem podia pedir a Jan Vidar que o fizesse, era coisa de gay.

Peguei uma cerveja na sacola, mordi a tampa, girei a garrafa até prendê-la num molar e puxei. A tampa se soltou com um silvo.

"Não faz isso!", censurou Lene.

"Não tem problema", eu disse.

Bebi a cerveja de um só gole. No entanto, além do gás carbônico que encheu meu estômago, obrigando-me a engolir os arrotos que se seguiram, não senti nada. E não conseguiria beber outra de um só gole.

Meus pés começaram a doer à medida que se aqueciam.

"Alguém aí tem bebida destilada?", indaguei.

Eles balançaram a cabeça.

"Só cerveja, infelizmente", disse Øyvind. "Mas pode pegar uma, se quiser."

"Eu trouxe, obrigado."

Øyvind ergueu sua garrafa.

"Vamos tomar todas!", disse.

"Todas!", disseram os outros, brindando com as garrafas, às gargalhadas.

Tirei o maço da mochila e acendi um cigarro. Pall Mall Mild não era exatamente o melhor que existia, e, quando me vi segurando um cigarro todo branco, que tinha até filtro branco, me arrependi de não ter comprado Prince. Mas meus pensamentos estavam inteiramente voltados para a festa à qual iríamos depois da meia-noite, a festa da Irene, colega de sala, e lá seria difícil achar Pall Mall Mild. Além disso, essa era a marca que Yngve fumava. Pelo menos foi o cigarro que o vi fumando no jardim, uma noite em que mamãe e papai haviam ido à casa de Alf, tio de papai.

Era hora de abrir outra garrafa. Não queria usar os dentes de novo, já tinham me alertado que cedo ou tarde o dente iria amolecer e se quebrar. E, agora que eu mostrara que sabia abrir garrafas com os dentes, não iria parecer tão gay pedir a Jan Vidar que abrisse uma para mim.

Fui até ele, peguei um punhado de batatas fritas da tigela na mesa.

"Abre para mim?"

Ele assentiu, sem tirar os olhos do filme.

No ano anterior ele começara a treinar kickboxing. Eu nem lembrava, era uma surpresa toda vez que ele me chamava para ver um treino ou algo do gênero. Eu sempre recusava, claro. Mas era um filme de Bruce Lee, onde o que interessava era a luta, e ele estava entretido.

Com a garrafa de cerveja na mão, voltei para meu lugar perto da parede. Ninguém disse nada. Exceto Øyvind.

"Senta aí, Karl Ove."

"Estou bem assim."

"Então saúde assim mesmo!" Ele ergueu a garrafa na direção da minha. Dei dois passos para a frente e brindamos.

"Numa golada, vamos nessa!", disse ele. Seu pomo de adão subia e descia como um trompete enquanto ele esvaziava a garrafa.

Øyvind era alto para a sua idade e muito forte. Tinha o corpo de um adulto. Era também simpático e não dava muita importância para as coisas que aconteciam ao seu redor, ou ao menos parecia lidar com elas sempre com tranquilidade. Como se fosse imune ao mundo. Tocava bateria conosco, é verdade, isso ele sabia fazer. Namorava Lene, é verdade, de fato namorava. Não falava muito com ela, geralmente a levava para encontrar os amigos dele, mas tudo bem, ela gostava de ficar com ele mais do que com qualquer outro. Eu tinha dado em cima dela uma vez, meses antes, apenas para sentir o clima, mas, mesmo sendo dois anos mais velho, ela não demonstrou o menor interesse por mim. Ah, que papel ridículo o meu. Rodeado de garotas no colégio e fora dar em cima logo dela? Uma menina do sétimo ano? Mas seus seios pareciam lindos sob a camiseta. Eu continuava a desejá-los. Ainda queria sentir aqueles seios nas minhas mãos, não importava a idade dela. E não havia nada, nem no seu corpo nem no seu jeito, que denunciasse seus treze anos.

Pus a garrafa entre os lábios e bebi de uma vez. Não conseguiria repetir a dose, pensei, ao devolvê-la à mesa e abrir outra cerveja com os dentes. Meu estômago estava a ponto de explodir de gás carbônico. Mais um pouco e sairia espuma até das minhas orelhas. Ainda bem que já eram quase onze horas. Às onze e meia nós iríamos para a outra festa, que duraria o resto da noite. Não fosse por isso, eu já teria ido embora.

Um sujeito chamado Jens de repente se deitou de lado no sofá, pegou o isqueiro na mesa e o acendeu rente ao traseiro.

"Agora!", disse ele.

Ele peidou ao mesmo tempo que acendeu o isqueiro, e uma pequena bola de fogo apareceu. Ele riu. Os outros também.

"Para com isso!", disse Lene.

Jan Vidar sorriu, esforçando-se para não olhar para mim. Com a garrafa na mão, atravessei a adega e fui até a porta. Do outro lado havia uma cozinha pequena. Debrucei-me na bancada. A casa ficava num terreno inclinado, e as janelas, bem acima do nível do chão, davam para o jardim. Dois pinheiros balançavam ao sabor do vento. Mais abaixo havia outras casas. Pela janela vi três homens e uma mulher conversando, cada um com seu copo. Os homens de terno preto, a mulher de vestido branco sem mangas. Fui até a outra porta e a abri. Um banheiro. Uma roupa molhada estava pendurada na parede. Bem, sempre tem alguma coisa para descobrir, pensei, fechando a porta e voltando para a adega. Os demais permaneciam sentados.

"Está sentindo alguma coisa?", perguntou Jan Vidar.

Balancei a cabeça.

"Não. Nada. E você?"

Ele sorriu.

"Um pouco."

"Precisamos ir logo mais."

"Aonde vocês vão?", indagou Øyvind.

"Até o cruzamento ali em cima. Onde todos vão à meia-noite."

"Mas, porra, ainda são onze horas! E nós também vamos até lá. Vamos juntos, cacete!"

Ele olhou para mim.

"Por que você quer ir agora?"

Dei de ombros.

"Combinei de encontrar uma pessoa lá."

"Claro que nós vamos com vocês", disse Jan Vidar.

Eram onze e meia quando saímos. A zona residencial tranquila onde meia hora antes não havia nada além de algumas pessoas nas varandas e um ou outro carro passando, estava agora cheia de vida e movimento. Das casas surgiam pessoas com roupas de festa. Mulheres de sobretudo nas costas, copos na mão e sapatos de salto alto, homens de casaco sobre o paletó, sapatos cromados, carregando sacolas com fogos de artifício, crianças ansiosas ao redor deles, muitas com estrelinhas, enchiam o ar de gritos e risadas. Jan Vidar e eu carregávamos nossas sacolas de plástico com as cervejas e caminhávamos ao lado dos garotos cheios de espinhas no rosto e vestidos com roupas do dia a dia com os quais havíamos passado a noite. Na verdade não caminhávamos ao lado deles, não. Eu me adiantei alguns passos, pois podíamos encontrar algum conhecido da escola. Fingi olhar interessado para um lado e para outro, de modo que quem nos visse jamais imaginasse que estávamos juntos. E de fato não estávamos. Eu estava alinhado, camisa branca, mangas enroladas do jeito que Yngve me ensinara no outono. Sobre a jaqueta e a calça social preta vestia um casaco cinza, calçava sapatos Doc Martens e usava pulseiras de couro nos dois punhos. Meu cabelo era comprido na nuca e curto, quase à escovinha, no alto. A única coisa que destoava era a sacola com as cervejas. Disso eu tinha plena consciência. Era também o que me ligava ao bloco de sujos que seguia atrás de mim, porque eles também levavam sacolas, todos, sem exceção.

No cruzamento, que ficava num platô e se tornara o ponto de encontro porque de lá se tinha uma bela vista de toda a baía, imperava o caos. Gente se empurrando, a maioria bêbada, todos querendo soltar fogos de artifício. Estampidos e estrondos por toda parte, cheiro de pólvora penetrando nas narinas, fumaça tomando conta do ar e, no céu coberto de nuvens baixas, explodiam um após o outro fogos multicoloridos. O céu tremia e dava a impressão de que iria se incendiar a qualquer momento.

Nós ficamos na periferia da confusão. Øyvind pegou uma das baterias de fogos que tinha levado e a pôs no chão diante dos seus pés. Ao fazê-lo, parecia oscilar de um lado para outro. Jan Vidar matraqueava, como sempre fazia quando estava bêbado, com um sorriso constante nos lábios. Era com Rune que ele conversava. Eles haviam encontrado um assunto que interessava a ambos: kickboxing. Seus óculos continuavam embaçados, mas agora ele não se preocupava mais em limpá-los. Permaneci a alguns passos de distância, fitando com um olhar perdido a multidão. Quando os primeiros rojões explodiram e uma luz vermelha irrompeu perto de mim, dei um salto. Øyvind quase morreu de rir.

"Nada mau", gritou ele. "Vamos estourar mais?", disse, já acendendo o pavio de outra bateria, sem esperar a resposta. Bolas de fogo começaram a jorrar, e isso, juntamente com as explosões que se sucederam, o deixou tão excitado que ele pegou uma terceira antes mesmo que aquela tivesse acabado.

"Ha-ha-ha!", riu ele.

Ao nosso lado um homem de casaco azul-claro, camisa branca e gravata de couro vermelha tropeçou num monte de neve. Uma mulher de salto alto correu até ele e o segurou pelo braço, não com força suficiente para erguê-lo do chão, mas com bastante força para incentivá-lo a fazer isso por conta própria. Ele sacudiu as roupas, olhando fixo para a frente, como se não tivesse acabado de cair na neve e apenas apreciasse a festa de um ângulo melhor. Dois garotos estavam em pé no telhado do abrigo do ponto de ônibus, cada um com um foguete na mão, apontando para direções opostas, eles os acenderam, os foguetes sibilaram, decolaram, voaram alguns metros e explodiram com tal intensidade que todos os presentes se voltaram.

"Ei, Jan Vidar", eu disse. "Pode abrir mais essa?"

Sorrindo, ele abriu a garrafa que eu lhe passara. Finalmente eu começava a sentir alguma coisa, não prazer nem embotamento mental, mas um torpor crescente nos sentidos. Bebi, acendi um cigarro, olhei as horas. Dez para a meia-noite.

"Faltam dez minutos", disse.

Jan Vidar assentiu, e continuou a conversa com Rune. Eu havia decidido ir à festa de Irene só depois da meia-noite. Os convidados permaneceriam juntos até meia-noite, eu tinha certeza, então se abraçariam e desejariam feliz ano novo uns aos outros, eles que já se conheciam, eram amigos, uma turma, como todos na escola tinham a sua, e, como eu não pertencia àquela turma, não poderia me juntar a eles agora. Mas depois da meia-noite tudo estaria terminado, eles ficariam por lá, bebendo, só voltariam para casa dali a algum tempo, e nesse ínterim eu poderia aparecer, fazer contato e, de maneira quase casual, sem revelar minhas intenções óbvias, juntar-me a eles.

A questão era Jan Vidar. Será que queria mesmo ir comigo? Lá só havia gente que ele não conhecia, gente que tinha mais a ver comigo do que com ele. E ele parecia estar se divertindo com aquela conversa, não?

Ah, eu tinha que lhe perguntar. Se não quisesse ir comigo, tudo bem, não iria, e pronto. Mas eu é que jamais voltaria a pôr os pés naquela merda daquela adega, disso eu tinha certeza.

E lá estava ela.

A alguns metros de nós, talvez uns trinta, rodeada por seus convidados. Tentei contar quantos, mas fora do círculo mais próximo era difícil adivinhar quem era seu convidado e quem não era. Mas dez ou doze pessoas certamente eram. Eu conhecia quase todas, era com elas que ela costumava ficar nos intervalos das aulas. Não era bonita, tinha um pequeno queixo duplo e era bochechuda sem ser exatamente gorda, seus olhos eram azuis e o cabelo louro. Era baixinha, e algo nela me lembrava um pato. Mas nada disso interessava para mim, pois ela possuía algo mais importante: era o foco das atenções. Não importava aonde fosse nem o que dissesse, as pessoas prestavam atenção nela. Saía todo fim de semana, ia a Kristiansand ou a festas privadas, isso quando não viajava para estações de esqui ou para outra cidade. Sempre com sua turma. Eu odiava essas turmas, de verdade, e, quando ela me contava o que tinham feito juntos, eu odiava também a ela.

Naquela noite ela estava usando um casaco azul-escuro que ia até os joelhos. Por baixo, um vestido azul-claro e meia-calça cor da pele. Na cabeça ela portava um... um diadema, talvez? Como uma porra de uma princesa?

Ao meu redor, pouco a pouco a confusão aumentava. Agora só o que se ouvia eram estrondos, explosões e gritos por toda parte. Então, como se do alto, como se Deus quisesse se deleitar anunciando a chegada do novo ano, soaram as sirenes. Os vivas da multidão tomaram conta do lugar. Olhei para o relógio. Meia-noite.

Jan Vidar olhou para mim.

"É meia-noite!", gritou. "Feliz ano novo!"

Ele cambaleou na minha direção.

Não, merda, ele não ia me dar um abraço, ia?

Não, não, não!

Mas lá estava ele, pondo os braços ao meu redor e apertando sua bochecha contra a minha.

"Feliz ano novo, Karl Ove", disse. "E obrigado por tudo no ano velho!"

"Feliz ano novo", respondi. Sua barba áspera roçava minha bochecha lisa. Ele deu uns tapinhas nas minhas costas antes de se afastar.

"Øyvind", disse Jan Vidar, andando na direção dele.

Por que ele teve que me abraçar, porra? Para quê? Nós jamais nos abraçávamos. Não éramos de nos abraçar, não tinha nada a ver.

Que merda era aquela?

"Feliz ano novo, Karl Ove", disse Lene. Ela sorriu para mim, e eu me inclinei e a abracei.

"Feliz ano novo. Você é linda."

Seu rosto, que segundos antes participava de tudo que acontecia ao redor, congelou.

"O que você disse?"

"Nada. Obrigado por tudo no ano velho."

Ela sorriu.

"Eu escutei o que você disse. Obrigada por tudo."

Quando ela deu as costas para mim, tive uma ereção.

Só me faltava aquilo agora.

Tomei o resto da cerveja. Restavam apenas três na sacola. Eu tinha que guardá-las para depois, mas precisava ocupar o tempo com alguma coisa, então peguei uma, abri-a com os dentes e me pus a beber. Também acendi um cigarro. Aquelas eram as minhas ferramentas, com elas eu estava preparado. Cigarro na mão esquerda, garrafa de cerveja na direita. E aí eu ficava levando-os à boca, primeiro um, depois a outra. Cigarro, cerveja, cigarro, cerveja.

Dez minutos depois da meia-noite cutuquei as costas de Jan Vidar e avisei que ia ver se encontrava uns conhecidos mas voltaria logo, fique aqui, ele assentiu, e eu caminhei em direção a Irene. A princípio ela não me viu, estava de costas, conversando com algumas pessoas.

"Oi, Irene!", eu disse.

Mas ela não se virou, provavelmente porque, com aquele barulho, não deu para ouvir minha voz, então fui forçado a tocar em seu ombro. Isso não foi bom, foi um gesto muito brusco, tocar no ombro de alguém não é como esbarrar nesse alguém, mas eu tinha que tentar.

De qualquer forma, ela se virou para mim.

"Karl Ove", disse. "Que está fazendo aqui?"

"Viemos para uma festa aqui perto. Aí eu te vi e pensei em te desejar feliz ano novo. Feliz ano novo!"

"Feliz ano novo!", disse ela. "Está se divertindo?"

"Claro. E você?"

"Eu também. Muito."

Houve uma breve pausa.

"Você está dando uma festa, não está?"

"Sim."

"Aqui perto?"

"Sim, moro logo ali."

Ela apontou para o alto da colina.

"Naquela casa?" Com um gesto da cabeça apontei na mesma direção.

"Não, ali atrás. Daqui não dá para ver."

"Posso dar um tempo por aqui?", perguntei. "Aí podemos conversar mais um pouco. Seria legal."

Ela balançou a cabeça e torceu o nariz, irônica.

"Acho que não", disse. "Não é uma festa da classe, sabe."

"Eu sei. Mas é só para a gente conversar um pouco. Nada mais. Estou numa festa aqui perto."

"Então vá para lá! E a gente se vê na escola no ano novo!"

Ela me deixara completamente na mão, não havia mais o que dizer.

"Legal te ver", eu disse. "Sempre gostei de você."

Então me virei e voltei para onde estava. Dizer que eu sempre gostara dela tinha sido difícil para mim, pois não era verdade, mas ao menos poderia desviar a atenção do fato de que eu havia tentado me convidar para a sua festa. Agora ela iria pensar que eu só estava me insinuando para ela. E estava me insinuando para ela só porque estava bêbado. Quem não faz isso numa festa de réveillon?

Piranha. Piranha do cacete.

Jan Vidar olhou para mim quando retornei.

"Não vai ter mais festa", eu disse. "Não fomos convidados."

"Mas por quê? Achei que você disse que a conhecia."

"Só para convidados. E nós não fomos convidados. Merda."

Jan Vidar deu um suspiro.

"Vamos voltar, então. Estava legal lá, não estava?"

Olhei para ele e bocejei, deixando bem claro como eu tinha achado "legal lá". Mas não tínhamos escolha. Não iríamos ligar para o pai dele antes das duas. Muito menos à meia-noite e dez. Então, lá fui eu de novo, à frente de um bando de adolescentes cheios de espinhas, vestidos com roupas do dia a dia, vagar pela zona residencial de Søm, debaixo de uma forte ventania, na virada de 1984 para 1985.

Às duas e vinte o pai de Jan Vidar estacionou o carro em frente à casa. Estávamos prontos, esperando. Eu, que estava menos bêbado, sentei no banco do carona, enquanto Jan Vidar, que apenas uma hora antes estava correndo em círculos com a cúpula de um abajur na cabeça, sentou atrás, como havíamos planejado. Felizmente ele tinha vomitado e, depois de beber alguns copos d'água e lavar bem o rosto, ficou em condições de telefonar para o pai e dizer onde estávamos. Não foi lá muito convincente, diga-se. Eu estava do seu lado, e o ouvi enrolar a língua ao pronunciar as primeiras sílabas das palavras e em seguida engolir as últimas, mas por fim ele conseguiu dizer o endereço, e não creio que nossos pais achassem que ficaríamos longe do álcool numa ocasião como aquela.

"Feliz ano novo, meninos!", disse o pai de Jan Vidar, quando entramos no carro. "Divertiram-se?"

"Sim", eu disse. "Muita gente aqui fora à meia-noite. Foi bem bacana. Como foi lá em Tveit?"

"Muito tranquilo", disse ele, estendendo o braço por trás do encosto do meu banco e virando o pescoço para dar ré. "De quem era a casa onde vocês estavam, mesmo?"

"De um amigo de Øyvind. O cara que toca bateria na banda."

"Ah, claro", disse ele, engatando a primeira e voltando pela mesma estrada por onde viera. Em alguns jardins havia marcas de fogos de artifício sobre a neve. Uns poucos casais caminhavam pelo acostamento. Passavam táxis. Fora isso, reinava o silêncio. Havia algo que me atraía em deslizar na escuridão da noite dentro de um carro, com o painel iluminado, ao lado de alguém seguro e de movimentos calmos. O pai de Jan Vidar era um bom sujeito. Era simpático e se interessava pelo que fazíamos, mas também nos deixava em paz quando Jan Vidar sinalizava que já era o bastante. Levava-nos para pescar, consertava nossas coisas, uma vez o pneu da minha bicicleta furou e ele o reparou sem me dizer nada, encontrei tudo em ordem na hora de ir embora, e, quando saíam de férias em família, me convidavam. Ele perguntava pelos meus pais, assim como a mãe de Jan Vidar, e, quando ele me dava carona até em casa, o que não era raro, sempre trocava umas palavras com mamãe e papai, se eles estivessem por perto, e os convidava para uma visita. Não era culpa dele se eles nunca iam à sua casa. Mas ele também podia ficar furioso, eu sabia, embora jamais o tenha visto assim, e o ódio era um dos sentimentos que Jan Vidar nutria pelo pai.

"Então já é 1985", eu disse, quando entramos na E18 próximo à ponte de Varodd.

"É verdade", pontuou o pai de Jan Vidar. "E o moço aí atrás, o que me diz?"

Jan Vidar não disse nada. Também não tinha dito nada quando seu pai descera do carro. Ele apenas olhara para a frente e subira no veículo. Eu me virei para trás e olhei para ele. Estava com o olhar fixo num ponto do apoio de cabeça.

"Perdeu a língua?", disse o pai, sorrindo para mim.

O silêncio prosseguiu lá atrás.

"E sua família?", perguntou o pai. "Eles ficaram em casa hoje?"

Eu assenti.

"Meus avós e meu tio vieram. *Lutefisk* e *aquavit*."

"Imagino que tenha gostado de não ficar com eles."

"Pode crer!"

Pegamos a estrada para Kjevik, passamos por Hamresanden e por Ryensletta. Escuro, tranquilo, ar quente agradável. Eu podia ficar sentado ali o resto da vida, pensei. Passamos em frente à casa deles, pela curva para Krageboen, pela ponte até o outro lado, e subimos a ladeira. A estrada não fora limpa, e estava coberta por uma camada de ao menos cinco centímetros de neve fresca. O pai de Jan Vidar reduziu bastante a velocidade nesse último trecho. Passou pela casa de Susann e Elise, as duas irmãs que vieram do Canadá e não tinham o menor contato com ninguém, passou pela curva onde morava William, desceu a ladeira e voltou a subir no trecho final.

"Vou te deixar aqui", disse ele, "assim não acordo seus pais se eles já estiverem dormindo, o.k.?"

"O.k.", respondi. "E muito obrigado pela carona. Até mais, JV."

Jan Vidar piscou e em seguida arregalou os olhos.

"Tchau, até mais", disse ele.

"Quer passar para a frente?", perguntou o pai.

"Não vejo por quê", disse Jan Vidar. Fechei a porta, acenei, e no caminho para casa ouvi o carro manobrar atrás de mim. "JV"! Por que eu tinha dito aquilo? Jamais havia usado esse apelido, o qual indicava um grau de companheirismo que não era necessário indicar, já que éramos amigos de fato.

As janelas da casa estavam escuras. Eles já deviam estar na cama, então. Eu me animei, não porque tivesse algo a esconder, mas porque queria ficar em paz. Depois de pendurar o casaco no hall, fui para a sala. Não havia nenhum rastro da festa. Na cozinha a lava-louça zumbia baixinho. Sentei no sofá e descasquei uma laranja. Embora o fogo já tivesse se extinguido, o calor ainda emanava da lareira. Mamãe tinha razão, era bom morar ali. Deitado na poltrona de vime, o gato ergueu a cabeça, preguiçoso. Olhou nos meus olhos, levantou-se, saltou no chão e veio para o meu colo. Pus de lado as cascas da laranja, das quais ele tinha pavor.

"Pode deitar um pouco aqui", eu disse, acariciando seu dorso. "Pode deitar. Mas não a noite inteira, viu? Já, já eu é que vou me deitar."

Ele ronronou ao se enrodilhar no meu colo. A cabeça afundou lentamente sobre uma das patas, e os olhos se fecharam, primeiro de satisfação e, logo em seguida, de sono.

"Alguém dormiu antes de mim", eu disse.

* * *

Na manhã seguinte acordei com o rádio na cozinha, mas fiquei na cama, não tinha nada para fazer mesmo, e logo caí no sono novamente. Quando tornei a acordar, já eram onze e meia. Vesti a roupa e desci. Mamãe estava sentada à mesa da cozinha, lendo, e ergueu os olhos quando entrei.

"Oi", disse ela. "Você se divertiu ontem?"

"Bastante", respondi. "Foi legal."

"Que horas você chegou?"

"Mais ou menos duas e meia. O pai de Jan Vidar foi buscar a gente."

Sentei-me e passei um pouco de patê de fígado numa fatia de pão, depois de várias tentativas consegui espetar um pepino com um garfo, coloquei-o sobre o patê e levantei o bule para ver se sobrara chá.

"Ainda tem?", perguntou mamãe. "Posso pôr água para ferver."

"Acho que ainda rende uma xícara", eu disse. "Mas deve estar frio."

Mamãe se levantou.

"Sente aí", eu disse. "Deixa que eu faço."

"Não, senhor. Estou do lado do fogão."

Ela pôs água na chaleira e a colocou sobre a placa do fogão, que logo começou a estalar.

"O que vocês cearam?", perguntou.

"Pratos frios", eu disse. "Acho que a mãe da garota da festa tinha preparado. Essas coisas, sabe... camarão, galantina de legumes...?"

"Musse de camarão?"

"Isso, musse de camarão. E também só camarão. E caranguejo. Duas lagostas, não tinha para todo mundo, mas todos provaram. E ainda tinha presunto, essas coisas."

"Devia estar bom, então."

"É, estava bom. E aí à meia-noite fomos para a rua, num cruzamento cheio de gente, soltamos fogos. Quer dizer, não nós, mas as pessoas que estavam lá."

"Você conheceu alguém?"

Eu hesitei. Peguei outra fatia, procurei alguma coisa para pôr em cima. Salame com maionese, tudo a ver.

"Não exatamente", respondi. "Fiquei com o pessoal de sempre."

Olhei para ela.

"Cadê o papai?"

"No celeiro. Ele vai para a casa da vovó hoje. Quer ir com ele?"

"Não, melhor não. Tinha gente demais ontem. Quero ficar sozinho. Talvez dê uma passada na casa do Per. E só. E você, o que vai fazer?"

"Não sei ao certo. Ler um pouco, talvez. E depois começar a arrumar as malas. Meu voo sai cedo amanhã."

"Certo. Quando Yngve viaja?"

"Daqui a alguns dias, acho. E aí é com você e papai."

"É", eu disse. Pus os olhos na terrina de carne de porco que vovó tinha preparado. Quem sabe não seria uma boa ideia para a fatia seguinte? E na outra fatia, linguiça de cordeiro.

Meia hora depois eu tocava a campainha da casa de Per. Seu pai abriu a porta. Ele parecia estar de saída: usava um casaco verde-oliva forrado sobre um agasalho esportivo azul brilhante, calçava botas claras e tinha uma coleira na mão. Seu cachorro, um golden retriever já idoso, abanava o rabo entre as pernas dele.

"Olha quem está aí", disse ele. "Feliz ano novo!"

"Feliz ano novo", respondi.

"Eles estão na sala. Pode entrar."

Passou por mim, assobiando, e seguiu na direção da garagem. Tirei os sapatos e entrei na casa. Era grande e arejada, construída poucos anos antes, pelo pai de Per, segundo eu tinha entendido, e de quase todos os cômodos dava para ver o rio. Depois do hall era a cozinha, onde estava a mãe de Per, ocupada, ela se virou quando me viu, sorriu e disse olá, depois era a sala, onde Per estava com o irmão, Tom, a irmã, Marit, e seu melhor amigo, Trygve.

"O que estão assistindo?", perguntei.

"*Os canhões de Navarone*", disse Per.

"Faz tempo?"

"Não. Uma meia hora. A gente pode voltar, se você quiser."

"Voltar?", protestou Trygve. "Não vamos ver tudo de novo, vamos?"

"Mas Karl Ove não viu o começo", disse Per. "Passa rápido."

"Como assim, passa rápido? Demora meia hora", retrucou Trygve.

Per foi até o videocassete e se ajoelhou.

"Você não pode decidir isso sozinho", disse Tom.

"É?", disse Per.

Ele apertou stop e depois rewind.

Marit se levantou e tomou o rumo das escadas.

"Avisa quando chegar na parte que estávamos assistindo", disse ela. Per assentiu. O videocassete deu alguns estalos, a fita começou a voltar lentamente, depois a toda a velocidade, ao mesmo tempo que o aparelho emitia um zunido hidráulico, o qual aumentou de intensidade e de volume até parar, pouco antes do fim, e a fita passar a rodar bem devagar, de certo modo lembrava um avião que, depois de voar a uma velocidade altíssima e frear ao longo da pista, taxiasse calma e prudentemente em direção ao terminal.

"Vocês ficaram em casa com papai e mamãe ontem?", eu disse, olhando para Trygve.

"Ficamos", disse ele. "E você foi encher a cara?"

"Sim. Eu saí para beber, mas preferia ter ficado em casa. Não tínhamos festa para ir, então ficamos zanzando na nevasca, cada um carregando sua sacola de cervejas. Fomos a pé até Søm. Mas vocês não perdem por esperar. Logo, logo vai ser a vez de vocês ficarem zanzando com sacolas pela noite."

"Certo", disse Per.

"Ah, isso é legal", disse Trygve, assim que as primeiras imagens do filme apareceram na tela. Lá fora tudo estava sossegado, como só costuma ficar no inverno. E, embora o céu estivesse encoberto e cinzento, uma luz branca e brilhante tomava conta da paisagem. Lembro de ter pensado que tudo que eu queria era estar exatamente ali, numa casa recém-construída, numa clareira iluminada no meio da floresta, cultivando a minha estupidez o quanto eu quisesse.

Na manhã seguinte papai levou mamãe ao aeroporto. Quando ele voltou, o amortecedor entre nós não estava mais ali, e retomamos imediatamente a vida que vínhamos levando durante todo aquele outono. Ele foi para o dormitório do celeiro, eu peguei o ônibus para ir até a casa de Jan Vidar, plugamos as guitarras no amplificador e tocamos por um tempo, até cansarmos, e depois fomos até o centro comercial, onde nada acontecia, então voltamos para casa e assistimos ao campeonato de salto em esqui na TV, ouvimos alguns discos e falamos das garotas. Às cinco horas, mais ou menos, peguei o ônibus para casa, papai me encontrou na porta, perguntou se eu queria que me levasse à cidade. Ótimo, eu disse. No caminho ele sugeriu que passássemos na casa dos meus avós, eu devia estar com fome e nós poderíamos comer por lá.

Vovó pôs a cabeça para fora da janela quando viu o carro de papai estacionado diante da garagem.

"Ah, são vocês!", disse ela.

No minuto seguinte abria a porta da frente.

"Que bom vê-los de novo! Estava muito gostoso na sua casa."

Olhou para mim.

"E você também se divertiu, me parece."

"Sim, me diverti."

"Então dê cá um abraço. Você já está um rapaz, mas ainda pode abraçar a sua avó, não pode?"

Eu me inclinei e senti sua bochecha seca e enrugada roçar na minha. Vovó tinha um cheiro bom, do perfume que ela sempre usou.

"Já comeram?", perguntou papai.

"Acabamos de comer, mas posso esquentar alguma coisa para vocês, não tem problema. Estão com fome?"

"Acho que estamos, não é?", disse papai, olhando para mim com um sorriso irônico.

"Na verdade, estou", eu disse.

Imaginei o que eles tinham ouvido.

"Na veudade."

No hall, ajeitei os sapatos no armário, pendurei o casaco num dos velhos cabides dourados descascados, vovó, no alto da escada, olhava para nós com seu jeito impaciente de sempre. Uma das mãos sustentou o queixo. A cabeça se inclinou para um lado. O peso do corpo passou de um pé para o outro. Aparentemente ignorando esse gestual, ela não parava de falar com papai. Perguntou se ainda havia muita neve lá no alto. Se mamãe já tinha ido. Quando ela estaria de volta. Hum, certo, dizia ela depois de cada resposta. Certo.

"E você, Karl Ove?", indagou, virando-se para mim. "Quando começam as aulas?"

"Daqui a dois dias."

"Vai ser bacana, não vai?"

"Claro. Vai ser, sim."

Papai se olhou rapidamente no espelho. Seu rosto estava sereno, mas havia uma sombra de insatisfação nos olhos, pareciam frios e indiferentes. Ele deu uns passos na direção de vovó, que se virou e subiu as escadas, leve e ágil. Papai a seguiu com passos firmes, e atrás dele eu, com o olhar grudado nos cabelos pretos e grossos que cobriam a sua nuca.

"Muito bem!", disse vovô, quando entramos na cozinha. Ele estava sentado à mesa, recostado na cadeira, com as pernas abertas, e usava suspensórios pretos sobre uma camisa branca abotoada até o pescoço. Sobre seu rosto caía um cacho de cabelo, que ele imediatamente jogou para trás com uma das mãos. Da boca pendia um cigarro apagado.

"Como estavam as estradas?", perguntou. "Congeladas?"

"Nem tanto", respondeu papai. "Na noite de Ano-Novo foi pior. E também não tinha trânsito."

"Sentem-se", disse vovó.

"Não, senão não vai sobrar lugar para você", retrucou papai.

"Vou ficar de pé. Tenho que esquentar a comida de vocês. Passo o dia inteiro sentada. Podem sentar!"

Vovô pegou um isqueiro e acendeu o cigarro. Deu uma tragada, soltou fumaça no ambiente.

Vovó ligou o fogão, tamborilou com os dedos a bancada e assobiou baixinho, como de costume.

De certo modo papai era muito grande para aquela mesa, pensei. Não fisicamente, havia espaço sobrando para acomodá-lo, era mais como se ele não se adequasse àquele lugar. Havia alguma coisa com ele, ou com o que emanava dele, que não combinava com aquela mesa.

Ele tirou um cigarro do maço e acendeu.

Será que ele teria se acomodado melhor na sala de jantar, se tivéssemos ido comer lá?

Sim, lá teria sido melhor.

"Então é 1985", eu disse, para quebrar aquele silêncio que já se estendia por vários segundos.

"Sim, é verdade, passou rápido", concordou vovó.

"Onde é que anda seu irmão, hein?", indagou vovô. "Voltou para Bergen?"

"Não, ele ainda está em Arendal."

"Ah", disse vovô. "Ele está virando um típico arendalense, não é?"

"É, ele não vem mais para cá com tanta frequência", disse vovó. "Nós nos divertíamos tanto quando ele era pequeno."

Ela olhou para mim.

"Mas você vem."

"O que é que ele está estudando agora?", perguntou vovô.

"Não é ciências sociais?", especulou papai, olhando para mim.

"Não, agora ele começou a estudar comunicação social", respondi.

"Você nem sabe o que o seu filho estuda?" Vovô sorriu.

"Claro que sei. Sei muito bem", replicou papai, amassando no cinzeiro o cigarro fumado pela metade e virando-se para vovó. "Acho que a comida está pronta, mãe. Não precisa esquentar tanto. Já deve estar boa, não acha?"

"Deve estar, sim", respondeu vovó, e foi buscar dois pratos no armário, pôs na nossa frente, retirou talheres da gaveta e os colocou ao lado dos pratos.

"Hoje vai ser assim", disse ela, pegando o prato de papai e servindo batatas, purê de ervilhas, almôndegas e molho.

"Parece gostoso", disse papai, enquanto ela devolvia o prato dele e pegava o meu.

As duas únicas pessoas que eu conhecia que comiam tão rápido quanto eu eram Yngve e papai. Não demorou muito, e nossos pratos estavam completamente limpos. Papai se recostou na cadeira e acendeu outro cigarro, vovó lhe serviu uma xícara de café, eu me levantei e fui para a sala, dei uma olhada na cidade com todas as suas luzes piscando, a neve cinzenta se acumulando contra os muros dos armazéns próximos ao cais. As luzes do porto incidiam trêmulas na superfície escura e reluzente da água.

Por um instante invadiu-me a sensação da neve branca contra a água negra, de como o branco elimina os detalhes existentes nas margens de um lago ou de um rio na floresta de modo que a diferença entre terra e água se torne absoluta e a água reste ali como algo estranho, um buraco negro na terra.

Virei-me. A outra sala de estar ficava dois degraus acima daquela em que eu estava, e uma porta de correr as separava. A porta estava semiaberta e eu entrei, por nenhuma razão específica, estava simplesmente inquieto. Era a sala mais luxuosa, eles a usavam apenas em ocasiões especiais, nunca nos deixavam ficar lá sozinhos.

Havia um piano encostado numa das paredes, acima dele pendiam dois quadros com temas do Antigo Testamento. Sobre o piano havia fotografias dos três filhos quando estavam na universidade. Papai, Erling e Gunnar. Era sempre estranho ver papai sem barba. Ele sorria, com o gorro preto de estudante enfiado até a nuca, de acordo com a moda. Seus olhos brilhavam de felicidade.

No meio da sala havia dois sofás, com uma mesa no centro. Uma lareira branca ficava bem no canto da sala, que era dominada pelos dois sofás pretos de couro e por uma antiga mesa de apoio pintada de rosa.

"Karl Ove?", chamou papai da cozinha.

Fui rapidamente para a outra sala.

"Já vamos?", perguntei.

"Sim."

Quando entrei na cozinha, ele já estava em pé.

"Tchau, então", eu disse. "Até mais."

"Tchauzinho", respondeu vovô. Como sempre, vovó nos acompanhou até a porta.

"Ah, eu quase esqueci", disse papai, quando vestíamos o casaco no hall. "Trouxe uma coisa para você."

Ele foi lá fora, abriu a porta do carro, fechou-a, e logo voltou trazendo um pacote que estendeu para ela.

"Pra você, mãe."

"Ah, mas não precisava!", disse vovó. "Que coisa. Você não tinha que me dar presente."

"Tinha, sim", retrucou papai. "Abre!"

Eu não sabia para onde olhar. Naquela cena havia algo de íntimo que eu jamais tinha visto e de cuja existência nem suspeitava.

Ali estava vovó, com uma toalha de mesa nas mãos.

"Mas que linda!", exclamou ela.

"Achei que iria combinar com o papel de parede lá de cima", disse papai. "Não acha?"

"Linda!"

"Bom", disse papai, num tom que não dava margem a mais delongas. "Agora vamos."

Entramos no carro, papai deu a partida, e uma cascata de luz iluminou o portão da garagem. Vovó acenou para nós dos degraus enquanto descíamos de ré a pequena ladeira. Como sempre, ela fechou a porta quando manobrávamos, e então pegamos a rua principal.

Nos dias seguintes, lembrei-me algumas vezes daquele pequeno episódio no hall, e tinha sempre a mesma sensação: eu vira algo que não deveria ter visto. Mas isso passou logo, eu não pensava apenas em papai e vovó, e tantas outras coisas aconteceram naquelas semanas. Na primeira aula do novo ano, Siv distribuiu convites a todos da classe, ela iria dar uma festa para a turma no sábado seguinte, era uma boa notícia, a uma festa da turma eu teria acesso, ninguém me impediria de entrar e eu poderia, me comportando de maneira condizente com o tipo de pessoa que eu realmente era, ampliar meu círculo social. Em resumo, poderia beber, dançar, rir e quem sabe dar um amasso em alguém num muro qualquer. Por outro lado, festas de turma não eram prestigiadas justamente por isso, eram o tipo de festa para a qual te convidavam não por você ser quem era, mas por você estar onde estava, nesse caso na sala 1B. No entanto, não permiti que isso me tirasse a empolgação. Uma festa não era só uma festa, mas também era uma festa. O problema de conseguir algo para beber era o mesmo da noite de Ano-Novo, e eu pensei até em ligar para Tom novamente, mas decidi que era melhor correr o risco sozinho. Podia ter apenas dezesseis anos, mas parecia mais velho, e, se agisse com naturalidade, ninguém ousaria me barrar. Se o fizessem, seria um vexame, só isso, e eu ainda poderia recorrer a Tom. Então, na quarta-feira fui até o supermercado, pus doze cervejas no carrinho, pão e tomates como álibi, fiquei na fila, passei com as mercadorias, entreguei o dinheiro à caixa, ela mal olhou para mim, e eu voltei agitado para casa com as duas sacolas tilintando.

Quando cheguei em casa na tarde de sexta, papai havia passado por lá. Deixara um bilhete em cima da mesa.

Karl Ove,
Vou fazer um curso neste fim de semana. Volto domingo à noite. Tem camarão fresco na geladeira e pão na cesta. Divirta-se!
Papai.

Em cima do bilhete, uma nota de quinhentas coroas.

Ah, mas era perfeito!

Camarão era uma das coisas de que eu mais gostava. Naquela noite eu comi em frente à TV, depois fui dar um passeio pela cidade, pus para tocar no walkman primeiro "Lust for Life", de Iggy Pop, e depois um dos álbuns mais recentes do Roxy Music, sentia uma espécie de vácuo entre o meu íntimo e o mundo exterior, uma sensação que me agradava, quando via a cara das pessoas bêbadas reunidas nos bares, era como se elas pertencessem a uma dimensão diferente da minha, o mesmo valia para os carros que passavam, para os motoristas que entravam e saíam dos seus veículos nos postos de gasolina, para os vendedores atrás de balcões de lojas com seu sorriso cansado e seus movimentos mecânicos, e para os homens que tinham saído para passear com seus cães.

Na manhã seguinte dei uma passada na casa dos meus avós, comi um sanduíche com eles, depois fui até a cidade, comprei três discos e um pacote grande de doces, algumas revistas de música e um livro de bolso, Jean Genet, *Diário de um ladrão*. Bebi duas cervejas assistindo ao futebol na TV, mais uma enquanto tomava banho e me trocava, e outra enquanto fumava o último cigarro antes de sair.

Tinha combinado em encontrar Bassen no cruzamento de Rundingen às sete horas. Ele estava lá, e sorriu quando cheguei ofegante, carregando a sacola de cervejas. Ele trazia as suas na mochila, e, logo que me dei conta disso, tive vontade de me estapear. Óbvio! Era assim que se fazia.

Fomos andando pela rua Kuholm, passamos pela casa dos meus avós, subimos a ladeira e chegamos ao conjunto de casas onde Siv morava, próximo ao estádio.

Depois de procurar por alguns minutos, encontramos o número, tocamos a campainha. Foi Siv quem abriu a porta e nos recebeu com um grito agudo.

Mesmo antes de acordar, eu sabia que alguma coisa muito boa tinha acontecido. Era como se uma mão tivesse alcançado o fundo da minha consciência e retirado de lá uma sequência de imagens. Uma mão na qual me agarrei, que me ergueu aos poucos, e eu fui despertando gradualmente até enfim abrir os olhos.

Onde estava?

Ah, sim, na sala de casa. Deitado no sofá, completamente vestido.
Sentei-me, apoiando nas mãos a cabeça que latejava.
Minha camisa recendia a perfume.
Um odor forte e exótico.
Eu tinha ficado com a Monica. Nós dançamos, fomos para debaixo de uma escada e eu a beijei. Ela me beijou.
Mas não era aquilo!
Levantei-me e fui até a cozinha, enchi um copo de água, bebi de um só gole.
Não, não era aquilo.
Algo fantástico havia acontecido, uma luz se acendera, mas não era Monica. Era outra coisa.
Mas o quê?
Todo aquele álcool tinha criado um desequilíbrio no meu corpo. Mas meu corpo sabia o que era preciso para reequilibrá-lo. Hambúrguer, fritas, cachorro-quente. Muita coca. Era disso que eu precisava. E já.
Fui para o hall e me olhei no espelho, correndo a mão pelos cabelos. Minha aparência não era de todo má, somente um pouco de olheiras, eu estava apresentável.
Calcei as botas, vesti o casaco.
Mas o que tinha acontecido afinal?
Um button?
Nele estava escrito "Sorria!"?
Ah, era aquilo!
Aquilo é que havia sido fantástico!
No fim da festa eu tinha conversado com Hanne.
Era aquilo!
Nós conversamos um bocado. Ela riu bastante e parecia feliz. Não bebeu nada. Mas eu bebi, para poder estar onde ela estava, leve e feliz. E aí nós dançamos.
Ah, dançamos Frankie Goes to Hollywood. "The Power of Love".
The POWER of LO-OVE!
Mas Hanne, Hanne.
Senti-la bem perto de mim. Estar bem perto, conversando. Sua risada. Seus olhos verdes. Seu narizinho.

Pouco antes de irmos embora, já na saída, ela espetou aquele button no meu casaco.

Foi isso que aconteceu. Não foi muito, mas o pouco que foi tinha sido fantástico.

Abotoei o casaco e saí. Nuvens baixas cobriam a cidade, um vento frio soprava pelas ruas em direção ao mar. Tudo estava cinza e branco, frio e inóspito. Mas dentro de mim o sol brilhava. *The POWER of LO-OVE!* não parava de ressoar na minha cabeça enquanto eu caminhava pela margem do rio na direção da lanchonete.

O que tinha acontecido?

Hanne era sempre Hanne, ela não havia mudado, era a mesma colega de classe que fora durante o outono e o inverno. Eu gostava de Hanne, mas nunca tinha sentido nada de especial por ela. Até então! E agora isso!

Foi como se eu tivesse sido atingido por um raio. A felicidade reverberava pelos meus nervos a intervalos regulares. Meu coração palpitava, minha alma resplandecia. De repente eu não aguentava esperar a segunda-feira chegar, não via a hora de voltar para a escola.

Será que deveria telefonar?

Convidá-la para sair?

Sem pensar, pedi um cheesebúrguer com bacon e fritas e uma coca grande. Ela estava namorando alguém, ela me contou, alguém que estava no último ano do colégio em Vågsbygd. Eles namoravam fazia tempo. Mas e a maneira como ela me olhara, a sensação de proximidade que subitamente nos unira, não queriam dizer nada? Aquilo tinha que significar algo. Havia um interesse ali, uma atração por mim. Era impossível que não fosse isso.

Segunda-feira, segunda-feira, aí eu a veria de novo.

Mas que porra eu poderia fazer até lá?

Faltava quase UM dia inteiro!

Ela sorriu ao me ver. Eu retribuí o sorriso.

"Você não tirou o button!", exclamou ela.

"Não", eu disse. "Penso em você toda vez que olho para ele."

Ela baixou o olhar. Seus dedos mexiam nervosos num botão do casaco.

"Você estava bem bêbado", disse ela, tornando a olhar para mim.

"Estava mesmo. Não lembro de muita coisa, para falar a verdade."

"Não lembra?"

"Quer dizer, lembro, claro que lembro! Eu lembro de Frankie Goes to Hollywood, por exemplo..."

Pelo corredor chegou Tønnessen, o jovem professor de geografia que usava barba, falava o dialeto de Mandal e era o responsável pela nossa classe.

"E aí, moçada, como foi o fim de semana?", disse ele, abrindo a porta para nós.

"Fomos a uma festa da classe", respondeu Hanne, sorrindo.

Que sorriso lindo.

"É mesmo? E eu não fui convidado?", perguntou ele. Não esperava resposta para essa observação, pois nem olhou para Hanne, apenas entrou na sala e foi pôr sua pequena pilha de livros em cima da mesa no fundo.

Eu não conseguia prestar atenção no que estava acontecendo na aula. Só pensava em Hanne, mesmo ela estando ali, no mesmo ambiente que eu. Pensava? Não, era mais como se eu estivesse tomado por emoções e não sobrasse espaço para pensamento algum. E assim foi durante todo o inverno e toda a primavera. Estava apaixonado, e não era uma daquelas paixões banais, era uma paixão imensa, dessas que sentimos três, quem sabe quatro, vezes na vida. Era a primeira e, como tudo nela era novo, talvez a mais intensa. Tudo em mim girava em torno de Hanne. Toda manhã eu acordava feliz de ir para a escola, onde ela estaria. Se não estivesse, se estivesse doente ou tivesse viajado, tudo perdia o sentido, e a questão passava a ser como chegar ao fim do dia. Para quê? Afinal, o que eu esperava quando esperava? Não eram abraços ardentes nem beijos apaixonados, pois simplesmente não existia uma relação assim. Não, o que eu esperava e por que vivia era pela mão que tocava em meu ombro, pelo sorriso que iluminava seu rosto quando ela me via ou quando eu dizia alguma coisa engraçada, pelo abraço apertado que me dava, como amiga, quando nos encontrávamos depois da escola. Os poucos segundos nos quais eu punha os braços em volta dela, sentia sua bochecha contra a minha, seu cheiro, o xampu que ela usava, o leve aroma de maçã. Ela se sentia atraída por mim, eu sabia, mas impunha limites tão rigorosos para o que achava que podia fazer, que parecia impossível que um dia viéssemos a ser um casal. Ou então não era por mim que ela se sentia atraída, podia simplesmente estar lisonjeada por toda a atenção que eu lhe dava e achar aquilo divertido. De qualquer maneira, eu nutria esperanças. Quando voltava para casa, interpretava tudo que ela dissera e fizera na escola, e isso ou me jogava no fundo do poço ou me lançava ao ápice da expectativa, não havia meio-termo.

No colégio, eu comecei a mandar bilhetinhos para ela. Notas curtas, breves cumprimentos, pequenas mensagens que costumava elaborar na noite anterior. Assim que ela respondia, eu lia, escrevia uma resposta e lhe devolvia, observando-a atentamente enquanto ela lia a mensagem. Quando ela não respondia a algum bilhete, meu mundo caía. Quando respondia, eu tremia todo por dentro como se fosse um chocalho. Depois os pedacinhos de papel foram substituídos por um caderno que trocava de mãos, não com tanta frequência, eu não queria que ela enjoasse, talvez duas ou três vezes por dia. Sempre a convidava para ir ao cinema ou a um café, mas invariavelmente ela respondia *Você sabe que eu não posso*.

Nos intervalos debatíamos assuntos diversos, como política, a maior parte das vezes religião, ela era cristã, eu profundamente anticristão, e ela transmitia meus argumentos ao jovem líder da sua paróquia, e na ocasião seguinte me trazia sua resposta. Seu namorado pertencia à mesma paróquia, e, se eu não era uma ameaça direta àquele relacionamento, ao menos procurava minar a vida que eles levavam. Em todo caso, o espaço para nossos rápidos encontros, que nem diários eram, foi cautelosa e imperceptivelmente se expandindo além da escola. Éramos amigos, colegas de classe, por que não irmos tomar um café depois da aula de vez em quando? E que tal se fôssemos juntos até o ponto de ônibus?

Eu vivia para isso. Os breves olhares, os breves sorrisos, os breves toques. E, ah, a risada dela, quando eu a fazia rir!

Eu vivia para isso. Mas queria mais, muito, muito mais. Queria vê-la o tempo todo, estar com ela o tempo todo, ser convidado para visitá-la, conhecer seus pais, sair com seus amigos, viajar com ela nas férias, levá-la para casa...

Você sabe que eu não posso.

Cinema era coisa de namorados, mas havia alternativas, e foi para uma delas que convidei Hanne certo dia do começo de fevereiro. Era um encontro de jovens ativistas políticos, em algum lugar no centro da cidade, do qual eu tomara conhecimento na escola, e uma tarde qualquer eu escrevi para ela perguntando se gostaria de ir. Ao terminar de ler o bilhete, ela se virou para mim sem esboçar nenhum sorriso. Escreveu alguma coisa. Devolveu-me o caderno, eu o abri e li. Sim!, estava escrito.

Sim!, pensei.

Sim! Sim! Sim!

Estava sentado no sofá, esperando, quando ela bateu na porta por volta das seis.

"Oi!", eu disse. "Quer entrar enquanto eu me visto?"

"Pode ser", respondeu ela.

Suas bochechas estavam vermelhas de frio. Ela usava um gorro branco enfiado quase até os olhos e um enorme cachecol branco enrolado no pescoço.

"Então é aqui que você mora!", disse ela.

"É", respondi, abrindo a porta da sala.

"Aqui é a sala. Logo ali é a cozinha. E o quarto fica lá em cima. Na verdade este é o escritório do meu avô. Ali atrás", eu disse, apontando para a porta do lado oposto.

"Não acha ruim morar sozinho aqui?"

"Não. De jeito nenhum. Gosto de ficar sozinho. E também estou sempre indo a Tveit."

Vesti o casaco, ainda com o button do sorriso, um cachecol, e calcei as botas.

"Só vou até o banheiro e depois podemos ir", eu disse. Fechei a porta. Ouvi-a cantarolar baixinho. As paredes eram finas naquela casa. Talvez ela estivesse tentando abafar o barulho no banheiro, talvez apenas estivesse a fim de cantar.

Levantei a tampa da privada e pus a mangueira para fora.

No mesmo instante percebi que seria impossível mijar com ela ali fora. Dava para ouvir tudo, o hall era tão pequeno. Mesmo que eu não mijasse, ela saberia.

Ah, inferno.

Espremi o quanto pude.

Nem uma gota.

Ela cantava e andava de um lado para outro.

Que será que estava pensando?

Passados trinta segundos eu desisti, abri a torneira, deixei a água correr por alguns instantes, para que ao menos alguma coisa acontecesse ali dentro, depois fechei a torneira, abri a porta e saí, para encontrar seu olhar constrangido.

"Vamos nessa, então?", eu disse.

As ruas estavam escuras, ventava, como sempre acontecia no inverno em Kristiansand. Não falamos muito no caminho. Conversamos um pouco sobre a escola, sobre as pessoas que a frequentavam, Bassen, Molle, Siv, Tone, Anne. Por alguma razão ela começou a me contar de seu pai, de como ele era fantástico. Não era cristão, disse ela. Aquilo me surpreendeu. Então ela era cristã por iniciativa própria? Ela disse que eu iria gostar do seu pai. Será?, pensei. Hum, eu disse. Ele parece bacana. Lacônico. O que significa "lacônico"?, ela perguntou, me olhando com seus olhos verdes. Toda vez que ela fazia isso quase me desmontava. Poderia quebrar todas as vidraças ao redor, atacar todos os pedestres que passassem por nós, pulando em cima deles até que não restasse nenhum sinal de vida, tal era a energia que aquele olhar me transmitia. Poderia também pegá-la pela cintura e dançar uma valsa pela rua, jogar flores para quem quer que encontrássemos pela frente, cantar a plenos pulmões. Lacônico?, eu disse. Difícil explicar. Seco e objetivo, talvez exageradamente objetivo. Meio simplificando. Mas é isso, não é?

O encontro seria na rua Dronningens. Sim, era ali mesmo, havia cartazes na porta.

Entramos.

A sala ficava no andar de cima, cheia de cadeiras, com uma tribuna numa extremidade e um projetor do lado. Um punhado de jovens, talvez dez, talvez doze.

Sob a janela havia uma garrafa térmica, ao lado uma tigela pequena com biscoitos e uma pilha alta de copos de plástico brancos.

"Quer um café?", perguntei.

Ela balançou a cabeça e sorriu.

"Mas um biscoito você quer, não quer?"

Servi um café para mim, peguei dois biscoitos e voltei para perto dela. Sentamos numa das fileiras do fundo.

Chegaram mais cinco ou seis pessoas, e o encontro teve início. Era da AUF, a Organização dos Jovens Socialistas, uma espécie de reunião de recrutamento. De todo modo apresentaram a plataforma política da AUF, e então houve um debate mais abrangente sobre juventude e política, por que era importante se tornar um ativista, quanto era possível conquistar e, como um pequeno bônus, o que cada indivíduo ganharia com aquilo.

Se Hanne não estivesse ali do meu lado, de pernas cruzadas, tão perto que eu sentia o calor do seu corpo, eu teria me levantado e ido embora. Tinha imaginado um encontro mais tradicional, um auditório lotado, fumaça de cigarro, oradores, gargalhadas ecoando no ambiente, uma espécie de evento digno de Agnar Mykle, com a mesma importância, rapazes e moças lutando por um ideal, pelo socialismo, essa palavra mágica da década de 1950, e não aquilo ali, gente entediada vestida com suéteres entediados e calças horríveis, falando a um grupinho de garotos e garotas semelhantes a eles, sobre coisas entediantes e insípidas.

Quem quer saber de política quando o fogo queima por dentro?

Quem quer saber de política quando se está tomado pela vontade de viver? Pelo desejo de viver?

Não eu, pelo menos.

Depois das três palestras haveria um pequeno intervalo, e em seguida um workshop e debates em grupo, pelo que disseram. Quando chegou a hora do intervalo, perguntei a Hanne se não seria bom irmos embora, ela disse que tudo bem, e lá estávamos nós de novo, na noite fria e escura. Lá dentro ela havia pendurado o casaco no encosto da cadeira, e o suéter de lã grossa revelava seu corpo de um jeito que me fez engolir em seco algumas vezes, ela estava tão perto de mim, era tão pequena a distância que nos separava.

No caminho de volta, eu disse a ela o que pensava sobre política. Ela disse que eu tinha opinião sobre tudo, como arranjava tempo para aprender tanta coisa? Ela não sabia o que pensava sobre quase nada, disse ela. Eu disse que também não sabia quase nada. Mas você não é anarquista?, disse ela. De onde você tirou essa ideia? Eu mal sei o que significa ser anarquista. Mas você é cristã, eu disse. Como isso é possível? Seus pais não são cristãos. Nem sua irmã. Só você. E é convicta. Sim, ela disse, tem razão. Mas parece que você passa tempo demais pensando. Devia viver mais. Eu bem que tento, eu disse.

Paramos em frente à minha casa.

"Onde vai tomar o ônibus?", perguntei.

"Ali", disse ela, fazendo um gesto com a cabeça.

"Quer que eu te acompanhe?"
Ela balançou a cabeça.
"Vou sozinha. Estou com o walkman aqui."
"O.k."
"Obrigada pela companhia."
"Na verdade, não tem muito por que agradecer."
Ela sorriu, ergueu-se na ponta dos pés e me beijou na boca. Eu a abracei forte, ela retribuiu e depois se esquivou. Trocamos um breve olhar e ela se foi.

Naquela noite eu não consegui sossegar, fiquei andando pela casa, de um lado para o outro no quarto, subindo e descendo a escada, entrando e saindo dos cômodos do térreo. Parecia que eu era maior que o mundo, tudo cabia em mim, e já não havia espaço para eu me expandir. A humanidade era pequena, a história era pequena, o planeta era pequeno, sim, até o universo, que diziam ser infinito, era pequeno. Eu era maior que tudo. Aquele era um sentimento fantástico, mas me deixava inquieto, pois o mais importante nele era a expectativa, o que estava por vir, o que eu faria, e não o que eu estava fazendo ou já tinha feito.

Como aplacar tudo aquilo que me queimava por dentro?

Forcei-me a ficar deitado na cama, a me manter imóvel, a não mexer um músculo, não importava quanto tempo, até que o sono chegasse. Estranhamente, ele não demorou mais que alguns minutos, estava à espreita como um caçador fica à espreita da sua presa distraída, e eu não teria nem percebido o disparo não fosse um súbito tremor no pé, algo que me alertou para meus pensamentos, que estavam em outro mundo, era como se eu estivesse no convés de um barco enquanto uma baleia enorme mergulhava bem perto, nas profundezas, e eu conseguia vê-la, embora isso fosse impossível do local onde me encontrava. Era o começo de um sonho, compreendi, um sonho que se apoderava do meu ego, onde este se transformava no que o cercava, pois foi isso que aconteceu quando eu tremi, eu era um sonho, o sonho era eu.

Tornei a fechar os olhos.

Não se mexa, não se mexa, não se mexa...

O dia seguinte era um sábado e pela manhã haveria um jogo com o time de seniores.

Muitos podem não entender por que eu jogava naquele time. É que eu não era bom de bola. Havia ao menos seis, talvez até sete ou oito jogadores juniores que eram melhores do que eu. Ainda assim, somente eu e um outro, Bjørn, tínhamos sido escalados para o time de seniores naquele inverno.

Eu entendia por quê.

O time de seniores tinha um novo técnico, ele queria ver todos os juniores, então cada um de nós jogou durante uma semana no time deles. Eram três as chances de se fazer notar. Corri muito o outono inteiro, e estava tão em forma que fui escalado para correr os mil e quinhentos metros com a equipe da escola, embora jamais tivesse treinado como fundista. Então, quando chegou minha vez de treinar com os seniores e eu me apresentei no campo de saibro coberto de neve perto de Kjøyta, eu sabia que tinha que correr. Era a minha única chance. E como eu corri! A cada corrida no campo eu disparava em primeiro. Dava tudo de mim a cada vez. Quando a bola começou a rolar, foi a mesma coisa: eu só corria, corria por toda parte, o tempo todo, como um louco, e depois de três partidas assim sabia que me saíra bem, e, quando veio o anúncio da minha promoção para a categoria superior, para mim não foi exatamente uma surpresa. Mas, para os outros do time dos juniores, foi. Cada bola que eu recebia mal, cada passe errado que dava, era motivo para ouvir: que porra você vai fazer no time dos seniores?, por que eles escolheram logo você?

Ah, mas eu sabia por quê, era porque eu corria.

Era só correr.

Depois do treino, quando os demais, como de hábito, zombaram do meu cinto com tachinhas no vestiário, pedi a Tom que me desse uma carona até Sannes. Ele me deixou perto das caixas de correio, fez o retorno e desceu a ladeira enquanto eu tomava o rumo de casa. O sol estava quase na linha do horizonte, o tempo estava aberto e o céu claro, ao meu redor tudo reluzia na neve.

Eu não tinha avisado que viria, nem sequer sabia se papai estaria em casa.

Cuidadosamente girei a maçaneta. A porta estava aberta.

Ouvi música vindo da sala. O som estava alto, a casa inteira estava tomada pela música. Era Arja Saijonmaa cantando a versão sueca de "Gracias a la vida".

"Olá?", eu disse.

Alto como estava o som, papai não me ouviu, imaginei enquanto tirava os sapatos e o casaco.

Não queria aparecer de repente, então gritei de novo "Olá!" do corredor próximo à sala. Nenhuma resposta.

Entrei na sala.

Ele estava sentado no sofá, de olhos fechados, sua cabeça balançava no ritmo da música, para a frente e para trás. O rosto estava coberto de lágrimas.

Voltei ao hall sem fazer barulho, antes que a música chegasse ao fim eu já tinha posto o casaco, os sapatos, e saíra apressado de casa.

Corri até o ponto de ônibus, com a mochila nas costas. Felizmente um ônibus passou minutos depois. Nos quatro ou cinco minutos que ele levou para chegar a Solsletta, fiquei pensando se devia saltar e passar na casa de Jan Vidar ou continuar o percurso inteiro até a cidade. Mas a resposta era óbvia: eu não queria ficar sozinho, queria companhia, conversar com alguém, pensar em outra coisa, e na casa de Jan Vidar, com a simpatia com que seus pais sempre me recebiam, isso seria possível.

Ele não estava em casa, tinha ido com o pai para Kjevik, mas logo estariam de volta, disse sua mãe, e por que eu não subia até a sala e esperava um pouco?

Sim, eu esperaria. E lá estava eu, com o jornal esparramado na minha frente, uma xícara de café e um sanduíche sobre a mesa, quando Jan Vidar e seu pai chegaram uma hora mais tarde.

Era quase noite quando voltei para casa, ele não estava, e eu também não fiz a menor questão de ficar ali. A casa não estava apenas suja e bagunçada, algo que a luz do sol disfarçara quando eu estivera lá mais cedo, mas o encanamento tinha congelado, eu descobri. E já devia fazer algum tempo, pois havia baldes e neve pelo chão. Alguns estavam no banheiro, com neve semiderretida, que ele provavelmente usava para dar descarga na privada. E próximo ao fogão havia outro balde, cuja neve por certo ele derretera em panelas e usara para cozinhar.

Não, eu não queria ficar ali. Deitado no quarto vazio da casa vazia na floresta, cercado de entulho e sem água?

Ele teria que arrumar aquela bagunça sozinho.

Onde ele estava, afinal?

Dei de ombros ainda que estivesse completamente sozinho, vesti o casaco e fui até o ponto de ônibus, numa paisagem que parecia hipnotizada sob a luz da lua.

Depois do beijo em frente à minha casa, Hanne se manteve distante durante um tempo, já não respondia aos meus bilhetes instantaneamente, nem vinha sentar ao meu lado para conversarmos nos intervalos. Porém, não havia lógica em seu comportamento: um dia, do nada, ela aceitou um convite para ir comigo ver um filme, nos encontraríamos às dez para as sete na entrada do cinema.

Quando ela chegou, procurando por mim, pude ter uma ideia do que seria namorar com ela. Todos os dias então seriam como aquele.

"Oi", disse ela. "Faz tempo que está esperando?"

Balancei a cabeça. Sabia que aquela era uma situação muito delicada e que eu deveria me conter para que ela não tivesse a impressão de que estávamos fazendo algo reservado somente a casais. Ela não deveria lamentar por nada no mundo o fato de estar ali comigo. Nem ficar virando a cabeça, desconfiada, para ver se não havia conhecidos por perto. Nada de pôr o braço sobre seus ombros, nada de mãos dadas.

O filme era francês e seria exibido na sala menor. A sugestão havia sido minha. *Betty Blue* era o título, Yngve tinha visto e ficara impressionado, agora que ele estava em cartaz na cidade, claro que eu não poderia deixar de vê-lo, não era comum exibirem filmes de qualidade por ali, em geral só passavam filmes americanos.

Sentamos, tiramos o casaco e nos recostamos nas poltronas. Ela não passava uma certa impressão de desconforto, como se na verdade não quisesse estar ali?

As palmas das minhas mãos suavam. Todas as minhas forças pareciam se dissolver, se dispersar e desaparecer pelo meu corpo, como se eu não tivesse mais energia.

O filme começou.

Um homem e uma mulher transando.

Ah, não. Não, não, não.

Nem ousei olhar para Hanne, mas achei que ela sentia a mesma coisa, não ousava olhar para mim, permanecia firme com os braços na poltrona, esperando a cena terminar.

Só que não terminava. O casal transando na tela, sem parar.

Merda!

Merda, merda, merda.

Passei o resto do filme pensando naquilo, e pensando que Hanne provavelmente também pensava naquilo. Quando o filme terminou, eu só queria ir para casa.

E era a coisa mais razoável a fazer. O ônibus de Hanne seguiria rumo ao terminal, eu iria na direção oposta.

"Gostou?", perguntei lá fora.

"S... sim", disse Hanne. "O filme é bom."

"Sim, bom. Pelo menos é francês."

Nós dois escolhêramos francês como matéria optativa.

"Você entendeu alguma coisa do que eles disseram, quer dizer, sem ler as legendas?", perguntei.

"Um pouquinho", disse ela.

Pausa.

"Legal. Acho melhor ir para casa. Obrigado pela companhia", eu disse.

"A gente se vê amanhã", disse ela. "Tchau!"

Depois que ela se foi, eu me virei para ver se ela se virara, mas não.

Estava apaixonado. Não havia nada entre nós, ela não queria ser minha namorada, mas eu a amava. Não pensava em outra coisa. Até quando jogava futebol, o único lugar onde eu estava imune a pensamentos invasivos, onde tudo que acontecia tinha a ver somente com o corpo, até no futebol ela aparecia. Hanne devia estar aqui me vendo, eu pensava, ficaria surpresa. Toda vez que me acontecia uma coisa boa, sempre que dizia algo engraçado e fazia os outros rir, eu pensava, Hanne devia estar vendo isso. Nosso gato, Mefisto, ela precisava conhecer. Nossa casa, a atmosfera que reinava. Mamãe, um dia elas tinham que sentar e conversar. O rio, ela precisava ver. E meus discos! Hanne tinha que ouvir todos, um por um. Mas nossa relação não ia adiante, não era ela que queria entrar no meu mundo, era eu que queria entrar no mundo dela. Às vezes achava que isso jamais aconteceria, achava que bastava uma rajada de vento para tudo mudar. Olhava para ela o tempo todo, não de maneira inquisitiva, não para sondá-la, não era nada disso, não, era uma olhada aqui, outra ali, isso era o suficiente. Minha esperança durava até quando a visse outra vez.

No meio dessa tempestade de sentimentos chegou a primavera.

Poucas coisas são mais difíceis de imaginar do que uma paisagem congelada e castigada pela neve, inerte e sem vida alguma, transformando-se em questão de meses num território verde e exuberante, cálido, povoado por todas as formas de vida, de pássaros voando e cantando entre as árvores e nuvens esparsas de insetos flutuando no ar. Nada na paisagem invernal prenuncia o cheiro da grama e do musgo aquecidos pelo sol, a seiva fluindo nas árvores e os lagos prontos para receber as águas da primavera e do verão, nada prenuncia o sentimento de liberdade que brota em nós quando o único branco visível é o das nuvens deslizando pelo azul do céu sobre a água azul dos rios que lentamente seguem para o mar, a superfície tranquila e fresca, interrompida aqui e ali por rochas, cachoeiras e banhistas. Nada disso está ali, nada disso existe, tudo está branco e sereno, e, se algo quebra o silêncio, é uma rajada fria de vento ou o crocitar de um corvo solitário. Mas ela vem... ela vem... Numa noite de março a neve se transforma em chuva, e os montes de neve no solo desmoronam. Numa manhã de abril surgem brotos nas árvores e o verde começa a tingir a grama amarela dos prados. Os narcisos florescem, as anêmonas brancas e azuis também. Então, de repente, o ar quente surge como um pilar entre as árvores das colinas. As encostas ensolaradas são tomadas por botões de flores e as cerejeiras estão em flor. Quando temos dezesseis anos, tudo isso impressiona, tudo isso deixa sua marca, pois é a primeira primavera que percebemos, todos os nossos sentidos percebem a sua chegada, e é também a última, pois todas as outras primaveras ficam obscurecidas quando comparadas àquela. Se além disso estamos apaixonados, bem, então... então é só uma questão de preservar. Preservar toda a alegria, toda a beleza, todas as promessas que existem em todas as coisas. Eu voltei da escola, vi um monte de neve derretendo no asfalto, era como se ele tivesse levado uma punhalada no coração. Vi caixas de fruta sob a marquise de uma loja, mais adiante um corvo saltitando, ergui os olhos para o céu, estava tão lindo. Caminhei por uma zona residencial, caiu uma chuva rápida, meus olhos se encheram de lágrimas. Ao mesmo tempo eu fazia as coisas que sempre tinha feito, ia à escola, jogava futebol, conversava com Jan Vidar, lia livros, ouvia discos, encontrava papai às vezes, algumas casualmente, como quando o encontrei num supermercado e ele pareceu constrangido de ter sido visto lá, ou essa teria sido sua reação àquela situação inusitada, cada um de nós empurrando seu carrinho sem saber da presença do outro, para depois cada um seguir seu rumo, ou naquele dia em que eu estava a caminho de casa e ele desceu o morro de carro, com alguém no banco do carona, que era completamente grisalho apesar de ainda jovem, embora fosse mais frequente nós combinarmos, ou ele aparecia na minha casa e íamos almoçar juntos na casa dos meus avós, ou em casa mesmo, onde, por falar nisso, ele me evitava o máximo possível. Ele afrouxara as rédeas, assim parecia, embora não totalmente, ainda era capaz de me agredir, como, por exemplo, no dia em que furei as duas orelhas e ele, ao nos encontrarmos no hall, disse que eu parecia um idiota, que ele não entendia por que eu queria parecer um idiota, e que tinha vergonha de ser meu pai.

No começo de uma tarde de março ouvi um carro estacionando em frente à minha casa. Desci e olhei pela janela, era papai, trazia uma sacola. Dava a impressão de estar alegre. Subi apressado para o quarto, não queria parecer o curioso que fica com a cara grudada na janela. Ouvi-o mexendo nas coisas da cozinha, pus para tocar uma fita dos Doors que Jan Vidar me emprestara, fiquei com vontade de ouvi-la depois de ler *Beatles*, de Lars Saabye Christensen. Peguei a pilha de recortes de jornais sobre o caso Treholt, que estava juntando pois tinha certeza de que seria matéria de provas na escola, sentei-me e estava lendo quando ouvi seus passos na escada.

Olhei para a porta quando ele entrou. Tinha na mão o que deveria ser uma lista de compras.

"Que tal ir fazer umas compras para mim?", perguntou.

"Tudo bem", eu disse.

"Que é isso que está lendo?"

"Nada de especial. Só recortes de jornal para a prova de norueguês."

Levantei-me. Os raios do sol iluminavam o piso. A janela estava aberta, os pássaros cantavam, estavam pousados na velha macieira a alguns metros de distância, gorjeando. Papai me estendeu a lista de compras.

"Mamãe e eu decidimos nos separar", disse ele.

"Quê?", eu disse.

"É. Mas isso não vai te afetar. Você nem vai sentir diferença. Além do mais, já é quase um adulto e daqui a dois anos vai ser dono do próprio nariz."

"É, isso é verdade."

"O.k.?"

"O.k."

"Esqueci de pôr batatas na lista. E talvez alguma sobremesa? Aliás, aqui está o dinheiro."

Ele me passou uma nota de quinhentas coroas, enfiei-a no bolso e desci para a rua, caminhei pela margem do rio até o supermercado. Vaguei entre as gôndolas, enchendo o carrinho. Nada do que papai dissera me afetava. Eles iam se separar, muito bem, que se separassem. Talvez pudesse ter sido diferente quando eu era mais novo, oito ou nove anos, imaginei, talvez então isso houvesse significado alguma coisa, mas agora não queria dizer nada, eu tinha minha própria vida.

Entreguei-lhe as compras, ele fez o almoço, nós comemos sem dizer nada de importante.

Depois ele foi embora.

E eu fiquei contente que ele tivesse ido. Hanne iria cantar numa igreja naquela noite, perguntou se eu queria ir assistir, claro que queria. Seu namorado estava lá, então não me fiz notar, mas, quando a vi ali, tão linda e tão pura, ela era só minha, nada que alguém sentisse por ela seria comparável ao que eu sentia. Lá fora o asfalto estava coberto de poeira, restos de neve se acumulavam em buracos dos dois lados da rua. Ela cantava, eu estava feliz.

Na volta, saltei do ônibus no terminal e percorri a pé o último trecho da cidade, sem que isso diminuísse minha inquietação, meus sentimentos eram tantos e tão intensos que não conseguia lidar com eles. Assim que cheguei em casa, me deitei na cama e chorei. Naquele choro não havia desespero, nem lamento, nem raiva, apenas felicidade.

* * *

No dia seguinte ficamos sozinhos na sala de aula, os outros saíram, nós nos demoramos, ela talvez porque quisesse ouvir o que eu havia achado do concerto. Eu disse que ela cantava de maneira fantástica, que ela era fantástica. Seu semblante se iluminou enquanto ela guardava as coisas na mochila. Então Nils entrou. Não gostei, sua presença caía como uma sombra sobre nós. Tínhamos aula de francês juntos, e ele era diferente dos demais garotos do primeiro ano, andava com gente bem mais velha que ia aos bares da cidade, tinha opiniões próprias e um modo próprio de viver. Ria bastante, brincava com todo mundo, inclusive comigo. Eu sempre me sentia diminuído quando ele fazia isso, não sabia para onde olhar nem o que dizer. Ele começou a conversar com Hanne. Era como se a estivesse cercando, olhava no fundo dos olhos dela, ria, se aproximava ainda mais, estava bem perto dela agora. Eu não esperava outra coisa dele, não era isso que me angustiava, e sim a maneira como Hanne reagia. Ela não o rejeitou nem se afastou. Ainda que eu estivesse ali, ela parecia se abrir para ele. Ria das suas palhaçadas, retribuía o olhar, até descruzou as pernas na cadeira em que estava sentada quando ele veio em sua direção. Era como se ele a houvesse enfeitiçado. Por um instante ele ficou olhando bem no fundo dos olhos dela, foi um momento tenso e cheio de expectativa, então ele deu sua risada maliciosa e recuou alguns passos, fez um comentário qualquer, acenou para mim levantando a mão e se foi. Tomado pelo ciúme, olhei para Hanne, que tinha voltado a guardar as coisas na mochila, mas não como se nada tivesse acontecido, ela estava ensimesmada agora, de um jeito muito diferente.

O que acontecera? Hanne, loura, linda, divertida, alegre, sempre com perguntas confusas, até ingênuas, nos lábios, no que ela se transformara? O que era aquilo que eu tinha visto? O lado escuro, profundo, talvez até violento, que havia nela? Ela entrara em sintonia com ele, só por um instante mas entrara. E, naquele instante, eu não era ninguém. Eu fui destruído. Eu, com todos os meus bilhetes, com todas as conversas que tivera com ela, com todas as minhas esperanças singelas e meus desejos infantis, eu não era nada, um grito no pátio da escola, uma pedra no fundo de um precipício, a buzina de um carro que passa.

Será que eu seria capaz de fazer isso com ela? Conseguiria ter esse efeito sobre ela?

Conseguiria ter esse efeito sobre *alguém*?

Não.

Para Hanne, eu era e continuaria sendo ninguém.

Para mim, ela era tudo.

Tentei não dar importância ao que tinha visto, não mudei meu modo de agir com ela, continuei exatamente como antes e, assim, fingi que tudo estava bem. Mas não estava, eu sabia, não tinha dúvida. Minha única esperança era que ela não percebesse. Mas em que mundo eu estava vivendo, afinal? Em que tipo de sonhos, afinal, eu acreditava?

Dois dias depois, quando começou o feriado da Páscoa, mamãe veio para casa.

Papai havia dito que o divórcio estava decidido. Mas, quando mamãe chegou, eu percebi que para ela não era bem assim. Ela foi imediatamente para nossa casa, onde papai a esperava, e eles ficaram lá por dois dias, enquanto eu perambulava pela cidade tentando matar o tempo.

Na sexta-feira ela parou o carro em frente ao sobrado. Eu a vi da janela. Tinha uma mancha roxa bem visível num dos olhos. Abri a porta.

"Que foi que aconteceu?", perguntei.

"Eu sei o que está pensando", disse ela. "Mas não foi isso. Eu caí. Desmaiei, agora às vezes acontece, e aí bati no canto da mesa. Sabe, a mesa de vidro?"

"Não acredito."

"É verdade. Desmaiei. Foi só isso."

Dei um passo para trás. Ela entrou no hall.

"Vocês estão separados agora?"

Ela pôs a mala no chão, pendurou o sobretudo claro no cabide.

"Sim, estamos."

"Está arrependida?"

"Arrependida?"

Olhou-me perplexa, como se essa hipótese nem lhe tivesse ocorrido.

"Não sei. Triste, talvez. E você? Como vai ser para você?"

"Ótimo. Só assim não vou mais precisar morar com papai."

"Nós conversamos sobre isso também. Mas primeiro preciso tomar um café."

Acompanhei-a até a cozinha, vi-a pôr água para ferver, sentar numa cadeira com a bolsa no colo, tirar o maço de cigarros, Barclay, que provavelmente havia passado a fumar em Bergen, pegar um e acender.

Ela olhou para mim.

"Vou me mudar para a casa. Nós dois vamos morar lá. E aí papai virá morar aqui. Provavelmente vou precisar comprar a parte dele no imóvel, não sei como vou conseguir, mas vou achar um jeito, não se preocupe."

"Hum."

"E você? Como estão as coisas? É muito bom te ver, sabia?"

"Do mesmo jeito. Desde o Natal que não nos víamos. E muita coisa aconteceu."

"Mesmo?"

Ela se levantou e pegou um cinzeiro no armário, pegou também o pacote de café e o colocou em cima da bancada, tudo isso enquanto a água começou a emitir um leve sibilo, parecido com o som que se ouve quando se está perto do mar.

"Sim", respondi.

"Coisas boas, parece?", disse ela, sorrindo.

"Sim. Estou apaixonado. Completamente."

"Que bom! Alguém que eu conheça?"

"E quem poderia ser nesse caso? Não, é alguém da minha classe. Sei que não é uma coisa muito inteligente, mas é assim. Essas coisas ninguém planeja, não é?"

"É. E como ela se chama?"

"Hanne."

"Hanne", repetiu ela, olhando para mim com um leve sorriso. "Quando vou conhecê-la?"

"Aí é que está. Não estamos namorando. Ela namora outro cara."

"Então não é assim tão simples."

"Não."

Ela suspirou.

"É, nem sempre é simples. Mas você parece bem. Parece feliz."

"Nunca estive tão feliz. Nunca."

Por alguma razão absurda meus olhos se encheram de lágrimas quando eu disse isso. Não ficaram apenas embaçados, o que acontecia com frequência quando eu me emocionava, não, as lágrimas escorriam pelo meu rosto.

Eu sorri.

"São lágrimas de felicidade", eu disse. E depois solucei. No fim as lágrimas eram tantas que tive que virar o rosto. Felizmente a água começou a ferver, eu fui até o fogão, acrescentei o café, despejei-o na garrafa térmica, tampei, e servi duas xícaras.

Quando as levei para a mesa, eu estava refeito.

Seis meses depois, numa noite do fim de julho, desci do último ônibus no ponto próximo à cachoeira. Carregava um mochilão nas costas, estivera na Dinamarca, treinando futebol, e, sem passar em casa, havia ido a uma festa da classe nas ilhotas. Estava feliz. Eram pouco mais de dez e meia, uma leve escuridão se abatera como um véu cinzento sobre a paisagem. A cachoeira rugia atrás de mim. Comecei a subir a ladeira, atravessando a pista ladeada por uma mureta de pedras. Lá embaixo, uma fileira de árvores acompanhava o leito do rio. Acima, a velha fazenda, com o celeiro projetando-se sobre a estrada. As luzes na casa principal estavam apagadas. Fiz a curva e passei pela casa seguinte, o velho que morava ali estava sentado na sala com a TV ligada. Do outro lado do rio vinha um caminhão. O barulho só chegou até mim depois de um tempo, não ouvi a marcha ser trocada diante da pequena colina. Acima da copa das árvores, contra o céu claro, vi dois morcegos voando, e me lembrei do texugo que costumava encontrar quando voltava para casa no último ônibus. Ele se aproximava descendo a pista ao longo do riacho quando eu estava subindo. Por precaução eu sempre levava uma pedra em cada mão. Às vezes o via no meio da pista, ele parava e olhava para mim, antes de dar meia-volta e correr com aquele seu trote característico.

Eu parei, tirei o mochilão das costas, pus um dos pés sobre a mureta e acendi um cigarro. Não queria chegar em casa ainda, queria me demorar mais um pouco. Mamãe, com quem eu passara a primavera inteira e metade do verão, agora estava em Sørbøvåg. Ainda não tinha comprado a parte do meu pai, e ele fizera valer o seu direito e se mudara para lá, onde ficaria até o recomeço das aulas, com sua nova namorada, Unni.

Um avião enorme sobrevoou a floresta, inclinou-se lentamente e se endireitou assim que passou sobre minha cabeça. As luzes na ponta das asas piscavam e o trem de pouso estava sendo abaixado. Eu segui o avião até ele sumir de vista, e o ruído do motor foi se tornando cada vez mais fraco até desaparecer também, pouco antes de ele aterrissar em Kjevik. Eu gostava de aviões, sempre gostara. Mesmo depois de ter morado três anos debaixo da rota de tráfego aéreo, ainda olhava para eles com alegria.

O rio cintilava no escuro do verão. A fumaça do meu cigarro não subia para o alto, mas flutuava pela lateral e ficava suspensa no ar. Nem uma brisa. E agora, depois que o avião se fora, nem um ruído. Minto: só o dos morcegos, que planavam e despencavam, voando rapidamente.

Apaguei o cigarro com cuspe, joguei a bituca no chão, pus o mochilão nas costas e continuei meu caminho. As luzes estavam acesas na casa de William. Depois da curva seguinte a copa das árvores estava tão densa que mal dava para enxergar o céu. Havia alguns sapos ou rãs espalhados pelo charco entre a estrada e o rio. Então vi algo se mexendo no chão. Era o texugo. Ele não tinha me visto e trotava pelo asfalto. Fui para o outro lado da pista, para lhe dar passagem, mas ele me viu e parou. Ah, como era gracioso, com sua cara preta e branca e seu focinho arrebitado. A pelagem era cinzenta, os olhos amarelos e espertos. Apressei o passo, subi na mureta e parei mais abaixo. O texugo sibilou sem tirar os olhos de mim. Era evidente que estava avaliando a situação, pois, nas outras vezes que nos encontráramos, ele simplesmente dava meia-volta e saía correndo. Agora ele retomou seu trote e, para minha alegria, desapareceu colina acima. Só então, quando voltei à estrada, ouvi uma música ao longe, que devia estar tocando o tempo todo.

Será que vinha lá de casa?

Apertei o passo no trecho final da pista e olhei para o alto da colina, onde ficava a casa, todas as luzes estavam acesas. Sim, era de lá que vinha a música. Decerto pela porta aberta da sala, imaginei, e percebi que estavam dando uma festa ao ver vários vultos que se moviam no gramado, obscuros e misteriosos sob a luz cinzenta da noite de verão. Normalmente eu teria seguido o curso do riacho até a face oeste da casa, mas com a festa acontecendo, e o lugar cheio de estranhos, não queria aparecer de repente do meio da floresta, então preferi dar a volta completa pela estrada.

Havia carros estacionados ao redor, até a metade do gramado, e também ao lado do celeiro e no pátio. Parei no topo da colina para pôr os pensamentos em ordem. Um homem de camisa branca cruzou o pátio sem me ver. Um burburinho de vozes se alastrava pelo jardim atrás da casa. À mesa da cozinha, visível através da janela, estavam sentados um homem e duas mulheres, cada um com um copo de vinho diante de si, rindo e bebendo.

Respirei fundo e me dirigi à porta da frente. Na parte do jardim mais próxima da floresta, haviam posto uma mesa enorme. Estava coberta com uma toalha branca que refulgia na escuridão profunda sob a copa das árvores. Seis ou sete pessoas estavam sentadas ao redor da mesa, entre elas papai. Ele olhou na minha direção. Quando nossos olhares se cruzaram, ele se levantou e acenou. Tirei o mochilão, coloquei-o junto à soleira da porta e fui até ele. Nunca o tinha visto daquele jeito. Vestia uma camisa branca folgada de gola em V bordada, calças jeans azuis e sapatos de couro marrom-claro. Seu rosto, bronzeado de sol, tinha um quê de luminoso. Os olhos brilhavam.

"Enfim, Karl Ove", disse ele, pondo a mão no meu ombro. "Achamos que chegaria antes. Estamos dando uma festa, como pode ver. Que tal ficar um pouco por aqui? Sente-se!"

Fiz o que ele disse e sentei à mesa, de costas para a casa. A única pessoa ali que eu já tinha visto era Unni. Ela também usava uma camisa branca, ou uma blusa, ou sei lá o quê.

"Oi, Unni", eu disse.

Ela me deu um sorriso simpático.

"Este aqui é Karl Ove, meu caçula", disse papai, sentando-se do outro lado da mesa, perto de Unni. Eu meneei a cabeça para os outros cinco.

"E esta, Karl Ove, é Bodil, minha prima."

Nunca tinha ouvido falar de nenhuma prima chamada Bodil, e olhei para ela, provavelmente perplexo, pois ela sorriu para mim e disse: "Passamos a infância juntos, seu pai e eu".

"E a adolescência também", disse papai. Ele acendeu um cigarro, deu uma tragada, soprou a fumaça com uma expressão satisfeita no rosto. "E estes aqui são Reidar, Ellen, Martha, Erling e Åge. Todos colegas de trabalho."

"Oi", eu disse.

A mesa estava repleta de copos, garrafas, pratos e talheres. Duas tigelas grandes cheias de cascas de camarão não deixavam dúvida sobre o que haviam comido. O colega que meu pai citou por último, Åge, um sujeito com cerca de quarenta anos, de óculos de lentes grossas mas com armação delicada, me observava enquanto bebericava num copo de cerveja. Pôs o copo na mesa e disse: "Então quer dizer que você foi jogar futebol?".

Eu assenti.

"Na Dinamarca", disse.

"Onde na Dinamarca?", indagou ele.

"Nykøbing."

"Mors?"

"Sim. Acho que sim. Era uma ilha no fiorde de Lim."

Ele riu e olhou ao redor.

"Foi lá que nasceu Aksel Sandemose!", declarou, voltando a olhar para mim. "Sabe qual foi a lei que ele enunciou, inspirado pela cidade de onde você acabou de voltar?"

O que era aquilo? Uma arguição?

"Sei", respondi, cabisbaixo. Não queria pronunciar aquela palavra, não queria lhe dar aquele prazer.

"E qual é?"

Ergui os olhos na sua direção, num olhar tão desafiador quanto tímido.

"A Lei de Jante", eu disse.

"Exatamente!"

"Foi legal por lá?", perguntou papai.

"Claro", respondi. "Campos de futebol ótimos. Uma cidade linda."

Nykøbing: voltei para a escola onde estávamos instalados, depois de ter passado a noite inteira com uma garota que conheci. Ela ficou louca por mim. Os quatro outros companheiros de time que estavam comigo foram embora mais cedo, ficamos só eu e ela, e, quando retornei, mais bêbado que de costume, parei em frente a uma das casas da cidade. Os demais detalhes eu esqueci, não me lembro de ter me despedido dela, nem lembro como cheguei àquela casa, mas foi lá, diante daquela porta, que caí em mim novamente. Eu tiro a bituca acesa da boca, abro a fresta para correspondência e jogo a bituca no hall de entrada. Aí tudo torna a ficar confuso, mas de algum modo eu achei o caminho de volta para a escola, entrei e me deitei, para ser acordado para o desjejum e o treino, três horas depois. Quando estávamos sentados conversando debaixo de uma das grandes árvores ao redor do campo foi que me lembrei do cigarro que tinha jogado dentro da casa. Sentindo um calafrio, levantei-me, chutei uma bola para o alto e comecei a correr atrás dela. E se a casa tivesse pegado fogo? E se tivesse morrido gente no incêndio? Que me importava?

Eu tinha conseguido reprimir aquele pensamento durante vários dias, mas agora, diante daquela mesa enorme no jardim na minha primeira noite em casa, o medo ressurgia.

"Em que time você joga, Karl Ove?", um dos outros perguntou.

"Tveit", respondi.

"Em que divisão estão?"

"Eu jogo nos juniores. Mas os seniores estão na quinta divisão."

"Não é bem o IK Start, então", disse ele. Pelo dialeto percebi que ele era de Vennesla, então seria fácil dar o troco.

"Não, é mais parecido com o Vindbjart de Vennesla", eu disse.

Eles gargalharam. Eu olhei para baixo. Senti que havia atraído demais a atenção. Mas, quando logo depois olhei para papai, ele sorriu para mim.

Sim, seus olhos estavam brilhando.

"Não vai tomar uma cerveja, Karl Ove?", perguntou.

Eu assenti.

"E por que não?", disse.

Ele deu uma olhada na mesa.

"Parece que as garrafas aqui estão vazias. Mas tem uma caixa na cozinha. Pode pegar uma lá."

Levantei-me. Assim que entrei, duas pessoas saíram. Um homem e uma mulher, abraçados. Ela usava um vestido bem leve de verão. Seus braços e pernas à mostra estavam bronzeados. Seios fartos, abdômen e quadris roliços. Os olhos, no rosto um tanto rechonchudo, eram meigos. Ele, que vestia uma camisa azul-clara e calça branca, tinha a barriga proeminente, mas fora isso estava em forma. Ainda que estivesse sorrindo e seus olhos bêbados parecessem flutuar, foi sua expressão dura que me chamou a atenção. Nela todo movimento cessou, deixando somente vestígios, como o leito seco de um rio.

"Olá", disse ela. "Você é o filho?"

"Sim", respondi. "Olá."

"Eu trabalho com seu pai."

"Legal", eu disse, e felizmente não precisei dizer mais nada, pois eles continuaram seu caminho. Quando passei pelo corredor, a porta do banheiro se abriu. Uma mulher pequena, gorducha, de cabelos pretos e óculos, saiu dali. Ela mal olhou para mim. Discretamente, cheirei seu perfume e a segui. Era um aroma fresco, floral. Na cozinha, onde entrei um instante depois, estavam as três pessoas que tinha visto pela janela ao chegar. O homem, também com cerca de quarenta anos, estava cochichando algo no ouvido da mulher à sua direita. Ela sorriu, mas por educação. A outra mulher mexia na bolsa que estava em seu colo. Ela olhou para mim ao mesmo tempo que pôs um maço de cigarros na mesa.

"Olá", eu disse. "Vim só pegar uma cerveja."

Havia duas caixas cheias empilhadas junto à parede perto da porta. Tirei uma garrafa da caixa de cima.

"Algum de vocês teria um abridor?", perguntei.

O homem se levantou e apalpou os bolsos.

"Tenho um isqueiro", disse ele. "Toma."

Ele fez menção de arremessá-lo para mim, primeiro devagar, para que eu me preparasse, e então, subitamente, o isqueiro voou pelo ar. Ricocheteou no batente da porta e caiu. Não fosse isso, eu não saberia contornar a situação, pois não queria parecer patético pedindo-lhe que abrisse a garrafa para mim, mas, como tinha sido ele que tomara a iniciativa e falhara, a situação se inverteu.

"Não sei abrir com o isqueiro", eu disse. "Você poderia abrir, por favor?"

Apanhei o isqueiro do chão e o estendi para ele juntamente com a garrafa. Ele tinha óculos redondos, e o fato de que metade de sua cabeça era calva enquanto o cabelo na outra metade era eriçado demais, como uma onda na beira de uma praia infinita na qual jamais quebraria, dava-lhe um ar desesperado. Ao menos foi essa a impressão que tive. Seus dedos, que agora apertavam o isqueiro, eram cobertos de pelos. No pulso, usava um relógio com pulseira prateada.

A tampa saiu emitindo um som oco.

"Pronto", disse ele, me dando a garrafa. Eu agradeci, atravessei a sala, onde quatro ou cinco pessoas dançavam, e fui para o jardim. Lá estava um pequeno grupo de pessoas ao redor do mastro da bandeira, cada uma com seu copo, olhando para o rio e conversando.

O sabor da cerveja era fantástico. Eu tinha bebido todas as noites na Dinamarca, e a noite anterior inteira, logo não seria preciso muito para ficar bêbado. E eu não queria isso. Se ficasse bêbado, ingressaria no mundo deles, o qual me absorveria completamente, e eu não poderia mais enxergar a diferença, talvez até passasse a gostar das mulheres que estavam ali. E essa era a última coisa que eu queria.

Observei a paisagem. Vi o rio fluindo numa curva suave ao redor da várzea onde ficavam os gols, e entre as grandes árvores ao longo das margens, que agora estavam negras em contraste com a reluzente superfície cinza-escura da água. As colinas que se erguiam do outro lado, estendendo-se como ondas na direção do mar, também estavam negras. A iluminação das casas encravadas entre o rio e a colina brilhava mais forte, enquanto as estrelas no céu, mais cinzento na linha do horizonte, mais azulado no alto, mal podiam ser vistas.

O grupo ao redor do mastro ria de alguma coisa. Estavam a poucos metros de mim, mas ainda assim seus rostos eram indistintos. O homem da barriga proeminente apareceu do canto da casa, ele parecia deslizar. A foto da minha crisma fora feita ali, diante do mastro da bandeira, eu entre mamãe e papai. Dei mais um gole e fui até o limite do jardim, onde ninguém mais parecia ter se aventurado. Fiquei sentado de pernas cruzadas, próximo às bétulas. A música estava mais longe, as vozes e risadas também, e os movimentos eram agora menos perceptíveis. Como fantasmas, pessoas apareciam na escuridão em torno da casa iluminada. Pensei em Hanne. Era como se ela ocupasse um lugar dentro de mim, como se existisse feito um lugar real, onde eu sempre quisesse estar. Aonde eu pudesse ir sempre que desejasse. Tínhamos ficado conversando, sentados num rochedo perto do mar, na festa da classe na noite anterior. Nada aconteceu, isso foi tudo. O rochedo, Hanne, a baía pontilhada de ilhotas baixas, o mar. Tínhamos dançado, brincado, descido alguns degraus do píer e nadado no escuro. Foi fantástico. E aquela sensação fantástica não acabava, havia me impregnado por todo o dia seguinte, e ainda estava viva dentro de mim. Eu era imortal. Levantei-me, consciente da energia que carregava em cada célula do corpo. Vestia uma camiseta cinza, bermuda cáqui, e calçava tênis brancos de basquete Adidas, só isso, mas era o bastante. Eu não era musculoso, mas era magro, ágil e belo como um deus.

Devia ligar para ela?

Ela dissera que estaria em casa à noite.

Mas já era quase meia-noite. E, mesmo que ela não tivesse nada contra ser acordada, talvez o resto da sua família não pensasse do mesmo modo.

E se a casa tivesse pegado fogo? E se alguém tivesse morrido queimado? Ah, merda, merda.

Atravessei o gramado, tentando deixar aquele pensamento para trás, corri os olhos pela sebe, pela casa, pelo telhado, pelos grandes arbustos de lilás no limite do gramado, cujas flores pesadas exalavam um aroma que se podia sentir desde a pista, caminhando dei o derradeiro gole na garrafa, vi o rosto corado de duas mulheres, elas estavam sentadas nos degraus diante da porta, com os joelhos colados e cigarros entre os dedos, reconheci-as da mesa e sorri para elas brevemente ao entrar na casa, passei pela sala, depois pela cozinha, que agora estava vazia, peguei outra garrafa, subi as escadas e fui para o meu quarto, onde sentei na cadeira sob a janela, inclinei a cabeça para trás e fechei os olhos.

Enfim.

As caixas de som da sala estavam exatamente debaixo de mim, e a acústica da casa permitia que eu ouvisse cada nota de maneira distinta.

O que estava tocando?

Agnetha Fältskog. O sucesso do verão anterior.

Havia algo de deselegante nas roupas que papai usava naquela noite. Aquela camisa branca ou blusa ou sei lá que porra era aquela. Ele sempre, ao menos pelo que me lembro, se vestira com simplicidade, corretamente, de um jeito conservador. Seu guarda-roupa se compunha de camisas, paletós, casacos, muitos de tweed, calças de tecido sintético, veludo, algodão, e suéteres de lã ou de caxemira. Mais adepto da velha escola que seguidor das tendências, porém não antiquado, mas não era isso que fazia a diferença. A diferença estava entre a flexibilidade e a rigidez, entre alguém que tentava eliminar a distância e alguém que tentava mantê-la. Era uma questão de valores. Quando ele de repente apareceu com blusas feitas à mão com bordados, ou camisas com babados, como as que o vi vestindo antes naquele mesmo verão, ou ainda calçando mocassins nos quais um lapão se sentiria perfeitamente à vontade, vinha à tona uma enorme contradição entre quem ele era, quem eu sabia que ele era e quem ele demonstrava ser. Eu mesmo estava do lado dos flexíveis, era contra a guerra e a autoridade, contra hierarquias e todo tipo de rigidez, não queria ser um cê-dê-efe, queria que meu intelecto se desenvolvesse de maneira mais orgânica, politicamente eu era de esquerda, a divisão desigual dos recursos mundiais me deixava indignado, eu queria que todos pudessem ter acesso às coisas boas da vida, portanto o capitalismo e a plutocracia eram os inimigos. Achava que todas as pessoas eram iguais e que suas qualidades interiores eram sempre mais importantes que sua aparência. Em outras palavras, eu era a favor da profundidade e contra a superficialidade, a favor do bem e contra o mal, a favor da flexibilidade e contra a rigidez. Então deveria estar contente por meu pai ter se juntado aos flexíveis, não? Não, pois desprezava a maneira como aquela flexibilidade se expressava, quer dizer, os óculos redondos, as calças de veludo, os mocassins, os suéteres de tricô, pois além dos meus ideais políticos eu tinha outros, ligados à música, que eram muito diferentes de aparentar ser cool, o que, por sua vez, tinha a ver com a época em que vivíamos, era aquilo que precisava ser expresso, e não o lado relacionado às paradas de sucesso, às roupas de tom pastel e aos penteados com gel, pois esse era o aspecto ligado ao comércio, à superficialidade e ao entretenimento, não, a música que precisava ser expressa era a inovadora mas consciente da tradição, profunda mas esperta, inteligente mas simples, ostensiva mas genuína, a música que não era dirigida a qualquer um, que não vendia muito, mas que expressava as experiências de uma geração, da minha geração. Ah, o novo. Eu estava do lado do novo. E Ian McCulloch do Echo & The Bunnymen, ele representava esse ideal, ele mais que qualquer outro. Sobretudos, jaquetas militares, tênis de cano alto, óculos escuros. Estava muito distante das blusas bordadas e dos mocassins do meu pai. Por outro lado, isso não podia ser um problema, pois meu pai pertencia a outra geração, e a simples ideia de que aquela geração devesse começar a se vestir como Ian McCulloch, ouvir música britânica indie, se interessar pelo que acontecia no cenário americano, descobrir o álbum de estreia do REM ou do Green on Red e talvez ter um coturno no armário seria o enredo para um pesadelo. O mais importante era que aquela blusa bordada e aqueles mocassins não eram ele. Era como se ele, ao se aventurar por aquele mundo informe e desconhecido, quase feminino, perdera o contato consigo. Até mesmo o tom ríspido da sua voz havia desaparecido.

Abri os olhos e me virei para ver pela janela o que se passava na mesa lá fora. Agora havia apenas quatro pessoas ali. Papai, Unni, aquela a quem ele havia chamado de Bodil e mais um. Atrás dos lilases, longe da vista deles, um sujeito urinava admirando o rio.

Papai ergueu a cabeça e olhou para a janela. Meu coração acelerou, mas não me mexi, pois, caso ele tivesse me visto, do que eu não tinha certeza, seria como admitir que eu estava espiando. Esperei alguns instantes, até me assegurar de que ele percebera que eu o tinha visto olhando para mim, me afastei e sentei diante da escrivaninha.

Eu não era muito bom em espiar papai. Ele sempre percebia, via tudo, sempre viu tudo.

Dei mais uns goles na cerveja. Um cigarro teria caído bem. Ele nunca me vira fumando, e, se visse, talvez isso fosse motivo para uma discussão. Por outro lado, ele não acabara de me incentivar a pegar uma cerveja?

A escrivaninha, minha propriedade desde que me entendo por gente, cor de laranja assim como a cama e as portas do armário, estava, exceto por um estojo de fitas cassete, completamente limpa. Eu tinha tirado tudo dali quando terminaram as aulas, e só entrava no quarto para dormir. Pus a garrafa de lado e vasculhei o estojo lendo os rótulos, escritos com minha caligrafia infantil na lateral das fitas. BOWIE — HUNKY DORY. LED ZEPPELIN — I. TALKING HEADS — 77. THE CHAMELEONS — SCRIPT OF THE BRIDGE. THE THE — SOUL MINING. THE STRANGLERS — RATTUS NORVEGICUS. THE POLICE — OUTLANDOS D'AMOUR. TALKING HEADS — REMAIN IN LIGHT. BOWIE — SCARY MONSTERS (and Super Creeps). ENO BYRNE — MY LIFE IN THE BUSH OF GHOSTS. U2 — OCTOBER. THE BEATLES — RUBBER SOUL. SIMPLE MINDS — NEW GOLD DREAM.

Levantei-me, peguei a guitarra encostada no pequeno amplificador Roland Cube, dedilhei alguns acordes, coloquei-a de volta no lugar e tornei a olhar para o jardim. Eles ainda estavam lá, debaixo da escuridão da copa das árvores, que as duas lamparinas a óleo não conseguiam dissipar mas apenas atenuavam, de modo que os rostos adquirissem um pouco de cor sob a luz. Uma tonalidade escura, quase cor de bronze.

Bodil devia ser filha do segundo irmão do meu avô, a quem não conheci. Por alguma razão ele fora banido da família havia muito tempo. Eu só ouvira falar dele, por acaso, cerca de dois anos antes, houve um casamento na família, e mamãe mencionou que ele compareceu e fez um discurso inflamado. Ele era pregador laico no templo pentecostal da cidade. Era mecânico. Em tudo era diferente dos outros dois irmãos, até mesmo no sobrenome. Quando, depois de terem consultado sua poderosa mãe e de terem ingressado no mundo acadêmico e começado a universidade, decidiram trocar seu Pedersen, um sobrenome comum, pelo bem menos comum Knausgård, ele se recusou a fazê-lo. Teria sido esse o motivo do rompimento?

Saí do quarto e desci as escadas. Quando cheguei ao hall, papai estava diante do armário, com as luzes apagadas, e olhou para mim.

"É você?", perguntou. "Não quer vir nos fazer companhia?"

"Claro", eu disse. "Vim só ver como estavam as coisas."

"A festa está bacana."

Ele inclinou um pouco a cabeça e arrumou o cabelo. Era um gesto que sempre fazia, mas havia algo naquela camisa e naquelas calças, tão estranhas a ele, que de repente o levou a parecer afeminado. A maneira conservadora e correta como ele costumava se vestir neutralizava aquele gesto.

"Está tudo bem com você, Karl Ove?", perguntou ele.

"Tudo", respondi. "Sem problemas. Estou indo lá para fora."

Uma rajada de vento soprou assim que saí. As folhas das árvores à margem da floresta se mexeram quase contra a vontade, como se tivessem despertado de um sono profundo.

Ou ele é que estava bêbado, pensei. Pois nem a isso eu estava acostumado. Meu pai nunca tinha bebido. A primeira vez que o vi embriagado fora dois meses antes, numa noite em que fui visitá-los, ele e Unni, na casa da rua Elve, e comemos fondue, outra coisa que ele jamais sonhara servir na sua casa numa sexta-feira à noite. Eles haviam começado a beber antes de eu chegar, e, embora ele estivesse a gentileza em pessoa, parecia ameaçador, não diretamente, claro, porque eu não tinha medo dele ali sentado, mas indiretamente, porque não era mais capaz de decifrá-lo. Era como se todo o conhecimento que eu acumulara sobre ele desde a infância, que me levava a estar preparado para o que quer que acontecesse, de repente não contasse mais. O que contava, afinal?

Quando me virei para a mesa, pisquei para Unni, ela sorriu e eu retribuí o sorriso. Outra rajada de vento, mais forte dessa vez, sacudiu as folhas dos altos arbustos que cresciam perto dos degraus do celeiro. Os galhos mais finos das árvores acima da mesa oscilavam.

"Tudo bem?", perguntou Unni, quando me aproximei.

"Sim", eu disse. "Só estou um pouco cansado, acho que vou me deitar logo mais."

"Vai conseguir dormir com esse barulho?"

"Ah, isso não me incomoda nem um pouco."

"Seu pai falou de você com tanto carinho hoje, sabia?", disse Bodil, debruçando-se na mesa. Eu não sabia o que dizer, então esbocei um sorriso.

"Não foi, Unni?"

Unni assentiu. Seus cabelos compridos eram totalmente grisalhos, embora ela tivesse pouco mais de trinta anos. Papai havia sido seu preceptor quando ela era estagiária de pedagogia. Vestia uma calça verde bem folgada e uma blusa parecida com a dele. No pescoço usava um colar de contas de madeira.

"Nós lemos uma das suas redações esta primavera", disse ela. "Não sei se você sabia. Espero que não se importe de eu ter lido. Ele estava tão orgulhoso de você, sabe."

Ah, aquilo era um absurdo. O que é que Unni tinha a ver com as minhas redações?

Mas eu fiquei também lisonjeado. Nem era preciso dizer.

"Você lembra seu avô, Karl Ove", disse Bodil.

"Meu avô?"

"Sim. Mesmo formato de cabeça. Mesma boca."

"Então quer dizer que você é prima do papai?"

"Sou. Você vai ter que nos visitar um dia desses. Nós também moramos em Kristiansand, sabia?"

Eu não sabia. Antes daquela noite, eu não sabia nem da existência dela. Devia ter lhe contado. Mas não contei. Disse que seria um prazer, perguntei o que ela fazia e, pouco depois, se tinha filhos. Era sobre isso que ela falava quando papai voltou. Ele sentou e ficou prestando atenção nela, para se situar na conversa, mas logo em seguida se recostou na cadeira, cruzou uma das pernas sobre o joelho e acendeu um cigarro.

Eu me levantei.

"Vai embora logo agora que eu cheguei?", indagou ele.

"Não. Vou só buscar uma coisa", respondi. Abri o mochilão que tinha deixado perto da porta da frente, peguei os cigarros, pus um na boca, me virei de costas para acendê-lo, de modo que já estivesse fumando quando voltasse.

Papai não disse nada. Percebi que ele pensou em dizer algo, pois uma ponta de desaprovação surgiu em torno da sua boca, mas depois de um breve instante ela desapareceu, como se ele tivesse dito a si mesmo que ele não era mais daquele jeito.

Ao menos foi o que pensei.

"Um brinde, então", disse papai, erguendo o copo de vinho tinto para nós. Em seguida olhou para Bodil e acrescentou: "Saúde para Helene".

"Saúde para Helene!", disse Bodil.

Eles beberam, olhando-se nos olhos.

Quem era Helene, porra?

"Não vai brindar também, Karl Ove?", perguntou papai.

Eu balancei a cabeça.

"Pegue aquele copo", disse ele. "Está limpo. Não está, Unni?"

Ela assentiu. Ele pegou a garrafa de vinho branco e me serviu. Brindamos novamente.

"Quem é Helene?", perguntei, dirigindo-me a eles.

"Helene era minha irmã", respondeu Bodil. "Ela já morreu."

"Helene era... bem, nós éramos muito próximos quando crianças. Passávamos o tempo todo juntos", disse papai. "Até a adolescência. Aí ela ficou doente."

Bebi mais um gole. De trás da casa surgiu o casal de antes, a peituda de vestido branco e o sujeito da barriga proeminente. Atrás deles vieram dois homens, o primeiro eu reconheci, era o da cozinha.

"Então é aqui que vocês estão", disse o cara da barriga proeminente. "Estávamos procurando. Você não cuida direito dos seus convidados, viu?" Ele pôs a mão no ombro de papai. "Viemos até aqui para ficar com você."

"Essa é minha irmã", sussurrou Bodil para mim. "Elisabeth. E o marido dela, Frank. Eles moram em Ryen, sabe, perto do rio. Ele é corretor de imóveis."

Será que todos aqueles conhecidos do meu pai sempre estiveram ali à nossa volta?

Eles sentaram à mesa, que de repente se animou. E aqueles que, quando cheguei, eram rostos desprovidos de sentido ou substância, nos quais, portanto, eu tinha visto apenas a idade e o tipo, mais ou menos como se se tratasse de animais, um bestiário de quarentões com tudo que isso implicava, olhos sem vida, lábios retesados, seios caídos, barrigas trêmulas, rugas e dobras, agora eu enxergava como indivíduos, pois estava ligado a eles, o sangue que corria nas suas veias corria nas minhas, e quem eles eram subitamente se tornou um fato importante.

"Estávamos falando sobre Helene", disse papai.

"Helene, é claro", disse o sujeito chamado Frank. "Não cheguei a conhecê-la. Mas ouvi falar muito dela. Foi uma pena."

"Eu estive no seu leito de morte", continuou papai.

Eu o fitei. Que estava acontecendo?

"Eu era muito afeiçoado a ela. Muito."

"Era a garota mais linda que você pode imaginar", disse Bodil, novamente sussurrando.

"E aí ela morreu", disse papai. "Aah."

Estava chorando, era isso?

Sim, estava. Estava ali, com os cotovelos na mesa e as mãos cruzadas diante do peito, com lágrimas escorrendo pelo rosto.

"Foi na primavera. Era primavera quando ela morreu. Tudo florido. Aah. Aah."

Frank baixou os olhos, rodando o copo entre os dedos. Unni pousou a mão no braço de papai. Bodil olhou para eles.

"Você era mesmo muito próximo dela", disse. "Era a coisa mais preciosa para ela."

"Aah. Aah", fez meu pai, fechando os olhos e cobrindo o rosto com as mãos.

Uma rajada de vento soprou no pátio. As bordas da toalha de mesa esvoaçaram. Um guardanapo voou pelo gramado. A folhagem acima de nós zuniu. Ergui o copo e bebi, estremecendo quando o gosto ácido do vinho chegou ao meu palato e mais uma vez reconhecendo aquela sensação clara e pura que precedia a embriaguez, e o desejo de persegui-la que sempre sobrevinha.

PARTE 2

Depois de passar alguns meses num porão em Åkeshov, uma das muitas cidades-satélites de Estocolmo, escrevendo o que eu esperava que seria o meu segundo romance, com o metrô a alguns metros da janela, de maneira que toda tarde, quando escurecia, eu avistava os vagões atravessando a floresta como uma fileira de quartos iluminados, no fim de 2003 consegui encontrar um escritório no centro de Estocolmo. Um dos amigos de Linda era o proprietário, e o lugar era perfeito. Na verdade era uma quitinete, com uma pequena cozinha, um banheiro minúsculo e um sofá-cama, além da escrivaninha e das estantes. Fiz minha mudança, quer dizer, uma pilha de livros e o computador, entre o Natal e o réveillon, e comecei a trabalhar lá no primeiro dia útil do novo ano. O romance na realidade já estava pronto, era uma estranha história de cento e trinta páginas, um conto curto sobre um pai e seus dois filhos que saíram para pescar caranguejos numa noite de verão, o qual derivava para um longo ensaio sobre anjos, que por sua vez derivava para uma narrativa acerca de um dos filhos, agora adulto, e dos dias que passou sozinho numa ilha, escrevendo e se automutilando.

    A editora dissera que iria publicá-lo, eu fiquei empolgado, mas também muito inseguro, mais ainda depois de Thure Erik tê-lo lido e me telefonado tarde da noite, com um tom de voz e um modo de se expressar estranhos, como se tivesse bebido para conseguir dizer o que tinha que dizer, que era simples: não vai dar, não é um romance. Você tem que contar uma história, Karl Ove!, repetiu ele várias vezes. Você tem que contar uma história! Eu sabia que ele tinha razão, e foi aí que comecei com isto, no meu primeiro dia de trabalho de 2004, sentado à minha escrivaninha, fitando a tela em branco. Depois de meia hora tentando, recostei-me na cadeira e olhei para o pôster atrás da escrivaninha, era de uma mostra de Peter Greenaway na qual estivera com Tonje, em Barcelona, vários anos antes, na minha vida anterior. Eram quatro imagens: uma delas por muito tempo achei que fosse de um querubim urinando, uma da asa de um pássaro, uma de um piloto da década de 1920 e uma da mão de um cadáver. Então olhei pela janela. O céu sobre o hospital do outro lado da rua estava limpo e claro. O sol na linha do horizonte resplandecia nas vidraças e placas, nos trilhos e carros. O vapor da respiração dos transeuntes nas calçadas dava a impressão de que eles estavam pegando fogo. Todos bem agasalhados. Gorros, cachecóis, luvas, casacos grossos. Movimentos rápidos, rostos contraídos. Percorri o piso com o olhar. Era de parquê e relativamente novo, um tom castanho-avermelhado que não tinha nada a ver com o estilo fin-de-siècle do resto do apartamento. De repente me dei conta de que os nós e os círculos da madeira, a cerca de dois metros da cadeira onde eu estava sentado, formavam a imagem de Cristo com a coroa de espinhos.

Não fiquei impressionado, apenas registrei aquilo, pois imagens assim existem em todas as construções, geradas por irregularidades em assoalhos, paredes, portas e batentes, uma mancha de umidade no teto parece um cão em fuga, uma mancha de tinta gasta num batente parece um vale nevado com uma cadeia de montanhas ao longe onde as nuvens parecem ser carregadas pelo vento, mas aquilo deve ter me afetado de algum modo porque, ao me levantar dez minutos depois e ir pôr água para ferver, lembrei-me de uma coisa que acontecera numa noite da minha infância, quando vira na TV uma imagem semelhante na água, numa notícia sobre um pesqueiro desaparecido. No segundo que levei para encher a cafeteira, vi diante de mim nossa sala, o gabinete de madeira da televisão, os flocos de neve tremulando sobre a colina lá fora, o mar na tela, o rosto que apareceu ali. Com as imagens revivi a atmosfera daquela época, da primavera, do conjunto de casas, dos anos 1970, da vida em família como era então. E com a atmosfera, uma saudade quase incontrolável.

Naquele instante o telefone tocou. Eu me assustei. Quem podia saber meu número?

Ele tocou cinco vezes até parar. O rumor da água fervendo aumentou e eu imaginei, como tantas vezes antes, que ele alertava para a aproximação de algo.

Abri o pote de pó de café, pus duas colheradas na xícara e despejei a água, que subiu, escura e fumegante, até a borda, e em seguida vesti o casaco. Antes de sair, fiquei no lugar de onde dava para ver o rosto no piso de madeira. Era realmente Cristo. Seu rosto estava inclinado para um lado, o olhar voltado para baixo, a coroa de espinhos na cabeça.

O incrível não era que o rosto fosse visível ali, nem que certa vez eu vira um rosto no mar no meio da década de 1970, o incrível era que eu tinha me esquecido disso e agora lembrara novamente. Exceto uns poucos eventos isolados que Yngve e eu havíamos discutido e quase assumiram proporções bíblicas, não lembro quase nada da minha infância. Quer dizer, não lembro quase nada dos eventos. Mas me lembro dos locais onde eles aconteceram. De todos os lugares onde estive, de todos os cômodos. Só não lembro o que se passou neles.

Saí com a xícara na mão. Uma leve sensação de desconforto se apoderou de mim ao vê-la ali: a xícara pertencia ao ambiente interno, não ao externo, lá fora ela ficava nua, exposta, de modo que, ao atravessar a rua, decidi que da manhã seguinte em diante só tomaria café no 7-Eleven, no copo deles, feito de papelão e próprio para ser usado na rua. Havia um par de bancos diante do hospital, fui até lá, sentei-me no banco ainda coberto de neve, acendi um cigarro e me pus a olhar o movimento. O café já estava morno. O termômetro do lado de fora da janela da cozinha de casa marcara menos vinte naquela manhã, e, ainda que agora o sol estivesse brilhando, não devia estar muito mais quente. Menos quinze, talvez.

Peguei o celular no bolso para ver se alguém tinha ligado. Quer dizer, alguém, não: nós estávamos esperando um filho para dali a uma semana, então Linda poderia telefonar a qualquer momento para avisar que havia chegado a hora.

No cruzamento no topo da ladeira suave, as luzes do semáforo começaram a piscar. Logo depois, na rua abaixo não havia um único carro. Duas mulheres de meia-idade saíram de um portão próximo a mim e acenderam seus cigarros. Vestidas com jalecos brancos, apertavam os braços cruzados e não paravam de movimentar as pernas, na tentativa de se manterem aquecidas. Para mim, pareciam duas patas de uma espécie estranha. Então o piscar do semáforo cessou e no instante seguinte os carros saíram como cães de caça da sombra no topo da ladeira e dispararam na rua iluminada pelo sol. Os pneus de inverno castigavam o asfalto. Pus o celular de volta no bolso, envolvi o copo com as mãos. A fumaça do café subia lentamente, misturando-se com o vapor da minha respiração. No pátio da escola, espremido entre dois blocos de apartamentos a vinte metros do meu escritório, a algazarra das crianças cessou de repente, só então fui notar. O sinal havia tocado. Os sons ali ainda eram novos e desconhecidos para mim, o mesmo valia para o ritmo em que irrompiam, mas logo eu estaria acostumado a eles, e de tal maneira que seriam novamente relegados a segundo plano. Quando sabemos muito pouco, é como se esse pouco não existisse. Quando sabemos muito, é como se esse muito não existisse. Escrever é retirar da sombra a essência do que sabemos. É disso que a escrita se ocupa. Não do que acontece aí, não das ações que se praticam aí, mas do *aí* em si. Aí, é esse o lugar e o propósito da escrita. Mas como chegar a ele?

Era essa a questão sobre a qual eu refletia, sentado num bairro de Estocolmo, tomando café, com os músculos contraídos de frio e a fumaça do cigarro se dissolvendo na imensa massa de ar acima de mim.

Os gritos provenientes do pátio da escola irrompiam a intervalos regulares, e eram um dos muitos ritmos que cruzavam o bairro diariamente, da hora em que as ruas começavam a se encher de carros pela manhã até começarem a se esvaziar no fim do dia. Operários que se aglomeravam nos cafés e padarias às seis e meia da manhã para o desjejum, com suas botas de proteção e suas mãos fortes e sujas, a trena enfiada no bolso da calça e o celular que não parava de tocar. Os homens e as mulheres que tomavam conta das ruas na hora seguinte, mais difíceis de classificar, pois a aparência fina e elegante não dizia muito sobre eles exceto que passavam os dias em algum escritório e podiam ser tanto advogados como jornalistas de TV ou arquitetos, embora pudessem ser também redatores publicitários ou corretores de seguro. As enfermeiras e auxiliares que os ônibus deixavam defronte ao hospital, a maioria de meia-idade, a maioria mulheres, só ocasionalmente um rapaz, em grupos que aumentavam perto das oito horas e em seguida diminuíam até que apenas um aposentado com sua mochila de rodinhas descia na calçada que, nas horas tranquilas do fim da manhã, seria tomada por pais ou mães com seus carrinhos de bebê, e o tráfego da rua seria dominado por vans, caminhões, caminhonetes, ônibus e táxis.

Nesse período, quando o sol se refletia nas janelas do outro lado da rua do escritório e quando já quase não ecoavam passos nas escadas do hall, acontecia de turmas da escolinha passarem ali em frente, crianças pouco mais altas que ovelhas, todas vestidas com idênticos casacos refletivos, o semblante em geral sério, como que enfeitiçadas pela natureza aventureira daquele passeio, enquanto a seriedade dos professores, que os cercavam como pastores a rebanhos, parecia beirar o tédio. Era também nesse período que os ruídos dos trabalhos em curso nas redondezas achavam espaço para penetrar na mente, fossem eles de funcionários da prefeitura aspirando as folhas nos gramados ou podando uma árvore, de operários removendo uma camada de asfalto numa rua ou de um proprietário reformando algum imóvel nas cercanias. Então, uma onda de executivos e homens de negócio surgia nas ruas e eles lotavam todos os restaurantes: era a hora do almoço. Quando essa onda subitamente recuava, deixava um vazio que lembrava aquele da manhã mas que tinha um caráter próprio, pois, embora o padrão se repetisse, a ordem mudava: os poucos estudantes que passavam sob minha janela estavam agora a caminho de casa e tinham um semblante mais solto e ativo, diferente de quando passavam pela manhã a caminho da escola, ainda impregnados de sono e da expectativa natural que sentimos quando o dia ainda não começou para valer. O sol agora iluminava a parede em frente à janela, no corredor dava para ouvir os primeiros passos na escadaria ali fora, e no ponto de ônibus diante da entrada principal do hospital uma multidão crescia cada vez que eu olhava para lá. Mais carros particulares tomavam as ruas agora, o número de pedestres na calçada a caminho dos edifícios se multiplicava. Todo esse movimento chegava ao auge próximo das cinco horas, depois disso o bairro ficava tranquilo até as dez, quando se iniciava a vida noturna, com grupos de garotos barulhentos e garotas estridentes que ficavam rondando até as três da manhã. Às seis os ônibus voltavam a circular, o trânsito aumentava, as pessoas surgiam dos portões e escadarias, um novo dia havia começado.

A vida ali era tão regular e cadenciada que poderia ser compreendida tanto através da geometria como através da biologia. Difícil crer que pudesse estar ligada à euforia, à agitação, ao caos exuberante encontrados em outras espécies, como numa população excessiva de girinos ou de alevinos ou de larvas de insetos, onde a vida parecia brotar de um poço inexaurível. Mas assim era. Caos e imprevisibilidade representam as condições tanto para a vida como para o seu declínio, uma é impossível sem o outro, e, mesmo que empreendamos quase todos os nossos esforços para tentar evitá-los, não é preciso mais que um breve instante de desespero para que vivamos à sua luz, e não à sua sombra, como agora. O caos é uma espécie de força de gravidade, e o ritmo que se pode intuir na história, de ascensão e queda de civilizações, talvez seja causado por isso. É notável a semelhança entre os extremos, ao menos num certo sentido, pois, tanto no caos absoluto como num mundo rigorosamente regulado e cadenciado, o indivíduo não é nada, a vida é que é tudo. Assim como ao coração não importa saber por qual vida ele bate, à cidade não importa saber quem realiza suas variadas funções. Quando todos aqueles que hoje passeiam pela cidade tiverem morrido, daqui a cento e cinquenta anos, digamos, o burburinho de gente indo e vindo vai ecoar obedecendo aos mesmos padrões de sempre. A única coisa nova será o rosto das pessoas, embora não tão nova, já que serão seres parecidos conosco.

Joguei a bituca do cigarro no chão e engoli o último gole de café, já frio.

O que eu via era a vida, o que eu pensava era na morte.

Levantei-me, esfreguei as mãos nas coxas algumas vezes e fui até o cruzamento. Os carros que passavam deixavam atrás de si uma espiral de neve. Um enorme caminhão articulado desceu a colina com suas correntes gemendo, freou e conseguiu parar no limite da faixa de pedestres assim que o semáforo ficou vermelho. Sempre sentira uma ponta de peso na consciência quando veículos eram obrigados a parar para que eu atravessasse a rua, criava-se uma espécie de desequilíbrio, eu tinha a sensação de que lhes devia algo. Quanto maior o veículo, maior a culpa. Por isso, enquanto atravessava, eu procurava olhar nos olhos do motorista, de modo a poder acenar com a cabeça para ele a fim de restabelecer o equilíbrio. Mas seus olhos acompanhavam sua mão, que estava erguida para pegar alguma coisa na cabine, talvez um mapa, pois o caminhão era polonês. Ele não me viu, mas isso não tinha importância, porque frear ali não devia tê-lo incomodado tanto.

Parei diante da entrada, digitei o código e abri a porta, tirando a chave do bolso enquanto subia os poucos degraus que levavam até o primeiro andar, onde ficava meu escritório. O elevador zuniu, eu abri a porta o mais rápido que pude, entrei e fechei-a.

O calor súbito fez formigar a pele do meu rosto e das minhas mãos. Uma das inumeráveis ambulâncias cruzou a rua com a sirene ligada. Pus água no fogão para mais uma xícara de café e, enquanto esperava ferver, corri os olhos pelo que escrevera até então. O pó suspenso no ar flutuava inquieto nos raios de sol, ao sabor das diminutas correntes de ar. O vizinho da sala ao lado começou a tocar piano. A cafeteira apitou. Aquilo que eu tinha escrito não estava bom. Não que estivesse ruim, mas não estava bom. Fui até o armário, abri o pote de pó de café, pus duas colheradas na xícara e despejei a água, que subiu, escura e fumegante, até a borda.

O telefone tocou.

Pus a xícara na escrivaninha e deixei tocar mais duas vezes antes de atender.

"Alô", eu disse.

"Oi, sou eu."

"Oi."

"Só liguei para saber como estão as coisas. Tudo bem por aí?"

Ela parecia feliz.

"Não sei. Estou aqui faz apenas poucas horas, você sabe."

Pausa.

"Você vai voltar logo para casa?"

"Não precisa ficar no meu pé. Eu vou na hora que for."

Ela não respondeu.

"Compro alguma coisa no caminho?", perguntei então.

"Não, já fiz as compras."

"O.k., então nos vemos."

"Certo. Tchau. Espere. Chocolate em pó."

"Chocolate em pó", repeti. "Algo mais?"

"Não, só isso."

"O.k., tchau."

"Tchau."

Depois de desligar, continuei sentado por um bom tempo, imerso no que não eram pensamentos nem sensações, mas uma espécie de atmosfera, se é que uma sala vazia pode ter uma atmosfera. Quando, distraído, aproximei a xícara dos lábios, o café já estava morno. Mexi no mouse para remover o protetor de tela e ver as horas. Seis minutos para as três. Então li mais uma vez o texto que escrevera, cortei-o e colei no arquivo de rascunhos. Fazia cinco anos que eu trabalhava num romance, portanto o que quer que eu escrevesse não haveria de ser exatamente medíocre. Mas aquilo ainda não estava à altura. A solução, no entanto, estava no texto que já existia, eu sabia disso, nele havia algo que eu precisava continuar a trabalhar. A sensação que eu tinha era que tudo que eu queria estava ali, só que de modo condensado demais. Particularmente importante era a ideia a partir da qual se desenvolvera o texto, isto é, que o enredo se desenrolasse na década de 1880 ao passo que os personagens e todo o resto fossem da década de 1980. Por muitos anos eu tentara escrever sobre meu pai, mas jamais conseguira, decerto porque o tema era próximo demais da minha vida, e portanto nada fácil de transpor para outra forma, o que, naturalmente, é um pré-requisito da literatura. É sua única lei: tudo deve se sujeitar à forma. Se qualquer um dos outros elementos literários for mais forte que a forma, como o estilo, a trama, o tema, se algum deles prevalecer sobre a forma, o resultado será insatisfatório. Eis por que autores com estilo forte costumam escrever livros ruins. E também por que autores com temas fortes costumam escrever livros ruins. A força do tema e do estilo deve ser destruída para que possa surgir a literatura. É a essa destruição que chamamos "escrever". Escrever é mais destruir do que criar. Rimbaud sabia disso melhor que ninguém. Digno de nota não é que ele tenha chegado tão inacreditavelmente jovem a esse insight, mas que tenha aplicado isso em sua própria vida. Para Rimbaud, tudo dizia respeito à liberdade, tanto na escrita como na vida, e só porque a liberdade tinha um papel dominante é que ele podia deixar a escrita em segundo plano, ou talvez até tivesse que deixar a escrita em segundo plano, pois ela também se tornou para ele um limite que deveria ser destruído. Liberdade é igual a destruição mais movimento. Outro escritor que percebeu isso foi Aksel Sandemose. Sua tragédia foi ter conseguido alcançar esse objetivo somente na literatura, e não na vida. Destruiu, e permaneceu no meio das ruínas. Rimbaud foi para a África.

Por um repentino impulso inconsciente, ergui a cabeça e dei com o olhar de uma mulher. Ela estava sentada num ônibus, bem em frente à janela. A noite começara a cair, e a única fonte de luz no ambiente era a luminária da escrivaninha, o que devia ter atraído a atenção do exterior como atrairia uma mariposa. Quando ela percebeu que eu a olhava, desviou os olhos. Eu me levantei, fui até a janela e abaixei as persianas enquanto o ônibus se punha em movimento. Era hora de ir para casa. Eu tinha dito que iria "logo", e já se passara uma hora.

Ela parecia tão feliz no telefone.

Senti um calafrio de tristeza. Como eu pudera me irritar com ela, com sua ansiedade, seus desejos?

Fiquei ali no meio do escritório, como para deixar a dor que se irradiava pelo meu corpo desaparecer por si. Mas ela não desaparecia. Precisava ser removida com uma ação. Eu teria que fazer as pazes. Só essa ideia já me ajudava, não apenas pela esperança de reconciliação, mas também pela ação prática que demandaria, pois como eu poderia fazer as pazes? Desliguei o computador, guardei na mala, enxaguei o copo e o coloquei dentro da pia, tirei os fios da tomada, apaguei a luz e vesti o casaco e o gorro, à luz do luar que penetrava pelas frestas das persianas, tendo sempre em mente o rosto dela naquele apartamento enorme.

Senti uma fisgada no rosto quando saí na rua gelada. Puxei o capuz do agasalho sobre o gorro, inclinei a cabeça para proteger os olhos contra as minúsculas partículas de neve que rodopiavam no ar e me pus em marcha. Se o tempo estivesse bom, eu teria descido pela rua Tegnér até a Drottning, que percorreria até próximo à praça Hötorg, de onde subiria a colina até chegar à igreja de São João, e depois desceria até a rua Regering, onde ficava nosso apartamento. Era um trecho repleto de lojas, pequenos shoppings, cafés, restaurantes e cinemas, e estava sempre apinhado de gente. Nas ruas havia pessoas de todo tipo. Nas vitrines bem iluminadas das lojas estavam expostos os mais variados artigos, lá dentro as escadas rolantes giravam em círculos movidas por enormes e misteriosas engrenagens, elevadores deslizavam para cima e para baixo, as telas de TV exibiam pessoas bonitas desfilando, na frente das centenas de caixas formavam-se filas, que sumiam e voltavam a se formar, sumiam e voltavam a se formar, num movimento tão imprevisível quanto o das nuvens no céu acima dos telhados da cidade. Nos dias bonitos, eu adorava isso: o fluxo de pessoas, com seus rostos mais ou menos interessantes, cujos olhos expressavam um determinado estado de ânimo. Nos dias não muito bonitos, contudo, o mesmo cenário tinha o efeito oposto, e, se eu pudesse, escolheria outro percurso, mais discreto. Que costumava ser pela Rådman, depois pela Holländar até a Tegnér, onde eu atravessava a Sveavägen e seguia pela Döbeln até a igreja de São João. Nesse percurso prevaleciam as residências, quase todas as pessoas que eu encontrava andavam sozinhas e apressadas pela rua, e as poucas lojas e restaurantes que havia lá estavam quase sempre vazios. Autoescolas com janelas embaçadas pelo frio, lojas de usados com caixas de gibis e LPs empilhadas do lado de fora, lavanderias, um cabeleireiro, um restaurante chinês, alguns bares decadentes.

Hoje era um desses dias. Com a cabeça inclinada para me esquivar dos flocos de neve trazidos pelo vento, caminhei pelas ruas, que pareciam vales estreitos entre os muros elevados dos edifícios e os telhados cobertos de neve, de vez em quando espiando pelas janelas: a recepção deserta de um pequeno hotel, os peixes-dourados nadando num aquário com fundo verde, cartazes publicitários de uma empresa de placas, folhetos, adesivos e displays, três cabeleireiras negras atendendo três clientes negros no salão especializado em cortes afro: um deles se virou para olhar para dois adolescentes que riam sentados no pé de uma escada nos fundos da loja e a cabeleireira, impaciente, endireitou a cabeça dele.

Do outro lado da rua ficava o Observatorielunden. As árvores davam a impressão de despontar da colina existente no interior do parque, e, como a fileira de prédios defronte refletia uma luz fraca, parecia que sua copa é que gerava a escuridão ao redor. Ela era tão densa que nem dava para ver as luzes no alto do observatório, construído em algum ano do século XVIII, época áurea da cidade. Agora havia um café no local, e a primeira vez que lá estive fiquei fortemente impressionado com a semelhança existente entre as residências de hoje e as de outrora, mais na Suécia que na Noruega, talvez sobretudo no interior, onde uma fazenda de, digamos, 1720 é realmente antiga, enquanto todos os imponentes prédios de Estocolmo do mesmo período parecem quase contemporâneos. Lembro que minha tia-avó materna, Borghild, que morava numa pequena casa perto da fazenda de onde vinha nossa família, uma vez nos contara, sentada na varanda, que as casas que foram erguidas ali no século XVI resistiram até a década de 1960, quando foram demolidas para dar lugar a construções mais modernas. Como era sensacional essa revelação, comparada à experiência cotidiana de deparar em Estocolmo com um prédio datado da mesma época. Talvez porque dizia respeito à minha família, e portanto a mim? O passado em Jølster era mais relevante para mim do que o passado em Estocolmo. Deve ser isso, pensei, e fechei os olhos por um breve instante para me livrar da sensação de que eu era um idiota por ter suscitado aquela série de pensamentos, já que todos eram obviamente baseados numa ilusão. Eu não tinha história nenhuma, assim inventei uma, quase como devia fazer um partido nazista de periferia.

Continuei descendo a rua, dobrei a esquina e cheguei à Holländar. Com suas quadras desertas e duas fileiras inertes de carros cobertos de neve, espremida entre duas das mais importantes artérias da cidade, Sveavägen e Drottning, mais parecia um beco desolado. Passei a mala para a mão esquerda, com a direita puxei o capuz e limpei a neve que se acumulara sobre ele, ao mesmo tempo que desviava de um andaime que tinha sido erguido na calçada. No alto, pedaços de lona se debatiam no vento. Assim que emergi da pequena construção em forma de túnel, um homem veio ao meu encontro. O modo como ele o fez me obrigou a interromper a marcha.

"Atravesse a rua", ordenou. "Aqui está pegando fogo. Pelo que me disseram, pode ter material explosivo lá dentro."

Levou um telefone celular ao ouvido, em seguida baixou-o.

"Estou falando sério", advertiu. "Vá para o outro lado da rua."

"Onde é o fogo?", indaguei.

"Ali", disse ele, apontando para uma janela a dez metros de distância. A parte superior estava aberta e deixava escapar fumaça. Fui para o meio da rua, de onde podia ver melhor o que se passava, ao mesmo tempo que atendia parcialmente ao seu apelo de manter distância. O cômodo lá dentro estava iluminado por dois holofotes, e cheio de apetrechos e fios. Baldes de tinta, caixas de ferramentas, furadeiras, rolos de material de isolamento, duas escadas de mão. Entre todas essas coisas, a fumaça se insinuava lentamente, buscando seu caminho.

"Chamaram os bombeiros?", perguntei.

Ele assentiu.

"Já estão chegando."

Novamente levou o celular ao ouvido, para abaixá-lo de novo no instante seguinte.

Eu observei a fumaça que, ao mover-se, criava formas diversas lá dentro e aos poucos tomava conta do cômodo, enquanto o homem andava freneticamente para cima e para baixo do outro lado da rua.

"Não consigo ver as chamas", eu disse. "Você vê?"

"Ainda é apenas fumaça", respondeu ele.

Permaneci ali por alguns minutos, mas, como comecei a congelar e parecia que mais nada iria acontecer, continuei meu caminho para casa. Ao chegar ao cruzamento da Sveavägen, ouvi as sirenes do primeiro carro de bombeiros, que logo em seguida surgiu no alto da rua. Pessoas ao meu redor se viraram. A promessa de velocidade anunciada pelas sirenes contrastava com a lentidão dos veículos que desciam a rua. Naquele instante o semáforo ficou verde e eu atravessei a rua em direção ao supermercado.

Naquela noite não preguei o olho. Em geral caía no sono em minutos, não importava quão estressante tivesse sido o dia nem quão estressante prometesse ser o dia seguinte, e, exceto por alguns episódios de sonambulismo, dormia profundamente a noite inteira. Mas naquela noite, quando deitei a cabeça no travesseiro e fechei os olhos, senti que o sono tardaria a chegar. Completamente desperto, fiquei ouvindo os barulhos da cidade, que aumentavam e diminuíam de acordo com o movimento de pessoas lá fora, e os barulhos dos apartamentos acima e abaixo de nós, que foram se extinguindo pouco a pouco até restar só o zumbido do ar-condicionado, enquanto os pensamentos continuavam a vagar na minha mente. Ao meu lado, Linda dormia. Eu sabia que a criança que ela carregava influenciava também seus sonhos, nos quais predominava a presença inquietante da água: ondas enormes quebrando em praias distantes por onde ela caminhava, o apartamento se alagando, às vezes até o teto, com água que brotava das paredes ou saía das pias e privadas, lagos em lugares novos da cidade, como sob a estação de trem, onde seu filho às vezes estava fora do seu alcance, trancado no maleiro, ou simplesmente desaparecia enquanto ela ficava ali com as malas nas mãos. Ela também sonhava que a criança que dava à luz nascia com rosto de adulto, ou então que não havia criança nenhuma e era apenas água o que jorrava do seu ventre durante o parto.

E os meus sonhos, como eram?

Nunca sonhei com a criança. Às vezes isso me pesava na consciência, pois, considerando-se que o fluxo das partes sem vontade da consciência é mais genuíno que aquele regulado pela vontade, e eu, ao menos, assim pensava, tornava-se óbvio que, para mim, esperar um filho não tinha um significado especial. Por outro lado, nada tinha um significado especial. Depois dos vinte anos, jamais sonhei com nada que tivesse importância na minha vida. Era como se nos sonhos eu não houvesse crescido, continuasse um menino cercado pelas mesmas pessoas e pelos mesmos lugares da infância. E, ainda que o enredo se renovasse a cada noite, a sensação que deixavam era sempre a mesma. Uma sensação de humilhação. Depois que eu acordava, com frequência ela demorava horas para desaparecer do meu corpo. Além disso, quando desperto eu não conseguia lembrar quase nada da infância, e o pouco que lembrava não surtia nenhum efeito em mim, o que, é claro, criava uma espécie de simetria entre passado e presente, num estranho sistema pelo qual a noite e os sonhos estavam ligados à memória, o dia e a consciência ao esquecimento.

Apenas poucos anos antes as coisas eram diferentes. Até me mudar para Estocolmo, eu sentia que havia uma continuidade em minha vida, como se ela se projetasse sem interrupções da infância até o presente, mantendo-se coesa pelas novas conexões, segundo um sistema complexo e engenhoso em que cada fenômeno que eu presenciava era capaz de evocar uma lembrança que por sua vez despertava em mim pequenas avalanches de sensações, algumas com uma fonte conhecida, outras sem. Encontrava pessoas que vinham de cidades onde eu estivera, ligadas a outras pessoas que eu conhecia, era uma rede, e bem firme. Mas, quando me mudei para Estocolmo, esse avivamento de lembranças foi se tornando cada vez mais raro, até finalmente cessar. Quer dizer, eu ainda conseguia me lembrar das coisas, só que as lembranças não despertavam mais nada em mim. Nenhuma saudade, nenhuma vontade de voltar no tempo, nada. Só a lembrança, e a presença quase imperceptível de uma aversão a tudo que estivesse relacionado a ela.

Esse pensamento me fez abrir os olhos. Ainda estava deitado no escuro, olhando para a luminária de papel de arroz pendurada no teto sobre a cama como se fosse uma lua em miniatura. Não havia o que lamentar. Pois a nostalgia não é apenas um sentimento despudorado, é também traiçoeiro. O que ganha uma pessoa de vinte anos ao sentir saudade da infância? Da adolescência? Parecia quase doença.

Virei-me e olhei para Linda. Ela estava deitada de lado, com o rosto voltado para mim. Sua barriga estava tão grande que era difícil imaginá-la ligada ao resto do corpo, ainda que ele também estivesse inchado. Na véspera daquele dia mesmo ela ficara diante do espelho rindo da grossura das suas coxas.

A criança estava com a cabeça voltada para a pélvis, e assim ficaria até o nascimento. Era normal que passasse longos períodos sem se mexer, disseram na maternidade. Seu coração pulsava, e logo mais, quando ela achasse que já era tempo, iria, em conjunto com o corpo no interior do qual havia crescido, começar o trabalho de parto.

Levantei-me cuidadosamente e fui até a cozinha pegar um copo d'água. Lá fora, diante da entrada da sala de espetáculos Nalen, alguns idosos conversavam em grupos. Uma vez por mês realizavam-se noites dançantes para eles, que compareciam em massa, homens e mulheres entre sessenta e oitenta anos, vestidos com suas melhores roupas, e, ao vê-los perfilados ali, radiantes de alegria, eu sentia uma dor imensa na alma. Um deles em especial me causou uma impressão mais forte. Metido num paletó amarelo-claro, usando tênis brancos e com um chapéu de palha na cabeça, ele primeiro apareceu com passos hesitantes no cruzamento da rua David Bagares numa noite de setembro, mas não era tanto a roupa que o distinguia dos outros, e sim o que sua presença transmitia, pois, enquanto eu via os demais como parte de um coletivo, velhinhos que saíam para se divertir com as esposas, tão parecidos entre si que as feições de cada indivíduo eram esquecidas mal se deixava de fitá-las, ele estava ali sozinho, até mesmo quando estava lá fora conversando com alguém. Mas o mais notável era a determinação que ele demonstrava, algo singular naquele conjunto. Quando ele surgiu em meio à multidão no hall de entrada, tive a impressão de que estava à procura de alguma coisa que não encontraria ali, e provavelmente em nenhum outro lugar. O tempo lhe escapara e, com ele, o mundo.

Um táxi parou no meio-fio. O grupo mais próximo fechou os guarda-chuvas e, antes de embarcar, sacudiu alegremente a neve acumulada neles. Mais abaixo, um carro de polícia se aproximou. Tinha as luzes azuis do giroscópio acesas, mas a sirene não estava ligada, e o silêncio lhe dava um ar funesto. Em seguida chegou outro carro de polícia. Ambos foram reduzindo a marcha, e, quando os ouvi estacionar, pus o copo d'água na bancada e fui até a janela do quarto. Os carros de polícia estavam parados um atrás do outro diante da US VIDEO. O primeiro era um carro de polícia comum, o outro um furgão. A porta detrás foi aberta assim que cheguei à janela. Seis policiais correram em direção à loja e sumiram lá dentro, dois ficaram esperando diante dos carros. Um homem de cerca de cinquenta anos passou a pé sem dar muita importância aos policiais. Tive a impressão de que ele queria entrar na loja mas sentiu medo ao ver a polícia. Durante todo o dia um fluxo regular de homens entrava e saía da US VIDEO, e, depois de morar ali por quase um ano, eu conseguia acertar, em nove casos de cada dez, quem entraria e quem passaria direto. Quase todos tinham a mesma expressão corporal. Andavam normalmente e abriam a porta com desenvoltura. Sua determinação de não olhar ao redor era o que saltava aos olhos. O esforço para parecer normal chamava atenção. Não só quando entravam, mas também quando saíam. A porta se abria e, sem se deter, eles se misturavam ao fluxo de pessoas na calçada, como se quisessem dar a impressão de que apenas continuavam uma caminhada que começara algumas quadras antes. Eram homens de todas as idades, dos dezesseis aos setenta e poucos anos, e de todas as camadas sociais. Alguns pareciam ir até lá intencionalmente, outros no caminho do trabalho para casa ou de manhã cedo depois de uma noitada. Eu nunca tinha posto os pés naquele local, mas sabia muito bem como era o ambiente: a escada comprida até o subsolo, o cômodo à meia-luz com um balcão onde havia um caixa, a fileira de cabines escuras com monitores de TV, vários filmes para escolher, de acordo com as preferências sexuais, cadeiras de couro sintético preto, rolos de papel higiênico empilhados no banquinho ao lado.

August Strindberg certa vez disse, na sua profunda e insana seriedade, que as estrelas no céu são como brechas numa parede. Às vezes eu lembrava disso ao observar a infinita fila de almas que desciam aquela escada para se masturbar na escuridão das cabines no subsolo enquanto olhavam para a tela iluminada. O mundo ao seu redor se fechara para eles, e uma das poucas maneiras de olhar para fora era através daquelas fissuras. Jamais revelavam o que viam, isso pertencia ao reino do inominável, era incompatível com tudo que envolvia uma vida normal e a maioria dos frequentadores daquele lugar eram homens normais. Mas isso não queria dizer que o inominável dissesse respeito somente ao mundo lá em cima, também valia para aquele lá embaixo, ao menos a julgar por seu comportamento, ninguém dirigindo a palavra a ninguém, ninguém olhando para ninguém, seu percurso solitário, pela escada, em meio às estantes com os filmes, no balcão, nas cabines e de novo pela escada. O fato de que havia algo de ridículo naquilo tudo, naquela fila de homens sentados com as calças arriadas até os joelhos, cada um em sua cabine, grunhindo, gemendo e manipulando o pênis enquanto assistiam a filmes de mulheres copulando com cavalos ou cachorros, ou de homens com vários outros homens, eles não podiam negar, mas também não o admitiam, pois a risada autêntica e o autêntico desejo são incompatíveis, e era o desejo que os levava até ali. Mas por que ali? Todos os filmes que podiam ser vistos lá embaixo também estavam disponíveis na internet, e qualquer um podia assistir a eles em total privacidade, sem o risco de ser visto por outros. Era evidente que eles buscavam alguma coisa naquela circunstância inominável. Ou a baixeza, a vulgaridade ou a sordidez daquele lugar, ou a sensação de isolamento. Eu não fazia ideia, para mim aquele era um território desconhecido, mas não podia deixar de me perguntar por quê, pois, toda vez que olhava para lá, alguém estava descendo para o subsolo.

A chegada da polícia não era algo incomum, mas eles em geral vinham por causa dos protestos que normalmente eram realizados ali em frente. Nem se aproximavam do local, para grande desapontamento dos manifestantes. Estes se limitavam a brandir seus cartazes, gritar palavras de ordem e vaiar cada vez que alguém entrava ou saía, sob o olhar atento dos policiais, lado a lado, com escudos, capacetes e cassetetes, mantendo-os sob vigilância.

"Que foi?", perguntou Linda atrás de mim.

Eu me virei e olhei para ela.

"Está acordada?"

"Mais ou menos."

"Não estou conseguindo dormir. E tem uns carros de polícia lá fora. Volte a dormir."

Ela fechou os olhos. Lá na rua a porta se abriu. Dois policiais apareceram no meu campo de visão. Atrás deles, havia mais dois. Seguravam um sujeito, tão próximo a eles que os pés do homem mal tocavam o chão. Parecia uma violência, mas provavelmente aquilo era necessário, pois o sujeito tinha as calças na altura dos joelhos. Quando saíram dali, o largaram e ele caiu de quatro. Apareceram mais dois policiais. O homem se levantou e ergueu as calças. Um policial algemou suas mãos nas costas, outro o conduziu até o carro. Quando os demais policiais começaram a subir no carro, dois funcionários da loja vieram para a rua. Com as mãos nos bolsos ficaram olhando os veículos que saíram, desceram a rua e sumiram de vista, enquanto isso a neve lentamente embranquecia a cabeça deles.

Fui para a sala. A luz das lâmpadas penduradas nos fios acima da rua clareava timidamente as paredes e o chão. Vi um pouco de TV. Pensei o tempo todo que Linda iria ficar preocupada se acordasse e se levantasse. Qualquer alteração da rotina ou o que quer que sugerisse instabilidade a fazia relembrar os episódios de mania de seu pai quando ela era criança. Desliguei a TV e passei a folhear um livro de arte que peguei da estante acima do sofá. Era sobre Constable, eu acabara de comprar. Óleos sobre tela, estudos de nuvens, paisagens marinhas.

Bastava eu bater os olhos nas imagens e eles se enchiam de lágrimas, tal era o arrebatamento que algumas das pinturas me causavam. Outras, por sua vez, me deixavam indiferente. Era meu único parâmetro para avaliar pinturas, o sentimento que despertavam em mim. O sentimento de inexauribilidade. O sentimento de beleza. O sentimento de presença. Tudo concentrado em instantes tão intensos que às vezes era difícil suportar. Além do mais, eram completamente inexplicáveis. Pois, se eu observava a pintura que me provocava a impressão mais forte, um óleo de uma formação de nuvens datado de 6 de setembro de 1822, não havia nada nela que pudesse explicar a intensidade do meu sentimento. Acima, uma faixa de céu azul. Abaixo, névoa esbranquiçada. Depois as cascatas de nuvens. Brancas onde a luz do sol batia, verde-claras nas partes mais ensombrecidas, verde-escuras e quase negras nas áreas mais densas e distantes do sol. Azul, branco, turquesa, verde-claro, verde-escuro. Era só isso. A legenda dizia que Constable pintara o quadro em Hampstead "at noon" e um certo Mr. Wilcox pusera em dúvida a data, pois havia outro quadro feito na mesma data, entre meio-dia e uma hora, que mostrava um céu bem diferente, coberto por nuvens de chuva, argumento que foi contestado pelos boletins meteorológicos de Londres daquele dia, segundo os quais as duas pinturas podiam representar o céu encoberto do mesmo dia.

Eu havia estudado história da arte, e estava habituado a descrever e analisar a arte. Mas jamais escrevi sobre o mais importante, a experiência da arte para mim. Não apenas porque não seria capaz, mas também porque os sentimentos que as pinturas despertavam em mim iam de encontro a tudo que eu aprendera sobre o que era arte e para que ela servia. Então eu guardava isso comigo. Ia sozinho à Nationalgalleri em Estocolmo, ou à Nasjonalgalleri em

Oslo ou à National Gallery em Londres, e observava as obras. Experimentava assim uma espécie de liberdade. Não precisava justificar meus sentimentos, não havia ninguém a quem eu tivesse que me reportar e nada que devesse discutir. Liberdade, porém não paz, porque, mesmo que as pinturas retratassem cenas pastoris, como as paisagens arcaicas de Claude, eu sempre ficava agitado depois de vê-las, pois o que traziam, no núcleo da sua existência, era inexauribilidade, e isso despertava em mim uma espécie de desejo. Não encontro explicação melhor. Desejo de estar dentro da inexauribilidade. Era como eu me sentia naquela noite. Fiquei folheando o livro de Constable durante quase uma hora. Voltava à página da pintura das nuvens esverdeadas, e toda vez ela evocava as mesmas emoções. Era como se duas diferentes formas de reflexão surgissem e desaparecessem na minha consciência, uma com seus pensamentos e racionalizações, a outra com seus sentimentos e impressões, e, muito embora existissem lado a lado, uma excluía os insights alcançados com a outra. Era uma pintura fantástica, enchia-me de todos os sentimentos que só pinturas fantásticas suscitam, mas, se eu tivesse de explicar por quê, no que consistia o "fantástico", eu não achava palavras. A pintura me fazia vibrar, mas por quê? A pintura me enchia de nostalgia, mas por quê? Havia muitas nuvens. Havia muitas cores. Havia um momento histórico determinado. E também havia a combinação desses três fatores. A arte contemporânea, em outras palavras, a arte que em princípio deveria ter importância para mim, não levava em conta os sentimentos produzidos por uma obra de arte. Sentimentos tinham valor secundário, ou talvez fossem um subproduto indesejado, quase um refugo, ou, na melhor das hipóteses, material reciclável. Nem mesmo as representações naturalistas de imagens reais tinham valor, eram vistas como ingênuas e como um estágio de desenvolvimento ultrapassado havia muito. Não restara grande significado nelas. Mas, no exato instante em que eu voltava a olhar para a pintura, todos os pensamentos desapareciam na onda de energia e beleza que se erguia dentro de mim. *Sim, sim, sim*, eu ouvia então. *É aí. É para esse lugar que devo ir.* Mas para o que eu tinha dito sim? Para onde eu deveria ir?

Eram quatro horas da manhã. O céu ainda estava escuro. Eu não podia ir para o escritório à noite. Mas quatro e meia já não era de manhã?

Levantei-me e fui até a cozinha, pus um prato de espaguete com almôndegas no micro-ondas pois não tinha jantado na noite anterior, fui para o banheiro e tomei uma ducha, mais para passar o tempo enquanto a comida ficava pronta, me vesti, peguei garfo e faca, enchi um copo de água, peguei o prato e sentei para comer.

Nas ruas reinava a tranquilidade. A hora antes das cinco era a única do dia em que aquela cidade dormia. Na minha vida anterior, durante os doze anos que morei em Bergen, eu costumava ficar acordado até tarde da noite. Nunca refleti sobre o porquê disso, era apenas algo que eu gostava de fazer e fazia. Começou como um ideal de estudante, com base na ideia de que de alguma forma a noite estava relacionada com liberdade. Não em si mesma, mas como uma resposta à realidade diurna, a das nove da manhã às quatro da tarde, que eu e outros colegas considerávamos burguesa e conformista. Queríamos ser livres, ficávamos acordados à noite. O fato de eu ter continuado com isso tinha menos a ver com liberdade do que com uma necessidade crescente de estar sozinho. Era uma necessidade, agora entendo, que eu tinha em comum com meu pai. Na casa onde moramos, havia um chalé à sua disposição, para onde ele se retirava quase toda noite. A noite era dele.

Enxaguei o prato, coloquei-o na lava-louça e fui para o quarto. Quando parei diante da cama, Linda abriu os olhos.

"Você tem o sono muito leve", eu disse.

"Que horas são?", perguntou ela.

"Quatro e meia."

"Ficou acordado até agora?"

Fiz que sim com a cabeça.

"Acho que vou para o escritório. Tudo bem?"

Ela se ergueu apoiada nos braços.

"Agora?"

"Não estou conseguindo dormir, mesmo. Melhor aproveitar para trabalhar."

"Amor... vem deitar", ela pediu.

"Não ouviu o que eu disse?"

"Mas não quero ficar aqui sozinha. Você não pode ir para o escritório amanhã cedinho?"

"Já é amanhã cedinho."

"Não, ainda é de madrugada. E eu vou dar à luz a qualquer momento. Pode acontecer daqui a uma hora, você sabe muito bem."

"Tchau", eu disse, fechando a porta atrás de mim. No hall pus o casaco e o gorro, peguei a mala com o computador e saí. O ar frio subia da calçada coberta de neve. No fim da rua um removedor de neve já estava em ação. A pesada lâmina de metal batia violentamente sobre o asfalto. Ela sempre tentava me segurar. Por que era tão importante que eu ficasse lá, se ela estava dormindo e nem se dava conta da minha presença?

O céu pesado e escuro se estendia sobre os telhados. Mas a neve parara de cair. Comecei a caminhar. O removedor de neve passou por mim com o motor rugindo, as correntes gemendo e a lâmina raspando o chão. Um pequeno inferno de sons. Dobrei na rua David Bagares, vazia e sossegada, e andei até a Malmskillnad, onde meus olhos foram atraídos pelas iniciais do restaurante KGB. Parei diante do portão do lar para idosos. O que ela dissera era verdade. O trabalho de parto poderia começar a qualquer momento. E ela não gostava de ficar sozinha. Então o que eu estava fazendo ali? O que ia fazer no escritório às quatro e meia da manhã? Escrever? Fazer hoje o que eu não conseguira fazer nos últimos cinco anos?

Como eu era idiota. Era o nosso filho que ela esperava, o meu filho, não deveria passar por aquilo sozinha.

Voltei para casa. Assim que pus a mala no chão e comecei a tirar o casaco, ouvi a voz dela.

"É você, Karl Ove?"

"Sim", respondi, a caminho do quarto. Ela me olhou, curiosa.

"Você tem razão", eu disse. "Devia ter pensado melhor. Desculpe ter saído assim."

"Eu é que tenho que pedir desculpas. Claro que você tem que ir trabalhar."

"Faço isso depois."

"Mas não quero atrasar seu trabalho. Eu vou ficar bem. Prometo. Pode ir. Qualquer coisa, eu ligo."

"Não", eu disse, deitando-me do seu lado.

"Mas, Karl Ove..." Ela sorriu.

Eu gostava quando ela me chamava pelo nome, sempre gostei.

"Agora você está dizendo o que eu disse e eu estou dizendo o que você disse. Mas eu sei que *na verdade* você quer dizer o contrário."

"Está ficando complicado demais para mim", retruquei. "Que tal se nós dois dormíssemos agora? E aí tomamos café antes de eu sair?"

"O.k.", disse ela, aconchegando-se a mim. Seu corpo estava quente como um forno. Corri a mão por seus cabelos e a beijei suavemente na boca. Ela fechou os olhos e inclinou a cabeça para trás.

"O que você disse?", perguntei.

Ela não respondeu, só pegou minha mão e pôs sobre sua barriga.

"Aí", disse ela. "Sentiu?"

A pele de repente se dilatou sob a palma da minha mão.

"Aaah", eu disse, levantando a mão para ver. O que quer que estivesse pressionando a barriga, fazendo-a dilatar-se, se um joelho, um pé, um cotovelo ou uma mão, agora estava se mexendo. Era como ver algo se movendo sob uma outrora tranquila superfície de água. Em seguida desapareceu.

"Ela está impaciente", Linda disse. "Estou sentindo."

"Era um pé?"

"Hum-hum."

"Era como se ela estivesse tentando abrir caminho."

Linda sorriu.

"Doeu?"

Ela balançou a cabeça.

"Eu sinto, mas não dói. É só esquisito."

"Entendo."

Cheguei mais perto e tornei a pôr a mão sobre a sua barriga. A tampa da caixa de correio no hall bateu. Um caminhão passou, devia ser grande, as janelas vibraram. Fechei os olhos. Quando as imagens e os pensamentos começaram a se mover para direções sobre as quais eu já não tinha controle, e eu estava ali apenas observando-os, como uma espécie de preguiçoso cão pastor da mente, eu sabia que o sono não demoraria a chegar. Era só me entregar à sua obscuridade.

Acordei com o barulho de Linda mexendo na cozinha. O relógio sobre o consolo da lareira marcava cinco para as onze. Merda. Lá se fora meu dia de trabalho.

Vesti-me e fui para a cozinha. O vapor escapava da pequena cafeteira no fogão. Na mesa havia comida e suco. Duas torradas estavam num prato. Outras duas saltaram da torradeira ao lado.

"Dormiu bem?", perguntou Linda.

"Dormi", eu disse, sentando-me. Passei manteiga na torrada, ela imediatamente derreteu e preencheu os minúsculos orifícios na superfície. Linda apanhou a cafeteira e desligou o fogão. Sua barriga dilatada dava a impressão de que ela estava sempre se inclinando para trás, e, quando ela pegava alguma coisa com as mãos, parecia fazê-lo por cima de um muro invisível.

O céu estava cinzento. Mas a neve ainda deveria estar acumulada nos telhados, porque a cozinha parecia mais iluminada que de costume.

Ela despejou café nas duas xícaras que havia posto na mesa e aproximou uma delas de mim. Seu rosto estava inchado.

"Não está melhor?", perguntei.

Ela balançou a cabeça.

"Estou me sentindo cheia. E acho que estou um pouco febril."

Desabou na cadeira e pôs um pouco de leite no seu café.

"Normal. Eu tinha que ficar doente logo agora, quando mais preciso das minhas energias."

"Pode ser que o parto atrase. Seu corpo não vai fazer nenhum movimento enquanto não estiver pronto."

Ela me fitou. Engoli o último pedaço e despejei suco no copo. Se havia uma coisa que eu aprendera nos últimos meses era que tudo que se dizia sobre o humor instável e imprevisível das grávidas era verdade.

"Não percebe que isso é uma catástrofe?", disse ela.

Eu olhei nos seus olhos. Dei um gole no suco.

"Sim, sim, claro", respondi. "Mas vai dar certo. Tudo vai dar certo."

"Claro que vai. Mas não é disso que estou falando. Estou dizendo que não quero estar doente e febril quando for dar à luz."

"Entendo. Mas não vai ser assim. Ainda faltam alguns dias."

Continuamos a comer em silêncio.

Em seguida ela voltou a me fitar. Tinha olhos fantásticos. Eram cinza-esverdeados e às vezes, em geral quando estava cansada, ela os apertava. A foto na sua coletânea de poemas a mostrava assim, e a vulnerabilidade que aquilo denotava, contrabalançada mas não eliminada pela segurança da sua expressão facial, me hipnotizara completamente.

"Desculpe. É que estou nervosa."

"Não precisa ficar nervosa. Não poderia estar mais bem preparada do que está."

E estava mesmo. Ela havia se dedicado inteiramente àquilo que viria, tinha lido pilhas de livros, comprara uma espécie de fita de meditação, que ouvia todas as noites, na qual uma voz repetia de maneira hipnótica que a dor não era perigosa, a dor era ótima, a dor não era perigosa, a dor era ótima, e nós dois tínhamos feito cursos e visitáramos a ala da maternidade onde o parto deveria ser realizado. Ela se preparava para cada sessão com a parteira, anotando as perguntas, assim como anotava num diário, com a mesma meticulosidade, todas as informações que recebia dela. Além disso, enviou à maternidade uma folha com as suas preferências, como lhe fora solicitado, na qual relatou que estava nervosa e precisava de muito estímulo, mas que ao mesmo tempo era forte e queria dar à luz sem tomar anestesia.

Aquilo me partiu o coração. Eu estivera na maternidade, é claro, e, ainda que houvessem tentado lhe dar a aparência de um lar, com sofás, tapetes, quadros nas paredes e aparelhos de som no quarto onde o parto aconteceria, além de uma sala de TV e uma cozinha onde se podia preparar a própria refeição, e um cômodo que depois do parto se transformava em suíte, não havia como negar que naquele mesmo lugar outra mulher tinha dado à luz pouco antes, e, ainda que em seguida ele tivesse sido imediatamente limpo e a roupa de cama e de banho tivesse sido trocada, tudo aquilo ocorrera tantas vezes que o ar recendia um leve odor metálico de sangue e entranhas. No confortável quarto que estaria à nossa disposição por vinte e quatro horas após o parto, outro casal, com outro recém-nascido, estivera deitado na mesma cama. O que para nós era novo, marco de uma mudança de vida, não passava de uma rotina infinita para quem trabalhava no hospital. As parteiras eram responsáveis por vários partos simultâneos, a toda hora entravam e saíam dos quartos, onde várias mulheres ganiam e gemiam, urravam e gritavam, tudo de acordo com a fase do parto em que estivessem, e isso acontecia ininterruptamente, noite e dia, ano após ano, logo, se havia uma coisa que elas não poderiam fazer, era cuidar de alguém com a atenção que Linda solicitara em sua carta.

Ela olhou pela janela e eu acompanhei seu olhar. No telhado do prédio em frente, talvez a dez metros de distância, um homem com uma corda amarrada na cintura removia a neve com uma pá.

"Só tem louco neste país", eu disse.

"Vocês não fazem isso na Noruega?"

"Não! Está maluca?"

Um ano antes de eu me mudar para lá, um garoto morrera soterrado por um bloco de neve que se soltara de um telhado. Desde então, a neve era removida de todos os telhados assim que caía, com consequências desastrosas: quando os dias mais amenos chegavam, quase todas as calçadas eram bloqueadas com fitas vermelhas e brancas por uma semana. Caos generalizado.

"Mas todo esse medo ao menos mantém os níveis de emprego altos", eu disse, engolindo a torrada, levantando-me e tomando o último gole de café. "Agora estou indo."

"O.k.", disse Linda. "Está a fim de pegar um filme na locadora quando voltar?"

Pus a xícara na mesa e limpei a boca com as costas da mão.

"Claro. Qualquer um?"

"É. Pode escolher."

Escovei os dentes no banheiro. Quando saí para vestir o casaco no hall, Linda veio atrás de mim.

"O que vai fazer hoje?", indaguei, tirando o casaco do guarda-roupa com uma das mãos e enrolando o cachecol no pescoço com a outra.

"Não sei", disse ela. "Dar uma volta no parque, talvez. Tomar um banho na banheira."

"Vai ficar bem?"

"Sim, claro."

Ajoelhei para amarrar os sapatos enquanto ela, com um braço apoiado nas costas, me olhava do alto.

"O.k.", eu disse, enfiando o gorro na cabeça e pegando a mala do computador. "Vou indo, então."

"O.k."

"Qualquer coisa, ligue."

"Pode deixar."

Nós nos beijamos, e eu fechei a porta ao sair. O elevador estava subindo e, quando passou, avistei a vizinha do andar de cima, com o rosto virado para o espelho. Era uma advogada que costumava usar calças pretas ou saias pretas na altura dos joelhos, cumprimentava, pelo menos a mim, brevemente, sempre com a boca semicerrada e irradiando hostilidade. Periodicamente, seu irmão, um sujeito magro, de olhos escuros, irrequieto e rude mas atraente, ficava na casa dela. Uma amiga de Linda se apaixonou por ele: viveram um relacionamento em que ele a desprezava tanto quanto ela o adorava. Morar no mesmo prédio que a amiga dela parecia incomodá-lo, ele fez cara de perseguido nas poucas vezes que trocamos algumas palavras, e, embora eu achasse que isso acontecia porque eu sabia mais sobre ele do que ele sobre mim, podia ser que houvesse outros motivos: o fato de ele ser um típico dependente de drogas, por exemplo. Eu não sabia nada a respeito de certas coisas, não tinha conhecimento nenhum sobre mundos como aquele, nesse aspecto era tão ingênuo quanto afirmava Geir, meu único amigo de verdade em Estocolmo, quando me comparava com a figura ludibriada em *Os jogadores de cartas*, de Caravaggio.

Quando cheguei ao hall lá embaixo, decidi fumar um cigarro, caminhei pelo corredor que dava para a lavanderia e fui para o pátio, onde pus a mala no chão, me apoiei no muro e fiquei olhando para o céu. Logo acima de mim, havia um duto de ventilação que espalhava pelo ar o cheiro de roupas recém-lavadas em água morna. Dava para ouvir o som distante da centrífuga em funcionamento na lavanderia, tão estranhamente impetuoso se comparado às vagarosas nuvens cinzentas que cruzavam o céu. Aqui e ali se entrevia o azul, como se o dia fosse uma superfície pela qual elas deslizavam.

Caminhei até a cerca que separava a parte interna do pátio da escolinha, agora vazio porque as crianças estavam lá dentro, almoçando, apoiei os cotovelos nela e fiquei fumando enquanto olhava para as duas torres que se erguiam na rua Kung. Construídas numa espécie de estilo neobarroco, testemunhas da década de 1920, encheram-me de nostalgia, como tantas vezes antes. À noite eram iluminadas por holofotes, e, enquanto a luz do dia ressaltava cada detalhe de modo que se pudessem distinguir perfeitamente os materiais utilizados nas paredes dos utilizados nas janelas, nas estátuas douradas e nas superfícies de cobre azinhavradas, a luz artificial os unificava. Talvez fosse a própria luz que criasse esse efeito, talvez ele fosse produto da combinação da luz com o entorno, em todo caso era como se as estátuas "falassem" à noite. Não que ganhassem vida, permaneciam mortas como antes, era mais como se a expressão daquela morte se modificasse, e de certa forma fosse intensificada. De dia não havia nada, à noite esse nada ganhava expressão.

Ou então era porque o dia era repleto de tantas coisas que dispersavam a concentração. Os carros nas ruas, gente nas calçadas, nas escadas, nas janelas, helicópteros cruzando o céu como libélulas, crianças que podiam surgir do nada a qualquer momento e engatinhar na lama ou na neve, pedalar triciclos, deslizar no enorme escorregador no meio do parquinho, escalar a ponte do "navio" completamente equipado ao lado do parquinho, brincar no tanque de areia, na casinha, jogar bola ou apenas correr, berrando e gritando, enchendo o pátio com uma cacofonia de sons e deixando-o parecido com um penhasco cheio de ninhos de pássaros, da manhã ao início da tarde, só interrompida pela tranquilidade da hora das refeições, como então. Agora era quase impossível ficar ali, não pelo barulho, que eu mal percebia, mas porque as crianças tinham a tendência de se reunir ao meu redor. As poucas vezes que eu tentara naquele outono, elas começaram a escalar a cerca baixa que dividia o pátio em dois e lá ficavam, quatro ou cinco delas, a me perguntar sobre todo tipo de coisa, ou então apenas a se divertir cruzando aquela linha proibida e correndo à minha volta às gargalhadas. O garoto mais levado era em geral também o último a irem buscar. Nas ocasiões em que voltei para casa por aquele caminho, não raro ele estava sozinho brincando na areia, ou com algum outro infeliz, isso quando não estava pendurado na cerca próxima à saída. Aí eu costumava cumprimentá-lo. Se não houvesse ninguém por perto, levando os dois dedos à testa, talvez até tirando o "chapéu" para ele. Não tanto por ele, que toda vez me olhava furioso, mas por mim.

Às vezes eu imaginava que libertação seria se todos os sentimentos de ternura pudessem ser raspados como a cartilagem dos tendões do joelho machucado de um atleta. Sem mais sentimentalismo, simpatia, empatia...

Um grito rasgou o ar.

AAAAAAAAAAAAAAAAAAAHHHHHHH.

Estremeci. Embora ouvisse esse grito com frequência, eu não conseguia me acostumar a ele. Os apartamentos do prédio de onde veio, no lado oposto da escolinha, pertenciam ao lar para idosos. Visualizei alguém deitado na cama, imóvel, sem nenhum contato com o mundo externo, pois os gritos podiam ser ouvidos tarde da noite, de manhã cedo ou ao longo do dia. A não ser por isso, e um homem fumando numa varanda com acessos de tosse semelhantes aos de um moribundo que podiam durar vários minutos, a casa de repouso era discreta. Quando eu ia para o escritório, às vezes via alguns enfermeiros nas janelas do outro lado do prédio, onde ficava a sala de lazer deles, e ocasionalmente via alguns pacientes na rua, às vezes com policiais que os acompanhavam de volta para a casa, às vezes perambulando sozinhos. Mas em geral eu não pensava sobre aquele local.

Mas que grito penetrante.

Todas as cortinas estavam fechadas, inclusive aquelas da porta da varanda de onde viera o som, que estava entreaberta. Olhei para lá por um instante. Depois me virei e caminhei na direção da porta. Pelas janelas da lavanderia vi o vizinho que morava no apartamento debaixo do meu dobrando um lençol branco. Peguei a mala, passei pelo pequeno corredor, que parecia uma caverna, onde ficavam as lixeiras, abri o portão de metal e saí na rua, apressando o passo rumo ao KGB e às escadas que desciam para a rua Tunnel.

Vinte minutos depois estava no escritório. Pendurei o casaco e o cachecol no cabide, deixei os sapatos no capacho, preparei uma xícara de café, liguei o computador, e fiquei tomando o café e olhando para o título da página até o protetor encher a tela com sua miríade de pontos luminosos.

A *América da alma*. Era esse o título. E quase tudo naquele cômodo fazia referência a ele, ou ao que ele me despertava. A reprodução do famoso, quase submerso, retrato de Newton por William Blake, pendurado na parede atrás de mim, ao lado os dois desenhos emoldurados da expedição de Churchill no século XVIII, comprados certa vez em Londres, um de uma baleia morta, o outro de um inseto dissecado, ambos mostrando vários estágios. A atmosfera noturna de Peder Balke na parede do fundo, com seus tons de verde e preto. O pôster de Greenaway. O mapa de Marte que eu tinha encontrado numa velha *National Geographic*. Ao lado dele, as duas fotografias em preto e branco de Thomas Wågström: uma do vestido cintilante de uma menina, a outra de um lago negro sob cuja superfície podiam se divisar os olhos de uma lontra. O pequeno golfinho e o pequeno capacete, ambos de metal verde, comprados em Creta, que agora ficavam em cima da escrivaninha. E os livros: Paracelso, Basileu, Lucrécio, Thomas Browne, Olof Rudbeck, Agostinho, Tomás de Aquino, Albertus Seba, Werner Heisenberg, Raymond Russell e a Bíblia, naturalmente, e obras sobre o romantismo norueguês e curiosidades variadas, sobre Atlântida, sobre Albrecht Dürer e Max Ernst, sobre os períodos Barroco e Gótico, sobre física atômica e armas de destruição em massa, sobre florestas e ciência nos séculos XVI e XVII. Não se tratava de cultura, mas da aura que se criava em torno da cultura, dos locais de onde ela provinha, quase todos fora do mundo em que vivíamos agora, ainda que dentro do espaço ambivalente onde residem todas as representações e objetos históricos.

Nos últimos anos era cada vez mais forte em mim a sensação de que o mundo era pequeno e que eu dava conta de tudo nele, apesar de a razão me dizer exatamente o contrário: o mundo era sem fronteiras e incomensurável, o número de eventos infinito, o tempo presente uma porta aberta batendo ao sabor do vento da história. Mas não era o que parecia. Parecia que o mundo era conhecido, totalmente explorado e mapeado, que já não era possível enveredar por direções imprevistas, que mais nada de novo ou surpreendente poderia acontecer. Eu compreendia a mim mesmo, compreendia as coisas que me cercavam, compreendia a sociedade ao meu redor, e, se ocorresse um fenômeno pouco claro, eu saberia como lidar com ele.

Compreensão não deve ser confundida com sabedoria, pois eu não sabia quase nada. Mas, se, por exemplo, explodisse um conflito num lugar qualquer da Ásia, nas fronteiras de uma ex-república soviética de cujas cidades eu jamais ouvira falar e cujos habitantes eram estranhos para mim em tudo, nas roupas, no idioma, no cotidiano e na religião, e acontecesse de esse conflito possuir profundas raízes históricas em eventos ocorridos milênios antes, minha ignorância completa e minha falta de conhecimento não me impediriam de compreendê-lo, pois a mente tem a capacidade de lidar com o mais estranho dos pensamentos. Isso valia para qualquer coisa. Se eu visse um inseto pela primeira vez, sabia que alguém deveria tê-lo visto e catalogado antes. Se avistasse um objeto brilhante no céu, sabia que era ou um raro fenômeno climático ou algum tipo de aeronave, talvez um balão meteorológico, e que, se se tratasse de algo digno de nota, na manhã seguinte ganharia as páginas dos jornais. Se tivesse esquecido um acontecimento da infância, era provavelmente devido à repressão, se ficasse irritado de verdade com alguma coisa, era provavelmente devido à projeção, e o fato de sempre procurar agradar às pessoas que encontrava tinha a ver com meu pai e minha relação com ele. Não há ninguém que não compreenda o seu mundo. Quem compreende pouco, uma criança, por exemplo, apenas se move num mundo mais restrito do que aqueles que compreendem muito. No entanto, compreender muito se fez sempre acompanhar pela consciência dos limites da compreensão: reconhecer que o mundo exterior, todas as coisas que não compreendemos, não só existe, mas também é imensamente maior que o nosso mundo interior. De vez em quando eu pensava que tudo que havia acontecido, ao menos comigo, fora que o universo infantil, onde tudo era conhecido e onde, em relação ao desconhecido, se podia contar com os outros, com aqueles que tinham conhecimento e habilidade, que o universo infantil jamais deixara de existir, apenas se expandira ao longo de todos aqueles anos. Quando eu, aos dezenove anos, fui confrontado com a afirmação de que o mundo é estruturado linguisticamente, eu a rejeitei com o que chamei de sadio bom senso, pois aquilo obviamente era desprovido de sentido. Acaso a caneta que eu empunhava era linguagem? A janela reluzindo ao sol? O pátio sendo cruzado por estudantes vestidos com trajes de outono? As orelhas do professor, suas mãos? O leve aroma de terra e folhas nas roupas da mulher que acabara de entrar e agora estava sentada perto de mim? O barulho das britadeiras usadas pelos operários que tinham levantado acampamento do outro lado da igreja de São João, o rumor contínuo do transformador? O ruído da cidade lá embaixo seria talvez um ruído linguístico? O acesso de tosse diante de mim seria um acesso de tosse linguístico? Não, que ideia ridícula. O mundo era o mundo, aquilo em que eu tocava e me apoiava, aquilo que eu respirava e cuspia, comia e bebia, aquilo que eu vomitava, o sangue que eu perdia. Foi só muitos anos depois que comecei a enxergar de forma diferente essa questão. Num livro sobre arte e anatomia que li, havia algumas citações de Nietzsche: "Também a física é apenas uma interpretação e disposição do mundo, e não uma explicação do mundo" e "Medimos o valor do mundo por categorias *que se referem a um mundo puramente fictício*".

Um mundo fictício?

Sim, o mundo como superestrutura, o mundo como espírito, sem peso e abstrato, da mesma matéria de que são tecidos os sonhos, e pelo qual, portanto, eles podem se movimentar sem que sejam notados. Um mundo que depois de trezentos anos de ciência foi despido de mistérios. Tudo está explicado, tudo está entendido, tudo está dentro do horizonte da compreensão humana, desde as coisas maiores, o universo, cuja luz mais antiga observável, a extrema fronteira de tudo, data do seu nascimento, quinze bilhões de anos atrás, às menores, os prótons e nêutrons e mésons do átomo. Conhecemos e compreendemos até os fenômenos que causam nossa morte, como as bactérias e os vírus que invadem nosso corpo, atacam nossas células e as fazem crescer ou morrer. Por muito tempo apenas a natureza e suas leis eram abstratas e explicadas desse modo, porém agora, em nossa era iconoclástica, isso não se aplica mais somente às leis da natureza, mas também a seus lugares e povos. Todo o mundo físico foi elevado a essa esfera, tudo foi incorporado ao imenso domínio do imaginário, das florestas tropicais da América do Sul e ilhas do Pacífico aos desertos da África do Norte e às combalidas e cinzentas cidades do Leste Europeu. Nossa mente está inundada de imagens de lugares onde jamais estivemos e que ainda assim conhecemos, pessoas que jamais encontramos e que ainda assim conhecemos e de acordo com as quais, em grande medida, levamos nossa vida. A sensação que isso transmite, de que o mundo é pequeno, encerrado em si mesmo, sem abertura para o exterior, é quase incestuosa, e, embora eu soubesse que essa sensação era profundamente falsa, já que na verdade não sabemos nada sobre coisa alguma, eu não conseguia escapar a ela. Aí estava a origem da nostalgia que sempre senti, que em certos dias era tamanha que eu mal podia controlar. Se eu escrevia, era em parte para amenizá-la, queria abrir o mundo para mim, escrevendo, mas ao mesmo tempo era isso que me fazia fracassar. A sensação de que o futuro não existe, que ele não passa de mais do mesmo, significa que toda utopia é desprovida de sentido. A literatura sempre esteve relacionada à utopia, e, quando a utopia perde o sentido, a literatura também perde. O que eu estava tentando fazer, e talvez o que todos os escritores tentam fazer, se é que eu sei alguma coisa neste mundo, era combater ficção com ficção. O que eu devia ter feito era aceitar o que existia, aceitar o estado das coisas, em outras palavras, celebrar o mundo, em vez de procurar achar um caminho para deixá-lo, pois assim indubitavelmente eu teria tido uma vida melhor, mas eu não conseguiria, não conseguiria, alguma coisa havia se solidificado em mim, uma convicção tinha se arraigado em mim, e, embora fosse essencialista, isto é, anacrônica e até romântica, eu não conseguia deixá-la para trás, pela simples razão de que se tratava de algo que eu não apenas tinha pensado mas também sentira, nesses súbitos estados de iluminação que acontecem na vida, onde por poucos segundos é possível ver um mundo completamente diferente do que se viu momentos antes, onde o mundo parece dar um passo à frente e se mostrar por um breve instante, antes de retroceder e tudo voltar a ser como era...

* * *

A última vez que eu tivera uma experiência desse tipo fora num trem entre Estocolmo e Gnesta, alguns meses antes. A paisagem estava totalmente branca, o céu, cinza e chuvoso, cruzávamos uma zona industrial, vagões de carga vazios, tanques de gás, fábricas, tudo era branco e cinza, e o sol se punha no oeste, os raios vermelhos esmaecendo no nevoeiro, e o trem em que eu viajava não era daqueles velhos e barulhentos que costumavam percorrer aquele trajeto, mas novo em folha, polido e brilhante, tinha cheiro de novo, os assentos eram novos, as portas diante de mim abriam e fechavam sem ranger, e eu não estava pensando em nada em particular, apenas observava a bola vermelha e flamejante no céu, imerso no prazer que aquilo me proporcionava, um prazer tão pungente e intenso que era indistinguível da dor. O sentimento que experimentei me pareceu ter um significado enorme. Um significado enorme. Quando aquele instante se foi, o sentimento de grande significado não diminuiu, e de repente se tornou difícil defini-lo: exatamente *o que* era cheio de significado? E por quê? Um trem, uma zona industrial, o sol, o nevoeiro?

O sentimento, eu o estava reconhecendo, parecia o mesmo que algumas obras de arte despertavam em mim. O autorretrato de Rembrandt velho, na National Gallery em Londres, o pôr do sol sobre o mar num antigo porto, de Turner, no mesmo museu, a imagem de Cristo em Getsêmani, de Caravaggio. Vermeer suscitava o mesmo sentimento, assim como algumas poucas pinturas de Claude, algumas de Ruisdael e dos demais paisagistas holandeses, algumas de J. C. Dahl, quase todos os Hertervig... Mas nenhuma de Rubens, nenhuma de Manet, nenhuma dos grandes pintores ingleses ou franceses do século XVIII, com exceção de Chardin, nem Whistler, nem Michelangelo, e somente uma de Da Vinci. Esse sentimento não privilegiava nem época nem pintor, já que podia se dar com uma única obra de um artista. E também não tinha nada a ver com o que se costuma chamar de qualidade, eu podia ficar impassível diante de quinze pinturas de Monet e sentir um calor se espalhar pelo corpo diante das obras de um impressionista finlandês de quem pouco se ouvira falar fora da Finlândia.

Eu não sabia o que me fascinava tanto naqueles quadros. Contudo, era marcante o fato de que todos tinham sido pintados antes do século XX, dentro de um paradigma artístico que jamais abandonou de todo a referência à realidade visível. Portanto, havia sempre uma certa objetividade neles, isto é, uma distância entre a realidade e a representação da realidade, e o que eu via "acontecia" provavelmente naquele espaço, onde o mundo parecia se destacar do mundo. Quando não se podia ver o que havia de incompreensível nele mas se chegava bem perto disso. Algo que não se expressa e que não se pode dizer com palavras, logo para sempre fora do nosso alcance, mas ainda assim ao nosso alcance, pois não só está ao nosso redor, como nós mesmos participamos dele, somos parte dele.

O fato de que coisas desconhecidas e misteriosas eram relevantes para nós me levou a pensar nos anjos, aquelas criaturas místicas que estavam ligadas não apenas ao divino mas também ao humano, e portanto expressavam melhor que qualquer outra figura a dualidade na natureza do outro. Ao mesmo tempo havia algo profundamente incômodo tanto nas pinturas como nos anjos, já que ambos pertenciam fundamentalmente ao passado, àquela parte do passado que deixamos para trás, com a qual não temos mais nada a fazer no mundo que criamos, onde o magnífico, o divino, o solene, o sagrado, o belo e o verdadeiro deixaram de ser referências válidas e, ao contrário, passaram a ser dúbias ou até ridículas. Isso significava que aquilo que estava além, representado até a época do Iluminismo pelo divino, trazido até nós por meio da revelação e que no Romantismo era a natureza, onde a revelação se expressava através do sublime, agora não encontrava mais nenhuma forma de expressão. Na arte, o que estava além era sinônimo de sociedade, ou seja, os agrupamentos humanos, que com seus conceitos e relativismos davam conta desse aspecto. Na história da arte norueguesa essa ruptura se deu com Munch, foi nas suas pinturas que o ser humano, pela primeira vez, ocupou todo o espaço. Enquanto no Iluminismo o homem era subordinado ao divino e no Romantismo pertencia à paisagem em que era representado, as montanhas são grandes e ameaçadoras, o mar é grande e ameaçador, até mesmo as árvores e as florestas são grandes e ameaçadoras, enquanto os homens, sem exceção, são pequenos, em Munch é o contrário. É como se os seres humanos incorporassem tudo em si, apropriando-se de tudo. As montanhas, o mar, as árvores e as florestas, tudo se tinge de humanidade. Não das ações e da vida exterior dos homens, mas de seus sentimentos e de sua vida interior. E, uma vez que o ser humano se assenhoreou da situação, ficou claro que não havia um caminho de volta, assim como não houve um caminho de volta para o cristianismo quando ele começou a se alastrar como um incêndio pela Europa nos primeiros séculos da nossa era. O ser humano em Munch é gestalt, sua vida interior ganha formas exteriores, o mundo é agitado, e o que se revela depois que essa porta é aberta é o mundo como gestalt: nos pintores que vêm depois de Munch as próprias cores, as próprias formas, não aquilo que elas representam, é que carregam os sentimentos. Entramos num mundo de imagens onde a expressão em si é tudo, o que obviamente significa que já não há nenhuma dinâmica entre o exterior e o interior, somente uma divisão. No auge do modernismo a divisão entre a arte e o mundo era quase absoluta, ou, dito de outra maneira, a arte era um mundo em si. O que se levava em conta nesse mundo, sem dúvida, era uma questão de gosto individual, e logo esse gosto se tornou o núcleo da arte, que portanto podia, e em certa medida devia, para poder sobreviver, abrir-se para os objetos do mundo real, e, no estágio em que nos achamos agora, no qual o material da arte não tem mais nenhuma importância, toda a ênfase está no que a arte expressa, ou seja, não no que é, mas no que pensa, em quais ideias carrega, de tal sorte que o último fragmento de objetividade, o último fragmento de algo exterior ao mundo humano foi abandonado. A arte se tornou uma cama desfeita, algumas copiadoras numa sala, uma motocicleta sob um teto. E a arte se tornou o próprio público, o modo como reage, o que os jornais dizem sobre ela, o que importa é o artista. É assim. A arte não possui nada exterior a si, a ciência também não, a religião tampouco. Nosso mundo está encerrado em si mesmo, encerrado em nós, e não há mais como escapar dele. Quem nessas circunstâncias clama por mais interioridade, mais espiritualidade, não entendeu nada, pois aí é que está o problema, o espírito tomou conta de tudo. *Tudo* se tornou espírito, até mesmo nosso corpo não é mais corpo, mas ideia de corpo, algo que se encontra no paraíso de imagens e representações dentro de nós e sobre nós, onde uma parte cada vez maior da nossa vida é vivida. As fronteiras daquilo que não nos diz nada, o impenetrável, foram eliminadas. Compreendemos todas as coisas, e isso porque fazemos tudo em proveito de nós mesmos. Hoje em dia, curiosamente, todos os que se ocuparam do neutro, do negativo e do não humano na arte se voltaram para a linguagem, é aí que o incompreensível e a alteridade têm sido buscados, como se estivessem à margem da expressão humana, em outras palavras, na periferia da nossa capacidade de compreensão, o que de fato tem uma lógica: onde mais poderiam estar num mundo que já não reconhece o que está além?

É dessa perspectiva que temos que estudar o papel estranhamente ambíguo que a morte adquiriu. Por outro lado, ela está à nossa volta, somos sufocados por notícias de mortes, imagens de mortos, pois a morte, nesse sentido, não conhece fronteiras, é maciça, onipresente, inexaurível. Mas essa é a morte como representação, a morte sem corpo, a morte como pensamento e imagem, a morte como espírito. Essa morte equivale à palavra "morte", a entidade sem corpo a que nos referimos quando evocamos o nome de um morto. Pois, enquanto a pessoa vive, esse nome se refere ao seu corpo, ao local onde reside, àquilo que faz, com a morte o nome se separa do corpo e permanece entre os vivos, que usam o nome sempre para se referir à pessoa que foi, nunca à pessoa que é agora, um corpo que apodrece em algum lugar. Esse aspecto da morte, que pertence ao corpo, é concreto, físico e material, essa morte é escondida com tal zelo que se assemelha a um frenesi, e funciona, basta prestar atenção no modo como costumam se expressar pessoas que involuntariamente testemunharam acidentes fatais ou assassinatos. Dizem sempre a mesma coisa, *tudo parecia irreal*, ainda que queiram dizer o contrário. Foi tudo muito real. Mas nós não vivemos mais nessa realidade. Para nós, tudo virou de cabeça para baixo, para nós o real é irreal e o irreal é real. E a morte, a morte é o último grande além. Eis por que deve continuar a ser escondida. Porque a morte pode estar além do nome e além da vida, mas não está além do mundo.

Eu tinha quase trinta anos quando vi um cadáver pela primeira vez. Foi no verão de 1998, numa tarde de julho, numa capela em Kristiansand. Meu pai era o morto. Ele jazia sobre uma mesa no meio da sala, o céu estava encoberto, a luz no ambiente acinzentada, da janela via-se um cortador de grama passando lentamente para cima e para baixo no gramado. Eu estava com meu irmão. O agente funerário havia se retirado para nos deixar sozinhos com o morto, para quem olhávamos a alguns metros de distância. Os olhos e a boca estavam fechados, a parte de cima do corpo vestia uma camisa branca, a de baixo calças pretas. A ideia de que pela primeira vez eu poderia observar livremente aquele rosto era quase insuportável. Parecia uma violação. Ao mesmo tempo, eu tinha gana de fazê-lo, um desejo insaciável que me forçava a encará-lo, aquele cadáver que até poucos dias antes fora meu pai. Eu estava acostumado àquelas feições, crescera com aquele rosto, e, embora não o tivesse visto com tanta frequência nos últimos anos, sonhava com ele quase toda noite. Eu estava acostumado àquelas feições, mas não à expressão que elas adquiriram. A tez escura e amarelada juntamente com a perda de elasticidade da pele davam a impressão de que seu rosto fora entalhado em madeira. Aquela emadeiração impedia qualquer sensação de intimidade. Eu não estava mais olhando para uma pessoa, mas para algo que parecia uma pessoa. Ele tinha sido levado de nós, e o que dele ainda existia em mim se estendia como um véu de vida sobre a morte.

Yngve caminhou lentamente para o outro lado da mesa. Eu não olhei para ele, apenas registrei o movimento ao erguer a cabeça e olhar para fora. O jardineiro que empurrava o cortador de grama virava constantemente a cabeça para trás para se assegurar de que mantinha a linha do corte. A grama cortada que escapava de ser recolhida pela máquina rodopiava no ar ao redor dele. Devia haver grama presa sob o cortador, porque, a intervalos regulares, ele deixava para trás montinhos de grama retorcida, sempre mais escuros que o gramado. No pátio de cascalho atrás dele, havia um pequeno cortejo de três pessoas, todas de cabeça baixa, uma delas com uma capa vermelha que sobressaía em contraste com o verde da grama e o cinza do céu. Atrás delas os carros seguiam o fluxo em direção ao centro da cidade.

Então o rumor do cortador de grama repercutiu nas paredes da capela. A expectativa criada por aquele barulho súbito, de que ele faria os olhos de papai voltarem a se abrir, foi tão grande que involuntariamente dei um passo para trás.

Yngve olhou para mim com um leve sorriso nos lábios. Eu acreditava mesmo que o morto poderia despertar? Acreditava que o pedaço de madeira poderia se tornar homem novamente?

Foi um momento terrível. Mas, quando passou e ele, apesar de todo o barulho e toda a comoção, permaneceu inerte, compreendi que na realidade ele não existia. A sensação de liberdade que então cresceu no meu peito foi tão difícil de controlar quanto as ondas de pesar que sentira antes, e encontrou a mesma válvula de escape, um soluço que, bem contra a minha vontade, me escapou logo em seguida.

Troquei olhares com Yngve e sorri. Ele se aproximou e ficou perto de mim. Sua presença me reconfortou. Eu estava tão feliz que ele estivesse ali, tinha que lutar para não destruir tudo perdendo o controle de novo. Tinha que pensar em outra coisa, me concentrar em algo neutro.

Da sala ao lado vinham rumores. Os sons eram baixos e perturbaram a atmosfera do ambiente, eram intrusos, assim como são intrusos os sons da realidade que invadem os sonhos de quem dorme.

Olhei para papai. Os dedos entrelaçados e colocados sobre a barriga, a marca amarelada da nicotina no indicador, uma mancha igual às manchas de um carpete. As rugas desproporcionalmente profundas na pele sobre as articulações dos dedos, que agora pareciam esculpidas, não naturais. E então o rosto. Ele não estava em repouso, pois, embora estivesse calmo e em paz, não estava vazio, nele permaneciam traços do que eu só poderia definir como determinação. Lembrei-me de que sempre quisera ler a expressão no seu rosto, que nunca fora capaz de olhar para ele sem ao mesmo tempo tentar interpretá-lo.

Mas agora ele estava fechado.

Virei-me para Yngve.

"Vamos?", disse ele.

Eu assenti.

O agente funerário esperava por nós na antessala. Eu passei e deixei a porta aberta. Embora soubesse que era irracional, não queria deixar papai sozinho lá dentro.

Depois de cumprimentar o agente funerário e trocar algumas palavras sobre o que iria acontecer nos dias que antecederiam o enterro, fomos para o estacionamento e acendemos nossos cigarros, Yngve encostado no carro, eu sentado numa mureta. Parecia que ia chover. As árvores no bosque atrás do cemitério dobravam-se sob a força crescente do vento. Por alguns instantes o barulho das folhas abafou o do tráfego na outra ponta do terreno. Em seguida tudo voltou a se aquietar.

"É, foi estranho", disse Yngve.

"Sim", concordei. "Mas fiquei feliz por termos conseguido."

"Eu também. Tinha que ver para crer."

"Agora acredita?"

Ele sorriu.

"Você não?"

Em vez de retribuir o sorriso, que era o que eu tinha pensado em fazer, comecei a chorar novamente. Cobri o rosto com as mãos, inclinei a cabeça. Fui sacudido por uma série de soluços. Depois que tudo passou, olhei para ele e ri.

"Como quando éramos pequenos", eu disse. "Eu choro e você assiste."

"Tem certeza...?", perguntou ele, procurando meu olhar. "Tem certeza que consegue dar conta do resto sozinho?"

"Claro. Sem problema."

"Eu posso telefonar e avisar que vou ficar."

"Não, vai para casa. Vamos fazer como combinamos."

"O.k. Estou indo, então."

Ele jogou o cigarro no chão e tirou do bolso a chave do carro. Eu me levantei e me aproximei, mas não a ponto de permitir um aperto de mão ou um abraço. Ele abriu a porta, entrou no carro e olhou para mim ao dar a partida.

"Até mais", disse.

"Tchau. Vai com cuidado. Mande lembranças a todos!"

Ele fechou a porta, engatou a ré, parou, afivelou o cinto de segurança, pôs o carro em movimento e se dirigiu lentamente à rua principal. Eu me pus a caminhar. Então as luzes detrás se acenderam e ele deu ré.

"É melhor você ficar com isso", disse, estendendo a mão para fora da janela. Era o envelope marrom que o agente funerário nos havia dado.

"Nada a ver levar isso comigo para Stavanger. Faz mais sentido que fique aqui. O.k.?"

"O.k.", respondi.

"Até mais", disse ele. Subiu o vidro, e a música, que ecoava no estacionamento segundos antes, agora parecia vir de sob a água. Não me mexi até que o carro tivesse virado na rua principal e desaparecido. Era um instinto que ficara da infância: iria acontecer uma catástrofe se eu me mexesse. Então enfiei o envelope no bolso interno do casaco e segui para a cidade.

Três dias antes, por volta das duas da tarde, Yngve me telefonara. Logo percebi pelo seu tom de voz que havia acontecido alguma coisa, e a primeira coisa que pensei foi que meu pai tinha morrido.

"Oi", disse ele. "Sou eu. Estou ligando para dizer que aconteceu uma coisa. Bem... o que aconteceu foi que..."

"O quê?", interrompi. Estava no hall, com uma das mãos apoiada na parede e a outra segurando o fone.

"Papai morreu."

"Ai."

"Gunnar acabou de ligar. Vovó o encontrou numa poltrona hoje de manhã."

"Do que ele morreu?"

"Não sei. Provavelmente do coração."

Não havia janelas no hall, e a lâmpada do teto estava apagada, de modo que a luz tênue que chegava até lá vinha da cozinha, de um lado, e da porta aberta do quarto, do outro. O rosto que se refletia no espelho era sombrio e me olhava de um lugar distante.

"E agora, o que vamos fazer? Quer dizer, do ponto de vista prático?"

"Gunnar espera que cuidemos de tudo. Então precisamos ir para lá. O quanto antes. Basicamente é isso."

"Certo. Estava indo para o funeral de Borghild, estava de saída, na verdade. Então minha mala está pronta. Posso ir já. A gente se encontra lá?"

"Ótimo. Eu vou de carro e chego lá amanhã."

"Amanhã. Deixe-me pensar um pouco."

"Por que você não pega um avião até aqui e nós vamos juntos?"

"Boa ideia. Vou fazer isso. Eu ligo quando souber o horário do voo, o.k.?"

"O.k., até mais."

Assim que desliguei, fui para a cozinha e enchi a chaleira, peguei um saquinho de chá no armário, coloquei-o numa xícara limpa, debrucei-me na bancada e espiei a rua sem saída, visível somente através dos trechos de cinza por entre os arbustos verdes que formavam um denso matagal no limite entre o pequeno jardim e a rua. Do outro lado havia algumas árvores enormes, sob as quais uma pequena aleia escura levava à rua principal, onde ficava o hospital de Haukeland. A única coisa que eu conseguia pensar era que não conseguia pensar no que deveria pensar. Que não sentia o que deveria sentir. Papai morreu, pensei, isso é importante, muito importante, deveria me fazer sofrer, mas não, aqui estou eu, olhando para a chaleira, irritado porque a água ainda não ferveu. Aqui estou, olhando pela janela e pensando como somos privilegiados por termos conseguido este apartamento, o que faço toda vez que olho para o jardim, porque a proprietária é uma senhora muito zelosa, e não que papai morreu, embora seja a única coisa que tem alguma importância neste momento. Devo estar em choque, pensei, despejando na xícara a água que ainda não tinha fervido. A chaleira, um modelo luxuoso e reluzente, ganhamos de Yngve, presente de casamento. A xícara, amarela, marca Höganes, não lembro quem nos deu, apenas que encabeçava a lista de casamento de Tonje. Dei uns puxões no barbante do saquinho de chá, joguei-o na pia, onde ele caiu fazendo barulho, e fui para a sala de jantar com a xícara na mão. Ainda bem que não havia mais ninguém em casa!

Por alguns minutos vaguei pelo apartamento, tentando achar um sentido para o fato de papai ter morrido, mas não consegui. Não tinha sentido. Eu compreendia, eu aceitava, mas o absurdo não era que uma vida que poderia ter prosseguido fora de repente interrompida, e sim que aquele fosse um fato entre tantos e não ocupasse na minha consciência a posição que deveria ocupar.

Fiquei andando em círculos na sala de jantar, com a xícara na mão, o dia estava cinza e ameno, na colina levemente inclinada viam-se telhados e exuberantes sebes verdes. Fazia apenas algumas semanas que tínhamos nos mudado para lá vindos de Volda, onde Tonje estudara radiojornalismo e eu acabara de escrever um romance que deveria ser publicado dali a dois meses. Era a primeira casa realmente nossa, o apartamento em Volda não contava, era provisório, mas aquele era permanente, ou representava algo permanente, a nossa casa. As paredes ainda cheiravam a tinta. Carmim na sala de jantar, seguindo a sugestão da mãe de Tonje, que era artista mas dedicava a maior parte do tempo à decoração de ambientes e à culinária, o que fazia com muita competência, sua casa parecia as casas retratadas em revistas de decoração e a comida que servia era sempre elaborada e refinada, e cor de marfim na sala e nos demais cômodos. Mas de resto nossa casa não tinha nada das que aparecem em revistas de decoração: muita mobília e muitos pôsteres e estantes eram sinais indicativos da nossa vida estudantil que mal havia terminado. Eu escrevera o romance graças a um empréstimo para estudantes, uma vez que oficialmente eu era um estudante de literatura, isso até o Natal, quando o dinheiro acabou e tive que pedir um adiantamento na editora, que durou até pouco tempo atrás. A morte de papai veio como um maná do céu, porque ele tinha dinheiro, ou pelo menos devia ter, não? Não fazia nem dois anos que os três irmãos venderam a casa da rua Elve e repartiram o dinheiro. Será que ele tinha torrado aquilo tudo em tão pouco tempo?

Meu pai morreu, e eu estou pensando no dinheiro que ele me deixou.

E daí?

Eu penso no que penso, não posso evitar, certo?

Pus a xícara na mesa, abri a porta e fui para a varanda, apoiando-me firmemente na balaustrada e olhando ao redor, enquanto inspirava o ar quente do verão, pleno do aroma de plantas, de carros e da cidade. No instante seguinte eu já estava de volta na sala, olhando em torno. Deveria comer alguma coisa? Beber? Sair para fazer compras?

Fui até o hall, dei uma espiada no quarto, na enorme cama desfeita, atrás dela a porta do banheiro. Podia fazer isso, pensei, tomar um banho, boa ideia, afinal teria que sair logo mais.

Tirei a roupa, liguei o chuveiro, água bem quente, sobre a cabeça, escorrendo pelo corpo.

Bater uma punheta, talvez?

Não, pelo amor de Deus, papai morreu.

Tinha morrido, morrido, papai tinha morrido.

Tinha morrido, morrido, papai tinha morrido.

O banho não me ajudou em nada, então desliguei o chuveiro e me enxuguei com uma toalha grande, passei um pouco de desodorante nas axilas, me vesti e fui à cozinha para ver as horas, secando o cabelo com uma toalha menor.

Duas e meia.

Tonje chegaria dali a uma hora.

Não podia suportar a ideia de lhe contar tudo assim que ela entrasse em casa, então fui até o corredor, joguei a toalha pela porta aberta do quarto, peguei o telefone e disquei seu número. Ela atendeu imediatamente.

"Tonje?"

"Oi, Tonje, sou eu. Tudo bem?"

"Sim, na verdade agora estou editando, só dei uma passadinha no escritório para pegar uma coisa. Volto para casa assim que terminar."

"Ótimo."

"O que você está fazendo?"

"Bem, nada. Mas Yngve ligou. Papai morreu."

"Quê? Morreu?"

"Sim."

"Ah, coitado. Ah, Karl Ove..."

"Estou bem. Não era de todo inesperado. Mas vou para lá esta noite, de qualquer modo. Primeiro até o Yngve, depois vamos juntos de carro para Kristiansand amanhã cedo."

"Quer que eu vá com vocês? Eu posso ir."

"Não, não, não. Você tem que trabalhar! Você fica aqui e vai só para o enterro."

"Ah, coitado", ela repetiu. "Vou conseguir outra pessoa para me substituir e volto agora mesmo. Que horas você vai?"

"Não tem pressa", eu disse. "Só viajo daqui a algumas horas. E não é ruim ficar um pouco sozinho."

"Tem certeza?"

"Claro. Certeza. Na verdade, não estou sentindo nada. Mas nós já tínhamos dito isso várias vezes, não é? Que, se ele continuasse assim, iria morrer logo. Então eu estava preparado."

"O.k. Vou terminar o que estou fazendo e vou direto para casa. Te cuida. Eu te amo."

"Também te amo."

Depois de pôr o fone no gancho, comecei a pensar em mamãe. Ela teria que ser avisada, é claro. Peguei novamente o fone e liguei para Yngve. Ele já tinha lhe contado.

Eu estava pronto, esperando na sala, quando ouvi Tonje entrar. Senti sua presença no ambiente como uma brisa fresca de verão. Levantei-me. Estava embaraçada, seu olhar era de compaixão, ela me abraçou, disse que queria ir comigo, mas eu não tinha dúvida, era melhor que ela ficasse, e então telefonei para pedir um táxi e fui com ela para a entrada de casa, onde esperamos cinco minutos até ele chegar. Somos um casal, pensei, somos marido e mulher, minha mulher está aqui fora, acenando para mim, pensei, e sorri. De onde veio essa imagem irreal? Estávamos brincando de ser marido e mulher, em vez de ser um casal de fato?

"Do que está rindo?"

"De nada", eu disse. "Estava pensando."

Apertei sua mão.

"Lá vem o táxi", ela disse.

Olhei na direção da fileira de casas. Negro como um besouro, o táxi subia a colina, parou hesitante no cruzamento, como um besouro, para em seguida virar à direita, o outro braço da nossa rua.

"Quer que eu corra atrás dele?", Tonje perguntou.

"Não, por quê? Posso muito bem fazer isso."

Peguei a mala e subi os degraus até a rua. Tonje veio atrás.

"Vou a pé até o cruzamento", eu disse. "Pego o táxi lá. Mas ligo para você à noite, o.k.?"

Nós nos beijamos e, quando cheguei ao cruzamento, enquanto o táxi avançava pela ladeira, virei-me e a vi acenando para mim.

"Knausgård?", o motorista perguntou, quando abri a porta.

"Sou eu mesmo", eu disse. "Vou para o aeroporto de Flesland."

"Pode entrar. Eu pego sua mala."

Deslizei no banco detrás e me recostei. Táxis, eu adorava táxis. Não aqueles que me traziam para casa, mas os que pegava para ir a aeroportos e estações de trem. Havia coisa melhor do que sentar no banco detrás de um táxi e ser conduzido por cidades e periferias antes de uma longa viagem?

"Que rua manhosa essa, hein?", comentou o motorista, ao entrar no carro. "Já tinha ouvido falar que ela se dividia em duas, mas nunca tinha estado aqui. Vinte anos de praça. Muito estranha, mesmo."

"É", eu disse.

"Acho que agora já estive em todos os lugares. Acho que essa era a única rua que eu não conhecia."

Ele sorriu para mim no retrovisor.

"Está saindo de férias?"

"Não. Não exatamente. Meu pai morreu hoje. Estou indo para o funeral. Em Kristiansand."

Isso pôs fim à conversa. Permaneci imóvel, olhando as casas pelo caminho, sem pensar em nada específico, apenas olhando. Minde, Fantoft, Hop. Postos de gasolina, concessionárias de carros, supermercados, zonas residenciais, floresta, lago, área habitada. Quando chegamos ao último trecho do percurso, de onde já dava para ver a torre de controle, tirei do bolso o cartão de crédito e me inclinei para a frente para ver o taxímetro. Trezentas e vinte coroas. Não fora uma boa ideia pegar um táxi, o ônibus para o aeroporto custava dez vezes menos, e, se havia algo que eu não tinha naquele momento, era dinheiro.

"Pode me dar um recibo de trezentos e cinquenta?", perguntei, estendendo-lhe o cartão.

"Claro", respondeu ele, pegando o cartão. Passou-o pela máquina, que logo depois cuspiu um recibo. Colocou-o numa prancheta com uma caneta e me deu, eu assinei, ele destacou outro recibo e me entregou.

"Muito obrigado", disse ele.

"Obrigado. Pode deixar, eu pego a mala."

Embora a mala estivesse pesada, carreguei-a pela alça até o salão de check-in. Detestava malas com rodinhas, primeiro porque eram femininas, portanto impróprias para um homem, um homem tinha que carregar as coisas, não empurrá-las sobre rodinhas, depois porque implicavam soluções fáceis, atalhos, economia, racionalidade, o que eu detestava e combatia sempre que possível, até mesmo onde tinham uma importância menor. Por que viver num mundo sem sentir o peso dele? Seríamos nós apenas manequins? E o que na verdade estamos economizando quando economizamos forças?

Pus a mala no piso do pequeno saguão e olhei para o quadro de partidas. Havia um voo para Stavanger às cinco horas, eu poderia pegá-lo tranquilamente. Mas também havia um voo às seis. Como eu adorava aeroportos, talvez ainda mais do que adorava táxis, optei por este último.

Virei-me e observei os balcões de check-in. O movimento não era grande, afora nos três balcões ao fundo, onde a fila parecia interminável e caótica, pelas roupas dos passageiros, que sem exceção eram leves, pela quantidade de bagagem, que era imensa, e pelo humor reinante, que era bom como costuma ficar depois de algumas doses, concluí que se tratava de um voo charter para o sul. Comprei a passagem, fiz o check-in e me dirigi às cabines telefônicas para ligar para Yngve. Ele atendeu imediatamente.

"Oi, sou eu, Karl Ove. O voo sai às seis e quinze. Chego em Sola às quinze para as sete. Você vai me apanhar no aeroporto ou...?"

"Posso ir te buscar, sem problema."

"Mais alguma notícia?"

"Não... Liguei para Gunnar e disse que estávamos a caminho. Ele não sabia de mais nada. Pensei em sairmos bem cedo, para dar um pulo na agência funerária antes que feche. Sábado de manhã, sabe como é."

"Vamos sair cedo, sim. Até mais, então."

"Até mais."

Desliguei e subi as escadas até o café, pedi uma xícara de café e um jornal, descobri uma mesa com vista para o saguão, pendurei o casaco no encosto da cadeira, dei uma olhada ao redor para ver se não havia algum conhecido e sentei-me.

O pensamento em papai surgia a intervalos regulares, como tinha sido desde o primeiro telefonema de Yngve, mas desconectado de emoções, sempre como uma constatação. Isso provavelmente porque eu estava preparado. Desde a primavera em que ele se separara de minha mãe, sua vida apontava para aquela direção. Não nos demos conta disso a princípio, mas em algum ponto ele ultrapassou o limite, e nós percebemos que tudo podia lhe acontecer, inclusive o pior. Ou o melhor, dependendo de como vemos as coisas. Durante muito tempo desejei que ele morresse, mas, a partir do instante em que percebi que sua vida estava perto do fim, comecei a esperar por isso. Quando havia notícias de acidentes fatais na região onde ele morava, fossem incêndios ou batidas de carro, cadáveres encontrados na floresta ou no mar, meu sentimento imediato era de esperança: talvez fosse papai. No entanto, nunca era ele, ele se safara, continuava vivo.

Até agora, pensei, observando as pessoas que circulavam no saguão lá embaixo. Dali a vinte e cinco anos um terço teria morrido, dali a cinquenta anos, dois terços, dali a cem, todas. E o que restaria delas, sua vida teria valido a pena? Mandíbula caída, órbitas vazias, em algum lugar debaixo da terra.

Quem sabe o Dia do Juízo não chegaria de fato? Todos os esqueletos sepultados ao longo dos milhares de anos nos quais o homem habitou a Terra reuniriam seus ossos, rangendo, e sorririam para o sol, e Deus, o Todo-Poderoso, o Onipotente, circundado por um séquito de anjos, os julgaria do trono celestial. Acima da Terra, tão verdejante e tão bela, soariam trombetas, e de todos os campos e vales, de todas as praias e planícies, de todos os mares e lagos, os mortos se ergueriam e caminhariam até o Senhor seu Deus, seriam alçados até Ele, julgados e atirados às chamas do inferno, ou julgados e elevados à luz divina. Mesmo aqueles que estão andando por aqui, com suas malas de rodinhas e sacolas do free shop, carteiras e cartões de banco, axilas perfumadas e óculos escuros, cabelos tingidos e andadores, seriam despertados, indiscerníveis dos que morreram na Idade Média ou na Idade da Pedra, eles eram os mortos, e os mortos são os mortos, e os mortos seriam julgados no Juízo Final.

Do fundo do saguão, onde estavam as esteiras de bagagem, surgiu um grupo de cerca de vinte japoneses. Pus o cigarro aceso no cinzeiro e dei um gole no café, acompanhando-os com os olhos. O exotismo deles, que não estava nas roupas nem na aparência mas no comportamento, chamava atenção, e eu sempre sonhara em morar no Japão, cercado de todo aquele exotismo, de todas aquelas coisas que víamos mas não entendíamos, cujo significado apenas podíamos intuir, sem nunca termos certeza. Viver numa casa japonesa, simples e espartana, com portas de correr e divisões de papel, criada com um esmero estranho a mim e ao meu modo de ser norte-europeu, seria fantástico. Viver lá e escrever um romance e ver como os ambientes ao redor lenta e imperceptivelmente dão forma à escrita, pois a maneira como pensamos está, claro, intimamente associada com o ambiente concreto em que nos encontramos, com as pessoas com quem falamos e com os livros que lemos. No Japão, mas também na Argentina, onde as características familiares europeias ganharam um matiz completamente diferente, transferidas para um lugar completamente diferente, e nos Estados Unidos, numa das cidadezinhas do Maine, por exemplo, com a paisagem tão parecida com a costa sul da Noruega, que páginas não teriam brotado nesses lugares?

Pus a xícara na mesa e voltei a fumar, virei-me na cadeira e olhei para o portão, onde já havia um número considerável de passageiros, embora ainda faltassem alguns minutos para as cinco.

Mas agora o destino era Bergen.

Senti um calafrio na espinha.

Papai morreu.

Pela primeira vez desde o telefonema de Yngve eu o vi diante de mim. Não aquele que ele havia sido nos últimos anos, mas aquele que ele era na minha infância, quando íamos pescar na ilha de Tromøya no inverno, o vento uivando nas nossas orelhas e as ondas enormes espalhando sua espuma no ar ao se chocarem contra os rochedos, e ele ali, empunhando a vara de pescar, enrolando a linha, rindo para nós. Cabelos pretos e grossos, barba preta, rosto levemente assimétrico, coberto por gotículas de água. Calças impermeáveis azuis, botas de borracha verdes.

Era essa a imagem.

Natural que eu me lembrasse de ocasiões como aquela para evocá-lo. Que meu subconsciente escolhesse uma situação em que eu sentia afeto por ele. Era uma tentativa de manipulação, obviamente no intuito de aplainar o caminho para o sentimentalismo irracional que, uma vez abertas as comportas, fluiria sem contenção e tomaria conta de mim. Era assim que funcionava o subconsciente, julgando-se claramente uma espécie de censor dos pensamentos e desejos e minando tudo que pudesse ser considerado antagônico ao senso comum dominante. Mas papai mereceu o seu destino, foi bom que tivesse morrido, qualquer coisa em mim que sugerisse o contrário era mentira. E isso não valia apenas para o homem que ele fora na minha infância, mas também para o homem que havia sido na meia-idade, quando rompeu com o passado e recomeçou do zero. Como ele mudara, inclusive no seu modo de se comportar comigo, mas não tinha adiantado, eu não queria nem saber no que ele se transformara. Na primavera em que mudou, ele havia começado a beber, e continuou por todo o verão, era só o que faziam, papai e Unni, ficavam sentados ao sol bebendo, maravilhosos e longos dias embriagados, e, quando as aulas se iniciaram, a bebedeira prosseguiu, mas somente à tarde e à noite, e nos fins de semana. Eles se mudaram para o norte da Noruega e ambos foram trabalhar numa escola por lá, e foi quando nós tivemos a primeira indicação do estado em que ele se encontrava, pois certa ocasião Yngve, sua namorada e eu tomamos um avião e fomos visitá-lo. Papai foi nos buscar de carro, estava pálido e suas mãos tremiam, mal abriu a boca, e, quando chegamos ao seu apartamento, ele tomou três cervejas de uma vez, e aí pareceu ganhar vida, parou de tremer, se deu conta da nossa presença, começou a conversar e continuou a beber. Nesses poucos dias, era um feriado de inverno, ele bebeu sem parar, sempre enfatizando que era feriado, por isso estava se permitindo beber, sobretudo ali, onde era tão escuro durante todo o inverno. Unni estava grávida na época, então ele bebia sozinho. Na primavera trabalhava como inspetor de uma escola em Kristiansand, e convidara Yngve, sua namorada e a mim para almoçar no seu hotel, o Caledonien, mas, quando chegamos à recepção, onde deveríamos nos encontrar, ele não estava ali, esperamos meia hora, perguntamos ao recepcionista, ele estava no quarto, subimos, batemos à porta, ninguém atendeu, ele devia ter dormido, batemos mais forte e chamamos por ele, mas não houve resposta, e fomos embora. Dois dias depois o Caledonien pegou fogo, doze pessoas morreram, fui até lá de carro com Bassen no intervalo do almoço, estava no segundo ano do colégio então, e vi os bombeiros apagando o fogo. Se meu pai estivesse lá, ele teria sido uma das vítimas, sem dúvida, dado o estado em que se encontrava, eu disse a Bassen, mas ainda assim nem eu nem Yngve compreendíamos o que estava se passando com ele, não tínhamos experiência com alcoólatras, não havia nenhum na família, e, mesmo que soubéssemos que ele estava bebendo, já tínhamos testemunhado várias noites gélidas que culminavam em lágrimas, brigas e surtos de ciúme, a pouca dignidade que restava sendo jogada aos quatro ventos, mas a coisa não durava muito, no dia seguinte tudo voltava ao seu lugar, ele continuava a desempenhar suas tarefas corretamente, tinha orgulho disso, não percebíamos que ele não conseguia parar, e talvez nem quisesse. Aquela era sua vida agora, aquilo era o que ele fazia, embora tivesse acabado de se tornar pai outra vez. Ele virava uns copos de manhã antes de ir para o trabalho, mas nunca fora visto bêbado na escola, algumas cervejas ao longo do dia não faziam efeito, veja os dinamarqueses, eles bebem durante o almoço, e as coisas estão indo muito bem na Dinamarca, não estão?

No inverno eles viajavam para o sul e reclamavam dos guias, eu fiquei sabendo por uma carta que encontrei por acaso certa vez em que estava na casa deles, a qual se referia a uma ação na Justiça: papai tivera um colapso e fora levado de ambulância para o hospital, com fortes dores no peito, e acionara a companhia de viagem por considerar que o tratamento médico que recebera é que causara o infarto, ao que a companhia respondeu secamente: não houve infarto, e sim um colapso provocado por álcool e remédios.

Por fim eles deixaram o norte da Noruega e voltaram para Sørlandet, onde papai, agora gordo e inchado, com uma barriga enorme, continuava a beber sem parar. Ficar sóbrio por algumas horas, o suficiente para ir nos buscar de carro, agora estava fora de questão. Eles se separaram, papai se mudou para uma cidade em Østland, onde conseguiu um novo emprego, que veio a perder meses depois, e então não restou mais nada, nem casamento, nem emprego, e quase nem filho, pois, apesar de Unni querer que ele passasse um tempo com a criança e de fato até ter permitido isso, o arranjo não deu certo e ele perdeu o direito de visitá-la, mas isso não pareceu afetá-lo. No entanto, ele estava furioso, provavelmente porque aquele era um direito que lhe assistia e agora ele não perdia oportunidade de ressaltar seus direitos. Coisas terríveis aconteceram, e só o que restou a papai foi o apartamento em Østland, onde ele ficava o tempo todo bebendo, quando não ia beber nos bares da cidade. Estava gordo como um barril, e, embora sua pele continuasse bronzeada, ela parecia opaca, havia uma membrana fosca cobrindo seu corpo, e com a barba, os cabelos e as roupas desalinhados sua aparência era a de um selvagem à caça de uma bebida. Certa vez sumiu do mapa por várias semanas. Gunnar telefonou para Yngve e disse que tinha avisado a polícia. Ele reapareceu num hospital, em algum lugar de Østland, acamado e impossibilitado de andar. A paralisia, contudo, não era permanente, ele conseguiu se levantar de novo e, depois de algumas semanas internado numa clínica de desintoxicação, continuou a levar a mesma vida de antes.

Nessa época eu não tinha contato nenhum com ele. Mas ele visitava vovó com frequência cada vez maior, demorando-se cada vez mais a cada visita. Por fim ele se mudou para lá e transformou a casa numa espécie de bunker. Entulhou seus pertences na garagem, expulsou o cuidador que Gunnar havia contratado para tomar conta de vovó, que já não podia viver sozinha, e pôs uma tranca na porta. Lá ficou até morrer. Gunnar ligou para Yngve uma ocasião e descreveu a situação para ele. Entre outras coisas, ele contou que certa vez tinha ido até lá e encontrara papai caído no chão da sala. Ele tinha quebrado a perna, mas, em vez de pedir a vovó que chamasse uma ambulância para levá-lo ao hospital, ele lhe disse que não contasse nada a ninguém, nem mesmo a Gunnar, e ela obedeceu, e ele ficou ali, deitado no meio de pratos com restos de comida, garrafas e copos de cerveja e destilados que ela ia buscar para ele no seu abundante estoque. Gunnar não sabia quanto tempo ele ficara deitado ali, talvez um dia, talvez dois. O fato de ter ligado para Yngve e contado aquilo nos deu a impressão de que Gunnar achava que deveríamos intervir e tirar nosso pai da casa ou ele morreria ali, e nós discutimos essa hipótese, mas decidimos não fazer nada, ele tinha que carregar seu fardo sozinho, sozinho viver sua vida, sozinho morrer sua morte.

Agora ele fizera isso.

Levantei-me e fui ao balcão para pegar mais café. Um homem vestindo um elegante terno escuro, com um cachecol de seda em volta do pescoço e caspas nos ombros, servia-se de café quando me aproximei. Ele pôs uma xícara branca, cheia até a borda de café preto, numa bandeja vermelha e olhou com ar interrogativo para mim ao mesmo tempo que erguia ligeiramente a jarra.

"Pode deixar que eu me sirvo", eu disse.

"Como quiser", disse ele, devolvendo a jarra a um dos suportes aquecidos. Achei que se tratava de um acadêmico. A garçonete, uma mulher robusta de cinquenta e poucos anos que certamente era de Bergen, tinha o rosto típico dos moradores da cidade que, nos oito anos que vivera ali, eu via por toda parte, nos ônibus e nas ruas, atrás de balcões e em lojas, com seus cabelos curtos tingidos e óculos quadrados que apenas mulheres daquela idade podem achar bonitos, esticou o braço ao me ver levantar a xícara.

"Pode encher", eu disse.

"Cinco coroas", disse ela, com um forte sotaque de Bergen. Coloquei uma moeda de cinco na sua mão e voltei para a mesa. Minha boca estava seca e o coração batia rápido, como se eu estivesse agitado, mas eu não estava, ao contrário, sentia-me calmo e sereno olhando para o pequeno avião pendurado no teto enorme de vidro, onde a luz batia e ficava como que aprisionada, olhei para o quadro de partidas, onde o relógio marcava cinco e quinze, em seguida para as pessoas lá embaixo, que formavam filas, caminhavam, sentavam-se para ler jornais, conversavam em pé. Era verão, as roupas eram vibrantes, os corpos estavam bronzeados, a atmosfera era leve, como sempre é nos lugares onde as pessoas se reúnem para viajar. Ali sentado, como às vezes ficava, eu experimentava as cores mais vivas, os contornos mais definidos e os rostos distintos como nunca. Estavam carregados de significado. Desprovidos daquele significado, que era o que eu estava experimentando agora, eles eram distantes e, de algum modo, vagos, impossíveis de discernir, como sombras sem a escuridão da sombra.

Voltei-me e olhei para o portão. Uma multidão de passageiros, que deviam ter acabado de chegar, deixava o túnel de saída. A porta da sala de desembarque se abriu, e, carregando casacos dobrados e bolsas de todo tipo a tiracolo, os passageiros surgiam, em busca de suas bagagens, viravam à direita e desapareciam.

Dois garotos passaram por mim com copos descartáveis cheios de coca-cola e cubos de gelo. Um deles tinha uma leve penugem sobre o lábio superior e no queixo, e devia ter uns quinze anos. O outro era mais baixo e seu rosto era imberbe, embora isso não significasse necessariamente que ele fosse mais novo. O mais alto tinha lábios grossos, que ficavam entreabertos e, combinados aos seus olhos vazios, lhe davam um ar de estúpido. O menor tinha olhos mais alertas, na medida em que um garoto de doze anos pode ser alerta. Ele disse alguma coisa, os dois riram, e, quando chegaram à mesa, deve ter repetido a frase, porque os outros que já estavam ali sentados também riram.

Fiquei surpreso com a baixa estatura deles, eu não conseguia me imaginar tão baixo assim aos catorze ou quinze anos. Mas devia ter sido.

Afastei a xícara de café, levantei-me, pus no braço o casaco dobrado, peguei a mala de mão e me dirigi ao portão de embarque, sentei-me perto do balcão, onde uma mulher e um homem de uniforme trabalhavam cada um diante da tela de um computador. Recostei-me e fechei os olhos por alguns segundos. O rosto de papai surgiu outra vez diante de mim. Era como se ele tivesse ficado ali, esperando. Um jardim coberto de névoa, o gramado levemente lamacento e pisoteado, uma escada apoiada numa árvore, o rosto de papai virando-se para mim. Ele está segurando a escada com ambas as mãos, usa botas de cano alto e um suéter grosso de tricô. Duas bacias brancas ao seu lado no chão, um balde pendurado num gancho no alto da escada.

Abri os olhos. Não conseguia me lembrar de ter visto aquela cena, não era uma lembrança, mas, se não era uma lembrança, era o quê?

Ah, não, ele tinha morrido.

Respirei fundo e me levantei. Uma pequena fila havia se formado diante do balcão, ali os passageiros interpretavam tudo que os funcionários faziam, e, logo que surgia algum sinal de que o momento do embarque se aproximava, lá estavam eles, de corpo presente.

Tinha morrido.

Postei-me atrás do último da fila, um homem de costas largas, alguns centímetros mais baixo que eu. Ele tinha pelos na nuca e nas orelhas. Cheirava a loção pós-barba. Uma mulher entrou na fila, atrás de mim. Virei um pouco a cabeça para dar uma rápida olhada e vi seu rosto, que, maquiado com batom, blush, delineador e pó, parecia mais uma máscara do que o rosto de uma pessoa. Mas seu perfume era bom.

Em seguida o pessoal da limpeza deixou apressadamente o túnel de saída. A mulher de uniforme falava num telefone. Quando desligou, ela apanhou um pequeno microfone e anunciou que estava tudo pronto para o embarque. Abri o bolso externo da mala e peguei a passagem. Meu coração começou a bater mais rápido novamente, como se estivesse viajando por conta própria. Estava se tornando insuportável ficar em pé. Mas era preciso.

Eu apoiava o peso do corpo numa perna depois na outra, inclinava a cabeça para a frente para ver a pista pela janela. Passou um dos carros que levavam as bagagens para o avião. Passou um homem de macacão, com protetores auriculares, segurando aquelas coisas parecidas com raquetes de tênis que se usam para sinalizar aos pilotos a posição da aeronave na pista. A fila começou a se mover. Meu coração continuava acelerado. As palmas das mãos estavam úmidas. Eu não via a hora de sentar, de ver o mundo lá de cima. O sujeito atarracado na minha frente recebeu o canhoto da sua passagem. Eu entreguei a minha à mulher de uniforme. Por alguma razão ela me olhou bem nos olhos ao pegá-la. Tinha uma beleza austera, com feições harmoniosas, o nariz talvez um pouco afilado demais, a boca estreita. Seus olhos eram brilhantes e azuis, o contorno escuro ao redor da íris era estranhamente definido. Retribuí o olhar por um breve instante, depois baixei os olhos. Ela sorriu.

"Boa viagem", disse.

"Obrigado", respondi, e acompanhei os demais pelo túnel que conduzia ao avião, onde uma comissária de bordo de meia-idade cumprimentava com um aceno da cabeça os que chegavam, depois pelo corredor, até a última fileira de assentos. Pus a mala e o casaco no compartimento para bagagens, sentei-me no banco estreito, afivelei o cinto, estiquei as pernas e reclinei o encosto.

Pronto.

Os metapensamentos, como o de que eu estava num avião a caminho do enterro do meu pai pensando que estava num avião a caminho do enterro do meu pai, aumentaram. Tudo que eu via, rostos, corpos passando pelo corredor, acomodando a bagagem aqui, sentando-se, acomodando a bagagem ali, sentando-se, era acompanhado por uma sombra de reflexão que não desistia de me dizer que agora eu estava vendo isso no mesmo instante em que eu pensava que agora estava vendo isso, e assim por diante, *in absurdum*, ao mesmo tempo que a presença desse pensamento-sombra, ou talvez, melhor, pensamento-espelho, implicava também uma crítica ao fato de que eu não estava sentindo o bastante. Papai morreu, pensei, e a imagem dele cintilou diante de mim, como se eu precisasse de uma ilustração para a palavra "papai", e eu, num avião a caminho do seu enterro, reajo friamente a isso, penso, e observo duas garotas de dez anos de idade sentando-se numa fileira e aqueles que deveriam ser sua mãe e seu pai sentando-se do lado oposto do corredor, eu penso que penso que estou pensando. Tudo se passava dentro de mim a uma velocidade enorme, nada mais fazia sentido. Comecei a sentir náuseas. Uma mulher pôs sua mala de mão no compartimento acima da minha cabeça, tirou o casaco e o colocou lá, olhou nos meus olhos, sorriu automaticamente e sentou ao meu lado. Tinha por volta de quarenta anos, um rosto sereno, olhos cálidos, cabelos pretos, era baixinha, um pouco rechonchuda mas não gorda. Estava usando um tipo de terno, isto é, calças e casaco da mesma cor e estilo, como se chama isso que as mulheres usam? Tailleur? E uma blusa branca. Olhei para a frente, mas minha atenção não estava no que eu via ali, e sim no que eu tinha visto com o canto dos olhos, era lá que "eu" estava, pensei, e olhei para ela. Ela devia estar segurando uns óculos e eu não notara, pois agora os pusera na ponta do nariz e abrira um livro.

Tinha aparência de bancária, não tinha? Não a gentileza, contudo, nem a brancura. Suas coxas, que pareciam se esparramar e esticar o tecido da calça quando eram pressionadas contra o assento, como deviam ser brancas na escuridão, tarde da noite num quarto de hotel qualquer.

Tentei engolir, mas minha boca estava tão seca que o pouco de saliva que consegui juntar não foi suficiente para cobrir a distância até a garganta. Outro passageiro se deteve na nossa fileira, um homem de meia-idade, pálido, sisudo e magro, vestindo um terno cinza, que sentou no banco do corredor sem dirigir o olhar nem a ela nem a mim. *Boarding completed*, anunciou uma voz no alto-falante. Inclinei-me para a frente para olhar o céu acima do aeroporto. A camada de nuvens a oeste se abrira, e uma faixa de floresta baixa estava iluminada pelo sol, um verde exuberante, quase reluzente. O motor começou a rugir. A janela vibrou de leve. A mulher ao meu lado marcou a página com um dedo e olhou fixo para a frente.

Papai sempre tivera medo de voar. Só nessas ocasiões me recordo dele bebendo no período da minha infância. Em regra, ele evitava voar, nós viajávamos de carro não importava quão distante fosse o destino, mas às vezes ele era obrigado a entrar num avião e entornava a bebida alcoólica que estivesse disponível no café do aeroporto. Havia uma série de coisas que ele também evitava mas que eu jamais levei em conta, pois aquilo que uma pessoa faz sempre eclipsa o que ela deixa de fazer, e o que papai deixava de fazer não era algo que chamasse a atenção, mesmo porque não havia nada de neurótico no seu comportamento. Mas ele nunca ia ao cabeleireiro, sempre cortava o próprio cabelo. Nunca viajava de ônibus. Quase nunca fazia compras nas lojas locais, preferia ir aos grandes supermercados fora da cidade. Todas essas eram situações em que ele teria de entrar em contato com pessoas ou ser visto, e, embora ele fosse um professor e, como tal, tivesse que se dirigir a uma turma de alunos todos os dias e de vez em quando convocar pais para reuniões, e também falar com seus colegas de trabalho na sala dos professores todos os dias, ainda assim ele procurava evitar essas ocasiões sociais. O que será que elas tinham em comum? Talvez a inclusão num grupo de pessoas baseada apenas na casualidade? A falta de controle sobre o modo como os outros o viam? Sua vulnerabilidade num ônibus, na cadeira do cabeleireiro, na fila do caixa do supermercado? Era bem possível que fosse tudo isso. Mas na época eu não percebia. Somente muitos, muitos anos mais tarde é que me dei conta de que jamais o vira num ônibus. E de que ele também não participava de nenhum evento relacionado às nossas atividades, minhas e de Yngve. Uma vez ele assistiu a uma apresentação de fim de ano, ficou sentado perto da parede para ver a peça que tínhamos ensaiado, na qual eu fazia o papel principal mas infelizmente não havia decorado direito o texto, depois do sucesso do ano anterior eu estava sofrendo da presunção típica das crianças, achava que não precisava saber todo o texto, daria tudo certo, eu acreditava, mas, ao me ver ali, influenciado, suponho, pela presença do meu pai, eu não lembrava sequer uma linha, e a professora teve de soprar as falas de uma peça enorme sobre uma cidade cujo prefeito era eu. No carro, voltando para casa, ele me disse que nunca na vida ficara tão envergonhado e que nunca mais iria assistir a nossas apresentações de fim de ano. E cumpriu a promessa. Ele tampouco ia às inumeráveis partidas de futebol que disputei na adolescência, nunca estava entre os pais que nos levavam para os jogos em outras cidades, nunca estava entre os pais que iam assistir às partidas locais, mas aquilo não me afetava, eu não considerava estranho aquele comportamento, já que aquele era o jeito dele, meu pai, e muitos outros pais gostavam dele, pois estávamos no fim da década de 1970, começo da de 80, quando ser pai tinha uma conotação diferente e, ao menos num nível prático, um significado menos abrangente do que tem hoje.

Não, não é verdade, uma vez ele me viu jogar.

Foi no inverno, quando eu estava no nono ano. Ele me levou a um campo de várzea em Kjevik, ele estava indo para Kristiansand, nós faríamos um amistoso contra algum time da região. Fomos de carro, como sempre em silêncio, ele com uma das mãos no volante e a outra apoiada na porta, eu com as minhas sobre o colo. Então tive um estalo e perguntei se ele não gostaria de assistir à partida. Não, ele não podia, tinha que ir para Kristiansand. Bem, eu não esperava que ele fosse dizer que sim, eu disse. Não havia decepção no meu comentário, nada que pudesse levá-lo a pensar que eu realmente queria que ele assistisse ao jogo, o qual, aliás, não tinha a menor importância, foi só um comentário, eu realmente não acreditava que ele fosse querer assistir. Quando o segundo tempo estava prestes a terminar, avistei seu carro ao lado do campo, atrás de altos montes de neve. Mal consegui divisar sua silhueta escura atrás do para-brisa. A poucos minutos do fim do jogo, recebi um passe perfeito de Harald pela lateral, só o que precisei fazer foi esticar o pé, o que fiz, mas era meu pé esquerdo, eu não tinha muito controle sobre ele, a bola espirrou e eu chutei para fora. No carro, no caminho de volta, ele comentou o episódio. Você não aproveitou aquela oportunidade, disse ele. Desperdiçou uma ótima oportunidade. Não sei como pôde perder aquele gol. Ah, bem, eu disse. Mas nós ganhamos assim mesmo. Qual foi o placar? Dois a um, eu disse, olhando-o de soslaio, porque queria que me perguntasse quem tinha feito os dois gols. O que, misericordiosamente, ele fez. Foi você quem marcou?, perguntou ele. Sim, eu disse. Os dois.

Com a testa apoiada na janela, o avião parado no fim da pista, o motor rugindo a plena força, comecei a chorar. As lágrimas brotaram não sei de onde, percebi quando escorreram pelo rosto, isso é idiota, pensei, sentimentaloide, estúpido. Mas não adiantou. Eu me vi preso a emoções vagas, ternas, infinitas, e só consegui me livrar delas alguns minutos depois, com o avião já decolando, o ruído das turbinas no máximo. Então, com a mente limpa afinal, baixei a cabeça e enxuguei os olhos com a camisa, segurando-a entre o polegar e o indicador, e fiquei um longo tempo olhando pela janela, até sentir que a vizinha não olhava mais para mim. Recostei-me no assento e fechei os olhos. Mas aquilo não tinha acabado. Senti que apenas começara.

O avião mal havia subido, e já baixou o nariz e iniciou a descida. Os comissários passavam apressados pelo corredor com seus carrinhos, tentando servir chá e café a todos os passageiros. A paisagem abaixo, primeiramente um quadrado isolado visível através de raras aberturas na camada de nuvens, agora era um relevo acidentado e belo, com ilhas verdes e o mar azul, rochedos íngremes e planícies brancas de neve, gradativamente apagado ou desbotado à medida que as nuvens desapareciam, até que a certa altura só se via o terreno plano de Rogaland. Senti o estômago virar. Lembranças que eu ignorava me atravessavam, caóticas, em torvelinho, e eu tentava me livrar delas, porque não queria ficar ali chorando, analisando cada coisa, mas sem sucesso. Eu o via com o olho da mente, uma ocasião em que fomos esquiar juntos em Hove, deslizando por entre as árvores, e a cada clareira podíamos ver o mar, cinzento, pesado, imenso, e também sentir o aroma de sal e de algas, ao lado do aroma da neve e dos pinheiros, papai dez metros à minha frente, talvez vinte, porque, embora seu equipamento fosse novo, dos acessórios Rottefella aos esquis Splitkein passando pelo anoraque azul, ele não sabia esquiar, empacava como um velho, sem equilíbrio, sem ritmo, sem fluência, e, se havia uma coisa que eu não queria, era ser associado àquela figura, por isso eu me mantinha sempre um pouco atrás, com a cabeça repleta de conceitos sobre mim mesmo e sobre meu estilo, que, eu estava convencido, um dia ainda me levaria bem longe. Resumindo, ele me envergonhava. Naquele tempo eu nem desconfiava que ele comprara aquele equipamento caríssimo e nos levara aos confins de Tromøya numa tentativa de se aproximar de mim, mas agora, de olhos fechados e fingindo dormir, ao som dos avisos transmitidos pelos alto-falantes para apertar cintos e sentar-se ereto, pensar naquilo ameaçava me lançar num novo ataque de choro, e, mesmo quando me endireitei no assento e inclinei a cabeça para o lado tentando disfarçar, o fiz com relutância, pois os passageiros próximos a mim já deviam ter notado desde a decolagem que estavam ao lado de um rapaz em lágrimas. Minha garganta doía e eu não conseguia me controlar, tudo transbordava em mim, eu estava ao léu, não do mundo exterior, mal conseguia vê-lo, mas do mundo interior, onde as emoções tinham assumido o controle. A única coisa que eu podia fazer para tentar preservar os últimos resquícios de dignidade era não emitir nenhum som. Nenhum soluço, nenhum suspiro, nenhum lamento, nenhum gemido. Só lágrimas em cascata, e o rosto distorcido numa careta cada vez que a lembrança de que papai morrera atingia um novo clímax.

    Aah.
    Aah.

Então, de repente, tudo clareou, foi como se toda a emoção e o atordoamento que haviam tomado conta de mim nos últimos quinze minutos tivessem recuado, como recua a maré, e a imensa distância daquelas sensações me levou a irromper numa risada.

Ha-ha-ha, eu me ouvi rir.

Esfreguei os olhos no antebraço. A ideia de que a mulher ao lado tinha me visto com o rosto distorcido em constantes esgares lacrimosos e agora me ouvia rir me fez ter novo acesso de riso.

Ha-ha-ha. Ha-ha-ha.

Olhei para ela. Ela não se mexeu: seu olhar estava fixo na página do livro que lia. Imediatamente atrás de nós duas comissárias estavam acomodadas nos assentos dobráveis, com o cinto de segurança atado à cintura. Lá fora fazia sol e a paisagem era verde. A sombra que nos perseguia no solo se aproximava cada vez mais, como um peixe preso num anzol, até que, no momento em que o trem de pouso tocou a pista, se pôs debaixo da fuselagem e lá permaneceu, como se estivesse colada, enquanto o avião freava e depois taxiava.

Ao meu redor as pessoas começaram a se levantar. Respirei fundo. A sensação de que tinha limpado a mente era forte. Não estava feliz, mas estava aliviado, como sempre acontece quando um fardo enorme é inesperadamente removido. A mulher ao lado, que fechara o livro e agora me dava a chance de ver o que estava lendo, levantou-se com ele na mão e se pôs na ponta dos pés para alcançar o compartimento de bagagem. *A mulher e o macaco*, de Peter Høeg, era o que a entretinha no voo. Eu já tinha lido. Ideia boa, má elaboração. Será que eu, em circunstâncias normais, teria iniciado uma conversa com ela sobre o livro? Quando seria tão simples fazê-lo, como agora? Não, eu não teria puxado conversa, mas teria ficado pensando que deveria tê-lo feito. Será que alguma vez eu já havia puxado conversa com um estranho?

Não, nunca.

E não havia a menor chance de algum dia vir a fazê-lo.

Inclinei-me para a frente para olhar pela janela o chão sujo da pista, da mesma maneira que fizera um dia, vinte anos antes, com a estranha mas clara intenção de lembrar para sempre o que vi. A bordo de um avião como agora, no aeroporto de Sola, mas então a caminho de Bergen, e de lá para a casa dos meus avós em Sørbøvåg. Toda vez que viajava de avião me ocorria essa lembrança, a qual eu impusera a mim mesmo. Por muito tempo ela é que abria o romance que eu acabara de escrever e que agora estava no suporte do assento da frente, na forma de um manuscrito de seiscentas páginas cuja revisão eu deveria terminar dali a uma semana.

Aquilo, pelo menos, era uma coisa boa.

Eu também não via a hora de encontrar Yngve. Depois que ele se mudara para Bergen, primeiro para Balestrand, onde conheceu Kari Anne, com quem teve um filho, e em seguida para Stavanger, onde nasceu outro filho, nosso relacionamento se transformou: ele já não era alguém que eu simplesmente ia visitar quando não tinha nada para fazer, nem minha companhia para um café ou para um show, mas alguém a quem visitava ocasionalmente durante alguns dias e de cuja vida familiar eu participava. Mas eu gostava disso, sempre gostara de passar a noite com outras famílias, ter um quarto com uma cama recém-arrumada, cheio de objetos estranhos, toalhas de rosto e de corpo bem dobradas, e ali penetrar na vida íntima da família, muito embora, não importava quem fosse o anfitrião, houvesse sempre um lado incômodo, porque, ainda que as pessoas na presença de hóspedes tentem ocultar as tensões existentes, elas são perceptíveis, e você nunca sabe se foi a sua presença que as causou ou se elas já existem e a sua presença ajuda a inibi-las. Uma terceira possibilidade, claro, é que essas tensões fossem apenas "tensões", coisas que existiam só na minha cabeça.

Agora havia menos gente no corredor, e eu me levantei, apanhei minha mala e meu casaco, e me dirigi à saída, pegando o corredor para a sala de desembarque, que era pequeno mas bem equipado, repleto de portões, quiosques e cafés, com viajantes andando de um lado para outro, parados, sentados, comendo, lendo. Eu seria capaz de reconhecer Yngve imediatamente no meio de qualquer multidão, nem precisava ver seu rosto, bastava ver a nuca ou um dos ombros, ou talvez nem isso, porque existe uma espécie de receptividade às pessoas de quem você esteve próximo no período em que sua personalidade estava em processo de formação ou afirmação, você as nota diretamente, sem precisar refletir. Quase tudo que você sabe sobre o seu irmão é intuitivo. Eu nunca sabia o que Yngve pensava, raramente entendia o seu comportamento, ele não compartilhava suas opiniões, eu tinha que adivinhá-las, nesse sentido ele me era estranho como os demais. Mas eu conhecia a linguagem do seu corpo, conhecia seus gestos, conhecia seu cheiro, estava familiarizado com todas as nuances da sua voz e, além do mais, sabia de onde ele vinha. Nada disso podia ser expresso em palavras, tampouco podia ser elaborado em pensamentos, mas significava tudo. Então eu não precisava procurar nas mesas da pizzaria, não precisava olhar o rosto daquela gente sentada perto dos portões nem o dos que transitavam pelo aeroporto, pois, assim que pus os pés no saguão, sabia onde ele estava. Meus olhos foram atraídos para lá, para a frente do falso pub irlandês onde de fato ele estava, braços cruzados, usando calças verdes de um tom não militar, camiseta branca com a imagem do Goo do Sonic Youth, jaqueta jeans e tênis Puma marrom-escuros. Ele ainda não tinha me visto. Olhei para o seu rosto, que eu conhecia melhor do que o resto. Maçãs do rosto salientes, herdadas de papai, e a boca discretamente torta, mas o formato do seu rosto estava diferente e ao redor dos olhos ele estava mais parecido comigo e com mamãe.

Ele virou a cabeça e me viu. Eu estava prestes a sorrir, mas nesse instante meus lábios se contorceram e, com um ímpeto ao qual não pude resistir, as emoções anteriores afloraram novamente. Elas escaparam num soluço e eu comecei a chorar. Ensaiei levantar o braço em direção ao rosto, tornei a baixá-lo, sobreveio uma nova onda de emoções, meu rosto se contraiu outra vez. Jamais vou esquecer a expressão de Yngve naquele momento. Ele não acreditava no que via. Não havia censura no seu olhar, era como se simplesmente ele estivesse assistindo a uma coisa que era incapaz de compreender e que nem estava esperando, para a qual, portanto, estava totalmente despreparado.

"Oi", eu disse entre lágrimas.

"Oi", disse ele. "O carro está aqui perto. Já vamos?"

Eu assenti e o acompanhei pelas escadas, através do saguão de entrada e até o estacionamento. Não sei se minha mente ficou mais leve por causa do ar rascante do oeste de Vestland, sempre presente não importa a temperatura e que pude sentir particularmente quando pusemos os pés no pátio coberto por um teto alto, ou se foi por causa da amplidão da paisagem que nos cercava, não tenho certeza, mas eu já estava recomposto quando chegamos ao carro, e Yngve, agora de óculos escuros, se inclinou para enfiar a chave na fechadura da porta do motorista.

"Só trouxe isso de bagagem?", ele perguntou, aproximando-se da minha mala.

"Ah, merda", eu disse. "Espere aqui. Vou correndo pegar a outra."

* * *

Yngve e Kari Anne moravam em Storhaug, subúrbio de Stavanger, numa casa no alto de uma colina, atrás da qual de um lado havia uma rua e do outro uma floresta que se estendia até o fiorde distante algumas centenas de metros. Havia diversos loteamentos por perto, e num deles morava Asbjørn, um velho amigo de Yngve com quem ele acabara de abrir uma empresa de design gráfico. O escritório ficava no sótão, já mobiliado com o equipamento que eles haviam comprado e estavam aprendendo a usar. Nenhum dos dois era exatamente do ramo, não sabiam muito mais do que estudaram no curso de comunicação na Universidade de Bergen, nem tinham nenhum cliente importante. Mas agora estavam ali sentados, cada um atrás de um potente Mac, cuidando do pouco trabalho que havia. Um cartaz para o festival de Hundvåg, alguns folhetos e catálogos, era só, por enquanto. Eles tinham apostado todas as fichas naquilo, e eu podia entender o porquê da decisão de Yngve. Depois de concluir os estudos, ele trabalhara alguns anos como assessor cultural de Balestrand, e desde então não se abriram muitos caminhos. Mas era arriscado, só o que tinham a oferecer era o seu gosto pessoal, que, no entanto, era incontestável e se tornara bem sofisticado, após vinte anos de contato com diversas manifestações da cultura pop, de filmes e capas de disco até roupas e músicas, passando por revistas e catálogos, dos mais obscuros aos mais comerciais, sempre pronto a distinguir entre o que era bom e o que não era, não importava se antigo ou atual. Certa vez fomos até a casa de Asbjørn, eu me recordo, passamos três dias bebendo, Yngve pôs Pixies, então uma desconhecida banda americana, para tocar, e Asbjørn ficou deitado no sofá se acabando de rir porque achou bom demais o som que ouvíamos. Isso é bom demais!, gritava ele, por sobre a música no volume máximo. Ha-ha-ha! Ha-ha-ha! É bom demais! Quando fui para Bergen aos dezenove anos, ele e Yngve foram ao meu alojamento logo nos primeiros dias, e nem a foto de John Lennon, pendurado sobre a minha escrivaninha, nem o pôster de um milharal, com a pequena área gramada cintilando com uma intensidade milagrosa em primeiro plano, nem o pôster de A *missão*, com Jeremy Irons, passaram pelo crivo deles. Sem chance. A foto de Lennon era uma lembrança do meu último ano de colégio, quando, com três colegas, eu discutia literatura e política, ouvia música, assistia a filmes e bebia vinho, reverenciava a interioridade e mantinha distância da exterioridade, eis por que o apóstolo da sinceridade apaixonada, Lennon, estava pendurado na minha parede, embora eu, desde a infância, sempre tivesse preferido o sentimentalismo de McCartney. Mas lá os Beatles *não* eram um ícone, sob *nenhuma* hipótese, e não demorou muito para a foto de Lennon ser recolhida. Porém, o senso crítico deles não valia apenas para a cultura pop. Foi Asbjørn quem me apresentou a Thomas Bernhard, ele lera *Beton* na série Vita da editora Gyldendal, onde foi publicado dez anos antes de todos os *literati* da Noruega começarem a falar dele, enquanto eu, eu me lembro, não conseguia entender o fascínio que aquele austríaco exercia sobre Asbjørn, e só dez anos mais tarde, juntamente com o restante dos noruegueses letrados, é que eu descobria sua grandeza. Asbjørn tinha faro, seu maior talento, aliás, jamais conheci ninguém com um gosto tão refinado, mas que serventia tinha isso, além de ele ser o centro em torno do qual orbitavam alguns estudantes locais? A essência do faro é julgar, e, para julgar, é preciso estar de fora, e não é aí que mora a criatividade. Yngve era muito mais ligado às coisas, tocava guitarra numa banda, escrevia suas próprias letras e ouvia música com isso em mente, além do mais tinha um lado analítico, acadêmico, que Asbjørn não tinha, ou ao menos não demonstrara até então. O design gráfico era, em vários aspectos, perfeito para ambos.

Meu romance foi aceito pela editora mais ou menos na mesma época em que eles abriram a empresa, e não havia chance de não serem eles a criar a capa do livro e assim pôr um pé no mundo da edição. Evidentemente a editora não via as coisas dessa forma. O editor, Geir Gulliksen, disse que iriam contratar uma agência de design e me perguntou se eu tinha alguma sugestão para a capa. Eu disse que queria que meu irmão a fizesse.

"Seu irmão? Ele é designer gráfico?"

"Bem, ele acabou de começar. Abriu uma empresa com um velho amigo em Stavanger. Eles são bons. Eu garanto."

"Vamos fazer assim", disse Geir Gulliksen. "Eles fazem uma proposta e nós avaliamos. Se for boa, o.k., sem problema."

E foi justamente isso que aconteceu. Fui visitá-los em junho, levei um livro sobre viagem espacial dos anos 1950, que fora de papai e estava repleto de ilustrações no estilo futurístico cheio de otimismo daquela década. Também havia imaginado um tom de creme que vira na capa do livro *O mundo de ontem*, de Stefan Zweig. Além disso Yngve topara com duas imagens de balões dirigíveis que achei que tinham a ver com o livro. Então, sentados nas cadeiras em seu escritório recém-inaugurado no sótão, com o sol ardendo lá fora, eles desenvolveram a proposta, enquanto eu, recostado numa poltrona lá atrás, acompanhava o trabalho. À noite tomávamos cerveja e assistíamos à Copa do Mundo de Futebol. Eu estava contente e otimista, pois tinha a forte sensação de que um ciclo se fechava e um novo estava começando. Tonje concluíra seu curso de graduação e conseguira um emprego na NRK, a rede pública de rádio e TV da Noruega, em Hordaland, eu estava estreando como romancista, nós tínhamos acabado de nos mudar para o primeiro apartamento realmente nosso em Bergen, cidade onde nos conhecêramos. Yngve e Asbjørn, com os quais eu passara todo o período de estudos na universidade, haviam aberto um negócio próprio e seu primeiro trabalho efetivo era a capa do meu livro. Eram tantas as possibilidades, tudo estava indo bem, provavelmente pela primeira vez na minha vida.

O resultado dos dias de trabalho foi ótimo, tínhamos seis ou sete sugestões muito boas, estávamos satisfeitos, mas eles queriam testar algo diferente, e Asbjørn surgiu com um pacote de revistas de fotografia americanas. Ele me mostrou algumas fotos de Jock Sturges, era um trabalho singular, eu nunca vira nada parecido, e escolhemos uma, a de uma garota de pernas compridas, de doze anos, talvez treze, nua, de costas, olhando para um lago. Era belo mas também carregado de significado, puro mas também ameaçador, e de uma qualidade quase icônica. Em outra revista havia um anúncio com o texto em letras brancas sobre duas faixas, ou boxes, azuis, eles decidiram copiar a ideia, mas em vermelho, e meia hora depois Yngve tinha a capa pronta. Os editores receberam cinco propostas diferentes, mas ficaram em dúvida, a da foto de Sturges era a melhor, e o livro, previsto para dali a alguns meses, saiu com a foto da garota na capa. Era pedir para se meter em problemas: Sturges era um fotógrafo controverso, sua casa fora vasculhada por agentes do FBI, eu havia lido, e uma busca com seu nome na internet sempre o associava a sites de pornografia infantil. Ainda assim, eu jamais vira outro fotógrafo reproduzir o rico universo da infância de modo tão impressionante, nem mesmo Sally Mann. Portanto, fiquei feliz com o resultado. Claro, também porque foram Yngve e Asbjørn que fizeram o trabalho.

No carro, voltando de Sola naquela estranha tarde de sexta-feira, não falamos muito. Conversamos um pouco sobre os detalhes práticos que nos esperavam, o funeral em si, cerimônia com que nem Yngve nem eu estávamos familiarizados. O sol na linha do horizonte fazia brilhar os telhados das casas por onde passávamos. O céu era alto ali, a paisagem era plana e verde, e todo aquele espaço me deu uma sensação de desolação que nem mesmo o maior aglomerado humano poderia desfazer. Vimos poucas pessoas: esperando um ônibus para a cidade debaixo de um abrigo, andando de bicicleta pela estrada com a cabeça inclinada sobre o guidão, dirigindo um trator num campo, saindo de um posto de gasolina com um cachorro-quente numa das mãos e uma garrafa de coca na outra. A cidade também estava deserta, as ruas estavam vazias, o dia estava no fim e a noite ainda não havia começado.

Yngve pôs Björk para tocar. A quantidade de lojas e escritórios escasseava, e aumentava o número de residências. Pequenos jardins, sebes, árvores frutíferas, crianças andando de bicicleta, crianças pulando corda.

"Não sei por que comecei a chorar lá", eu disse. "Mas alguma coisa me tocou quando te vi. De repente me dei conta de que ele tinha morrido."

"É...", disse Yngve. "Eu ainda não sei se já me dei conta."

Ele reduziu ao fazermos a curva e subirmos o último trecho em aclive. Havia um parque infantil à direita, duas garotas estavam sentadas num banco, com cartas nas mãos, parecia. Mais adiante, do outro lado da rua, vi o jardim da casa de Yngve. Não havia ninguém ali, mas a porta de correr da sala estava aberta.

"Chegamos", disse Yngve, entrando lentamente na garagem.

"Vou deixar a mala aqui", eu disse. "Vamos viajar amanhã, mesmo."

A porta da frente se abriu e Kari Anne surgiu com Torje no colo. Ylva estava do seu lado, segurando sua perna e me observando enquanto eu fechava a porta do carro e caminhava até elas. Kari Anne lhe afagou a bochecha e tocou no meu braço, eu a abracei e fiz um carinho na cabeça de Ylva.

"Lamento muito pelo seu pai", ela disse. "Meus pêsames."

"Obrigado", respondi. "Mas não foi exatamente uma surpresa."

Yngve fechou o porta-malas e veio até nós com uma sacola de plástico em cada mão. Ele devia ter feito compras a caminho do aeroporto.

"Vamos entrar?", sugeriu Kari Anne.

Eu assenti e a acompanhei até a sala.

"Hum, que cheiro bom", eu disse.

"É o de sempre", ela disse. "Espaguete com presunto e brócolis."

Ainda com Torje num dos braços, ela pegou uma panela no fogão, desligou-o, abaixou-se e tirou um escorredor do armário, enquanto Yngve entrou, pôs as sacolas no chão e começou a retirar as compras dali. Ylva, que vestia apenas uma fralda, estava no meio da cozinha, olhando alternadamente para os pais e para mim. Então ela correu até uma cama de brinquedo que estava perto da estante, apanhou uma boneca e veio na minha direção com o braço esticado.

"Que boneca bonita a sua", eu disse, ajoelhando na sua frente. "Deixa eu ver?"

Ela agarrou a boneca com uma expressão determinada e virou o rosto.

"Mostre a boneca para Karl Ove, meu bem", disse Kari Anne.

Eu me levantei.

"Vou lá fora fumar, tudo bem?", disse.

"Eu também", disse Yngve. "Vou só terminar aqui."

Saí pela porta da varanda, fechei-a e sentei numa das três cadeiras de plástico branco que havia lá fora no piso de lajotas. Havia brinquedos espalhados por todo o gramado. Ao fundo, próximo à sebe, havia uma piscina de plástico redonda cheia de água onde flutuavam grama e insetos. Dois tacos de golfe estavam apoiados no muro, perto de duas raquetes de badminton e uma bola de futebol. Tirei o maço do bolso interno e acendi um cigarro, recostando-me. O sol tinha desaparecido atrás de uma nuvem, e a grama e as folhas verde-claras que minutos antes reluziam subitamente se tornaram acinzentadas e opacas, sem vida. No jardim vizinho ecoava o barulho ininterrupto de um cortador de grama manual que era empurrado de um lado para outro. Ouvia-se o ruído de pratos e talheres que vinha do interior da casa.

Ah, como era bom estar ali.

Em casa, no nosso apartamento, não havia distanciamento entre nós e a casa, se eu estivesse com problemas, isso se refletia no apartamento. Mas ali havia distanciamento, ali o ambiente não tinha nada a ver comigo nem com as minhas coisas, e era capaz de me proteger de qualquer problema.

A porta se abriu atrás de mim. Era Yngve. Segurava uma xícara de café.

"Tonje mandou um beijo", eu disse.

"Obrigado. Como ela está?"

"Bem. Começou a trabalhar segunda-feira. Emplacou uma matéria no noticiário da quarta. Um acidente fatal."

"Você mencionou", disse ele, sentando-se.

O que acontecera? Ele estava chateado?

Ficamos em silêncio por algum tempo. No céu, por sobre os prédios à nossa esquerda, passou um helicóptero. O ruído do motor era distante, quase abafado. As duas garotas do parque infantil vieram subindo a rua. Num dos jardins alguém gritou um nome. *Bjørnar*, ou algo assim.

Yngve tirou um cigarro do maço e acendeu.

"Agora está jogando golfe?", perguntei.

Ele assentiu.

"Você devia jogar. Iria se dar bem. É alto, jogou futebol, tem instinto competitivo. Quer tentar umas tacadas? Tenho umas bolas mais leves, de treino, em algum lugar por aí."

"Agora? Acho que não."

"Era brincadeira, Karl Ove."

"O quê, eu jogar golfe ou as tacadas agora?"

"As tacadas agora."

O vizinho, que estava bem ao lado da sebe que dividia os dois jardins, parou, aprumou-se e correu a mão sobre a calva suada. Na varanda, uma mulher de camiseta branca e short lia uma revista.

"Você sabe como está vovó?", perguntei.

"Não, não faço ideia. Mas foi ela quem o encontrou. Então é de imaginar que ela não esteja tão bem."

"Na sala, não foi?"

"Foi", disse ele, amassando o cigarro no cinzeiro e se levantando. "Bom, que tal entrarmos e comermos alguma coisa?"

Na manhã seguinte acordei com Ylva no corredor ao lado da escada, gritando. Apoiei-me nos cotovelos e ergui a persiana para ver que horas eram. Cinco e meia. Dei um suspiro e voltei a dormir. Estava num quarto cheio de caixas de mudança, roupas e várias outras coisas que ainda não haviam encontrado seu lugar na casa. Uma tábua de passar aberta encostada na parede, com um monte de roupas empilhadas em cima, ao lado um biombo oriental fechado e também encostado na parede. Dava para ouvir a voz de Yngve e Kari Anne lá fora, seguida por seus passos na velha escada de madeira. O rádio sendo ligado no andar de baixo. Tínhamos decidido sair mais ou menos às sete horas, para chegarmos a Kristiansand lá pelas onze, mas nada nos impedia de ir mais cedo, imaginei, levantando-me, vestindo calça e camiseta, inclinando-me para a frente enquanto passava a mão no cabelo e me olhava no espelho da parede. Nenhum vestígio das fortes emoções vividas na véspera, eu apenas parecia cansado. Então, de volta aonde parei. Pois a véspera tampouco deixara vestígios internos. Sentimentos são como água, sempre adquirem a forma do meio que os circunda. Nem mesmo o pior luto deixa vestígios, se é esmagador e dura muito tempo, não é porque os sentimentos congelaram, isso eles não conseguem fazer, mas porque não se mexem, como a água estagnada de um charco.

Merda, pensei. Era um dos meus tiques mentais. Puta que pariu. Eles invadiam minha mente a intervalos regulares, era impossível detê-los, mas por que eu deveria interrompê-los?, não faziam mal a ninguém. Ninguém diria, olhando para mim, que eu estava pensando aquilo. Foda-se, pensei, e abri a porta. Olhei diretamente para o quarto deles e baixei os olhos, havia coisas que eu não queria saber, abri o portãozinho de madeira e desci as escadas para a cozinha. Ylva estava no cadeirão dela, com uma fatia de pão na mão e um copo de leite diante de si, Yngve fritava ovos enquanto Kari Anne punha a mesa, indo até o armário e voltando. A luz da cafeteira estava acesa. As últimas gotas do filtro pingavam na jarra. A coifa zumbia, os ovos estalavam e borbulhavam na frigideira, o rádio matraqueava o jingle do noticiário sobre o trânsito.

"Bom dia", eu disse.

"Bom dia", respondeu Kari Anne.

"Oi", disse Yngve.

"Karl Ove", disse Ylva, apontando para a cadeira na sua frente.

"É para eu sentar aqui?", perguntei.

Ela fez que sim, balançando várias vezes a cabeça, e eu puxei a cadeira e sentei. Era mais parecida com Yngve, tinha o nariz e os olhos dele, e também muitas das suas expressões. Seu corpo ainda era como o de um bebê, macio e arredondado, sobretudo as juntas e os membros, então quando ela franzia a testa e os olhos assumiam a expressão inteligente característica de Yngve, era difícil não sorrir. Aquilo não a fazia parecer mais velha, mas fazia com que ele parecesse mais jovem: de repente se percebia que uma das expressões típicas dele não estava associada à experiência, à maturidade ou ao conhecimento do mundo, mas devia estar ali, habitando sua face, desde que ele nascera, no começo dos anos 1960.

Yngve enfiou a espátula sob os ovos e os colocou, um após o outro, numa travessa larga, que pôs na mesa, ao lado da cesta de pães, depois pegou a jarra de café e encheu as três xícaras. Eu geralmente tomava chá pela manhã, desde que tinha catorze anos, mas não tive coragem de contar, peguei uma fatia de pão e a cobri com um ovo, usando a espátula que Yngve deixara apoiada na travessa.

Procurei o saleiro na mesa. Mas não vi saleiro nenhum.

"Tem sal?", perguntei.

"Aqui", disse Kari Anne, estendendo-me o saleiro por sobre a mesa.

"Obrigado", eu disse, tirando a tampinha do frasco e vendo os minúsculos grãos afundar na gema amarela, perfurando levemente a superfície, enquanto a manteiga derretia e penetrava no pão.

"Cadê o Torje?", indaguei.

"Dormindo lá em cima", disse Kari Anne.

Mordi um naco do pão. A parte de baixo da clara estava quase crocante, pedaços grandes marrom-escuros estalavam entre a língua e o palato conforme eu mastigava.

"Ele ainda dorme bastante?", perguntei.

"Bem... dezesseis horas por dia, talvez? Não sei. O que você acha?"

Ela se voltou para Yngve.

"Não faço ideia", disse ele.

Dei uma mordida na gema, que escorreu morna e amarela pela minha boca. Tomei um gole de café.

"Ele ficou muito assustado na hora do gol", eu disse.

Kari Anne sorriu. Tínhamos assistido à segunda partida da Noruega na Copa do Mundo lá, e Torje estava dormindo no carrinho na outra ponta da sala. De repente um choro agudo irrompeu depois que gritamos para comemorar o gol.

"Que vergonha aquele jogo contra a Itália, aliás", disse Yngve. "Já falamos sobre isso?"

"Não", respondi. "Mas eles sabiam o que estavam fazendo. Era só a Noruega ter a posse de bola que o time se desmontava."

"Eles devem ter ficado enlouquecidos depois do jogo contra o Brasil."

"Também fiquei. Cobrança de pênaltis é a pior coisa que existe. Nem sei como eu consegui assistir."

Esse jogo eu vira em Molde, com o pai de Tonje. Assim que terminou, liguei para Yngve. Estávamos os dois quase chorando. Por trás da nossa voz embargada, uma infância inteira torcendo por uma seleção que jamais tinha sentido o gosto da vitória. Depois do jogo, Tonje e eu fomos para o centro da cidade, que estava apinhado de carros buzinando e gente agitando bandeiras. Desconhecidos se abraçavam, ouviam-se gritos e cantoria em toda parte, pessoas corriam excitadas, a Noruega derrotara o Brasil numa partida decisiva da Copa do Mundo e ninguém sabia até onde aquele time seria capaz de ir. Até a final, talvez?

Ylva desceu escorregando do cadeirão e me pegou pela mão.

"Vem", ela chamou.

"Karl Ove precisa comer primeiro", disse Yngve. "Depois, Ylva!"

"Não, tudo bem", eu disse, indo atrás dela, que me arrastou para o sofá, pegou um livro em cima da mesa e sentou ao meu lado. Suas perninhas nem chegavam na beira do sofá.

"Quer que eu leia?", perguntei.

Ela assentiu. Eu sentei ao seu lado e abri o livro. Era sobre uma lagarta que comia tudo que encontrava. Quando terminei a leitura, ela engatinhou para a frente e pegou outro livro na mesa. Este era sobre um rato chamado Fredrik, que, ao contrário dos outros ratos, não guardava comida no verão, mas preferia passar os dias sonhando acordado. Diziam que ele era preguiçoso, porém, quando veio o inverno e tudo ficou branco e frio, foi ele que deu cor e luz à existência de todos. Era isso que ele estava guardando, e era isso que precisavam agora, cor e luz.

Ylva estava apoiada em mim e observava as páginas com extrema concentração, às vezes apontando para alguma coisa e perguntando qual era o nome daquilo. Era maravilhoso estar ali com ela, mas também um pouco chato. Queria ir para a varanda, sozinho, com uma xícara de café e um cigarro.

Na última página Fredrik surgia como um herói salvador.

"Que bacana. Maravilhoso!", eu disse a Yngve e Kari Anne, quando acabei de ler.

"Nós tínhamos esse livro quando éramos pequenos", disse Yngve. "Não lembra?"

"Vagamente", menti. "Era esse o nosso?"

"Não, mamãe ficou com ele."

Ylva já estava se dirigindo à pilha de livros novamente. Eu me levantei e peguei minha xícara de café na mesa da cozinha.

"Está satisfeito?", perguntou Kari Anne, indo pôr seu prato na lava-louça.

"Sim, obrigado", eu disse. "Belo café da manhã."

Olhei para Yngve.

"Quando pegamos a estrada?"

"Vou só tomar um banho. E pôr umas coisas na mala. Daqui a meia hora, pode ser?"

"O.k.", eu disse. Ylva se conformara com o fato de que a hora da leitura tinha terminado por hoje e fora até o hall, onde ficou sentada, calçando meus sapatos. Abri a porta de correr da varanda e saí. O tempo estava nublado e ameno. As cadeiras estavam cobertas com gotas de orvalho, que limpei com a mão antes de sentar. Normalmente não me levantaria tão cedo, minhas manhãs começavam às onze, meio-dia ou uma hora, e tudo que eu estava sentindo agora lembrava as manhãs de verão da minha infância, quando costumava ir de bicicleta fazer um bico de jardineiro às seis e meia. O céu estava na maioria das vezes nublado, o caminho, ermo e cinzento, o vento que batia no meu rosto, gélido, e era impensável que viesse a fazer tanto calor mais tarde, quando estivéssemos ali agachados, e que eu aproveitasse a pausa do almoço para um rápido mergulho no lago Gjerstad antes de voltar ao trabalho.

Dei um gole no café e acendi um cigarro. Não que eu apreciasse o gosto do café ou a sensação da fumaça penetrando nos pulmões, eu mal conseguia distingui-los, era mais uma questão de hábito, de fazer por fazer.

Como eu detestava o cheiro do cigarro quando era criança! Viagens no banco detrás de um carro abafado com os pais fumando na frente. A fumaça que de manhã escapava da cozinha e se infiltrava pelas frestas da porta do meu quarto, antes de eu me acostumar a ela, até preencher minhas narinas e eu espirrar, o desprazer diário que era isso, até que eu finalmente comecei a fumar e fiquei imune àquele odor.

Exceção foi o período em que papai decidiu fumar cachimbo.

Quando teria sido, mesmo?

Todo o trabalho de tirar o tabaco velho queimado, limpar o cachimbo com aqueles limpadores flexíveis brancos, socar o tabaco fresco e ficar ali baforando, fósforo aceso rente ao bojo, uma baforada, outro fósforo, outra baforada e mais outra, para depois se recostar na cadeira, cruzar as pernas e fumar. Estranhamente eu associava isso à sua fase de vida ao ar livre. Suéteres tricotados, anoraque, botas, barba, cachimbo. Longas caminhadas pelo campo para apanhar frutos para o inverno, viagens esporádicas às montanhas em busca de amoras-brancas silvestres, as bagas mais perfeitas, porém com mais frequência entrávamos nas florestas longe das rodovias, deixávamos o carro no acostamento e saíamos, cada um com um rastelo numa das mãos e um balde na outra, penteando o campo atrás de mirtilos e arandos. Descansos em clareiras à margem dos rios ou em platôs com vista para a paisagem. Às vezes num rochedo perto de um rio, às vezes numa tora num bosque de pinheiros. Pisando no freio quando avistávamos arbustos de framboesas à margem da estrada. Ao ar livre com baldes na mão, assim era a Noruega da década de 1970, famílias ficavam à beira da estrada apanhando framboesas no fim de semana, com enormes geladeiras retangulares de plástico cheias de comida no porta-malas. Também nessa época ele saía para pescar no extremo da ilha, sozinho depois da aula ou conosco no fim de semana, tentando pegar o grande bacalhau que no inverno se encontrava naquelas águas. Em 1974, 1975. Embora meus pais não tivessem tido nada a ver com o movimento de 1968, afinal tiveram filhos aos vinte anos de idade e desde então precisaram trabalhar, e muito embora ideologia fosse um conceito estranho ao meu pai, ele não era imune ao espírito do seu tempo, que estava presente também dentro dele, e, quando era visto sentado ali com seu cachimbo na mão, de barba e às vezes até com o cabelo comprido, ou ao menos por cortar, vestindo um suéter tricotado e calças jeans desbotadas, com os olhos claros sorridentes, não era difícil tomá-lo por um daqueles paizões que começavam a surgir e se afirmar naquela época, aqueles que não eram avessos a empurrar o carrinho, trocar fraldas e sentar no chão para brincar com os filhos. No entanto, nada podia estar mais longe da verdade. A única coisa que meu pai tinha em comum com eles era o cachimbo.

Ah, papai, e agora você morreu?

Da janela aberta no andar de cima veio o som de um choro. Estiquei o pescoço. Kari Anne estava na cozinha, acabando de esvaziar a lava-louça, pôs dois copos na mesa e subiu as escadas apressada. Ylva, que empurrava um carrinho de boneca, foi atrás dela. Segundos depois ouvi pela janela a voz reconfortante de Kari Anne, e o choro cessou. Levantei-me, abri a porta e entrei na casa. Ylva estava no portão diante das escadas, olhando para cima. Ouvia-se o barulho da água no encanamento na parede.

"Quer sentar nos meus ombros?", perguntei.

"Quero", ela respondeu.

Agachei-me para erguê-la, segurei firme as suas perninhas, e fui e voltei algumas vezes da cozinha para a sala, relinchando como um cavalo. Ela ria e, toda vez que eu parava e me inclinava como se fosse largá-la, ela gritava. Minutos depois, eu já queria parar de brincar, mas continuei mais um pouco, antes de me abaixar e colocá-la no chão.

"Mais!", ela pediu.

"Só mais uma vez", eu disse, olhando pela janela para a rua, onde um ônibus acabara de parar para apanhar um pequeno grupo de trabalhadores do condomínio.

"Agora!", ela ordenou.

Eu olhei para ela e sorri.

"O.k. Só mais uma vez, então", eu disse. De novo a pus nos ombros, corri para um lado e para outro, parei e fingi que ia largá-la no chão, relinchando. Felizmente Yngve desceu logo em seguida, o que tornou natural a interrupção da brincadeira.

"Está pronto?", perguntou.

Seu cabelo estava molhado e o rosto liso depois de barbeado. Na mão ele trazia a velha bolsa Adidas azul e vermelha que tinha desde a época da escola.

"Prontinho", respondi.

"Kari Anne está lá em cima?"

"Sim, Torje acordou."

"Vou só fumar um cigarro e aí nós vamos. Pode dar uma olhada em Ylva enquanto isso?"

Eu assenti. Por sorte ela parecia ter encontrado algo com que se ocupar, permitindo que eu afundasse no sofá e folheasse uma das revistas de música. Mas eu não estava a fim de me inteirar de resenhas de discos nem de ler entrevistas com bandas, então deixei a revista de lado e peguei a guitarra de Yngve do pedestal perto do sofá, em frente ao amplificador e às caixas de LP. Era uma Fender Telecaster preta, relativamente nova, enquanto o amplificador era um antigo Music Man. Além disso, Yngve tinha uma guitarra Hagström, mas estava no escritório. Dedilhei alguns acordes sem pensar, era a abertura de "Space Oddity", de Bowie, e comecei a cantar baixinho para mim mesmo. Eu não tinha mais guitarra, depois de todos aqueles anos não fora além do básico, que um adolescente de catorze anos de talento mediano não levaria mais de um mês para dominar. Mas a bateria, que eu comprara por uma fortuna cinco anos antes, essa, sim, eu guardara no sótão e, quando voltássemos para Bergen, talvez ela tivesse algum uso novamente.

Aqui deveria ser capaz de tocar a trilha de Píppi Meialonga, pensei.

Pus a guitarra de volta no lugar e peguei novamente a revista de música, enquanto Kari Anne descia as escadas com Torje no colo. Ele ria de orelha a orelha. Levantei-me, fui até onde estavam, me inclinei e disse *bu!* para ele, uma atitude absolutamente incomum da minha parte, me senti um idiota, mas isso não teve a menor importância para Torje, que soluçou de tanto rir e, quando parou, olhou para mim esperando que eu fizesse aquilo de novo.

"Bu!", eu disse.

"Hi-hi-hi!", fez ele.

Nem todos os rituais envolvem cerimônias, nem todos os rituais são claramente definidos, existem aqueles que tomam forma no meio da vida cotidiana, e podem ser reconhecidos pelo peso e pela carga simbólica que emprestam a um evento que, de outro modo, seria trivial. Quando pus os pés fora de casa naquela manhã e acompanhei Yngve até o carro, por um instante foi como se entrasse numa história maior que a minha. Os filhos voltando ao lar para enterrar o pai, essa era a história em que subitamente eu me encontrava, ali, diante da porta do lado do passageiro, esperando Yngve abrir o porta-malas e guardar sua bolsa, com Kari Anne, Ylva e Torje nos observando da porta da frente. O céu estava branco acinzentado, a temperatura era amena, tudo estava calmo. O barulho do porta-malas sendo fechado reverberou no muro da casa defronte, produzindo um som límpido e claro, quase inoportuno. Yngve abriu a porta e entrou no carro, inclinou-se e destravou a minha. Acenei para Kari Anne e para as crianças antes de sentar e fechar a porta. Eles acenaram de volta. Yngve deu a partida, estendeu o braço por trás do encosto do meu banco e engatou a ré, virando à direita. Então ele também acenou e começamos a descer a colina. Eu me recostei no banco.

"Está cansado?", perguntou Yngve. "Pode dormir, se quiser."

"Mesmo?"

"Claro. Se eu puder pôr uma musiquinha..."

Eu assenti e fechei os olhos. Ouvi-o pressionar o aparelho de CD, tentando encontrar um CD no compartimento estreito sob o painel. O discreto zumbido do motor do carro. E então o disco sendo inserido e, logo depois, a abertura, uma levada folk de um bandolim.

"Que é isso?", perguntei.

"Sixteen Horsepower. Gosta?"

"Parece bom", eu disse, tornando a fechar os olhos. A sensação da grande história havia passado. Não éramos dois filhos, éramos Yngve e Karl Ove, não estávamos indo para casa, mas para Kristiansand, não era um pai que iríamos enterrar, mas papai.

Eu não estava cansado nem dormi, mas era confortável manter os olhos fechados, mais porque podia ficar sossegado. Quando éramos pequenos, eu conversava com Yngve sobre tudo e não tinha segredos para ele, mas em algum momento, talvez quando comecei o ensino médio, isso mudou: desde então me tornei extremamente consciente de quem ele era e de quem eu era e toda aquela espontaneidade desapareceu, cada frase que eu dizia era pensada de antemão ou analisada posteriormente, ou as duas coisas na maioria das vezes, exceto quando eu bebia, só então voltava a ter a velha liberdade. Com exceção de Tonje ou da minha mãe, era assim que eu agia com todo mundo: não conseguia mais apenas sentar e conversar com as pessoas, minha consciência da situação era por demais aguda, e isso me levava a olhá-la de fora. Eu não sabia se com Yngve a coisa também era assim, mas achava que não, não parecia quando o via com outras pessoas. Eu não sabia nem se ele sabia que comigo era assim, mas algo me dizia que sabia. Com frequência eu me sentia falso ou dissimulado, já que nunca baixava a guarda, estava sempre calculando e avaliando a situação. Isso já não me incomodava, havia se tornado a minha vida, mas agora, no início de uma longa viagem de carro, agora que papai morrera, senti vontade de fugir de mim mesmo ou ao menos daquela parte de mim que me controlava constantemente.

Merda.

Endireitei-me e dei uma olhada nos CDs. Massive Attack, Portishead, Blur, Leftfield, Bowie, Supergrass, Mercury Rev, Queen.

Queen?

Ele sempre gostara, desde pequeno, sempre fora fiel a eles e estava pronto para defendê-los a qualquer momento. Lembro-me dele no seu quarto, copiando um solo de Brian May nota por nota na sua guitarra nova, imitação de uma Les Paul preta, comprada com o dinheiro do presente de crisma, e do fanzine do Queen que recebia pelo correio. Ele ainda tinha esperança de que o mundo caísse em si e desse ao Queen o reconhecimento que lhe era devido.

Eu sorri.

Quando Freddie Mercury morreu, a revelação chocante não foi a de que ele era gay, mas a de que era indiano.

Quem poderia imaginar?

As construções começaram a ficar esparsas. O tráfego na pista oposta se tornara mais intenso com a proximidade da hora do rush, mas estava diminuindo agora que passávamos pelas áreas desabitadas entre uma cidade e outra. Cruzamos grandes milharais amarelados, vastos morangais, terrenos de pasto verdejante, campos recém-arados de terra marrom-escura, quase preta. Aqui e ali, bosques, povoados, um rio, um lago. E então a paisagem mudou totalmente, transformando-se num planalto desprovido de árvores e não cultivado. Yngve parou num posto de gasolina, encheu o tanque, enfiou a cabeça pela janela e perguntou se eu queria alguma coisa, eu fiz que não, mas mesmo assim ele me trouxe uma garrafa de Coca e um chocolate Bounty.

"Quer fumar?", perguntou.

Eu assenti e desci do carro. Caminhamos até um banco no fim do estacionamento. Ali atrás passava um córrego e mais adiante havia uma ponte. Uma motocicleta passou pela pista, depois uma carreta, em seguida outra.

"O que mamãe disse, exatamente?", perguntei.

"Não muito", disse Yngve. "Ela sempre precisa de tempo para elaborar as coisas. Mas ficou triste. Por nossa causa, imagino."

"O enterro de Borghild é hoje."

"Eu sei."

Uma carreta vindo do oeste parou no posto, dela saltou um homem de meia-idade que arrumou o cabelo desgrenhado enquanto se dirigia à entrada.

"A última vez que vi papai, ele me disse que estava pensando em virar caminhoneiro", eu disse, e sorri.

"É?", espantou-se Yngve. "Quando foi isso?"

"No inverno, há uns seis meses. Quando eu estava em Kristiansand, escrevendo."

Girei a tampa da garrafa e tomei um gole.

"Quando foi a última vez que você o viu?", perguntei, enxugando a boca com as costas da mão.

Yngve admirava a paisagem do outro lado da pista enquanto dava as últimas tragadas no cigarro.

"Deve ter sido na crisma do Egil. Maio do ano passado. Mas você também não estava lá?"

"Merda, é mesmo. Foi essa a última vez. Ou não?" De repente eu já não tinha certeza.

Yngve tirou o pé de cima do banco, tampou a garrafa e começou a caminhar na direção do carro, enquanto o motorista da carreta saía pela porta com um jornal numa das mãos e um cachorro-quente na outra. Joguei o cigarro no asfalto e o segui. Quando cheguei ao carro, o motor já estava ligado.

"Pronto", disse Yngve. "Faltam duas horas, quase isso. Podemos comer quando chegarmos, que tal?"

"Claro", eu disse.

"Quer ouvir alguma coisa em especial?"

Ele parou o carro no acostamento, olhou algumas vezes para um lado e para o outro antes de voltarmos à rodovia e ganharmos velocidade.

"Não. Pode escolher."

Ele escolheu Supergrass. Eu tinha comprado aquele CD em Barcelona, aonde fora com Tonje, que assistiria a uma espécie de seminário sobre rádios locais europeias, e nós os vimos tocar ao vivo, e desde então não parara de ouvir aquele CD, junto com alguns outros, enquanto escrevia o romance. A atmosfera daquele ano imediatamente tomou conta de mim. Então aquilo já se tornara uma lembrança, pensei, surpreso. Assim como o tempo em que eu escrevia vinte e quatro horas por dia, em Volda, enquanto Tonje ficava à toa.

Nunca mais, ela dissera depois, na nossa primeira noite no apartamento novo em Bergen, de onde seguiríamos em férias para a Turquia no dia seguinte. Vou te deixar.

"Eu o vi uma vez depois disso", lembrou Yngve. "No verão do ano passado, quando estive em Kristiansand com Bendik e Atle. Estava sentado num banco em frente a um quiosque em Rundingen, sabe, quando nós passamos de carro. Parecia um delinquente, Bendik disse. E ele tinha toda a razão."

"Coitado do papai", eu disse.

Yngve olhou para mim.

"Se tem alguém de quem você não deveria sentir pena, esse alguém é ele."

"Eu sei. Mas você entendeu o que eu quis dizer."

Ele não respondeu. O silêncio inicialmente carregado de tensão se transformou em silêncio apenas. Fiquei observando a paisagem, que ali, tão perto do mar, era erma e açoitada pelo vento. Um ou outro celeiro pintado de vermelho, uma ou outra casa de fazenda pintada de branco, um ou outro trator rebocando uma colheitadeira pelo campo. Um carro velho sem uma roda jogado num terreno, uma bola amarela murcha debaixo de uma sebe, ovelhas pastando numa encosta, um trem percorrendo lentamente seu caminho colina acima sobre o trilho distante algumas centenas de metros da pista.

Eu sempre suspeitara que tínhamos uma relação diferente com papai. As diferenças não eram grandes, mas talvez significativas. Eu não sabia. Uma época papai tentou se aproximar de mim, lembro muito bem, foi no ano em que mamãe fez um curso de extensão em Oslo e estagiou em Modum, e nós ficamos em casa com ele. Foi como se ele tivesse desistido de Yngve, que tinha catorze anos, mas ainda nutrisse esperança de estabelecer uma boa relação comigo. Em todo caso, eu tinha que ficar com ele na cozinha toda tarde e lhe fazer companhia enquanto ele preparava a comida. Eu sentava na cadeira, ele ficava no fogão me fazendo todo tipo de pergunta. O que o professor tinha dito, o que havíamos aprendido na aula de inglês, o que eu iria fazer depois da refeição, se eu sabia que times iriam jogar no fim de semana. Eu respondia sucintamente e me contorcia na cadeira. Aquele foi também o inverno em que ele me levou para esquiar. Yngve podia fazer o que quisesse, desde que dissesse aonde iria e estivesse de volta às nove e meia, e eu o invejava por isso. No entanto, esse período se estendeu além do ano em que mamãe esteve fora, pois no outono seguinte papai me levava para pescar de manhã antes da aula, acordávamos às seis, a escuridão se assemelhava à do fundo de um poço e fazia frio, particularmente na orla. Eu congelava e queria ir para casa, mas estava com papai, não adiantava reclamar, não adiantava dizer nada, era preciso resistir. Duas horas depois estávamos de volta, em cima da hora de pegar o ônibus escolar. Eu odiava aquilo, morria de frio sempre, o mar estava um gelo, e minha tarefa era lançar ao mar a rede com boias enquanto ele manobrava o barco, e, se por acaso eu cometesse algum erro, ele me repreendia, eu acabava tendo que manusear com lágrimas nos olhos aquela merda de rede, enquanto ele acelerava e desacelerava e me olhava enfurecido na escuridão outonal na costa de Tromøya. Mas eu sei que ele fazia aquilo por minha causa, e que jamais fizera aquilo por Yngve.

Por outro lado, sei também que os primeiros quatro anos da vida de Yngve, quando eles moravam na rua Thereses em Oslo, e papai estudava na universidade e trabalhava como vigia noturno, e mamãe fazia o curso de enfermagem, enquanto Yngve ficava na escolinha, foram bons, talvez até felizes. Sei que papai estava feliz e amava Yngve. Quando eu nasci, nós nos mudamos para Tromøya, primeiramente para uma casa velha, que pertencera ao Exército, em Hove, numa floresta junto ao mar, e depois para a casa na zona residencial em Tybakken, e a única coisa que me contaram dessa época foi que eu caí da escada, tive hiperventilação e desmaiei, e mamãe correu comigo no colo até a casa do vizinho para chamar uma ambulância, enquanto meu rosto ia ficando cada vez mais roxo, e eu chorava tanto que no fim papai me colocou na banheira com água gelada para me fazer parar. Mamãe, que me contou o episódio, saiu em nossa defesa e lhe deu um ultimato: se ele fizesse aquilo outra vez, ela o abandonaria. Não aconteceu de novo e ela ficou.

Aquela tentativa de aproximação não significava que papai não me batesse, não gritasse furioso comigo ou não concebesse as formas mais eficientes de me castigar, mas significava que a imagem que eu fazia dele não era tão clara assim, como talvez fosse para Yngve. Ele odiava papai com uma intensidade maior, e isso era mais simples. Não sei como Yngve encarava a relação entre eles. A ideia de ter filhos um dia não me ocorria sem complicações, e, quando Yngve me contou que Kari Anne estava grávida, foi impossível imaginar que tipo de pai ele seria, se o legado de papai estava no nosso sangue ou se seria possível romper com ele, talvez até sem maiores problemas. Yngve se tornou uma espécie de cobaia para mim: se ele se saísse bem, eu também me sairia. E de fato ele se saiu bem, não havia nada de papai nas atitudes de Yngve com as crianças, tudo era muito diferente, e parecia estar integrado ao resto da sua vida. Ele jamais as rejeitava, sempre tinha tempo para elas quando iam procurá-lo ou quando era preciso, e nunca deixou que elas se aproximassem demais, no sentido de que nunca permitiu que servissem de compensação para algo que faltasse à sua pessoa ou à sua vida. Lidava com desenvoltura com as situações que Ylva criava, embirrando, esperneando, gritando e se recusando a se vestir. Tinha ficado em casa com ela por seis meses, e a proximidade entre os dois ainda saltava aos olhos. Eu não conhecia outros exemplos além de Yngve e papai.

    A paisagem ao nosso redor voltou a se modificar. Agora atravessávamos florestas. Florestas do sul da Noruega, com rochas nuas dispersas entre as árvores, elevações cobertas de abetos e carvalhos, bétulas e álamos, um ou outro charco escuro e de repente prados, terras planas repletas de pinheiros. Quando criança, eu costumava imaginar o mar avançando e inundando a floresta, de modo que as montanhas se transformavam em ilhas entre as quais era possível navegar e banhar-se. De todas as fantasias da minha infância essa era a mais fascinante, a ideia de que tudo poderia se cobrir de água me encantava, a ideia de que seria possível *nadar* onde quer que fosse, *nadar* sobre os abrigos de ônibus e os telhados das casas, talvez mergulhar e escorregar por uma porta, escada acima, numa sala. Ou talvez apenas atravessar uma floresta, com suas colinas, rochedos, despenhadeiros e árvores ancestrais. Num determinado momento da infância minha brincadeira mais empolgante era construir diques nos riachos, observar a água vazar e inundar o pântano, as raízes, a grama, as rochas, o caminho de terra batida na margem. Tinha um poder hipnótico. Para não mencionar o porão de uma casa em construção que encontramos, cheio de uma água escura e reluzente, por onde velejamos em duas caixas de isopor, quando tínhamos talvez cinco anos. Hipnótico. O mesmo valia para o inverno, quando patinávamos pelos riachos congelados nos quais grama, gravetos, ramos e pequenas plantas estavam eretos debaixo do gelo translúcido sob nossos pés.

    Em que consistia aquele grande fascínio? E o que havia sido feito dele?

    Outra fantasia que eu tinha naquela época era que duas enormes lâminas serrilhadas se projetariam dos lados do carro e, por onde passássemos, cortariam tudo ao meio. Árvores e postes, casas e cabanas, mas também pessoas e animais. Se houvesse alguém esperando um ônibus, seria cortado ao meio, a parte superior cairia mais ou menos como uma árvore abatida, deixando em pé o corpo ensanguentado da cintura para baixo.

Eu ainda conseguia identificar aquela sensação.

"Ali embaixo é Søgne", disse Yngve. "Sempre ouvi falar desse lugar mas nunca estive lá. Você conhece?"

Balancei a cabeça.

"Umas meninas da escola eram de lá. Mas eu mesmo não conheço."

Faltavam poucos quilômetros para chegarmos.

Logo depois a paisagem começou a ganhar contornos cada vez mais familiares, até que aquilo que eu via pela janela se fundisse com as imagens que eu tinha na lembrança. Era como se avançássemos numa jornada pela memória, passando por uma espécie de cenário da minha juventude. Entrando na periferia, Vågsbygd, onde morava Hanne, a fábrica da Hennig Olsen, Falconbridge, escura e suja, cercada de montanhas sem vida, e depois o mar de Kristiansand à direita, com o terminal de ônibus, o terminal do ferry, o Caledonien, os silos na ilha de Odderøya. À esquerda, a região da cidade onde até pouco tempo antes vivera o tio de papai, antes que a demência senil o carregasse para um asilo qualquer.

"Vamos comer primeiro?", perguntou Yngve. "Ou vamos direto para a agência funerária?"

"Melhor ir logo até lá", eu disse.

"Sabe onde fica?"

"Em algum lugar da Elve."

"Então vamos ter que pegar a rua do começo. Sabe onde ela começa?"

"Não. Mas pode ir em frente. Vamos achar."

Paramos no semáforo vermelho de um cruzamento, Yngve se apoiou no volante e olhou em todas as direções. A luz ficou verde, ele pôs o carro em movimento e seguiu lentamente atrás de uma caminhonete cuja carroceria era coberta por uma lona cinza imunda, ainda olhando para os lados, a caminhonete aumentou a velocidade, e ele, ao se dar conta do espaço que se abrira, endireitou-se no banco e acelerou.

"Era lá embaixo", disse ele, apontando para a direita. "Agora o jeito é atravessar o túnel."

"Não tem importância", eu disse. "Pegamos pelo lado oposto."

Mas tinha importância, sim. Quando saímos do túnel e chegamos à ponte, o sobrado onde eu morara estava à minha direita, consegui avistá-lo, e distante apenas alguns metros, do outro lado do rio, longe da nossa vista, estava a casa da minha avó, onde, na véspera, papai tinha morrido.

Ele ainda se achava ali na cidade, seu corpo estava num porão qualquer, sob a responsabilidade de estranhos, enquanto nós estávamos num carro a caminho da agência funerária. Ele tinha crescido nas ruas que víamos ao redor e andara por elas até poucos dias antes. Ao mesmo tempo foram despertando minhas lembranças daquelas ruas, logo ali estava o colégio, ali estava a zona residencial que eu atravessava toda manhã e toda tarde, tão apaixonado que chegava a sentir dor, ali estava a casa onde eu ficara sozinho por tanto tempo.

Chorei, mas não muito, apenas algumas lágrimas rolaram pelo meu rosto. Yngve nem notou até olhar para mim. Eu fiz um gesto com a mão para que ele entendesse que não era nada, e fiquei contente ao me ouvir dizer: "Entre à esquerda ali".

Fomos até a rua Torridal, passamos pelos dois campos de várzea onde eu treinara com tanto afinco com o time dos seniores no inverno em que completei dezesseis anos, passamos por Kjøita e seguimos para o cruzamento da Øster, tomando o rumo da ponte, que atravessamos, e novamente viramos à direita na rua Elve.

"Qual era o número, mesmo?", indaguei.

Yngve corria os olhos pelos números das casas enquanto seguíamos devagar.

"É ali", disse ele. "Agora precisamos achar um lugar para estacionar."

Uma placa preta com letras douradas pendia da fachada da casa de madeira à esquerda. Gunnar tinha sugerido aquela agência a Yngve. Era a mesma a que recorreram quando vovô morreu e, pelo que eu sabia, a única cujos serviços a família havia utilizado. Na ocasião eu estava na África, visitando a mãe de Tonje e o marido, e só fui avisado da morte de vovô depois do funeral. Papai tinha se encarregado de me contar. Ele nunca contou. Mas durante o funeral disse que me dera a notícia e que eu respondera que não poderia vir. Eu gostaria de ter vindo, embora do ponto de vista prático fosse algo complicado, não era necessariamente impossível, e, mesmo que fosse impossível vir, eu gostaria de ter sido informado da sua morte quando ela ocorreu, e não três semanas depois, quando ele jazia sob a terra. Fiquei furioso. Mas o que poderia ter feito?

Yngve dobrou numa travessa e estacionou no meio-fio. Desafivelamos nossos cintos de segurança no mesmo instante, assim como no mesmo instante abrimos a porta do carro, entreolhando-nos com um sorriso. O ar estava ameno, porém mais úmido do que em Stavanger, o céu um pouco mais escuro. Yngve foi até o parquímetro e eu acendi um cigarro. Também não estive presente ao funeral da minha avó materna. Estava em Florença com Yngve. Pegamos um trem até lá e nos hospedamos numa *pensione* qualquer, e, como isso aconteceu antes que celulares fossem de uso corriqueiro, foi impossível nos localizar. Foi Asbjørn que nos contou o que ocorrera, na noite em que chegamos, enquanto tomávamos a bebida que tínhamos trazido. Assim, o único enterro a que assisti foi o do meu avô materno. Eu ajudei a carregar o caixão, foi um funeral bonito, o cemitério ficava numa colina com vista para o fiorde, fazia sol, eu chorei com as palavras que minha mãe disse na igreja e quando ela, depois que a cerimônia terminou, se postou diante da cova. Ficou lá sozinha, cabisbaixa, a grama estava verde, o fiorde ao longe estava azul e brilhante como um espelho, a montanha do outro lado, enorme, imponente e escura, e a terra do túmulo luzia negra e cintilante.

Em seguida foi servido um caldo de carne. Cinquenta pessoas sorvendo a sopa, ávidas, não existe nada melhor contra o sentimentalismo do que a carne salgada, ou uma sopa quente para o turbilhão de emoções. Magne, o pai de Jon Olav, fez um discurso, mas chorou tanto que ninguém entendeu o que ele disse. Jon Olav tentou falar na igreja, mas teve que desistir, era tão próximo do avô que não conseguiu pronunciar uma só palavra.

Eu dei alguns passos com as pernas rijas, olhei em volta, a rua quase deserta, exceto no final, quando cruzava com a rua de comércio da cidade e daquela distância parecia quase negra de tanta gente. A fumaça feriu meus pulmões, como sempre ocorria quando eu passava algum tempo sem fumar. Um carro estacionou a uns cinquenta metros de distância e um homem desceu. Ele se inclinou e acenou para os que continuaram lá dentro. Tinha cabelos pretos curtos e encaracolados e um começo de calvície, devia ter uns cinquenta anos, usava uma calça de veludo marrom-clara e um casaco preto, óculos quadrados estreitos. Eu me virei para que ele não visse meu rosto ao se aproximar, porque o reconhecera, era meu professor de norueguês do primeiro ano do colégio, como era mesmo seu nome? Fjell? Berg? Tanto faz, pensei, e tornei a me virar depois que ele passou. Era um sujeito efusivo e caloroso, mas também tinha um lado ríspido que não vinha à tona com frequência, porém, quando isso acontecia, eu o achava cruel. Ele ergueu a bolsa que carregava para conferir as horas no relógio de pulso, apertou o passo e dobrou a esquina.

"Também preciso fumar", disse Yngve, aproximando-se de mim.

"Aquele homem que acabou de passar foi meu professor", eu disse.

"Ah, é?" Yngve acendeu um cigarro. "Ele não o reconheceu?"

"Não sei. Eu virei a cara para ele."

Arremessei a bituca e remexi no bolso da calça em busca de um chiclete. Achava que ainda tinha um ali. E de fato tinha.

"Só sobrou um", eu disse. "Se tivesse mais, eu te daria."

"Eu sei."

As lágrimas não tardariam, eu sentia, e respirei fundo algumas vezes, ao mesmo tempo que arregalava os olhos como se tentasse limpá-los. Na soleira da porta do outro lado da rua havia um bêbado que eu não tinha notado. Ele estava sentado com a cabeça apoiada na parede e parecia dormir. A pele do seu rosto era escura e ressecada, cheia de arranhões. O cabelo, de tão oleoso, havia adquirido o aspecto de um penteado rastafári. Casaco de inverno, embora a temperatura estivesse em torno dos vinte graus, e um saco de lixo ao lado. Três gaivotas estavam pousadas no telhado acima dele. Quando olhei para elas, uma inclinou a cabeça para trás e gritou.

"Então é isso", disse Yngve. "Vamos em frente?"

Eu assenti.

Ele deu um peteleco no cigarro e nos pusemos a caminho.

"Nós agendamos um horário?", perguntei.

"Não, não agendamos", disse ele. "Mas não temos pressa, temos?"

"Tenho certeza que vai dar tudo certo."

Em meio às árvores vi o rio lá embaixo e, quando dobramos a esquina, todas as placas, vitrines e carros na rua Dronningens. Asfalto cinzento, prédios cinzentos, céu cinzento.

Yngve abriu a porta da agência funerária e entrou. Eu o segui, fechei a porta e, quando me virei, dei com uma espécie de sala de espera, um sofá, algumas cadeiras, uma mesa junto a uma parede e um balcão junto a outra. Não havia ninguém no balcão, Yngve se aproximou para espiar a sala anexa e bateu de leve no vidro enquanto eu fiquei no meio da sala. Uma porta na parede lateral estava entreaberta e vi passar uma figura de terno preto do outro lado. Parecia jovem, mais novo que eu.

Uma mulher de cabelos claros e quadris largos, de uns cinquenta anos, apareceu e sentou-se atrás do balcão. Yngve lhe disse alguma coisa, não ouvi o quê, apenas o som da sua voz.

Ele se virou.

"Alguém já está a caminho", disse. "Precisamos esperar cinco minutos."

"Parece uma sala de espera de dentista", eu disse, enquanto nos sentávamos e perscrutávamos o ambiente.

"Se fosse, ele iria perfurar nossa alma."

Eu sorri. Lembrei do chiclete, tirei-o da boca e escondi na mão procurando um cesto onde jogá-lo. Não havia. Rasguei uma ponta do jornal que estava em cima da mesa, enrolei o chiclete nela e pus no bolso.

Yngve tamborilava com os dedos no braço da cadeira.

Sim, eu estivera em outro funeral. Como podia ter esquecido? Fora o enterro de um rapaz, o clima na igreja era de histeria, choro, gritos, uivos, gemidos e soluços, mas também gargalhadas e risos, e tudo em ondas, um grito bastava para desencadear uma avalanche de emoções, havia uma tempestade ali, e a causa de tudo era o caixão branco no altar, onde jazia Kjetil. Ele morrera num acidente de carro uma manhã depois de cochilar no volante, sair da pista e colidir contra uma cerca, onde um poste de ferro atingiu sua cabeça. Tinha dezoito anos, era o tipo de garoto de quem todos gostavam, sempre de bom humor, não fazia mal a ninguém. Quando concluímos a escola, aos dezesseis, ele optou pelo mesmo curso que Jan Vidar escolhera, por isso se levantara tão cedo, seu trabalho na padaria começava às quatro da manhã. Ao ouvir a notícia do acidente no rádio, eu pensei que se tratasse de Jan Vidar e fiquei aliviado ao descobrir que não fora ele, mas também fiquei triste, não tanto quanto as garotas da nossa antiga classe, elas ficaram completamente desoladas, sei disso porque, junto com Jan Vidar, fui à casa de cada uma delas nos dias seguintes ao acidente para coletar assinaturas e dinheiro para comprarmos uma coroa de flores. Não fiquei muito à vontade naquele papel, parecia que estava forçando uma intimidade que não tinha com Kjetil, então me mantive meio afastado, só acompanhando Jan Vidar pela cidade, ele, sim, manifestava dor, raiva e consciência pesada.

Lembro-me bem de Kjetil, quase posso ver sua imagem diante de mim, ouvir sua voz no meu íntimo, embora apenas uma ocasião nos quatro anos que convivemos tenha permanecido na minha memória, e foi algo sem a menor importância: alguém pusera "Our House", do Madness, para tocar no rádio do ônibus escolar, e Kjetil, que estava ao meu lado, riu da rapidez com que o vocalista cantava. Esqueci todo o resto. Mas no porão ainda guardo um livro que peguei emprestado dele, *O ABC da Autoescola*. Na página de rosto seu nome está escrito com aquela letra infantil que tinham quase todos da nossa geração. Deveria tê-lo devolvido, mas a quem? Aquele livro talvez fosse a última coisa que seus pais quisessem ver.

A escola em que ele e Jan Vidar estudaram ficava a apenas um quarteirão de onde agora eu e Yngve esperávamos. Exceto por algumas semanas dois anos antes, eu jamais tinha retornado a Kristiansand desde então. Um ano no norte da Noruega, seis meses na Islândia, quase seis meses na Inglaterra, um ano em Volda, nove anos em Bergen. E, além de Bassen, a quem eu encontrava esporadicamente, não tinha contato com mais ninguém daquele tempo. O meu amigo mais antigo era Espen Stueland, que conheci no curso de literatura da Universidade de Bergen dez anos antes. Não fora escolha minha, simplesmente acontecera. Para mim, era como se Kristiansand tivesse sido varrida da face da Terra. O fato de que quase todos os meus conhecidos daquela época continuavam a viver ali me deixava indiferente, pois para mim o tempo em Kristiansand havia parado no verão em que terminei a escola e fui embora para sempre.

A mosca que zumbia na janela desde a hora em que entramos, de repente voou para o meio da sala. Eu a vi esvoaçar próximo ao teto, pousar na parede amarela, alçar voo novamente, desenhar um pequeno arco em torno de nós e aterrissar no braço da cadeira de Yngve. Ela esfregou as patas dianteiras algumas vezes, como se as estivesse escovando, em seguida deu uns passos e saltou para o ar, zunindo, para depois pousar na mão de Yngve, que, claro, imediatamente a afastou, o que a fez voar de novo diante de nós de modo irritante. Por fim ela se aquietou na janela, arrastando-se para baixo e para cima, confusa.

"Não falamos sobre como será o enterro", disse Yngve. "Você já pensou no assunto?"

"Se vai ser uma cerimônia religiosa ou não?"

"Por exemplo."

"Não, não pensei. Precisamos decidir agora?"

"Claro que não. Mas não podemos demorar muito, acho eu."

Novamente vi o jovem de terno passando pela porta entreaberta. Imaginei que era ali que guardavam os cadáveres. Talvez fosse lá mesmo que os recebessem para prepará-los. Onde mais seria?

Como se alguém lá dentro tivesse lido meus pensamentos, a porta foi fechada. E, como se as portas fossem controladas por algum sistema secreto, a porta na nossa frente se abriu no mesmo instante. Um sujeito corpulento, de sessenta e poucos anos, impecavelmente vestido num terno escuro e numa camisa branca, apareceu e olhou para nós.

"Knausgård?", perguntou.

Nós assentimos e nos levantamos. Ele se apresentou e apertou nossas mãos.

"Queiram me acompanhar."

Nós o seguimos até um escritório bem amplo, cujas janelas davam para a rua. Ele nos indicou duas cadeiras diante de uma escrivaninha. Eram de madeira escura, revestidas de couro preto. A escrivaninha, atrás da qual ele sentou, era larga e também era escura. Havia uma caixa de correspondência com várias bandejas à sua esquerda, ao lado de um telefone, e mais nada.

Quer dizer, ao nosso lado, no canto, havia uma caixa de lenços de papel Kleenex. Ah, prático aquilo era, mas parecia um bocado cínico! Ao vê-la, era possível imaginar as pessoas que se derramavam em pranto ali ao longo do dia, e então se dar conta de que o seu luto não era único, nem mesmo excepcional, e portanto não tinha um valor particular. A caixa de lenços era um sinal de que lá o choro e a morte eram artigos inflacionados.

Ele olhou para nós.

"Em que posso ajudá-los?"

A papada queimada de sol pendia sobre o colarinho branco da camisa. Seu cabelo grisalho estava bem penteado. Uma sombra escura pairava sobre o queixo e as bochechas. A gravata preta não estava alinhada, em vez disso se apoiava no abdômen inchado. Ele era obeso mas também aprumado, não tinha nada de indeciso, "rigoroso" talvez fosse a palavra que melhor o descrevesse, e portanto era confiável e cuidadoso. Gostei dele.

"Nosso pai morreu ontem", disse Yngve. "Queríamos saber, bem, se o senhor pode tratar dos detalhes práticos. O funeral e tudo mais."

"Sim", respondeu o diretor da agência. "Vamos começar preenchendo um formulário."

Ele abriu uma gaveta da escrivaninha e dali retirou um documento.

"Nós recorremos ao senhor quando nosso avô morreu. E correu tudo muito bem", disse Yngve.

"Eu lembro. Ele era contabilista, não era? Eu o conhecia bem."

Ele pegou uma caneta que estava ao lado do telefone, ergueu a cabeça e olhou para nós.

"Mas agora vou precisar de umas informações sobre vocês. Qual é o nome do seu pai?"

Eu disse o nome dele. Soou estranho. Não porque ele tivesse morrido, mas porque fazia anos que eu não pronunciava seu nome.

Yngve olhou para mim.

"Bem...", disse ele cautelosamente. "Ele mudou de nome há alguns anos."

"Ah, eu tinha esquecido", eu disse. "Claro."

Aquele nome idiota que ele adotara.

Como pudera ser tão idiota?

Baixei o olhar e pisquei algumas vezes.

"Vocês têm o número do seguro social dele?", perguntou o diretor.

"Não", disse Yngve. "Sinto muito. Ele nasceu no dia 17 de abril de 1944. Podemos conseguir as outras informações depois, se for necessário."

"Ótimo. Endereço?"

Yngve forneceu o endereço da vovó. Em seguida olhou para mim.

"Hum, não tenho certeza se esse é mesmo o endereço oficial dele. Ele morreu na casa da mãe. Era onde estava morando."

"Vamos verificar. E preciso do nome de vocês também. E de um telefone onde possa encontrá-los."

"Karl Ove Knausgård", eu disse.

"E Yngve Knausgård", disse Yngve, fornecendo também o número do seu celular. Depois de tomar nota, o diretor pôs a caneta de lado e tornou a olhar para nós.

"Já pensaram como será o funeral? Qual seria a data mais apropriada e de que forma poderia ser conduzido?"

"Não", disse Yngve. "Não pensamos. Mas acho que é comum fazer o funeral uma semana depois da morte, não?"

"É o costume, de fato. Então a próxima sexta seria uma data adequada?"

"S... sim", disse Yngve. "O que você acha?"

"Sexta está ótimo", respondi.

"Muito bem, por enquanto é isso. Para decidir os detalhes práticos, podemos nos encontrar novamente, não? E no caso, se o funeral será realizado na sexta, precisamos nos encontrar no começo da próxima semana. De preferência na segunda-feira. Está bem assim?"

"Sim", disse Yngve. "Poderia ser pela manhã?"

"Claro. Nove horas, digamos?"

"Às nove está ótimo."

O diretor anotou isso na sua agenda. Ao terminar, levantou-se.

"Agora, vamos cuidar de tudo. Se tiverem alguma dúvida, não hesitem em telefonar. A qualquer hora. Eu costumo ir para a cabana à tarde e fico por lá nos fins de semana, mas levo o celular comigo, então, se precisarem, é só ligar. Fiquem à vontade. Nós nos vemos novamente na segunda."

Estendeu a mão e nos cumprimentamos antes de sair, e ele fechou a porta com um breve meneio da cabeça e um sorriso.

Quando fomos para a rua e caminhamos até o carro, alguma coisa tinha mudado. O que eu via, o que estava ao nosso redor, não era mais nítido para mim, era como se tivesse sido arrastado para segundo plano, e em volta de mim se instalara uma espécie de campo desprovido de qualquer significado. O mundo desaparecera, era essa a sensação que eu tinha, mas eu não me importava, pois papai havia morrido. Enquanto a agência funerária com sua riqueza de detalhes permanecia vívida, quase palpável, na minha mente, a paisagem da cidade se tornara difusa e cinzenta, era um lugar por onde eu andava apenas porque era obrigado a fazê-lo. Eu não passara a pensar diferente, a minha realidade interior não tinha mudado, a única diferença era que agora ela precisava de um lugar maior e portanto afastara a realidade exterior. Não havia outra explicação.

Yngve se inclinou para abrir a porta do carro. Eu notei uma fita branca amarrada no rack do teto, brilhante, parecida com as fitas que se usam em pacotes de presentes, mas era possível que fosse isso?

Ele abriu a porta para mim e eu entrei.

"Correu tudo bem, não foi?", eu disse.

"Sim. Vamos até a casa da vovó, então?"

"Vamos."

Ele deu seta e saiu, dobrou a primeira à esquerda, depois outra à esquerda, de volta à Dronningens, e logo avistamos a casa dos nossos avós desde a ponte, amarela e imponente sobre a pequena marina e o cais do porto. Subimos a Kuholm e entramos na pequena rua, tão estreita que era preciso invadir o acostamento para chegar ao portão e finalmente estacionar próximo aos degraus. Eu tinha visto meu pai fazer aquilo talvez uma centena de vezes durante a infância, e o fato de Yngve agora fazer exatamente a mesma coisa trouxe à tona lágrimas que só um bloqueio mental impediu que rolassem novamente pelo meu rosto.

Duas gaivotas enormes alçaram voo enquanto subíamos a colina. O espaço em frente ao portão da garagem estava tomado por sacos e latões de lixo, era aquilo que atraía as gaivotas. Elas haviam espalhado o lixo dos sacos à procura de comida.

Yngve desligou o carro, mas não se mexeu. Também não me mexi. A grama do jardim estava alta, chegava até os joelhos, como um prado, de um tom acinzentado de amarelo, em alguns trechos achatada pela ação da chuva, espraiava-se por todo lado, cobrindo os canteiros, eu não teria conseguido ver as flores se não soubesse onde estavam, agora apenas parcos traços coloridos. Junto à sebe havia um carrinho de mão enferrujado que parecia ter brotado do emaranhado de plantas. O chão sob as árvores estava marrom de peras e ameixas podres. Por toda parte cresciam dentes-de-leão, e aqui e ali tinham nascido pequenas árvores. Era como se tivéssemos estacionado numa clareira na floresta, e não diante de uma residência no meio de Kristiansand.

Observei a casa. As tábuas da fachada estavam apodrecendo e a tinta descascava em vários lugares, embora ali a decadência não fosse tão óbvia.

Algumas gotas de chuva molharam o para-brisa. Outras tamborilaram de leve no teto e no capô.

"Gunnar não está aqui, pelo visto", disse Yngve, desafivelando o cinto de segurança. "Mas acho que não tarda a aparecer."

"Deve estar no trabalho."

"Embora costume chover no mês de férias, isso não é coisa que atraia os contabilistas de volta ao trabalho", disse Yngve secamente. Tirou a chave da ignição e pôs no bolso do casaco, abriu a porta e desceu.

Eu preferia ter ficado ali, mas claro que não era possível, então fiz como ele, fechei a porta e olhei para a janela da cozinha no primeiro andar, de onde vovó costumava espiar quando chegávamos.

Naquele dia não havia ninguém lá.

"Espero que a porta esteja aberta", disse Yngve, subindo os seis degraus que um dia foram pintados de vermelho-escuro mas agora eram apenas cinza. As duas gaivotas tinham se empoleirado no telhado do vizinho e acompanhavam atentamente nossos movimentos.

Yngve girou a maçaneta e empurrou a porta.

"Ah, maldição!", disse ele.

Eu subi a escada atrás dele e entrei, mas precisei recuar. O cheiro era insuportável. A casa fedia a mofo e urina.

Yngve ficou no hall olhando em torno. O carpete azul estava coberto de manchas e sinais escuros. O armário embutido estava cheio de garrafas e de sacolas de garrafas. Roupas jogadas por toda parte. Mais garrafas, cabides de roupa, sapatos, correspondências fechadas, catálogos de propaganda e sacos plásticos esparramados pelo chão.

Mas o pior era o cheiro.

Que porra fedia daquele jeito?

"Ele destruiu tudo", disse Yngve, balançando lentamente a cabeça.

"Que cheiro podre é esse?", perguntei. "Alguma coisa estragou?"

"Vamos", disse ele, subindo a escada. "Vovó está nos esperando."

Na metade da escada encontramos garrafas vazias enfileiradas, cinco, seis talvez, mas, quanto mais nos aproximávamos do andar de cima, mais garrafas apareciam. Até mesmo o patamar estava quase todo coberto por garrafas e sacolas de garrafas, e cada degrau da escada que seguia até o segundo andar, onde ficava o quarto dos meus avós, estava tomado, exceto por alguns centímetros no meio, onde dava para pôr os pés. A maioria eram garrafas de plástico de um litro e meio e garrafas de vodca, mas havia também algumas de vinho.

Yngve abriu a porta e entramos na sala. Havia garrafas em cima do piano e sacolas cheias delas embaixo. A porta da cozinha estava aberta. Era lá que ela sempre ficava, e lá estava naquele dia, sentada à mesa, com o olhar fixo na mesa e um cigarro aceso na mão.

"Olá", disse Yngve.

Ela ergueu os olhos. Primeiro sem emitir um único sinal de que havia nos reconhecido, mas em seguida seus olhos se iluminaram.

"Então foram *vocês* que chegaram, meninos! Eu achei que tinha ouvido alguém abrir a porta."

Engoli em seco. Seus olhos pareciam estar afundados nas órbitas, o nariz se projetava como um bico no rosto magro. A pele estava branca, murcha e enrugada.

"Viemos assim que ficamos sabendo do que aconteceu", disse Yngve.

"Ah, sim, foi terrível", disse vovó. "Mas agora vocês estão aqui. Isso, pelo menos, é bom."

O vestido que usava estava salpicado de manchas e parecia pendurado em seu corpo esquelético. Na parte superior do tronco, que o vestido deveria cobrir, as costelas despontavam sob a pele. Suas escápulas e quadris estavam projetados. Os braços eram pele e osso. Veias corriam pelo dorso das suas mãos como um emaranhado de fios azul-escuros.

Ela fedia a urina.

"Querem um pouco de café?", perguntou.

"Sim, obrigado", disse Yngve. "Não seria má ideia. Mas nós podemos preparar. Onde está a cafeteira?"

"Ah, se eu soubesse", respondeu vovó, olhando ao redor.

"Ali", eu disse, apontando para a mesa. Havia um bilhete ao lado e eu estiquei o pescoço para lê-lo.

OS MENINOS CHEGAM AO MEIO-DIA. EU APAREÇO LÁ PELA UMA. GUNNAR.

Yngve pegou a cafeteira e foi esvaziá-la na pia repleta de pratos e copos sujos. A bancada estava coberta de embalagens, a maioria de comida para micro-ondas, muitas delas ainda contendo restos. Entre elas garrafas, a maioria de plástico de um litro e meio, algumas com líquido no fundo, outras pela metade, algumas fechadas, mas também garrafas de destilados, a vodca mais barata do mercado e algumas garrafas de uísque Upper Ten. Por toda parte manchas de pó de café ressecado, migalhas, resíduos de comida esturricados. Yngve empurrou uma das pilhas de embalagens, tirou alguns pratos da pia e os colocou na bancada antes de enxaguar a cafeteira e enchê-la de água.

Vovó continuava onde estava quando entramos, olhos fixos na mesa, o cigarro, agora apagado, na mão.

"Onde você guarda o café?", Yngve perguntou. "No armário?"

Ela ergueu os olhos.

"Quê?"

"Onde você guarda o café?", Yngve repetiu.

"Não sei onde ele pôs."

Ele quem? Papai?

Eu me virei e fui para a sala. Pelo que me lembrava, ela só era usada em celebrações e ocasiões especiais. Agora a enorme TV de papai estava no meio do cômodo e duas das poltronas de couro tinham sido arrastadas para defronte da tela. Entre elas havia uma mesinha tomada por garrafas, copos, maços de cigarro e cinzeiros cheios. Fui em frente e examinei o restante da sala.

No sofá encostado na parede havia roupas espalhadas. Vi duas calças e um casaco, algumas cuecas e meias. O cheiro era terrível. Também havia garrafas viradas, pacotes de tabaco, pães secos e mais lixo. Avancei lentamente. Havia fezes no sofá, tanto espalhadas como em montes. Inclinei-me sobre as roupas. Também estavam sujas de fezes. O verniz do chão parecia ter sido carcomido em alguns pontos, deixando manchas grandes e irregulares.

De urina?

Senti vontade de quebrar alguma coisa. Erguer a mesinha e atirá-la na janela. Arrancar a estante da parede. Mas me sentia tão fraco que mal conseguia andar. Apoiei a testa na janela e olhei para o jardim lá embaixo. A tinta dos móveis do jardim estava quase toda descascada, eles pareciam brotar do solo.

"Karl Ove", Yngve chamou da porta.

Virei-me e voltei para a cozinha.

"Lá dentro está um caos", eu disse baixinho, para que ela não ouvisse.

Yngve assentiu.

"Vamos ficar um pouco aqui com ela", disse ele.

"O.k."

Entrei, puxei a cadeira em frente a ela e sentei. Um som de tique-taque tomou conta da cozinha, vindo de algum tipo de termostato que desligava automaticamente o fogão. Yngve sentou-se à cabeceira da mesa, tirou o maço de cigarros do casaco que por algum motivo ainda vestia. Eu me dei conta de que também continuava de casaco.

Não queria fumar, me parecia algo inadequado naquela situação, mas ainda assim eu precisava, e peguei meus cigarros. O fato de estarmos ali com vovó parecia lhe dar algum ânimo. Seus olhos se iluminaram novamente.

"Vocês vieram de Bergen de carro hoje?", ela perguntou.

"De Stavanger", respondeu Yngve. "É onde eu moro agora."

"Mas eu moro em Bergen", eu disse.

Atrás de nós a cafeteira deu um estalo no fogão.

"É mesmo?", ela disse.

Pausa.

"Não querem café, meninos?", perguntou de repente.

Olhei para Yngve.

"Já estou preparando", respondeu ele. "Já vai ficar pronto."

"Ah, sim, claro", disse vovó. Ela olhou para sua mão e, num movimento brusco, como se só então tivesse se dado conta de que segurava um cigarro, pegou um isqueiro e o acendeu.

"Quer dizer que vieram de Bergen até aqui de carro hoje?", perguntou, dando umas baforadas antes de olhar para nós.

"De Stavanger", disse Yngve. "Foram só quatro horas."

"É, as estradas agora são boas", disse ela.

Então deu um suspiro.

"Ai, ai. A vida é uma luda, como dizia aquela velha que não conseguia pronunciar o tê."

Ela riu. Yngve deu um sorriso.

"Seria bom algo para acompanhar o café", disse ele. "Tem um chocolate no carro. Vou lá pegar."

Tive vontade de lhe dizer que não fosse, mas naturalmente não podia. Quando ele saiu, eu me levantei, pus o cigarro aceso na borda do cinzeiro e fui até o fogão pressionar o êmbolo da cafeteira para que a água fervesse mais rápido.

Vovó novamente mergulhara em si mesma, olhando fixo para a mesa. Ela estava encurvada, com os ombros encolhidos, e oscilava para a frente e para trás.

No que estaria pensando?

Em nada. Não havia pensamento nenhum em sua mente. Não poderia haver. Só algo frio e escuro.

Larguei a cafeteira e olhei em volta, procurando a lata de café. Não estava na bancada ao lado da geladeira nem naquela ao lado da pia. Quem sabe no armário? Mas Yngve já não a tinha encontrado? Então onde a pusera?

Ali em cima, porra. Ao lado do espremedor de frutas, onde ficavam os antigos vidros com temperos. Peguei-a e, embora a água ainda não tivesse fervido, destampei a cafeteira e pus lá dentro algumas colheres de café. O pó estava seco e parecia velho.

Quando ergui os olhos, vi que vovó estava me observando.

"Cadê o Yngve?", perguntou ela. "Não foi embora, foi?"

"Não", eu disse. "Só desceu até o carro."

"Ah."

Peguei um garfo na gaveta e mexi o café na cafeteira, batendo-a algumas vezes no fogão.

"Vou deixar apurar um pouco, e pronto."

"Ele estava sentado na poltrona quando eu me levantei naquele dia. Estava muito quieto. Tentei acordá-lo. Mas não consegui. Seu rosto estava branco."

Senti náuseas.

Os passos de Yngve ressoaram na escada. Abri o armário para procurar um copo, mas não havia nenhum. Os que estavam na pia, nem me passava pela cabeça usar, então me inclinei e bebi água direto da torneira quando Yngve chegou.

Ele tinha tirado o casaco. Nas mãos trazia dois tabletes de Bounty e um maço de Camel. Sentou-se e abriu um dos chocolates.

"Quer um pedaço?", perguntou para vovó.

Ela olhou para o chocolate.

"Não, obrigada. Podem comer."

"Eu não estou a fim", eu disse. "Mas o café está pronto, de qualquer forma."

Pus a cafeteira na mesa, abri a porta do armário novamente e peguei três xícaras. Sabia que vovó tomava com açúcar, então abri o armário maior, na parede oposta, onde ficava a comida. Duas metades de pão, quase azuis de mofo, um saco de pãezinhos embolorados, alguns pacotes de sopa, amendoins, três pacotes de macarrão instantâneo que deveriam estar no freezer, garrafas de destilados da mesma marca vagabunda.

Melhor deixar pra lá, pensei, e voltei a sentar, pegando a cafeteira para servir. Não havia apurado direito, um rastro de pó marrom saiu junto com o líquido. Ergui a tampa e o despejei de volta na cafeteira.

"Que bom que vocês estão aqui", disse vovó.

Comecei a chorar. Respirei bem fundo, mas discretamente, e apoiei a cabeça nas mãos, massageando-a, como se estivesse cansado, não como se estivesse chorando. Mas vovó não tinha condições de reparar em nada, estava de novo mergulhada em si mesma. Dessa vez durou quase cinco minutos. Yngve e eu ficamos em silêncio, tomamos o café com o olhar fixo em frente.

"Ai, ai", disse ela finalmente. "A vida é uma luda, como dizia aquela velha que não conseguia pronunciar o tê."

Ela pegou a máquina vermelha de enrolar cigarros, abriu o pacote de tabaco, Petterøes Mentol era a marca, pressionou o fumo na abertura, enfiou o cigarro no pequeno tubo até o fim, pôs a tampa e pressionou com força.

"Talvez fosse bom ir pegar as malas", disse Yngve, e olhou para vovó. "Onde podemos dormir?"

"O quarto de dormir lá embaixo está vazio", respondeu ela. Vocês podem muito bem se acomodar lá."

Nós nos levantamos.

"Vamos até o carro", disse Yngve.

"Vocês vão?", disse ela.

Parei na porta e me virei na direção de Yngve.

"Já viu lá dentro?"

Ele fez que sim com a cabeça.

Enquanto eu descia as escadas, uma violenta onda de choro tomou conta de mim. Dessa vez não houve como disfarçar. Meu peito inteiro tremia, eu não conseguia prender a respiração, soltava soluços profundos e meu rosto se contraía, perdi totalmente o controle.

"Aaaahhhhh! Aaaahhhhh!"

Senti Yngve atrás de mim e me forcei a continuar a descer as escadas, atravessar o hall, passar pelo carro e percorrer o pequeno gramado entre a casa e a cerca do vizinho. Levantei a cabeça e olhei para o céu, tentando respirar fundo e regularmente, e pouco depois o tremor cessou.

Quando voltei, Yngve estava diante do porta-malas aberto. Minha mala estava no chão, ao lado dele. Peguei-a pela alça e a carreguei pela escada, coloquei-a no piso do hall de entrada, dei meia-volta e vi Yngve bem atrás de mim, com uma mochila nas costas e uma bolsa de viagem na mão. Depois de eu ter experimentado o ar fresco lá de fora, o mau cheiro no interior da casa parecia mais forte. Comecei a respirar pela boca.

"Vamos dormir aí dentro, mesmo?", perguntei, apontando para a porta do quarto que vovô e vovó tinham usado nas últimas décadas.

"É melhor primeiro ver como é que estão as coisas", disse Yngve.

Abri a porta. O quarto estava uma bagunça, roupas, sapatos, cintos, bolsas, escovas, bobes e cosméticos espalhados por toda parte, no chão, em cima da cama, das cômodas, e pó e tufos de poeira cobriam tudo, mas não estava imundo como a sala do andar de cima.

"Que acha?", perguntei.

"Não sei", ele respondeu. "Onde você acha que ele dormia?"

Abriu a porta ao lado, para o quarto que tinha sido de Erling, e entrou. Eu o segui.

O chão estava cheio de lixo e de roupas. Sob a janela havia uma mesa que parecia ter sido partida em pedaços. Havia pilhas de papéis e envelopes fechados. Alguma coisa, talvez vômito, tinha ressecado no chão como uma mancha irregular, de um tom avermelhado de amarelo, logo debaixo da cama. As roupas estavam sujas de fezes e de manchas escuras do que aparentava ser sangue. Um dos trajes estava com o forro preto de excrementos. Tudo fedia a urina.

Yngve foi abrir a janela.

"Parece uma casa de viciados", eu disse. "Este lugar parece um ninho nojento de drogados."

"Parece mesmo", concordou ele.

A cômoda junto à parede entre a porta e a cama estava estranhamente intacta. Sobre ela se viam as fotos de papai e de Erling com o chapéu preto de estudante que eles deviam usar quando se matricularam na universidade. Sem barba, era impressionante como papai se parecia com Yngve. Mesma boca, mesmo olhar.

"Que porra vamos fazer?", perguntei.

Yngve não respondeu, olhou em volta.

"Vamos arrumar isto aqui", disse ele.

Eu assenti e saí do quarto. Abri a porta da área de serviço, que ficava numa ala paralela à escada, perto da garagem. Quando inspirei o ar de lá, comecei a tossir. No chão havia uma pilha de roupas tão alta quanto eu, quase chegando ao teto. Era dali que devia vir o cheiro de podre. Acendi a luz. Toalhas, lençóis, toalhas de mesa, calças, suéteres, vestidos, roupas de baixo, eles tinham entulhado tudo lá. As camadas inferiores não estavam apenas mofadas, estavam em decomposição. Eu me agachei e enfiei o dedo ali. Ele ficou úmido e grudento.

"Yngve!", chamei.

Ele veio e parou diante da porta.

"Olha isso", eu disse. "É daqui que vem o cheiro."

Passos ecoaram na escada. Eu me levantei.

"Melhor sairmos", disse. "Para ela não pensar que estamos bisbilhotando."

Quando ela desceu, nós estávamos no hall diante da nossa bagagem.

"Vocês podem dormir aí, não é?", perguntou ela, abrindo a porta e espiando. "Damos uma arrumadinha e vai ficar perfeito."

"Pensamos em ficar no quarto do sótão", disse Yngve. "Que tal?"

"Pode ser também. Mas faz muito tempo que eu não subo até lá."

"Nós vamos dar uma olhada", disse Yngve.

O cômodo do sótão, que muito tempo antes fora o quarto de dormir de vovô e vovó mas, pelo que conseguíamos lembrar, era usado como quarto de hóspedes, era o único lugar na casa no qual ele não tinha tocado. Lá dentro tudo estava como antes. Havia pó no chão e as cobertas tinham um leve cheiro de guardado, mas não pior que o de uma casa aonde só vamos no verão, e, depois do pesadelo que vivemos lá embaixo, foi um alívio entrar ali. Pusemos a bagagem no chão, pendurei o casaco numa das portas do guarda-roupa, e Yngve ficou diante da janela, com os braços no parapeito, olhando para a cidade.

"Vamos começar jogando fora todas as garrafas", disse ele. "Vamos levá-las para reciclar, assim saímos um pouco."

"Certo", eu disse.

Quando voltamos para a cozinha, ouvimos o barulho de um carro estacionando. Era Gunnar. Ficamos esperando que ele subisse.

"Aí estão vocês!", disse ele, sorrindo. "Quanto tempo, hein?"

Seu rosto estava corado, o cabelo louro, o corpo musculoso. Ele estava em forma.

"Que bom que os meninos estão aqui, não é?", disse ele para vovó. Em seguida, voltou-se para nós novamente.

"Foi terrível o que aconteceu aqui."

"Foi", concordei.

"Já deram uma olhada na casa? Tomaram pé na situação?"

"Sim", respondeu Yngve.

Gunnar balançou a cabeça energicamente.

"Nem sei o que dizer. Mas ele era pai de vocês. Fico triste pelo que aconteceu com ele. Mas vocês sabiam muito bem aonde aquilo iria dar."

"Vamos limpar a casa inteira", eu disse. "A partir de agora vamos cuidar de tudo."

"Ótimo. Eu me encarreguei do pior na cozinha hoje de manhã e já tirei um pouco do lixo, mas claro que ainda sobrou bastante."

Ele esboçou um leve sorriso.

"Eu trouxe um reboque", continuou. "Yngve, você pode mudar o carro de lugar? Aí nós o estacionamos no gramado ao lado da garagem. Não podemos ficar com toda essa mobília aqui. E as roupas e tudo mais. Vamos levar tudo para o depósito de lixo. Não é a melhor coisa a fazer?"

"Sim", respondi.

"Os meninos e Tove ficaram na cabana. Eu subi apenas para dizer oi. E trazer o reboque. Mas estarei de volta amanhã de manhã e então continuamos. É terrível isso. Mas é a vida. Vocês dois vão se virar bem, tenho certeza."

"Claro", disse Yngve. "Mas você estacionou atrás de mim, não foi? Então tem que sair primeiro."

Vovó tinha nos observado nos primeiros instantes depois da chegada de Gunnar e sorrira para ele, mas agora estava novamente voltada para si mesma, olhando fixo em frente, como se não houvesse mais ninguém ali.

Yngve começou a descer as escadas. Eu fiquei onde estava, imaginando que devia fazer companhia a ela.

"Melhor você vir também, Karl Ove", disse Gunnar. "Precisamos empurrar o reboque na subida e ele é bem pesado."

Desci atrás dele.

"Ela disse alguma coisa?", perguntou ele.

"Vovó?", eu disse.

"Sim. Sobre o acontecido."

"Quase nada. Apenas que o encontrou na poltrona."

"Seu pai estava sempre com ela. Agora ela está em choque."

"O que podemos fazer?"

"É, o que vocês podem fazer? Só o tempo vai ajudar. Mas depois do enterro ela deveria ir para uma casa de repouso. Vocês estão vendo com os próprios olhos o estado dela. Ela precisa de cuidados médicos. Logo depois do enterro ela tem que sair daqui."

Ele se virou e desceu o último degrau da escada, apertando os olhos para se proteger da claridade. Yngve já estava no carro.

Gunnar se voltou novamente para mim.

"Nós tínhamos arrumado gente para cuidar dela, sabe, eles vinham todos os dias para dar um apoio. Mas aí chegou o seu pai e os expulsou. Ele se trancou aí dentro com ela. Nem eu podia entrar. Mas um dia mamãe ligou, ele tinha quebrado a perna e estava deitado no chão da sala. Tinha cagado nas calças. Imagine a situação. Ele estava deitado no chão, bêbado. E ela é que tinha que cuidar dele. 'Isso não está certo', eu disse para ele antes da ambulância chegar. 'Isso é humilhante. Você precisa tomar juízo.' E sabe o que o seu pai disse? 'Você quer me afundar ainda mais na merda, Gunnar? Foi para isso que você veio, para me afundar ainda mais na merda?'"

Gunnar balançou a cabeça.

"É minha mãe que está ali dentro agora, sabe. A quem tentamos ajudar durante todos esses anos. Ele estragou tudo. Esta casa aqui, ela, ele mesmo. Tudo. Tudo."

Ele pôs a mão no meu ombro.

"Mas eu sei que vocês são bons meninos."

Eu chorei e ele virou o rosto.

"Bom, agora precisamos pôr o reboque no lugar", disse, e foi para o carro, entrou e ligou o motor, deu ré devagar e virou à direita, buzinando quando o caminho estava livre para Yngve manobrar. Então Gunnar se aproximou, desceu do carro e desengatou o reboque. Eu me juntei a eles e comecei a puxar o engate enquanto Yngve e Gunnar empurravam.

"Aqui está bom", disse Gunnar, depois de termos avançado um bom trecho jardim adentro, e eu deixei o engate cair no chão.

Vovó nos observava da janela no primeiro andar.

Ela ficou o tempo todo na cozinha enquanto recolhíamos as garrafas, púnhamos em sacolas plásticas e levávamos para o carro. Viu quando despejei na pia os restos de cerveja e destilados, mas não disse nada. Talvez estivesse aliviada porque as garrafas estavam desaparecendo dali, talvez nem se desse conta do que estava acontecendo. Quando enchemos o carro, Yngve foi avisá-la de que iríamos até o supermercado. Ela se levantou e o acompanhou até o hall, achamos que queria se despedir, mas ela desceu as escadas, foi até o carro, pôs a mão na maçaneta e abriu a porta para entrar.

"Vovó?", disse Yngve.

Ela se deteve.

"Nós pensamos em ir sozinhos. Alguém tem que ficar aqui tomando conta da casa. Acho melhor você ficar."

"É mesmo?", ela perguntou, dando um passo para trás.

"Sim."

"Está certo, então. Eu fico."

Yngve manobrou na direção da pista e vovó entrou novamente na casa.

"Que inferno", eu disse.

Yngve me olhou de soslaio, deu seta para a esquerda e lentamente pôs o carro em movimento.

"Ela está claramente em choque", eu disse. "Estou pensando em ligar para o pai de Tonje e conversar com ele. Com certeza ele pode prescrever um calmante para ela."

"Ela já toma remédios", disse Yngve. "Tem uma gaveta cheia de comprimidos na cozinha."

Ele me olhou de soslaio de novo, dessa vez perto da rua Kuholm, de onde vinham três carros. Então me fitou.

"Mas você pode dizer isso ao pai de Tonje. E então ele pode decidir."

"Ligo quando voltarmos."

O último carro, um daqueles horríveis supercompactos, passou por nós. O para-brisa começou a ficar salpicado de gotas de chuva, e eu me lembrei da chuva que tinha começado antes mas de repente mudara de ideia e parara.

Dessa vez a chuva continuou. Quando pouco depois Yngve pegou a pista principal e desceu a colina, ele havia acionado os limpadores.

Chuva de verão.

Ah, as gotas de chuva que caem no asfalto quente e seco e logo evaporam, ou são absorvidas pelo pó, e ainda assim fazem a sua parte, pois, quando caem as gotas seguintes, o asfalto está mais frio, o pó mais úmido, e então as manchas escuras vão se espalhando e se unindo umas às outras, e o asfalto fica molhado e preto. Ah, o ar sufocante do verão logo se refresca, tornando tépida a chuva que bate no seu rosto, e você inclina a cabeça para trás para experimentar a sensação que ela proporciona. As folhas das árvores que tremulam sob o toque macio das gotas, o leve, quase imperceptível, tamborilar da chuva em todas as superfícies: na montanha íngreme ao lado da estrada e na relva que cresce na valeta que margeia a pista, nas telhas das casas do outro lado e no selim da bicicleta presa à cerca, na rede armada no jardim e nas placas de trânsito, na sarjeta e nos capôs e tetos dos carros estacionados.

Paramos no semáforo, a chuva apertou, as gotas agora eram grandes e mais pesadas e caíam em maior número. Toda a área ao redor do cruzamento de Rundingen mudou em questão de segundos. O céu escuro tornou as luzes mais claras, enquanto a chuva que caía e ricocheteava no asfalto tratava de embaçá-las. Os carros viajavam com os limpadores acionados, pedestres corriam protegendo a cabeça com jornais ou capuzes, a não ser que levassem um guarda-chuva, nesse caso podiam continuar andando como se nada estivesse acontecendo.

O sinal abriu, descemos a colina na direção da ponte, passando em frente à antiga loja de discos, fechada havia muito, por onde Jan Vidar e eu fazíamos nossa peregrinação obrigatória nas manhãs de sábado, visitando todas as lojas de discos na cidade e do outro lado da ponte de Lund. Esta era a fonte das minhas primeiras lembranças da infância. Eu tinha cruzado a ponte com vovó e lá vira um homem muito velho, de barba e cabelos brancos, que se apoiava numa bengala e tinha as costas curvadas. Eu parei para observá-lo, vovó me puxou pela mão. No escritório do meu pai havia um pôster pendurado na parede, e certa vez eu estava lá com papai e com um vizinho, Ola Jan, que lecionava na mesma escola de papai, a Roligheden, ele também professor de norueguês, e eu apontei para o pôster e disse que tinha visto o homem daquela foto. Pois era o mesmo homem curvado, de barba e cabelos brancos. Não achei estranho que a foto dele estivesse pendurada no escritório do meu pai, tinha quatro anos e nada no mundo era incompreensível, tudo estava ligado a tudo. Mas papai e Ola Jan riram. Riram e disseram que era impossível. Esse aí é Ibsen, disseram. Ele morreu faz quase cem anos. Mas eu tinha certeza que era o mesmo homem, e repeti o que havia dito. Eles balançaram a cabeça, mas papai já não estava rindo quando eu apontei para Ibsen e de novo disse que o vira, ele me mandou sair dali.

A água sob a ponte estava cinza e repleta de círculos formados pela chuva que açoitava a superfície. Mas nela também havia um tom de verde, como sempre naquele ponto em que a água do rio Otra encontrava a água do mar. Quantas vezes eu ficara ali, observando a correnteza? Às vezes ela fluía como um rio, rodopiava e formava pequenos redemoinhos. Outras vezes, batia contra os pilares, formando espuma branca.

Agora, no entanto, estava calma. Dois pesqueiros, ambos com a coberta de lona erguida, navegavam rumo à boca do fiorde. Dois cascos enferrujados estavam ancorados no cais do outro lado, e, atrás deles, um veleiro branco reluzente.

Yngve parou o carro no semáforo, que no mesmo instante ficou verde, e dobramos à esquerda, na direção do pequeno shopping com estacionamento coberto. Subimos a rampa de concreto, cujo tráfego era regulado por um semáforo, e para nossa sorte, já que se tratava de um sábado de feriado prolongado, logo encontramos uma vaga.

Descemos, eu inclinei a cabeça para trás e senti no rosto as gotas da chuva tépida. Yngve abriu o porta-malas, pegamos o maior número de sacolas que conseguimos e tomamos o elevador para descer ao supermercado no térreo. Tínhamos decidido não levar as garrafas de destilados para reciclar, iríamos levá-las para o depósito de lixo, então nossa carga consistia sobretudo em garrafas de plástico, e não estava pesada, apenas incômoda.

"Comece aí enquanto eu vou buscar mais", disse Yngve, quando chegamos à máquina de devolução.

Eu assenti. Pus garrafa atrás de garrafa na esteira, dobrei as sacolas à medida que se esvaziavam e as joguei na lixeira de recicláveis colocada ali com esse propósito. Não me importei de ser visto nem de ser mal interpretado pela grande quantidade de garrafas de cerveja. Estava indiferente a tudo. Aquele campo onde tinha ingressado quando saímos da agência funerária e que parecia tornar tudo à minha volta morto ou sem sentido, aumentara. Eu mal reparava no supermercado, iluminado por luzes fortíssimas, com todos os seus produtos reluzentes e coloridos, era como se eu estivesse num pântano. Normalmente eu me preocupava com o modo como estava vestido, com o que os outros poderiam pensar da minha aparência, às vezes orgulhoso e exultante, outras vezes deprimido e cheio de ódio de mim mesmo, mas jamais indiferente, nunca me acontecera de não procurar significado nos olhos que me observavam nem de me sentir alienado do ambiente ao meu redor. Mas era assim que eu me sentia agora, estava entorpecido, e o torpor prevalecia sobre tudo mais. O mundo pairava como uma sombra em torno de mim.

Yngve voltou com mais sacolas.

"Quer que eu fique aí agora?", perguntou.

"Não, estou bem", eu disse. "Mas você pode ir fazer as compras. Vamos precisar de produtos de limpeza, luvas de borracha e sacos de lixo pretos. E também de comida, porra."

"Tem mais sacolas no carro. Vou lá pegá-las primeiro."

"O.k."

Depois de ter posto a última garrafa na máquina e ter retirado o recibo, fui ao encontro de Yngve, que estava na seção de produtos de limpeza. Pegamos Jif para o banheiro, Jif para a cozinha, Ajax multiuso, Ajax limpa-vidros, água sanitária Klorin, desinfetante para o piso, Mr Muscle para limpeza pesada, um limpador de forno, um produto químico especial para sofás, lã de aço, esponjas, panos de prato, panos de chão, dois baldes e uma vassoura, além de almôndegas da seção de carnes, batatas e uma couve-flor da seção de vegetais. Fora isso, coisas para passar no pão, leite, café, frutas, uma bandeja de iogurtes e alguns pacotes de bolacha. Enquanto estávamos lá, eu não via a hora de encher a cozinha com aquelas mercadorias novas, frescas, brilhantes e intactas.

Quando chegamos ao estacionamento coberto, tinha parado de chover. Uma poça d'água se formara numa depressão em volta dos pneus traseiros do carro. Lá em cima o ar estava fresco, cheirava a mar e céu, não a cidade.

"O que você acha que aconteceu?", perguntei, quando descíamos para o estacionamento escuro. "Ela diz que o encontrou na poltrona. Será que ele adormeceu, e pronto?"

"Provavelmente", respondeu Yngve.

"O coração parou?"

"Sim."

"Hum, não é de estranhar, pela vida que ele levou."

"Não."

No restante do caminho até em casa nada foi dito. Pusemos as compras na cozinha, e vovó, que vira pela janela quando chegamos, perguntou aonde tínhamos ido.

"Fomos ao supermercado", disse Yngve. "E agora vamos comer alguma coisa!"

Ele começou a tirar as compras das sacolas. Eu peguei um par de luvas amarelas e um rolo de sacos de lixo e fui para o térreo. A primeira coisa a jogar fora seria o monte de roupas podres na área de serviço. Soprei dentro das luvas, calcei-as e me pus a enfiar as roupas nos sacos. O tempo todo respirei pela boca. À medida que os sacos se enchiam, eu os arrastava para fora e os empilhava defronte a dois latões verdes perto do portão da garagem. Já tinha quase terminado, só faltavam os lençóis grudados no chão, quando Yngve gritou avisando que a comida estava pronta.

Ele tinha removido o lixo da bancada, e em cima da mesa, também já limpa, havia uma travessa com almôndegas fritas, uma tigela de batatas, uma de couve-flor e uma tigelinha de molho. Ele pusera na mesa os melhores pratos e talheres de vovó, que deviam ter ficado intactos no armário nos últimos anos.

Vovó não queria comer nada, mas mesmo assim Yngve pôs meia almôndega, uma batata e um pouco de couve-flor no prato dela, e tentou convencê-la a provar. Eu estava faminto e comi quatro almôndegas.

"Você pôs creme no molho?", perguntei.

"Hum-hum. E um pouco de queijo marrom", disse ele.

"Está muito bom. Exatamente o que eu queria agora."

Depois de comermos, Yngve e eu fomos para a varanda com uma xícara de café e um cigarro. Ele me lembrou de ligar para o pai de Tonje, o que eu tinha esquecido completamente. Ou talvez adiara, não era um telefonema que eu estivesse a fim de dar. Mas era preciso, então fui até o quarto, peguei a agenda na mala e liguei do telefone da sala de jantar enquanto Yngve limpava a mesa da cozinha.

"Alô, é Karl Ove", eu disse, quando ele atendeu. "Queria saber se podia me ajudar com uma coisa. Não sei se Tonje contou, mas meu pai morreu ontem..."

"Sim, ela me contou", disse ele. "Não deve estar sendo fácil, Karl Ove."

"É verdade. Mas, de qualquer forma, eu estou aqui em Kristiansand. Foi a minha avó que o encontrou. Ela tem mais de oitenta anos e parece estar em choque. Quase não fala, fica o tempo todo sentada. Pensei se não haveria um calmante ou algo assim que pudesse aliviá-la. Ela já toma remédios, provavelmente deve haver calmantes entre eles, mas eu pensei... É isso. Ela não está nada bem."

"Você sabe que tipo de remédio ela toma?"

"Não. Mas posso dar uma olhada. Só um momento."

Pus o telefone em cima da mesa e fui para a cozinha, até a prateleira onde estava a caixa de remédios de vovó. Debaixo da caixa eu lembrava de ter visto uns papéis, por certo receitas.

Encontrei somente uma.

"Você viu as caixas dos remédios?", perguntei a Yngve. "As embalagens? Estou no telefone com o pai de Tonje."

"Tem algumas no armário aí do seu lado", disse ele.

"O que você está procurando?", perguntou vovó da sua cadeira.

Não queria ignorá-la, e tinha percebido seu olhar atrás de mim enquanto remexia ali, mas ao mesmo tempo não podia lhe dar atenção.

"Estou falando com um médico no telefone", eu disse, como se isso explicasse tudo. Estranhamente aquilo bastou para acalmá-la, e saí dali com a receita e as embalagens de remédio escondidas nas mãos.

"Alô?", eu disse.

"Pode falar", respondeu ele.

"Achei umas caixas", eu disse, lendo os nomes para ele.

"Ah. Ela já está tomando um calmante, mas posso prescrever mais um, não tem problema. Assim que desligarmos, eu vejo isso. Tem alguma farmácia aí por perto?"

"Sim, tem uma em Lund. É um bairro."

"Eu trato disso. Cuide-se bem."

Desliguei e voltei para a varanda, olhei para a boca do fiorde, onde o céu ainda estava encoberto mas a camada de nuvens tinha um tom totalmente diferente, mais claro. O pai de Tonje era uma boa pessoa, um sujeito adorável. Ele jamais seria capaz de agir de maneira inadequada ou extrema em qualquer direção, era respeitável e decente, mas não rígido ou formal, ao contrário, sempre demonstrava um entusiasmo quase juvenil e, se não era dado a extremos, não era porque não queria ou não podia, mas porque isso não fazia parte do seu repertório, era simplesmente impossível para ele, eu achava, e gostava dele por isso, havia alguma coisa de especial naquilo, na sua conduta decente, que eu sempre tinha buscado e, quando a encontrara, sempre gostara de estar próximo dele, ainda que ao mesmo tempo eu entendesse o porquê: porque meu pai era como ele e fora como ele. Quando me casei, aos vinte e cinco anos, foi porque queria uma vida de classe média, estável, sossegada. Essa faceta da minha personalidade naturalmente era impulsionada pelo fato de que nós não vivíamos aquele tipo de vida, uma vida de classe média, baseada na rotina, muito pelo contrário, e pelo fato de que ninguém mais se casava tão jovem, portanto aquilo era, se não radical, ao menos original.

Era assim que eu pensava, e, como a amava, ajoelhei-me uma noite em que estávamos sozinhos numa varanda nos arredores de Maputo, em Moçambique, sob um céu negro como carvão, com o ar tomado pelo estrilar dos gafanhotos e pelo som dos tambores num dos vilarejos a alguns quilômetros dali, e perguntei se ela queria se casar comigo. Ela disse algo que não entendi. Sem dúvida não era um sim. O que você disse?, perguntei. Está perguntando se eu quero me casar com você? É isso mesmo? É isso que está perguntando?, indagou ela. Sim, eu disse. Sim, disse ela. Quero me casar com você. Nós nos abraçamos, ambos com lágrimas nos olhos, e justamente nesse instante ouvimos o estrondo de um trovão, Tonje estremeceu, e em seguida desabou uma chuva torrencial. Nós rimos, Tonje correu para pegar a câmera lá dentro e, quando voltou, pôs um braço em torno do meu pescoço e com a outra mão tirou uma foto.

Éramos duas crianças.

Pela janela vi Yngve entrar na sala. Caminhou até as duas poltronas, olhou para elas, depois continuou andando e finalmente desapareceu.

Mesmo lá fora havia garrafas, algumas tinham sido carregadas pelo vento até a cerca, outras tinham ficado presas debaixo das duas cadeiras de sol, desbotadas e enferrujadas, e deviam estar ali desde a primavera, pelo menos.

Yngve apareceu de novo, não consegui ver a expressão que tinha no rosto, apenas seu vulto atravessando a sala e desaparecendo a caminho da cozinha.

Desci as escadas e fui para o jardim. Não havia casas lá embaixo, a montanha era íngreme demais, mas no fundo havia a marina, e mais além a baía relativamente rasa. A leste, no entanto, o jardim fazia fronteira com outra propriedade, cujo jardim estava conservado como fora o nosso no passado, e, diante da limpeza e do capricho que se revelavam na sebe podada, na grama aparada e nos canteiros coloridos de flores, o nosso jardim dava a impressão de estar doente. Fiquei ali por alguns minutos, chorando, em seguida dei a volta até a frente da casa e continuei meu trabalho na área de serviço. Depois de retirar de lá a última peça de roupa, despejei metade do frasco de água sanitária no chão, esfreguei com a vassoura e, usando a mangueira, enxaguei até toda a água escorrer ralo abaixo. Então joguei o desinfetante e tornei a esfregar o chão, dessa vez com um pano. Após um novo enxágue cheguei à conclusão de que era suficiente e voltei para a cozinha. Yngve limpava o armário por dentro. A lava-louça estava ligada. A bancada estava limpa e em ordem.

"Vou dar uma parada", eu disse. "Você vem comigo?"

"Sim, vou só terminar aqui", disse Yngve. "Que tal você fazer um pouco de café?"

Eu fiz. E então, de repente, me lembrei da receita de vovó. Era algo que não podia esperar.

"Vou até a farmácia. Quer alguma coisa? Da banca de jornais, talvez?"

"Não. Quer dizer, sim, uma coca."

Vesti o casaco, já descendo a escada. O mar de sacos de lixo pretos em frente ao bonito portão de madeira da garagem, estilo anos 1950, reluzia sob a luz cinza do verão. O reboque marrom-escuro estava lá estacionado, com o engate apoiado no chão, como um humilde servo, pensei, fazendo reverência à minha passagem. Enfiei as mãos nos bolsos e caminhei até a rua principal, a essa altura já seca depois da chuva que caíra. Contudo, em alguns locais ainda se acumulava água, e o verde intenso dos tufos de capim cintilava no escuro, totalmente diferente de quando estavam secos e empoeirados, quando o contraste entre as cores era menor e sob o céu tudo parecia igual, impossível de distinguir, vasto, amplo e vazio. Em quantos dias como aquele, amplos e vazios, eu tinha andado por ali? Vendo as janelas escuras das casas, o vento que assobiava pela paisagem, o sol que a iluminava, revelando toda a cegueira e a morte existentes ali. Ah, foi-se o tempo em que se venerava aquela cidade, foi-se o tempo em que lá era o melhor lugar do mundo, em que a vida pulsava ali. Céu azul, sol escaldante, ruas poeirentas. Um carro com o som no último volume e a capota baixada, dois rapazes nos bancos dianteiros, usando somente calção de banho e óculos escuros, a caminho da praia... Uma senhora passeando com um cachorro, coberta da cabeça aos pés, seus óculos escuros são enormes, o cachorro puxa a guia, tentando cheirar a cerca. Um avião com uma faixa, vai haver jogo no estádio no dia seguinte. Tudo é amplo, tudo está vazio, o mundo morreu e à noite os restaurantes estão lotados de homens e mulheres bronzeados e felizes, vestidos com roupas claras.

Eu odiava aquela cidade.

Depois de caminhar cem metros pela Kuholm, cheguei a um cruzamento, a farmácia ficava a cem metros dali, bem no meio do centro comercial do bairro. No topo da colina gramada atrás dele, havia blocos de apartamentos das décadas de 1950 e 1960. Do outro lado da rua, uma boa distância morro acima, ficava o salão Elevine. Talvez pudéssemos fazer ali a reunião depois do funeral.

O pensamento de que ele não morrera apenas para mim, mas também para sua mãe e seus irmãos, seus tios e tias, me fez chorar novamente. Não fiquei nem um pouco preocupado com o fato de que isso tivesse ocorrido numa calçada por onde transeuntes iam e vinham, eu mal os via, mas assim mesmo limpei os olhos com as costas da mão, mais por razões práticas, para poder enxergar o caminho, e nesse instante uma ideia veio à minha mente: não devíamos fazer a reunião depois do funeral no salão Elevine, mas na casa de vovô e vovó, que ele tinha destruído.

Essa ideia me perturbou.

Teríamos que limpar cada centímetro de cada cômodo da porra da casa, teríamos que nos livrar de tudo que estava estragado, descobrir onde estavam as coisas em condições de uso, recuperar a casa inteira para só então receber os convidados. Talvez ele tivesse destruído tudo, mas nós reergueríamos tudo. Éramos gente decente. Yngve diria que não daria certo, que não fazia sentido, mas eu iria insistir. Tinha tanto direito quanto ele de decidir como seria o funeral. Evidente que aquela merda iria dar certo. Era só limpar. Limpar, limpar, limpar.

Não havia fila na farmácia e, depois que mostrei minha identidade, um atendente vestido de branco apanhou os comprimidos numa das prateleiras, imprimiu uma etiqueta e a colou no frasco, pôs o frasco num envelope e me encaminhou ao caixa do outro lado para que eu fizesse o pagamento.

Uma sensação de que havia alguma coisa agradável ali, talvez causada apenas pelo ar fresco em contato com a minha pele, me fez parar nos degraus do lado de fora.

Cinza, o céu, cinza, a cidade.

Carros reluzentes. Janelas brilhantes. Fios estendidos de poste a poste.

Não, não havia nada ali.

Caminhei lentamente até a banca.

Papai tinha falado várias vezes em suicídio, mas sempre de forma genérica, em conversas. Ele achava que as estatísticas de suicídio mentiam e que muitos, talvez quase todos, acidentes de carro envolvendo apenas o condutor eram suicídios disfarçados. Ele disse isso várias vezes, que era comum alguém jogar o carro contra uma encosta de montanha ou contra um caminhão vindo no sentido contrário, para evitar a vergonha de um suicídio evidente. Foi mais ou menos por essa época que ele e Unni se mudaram para Sørlandet, depois de terem vivido muito tempo no norte da Noruega, e ainda estavam juntos. A pele de papai estava quase preta de tanto sol que ele tomara, e ele estava redondo como um barril. Deitava-se numa espreguiçadeira no jardim atrás da casa e bebia, sentava-se na varanda da frente e bebia, e à noite estava bêbado e confuso, ficava na cozinha, só de short, fritando costeletas, era só o que eu o via comer, nada de batata, nenhuma verdura, apenas costeletas esturricadas. Numa dessas noites ele disse que Jens Bjørneboe, escritor nascido em Kristiansand, havia se pendurado pelos pés, que tinha sido assim que ele se suicidara, pendendo de cabeça para baixo da viga do teto. A implausibilidade dessa manobra, pois como ele teria logrado fazer aquilo sozinho na sua casa em Veierland?, nos passou despercebida, tanto a mim como a ele. O modo mais razoável seria, ele disse, ir para um hotel, escrever uma carta para o hospital contando onde o corpo poderia ser encontrado, e então tomar uma bebida alcoólica e engolir alguns comprimidos, deitar-se na cama e dormir. Era incrível que eu nunca tivesse interpretado essa conversa como algo mais que uma conversa, pensei agora, aproximando-me da banca atrás do ponto de ônibus, mas assim foi. Ele tinha me marcado com uma imagem tão forte de si mesmo que jamais vi nada além disso, nem mesmo quando a pessoa que ele se tornou era tão diferente daquela que ele fora, seja em termos de fisionomia seja em termos de caráter, tanto que as semelhanças quase não eram mais visíveis, mas era sempre com a pessoa que ele fora um dia que eu me relacionava.

Subi os degraus de madeira e abri a porta da banca, que, exceto pelo jornaleiro, estava vazia, peguei um jornal da pilha próxima ao caixa, abri a porta de correr da geladeira, peguei uma coca e pus ambos no balcão.

"O *Dagbladet* e uma coca", disse o jornaleiro, pegando os dois para passar o código de barras no leitor. "Mais alguma coisa?"

Ele não olhou para mim ao dizer isso, certamente tinha visto que eu estava chorando quando entrei.

"Não. É só."

Tirei do bolso uma cédula amassada e olhei para ela. Cinquenta coroas. Estiquei um pouco a nota antes de entregá-la a ele.

"Obrigado", disse ele. Tinha grossos pelos louros nos braços, usava uma camiseta Adidas branca, calças esportivas azuis, provavelmente também Adidas, e não parecia alguém que trabalhasse numa banca de jornais, mas alguém que estivesse ali substituindo um amigo por alguns minutos. Peguei minhas coisas e me virei para sair quando dois garotos de dez anos entraram já com o dinheiro na mão. Haviam deixado as bicicletas apoiadas na escada. Uma fila de carros se pôs em movimento nos dois sentidos da rua. Eu teria que telefonar para mamãe à noite. E para Tonje. Segui pela calçada, atravessei a estreita faixa de pedestres em frente à banca, e estava de volta na rua Kuholm. Claro que o funeral tinha que ser lá. Dali a... seis dias. Até lá tudo deveria estar pronto. Até lá teríamos publicado um anúncio no jornal, planejado a cerimônia, chamado os convidados, recuperado a casa, dado um jeito no jardim e contratado um bufê. Se levantássemos cedo e fôssemos dormir tarde, e não fizéssemos mais nada, isso seria exequível. Era só uma questão de convencer Yngve. E Gunnar, claro. Ele até podia não dar opinião sobre o funeral, mas sobre a casa, sim. Mas, caramba, ia dar tudo certo. Ele iria entender os motivos.

Quando entrei na cozinha, Yngve estava limpando o fogão com lã de aço. Vovó estava sentada. Sob a sua cadeira, havia uma poça do que devia ser urina.

"Aqui está sua coca", eu disse. "Vou pôr na mesa."

"Certo."

"O que você trouxe aí?", perguntou vovó, olhando para a sacola da farmácia.

"É para você. Meu sogro é médico e, quando eu lhe contei o que aconteceu, ele prescreveu um calmante para você. Não acho que seja má ideia. Depois de tudo que você passou."

Peguei a caixa quadrada de papelão na sacola, abri-a e peguei o frasco de plástico.

"Que diz aí?", indagou vovó.

"Um comprimido de manhã e outro à noite", eu disse. "Quer um agora?"

"Sim, se o médico falou", respondeu vovó. Estendi-lhe o frasco, ela o chacoalhou e retirou um comprimido. Em seguida olhou em volta da mesa.

"Eu pego um pouco de água para você", eu disse.

"Não precisa", disse ela, colocando o comprimido sobre a língua, levando a xícara de café frio à boca, inclinando a cabeça para trás e engolindo.

"Argh!"

Pus o jornal na mesa e olhei para Yngve, que tinha voltado a esfregar o fogão.

"Que bom que vocês estão aqui, meninos. Mas você não quer dar uma parada, Yngve? Também, não precisa trabalhar feito louco."

"Talvez não seja má ideia", respondeu ele, e tirou as luvas, pendurou-as no puxador do forno, esfregou as palmas das mãos repetidamente na camiseta e sentou-se.

"Estou pensando se começo a limpar o banheiro lá embaixo", eu disse.

"Talvez fosse melhor ficarmos no mesmo andar", disse Yngve. "E aí podemos conversar enquanto trabalhamos."

Entendi que ele não queria ficar sozinho com vovó, e assenti.

"Então eu pego a sala."

"Como vocês trabalham", disse vovó. "Não precisa."

Por que ela disse aquilo? Tinha vergonha da situação em que estava a casa e de não ter conseguido mantê-la em ordem? Ou apenas não queria que a deixássemos sozinha?

"Um pouco de faxina não faz mal", eu disse.

"Não, não faz", concordou ela. Em seguida olhou para Yngve.

"Vocês já entraram em contato com a agência funerária?"

Senti um calafrio na espinha.

Ela teria estado lúcida durante todo aquele tempo?

Yngve fez que sim com a cabeça.

"Passamos lá de manhã. Eles vão cuidar de tudo."

"Que bom", disse ela, completamente imóvel e mergulhada em si mesma por um instante. Então continuou.

"Não sabia se ele tinha morrido ou não quando o vi. Ia me deitar, disse boa-noite e ele não respondeu. Estava sentado na poltrona lá dentro, como de costume. E tinha morrido. O rosto todo branco."

Olhei para Yngve.

"Você ia se *deitar*?", indagou ele.

"Sim, tínhamos visto TV a noite inteira. E, quando eu me levantei, ele não se mexeu."

"Estava escuro lá fora? Você lembra?", perguntou Yngve.

"Sim, acho que estava."

Eu estava quase vomitando.

"Mas você ligou para Gunnar", disse Yngve. "Era de manhã. Você não lembra?"

"Talvez tenha sido de manhã. Agora que você falou... Sim, é verdade. Eu subi e ele estava sentado na poltrona. Lá dentro."

Ela se levantou e saiu da cozinha. Nós a seguimos. Ela parou no meio da sala e apontou para a poltrona em frente à televisão.

"Era lá que ele estava sentado. Foi lá que ele morreu."

Cobriu o rosto com as mãos por um instante. E então voltou rapidamente para a cozinha.

Ninguém poderia lidar com aquilo. Era impossível. Eu poderia encher baldes de água e limpar a casa, poderia limpar a porra da casa inteira, mas não ajudaria em nada, claro que não, tampouco a ideia de fazer ali a reunião depois do funeral ajudaria, não havia nada que eu pudesse fazer para ajudar, nenhum lugar para onde eu pudesse fugir, nada que pudesse apagar aquilo.

"Precisamos conversar", disse Yngve. "Vamos ali na varanda?"

Eu assenti e fui atrás dele, atravessando a segunda sala de estar. Não havia um sopro de vento. O céu estava tão cinza quanto antes, mas um pouco mais claro acima da cidade. O ruído de um carro em marcha lenta veio do beco abaixo da casa. Yngve apoiou as mãos no parapeito e ficou olhando para o fiorde. Eu sentei na espreguiçadeira desbotada, levantei-me no instante seguinte, recolhi algumas garrafas e as coloquei perto da parede, procurei uma sacola de plástico mas não achei.

"Está pensando o mesmo que eu?", disse por fim Yngve, endireitando-se.

"Acho que sim", respondi.

"Vovó foi a única pessoa que o viu. Ela é a única testemunha. Gunnar não o viu. Ela ligou para ele de manhã e ele chamou a ambulância. Mas não chegou a vê-lo."

"Não."

"Pelo que sabemos, ele poderia estar vivo. Como vovó iria saber? Ela o encontra na poltrona, ele não responde quando ela o chama, ela liga para Gunnar, daí vem a ambulância, a casa fica cheia de médicos e socorristas, eles o põem numa maca e desaparecem, e pronto. Mas e se ele não tivesse morrido? E se estivesse apenas completamente bêbado? Ou então numa espécie de coma?"

"Sim. Quando chegamos, ela disse que o tinha encontrado pela manhã. E agora disse que o encontrou à noite. E só."

"E ela está começando a dar sinais de demência senil. Faz as mesmas perguntas o tempo todo. Será que ela entendeu quando a casa ficou cheia de gente?"

"E tem também a porra dos remédios que ela está tomando."

"É."

"Precisamos descobrir", eu disse. "Quer dizer, ter certeza do que aconteceu."

"Ah, merda, imagine se ele ainda estiver vivo", disse Yngve.

Fui dominado por um pavor que não sentia desde quando era criança. Fiquei andando para cima e para baixo na varanda, espiei pela janela para ver se vovó estava lá dentro, voltei-me para Yngve, que novamente estava olhando para o horizonte, com as mãos apoiadas no parapeito. Ah, merda, merda! O raciocínio era claro como cristal. A única pessoa que tinha visto papai fora vovó, era apenas do seu testemunho que dispúnhamos, e, em choque e prejudicada como ela estava, não havia razão para acreditar que fosse confiável. Quando Gunnar chegou, tudo terminara, a ambulância já o tinha levado, e depois ninguém entrou em contato com o hospital nem com as pessoas que estiveram na casa. E na agência funerária eles não sabiam de nada. Pouco mais de um dia havia transcorrido desde que ela o encontrara. Durante esse período ele poderia ter ficado num hospital.

"Vamos ligar para Gunnar?", eu disse.

Yngve se virou para mim.

"Ele não sabe nada além do que nós sabemos."

"Precisamos falar com vovó mais uma vez. E depois talvez ligar para o agente funerário. Ele certamente pode descobrir alguma coisa."

"Concordo", disse Yngve.

"Você liga?"

"Posso ligar."

Entramos. Um vento repentino soprou nas cortinas da porta da sala. Fechei a porta e fui atrás de Yngve, passando pela sala de jantar e voltando para a cozinha. Ouvimos a porta da frente bater lá embaixo. Olhei para Yngve. Que estava acontecendo?

"Quem pode ser?", perguntou vovó.

Era papai?

Ele estava de volta?

Fiquei apavorado como nunca.

Passos ecoaram na escada.

Era papai, eu sabia.

Ah, merda, merda, ele estava chegando.

Virei-me e fui para a sala, na direção da porta da varanda, pronto para sair correndo, atravessar o gramado, sumir daquela cidade e nunca mais voltar.

Obriguei-me a ficar parado. Ouvi os passos quase girar quando atingiram o patamar da escada. Chegar aos últimos degraus e ir para a cozinha.

Ele iria ficar enfurecido. Que porra nós estávamos fazendo, mexendo nas suas coisas daquele jeito, chegando ali e invadindo a sua vida?

Dei um passo para trás e vi Gunnar se dirigindo à cozinha.

Claro que era Gunnar.

"Vocês já avançaram um bocado por aqui, pelo que estou vendo", disse ele da cozinha.

Fui ao encontro deles. Não me senti um idiota, mas aliviado, pois, se Gunnar estivesse ali quando papai chegasse, seria mais fácil para nós.

Eles estavam sentados à mesa.

"Acho que eu podia levar um carregamento para o depósito hoje à tarde", disse Gunnar. "Fica no caminho da cabana. Aí volto com o reboque amanhã de manhã e dou uma mão para vocês. Acho que o reboque vai quase lotar com o lixo que está na frente da garagem."

"Também acho", disse Yngve.

"Podemos encher mais alguns sacos", disse Gunnar. "Com as roupas do quarto dele, por exemplo."

Ele se levantou.

"Então vamos fazer isso. É coisa rápida."

Na sala, ele parou e olhou em torno.

"Já podemos pegar essas roupas, não podemos? E aí vocês não têm mais que ficar olhando para isso enquanto estão aqui... Que coisa horrível..."

"Eu pego", eu disse. "Melhor colocar as luvas, acho."

Calcei as luvas amarelas ao entrar na sala e enfiei num saco de lixo preto tudo que estava no sofá. Fechei os olhos quando peguei a bosta seca com as mãos.

"Pega as almofadas também", disse Gunnar. "E o tapete. Ele não está com uma boa aparência."

Fiz o que ele disse, desci carregando as coisas até a frente da casa, onde as atirei no reboque. Yngve veio atrás de mim, e jogamos no reboque também os sacos que deixáramos lá. O carro de Gunnar estava estacionado do outro lado, por isso não ouvimos o ruído do motor. Assim que enchemos o reboque, ele e Yngve repetiram as manobras, até que o carro de Gunnar ficou com a traseira inclinada e foi só atrelar o reboque. Quando ele foi embora e Yngve estacionou novamente diante da garagem, eu sentei na escada. Yngve se apoiou no batente da porta. Sua testa estava molhada de suor.

"Eu tinha certeza que era papai que estava subindo as escadas", disse ele pouco depois.

"Eu também", eu disse.

Uma pega alçou voo do telhado do outro lado do jardim e deslizou pelo céu acima de nós. Bateu as asas um par de vezes, e o som, de algum modo semelhante a couro, pareceu surreal.

"Provavelmente ele morreu", disse Yngve. "Morreu, sim. Mas precisamos ter certeza. Vou dar um telefonema."

"Eu sei, porra", eu disse. "Só temos a palavra de vovó. E, do jeito que era a bebedeira e a zona nessa casa, ele poderia muito bem apenas ter bebido até apagar. Na verdade pode ter sido isso mesmo. Seria bem típico de papai, não acha? Ele chegar aqui e nos pegar mexendo nas suas coisas. E aquilo que ela disse... Como é que ela o encontrou de manhã e depois à noite? Como é possível que tenha se confundido assim?"

Yngve me olhou.

"Talvez ele tenha morrido à noite. E ela achou que ele estava apenas dormindo. E aí o encontrou de manhã. É uma possibilidade. Que deve estar atormentando vovó de tal modo que ela não é nem capaz de admitir. Então ela veio com essa conversa de que ele morreu de manhã."

"Sim. É possível."

"Mas isso não muda a questão principal. Vou lá telefonar."

"Vou com você", eu disse, e o segui até o primeiro andar. Enquanto ele procurava na carteira o cartão de visita do agente funerário, fechei a porta da cozinha, onde vovó estava sentada, com o máximo cuidado, e desci para a segunda sala de estar. Yngve discou. Eu mal tive força para ouvir a conversa, mas também não consegui ignorá-la.

"Alô, aqui é Yngve Knausgård. Estivemos aí hoje, lembra? Sim, exato. É que estávamos pensando se... bem, se vocês não saberiam onde ele está. Existem umas questões que não ficaram muito claras para nós, sabe... A única pessoa que estava presente quando o levaram foi nossa avó. E ela é bem idosa e não está sempre lúcida. Então nós simplesmente não temos certeza do que aconteceu. Será que o senhor poderia cuidar disso para nós? Sim... Sim... Sim. Perfeito. Obrigado... Muito obrigado. Sim... Até breve."

Yngve olhou para mim ao desligar.

"Ele estava na cabana. Mas vai dar uns telefonemas, assim ele disse, e descobrir o que aconteceu. E mais tarde liga de volta."

"Ótimo."

Fui para a cozinha e enchi um balde com água quente, um pouco de desinfetante, peguei um pano de chão e fui para a sala, onde fiquei parado por um momento, sem saber por onde começar. Não fazia sentido limpar o chão antes de jogarmos fora os móveis que deveriam ser descartados, pois nos dias seguintes haveria muito movimento por ali. Limpar batentes de portas e de janelas, portas, parapeitos, estantes, cadeiras e mesas era um serviço mais delicado e supérfluo. Eu queria alguma coisa que fizesse diferença. Era melhor limpar o lavabo e o banheiro lá embaixo, onde cada centímetro tinha que ser esfregado. Era também o mais lógico, já que eu terminara a área de serviço, que ficava em frente ao banheiro. E eu poderia ficar sozinho lá.

Um movimento à minha esquerda me fez virar a cabeça. Uma gaivota enorme estava do lado de fora da janela, espiando o interior da casa. Bateu com o bico no vidro, duas vezes. Continuou ali.

"Viu isso?", gritei para Yngve na cozinha. "Tem uma gaivota enorme aqui, batendo com o bico no vidro."

Ouvi vovó se levantar.

"Precisamos dar alguma coisa para ela comer", disse.

Fui até a porta. Yngve estava esvaziando os armários, tinha posto os copos e os pratos na bancada debaixo dele. Vovó estava em pé ao seu lado.

"Viram a gaivota?", perguntei.

"Não", disse Yngve. "Nunca vi uma gaivota."

Ele sorriu.

"Ela costuma vir aqui", disse vovó. "Quer comida. Pronto. Podemos dar isto para ela."

Ela pôs uma almôndega num pratinho, ficou ali, curvada e magra, com uma mecha do cabelo negro pendendo sobre os olhos, e com movimentos rápidos cortou em pedacinhos a carne semicoberta com molho ressecado.

Eu fui com ela para a sala.

"Ela costuma vir aqui?", indaguei.

"Sim", ela respondeu. "Quase todo dia. Já faz mais de um ano. Eu sempre dou alguma coisa para ela, sabe. Ela aprendeu. E agora vem aqui."

"Tem certeza que é a mesma gaivota?"

"Claro que tenho! Eu a reconheço. E ela me reconhece."

Assim que ela abriu a porta da varanda, a gaivota pulou no chão e, sem demonstrar o menor receio, aproximou-se do prato que ela levava. Eu fiquei na porta, observando como ela pegava os pedaços com o bico e jogava a cabeça para trás quando tinha enchido bem a boca. Vovó ficou do meu lado, olhando para a cidade.

"Não falei?", disse ela.

O telefone tocou. Eu dei um passo para trás de modo a poder me certificar de que Yngve tinha atendido. A conversa foi breve. Assim que ele desligou, vovó passou por mim e a gaivota saltou para o parapeito, onde ficou por alguns segundos antes de abrir as grandes asas e alçar voo. Umas batidas de asas, e ela já estava bem acima do gramado. Segui-a com os olhos até ela planar sobre o mar. Yngve parou atrás de mim. Fechei a porta e me virei para ele.

"Ele morreu, não há dúvida. Está no subsolo do hospital. Podemos vê-lo segunda-feira à tarde, se quisermos. E também consegui o número do telefone do médico que esteve aqui."

"Ver para crer."

"Então vamos ver."

* * *

Dez minutos depois, eu punha um balde de água fumegante, um frasco de água sanitária e um de Jif no chão em frente ao banheiro. Sacudi o saco de lixo que tinha levado comigo para abri-lo e comecei a jogar as coisas fora. Primeiro o que estava no chão: pedaços secos de sabonete, frascos de xampu grudentos, miolos de rolos de papel higiênico, a escova de privada, manchada de marrom, embalagens de remédios, de papel-alumínio e de plástico, alguns comprimidos, uma ou duas meias, um ou outro bobe. Feito isso, tirei tudo que havia no armário da parede, exceto dois vidros de perfume que pareciam caros. Lâminas, aparelhos de barbear, grampos, sabonetes diversos, cremes e pomadas velhos e secos, uma rede de cabelo, loção pós-barba, desodorantes, delineadores, batons, algumas esponjinhas que não sei para que serviam mas que deviam ter a ver com maquiagem, e cabelos, tanto curtos e encaracolados como mais compridos e lisos, tesoura de unhas, um rolo de atadura, fio dental e pentes. Assim que esvaziei o armário, restou uma mancha amarelo--torrada na prateleira que decidi deixar para limpar por último. Os azulejos ao lado da privada, onde estava fixado o suporte do papel higiênico, estavam cobertos de manchas marrom-claras, e o piso ali embaixo estava grudento, e esse me pareceu ser o ponto mais crítico, então esguichei um jato de Jif nos azulejos e comecei a esfregá-los, metodicamente, do teto ao chão. Primeiro a parede à direita, depois a parede do espelho, depois a da banheira e por último ao redor da porta. Esfreguei cada azulejo até deixá-los bem limpos, devo ter demorado uma hora e meia. Muitas vezes me vinha à mente que aquele era o lugar onde meu avô havia tido um colapso, numa noite de outono seis anos antes, e ele gritara por vovó, que tinha chamado uma ambulância e lá ficara, segurando a mão dele até o socorro chegar. Pela primeira vez me dei conta de que tudo ali estava como estivera desde então. Quando meu avô chegou ao hospital, descobriram que fazia tempo que ele vinha tendo abundantes hemorragias internas. Alguns dias mais, e ele teria morrido, quase já não tinha sangue. Ele devia saber que algo estava errado, mas relutava em ir ao médico. Aí caiu no chão do banheiro, quase morto, e, ainda que tivesse chegado a tempo no hospital e tivesse sido salvo de início, estava tão fraco que foi piorando gradativamente até por fim morrer.

Quando eu era criança, tinha medo daquele banheiro lá embaixo. A descarga, que devia ser da década de 1950 e era do tipo que tinha uma alavanca de metal com uma bolinha preta pendendo na lateral, ficava no alto e continuava a despejar água depois que alguém a usava, e o ruído, vindo do escuro de um andar onde não costumava haver ninguém, que estava vazio, com seu carpete azul, seu guarda-roupa com casacos e jaquetas pendurados organizadamente, sua prateleira com os chapéus de vovô e vovó e sua prateleira com os sapatos deles, que na minha imaginação representavam criaturas vivas, como tudo naquela época, e sua escada larga que levava ao andar superior, me apavorava de tal maneira que eu precisava recorrer a toda a minha força de persuasão para desafiar meus medos e entrar no banheiro. Sabia que não havia ninguém ali, sabia que a água que corria era só água que corria, que os casacos eram apenas casacos, os sapatos apenas sapatos, as escadas apenas escadas, mas provavelmente essa certeza só aumentava o pavor, porque eu não queria ficar sozinho com todas aquelas coisas, era isso que me amedrontava, uma sensação que era intensificada por aquelas não criaturas mortas. Eu ainda podia sentir aquele modo de perceber o mundo. A privada parecia uma criatura viva, assim como a pia, o banheiro, e o saco de lixo, aquele estômago faminto e negro ali no chão.

Naquela noite em particular aquela perturbação ressurgiu, porque meu avô havia tido um colapso ali e porque na véspera papai tinha morrido na sala lá em cima, então a morte daquelas criaturas se associava à morte deles, meu pai e meu avô.

Então como fazer para afastar aquela sensação?

Ah, a única coisa que eu podia fazer era limpar. Esfregar e esfregar. Lavar sem parar. Ver como cada azulejo ficava brilhando de limpo. Imaginar que tudo que fora destruído ali seria recuperado. Tudo. Tudo. E que eu jamais, em nenhuma circunstância, iria acabar da mesma forma que ele acabara.

Depois de lavar as paredes e o piso, joguei a água na privada, tirei as luvas amarelas, virei-as pelo avesso e as pendurei na borda do balde vermelho, agora vazio, enquanto pensava que tinha que comprar o quanto antes uma escova de privada. Quer dizer, a não ser que houvesse uma no outro banheiro. Abri a porta. Sim, havia. Aquela teria que servir por enquanto, não importava o seu estado, e eu compraria uma nova na segunda-feira. A caminho da escada eu me detive. A porta do quarto de vovó estava entreaberta, e por alguma razão eu a abri e dei uma espiada lá dentro.

Essa não!

Não havia lençóis na cama, ela estava dormindo direto num colchão duro, manchado de urina. Havia uma espécie de banquinho ao lado da cama, com um balde embaixo. Roupas espalhadas por toda parte. Uma fileira de plantas murchas na janela. O cheiro de amônia era sufocante.

Que merda de lugar era aquele? Porra, merda, caralho.

Deixei a porta do jeito que a encontrei e subi as escadas devagar. O corrimão tinha trechos quase pretos de sujeira. Pus a mão nele e senti que estava grudento. Ao chegar lá em cima, ouvi o som da TV. Quando entrei na sala, vovó assistia sentada na poltrona no meio do cômodo. Passava o noticiário da TV2. Então deveriam ser seis e meia ou sete horas.

Como ela conseguia ficar sentada ali, perto da poltrona em que ele tinha morrido?

Aquilo revirou meu estômago, e as lágrimas que brotaram, como que expelidas à força, juntamente com as contrações do rosto que não consegui controlar, eram muito mais fortes que uma ânsia de vômito, e aquela sensação de desequilíbrio e desatino me inundou e provocou pânico, era como se eu estivesse sendo despedaçado. Se eu tivesse conseguido, teria caído de joelhos, unido as mãos e clamado por Deus, teria gritado, mas não era possível, não havia misericórdia naquilo, o pior já acontecera, tinha passado.

Quando entrei na cozinha, ela estava vazia. Todos os armários estavam limpos e, ainda que houvesse muita coisa para fazer, as paredes, o piso, as gavetas, a mesa e as cadeiras, a cozinha parecia mais leve. Na bancada estava uma das garrafas de plástico de um litro e meio de cerveja. Gotinhas minúsculas cobriam o rótulo. Ao lado estava uma peça de queijo marrom com o fatiador em cima, um queijo amarelo e um pacote de margarina com a lâmina da faca enfiada e o cabo pendendo de um lado. A tábua de cozinha tinha sido usada, sobre ela havia um pedaço de pão integral, metade fora da embalagem de papel vermelha e branca. Diante dele uma faca de pão, cascas e migalhas.

Peguei um saco plástico na última gaveta, esvaziei os dois cinzeiros que estavam em cima da mesa, amarrei-o e o enfiei no saco de lixo preto cheio pela metade que estava num canto, peguei um pano, limpei os restos de tabaco e as migalhas da mesa, pus o pacote de tabaco e a máquina de enrolar na caixa de papel de cigarro numa ponta da mesa, embaixo do parapeito da janela, abri a janela e a travei. Depois fui procurar Yngve. Ele estava sentado na varanda, como eu imaginara. Com uma garrafa de cerveja numa das mãos e um cigarro na outra.

"Quer um pouco?", disse ele, quando me viu. "Tem uma garrafa na cozinha."

"Não, obrigado. Não depois do que aconteceu aqui. Nunca mais bebo cerveja em garrafas de plástico."

Ele olhou para mim e sorriu.

"Você é muito sensível. A garrafa estava fechada. Estava na geladeira. Dessa ele não bebeu."

Acendi um cigarro e me encostei no parapeito.

"Que vamos fazer com o jardim?", perguntei.

Yngve deu de ombros.

"Não podemos consertar tudo aqui."

"Eu quero."

"Ah, é?"

"É."

Agora seria o momento de lhe contar meu plano. Mas não consegui. Sabia que Yngve iria se opor, e haveria uma discussão que eu não desejava. Ah, eram coisas pequenas, mas será que minha vida consistia em algo além disso? Quando éramos crianças, eu admirava Yngve, como os caçulas admiram os irmãos mais velhos, não almejava o reconhecimento de ninguém senão o dele e, ainda que ele fosse um pouco velho demais para que nossos caminhos se cruzassem quando saíamos, em casa ficávamos juntos. Não em termos iguais, é claro, geralmente sua vontade prevalecia, mas mesmo assim éramos próximos. Também porque combatíamos um inimigo comum: papai.

Não me lembrava de muitos episódios da nossa infância, mas os poucos que eu recordava eram significativos. Lembro que ríamos à toa de coisas pequenas, como na ocasião em que fomos acampar na Inglaterra, no verão de 1976, anormalmente quente, e uma noite subimos um morro nas proximidades do acampamento e um carro passou por nós e Yngve disse que as duas pessoas lá dentro estavam se beijando e eu entendi "se mijando" e nós rimos durante vários minutos, risadas que recomeçaram por qualquer motivo pelo resto da noite.

Se há uma coisa de que tenho saudade da minha infância, é isso, rir incontrolavelmente de qualquer bobagem com meu irmão. Lembro que passamos uma noite inteira jogando futebol ao lado das barracas, na mesma viagem, com dois garotos ingleses, Yngve com seu boné do Leeds, eu com o meu do Liverpool, o sol se pondo no campo, a escuridão se alastrando em torno, o burburinho nas barracas ao nosso redor, eu sem entender uma única palavra do que eles diziam, Yngve traduzindo orgulhosamente para mim. A piscina em que mergulhamos de manhã antes de voltarmos para casa, onde eu, que não sabia nadar, me aventurei no fundo, agarrando-me numa bola de borracha que de repente escorregou das minhas mãos e eu afundei, nós dois sozinhos, Yngve gritou por ajuda, um rapaz veio correndo e me resgatou, meu primeiro pensamento, depois de engolir um pouco de água clorada, foi o de evitar que mamãe e papai ficassem sabendo do que tinha ocorrido. Os dias em que houve acontecimentos como esse eram incontáveis, os laços que criaram entre nós, indestrutíveis. O fato de que ele podia ser mais cruel comigo que qualquer outra pessoa não mudava as coisas, fazia parte de tudo aquilo, e, no contexto em que vivíamos, o ódio que eu sentia dele não era mais que um riacho diante do oceano, uma lâmpada diante da noite. Ele sabia exatamente o que dizer para me deixar furioso a ponto de eu perder o controle. Ficava sentado, bem calmo, com um sorriso matreiro nos lábios, me provocando até me ter nas mãos e eu já não conseguir enxergar direito, ver tudo negro e não responder mais por mim. Era capaz de atirar nele, com toda a força, o copo que estivesse segurando, ou uma fatia de pão, se fosse isso que eu tivesse nas mãos, ou uma laranja, quando não tentava atingi--lo com os punhos, enquanto ele, no comando da situação, segurava meus braços e dizia *Calma, calma, bebê, está zangado, coitadinho...* Ele também sabia quais eram as coisas que me deixavam apavorado, então, quando mamãe estava de plantão à noite e papai havia ido a uma reunião do conselho e a TV reexibia a série de ficção científica *O passageiro cego*, que era transmitida bem tarde justamente para que crianças como eu não vissem, era a senha para ele apagar todas as luzes da casa, trancar a porta da frente e vir na minha direção repetindo *Eu não sou o Yngve. Eu sou um passageiro cego*, enquanto eu gritava de pavor e implorava para ele me dizer que era Yngve, *Diga, diga que você é o Yngve, eu sei, Yngve, Yngve, você não é um passageiro cego, você é o Yngve...* Outra coisa que ele sabia que me deixava apavorado era o barulho no encanamento de água quente, um som agudo que logo se transformava num estampido, que para mim era insuportável, então eu saía correndo, de modo que tínhamos feito um acordo: ele não destamparia o ralo da pia depois de lavar o rosto de manhã, deixaria a água na pia para mim. Assim, toda manhã, por cerca de seis meses, eu lavava as mãos e o rosto na água em que Yngve tinha se lavado.

Quando ele completou dezessete anos e saiu de casa, naturalmente nossa relação se modificou. Sem o contato diário, ganhou força em mim a imagem que eu fazia dele e da sua vida, sobretudo a vida que ele tinha em Bergen, onde foi estudar. Eu queria viver como ele vivia.

No outono do meu primeiro ano no ensino médio, eu o visitei em Bergen, na residência estudantil de Alrek, onde ele tinha um quarto. No centro, assim que desci do ônibus procedente do aeroporto, fui comprar um maço de cigarros Prince e um isqueiro. Jamais havia fumado, mas fazia tempo que planejara começar a fumar e, sozinho em Bergen, teria a oportunidade de fazê-lo. Então lá estava eu, debaixo da torre verde da igreja de São João, no meio da praça principal de Bergen, Torgallmenningen, repleta de gente, carros e vidros reluzentes. O céu estava azul, minha mochila estava ao meu lado no chão, um cigarro no canto da boca, e, ao acendê-lo com as mãos em concha para proteger a chama contra o vento, tive uma sensação forte, quase arrebatadora, de liberdade. Estava sozinho, podia fazer o que quisesse, a vida inteira se escancarava diante de mim. Eu tossi, claro, a fumaça queimou minha garganta, mas depois consegui dominar a coisa, a sensação de liberdade não diminuiu e, ao terminar o cigarro, pus no bolso do casaco o maço branco e vermelho, joguei a mochila nas costas e fui ao encontro de Yngve. No colégio arquidiocesano de Kristiansand nada era meu, mas Yngve era meu, o que era dele era meu também, então me senti não só contente, mas também orgulhoso, poucas horas mais tarde, ajoelhado no seu quarto, os raios do sol atravessando as janelas cobertas de neblina, ao dedilhar sua coleção de discos guardados em três caixas de vinho encostadas na parede. Saímos naquela noite, com três garotas que ele conhecia, e eu peguei emprestado seu desodorante, Old Spice, e seu gel de cabelo, e pouco antes de irmos para a rua, em frente ao espelho no hall, ele dobrou as mangas da camisa xadrez preta e branca que eu estava usando, idêntica àquela que The Edge, do U2, usava em tantas fotos, e ajeitou a gola do meu casaco. Encontramos as garotas no apartamento de uma delas, elas acharam muito engraçado o fato de que eu tivesse apenas dezesseis anos e acharam que eu devia estar de mãos dadas com uma delas quando passássemos pelo leão de chácara, coisa que eu também tinha feito na primeira vez que fui a um lugar onde só podiam entrar maiores de dezoito. No dia seguinte fomos ao Café Opera e ao Café Galleri, onde encontramos também mamãe. Ela estava morando com sua tia Johanna na rua Søndre Skog, no apartamento que Yngve viria a ocupar futuramente, e foi lá que eu fui encontrá-lo quando chegou a minha vez de morar em Bergen. Uma ocasião, um ano depois, munido de um gravador, fui entrevistar a banda americana Wall of Voodoo, que tocaria num clube, Hulen, naquela noite. Não tinha marcado nada, apenas cheguei lá com minha identificação de jornalista, e ficamos junto ao palco aguardando-os para a passagem do som, eu vestia uma camisa branca e uma gravata preta de couro com uma grande águia brilhante, calças pretas e botas. Porém, quando a banda apareceu, não ousei falar com eles, me pareceram assustadores, um bando de trintões drogados vindos de Los Angeles, e foi Yngve quem me tirou daquela enrascada. *Hey, mister!*, gritou ele, e o baixista ouviu e veio até nós, e Yngve disse *This is my little brother, he has come all the way from Kristiansand, down south, to make an interview with Wall of Voodoo. Is that o.k. with you?*

Nice tie!, disse o baixista, a quem imediatamente acompanhei até o camarim. Ele estava todo de preto, tinha tatuagens enormes nos braços, cabelos pretos compridos e botas de caubói, e foi extremamente simpático, me ofereceu uma cerveja e respondeu com detalhes a todas as perguntas que eu havia elaborado para o jornalzinho da escola. Outra ocasião foi Blaine Reininger, o qual acabara de romper com a Tuxedomoon, que entrevistei em Bergen, num dos confortáveis sofás do Café Galleri. Jamais tive dúvida, nem por um instante, de que era para lá, para aquela metrópole, com seus cafés, casas de espetáculo e lojas de disco, que eu queria me mudar quando terminasse o colégio.

Depois da apresentação dos Wall of Voodoo permanecemos no Hulen e decidimos formar uma banda quando eu me mudasse. Pål, amigo de Yngve, poderia tocar baixo, Yngve, guitarra, e eu, bateria. Mais tarde encontraríamos um vocalista. Yngve comporia as músicas, eu escreveria as letras e um dia, dissemos um ao outro naquela noite, tocaríamos ali no Hulen. Para mim, naquele tempo, mudar para Bergen era como dar um salto para o futuro. Eu abandonei minha vida como era e passei alguns dias na minha vida seguinte antes de voltar para casa. Em Kristiansand eu estava sozinho e tinha que lutar por tudo, em Bergen eu estava com Yngve, e aquilo que ele tinha pertencia também a mim. Não me refiro apenas aos clubes e cafés, lojas e parques, salas de leitura e auditórios, mas também a todos os seus amigos, que, quando ficavam me conhecendo, já sabiam quem eu era e também o que eu fazia, que eu tinha um programa musical próprio numa rádio local e que escrevia resenhas de discos e shows no *Fædrelandsvennen*, e depois daqueles encontros Yngve sempre me contava o que haviam achado de mim, normalmente eram as garotas que faziam comentários, que eu era bonito ou maduro para a minha idade, essas coisas, mas os rapazes também faziam, e um desses comentários me marcou bastante, o de Arvid, que me achou parecido com o garoto de *Morte em Veneza*, de Visconti. Eu era alguém para eles, e isso graças a Yngve. Ele me levou para Vindilhytta, uma cabana onde seus amigos costumavam se reunir para passar o réveillon, e um verão, em que eu estava vendendo fitas cassete na rua em Arendal e estava bem financeiramente, nós saíamos quase toda noite, e numa daquelas saídas, eu me lembro bem, Yngve demonstrou surpresa, mas também uma ponta de orgulho, ao me ver beber cinco garrafas de vinho e ainda assim me comportar de maneira razoável. O fim do verão ficou marcado pelo namoro entre mim e a irmã da namorada de Yngve. Ele tirou várias fotos minhas com a sua Nikon Reflex, todas em preto e branco, todas terrivelmente posadas, e certa vez fomos juntos a um fotógrafo profissional, a ideia era dar de presente de Natal aos nossos avós maternos e paternos uma foto nossa, e foi o que fizemos, mas a foto acabou indo parar também na vitrine da loja do fotógrafo, no saguão do cinema de Kristiansand, onde qualquer um poderia nos ver posando com nossas roupas e penteados típicos da década de 1980. Yngve com uma camisa azul-clara e bracelete de couro num dos punhos, cabelos compridos na nuca e curtos no alto, eu com minha camisa xadrez preta e branca de mangas dobradas, jaqueta preta, cinto com tachinhas e calças pretas, com os cabelos ainda mais compridos na nuca e mais curtos no alto do que Yngve, e além disso com uma cruz pendurada numa orelha. Ia muito ao cinema naquela época, a maioria das vezes na companhia de Jan Vidar ou de algum outro amigo de Tveit, e, quando via a fotografia ali à mostra, na vitrine iluminada, nunca conseguia associá-la a mim, isto é, à vida que eu levava em Kristiansand, que tinha uma certa qualidade externa e objetiva, no sentido de que estava ligada a locais específicos, como a escola, o ginásio de esportes, o centro da cidade, e também a pessoas específicas, meus amigos, colegas de classe, colegas de time, enquanto a fotografia estava ligada a algo íntimo e oculto, antes de tudo ao núcleo familiar, mas também à pessoa que eu me tornaria assim que saísse dali. Se Yngve falava de mim para os seus amigos, eu jamais o mencionava para os meus.

Eu estava confuso e ficava irritado de ver aquele universo interior sendo exposto à apreciação pública. Mas exceto por um ou outro comentário ninguém perdeu seu tempo com aquilo, já que eu não era o tipo de pessoa com quem as pessoas perderiam seu tempo.

Quando finalmente concluí o ensino médio, em 1987, por algum motivo não me mudei para Bergen, em vez disso fui para um pequeno vilarejo numa ilha no norte da Noruega, onde por um ano trabalhei como professor. A ideia era escrever meu romance à noite, e com as minhas economias viajar durante um ano pela Europa, comprei um livro que trazia todos os possíveis e impossíveis empregos temporários existentes nos países da Europa, e era aquilo mesmo que eu tinha imaginado, viajar de cidade em cidade, de país em país, trabalhando um pouco, escrevendo um pouco e levando uma vida livre e independente, mas aí, graças aos textos que escrevera naquele ano, fui admitido na recém-criada Academia de Letras da região de Hordaland e, entusiasmado por ter sido aceito, mudei meus planos e fui, aos dezenove anos, para Bergen, onde, apesar dos meus sonhos e expectativas de uma vida itinerante pelo mundo, permaneci pelos nove anos seguintes.

E comecei bem. O sol brilhava quando saltei do ônibus procedente do aeroporto no mercado de peixes e Yngve, que trabalhava como recepcionista no hotel Orion nos fins de semana e nas férias, estava de bom humor quando cheguei, ele tinha mais meia hora para cumprir, então iríamos comprar camarões e cerveja para festejar o início da minha nova vida. Ficamos sentados nos degraus em frente à sua casa, tomando cerveja e ouvindo o som dos Undertones, que estava no último volume na sala. Quando caiu a noite, já um tanto bêbados, chamamos um táxi para ir à casa de Ola, um dos seus amigos, bebemos um pouco mais e fomos ao Café Opera, onde ficamos até a hora de fechar, a uma mesa aonde não parava de chegar gente. Esse é o meu irmão mais novo, Karl Ove, dizia Yngve a cada vez, ele se mudou para Bergen para começar a Academia de Letras. Vai ser escritor. Yngve tinha arrumado um quarto para mim em Sandviken, a garota que morava lá iria passar um ano na América do Sul, e, até que o lugar fosse desocupado, eu iria dormir onde ele morava, no sofá. Lá ele me dava umas broncas, como sempre fazia nas poucas ocasiões em que ficamos juntos por mais de alguns dias, desde a época de Alrek, quando levei um esporro por cortar o queijo marrom em fatias grossas demais ou por não guardar os discos no lugar onde os encontrara, e dessa vez as reclamações eram do mesmo tipo: não secava direito o piso do banheiro depois de tomar banho, espalhava migalhas no chão quando comia, não tomava cuidado ao pôr a agulha no disco, até que um dia, quando ele me disse que eu havia batido a porta do carro com muita força, eu dei um basta naquilo. Em fúria, gritei que ele tinha que parar de me dizer como agir. E ele parou, depois daquilo nunca mais me repreendeu. Mas o equilíbrio da nossa relação permaneceu o mesmo, era para o seu mundo que eu havia entrado, e nele eu era e continuaria a ser o irmão mais novo. A vida na Academia de Letras era complicada, não fiz amigos lá, em parte porque todos eram mais velhos que eu, em parte porque não conseguia achar pontos de contato entre mim e eles, então estava sempre atrás de Yngve, telefonando para perguntar se ele tinha programado alguma coisa para o fim de semana, o que em geral ele havia feito, claro, e se eu poderia acompanhá-lo. Sim, poderia. E, depois de ter vagado sozinho pela cidade um domingo inteiro ou depois de ter ficado em casa, na cama, lendo, era muito difícil resistir à tentação de cair na noite, mesmo que eu dissesse a mim mesmo que não deveria fazê-lo, então com frequência acontecia de eu terminar o dia no sofá da casa de Yngve, vendo TV.

Ele acabou indo para uma república, o que para mim foi péssimo, porque minha dependência dele se tornou mais evidente, raro era o dia em que eu não batia à sua porta e, quando ele não estava em casa, eu ficava na sala, ou entretido com uma história que um dos moradores me contava, ou sozinho, folheando um jornal ou uma revista de música, como a desprezível caricatura de um homem falido. Eu precisava de Yngve, mas Yngve não precisava de mim. Era isso. Conversar com um dos seus amigos enquanto ele estava lá, tudo bem, fazia algum sentido, mas sozinho? Ficar lá sozinho com um deles? Iria parecer estranho, forçado e invasivo, não dava. E na verdade meu comportamento não era dos melhores, eufemisticamente falando, eu me embebedava com frequência e não hesitava em encher o saco de alguém se me desse na telha. Normalmente era algo que tinha a ver com a aparência deles ou com um detalhe bobo que eu tivesse notado.

O romance que escrevi no período em que frequentei a Academia de Letras foi recusado, comecei a universidade, estudava literatura sem muito entusiasmo, não conseguia mais escrever, e só o que restou da minha carreira de escritor foi o desejo de segui-la. Em mim ele permanecia forte, mas quantos na universidade não nutriam o mesmo desejo? Tocávamos no Hulen com a nossa banda, Kafkatrakterne, tocávamos no Garage, algumas das nossas músicas tocavam no rádio, recebemos algumas críticas favoráveis nos jornais especializados, e isso foi bom, mas ao mesmo tempo eu sabia que só estava ali porque era irmão de Yngve, pois na verdade eu era um baterista sofrível. Quando completei vinte e quatro anos, tive um insight: aquela era a minha vida, era assim que ela era, e provavelmente assim seria até o fim. A época de estudante, período tão lembrado durante a vida, do qual sempre nos recordamos com alegria, para mim não passou de uma sequência de dias solitários, tristes e imperfeitos. O fato de eu não ter percebido isso antes se devia à esperança que residia em mim, todos os sonhos ridículos que pode ter um garoto de vinte anos, sobre mulheres e amor, sobre amigos e felicidade, sobre talentos ocultos e sucesso repentino. Mas, quando fiz vinte e quatro anos, eu passei a ver a vida como ela era. E a vida era o.k., eu também tinha minhas pequenas alegrias, não era esse o problema, eu podia tolerar minha parcela de solidão e humilhação, pode vir, havia dias em que eu pensava, pode vir, eu sou o poço dos falidos, dos miseráveis, dos coitados, dos patéticos, dos infelizes, dos infames. Vem! Mija em mim, caga em mim se quiser! Eu aguento. Eu suporto. Sou a resistência em pessoa. Jamais tive a menor dúvida de que era isso que as garotas viam nos meus olhos. Muito desejo, pouca esperança. Enquanto isso, Yngve, que durante todo aquele tempo havia tido seus amigos, seus estudos, seu trabalho e sua banda, para não falar de suas namoradas, tinha tudo que ele queria.

O que ele tinha que eu não tinha? Como é que ele sempre se dava bem enquanto as garotas com quem eu conversava ou ficavam assustadas ou me desprezavam? Fosse qual fosse a razão, permaneci perto dele. O único amigo de verdade que tive ao longo de todos aqueles anos foi Espen, que ingressara na Academia um ano depois de mim e a quem fui reencontrar no curso de literatura, ocasião em que ele me pediu que lesse alguns poemas que escrevera. Eu não sabia nada de poesia, mas dei uma olhada nos poemas, disse algumas bobagens que ele nem levou em consideração, e pouco a pouco fomos ficando amigos. Espen era o tipo de cara que havia lido Beckett na escola, ouvia jazz e jogava xadrez, tinha cabelos compridos e era um pouco nervoso e ansioso. Não gostava de reuniões com mais de duas pessoas, mas era intelectualmente receptivo, e fez sua estreia literária com uma coletânea de poemas um ano depois de nos conhecermos, não sem alguma inveja da minha parte. Yngve e Espen representavam os dois lados da minha vida, e obviamente não se davam bem.

Espen provavelmente não se deu conta disso, pois eu sempre fingia saber das coisas, mas foi ele que me empurrou para o mundo da literatura avançada, onde se escreviam ensaios sobre um verso de Dante, onde nada parecia ser complexo o suficiente, onde a arte se relacionava com o supremo, não num sentido transcendental, porque era com o cânone modernista que estávamos lidando, mas no sentido do inalcançável, que era mais bem ilustrado pela descrição que Blanchot fez do olhar de Orfeu, a noite da noite, a negação da negação, o que, claro, era de alguma forma muito superior à vida banal e em muitos aspectos mesquinha que vivíamos, mas o que eu aprendi também foi que nossa vida ridiculamente irrelevante, na qual não conseguíamos obter nada do que queríamos, nada, na qual tudo estava além da nossa capacidade e do nosso poder, pertencia a este mundo, e portanto também ao supremo, pois existiam os livros, bastava lê-los, ninguém, a não ser eu mesmo, podia me afastar deles. Era só uma questão de envolvimento.

A literatura modernista, com todo o seu imenso aparato, era um instrumento, uma forma de percepção, e, uma vez absorvida, os insights que trazia poderiam ser descartados sem que se perdesse sua essência, a forma permanecia, e poderia então ser aplicada na própria vida, nos próprios encantos pessoais, que agora de repente poderiam se revelar sob uma luz completamente nova e repleta de significado. Espen trilhou esse caminho, e eu o segui, como um cachorrinho estúpido, é verdade, mas o segui. Folheei um pouco Adorno, li algumas páginas de Benjamin, debrucei-me sobre Blanchot durante alguns dias, dei uma olhada em Derrida e Foucault, experimentei aproximar-me de Kristeva, Lacan, Deleuze, ao mesmo tempo que poemas de Ekelöf, Björling, Pound, Mallarmé, Rilke, Trakl, Ashbery, Mandelstam, Lunden, Thomsen e Hauge me rondavam, sem que eu desperdiçasse mais que alguns minutos com eles, eu os lia como prosa, como um livro de MacLean ou de Bagley, e não aprendia nada, não compreendia nada, mas apenas o fato de ter contato com eles, de ter seus livros na estante, levava a uma mudança de consciência, apenas saber que eles existiam era enriquecedor, e, se não me enchessem de insights, eu ao menos me tornava mais rico de intuições e sensações.

Claro que isso não era nada de que eu pudesse me gabar numa prova ou numa discussão, mas também não era o que eu, o rei da aproximação, estava querendo. Eu estava querendo o enriquecimento. E o que me enriquecia quando eu, por exemplo, lia Adorno não era o que eu lia, mas a percepção que eu tinha de mim enquanto lia. Eu era alguém que lia Adorno! E naquela linguagem pesada, intrincada, detalhada, precisa, cujo objetivo era elevar cada vez mais o pensamento e na qual cada ponto era posto como um cravo de alpinista, havia algo além, uma abordagem particular do éthos da realidade, a sombra daquelas frases que poderia evocar em mim um vago desejo de empregar a linguagem daquele éthos para algo real, para algo vivo. Não para uma discussão, mas para um lince, por exemplo, ou para um melro-preto, ou para uma betoneira. Pois não era a linguagem que ocultava a realidade no éthos que criava, mas o contrário, era a realidade que nascia dele.

Eu não conseguia formular essa ideia para mim mesmo, não era algo que existisse como pensamento, nem mesmo como intuição, era mais como uma espécie de desejo indefinido. Esse meu lado eu mantive escondido de Yngve, primeiro porque ele não estava interessado nem acreditava nisso, ele estudava comunicação social e estava plenamente de acordo com o princípio da disciplina de que a qualidade objetiva não existe, que todos os julgamentos são relativos e que naturalmente o que era popular era tão legítimo quanto o que não o era, mas logo essa diferença, e o que quer que eu escondesse, adquiriu outro significado para mim, começou a se manifestar em nós dois como pessoas, no fato de que a distância entre mim e Yngve na realidade era grande e eu não queria que fosse assim, por nada neste mundo, e sistematicamente a subestimava. Se eu sofresse um revés, se falhasse, se tivesse entendido mal alguma coisa, jamais hesitava em lhe contar, qualquer coisa que me diminuísse perante ele era legítima, ao mesmo tempo que, se eu realizasse algo significativo, com frequência evitava dizer a ele.

Isso em si talvez não fosse tão ruim, mas, quando a consciência de que essas coisas aconteciam começou a se fazer sentir, tornou-se pior, pois agora eu pensava nisso quando estávamos juntos e não agia mais de maneira natural e espontânea, já não conseguia deixar a conversa fluir, como sempre fizera com ele, mas passei a refletir, calcular, premeditar. Com Espen aconteceu a mesma coisa, só que no sentido inverso, com ele era a vida despreocupada, os assuntos mundanos, que eu tratava de esconder. Ao mesmo tempo eu tinha uma namorada por quem jamais fui realmente apaixonado, o que, é claro, ela não deveria saber. Ficamos juntos durante quatro anos. Então lá estava eu, cumprindo papéis, fingindo isso e aquilo. E, como se não bastasse, trabalhava numa instituição para pessoas com problemas psíquicos e, não contente em conviver com os outros empregados dali, que eram enfermeiros capacitados, ia com eles às suas festas, realizadas nos bairros da cidade que os estudantes evitavam, em bares populares com pianistas e cantorias, para assim me adaptar às suas ideias e costumes e ao seu modo de encarar a vida. O pouco que eu tinha de meu eu rejeitava ou guardava para mim mesmo. Consequentemente, havia um quê de furtivo e suspeito no meu caráter, nada que lembrasse a firmeza e a pureza que eu identificava em algumas pessoas naquele período, pessoas que eu, portanto, admirava. Yngve era próximo demais de mim para que eu pudesse julgá-lo dessa forma, pois os pensamentos, não importa o que se possa dizer de bom sobre eles, têm um ponto fraco, isto é, dependem de uma certa distância para que possam funcionar. Tudo dentro dessa distância está sujeito às emoções. Era por causa das minhas emoções que eu tinha começado a me reprimir. Ele não podia falhar. Minha mãe podia, e eu não dava a mínima, meu pai e meus amigos podiam, e eu também podia, estava cagando para isso, mas Yngve não podia errar, não podia passar por bobo, não podia demonstrar fraqueza. Quando, no entanto, ele demonstrava e eu estava olhando cheio de vergonha, o problema não era a minha vergonha, mas o fato de que ele não deveria perceber, não deveria saber que eu nutria tais sentimentos, e os meus olhares oblíquos nessas ocasiões, destinados a esconder minhas emoções em lugar de externá-las, devem ter sido evidentes, embora difíceis de decifrar. Se ele dissesse algo estúpido ou superficial, minha atitude com ele não mudava, eu não o julgava de modo diverso por conta daquilo, logo o que se passava no meu íntimo se baseava exclusivamente no fato de que *ele* talvez pudesse acreditar que estava me envergonhando.

Por exemplo, naquela ocasião em que estávamos no Garage tarde da noite, discutindo sobre o periódico que havia tempos queríamos lançar, estávamos cercados de gente que escrevia e fotografava, e todos tínhamos em comum o fato de que conhecíamos bem tanto o time do Liverpool do campeonato de 1982-83 quanto os membros da Escola de Frankfurt, tanto bandas inglesas quanto escritores noruegueses, tanto filmes expressionistas alemães quanto séries de TV americanas, e fundar uma revista que levava a sério aquela variedade de temas, futebol, música, literatura, cinema, filosofia, fotografia, arte, por muito tempo parecera ser uma boa ideia. Naquela noite estavam conosco Ingar Myking, editor do jornal estudantil *Studvest*, e Hans Mjelva, que, além de cantar na nossa banda, antes ocupara o posto de Ingar. Quando Yngve começou a falar da revista, de repente passei a escutá-lo com os ouvidos de Ingar e Hans. Seu discurso me pareceu raso e obscuro, e eu desviei o olhar para a mesa. Yngve olhou várias vezes para mim enquanto falava. Eu deveria dizer o que estava pensando, em outras palavras, deveria corrigi-lo? Ou deveria fingir que não estava me importando, me conter e apoiar seus argumentos? Neste caso, Ingar e Hans iriam pensar que eu concordava com ele. Isso também eu não queria. Então optei por uma saída intermediária e não disse nada, numa tentativa de deixar que o silêncio prevalecesse sobre as opiniões de Yngve, o que, presumo, era o que Ingar e Hans estavam fazendo.

Eu era covarde assim com frequência, não queria apoiar ninguém e guardava para mim o que pensava, mas daquela vez as circunstâncias eram mais graves, tanto porque envolviam Yngve, que eu queria que fosse superior a mim pois pertencia a um patamar mais elevado, como porque estava em jogo também a vaidade, isto é, ouvintes, e eu não poderia me safar.

As coisas que fazíamos juntos, Yngve e eu, ocorriam de acordo com termos que ele ditava, e a maioria das coisas que eu fazia sozinho, como ler e escrever, eu guardava para mim mesmo. Mas às vezes esses dois mundos se encontravam, era inevitável, pois Yngve também apreciava literatura, embora não desejasse dela o mesmo que eu. Por exemplo, quando precisei entrevistar o escritor Kjartan Fløgstad para uma revista estudantil e Yngve sugeriu que fizéssemos a entrevista juntos, com o que eu concordei sem refletir. Fløgstad, com seu misto de cultura popular e intelectualismo, suas teorias sobre a alta e a baixa cultura, sua orientação à esquerda sem dogmas e independente, quase aristocrática, e, não menos importante, seu jogo de palavras, era o autor favorito de Yngve. O próprio Yngve era conhecido por seu jogo de palavras e trocadilhos infames, e seu principal tema acadêmico era a noção de que o valor de uma obra de arte era criado no receptor, não na obra em si, e que uma manifestação artística autêntica era, tanto quanto uma manifestação artística inautêntica, mera questão de forma. Para mim, Fløgstad era o grande escritor norueguês. A entrevista com ele fora encomendada pela pequena revista estudantil neonoruguesa *TAL*, para a qual eu já entrevistara o poeta Olav H. Hauge e a escritora Karin Moe. A entrevista com Hauge foi feita na companhia de Espen e de Asbjørn, o amigo de Yngve, que fez as fotos, então era mais que natural a presença de Yngve. A entrevista com Hauge transcorreu bem, ainda que o começo tenha sido terrível, pois eu não havia lhe dito que os entrevistadores seriam três, então, assim que estacionamos o carro em frente à sua casa, ele, que estava esperando apenas uma pessoa, se recusou a nos deixar entrar. *Mas é um pelotão*, disse ele à porta, no seu conciso dialeto do oeste, e eu subitamente me senti um típico norueguês do leste, corado, alegre, superficial, estúpido, ansioso e impulsivo. Hauge habitava o mundo dos espíritos elevados, não se deixava perturbar por nada, e eu era um turista, e tinha levado meus amigos para observar de perto o fenômeno. Foi como me senti e, a julgar pela sua expressão severa, quase hostil, foi também como ele se sentiu. Mas no fim ele disse *Podem entrar, então*, e seguiu na nossa frente para a sala, onde acomodamos nossas bolsas e o equipamento fotográfico. Asbjørn pegou a câmera e a ergueu contra a luz, Espen e eu pegamos nossos blocos de notas, Hauge sentou-se num banco encostado na parede e ficou olhando para o chão. *Talvez o senhor pudesse ficar ali diante da janela*, disse Asbjørn. *A luz ali está melhor. Para fazermos algumas fotos.* Hauge olhou para ele com sua franja grisalha caindo sobre a testa. *Aqui dentro vocês não vão fotografar porra nenhuma*, disse ele. *Está bem*, disse Asbjørn. *Mil desculpas*, continuou, dando um passo para o lado e guardando discretamente a câmera na bolsa. Espen estava sentado ao meu lado e dava uma olhada nas notas, com a caneta na mão. Eu o conhecia bem para saber que não era exatamente uma tentativa de se concentrar o que o levava a reler as notas agora. Passou-se um longo período sem que ninguém dissesse nada. Espen olhou para mim. Olhou para Hauge. *Tenho uma pergunta*, disse. *Tudo bem se eu a fizer?* Hauge assentiu, e jogou a franja para trás com um movimento surpreendentemente leve e feminino em comparação com sua impassibilidade masculina e seu silêncio. Espen começou a fazer a pergunta, lendo o bloco de notas, era longa e complicada e incluía uma breve análise de um poema. Quando ele terminou, Hauge disse, sem levantar a cabeça, que não falava sobre seus poemas.

Eu tinha lido as perguntas de Espen, todas eram sobre os poemas de Hauge, e, se Hauge não estava disposto a falar sobre seus poemas, todas elas eram inúteis.

O silêncio que se seguiu foi longo. Agora Espen parecia tão sombrio e taciturno quanto Hauge. Eles são poetas, pensei, são assim mesmo. Diante do seu ar pesado eu me sentia leviano, um diletante incompetente, superficial, assistindo ao futebol, sabia o nome de alguns filósofos e gostava de música pop mais simples. Uma das músicas que eu havia composto para a nossa banda, que foi o mais perto que cheguei da poesia, chamava-se "Você balança tão bem". Eu tinha que aproveitar aquele momento, porque era óbvio que Espen não diria mais nada durante a entrevista, então comecei a perguntar coisas sobre Jølster, que era onde minha mãe morava, porque o pintor Astrup era de lá e Hauge se interessava por ele, até escrevera um poema sobre ele. Existia uma evidente afinidade eletiva entre ambos. Mas ele não queria falar disso. E passou a falar sobre uma viagem que fizera muito tempo antes, na década de 1960, me pareceu, e todos os nomes que mencionava, sem tirar os olhos do chão, ele os citava de maneira familiar, como se todos ali os conhecessem. Jamais ouvíramos falar deles e tudo aquilo parecia, se não enigmático, ao menos desinteressante para alguém que não privasse da sua intimidade. Eu fiz uma pergunta sobre tradução, Asbjørn outra, ele respondeu às duas da mesma forma, num tom profundamente casual, como se falasse consigo mesmo. Ou, no caso, com o chão. Como entrevista foi um desastre. Mas, depois de uma hora talvez desse jeito, outro carro se aproximou da casa. Era da NRK Hordaland, a rede pública de rádio e TV, eles queriam que Hauge lesse alguns poemas. Começaram a gravar, mas haviam esquecido um cabo e voltaram para pegá-lo, e, quando retornaram, Hauge mudou, de repente estava simpático conosco, fazia piadas e sorria, agora éramos nós contra a NRK, o gelo tinha derretido, e, quando a NRK acabou de gravar e se foi, o clima amistoso continuou, ele estava ali presente de outra maneira, e aberto. Sua mulher nos trouxe uma torta de maçã recém-saída do forno e, depois de comermos, ele nos mostrou a casa, levou-nos à biblioteca no andar de cima, onde escrevia, vi um caderno em cima da escrivaninha que tinha "Diário" escrito na capa, e ele pegou alguns livros da estante e falou sobre eles, entre outros um de Julia

Kristeva, eu lembro, porque pensei *Esse aí sem dúvida você não leu*, Hauge jamais frequentara a universidade, e, *Se leu, sem dúvida não entendeu nada*, e então, ao descermos as escadas, ele disse algo muito contundente e significativo sobre a morte, o tom era resignado e lacônico, mas não desprovido de ironia, e eu pensei que tinha que me lembrar daquilo, era importante, tinha que me lembrar daquilo pelo resto da vida, mas, no carro, no fiorde de Hardanger, a caminho de casa, já tinha esquecido. Ele vinha alguns passos atrás de mim, Espen e Asbjørn já estavam lá fora, era hora de fazer as fotos. Enquanto Hauge estava sentado no banco de pedra, de pernas cruzadas, olhando para o horizonte, e Asbjørn fazia fotos de diversos ângulos, ora agachado ora em pé, Espen e eu fumávamos a alguns metros dali. Era um lindo dia de outono, frio e claro, quando saímos de Bergen pela manhã, a névoa congelada pairava sobre o fiorde. As árvores nas encostas das montanhas exibiam suas folhas amarelas e vermelhas, o fiorde lá embaixo brilhava como um espelho, as cachoeiras imensas e brancas. Eu estava feliz, a entrevista havia chegado ao fim e transcorrera bem, mas estava também agitado, alguma coisa em Hauge tinha me deixado inquieto. Alguma coisa que não queria sossegar e eu não sabia de onde provinha. Ele era um homem idoso, vestia aquelas roupas que idosos vestem, camisa de flanela e calças de velho, chinelos e chapéu, seu andar era o de um velho, ainda que não houvesse nada de velho nele, como era o caso do meu avô ou do tio do meu pai, Alf, pelo contrário, quando ele de repente se abriu para nós e quis nos mostrar coisas, fez isso de um modo ingênuo, quase infantil, infinitamente simpático, mas também infinitamente vulnerável, do jeito que um garoto que não tem amigos se comporta quando alguém demonstra interesse por ele, podia-se dizer, algo impensável no caso do meu avô ou de Alf, deveriam ter se passado pelo menos sessenta anos desde a última vez que eles se abriram para alguém daquela maneira, se é que um dia o fizeram. Mas não, Hauge não se abriu de verdade para nós, foi mais como se seu modo de ser natural tivesse se protegido da rejeição quando nós chegamos. Eu vi algo que não queria ter visto, pois quem o exibiu não fazia ideia de como parecia. Ele tinha mais de oitenta anos, mas nada nele estava morto ou enrijecido, o que torna a vida dolorosa demais, acho agora, mas naquela época aquilo só me deixou inquieto.

"Podemos tirar umas fotos perto das macieiras também?", perguntou Asbjørn.

Hauge assentiu, levantou-se e acompanhou Asbjørn até as macieiras. Eu me abaixei para apagar o cigarro no chão e, quando me ergui, procurei um lugar para jogá-lo, não podia atirá-lo ali na entrada da casa, mas não consegui encontrar nada apropriado e o enfiei no bolso.

Rodeados de montanhas por todos os lados, parecia que estávamos no meio de um enorme aposento. Senti um vento tépido e úmido, como costuma soprar no outono em Vestland.

"Você acha que podemos pedir a ele para ler alguns poemas para nós?", perguntou-me Espen.

"Se você tem coragem de pedir", eu disse, e vi que Asbjørn estava sorrindo. Se, para Espen, Hauge era um poeta, para Asbjørn era uma lenda, e ali estava ele, com todo o tempo do mundo para fotografá-lo. Quando terminamos, voltamos à sala para apanhar nossas coisas. Eu peguei o livro que tinha comprado no caminho, poemas reunidos de Hauge, e perguntei se ele escreveria uma dedicatória para minha mãe.

"Como ela se chama?", perguntou ele.

"Sissel", eu disse.

"O que mais?"

"Hatløy. Sissel Hatløy."

Para Sissel Hatløy, uma lembrança de Olav H. Hauge, escreveu ele, entregando-me o livro.

"Obrigado."

Ele nos acompanhou até a porta. Espen estava de costas para ele, com o livro na mão, e subitamente se virou, com o rosto brilhando de timidez e esperança.

"O senhor se importa de ler um poema para nós?"

"Não", respondeu Hauge. "Qual vocês querem ouvir?"

"Talvez aquele do gato?", sugeriu Espen. "Na soleira? Parece apropriado para agora, ha-ha-ha."

"Vamos ver", disse Hauge. "Aqui está."

E ele leu.

Estava o gato
na soleira
a descansar.

Saúda-o.
Ele é o mais sensível neste lar.

Todos sorriram, Hauge também.
"Foi um poema bem curto", disse ele. "Querem ouvir outro?"
"Adoraríamos!", disse Espen.
Ele folheou o livro e começou a ler.

Tempo de recolher

Estes dias amenos de setembro.
Tempo de recolher. Ainda há cachos de groselha
na floresta, botões de rosa enfeitando as cercas,
nozes caindo a um simples toque e mirtilos reluzindo na mata,
tordos cavoucam o chão pelos últimos frutos
e as vespas sorvem o doce das ameixas.
À noite, encosto a escada e penduro o balde no galpão.
As geleiras esparsas já estão renovadas pela fina camada de neve.
Deitado na cama, ouço o burburinho dos pescadores
de sardinhas indo para o mar. A noite inteira,
eu bem sei, com suas lanternas eles singrarão o fiorde.

Olhando para o chão enquanto ele lia, pensei que aquele era um momento privilegiado, mas nem mesmo esse pensamento conseguiu acalmar minha mente, pois o momento ocupado pelo poema, que o autor lia no local em que o concebera, era tão maior que nós, pertencia ao infinito, e como nós, tão jovens e não mais inteligentes que três pardais, poderíamos compreendê-lo? Não havia como, tanto que me contorci enquanto ele lia. Era quase mais do que eu podia suportar. Uma brincadeira teria sido bem-vinda, ao menos para dar uma espécie de forma ao cotidiano a que estávamos aprisionados. Ah, a beleza, como lidar com ela? Como ir ao encontro dela?

Hauge ergueu a mão para se despedir, e já tinha entrado na casa quando Asbjørn ligou o carro e manobrou para sair. Senti-me como quem houvesse passado um dia inteiro sob o sol no verão, cansado e exaurido, muito embora todo o esforço feito tivesse se resumido a ficar deitado numa praia, de olhos fechados. Asbjørn passou num café para buscar sua namorada, Kari, que ficara lá esperando enquanto entrevistávamos Hauge. Depois de conversarmos alguns minutos sobre o que acontecera, fez-se silêncio no carro, permanecemos calados olhando pelas janelas as sombras que se estendiam, as cores que se tornavam cada vez mais profundas, o vento que soprava do fiorde desarrumando o cabelo das pessoas, as folhas dos jornais esvoaçando do lado de fora das bancas, os garotos nas suas bicicletas, os eternos garotos dos vilarejos nas suas bicicletas. Comecei a transcrever a entrevista assim que cheguei em casa, porque sabia por experiência própria que com o tempo aumentaria a distância das vozes e perguntas e de tudo que acontecera, então, se o fizesse logo, enquanto ainda estava relativamente próximo daquilo, poderia superar a incerteza e o remorso. O problema, eu fui me dando conta, era que o melhor tinha sido dito longe do gravador. A solução foi escrever como as coisas ocorreram, repassar tudo, nossas primeiras impressões, como no começo ele estava introvertido e balbuciante, a mudança súbita, a torta de maçã, a biblioteca. Espen escreveu uma introdução à obra do autor e vários pequenos trechos analíticos para permear a entrevista, o que contrastava bastante com o resto. Ouvimos do editor da TAL, o estudante de filosofia, discípulo do professor Georg Johannesen e falante de neonoruguês Hans Marius Hansteen, que Hauge tinha gostado do que lera, que dissera a Johannesen que aquela fora uma das melhores entrevistas que já haviam feito com ele, embora talvez não tenha sido, nós tínhamos apenas vinte anos, e, no que se referia à opinião de Hauge sobre terceiros, a cortesia vinha sempre antes da sinceridade, mas o que ele apreciou mesmo, e o levou a fazer sua mulher nos telefonar pedindo alguns exemplares para que pudessem dar a seus amigos e conhecidos, foi, eu imaginei depois de ler seus diários, o fato de que a entrevista traçou um retrato dele que não era apenas lisonjeiro. Naturalmente Hauge estava ciente do seu lado hostil e ranzinza, mas as pessoas tinham tanto respeito por ele que isso sempre era ignorado, uma questão que, oculta atrás de camadas de polidez e decoro e sendo ele um amante incondicional da verdade, provavelmente nem sempre lhe agradava.

Seis meses depois foi a vez de Kjartan Fløgstad. Ele tinha lido a entrevista com Hauge, contou quando lhe telefonei, e aceitou de bom grado falar com a TAL. Se eu estivesse sozinho, teria lido todos os seus livros guiado por puro nervosismo, teria anotado de modo claro perguntas suficientes para um diálogo de horas e gravado tudo, pois, mesmo que minhas perguntas fossem idiotas, suas respostas estariam longe disso, e, se eu as tivesse gravado, elas dariam o tom da entrevista, por mais incompleta que fosse a minha contribuição. Mas, tendo Yngve ao meu lado, eu não estava tão nervoso assim, me apoiava nele, não li todos os livros, formulei perguntas genéricas, também levei em conta a relação entre mim e Yngve, não queria ser considerado autoritário, não queria que ele achasse que eu poderia me sair melhor, e, quando fomos para Oslo ao encontro de Fløgstad, num dia cinzento de primavera, em fins de março ou começo de abril, em frente a um café em Bjølsen, eu estava mais despreparado que nunca, e além de tudo Yngve e eu havíamos decidido que não usaríamos ditafone ou gravador nem tomaríamos notas durante a entrevista, temendo torná-la dura e formal, queríamos que ela fluísse como uma conversa, impressionista, que se desenvolvesse no ato. Eu não podia me gabar da minha memória, mas Yngve tinha memória de elefante, e nós achamos que, se escrevêssemos logo em seguida o que tínhamos conversado, poderíamos preencher as lacunas um do outro e juntos completar o quadro. Fløgstad nos recebeu atenciosamente no café, um ambiente escuro, semelhante a um bar, sentamos a uma mesa redonda, penduramos os casacos no encosto das cadeiras, pegamos as folhas com as perguntas e, quando dissemos que faríamos a entrevista sem tomar notas nem usar gravador, Fløgstad disse que tal conduta merecia respeito. Certa vez ele havia sido entrevistado pelo jornal sueco *Dagens Nyheter* por um jornalista que não tomara notas e o resultado fora impecável, o que ele achara impressionante. No transcurso da entrevista eu me concentrei igualmente no que Yngve dizia e nas reações de Fløgstad, não só no modo como ele respondia, no tom da sua voz e na sua expressão corporal, mas também no conteúdo da conversa. As perguntas que fiz abordavam tanto o que se passava naquela mesa quanto o que se passava nos livros de Fløgstad, no sentido de que eles complementavam ou contrabalançavam a situação. A entrevista durou uma hora, e, quando nos despedimos e lhe agradecemos pela boa vontade em nos receber e ele partiu a caminho de onde imaginamos fosse sua residência, estávamos muito empolgados e felizes, porque tudo tinha ido bem, não era verdade? Tínhamos falado com Fløgstad! A empolgação era tanta que nenhum de nós estava no clima de sentar para escrever um relato do que havia sido dito, poderíamos muito bem fazer isso no dia seguinte, agora era sábado, não demoraria para a TV transmitir o jogo da rodada, nós poderíamos ir a um bar para assistir, e depois iríamos embora, não era sempre que estávamos em Oslo... Pegaríamos o trem no dia seguinte, portanto não tivemos tempo para escrever nada, e, quando desembarcamos em Bergen, cada um tomou seu rumo. E, já que havíamos esperado três dias, poderíamos esperar mais três, não? E depois mais três, e então outros três? Quando por fim sentamos para escrever, não restavam muitas lembranças. As perguntas nós tínhamos, claro, elas foram de grande ajuda, e tínhamos também uma ideia do que ele respondera, baseados em parte no que lembrávamos de verdade, em parte no que achávamos que ele havia respondido. Coube a mim escrever o texto, eu é que fora comissionado para realizar a entrevista, e, depois de rabiscar algumas páginas, me dei conta de que não seria possível, o texto estava vago demais, impreciso demais, então sugeri a Yngve que ligássemos para Fløgstad e perguntássemos se poderíamos fazer mais algumas perguntas por telefone. Sentamos à mesa do quarto de Yngve no seu apartamento em Blekebakken e rascunhamos algumas perguntas novas. Meu coração batia forte quando disquei o número de Fløgstad, e não se aquietou quando ouvi sua voz discreta responder do outro lado. Mas consegui explicar o que queria e ele concordou em conversar conosco por mais meia hora, embora eu tenha notado pelo seu tom de voz que ele começara a suspeitar de alguma coisa. Eu fazia as perguntas, ele respondia, e Yngve, na sala ao lado, com os fones de ouvido, como um agente secreto, tomava nota das respostas. Com isso terminamos. Entre as imprecisões e vazios eu inseri novas frases, que eram genuínas e emprestavam autenticidade a todo o resto. Em seguida escrevi uma introdução geral à obra de Fløgstad, além de alguns trechos factuais e analíticos, e a matéria não resultou tão ruim. Na verdade, estava até bem razoável. Fløgstad pedira para ler a entrevista antes da publicação, e eu a enviei a ele acompanhada de um bilhete simpático. Não faço ideia se ele queria ler todas as entrevistas antes da publicação ou se aquilo valia só para nós, que fôramos tolos o bastante para fazer a entrevista sem tomar notas, mas, como no fim tínhamos conseguido dar um jeito, não me preocupei. Para ser franco, fiquei desconfortável com alguns trechos imprecisos, mas não dei muita importância, pelo que eu sabia não havia nenhuma lei que obrigasse a reproduzir entrevistas verbatim. Portanto, quando a carta de Fløgstad chegou à minha caixa de correio alguns dias depois e eu a apanhei, estava tranquilo, não suspeitava de nenhum perigo. Embora as palmas das minhas mãos estivessem úmidas e meu coração batesse forte. A primavera havia chegado, o sol estava quente, eu vestia um agasalho esportivo, camiseta e jeans, e iria ao conservatório, onde teria aula de bateria com um amigo de Jon Olav, meu primo. Talvez tivesse sido melhor não abrir o envelope porque já estava em cima da hora, mas a curiosidade foi maior, e a caminho do ponto de ônibus eu o abri. Segurei diante de mim a cópia da entrevista. Estava coberta de marcas e comentários em vermelho na margem. "Eu nunca disse isso", eu vi. "Impreciso", eu vi. "Não, não, não", eu vi. "???", eu vi. "De onde você tirou isso?", eu vi. Quase toda frase estava assinalada de uma maneira ou de outra. Fiquei imóvel, lendo. Senti que o chão se abria e eu era arrastado para a escuridão. Ele tinha anexado um bilhete, que li o mais rápido que pude, febrilmente, como se a humilhação fosse desaparecer após a última palavra. "Acho melhor que isto nunca seja publicado", concluiu ele. "Cordialmente, Kjartan Fløgstad." Quando comecei a me movimentar de novo, com passos trôpegos, olhando para as marcas em vermelho enquanto andava, senti o estômago virar. Queimando de vergonha, prestes a cair no choro, enfiei a carta no bolso detrás da calça, entrei no ônibus que acabara de chegar e sentei num banco do fundo perto da janela. A vergonha crescia em mim à medida que o ônibus seguia devagar para Haukeland, e os mesmos pensamentos invadiram minha mente. Eu não era bom o bastante, não era um escritor e jamais seria. Aquilo que nos dera tanta alegria, falar com Fløgstad, agora era motivo de ridículo e de dor. Chegando em casa, liguei para Yngve, que para minha surpresa não levou a coisa tão a sério. É uma pena, disse ele. Tem certeza que não pode dar uma mexida nisso e mandar uma nova versão para ele? Quando o pior do desespero passou, reli os comentários e o bilhete anexo e vi que Fløgstad havia corrigido também o que eu escrevera, por exemplo, o adjetivo "cortazariano". Ele tinha esse direito? O de interferir na minha opinião sobre os seus livros? Nas minhas avaliações? Escrevi isso numa carta para ele, concordando que a entrevista tinha lá suas imprecisões, como ele assinalara, mas ele havia dito de fato algumas daquelas frases, eu sabia porque tinha anotado durante a entrevista por telefone, e além disso ele fizera objeções aos meus comentários, ou seja, aos comentários do jornalista, e isso não era da sua alçada. Se ele quisesse, eu poderia me basear nas suas correções e sugestões, talvez fazer uma nova entrevista, e em seguida lhe enviar uma versão revisada. Alguns dias mais tarde chegou uma resposta educada mas firme, na qual ele se retratou de alguns comentários feitos às minhas interpretações, mas isso não alterava a questão principal: a entrevista não poderia ser publicada. Depois de finalmente me libertar daquela humilhação, o que levou uns seis meses, período em que eu não podia ver nem a cara de Fløgstad nem seus livros ou artigos sem sentir uma vergonha avassaladora, fiz do episódio motivo de piada. Yngve não gostou do fato de sermos nós os personagens da história, não via nenhuma graça em ser humilhado, ou, para ser mais exato, não via nada de humilhante naquilo. Nossas perguntas haviam sido boas, a conversa com Fløgstad tinha substância, era isso que ele queria guardar da experiência.

Minha vida em Bergen prosseguiu mais ou menos tranquila pelos quatro anos seguintes, nada aconteceu, eu queria escrever mas não conseguia, e isso era tudo. Yngve acumulava créditos nos cursos universitários que frequentava e vivia a vida que queria, ao menos era assim que parecia de fora, mas em dado momento sua vida também estagnou, ele jamais iria concluir sua dissertação, não estava se dedicando muito àquilo, talvez porque estivesse vivendo de glórias do passado, talvez porque houvesse muito mais coisas acontecendo em sua vida. Depois de concluir a dissertação, que versava sobre o universo das estrelas de cinema, ele se viu desempregado por um breve período enquanto eu trabalhava na rádio estudantil, como uma alternativa ao serviço militar, e lentamente passava a frequentar um ambiente diferente do dele, sem mencionar que conhecera Tonje, com quem comecei a namorar naquele inverno, completamente apaixonado. Minha vida tomou um rumo radicalmente novo, embora eu não conseguisse perceber isso, estava preso à imagem que tinha construído nos primeiros anos em Bergen, quando Yngve de repente teve que se mudar para assumir o emprego de assessor cultural de Balestrand, que não era exatamente o que ele buscava, mas não haveria ninguém acima dele na administração, então na prática ele atuaria como secretário de Cultura, e havia um festival de jazz em Balestrand, do qual ele ficaria encarregado, e logo em seguida seu amigo Arvid seguiu seus passos, passando a trabalhar no mesmo lugar que ele. Yngve encontrou Kari Anne, que trabalhava como professora lá e a quem ele já conhecia de Bergen, eles foram morar juntos e tiveram uma filha, Ylva, e um ano depois se mudaram para Stavanger, onde Yngve se jogou de cabeça num emprego que lhe era totalmente estranho, designer gráfico. Eu gostei da sua escolha, mas também fiquei apreensivo, um pôster para o festival de Hundvåg e um folder para um evento local bastavam?

Nós nunca nos tocávamos, nem mesmo para um aperto de mão quando nos encontrávamos, e muito raramente nos olhávamos nos olhos.

Tudo isso me ocorreu enquanto estávamos na varanda da casa de vovó naquela noite amena de verão de 1998, eu de costas para o jardim, ele numa espreguiçadeira encostada na parede. Era impossível dizer, pela expressão no seu rosto, se ele estava pensando no que eu acabara de dizer, que tomaria conta de tudo ali, inclusive do jardim, ou se aquilo lhe era indiferente.

Virei-me e apaguei o cigarro no lado interno do parapeito de ferro batido. Flocos de cinza e fagulhas choveram no concreto.

"Não temos cinzeiros aqui?", eu disse.

"Não que eu saiba", respondeu ele. Use uma garrafa."

Fiz o que ele disse e enfiei a bituca no gargalo de uma garrafa verde de Heineken. Se eu sugerisse que deveríamos nos reunir ali depois do funeral, algo que, eu tinha certeza, ele diria ser impossível, a diferença entre nós, que eu não queria que fosse visível, se tornaria óbvia. Ele faria o papel da pessoa realista e prática, eu seria o idealista e sonhador. Papai era o pai de nós dois, mas não da mesma maneira, e meu desejo de fazer do funeral uma espécie de reparação, juntamente com a minha tendência de chorar o tempo todo enquanto Yngve não derramava uma lágrima, poderia ser interpretado como uma prova de que minha relação com papai era mais íntima e, eu suspeitava, como uma crítica velada ao comportamento de Yngve. Eu não achava isso, apenas temia a possibilidade de que as coisas fossem entendidas assim. Ao mesmo tempo a sugestão iria originar um conflito de vontades. Uma tempestade em copo d'água, é verdade, mas naquela circunstância eu não queria que existisse *nada* entre nós.

Uma fina coluna de fumaça subiu da garrafa junto à parede. Logo, o cigarro não estava totalmente apagado. Olhei em volta procurando algo para colocar em cima da boca da garrafa. O prato que vovó usara para dar comida à gaivota, talvez? Ainda havia dois pedaços de almôndega nele e um pouco de molho, mas poderia funcionar, pensei, equilibrando-o com cuidado.

"Que está fazendo?", perguntou Yngve, olhando para mim.

"Uma pequena escultura", eu disse. "*Almôndega e cerveja no jardim* chama-se ela. Ou, melhor dizendo, *Meatball and beer in the garden*."

Levantei-me e dei um passo para trás.

"A cereja do bolo é a fumaça subindo", acrescentei. "De certo modo, ela torna a obra interativa. Não se trata apenas de uma escultura comum. E os restos de comida representam a deterioração. Isso também é interativo, um processo, algo que flui. Ou o próprio fluxo. Um contraponto à inércia. E a garrafa de cerveja está vazia, já não tem função alguma, pois o que é um recipiente que não contém nada? Não é nada. Mas o nada tem uma forma, compreende? Essa forma é o que eu tento demonstrar aqui."

"Hum", fez ele.

Puxei mais um cigarro do maço que estava sobre o parapeito, embora nem estivesse a fim de fumar, e o acendi.

"Sabe?", eu disse.

"O quê?"

"Tenho pensado numa coisa. Tenho pensado muito, aliás. Em fazermos a cerimônia fúnebre aqui. Aqui na casa. Podemos deixá-la em ordem em uma semana, se dermos duro. Detesto o fato dele ter destruído tudo, e de nós não conseguirmos recuperar o estrago. Entende o que estou dizendo?"

"Claro", disse Yngve. "Mas acha que conseguimos? Tenho que voltar para Stavanger segunda à noite. E não vou poder estar de volta antes de quinta. Talvez quarta, mas provavelmente quinta."

"Vai dar certo. Topa?"

"Topo. Mas não sei se Gunnar vai gostar da ideia."

"Não é problema dele. O pai é nosso."

Acabamos de fumar sem dizer nada. Lá embaixo a noite começava a atenuar a paisagem, os contornos nítidos, que incluíam a atividade humana, aos poucos se suavizavam. Alguns barcos pequenos seguiam pela baía e eu imaginei o cheiro a bordo, plástico, sal, gasolina, cheiros que representavam parte importante da minha infância. Um avião de carreira cruzou o céu sobre a cidade, baixo o bastante para que eu pudesse distinguir o logotipo da Braathens SAFE. Sumiu de vista com um ruído surdo. No jardim, pássaros gorjeavam na copa de uma macieira.

Yngve esvaziou seu copo e se levantou.

"Vamos trabalhar mais um pouco", disse. "E aí chega por hoje."

Olhou para mim.

"Conseguiu adiantar as coisas lá embaixo?"

"Limpei a área de serviço inteira e as paredes do banheiro."

"Ótimo."

Entrei em casa atrás dele. Ao ouvir o som alto mas abafado da televisão, lembrei que vovó estava lá dentro. Não podia fazer nada por ela, ninguém podia, mas pensei que nos ver ali e ser lembrada de que estávamos ali lhe serviria de alento, então me aproximei e fiquei ao lado da sua poltrona.

"Está precisando de alguma coisa?", indaguei.

Ela ergueu os olhos para mim.

"É você? E cadê o Yngve?"

"Lá na cozinha."

"Ah", ela disse, voltando a olhar para a televisão. Sua vivacidade não se extinguira, mas havia mudado com a magreza, ou então se manifestava de outra maneira, ligada aos seus movimentos, não mais à sua personalidade. Antes ela era alegre, vibrante, sociável, tinha respostas prontas, em geral piscava para deixar bem claro quando estava sendo irônica. Agora dentro dela estava escuro. Sua alma era sombria. Eu via isso, era algo que impressionava. Mas será que aquela escuridão sempre existira? Sempre existira dentro dela?

Seus braços estavam apoiados nos braços da poltrona, as mãos pressionavam as bordas, como se ela estivesse viajando em alta velocidade.

"Vou descer e limpar o banheiro", eu disse.

Ela se virou para mim.

"É você?"

"Sim. Vou descer e limpar o banheiro. Você quer alguma coisa?"

"Não, obrigada, Karl Ove."

"O.k.", eu disse, me afastando.

"Vocês não costumam tomar um trago à noite?", ela perguntou. "Você e Yngve?

Será que ela achava que nós também bebíamos? Que não fora só papai a arruinar sua vida, mas também os filhos dele?

"Não. De jeito nenhum."

Vovó não deu mostras de querer dizer mais alguma coisa, e eu desci para o porão, cujo mau cheiro ainda era medonho, mesmo depois de a fonte do odor ter sido removida, enxaguei o balde vermelho, enchi-o com água quente e comecei a lavar o banheiro. Primeiro o espelho, cuja crosta amarelo-torrada se provou bem difícil de ser eliminada e só saiu com a ajuda de uma faca, que fui buscar correndo na cozinha lá em cima, e de uma esponja áspera, depois a pia, depois a banheira, depois o parapeito da janela, depois o vidro fosco, retangular e estreito, depois a privada, depois a porta, o batente, e por fim esfreguei o piso, escorri a água cinza-escura pelo ralo e pus o saco de lixo nos degraus, onde fiquei por alguns minutos admirando o escuro crepúsculo do verão, que na verdade não estava escuro, mas de uma luminosidade difusa.

As vozes que iam e vinham na rua principal ao longe, provavelmente de gente que ia para o centro, me lembraram que era noite de sábado.

Por que ela havia perguntado se bebíamos? Teria sido só por causa do destino de papai, ou haveria algum outro motivo?

Lembrei-me das festas de conclusão da escola, dez anos antes, de como eu estava bêbado no desfile, vovô e vovó no meio da multidão assistindo e gritando meu nome, a expressão tensa dos dois quando perceberam o estado em que me encontrava. Eu tinha começado a beber de verdade naquela Páscoa, na viagem que fizera com o time de futebol para a Suíça, e atravessei a primavera bebendo, sempre havia um pretexto, sempre uma reunião social, sempre havia gente que queria me fazer companhia, e aos formandos tudo era permitido. Para mim era o paraíso, mas para mamãe, com quem eu morava, era diferente, no fim ela me botou para fora de casa, o que não me afetou muito, achar um lugar para dormir era a coisa mais fácil do mundo, fosse um sofá no porão da casa de um colega de classe ou o ônibus dos alunos do último ano ou atrás de um arbusto num parque. Para meus avós o período de celebrações marcava a passagem para a vida acadêmica, assim fora para vovô e para seus filhos, era uma ocasião solene que eu desmerecia bebendo até perder os sentidos e trabalhando como editor do jornal estudantil, cuja manchete, uma deportação ocorrida em Flekkerøya, fora ilustrada com uma foto de judeus sendo deportados de guetos para campos de concentração. Era também uma questão de tradição: meu pai, por sua vez, tinha sido editor da revista estudantil quando estava no último ano da escola. Então eu consegui fazer de tudo aquilo uma grande merda.

No entanto, eu não parei para refletir sobre isso em nenhum momento, como deixa bem claro o diário que mantinha na época, a única coisa que me importava era o sentimento de felicidade.

Agora eu tinha queimado todos os diários e notas que escrevera, não havia um vestígio sequer de quem eu era antes de completar vinte e cinco anos, e com razão, daquele período não vinha nada de bom.

O ar estava mais fresco agora, e eu, com o corpo quente do trabalho, senti o frio me envolvendo, fazendo pressão sobre minha pele e se insinuando pela minha boca. Podia senti-lo envolvendo as árvores na minha frente, as casas, os carros, as encostas das montanhas. Podia senti-lo se deslocando de um lugar para outro com a queda da temperatura, essas avalanches que ocorrem constantemente no céu e nós não conseguimos enxergar, arrebentando sobre nós como enormes ondas, sempre em movimento, descendo vagarosamente, rodopiando veloz, entrando e saindo de todos esses pulmões, chocando-se contra todas essas paredes e cantos, sempre invisível, sempre presente.

Mas papai já não respirava. Fora isso que acontecera com ele, sua ligação com o ar havia sido interrompida, agora o ar apenas o envolvia como envolve qualquer outra coisa, um tronco de árvore, um barril de petróleo, um sofá. Ele já não tomava posse do ar, pois é isso que fazemos quando respiramos, invadimos, invadimos continuamente o mundo.

Agora ele jazia em algum lugar da cidade.

Dei a volta e entrei na casa, alguém abriu uma janela do outro lado da rua, e música e vozes altas se fizeram ouvir.

Embora o segundo banheiro fosse menor e não estivesse tão imundo, demorei o mesmo tempo para limpá-lo. Quando terminei, levei os produtos de limpeza, os panos de chão, as luvas e o balde para o andar de cima. Yngve e vovó estavam sentados à mesa da cozinha. O relógio de parede marcava nove e meia.

"Espero que agora você tenha acabado de limpar!", disse vovó.

"Sim", respondi. "Já terminei por hoje."

Olhei para Yngve.

"Falou com mamãe hoje?"

Ele balançou a cabeça.

"Falei ontem."

"Tinha prometido a ela que ligaria hoje. Mas não sei se ainda dou conta. Talvez esteja muito tarde, aliás."

"Liga amanhã", disse Yngve.

"Mas com Tonje eu tenho que falar. Vou ligar agora."

Ao sair, fechei a porta da cozinha e fui para a sala de jantar. Fiquei sentado por um instante numa cadeira, tentando me recompor. Então disquei o número de casa. Ela atendeu imediatamente, como se estivesse ao lado do telefone à espera da ligação. Eu conhecia todos os tons da sua voz, e era isso que estava ouvindo agora, não o que ela dizia. Primeiro o calor, a acolhida e a saudade, depois sua voz pareceu se contrair e ficar pequena, como se quisesse se aninhar em meu corpo. Minha voz era só distância. Ela tentava se aproximar de mim, e eu precisava disso, mas não me aproximava dela, não podia. Descrevi resumidamente o que acontecera, sem entrar em detalhes, apenas disse que era horrível, que eu chorava o tempo todo. Então falamos um pouco do que ela estivera fazendo, embora de início ela estivesse relutante, e em seguida falamos de quando ela deveria vir me encontrar. Depois que desliguei, fui para a cozinha, que estava vazia, e tomei um copo d'água. Vovó estava de volta na poltrona em frente à TV. Fui até ela.

"Sabe onde está Yngve?"

"Não", disse ela. "Não está na cozinha?"

"Não."

O cheiro de xixi invadiu minhas narinas.

Fiquei sem saber o que fazer. As perdas eram fáceis de explicar. Ele estava tão bêbado que não conseguia manter o controle das funções corporais.

Mas onde ela estaria naqueles momentos? O que estava fazendo?

Tive gana de arrebentar a tela da TV com um soco.

"Você e Yngve não bebem?", indagou ela do nada, sem olhar para mim.

Balancei a cabeça.

"Não, quer dizer, às vezes, muito raramente, mas só um pouquinho. Nunca muito."

"Mas não esta noite, não é?"

"Não, está maluca? Não, aquilo não vai acontecer comigo. Nem com Yngve."

"O que não vai acontecer comigo?", disse Yngve lá atrás. Eu me virei. Ele subiu os dois degraus que separavam uma sala de estar da outra.

"Vovó queria saber se nós costumamos beber."

"Uma vez ou outra", disse Yngve. "Mas não com frequência. Eu tenho dois filhos pequenos agora, sabe."

"Você tem *dois*?", perguntou vovó.

Yngve sorriu. Eu também sorri.

"Sim", disse ele. "Ylva e Torje. Você conheceu Ylva. Torje, você vai conhecer no enterro."

A centelha de vida que tinha transformado o rosto de vovó se apagou. Olhei nos olhos de Yngve.

"Foi um dia longo", eu disse. "Hora de ir para a cama?"

"Vou lá fora primeiro", ele respondeu. "Quer ir comigo até a varanda?"

Eu assenti. Ele foi para a cozinha.

"Costuma ficar aqui até tarde?", perguntei a vovó.

"Quê?", disse ela.

"Nós estamos pensando em ir dormir. Você vai ficar aqui?"

"Não. Ah, não. Também vou me deitar."

Ela olhou para mim.

"Vocês vão dormir lá embaixo, no nosso antigo quarto? Está desocupado."

Eu balancei a cabeça e ergui as sobrancelhas, me desculpando.

"Pensamos em dormir lá em cima. No sótão. Já levamos nossas coisas para lá."

"Sim, lá também está ótimo."

"Você vem?", disse Yngve, que estava na outra sala com um copo de cerveja na mão.

Quando cheguei à varanda, ele estava sentado numa cadeira de madeira em frente à mesa do mesmo material.

"Onde achou isso?", perguntei.

"Escondida aqui debaixo", disse ele. Acho que lembro de tê-la visto certa vez."

Apoiei-me no parapeito. No horizonte cintilava o ferry que ia para a Dinamarca. Ele estava saindo do porto. Os poucos barcos de menor porte que consegui avistar tinham todas as luzes acesas.

"Precisamos conseguir uma daquelas foices elétricas, ou sei lá como se chamam", eu disse. "Um cortador de grama normal não vai adiantar nada aqui."

"Segunda-feira procuramos nas páginas amarelas uma empresa que alugue essas coisas", disse ele, olhando para mim. "Falou com Tonje?"

Fiz que sim com a cabeça.

"É, não seremos muitos", disse Yngve. "Nós, Gunnar, Erling, Alf e vovó. Dezesseis, contando as crianças."

"É, não será exatamente um funeral com honras de Estado."

Yngve pôs o copo na mesa e se recostou na cadeira. Na copa das árvores um morcego agitava as asas contra o céu cinzento.

"Você pensou em mais detalhes de organização?", perguntou ele.

"Do funeral?"

"Sim."

"Não, na verdade não. Mas não quero uma porra de um enterro ateu. Isso é certeza."

"De acordo. Religioso, então."

"É, parece que não temos alternativas. Mas ele não era da Igreja da Noruega, era?"

"Não? Eu sabia que ele não era cristão, mas não que tinha largado a Igreja."

"Bom, assim ele disse uma vez. Eu deixei a Igreja quando completei dezesseis anos, e aí contei a ele num daqueles jantares que ele costumava oferecer na Elve. Ele ficou furioso. Aí Unni disse que *ele* tinha largado a Igreja e não podia ficar zangado comigo por eu ter feito o mesmo."

"Ele não ia gostar. Não queria nada que tivesse a ver com a Igreja."

"Mas ele morreu. E eu, pelo menos, quero que seja assim. Não quero participar de um daqueles pseudorrituais pomposos com pessoas lendo poemas idiotas. Quero uma coisa decente. Digna."

"Concordo plenamente."

Eu tornei a me virar e fiquei admirando a cidade, um barulho permanente ao fundo, às vezes posto em segundo plano pelo ronco de um motor, em geral proveniente da ponte, que os jovens daquela época atravessavam em alta velocidade àquela hora da noite para se divertir, mas também da reta e comprida rua Dronningens.

"Vou dormir", disse Yngve. Ele foi para a sala e deixou a porta aberta. Eu apaguei o cigarro no chão e o segui. Quando vovó percebeu que íamos nos recolher, levantou-se para ir procurar roupas de cama para nós.

"Pode deixar que cuidamos disso", disse Yngve. "Não se preocupe. Vá deitar."

"Tem certeza?", perguntou ela, pequena e curvada, no começo da escadaria.

"Claro. Deixe com a gente."

"Está bem. Boa noite."

E ela desceu lentamente as escadas, sem olhar para trás.

Senti um calafrio.

Não havia água no último andar, então fomos buscar as escovas e a pasta e escovamos os dentes na pia da cozinha, alternando-nos diante da torneira para enxaguar a boca, como se fôssemos crianças de novo. Em férias.

Enxuguei com a mão a espuma da pasta nos lábios e limpei a mão na perna. Faltavam vinte para as onze. Fazia anos que eu não ia dormir tão cedo. Mas o dia tinha sido longo. Meu corpo estava dormente de cansaço e minha cabeça latejava depois de tanto choro, que agora, no entanto, era só uma lembrança. Talvez eu tivesse ficado imune. Talvez já tivesse me acostumado àquilo.

Quando chegamos lá em cima, Yngve abriu a janela, prendeu-a com a trava e acendeu a pequena lâmpada acima da cabeceira. Eu fiz o mesmo no meu lado e apaguei a luz do teto. O ambiente recendia a mofo, que não provinha do ar, mas dos móveis e do carpete, que tinham ficado sem uso e cobertos de poeira por cerca de dois anos, talvez mais.

Yngve sentou-se no seu lado da cama de casal e tirou a roupa. Eu fiz o mesmo do meu lado. Era intimidade demais dormir na mesma cama, não fazíamos isso desde que éramos pequenos e próximos, de uma maneira totalmente diferente, um do outro. Mas pelo menos tínhamos cada um o seu edredom.

"Já parou para pensar que papai nunca teve a oportunidade de ler o seu romance?", disse Yngve, virando-se para mim.

"Não", eu disse. "Nunca pensei nisso."

Yngve leu o manuscrito assim que ficou pronto, no começo de junho. A primeira coisa que ele disse depois de ler foi que papai iria me processar. Assim mesmo, nesses termos. Eu estava num telefone público no aeroporto, ia viajar com Tonje para a Turquia, onde passaríamos as férias, não sabia se Yngve ficaria furioso ou se me apoiaria, não fazia ideia do modo como aqueles que eram próximos de mim reagiriam ao que eu tinha escrito. "Não faço ideia se é bom ou não", ele dissera. "Mas papai vai te processar. Disso eu tenho certeza."

"Mas tem uma frase lá que é repetida várias vezes", eu disse em seguida. "*Meu pai morreu*. Lembra disso?"

Yngve puxou o edredom para o lado, dobrou as pernas e se recostou. Ergueu um pouco o tronco e ajustou o travesseiro.

"Vagamente", disse, voltando a se deitar.

"É quando Henrik parte da cidade. Ele precisa de uma desculpa e essa é a única que lhe ocorre. *Meu pai morreu*."

"É verdade."

Tirei as calças e as meias e me deitei. Primeiro de costas, com as mãos cruzadas sobre o abdômen, até me dar conta de que parecia um morto e imediatamente me virar de lado, horrorizado, olhando para as minhas roupas amontoadas no chão. Isso não pode ficar desse jeito, pensei, e me sentei, dobrei as calças e a camiseta, coloquei-as na cadeira ao lado, as meias em cima.

Yngve apagou a luz do seu lado.

"Vai ler?", perguntou.

"De jeito nenhum", eu disse, tateando o fio para achar o interruptor. Não conseguia encontrar. Ficava na própria luminária? Sim, lá estava.

Apertei com força, pois o velho mecanismo estava emperrado. As luminárias deviam ser da década de 1950, da época em que eles se mudaram para a casa.

"Boa noite, então", disse Yngve.

"Boa noite."

Ah, como eu estava feliz que ele estivesse ali. Se eu estivesse sozinho, minha cabeça se encheria de imagens de papai como um cadáver, eu só conseguiria pensar no aspecto físico da morte, seu corpo, seus dedos e pernas, os olhos cegos, os cabelos e unhas continuando a crescer. O cômodo onde ele jazia, provavelmente numa daquelas coisas parecidas com gavetas que sempre aparecem nos necrotérios em filmes americanos. Mas agora o som da respiração de Yngve e todos os seus pequenos movimentos me acalmavam. Só o que eu tinha que fazer era fechar os olhos e esperar o sono vir.

Acordei cerca de duas horas depois, com Yngve em pé no meio do quarto. Primeiro ele olhou em torno, indeciso, em seguida pegou o edredom, enrolou-o e o carregou para fora do quarto, virou-se e voltou. Quando ele estava prestes a fazer a mesma coisa de novo, eu disse: "Você está sonambulando, Yngve. Vem para a cama e dorme".

Ele olhou para mim.

"Não estou sonambulando. O edredom tem que passar pela porta três vezes."

"O.k. Se é assim, tudo bem."

Ele passou pela porta mais duas vezes, tornou a deitar e se cobriu com o edredom. Virou a cabeça de um lado para o outro algumas vezes, murmurando qualquer coisa.

Não era a primeira vez que ele andava durante o sono. Quando éramos garotos, Yngve tinha fama de sonâmbulo. Certa noite mamãe o encontrou na banheira, nu, com a torneira aberta, outra ocasião ela conseguiu alcançá-lo já no meio da rua, a caminho da casa de Rolf para perguntar se ele gostaria de vir jogar futebol. Ele atirava as cobertas pela janela e ficava deitado na cama, morrendo de frio pelo resto da noite sem saber por quê. Papai também andava durante o sono. Uma vez ele entrou no meu quarto no meio da noite, só de cuecas, abriu um armário, espiou lá dentro e olhou para mim sem esboçar sinal de que tinha me reconhecido. Às vezes eu o ouvia arrastar os móveis de um lado para outro na sala. Uma ocasião ele se deitou debaixo da mesa de centro e, ao se levantar, bateu a cabeça com tanta força que ela sangrou. Quando não andava durante o sono, falava ou gritava, e, quando não fazia nada disso, rangia os dentes. Mamãe costumava dizer que era como se estivesse casada com alguém que estava para ir para a guerra. Quanto a mim, eu mijei no armário uma noite, mas, exceto por isso, apenas falava, até a adolescência, quando em determinados períodos as atividades durante o sono aumentavam. No verão em que eu vendia fitas cassete nas ruas em Arendal e morava no quarto de Yngve, eu peguei seu estojo de canetas e caminhei nu pelo gramado, parando diante de cada janela e espiando, até Yngve conseguir fazer com que eu voltasse a mim. Eu negava que tinha andado durante o sono, a prova era o estojo, *Olha aqui*, eu dizia, *aqui está a minha carteira, eu estava indo fazer compras*. Quantas vezes não fiquei em frente à janela, vendo o chão desaparecer ou se elevar, os muros desabar ou a água correr para o alto! Uma ocasião fiquei segurando a parede, gritando para Tonje sair correndo antes que a casa viesse abaixo. Outra vez eu estava convencido de que ela estava dentro do guarda-roupa, e revirei todas as roupas à sua procura. Quando precisava dormir com outra pessoa que não fosse ela, costumava avisar, para o caso de acontecer alguma coisa. Durante uma viagem com um amigo,

Tore, dois anos antes, nós tínhamos alugado um assim chamado apartamento para escritores numa grande propriedade nos arredores de Kristiansand para escrever o roteiro de um filme, e essa medida de precaução nos livrou de problemas: nossas camas ficavam no mesmo quarto, e no meio da noite eu me levantei, fui até ele, puxei sua coberta, segurei-o pelos tornozelos e, ao vê-lo me encarar em choque, disse *Você não passa de uma boneca*. Mas o delírio mais frequente era que uma lontra ou uma raposa se enfiara debaixo do edredom, o qual eu jogava no chão e pisoteava até ter certeza de que a criatura tinha morrido. Podia passar um ano sem que nada acontecesse, e de repente sobrevinham fases nas quais não havia uma noite em que eu não tivesse uma crise de sonambulismo. Eu acordava no sótão, no hall, no gramado, sempre ocupado em fazer alguma coisa que me parecia totalmente sensata mas que, quando eu acordava, se revelava totalmente insensata.

A coisa mais estranha da vida noturna de Yngve era quando ele se punha a falar durante o sono o dialeto do leste da Noruega. Ele se mudara de Oslo quando tinha quatro anos, e não falara aquele dialeto por trinta anos. Ainda assim, era o que saía dos seus lábios quando ele dormia. Havia algo de assustador naquilo.

Olhei para ele. Estava deitado de costas, com uma perna fora do edredom. Sempre se dissera que éramos idênticos, mas nós achávamos que aquela era uma impressão genérica, que tinha mais a ver com o nosso jeito, porque nossas características físicas semelhantes eram poucas. A única coisa eram provavelmente os olhos, que ambos havíamos herdado de mamãe. Mas, quando eu me mudei para Bergen e fui apresentado a pessoas menos próximas de Yngve, elas às vezes me perguntavam: "Você é o Yngve?". Que eu não era Yngve estava implícito na pergunta, porque, se achassem que eu era, não teriam perguntado. Perguntavam porque consideravam impressionante a semelhança.

Ele virou a cabeça para o outro lado no travesseiro, como se percebesse que estava sendo observado e quisesse resistir. Eu fechei os olhos. Ele costumava dizer que papai tinha acabado completamente com a autoestima dele em várias ocasiões, humilhando-o como só papai sabia fazer, e isso influenciou alguns períodos da sua vida, nos quais ele achava que não era capaz de fazer nada, que não servia para nada. E houve outros períodos em que tudo correu bem, sem contratempos nem dúvidas. De fora só estes últimos eram visíveis.

Papai influenciou também a minha autoimagem, claro, mas talvez de outra maneira, ao menos não tive períodos de dúvida seguidos por períodos de confiança, para mim foi tudo misturado, e as dúvidas, que caracterizaram boa parte dos meus pensamentos, nunca diziam respeito às questões maiores, mas às menores, relacionadas ao ambiente ao meu redor, amigos, conhecidos, garotas, que, eu estava convencido, sempre tinham uma opinião negativa sobre mim, me achavam um idiota, o que me queimava por dentro, todos os dias me queimava por dentro, mas, no que se referia às questões maiores, nunca tive dúvida de que poderia conseguir tudo que quisesse, eu sabia que tinha isso dentro de mim, porque meus anseios sempre foram tão fortes e jamais sossegaram. Como poderiam? Do contrário, como eu teria feito para destruir os outros?

Quando acordei novamente, Yngve estava diante da janela abotoando a camisa.

"Que horas são?", perguntei.

Ele se virou.

"Seis e meia. Muito cedo para você?"

"É, pode-se dizer que sim."

Ele vestira uma bermuda cáqui, do tipo que vai até abaixo do joelho, e uma camisa listrada cinza com as mangas dobradas.

"Estou descendo. Você já vem?"

"Já."

"Não vai pegar no sono de novo?"

"Não."

Quando parei de ouvir o ruído dos seus passos na escada, sentei-me e peguei as roupas na cadeira. Olhei insatisfeito para minha barriga, de cujas laterais saltavam duas dobras de gordura. Belisquei as costas e felizmente não senti nenhum excesso de gordura nelas. De todo modo, teria que começar a correr quando voltasse para Bergen, não havia dúvida. E fazer abdominais toda manhã.

Peguei a camiseta e a cheirei.

Não, melhor não usar outra vez.

Abri a mala e peguei uma camiseta dos Boo Radleys, que tinha comprado quando eles tocaram em Bergen alguns anos antes, e um jeans azul-escuro com as pernas cortadas. Até podia não estar sol, mas o ar estava quente e úmido.

Lá embaixo, Yngve estava fazendo café, pusera o pão na mesa e tirara da geladeira o queijo e os embutidos. Vovó usava o mesmo vestido da véspera e fumava ali sentada. Eu não estava com fome e me satisfiz com uma xícara de café e um cigarro na varanda, em seguida peguei o balde, os panos de chão e os produtos de limpeza para começar a limpeza no térreo. Em primeiro lugar fui ao banheiro inspecionar o serviço da véspera. Exceto pela cortina manchada e grudenta do boxe, que por alguma razão eu não tinha jogado fora, a impressão geral era boa. Decadente, claro, mas limpo.

Removi o varão dependurado entre as paredes do boxe, tirei a cortina e a joguei no saco de lixo, limpei o varão e as duas alças, e pus de volta no lugar. E aí a dúvida foi: que fazer agora? A área de serviço e os dois banheiros estavam prontos. Naquele piso faltava limpar o quarto de vovó, o hall, o corredor, o quarto de papai e o quarto grande. No quarto de vovó eu não iria mexer agora, pareceria quase uma transgressão, tanto porque ficaria muito claro para ela que nós sabíamos das condições em que estava vivendo, como porque havia algo de invasivo naquilo, o neto limpando o quarto de dormir da avó. Tampouco estava a fim de começar pelo quarto de papai, também porque antes deveríamos fazer uma seleção dos documentos e de outras coisas que havia ali. O corredor com seu carpete teria que esperar que comprássemos um limpador de carpete. Então só me restavam as escadas.

Enchi o balde com água, peguei um frasco de água sanitária, outro de desinfetante e um de saponáceo cremoso Jif, e comecei pelos corrimãos, que não passavam por uma limpeza fazia ao menos cinco anos. Havia todo tipo de sujeira entre os suportes, folhas podres, seixos, insetos secos, teias de aranha. Os corrimãos em si estavam escuros, em alguns trechos completamente pretos, aqui e ali grudentos. Esguichei Jif, peguei um pano e esfreguei cada centímetro. Assim que um pedaço estava limpo e tinha readquirido um pouco do seu antigo tom dourado escuro, eu punha outro pano de molho em água sanitária e continuava a esfregar. O cheiro e o frasco azul da água sanitária me levaram de volta aos anos 1970, para ser mais preciso, ao armário debaixo da pia da cozinha, onde ficavam os produtos de limpeza. Não existia Jif naquele tempo. Mas Ajax em pó, sim, numa caixa de papelão vermelha, branca e azul. Desinfetante também. E já existia água sanitária Klorin, o design do frasco de plástico azul com trava de segurança para crianças na tampa não mudara desde então. Havia uma marca chamada Omo. E também havia uma caixa de sabão em pó com a foto de uma criança segurando uma caixa idêntica, e nela, naturalmente, havia uma foto do mesmo garoto segurando a mesma caixa, e assim por diante. Seria da marca Blenda? Não importa qual era o nome, eu sempre concentrava o pensamento naquele jogo de imagens, que em tese, claro, era infinito e existia também em outros lugares, como no espelho do banheiro, onde se podia segurar outro espelho atrás da cabeça de maneira que as imagens dos espelhos se multiplicassem, diminuindo de tamanho até onde a vista alcançava. Mas o que aconteceria além do alcance da vista? Essa diminuição continuaria indefinidamente?

Havia um mundo entre as marcas de produtos de outrora e de agora, e, quando eu pensava nelas, esse mundo ressurgia, com seus sons e gostos e cheiros, absolutamente irresistível, como sempre é tudo aquilo que ficou para trás, tudo aquilo que desapareceu. O cheiro da grama recém-cortada e regada quando nos sentamos num campo de futebol numa tarde de verão depois do treino, as longas sombras das árvores imóveis, os gritos e as risadas das crianças nadando no lago do outro lado da pista, o gosto forte mas adocicado do energético XL-I. Ou o gosto de sal que inevitavelmente nos enche a boca quando mergulhamos no mar, mesmo que fiquemos com os lábios cerrados ao afundarmos, o caos das correntes lá embaixo, mas também a luz entre as algas e plantas marinhas e as rochas nuas, os aglomerados de moluscos e as cracas que parecem refletir todos um brilho suave, pois é um dia de verão sem nuvens, e o sol a pino ilumina o céu e o mar azuis. A água que escorre pelo corpo quando escalamos a rocha agarrando-nos às suas reentrâncias, as gotas remanescentes entre as escápulas por alguns instantes até que o calor as evapore, a água que pinga do calção por um bom tempo depois que nos secamos com a toalha. O rumor da lancha deslizando sobre as ondas, entrecortado e sem ritmo, o marulho e o ruído do motor se alternando, o lado surreal disso tudo, uma vez que a área é vasta e aberta demais para que esses sons possam ser ouvidos.

Todas essas coisas ainda existiam. As rochas eram exatamente as mesmas, o mar rebentava nelas do mesmo jeito, assim como permanecia a mesma a paisagem debaixo da água, com seus pequenos vales e baías, precipícios e encostas íngremes, cobertos de estrelas-do-mar, ouriços, caranguejos e peixes. Ainda se podiam comprar raquetes de tênis Slazenger, bolas Tretorn e esquis Rossignol, amarras Tyrolia e botas Koflach. As casas onde vivemos ainda estavam de pé, todas elas. A única diferença, como a diferença que existe entre a realidade das crianças e a dos adultos, era que não estavam mais carregadas de significado. Um par de chuteiras Le Coq era apenas um par de chuteiras. Se eu sentia alguma coisa ao segurá-las agora, era apenas um eco da infância, nada mais, nada em si. O mesmo valia para o mar, o mesmo valia para as rochas, o mesmo valia para o gosto de sal que enchia de modo penetrante aqueles dias de verão, agora ele era apenas gosto de sal, *end of story*. O mundo era o mesmo, ainda que não fosse, porque seu significado se modificara, e continuava a se modificar, aproximando-se cada vez mais da ausência total de significado.

Torci o pano de chão, pendurei-o na borda do balde e analisei o resultado do meu trabalho. Algum brilho voltara à superfície do verniz, mas ainda se viam as marcas das manchas escuras de sujeira que tinham penetrado na madeira. Achei que havia limpado um terço do corrimão até o andar de cima. E ainda faltavam os suportes e corrimãos até o segundo andar.

Os passos de Yngve ecoaram no corredor acima.

Ele apareceu com um balde na mão e um rolo de sacos de lixo debaixo do braço.

"Terminou lá embaixo, então?", perguntou, ao me ver.

"Ainda não. Está maluco? Terminei só os banheiros e a área de serviço. Achei melhor deixar o resto para o final."

"Vou começar o quarto de papai agora. Parece que é o que tem mais coisas para fazer."

"Terminou a cozinha?"

"Sim. Mais ou menos. Ainda preciso limpar uns armários. Mas fora isso está com uma boa aparência."

"O.k. Vou dar uma parada agora. Comer alguma coisa, acho. Vovó está na cozinha?"

Ele assentiu e seguiu em frente. Eu esfreguei as mãos, que estavam úmidas e enrugadas por causa da água, nas laterais do short, dei uma última olhada nos corrimãos e subi para a cozinha.

Vovó estava na sua cadeira, taciturna. Nem sequer olhou para mim quando entrei. Lembrei-me dos calmantes. Teria tomado sozinha? Certamente não.

Abri o armário e peguei a caixa.

"Você tomou isso hoje?", perguntei, mostrando-lhe a embalagem.

"O que é isso?", disse ela. "Remédio?"

"Sim, aquele que você tomou ontem."

"Não, não tomei."

Peguei um copo no armário, enchi-o de água e dei a ela juntamente com um comprimido. Ela o pôs sobre a língua e engoliu. Não pareceu querer dizer mais nada, então, para não me sentir forçado a falar, apanhei duas maçãs, em vez das fatias de pão que tinha imaginado, além de um copo de água e uma xícara de café, e saí dali. O dia estava ameno e nublado, como na véspera. Uma brisa leve soprava do mar, gaivotas sobrevoavam aos gritos o porto, ruídos metálicos soavam em algum local próximo. Da cidade lá embaixo provinha o som contínuo do tráfego de veículos. Um guindaste, alto e frágil, surgiu acima dos telhados a algumas quadras do píer. Amarelo, com uma cabine branca, ou como quer que se chame aquele lugar onde fica o motorista. Estranho que eu não o tivesse visto antes. Havia poucas coisas que eu achava mais bonitas do que guindastes, sua estrutura esquelética, cabos de aço correndo de cima a baixo do seu braço saliente, o gancho enorme, o modo como os objetos pesados balançavam ao serem transportados lentamente pelo ar, o céu que sempre formava um pano de fundo para aquele mecanismo temporário.

Tinha acabado de comer a primeira maçã, sementes, miolo e tudo, e estava prestes a enfiar os dentes na segunda quando Yngve veio caminhando pelo jardim. Ele segurava um envelope grosso.

"Olha só o que eu achei", disse, me entregando o envelope.

Levantei a aba. Estava cheio de notas de mil.

"Tem uns duzentos mil aí dentro", disse ele.

"Uau!", exclamei. "Onde estava isso?"

"Debaixo da cama. Deve ser o dinheiro da casa da Elve."

"Ah, merda. Então isso é tudo que sobrou?"

"Provavelmente. Ele não punha dinheiro no banco, guardava tudo debaixo da cama. E aí torrava tudo com bebida, sem dó nem piedade. Nota por nota."

"Estou cagando para o dinheiro. A vida que ele levou aqui foi triste demais."

"Nem diga."

Yngve sentou-se. Eu pus o envelope na mesa.

"O que vamos fazer com isso?", ele perguntou.

"Não faço a mínima ideia. Dividir, não?"

"Pensei em usar esse dinheiro para pagar as taxas de herança, essas coisas."

Dei de ombros.

"Podemos perguntar a alguém", eu disse. "Jon Olav, por exemplo. Ele é advogado."

O ruído de um carro ecoou pelo beco abaixo da casa. Embora não pudesse vê-lo, percebi que vinha na nossa direção, pela maneira como parou, deu ré e depois seguiu adiante.

"Quem pode ser?", indaguei.

Yngve se levantou e pegou o envelope.

"Quem vai cuidar disto aqui?", ele perguntou.

"Você", respondi.

"Pelo menos os problemas relativos às despesas com o funeral estão resolvidos", disse ele, entrando na casa. Eu o segui. Ouvimos vozes vindo do hall. Eram Gunnar e Tove. Estávamos entre a porta do hall e a porta da cozinha, pouco à vontade como se ainda fôssemos crianças, quando eles subiram. Yngve segurava o envelope.

Tove estava tão bronzeada e conservada quanto Gunnar.

"Oi, rapazes!", cumprimentou ela, sorrindo.

"Oi", eu disse. "Quanto tempo!"

"É mesmo. Pena que tenhamos nos encontrado nestas circunstâncias."

"É."

Quantos anos eles tinham mesmo? Quase cinquenta?

Vovó se levantou na cozinha.

"São vocês que estão aí?", perguntou.

"Sente-se, mamãe", disse Gunnar. "Nós pensamos em dar uma mãozinha a Yngve e Karl Ove na arrumação da casa."

Ele piscou para nós.

"Mas têm um tempinho para um café, não?", perguntou vovó.

"Nada de café", respondeu Gunnar. "Nós já vamos embora. Os meninos estão sozinhos na cabana."

"Sim, sim", disse vovó.

Gunnar foi até a cozinha.

"Vocês fizeram um bom trabalho", disse. "Impressionante."

"Pensamos em fazer aqui a reunião depois do enterro", eu disse. Ele olhou para mim.

"Mas não vai ser possível."

"Vai, sim. Temos cinco dias ainda. Vai dar."

Ele desviou o olhar. Talvez por causa das lágrimas nos meus olhos.

"Vocês dois é que decidem", disse ele. "Se acharem que dá, muito bem, vai ser aqui. Mas então mãos à obra!"

Ele se virou e foi para a sala. Eu o acompanhei.

"Temos que jogar fora tudo que está quebrado. Não faz sentido consertar nada. Os sofás, qual o estado deles?"

"Um está o.k.", eu disse. "Podemos lavá-lo. O outro, não sei..."

"Então vamos levá-lo embora", disse ele.

Ele se deteve diante do grande sofá de couro preto de três lugares. Eu fui até a outra extremidade, curvei-me e o segurei por baixo.

"Vamos passá-lo pela porta da varanda e depois levá-lo lá para fora", disse Gunnar. "Você abre para nós, Tove?"

Quando carregávamos o sofá pela sala, vovó apareceu na porta da cozinha.

"Que vão fazer com o sofá?"

"Vamos jogar fora", disse Gunnar.

"Estão doidos? Por que vão jogar fora? Não podem jogar fora o meu sofá."

"Ele está destruído", disse Gunnar.

"Vocês não têm nada com isso! O sofá é meu!"

Eu parei. Gunnar olhou para mim.

"Temos que fazer isso, entendeu?", disse ele para vovó. "Vamos, Karl Ove, vamos levá-lo lá para fora."

Vovó veio em nossa direção.

"Vocês não podem fazer isso! Esta casa é minha!"

"Podemos, sim", replicou Gunnar.

Já estávamos descendo os dois degraus para a outra sala. Dei alguns passos laterais, sem olhar para vovó, que tinha se postado ao lado do piano. Eu podia até sentir sua teimosia. Gunnar não deu a mínima. Ou será que deu? Ele também estava brigando com a teimosia dela? Afinal, vovó era sua mãe.

Ele desceu de costas os degraus e seguiu lentamente pela sala.

"Não é possível!", disse vovó. Nos últimos minutos ela se transformara completamente. Seus olhos faiscavam. Seu corpo, que até pouco antes estava inerte e fechado em si mesmo, agora se voltava para fora. Com as mãos nos quadris, ela protestava.

"Aahh!"

Depois ela se virou.

"Não, não quero ver isso", disse, e voltou para a cozinha.

Gunnar sorriu para mim. Eu desci os dois degraus e dei alguns passos laterais para me posicionar na direção da porta. Dali vinha uma corrente de ar, senti o vento bater na pele nua das pernas, dos braços e do rosto. As cortinas esvoaçavam.

"Tudo bem?", perguntou Gunnar.

"Acho que sim", eu disse.

Na varanda, pusemos o sofá no chão e descansamos por alguns segundos antes de carregá-lo pelo último trecho, descendo as escadas, cruzando o jardim e seguindo até o reboque estacionado em frente ao portão da garagem. Feito isso, nós jogamos o sofá lá dentro, mas cerca de um metro ficou para fora. Gunnar tirou uma corda azul do porta-malas e tratou de amarrá-lo bem firme. Eu não sabia exatamente o que fazer e fiquei assistindo, para o caso de ele precisar de ajuda.

"Não se preocupe com ela", disse ele, enquanto amarrava o sofá. "Ela não está em condições de decidir o que é melhor para ela agora."

"Certo", respondi.

"Agora, muito provavelmente você está mais por dentro da situação aqui do que eu. Que mais precisamos jogar fora?"

"As coisas do quarto dele. E do dela. E da sala. Mas nada grande. Nada como o sofá."

"O colchão dela, talvez?"

"Sim. E o dele. Mas, se nos livrarmos do colchão dela, logo vamos precisar de um novo."

"Podemos pegar o que está no antigo quarto deles."

"É verdade."

"Se ela reclamar quando estiverem sozinhos, não se preocupem. Façam o que tem que ser feito. É para o bem dela."

"Certo."

Ele pegou a extremidade da corda, deu um nó e a atou ao reboque.

"Deve aguentar", disse, levantando-se. Olhou para mim.

"Aliás, vocês já deram uma olhada na garagem?"

"Não."

"Ele guardava todas as suas coisas lá. Todas as coisas da mudança. Vocês precisam levá-las embora. Mas deem uma olhada. Muitas coisas certamente vão para o lixo."

"O.k."

"Não tem lugar para muito mais no reboque, mas vamos carregar o que pudermos e levar tudo para o depósito de lixo. Enquanto isso, vocês trazem mais algumas coisas para fora, e nós fazemos outra viagem. E aí acho que é o bastante. Se tiver mais coisas, posso dar um pulo aqui durante a semana."

"Obrigado."

"Não deve estar sendo fácil para vocês, rapazes. Eu compreendo."

Nossos olhares se encontraram por alguns segundos antes de ele desviar os olhos. Em seu rosto bronzeado os olhos azuis pareciam tão claros quanto os de papai.

Havia tanta coisa que ele procurava evitar. Todas as emoções que eu transbordava, por exemplo.

Ele pôs a mão no meu ombro.

Alguma coisa se rompeu em mim. Eu solucei.

"Vocês são bons rapazes", disse ele.

Eu tive que me virar. Inclinei-me e cobri o rosto com as mãos. Meu corpo estremeceu. Em seguida me recompus, endireitei-me e respirei fundo.

"Conhece algum lugar que alugue equipamentos? Sabe, enceradeiras, cortadores de grama especiais, essas coisas?"

"Vocês vão *encerar* o piso?"

"Não, não, foi só um exemplo. Mas pensei em cortar essa grama. Com um cortador normal não vai dar."

"Não está sendo um pouco ambicioso da sua parte? Não é melhor se concentrar no interior da casa?"

"É, talvez. Mas, se sobrar tempo..."

Ele inclinou um pouco a cabeça e coçou a têmpora com o indicador.

"Em Grim tem uma firma que aluga esses equipamentos. Eles devem ter alguma coisa desse tipo. Mas dê uma olhada nas páginas amarelas."

O muro branco da casa ao lado de repente se iluminou. Olhei para o alto. Havia uma fresta entre as nuvens pela qual o sol brilhava. Gunnar subiu as escadas e entrou na casa, eu o segui. No chão do hall diante do quarto de papai havia dois sacos de lixo, cheios de roupas e quinquilharias. Ao lado deles estava a cadeira emporcalhada. Yngve nos observava do quarto. Ele usava um par de luvas amarelas.

"Talvez fosse bom jogar fora o colchão", disse ele. "Tem lugar no reboque?"

"Agora não", disse Gunnar. "Levamos na próxima viagem."

"A propósito, achamos isso debaixo da cama", disse Yngve, pegando o envelope que tinha deixado na estante e entregando-o a Gunnar.

Gunnar abriu o envelope e olhou lá dentro.

"Quanto tem aqui?", perguntou.

"Quase duzentos mil", respondeu Yngve.

"Bem, agora é de vocês", disse ele. "Mas não se esqueçam da sua irmã quando forem dividir."

"Claro que não", disse Yngve.

Será que ele tinha pensado nela?

Eu não tinha.

"E depois vocês podem decidir se vão declarar o dinheiro ou não", disse Gunnar.

Tove ficou em casa para ajudar na faxina quando Gunnar foi embora, quinze minutos depois, com o reboque lotado. Todas as janelas e portas da casa estavam abertas, e isso, o ar circulando lá dentro, a luz do sol iluminando o piso e o cheiro intenso de produtos de limpeza que predominava ao menos no primeiro andar, possibilitou que a casa num certo sentido se abrisse e se tornasse um lugar através do qual o mundo fluía, algo que eu, do fundo da minha confusão emocional, percebi e me agradou. Continuei limpando as escadas, Yngve o quarto de papai, e Tove cuidou da sala do andar de cima, onde ele tinha sido encontrado. Os parapeitos das janelas, os painéis, as portas, as estantes. Pouco depois eu subi até a cozinha para trocar a água. Vovó ergueu os olhos quando eu joguei fora a água suja do balde, mas seu olhar estava vazio e indiferente, e logo voltou para a mesa. A água turva, cinzenta e amarronzada rodopiou lentamente pela pia, diminuindo cada vez mais, até que os últimos restos brancos de espuma desaparecessem e restasse apenas uma camada opaca de areia, cabelo e partículas diversas contrastando com o metal brilhante. Abri a torneira e deixei o jato de água escorrer pela borda do balde até que toda a sujeira fosse removida e eu pudesse enchê-lo com água fumegante. Quando em seguida entrei na sala, Tove se virou para mim e sorriu.

"Meu Deus, o que está parecendo isso aqui?", disse ela.

Eu parei.

"Estamos progredindo, pelo menos", eu disse.

Ela pôs o pano de limpeza na estante e correu a mão pelos cabelos.

"Ela nunca foi muito de fazer faxina", disse.

"Mas antes a casa parecia bem cuidada, não?", indaguei.

Ela riu e balançou a cabeça.

"Ah, não. Talvez pudesse dar essa impressão, mas não... Pelo que me lembro, a casa sempre foi meio suja. Não em toda parte, mas nos cantos. Debaixo dos móveis. Debaixo dos tapetes. Sabe, onde não dá para ver."

"É mesmo?"

"Ah, sim, ela nunca foi muito de cuidar da casa."

"Pode ser."

"Mas merecia coisa melhor. Nós achamos que ela podia viver melhor depois que seu avô morreu. Contratamos empregados, sabe, e eles cuidavam da casa inteira para ela."

Eu assenti.

"Ouvi dizer."

"Foi também uma mão na roda para nós. Antes éramos sempre nós que ajudávamos. Em tudo que fosse possível. Durante um bom tempo, desde que eles envelheceram. E com o seu pai do jeito que era, e Erling morando em Trondheim, ficava tudo para nós."

"Sei", eu disse, abrindo os braços e arqueando as sobrancelhas ao mesmo tempo, num gesto que demonstrava solidariedade com ela, mas também que eu não podia ter feito nada.

"Mas agora ela precisa ir para um lugar onde cuidem dela. É terrível vê-la nesse estado."

"Sim."

Ela sorriu novamente.

"Como está Sissel?"

"Bem. Ela mora em Jølster, acho que está feliz lá. E trabalha na escola de enfermagem em Førde."

"Mande lembranças quando falar com ela."

"Vou mandar", eu disse, retribuindo o sorriso. Tove pegou de novo o pano e eu desci as escadas, já limpas quase pela metade, pus o balde no chão, torci o pano e esguichei um jato de Jif no corrimão.

"Karl Ove?", chamou Yngve.

"Sim?", respondi.

"Vem aqui um instante."

Ele estava no hall, na frente do espelho. Uma pilha enorme de papéis sobre o aquecedor a óleo ao seu lado. Seus olhos brilhavam.

"Olha só", disse, estendendo-me um envelope. Era endereçado a Ylva Knausgård, Stavanger. Dentro havia uma folha onde se lia *Querida Ylva!*, mas o resto estava em branco.

"Ele estava escrevendo para ela? Daqui?", perguntei.

"É o que parece", disse Yngve. "Por conta do aniversário dela ou algo assim. E aí desistiu. Não tinha nosso endereço, está vendo?"

"Eu achava que ele nem tinha ideia da existência dela."

"Mas tinha. E devia pensar nela, também."

"É sua primeira neta."

"Sim. Mas estamos falando de papai. Isso não significa nada."

"Merda. É muito triste tudo isso."

"Achei mais uma coisa", disse Yngve. "Olha aqui."

Dessa vez o que ele me entregou foi uma correspondência oficial, escrita à máquina. Era da Caixa de Empréstimos para Educação. Era uma comunicação de que o empréstimo dele fora quitado.

"Olha a data", disse Yngve.

Vinte e nove de junho.

"Duas semanas antes dele morrer", eu disse, olhando nos olhos de Yngve. Nós começamos a rir.

"Ha-ha-ha", ele riu.
"Ha-ha-ha", eu ri. "Quanta liberdade. Ha-ha-ha!"
"Ha-ha-ha!"

Quando Gunnar e Tove se foram, uma hora depois, o ambiente na casa voltou a se modificar. Com apenas nós e vovó, era como se os cômodos se fechassem no que tinha acontecido e nós fôssemos fracos demais para abri-los. Ou talvez fôssemos nós que estivéssemos próximos demais do que tinha acontecido, num grau muito maior que Gunnar e Tove. De todo modo, o fluxo de vida e movimento cessou, e cada objeto lá dentro, a televisão, as poltronas, o sofá, a porta de correr entre as salas de estar, o piano preto, as duas pinturas barrocas penduradas na parede acima dele, tudo se revelava como de fato era, pesado, imóvel, carregado de passado. Lá fora o tempo ficara nublado novamente. O céu cinzento desvaneceu as cores da paisagem. Yngve selecionava documentos, eu lavava a escada, vovó ficava sentada na cozinha, mergulhada na sua melancolia. Em torno das quatro horas Yngve saiu para comprar comida, e eu, consciente da casa inteira ao meu redor, nutria a expectativa de que vovó não se aventurasse num dos seus raros deslocamentos e viesse me fazer companhia, pois eu sentia que a minha alma, ou fosse lá o que fosse que levava as pessoas a deixar com extrema facilidade sua marca em mim, estava tão frágil e sensível que eu não seria capaz de suportar o impacto da dor e da tristeza que sua presença me causaria. Mas foi uma esperança inútil, pois passado um instante ouvi as pernas da cadeira lá em cima estalarem, e logo em seguida os passos dela, primeiro na sala e depois na escada.

Ela se segurava firme no corrimão, como se estivesse à beira de um abismo.

"É você?", perguntou.

"Sim", eu disse. "Mas já estou quase terminando."

"E cadê o Yngve?"

"Foi fazer compras."

"Ah, é mesmo, é verdade", disse ela. Ficou lá por um bom tempo, olhando para a minha mão, que se movia para cima e para baixo, com o pano entre os dedos, esfregando o corrimão. Depois olhou para o meu rosto. Eu olhei nos olhos dela e senti um calafrio na espinha. Ela parecia me odiar.

Ela suspirou e afastou a mecha de cabelo que lhe caía sobre um dos olhos.

"Você está trabalhando demais. Está pegando muito pesado."

"É. Mas é ótimo concluir o trabalho que começamos, não é?"

Ouviu-se o ruído de um carro.

"É ele", eu disse.

"Quem? Gunnar?"

"Yngve."

"Mas ele não está aqui?"

Não respondi.

"Ah, é mesmo", disse ela. "Estou começando a ficar gagá!"

Eu sorri, joguei o pano na água turva e peguei o balde.

"Vamos preparar alguma coisa para comer", eu disse.

Na cozinha, joguei fora a água, torci o pano e o pendurei na borda do balde, e vovó sentou no lugar de sempre. Quando tirei o cinzeiro da mesa, ela levantou a ponta da cortina e espiou lá fora. Esvaziei o cinzeiro, voltei, peguei as xícaras, coloquei-as dentro da pia, molhei o pano de cozinha, derramei um pouco de detergente na mesa e estava limpando quando Yngve chegou com duas sacolas, uma em cada mão. Ele pôs as sacolas no chão e começou a tirar as compras. Primeiro o que iríamos comer, que ele deixou na bancada, quatro postas de salmão embaladas a vácuo, um saco de batatas escurecidas de terra, uma couve-flor e um pacote de feijão-verde congelado, depois todas as outras coisas, que ele colocou um pouco na geladeira e um pouco no armário ao lado. Uma garrafa de um litro e meio de Sprite, uma garrafa de um litro e meio de cerveja CB, um saco de laranjas, uma caixa de leite, uma caixa de suco de laranja, um pão. Eu liguei o fogão, peguei uma frigideira no armário debaixo da bancada, tirei da geladeira um pouco de margarina, pus uma colherada na frigideira, enchi uma panela grande com água e pus para aquecer na boca detrás, abri o saco de batatas, joguei-as dentro da pia e comecei a lavá-las, enquanto a margarina derretia devagar no fundo preto da frigideira. Novamente me dei conta de quão puros e, por isso mesmo, reconfortantes eram aqueles produtos, suas cores vivas, como o verde e branco do pacote de feijão congelado, com suas letras e logotipo vermelhos, ou como o papel branco que envolvia o pão, exceto pela extremidade, onde a casca escura e arredondada sobressaía como um caracol de sua concha ou, assim me pareceu, como um monge de seu capuz. O alaranjado das frutas que se espremiam contra o saco plástico. Juntas, uma esfera escondida atrás da outra, quase lembravam uma ilustração de moléculas dessas que se encontram nos livros didáticos. O cheiro que espalhavam pelo ambiente quando eram descascadas ou cortadas sempre me recordava meu pai. Era o cheiro que tinham os cômodos onde ele ficava: fumaça de cigarro e laranjas. Se, ao entrar no meu escritório, eu sentisse esses cheiros, era sempre tomado por sensações boas.

Mas por quê? No que consistia esse "boas"?

Yngve amassou as duas sacolas de compras e as enfiou na gaveta inferior. A margarina começava a chiar na frigideira. O jato de água era interrompido pelas batatas que eu segurava embaixo da torneira, e a água que espirrava pelos cantos da pia não tinha força suficiente para remover toda a terra, e portanto se acumulava numa camada de lama em volta do ralo, até que as batatas estivessem limpas e eu as tirasse de sob o jato de água, o qual num instante arrastava tudo para baixo, revelando outra vez o fundo de metal polido da pia.

"Ai, ai", suspirou vovó na mesa.

Os olhos outrora reluzentes afundados nas órbitas, os ossos visíveis por todo o corpo.

Yngve estava no meio da cozinha, tomando um copo de coca-cola.

"Posso ajudar em alguma coisa?", perguntou.

Ele pôs o copo vazio na bancada e arrotou baixinho.

"Não, não é necessário", eu disse.

"Vou dar uma caminhada, então."

"Pode ir."

Pus as batatas na água que estava quase fervendo, pequenas bolhas se formavam na superfície. Peguei o sal, que estava em cima da coifa, num pequeno navio viking de prata com colheres em lugar de remos, joguei um punhado na água, cortei a couve-flor, enchi outra panela com água e a coloquei lá dentro, depois abri o pacote de salmão com uma faca e retirei as quatro postas, que temperei com sal e pus numa travessa.

"Hoje vai ser peixe", eu disse. "Salmão."

"Ah", disse vovó. "Com certeza vai ficar bom."

Ela precisava tomar banho e lavar o cabelo. Vestir uma roupa limpa. Eu achava que estava passando da hora. Mas quem se encarregaria disso? Ela não dava sinais de que o faria por iniciativa própria. Não podíamos lhe pedir que tomasse banho, não tinha cabimento. E se ela não quisesse? Também não poderíamos obrigá-la.

Teríamos que pedir a Tove. Pelo menos não seria tão humilhante para ela se alguém do mesmo sexo a ajudasse. E alguém que era uma geração mais próxima.

Pus as postas na frigideira e liguei a coifa. Em segundos a superfície em contato com o calor passou de um rosa profundo, quase avermelhado, para um rosa pálido, e eu observei essa nova cor se espalhando lentamente pela carne. Abaixei o fogo das batatas, que já ferviam.

"Ooh", disse vovó no seu canto.

Olhei para ela. Estava sentada exatamente como antes, e decerto nem percebeu que tinha acabado de soltar um gemido.

Ele fora seu primeiro filho.

Filhos não deviam morrer antes dos pais, não deviam. De jeito nenhum.

E para mim, o que papai fora para mim?

Alguém que eu desejava ver morto.

Então por que todas essas lágrimas?

Abri a embalagem do feijão. Os grãos estavam cobertos por uma camada de gelo fina e lanuginosa e tinham um aspecto acinzentado. Agora a couve-flor também estava fervendo. Abaixei o fogo e dei uma espiada no relógio de parede. Dezoito para as cinco. Mais quatro minutos, e a couve-flor estaria pronta. Ou seis. Talvez mais quinze minutos para as batatas. Devia tê-las cortado ao meio. Afinal, aquilo não seria nenhum banquete.

Vovó olhou para mim.

"Vocês costumam beber cerveja nas refeições?", perguntou. "Vi que Yngve comprou uma garrafa."

Ela vira?

Eu balancei a cabeça.

"Às vezes", eu disse. "Mas é raro. Muito raro, na verdade."

Virei as postas. Havia algumas manchas marrom-escuras sobre a carne clara. Mas as postas não tinham queimado.

Pus o feijão na panela, salguei a água e escorri o excesso. Vovó se inclinou para olhar pela janela. Eu afastei um pouco a frigideira, abaixei o fogo e fui para a varanda, onde Yngve estava sentado numa cadeira, fitando o horizonte.

"Já, já vamos comer", eu disse. "Daqui a cinco minutos."

"Ótimo", disse ele.

"Aquela cerveja que você comprou. Era para bebermos agora?"

Ele assentiu e olhou para mim.

"Por quê?"

"É a vovó. Ela perguntou se costumávamos beber cerveja nas refeições. Eu pensei, e acho que talvez não seja legal beber na presença dela. Já se bebeu tanto nessa casa. Ela não precisa mais passar por isso. Ainda que seja somente um copo durante a refeição. Entende o que eu quero dizer?"

"Claro. Mas você está exagerando."

"Pode ser. Mas não é pedir muito."

"Não, não é."

"Tudo bem, então?"

"Tudo bem!"

O tom de irritação na sua voz não deixava dúvida. Eu não queria sair dali com aquele clima. Ao mesmo tempo, não conseguia imaginar um modo de amenizá-lo. Então, depois de alguns instantes de hesitação, com os braços balançando ao lado do corpo e um nó na garganta, voltei para a cozinha, pus a mesa, escorri a água da panela de batatas e as deixei secando, com uma espátula dispus as postas de salmão numa travessa, cortei a couve-flor e a servi na mesma travessa do feijão, achei uma tigela para colocar as batatas e pus tudo na mesa. Rosa, verde-claro, branco, verde-escuro, marrom-dourado. Enchi uma jarra com água e estava pondo na mesa com três copos no exato instante em que Yngve chegou da varanda.

"Está com uma cara ótima", disse ele, sentando-se. "Mas um garfo e uma faca seriam de grande ajuda."

Eu peguei os talheres na gaveta, passei-os para eles, sentei-me e comecei a descascar uma batata. A casca quente queimou a ponta dos meus dedos.

"Está tirando a casca?", disse Yngve. "Mas essas batatas são frescas."

"Tem razão", eu disse. Enfiei o garfo em outra batata e pus no meu prato. Ela se desmanchou quando a pressionei com a faca. Yngve levou à boca um naco de salmão. Vovó cortava o peixe em pedaços pequenos. Eu me levantei para pegar a margarina na geladeira e pôr mais um pouco na batata. Como de hábito, enchi a boca de ar ao mastigar a primeira garfada. Yngve parecia ter uma relação mais normal e adulta com os pescados. Até *lutefisk* ele comia agora, algo que um dia fora considerado o pior do pior. *Com bacon tudo fica bom*, imaginei-o dizendo, enquanto ele comia em silêncio ao meu lado. Almoços à base de *lutefisk* com amigos era um universo do qual eu não fazia parte. Não porque eu não suportava *lutefisk*, mas porque não era convidado para aquele tipo de evento. Eu não fazia a menor ideia do motivo. De todo modo, já não me importava. Mas houve um tempo em que eu me importava, ficava à margem e sofria. Agora eu ficava à margem, e pronto.

"Gunnar falou de uma empresa que aluga equipamentos em Grim", eu disse. "Vamos lá amanhã, depois do encontro com o agente funerário? Seria bom resolver isso antes de você viajar. Enquanto temos o carro aqui, quer dizer."

"Podemos ir", disse Yngve.

Também vovó estava comendo agora. Seu rosto havia adquirido a expressão agressiva de um roedor. A cada movimento seu, eu sentia o odor de urina. Ah, tínhamos que dar banho nela. Vesti-la com roupas limpas. Dar comida para ela. Mingau, leite, manteiga.

Levei o copo aos lábios e bebi. A água, tão refrescante na minha boca, tinha um leve gosto de metal. Os talheres de Yngve retiniam no prato. Uma vespa ou abelha zumbia pela cozinha, atrás da porta entreaberta. Vovó suspirou. E se contorceu na cadeira, como se o pensamento que lhe ocorrera tivesse atravessado não só a sua cabeça, mas também o corpo.

Naquela casa eles haviam comido peixe até na véspera de Natal. Quando criança, eu achava aquilo uma monstruosidade. Peixe na véspera de Natal! Mas Kristiansand era uma cidade costeira, a tradição era antiga, e o bacalhau disponível no mercado dias antes do Natal era cuidadosamente selecionado. Certa vez fui com vovó até lá, não me esqueço da atmosfera no mercado, a escuridão que se seguiu ao clarão ofuscante da neve lá fora, os grandes bacalhaus nadando tranquilamente em círculos nos tanques, sua pele marrom, amarelada em alguns pontos, esverdeada em outros, sua boca se abrindo e se fechando bem devagar, a barbicha debaixo do queixo branco e mole, os olhos amarelos e fixos. Os homens que trabalhavam lá usavam aventais brancos e botas de borracha. Um deles cortava a cabeça de um bacalhau com uma faca enorme, quase quadrada. No instante seguinte, depois de afastar a pesada cabeça para o lado, ele abriu a barriga. As tripas escorreram por entre seus dedos. Tinham uma aparência pálida e gelatinosa, e eram jogadas num galão grande que ficava ao lado do peixeiro. Por que eram tão pálidas? Outro homem acabara de embrulhar um peixe num papel e agora batia com um dedo na caixa registradora. Percebi que ele tratava as teclas de uma maneira bem diferente de como elas eram tratadas em outras lojas, como se dois mundos distintos, um líquido e outro bruto, um interno e outro externo, fossem unidos um ao outro ali pelo movimento decidido porém pouco treinado dos dedos do vendedor de peixes. O mercado cheirava a sal. Peixes e camarões eram expostos nos balcões em camas de gelo. Vovó, que usava um chapéu de pele e um casaco escuro que ia até os pés, entrou na fila diante de um dos balcões enquanto eu fui caminhando até um caixote de madeira repleto de caranguejos vivos. Em cima eram marrom-escuros, como folhas podres, embaixo do tom branco amarelado dos ossos. Olhos pretos semelhantes a alfinetes, antenas, patas que estalavam quando eles subiam uns nos outros. Os caranguejos eram uma espécie de embalagem, pensei, embalagens de carne. Que aventura fantástica devia ter sido içá-los das profundezas do mar, como de resto a todos os outros peixes vivos que havia ali. Um homem esguichava água no piso de concreto com uma mangueira, a água escorria em direção à grelha do ralo. Vovó se inclinou e apontou para um peixe completamente chato, era esverdeado e tinha pintas cor de ferrugem, e o vendedor o pegou da cama de gelo e colocou numa balança, depois num papel, e o embrulhou. O pacote, ele pôs numa sacola, que entregou para vovó, a qual, por sua vez, lhe deu uma cédula que tirou do seu porta-moedas. Mas aquela sensação de aventura que envolvia os peixes desaparecia quando eles vinham parar no meu prato, brancos, trêmulos, salgados e cheios de espinhas, como ocorria com os peixes que papai e eu pescávamos no mar ao redor da ilha de Tromøya ou no estreito próximo ao continente, com vara ou segurando a linha com a mão, aquela sensação já os abandonara quando eles saíam do forno e jaziam numa das travessas marrons que usávamos na nossa casa em Tybakken na década de 1970.

Quando foi mesmo que fui com vovó ao mercado de peixes?

Eu não costumava ficar muito tempo na casa dos meus avós quando era criança. Então deve ter sido nas férias de inverno que eu e Yngve passamos lá. Quando pegamos o ônibus sozinhos para Kristiansand. Isso significava que Yngve também estava conosco. Mas na minha memória ele não estava. E os caranguejos também não poderiam estar lá: as férias de inverno eram geralmente em fevereiro, quando não se encontravam caranguejos vivos para comprar. Se tivesse sido em fevereiro, eles não estariam num caixote de madeira. Então de onde vinha aquela imagem tão vívida e cheia de detalhes?

Quem sabe de onde. Se havia alguma coisa que fervilhava em minha infância, eram peixes e caranguejos, camarões e lagostas. Inúmeras vezes eu tinha visto papai retirar da geladeira sobras de peixe, que ele comia em pé na cozinha à noite ou nos fins de semana pela manhã. Mas o que ele gostava mesmo era de caranguejo. No final do verão, quando os caranguejos começavam a escassear, ele costumava ir ao píer em Arendal depois da escola para comprá-los, se ele mesmo não tivesse capturado alguns, à tardinha ou à noite, nos rochedos e escarpas no extremo da ilha. Às vezes nós o acompanhávamos, e há uma ocasião especial que guardo na memória, uma noite no farol de Torungen, sob o céu azul-escuro de agosto, em que as gaivotas se lançaram sobre nós quando descemos do barco para andar pela ilha e, em seguida, com dois baldes cheios de caranguejos, fizemos uma fogueira num buraco. As chamas lambiam o céu. O mar em volta de nós era denso. O rosto de papai reluzia.

Pus o copo na mesa, cortei um pedaço de peixe e enfiei o garfo nele. A carne gordurosa, separada pelos três dentes do garfo, era tão tenra que eu conseguia parti-la pressionando-a com a língua contra o palato.

Depois de comer, retomamos a faxina. As escadas estavam limpas, então eu comecei onde Tove havia parado, enquanto Yngve começou pela sala de jantar. Chovia. Uma leve camada de garoa se depositou nas janelas, a parede da varanda escureceu ligeiramente e no mar, onde a chuva devia cair com mais força, as nuvens no horizonte ficaram rajadas de chuva. Eu tirei o pó de todos os enfeites pequenos, das lâmpadas, fotografias e souvenirs que se acumulavam nas estantes, pondo-os no chão, peça por peça, para limpar as prateleiras. Uma lamparina a óleo que parecia ter saído das *Mil e uma noites*, a um só tempo barata e preciosa, com detalhes dourados rebuscados, uma gôndola veneziana que reluzia como uma lâmpada, uma foto dos meus avós diante de uma pirâmide egípcia. Enquanto a examinava, ouvi vovó se levantar na cozinha. Passei o pano na moldura e no vidro e a pus no chão, pegando a pequena caixa de discos de quarenta e cinco rotações. Com as mãos nas costas, vovó me observava.

"Mas você não precisa fazer *isso*", disse ela. "Não precisa fazer uma faxina *tão* completa."

"Não vai demorar", respondi. "Peguei o ritmo e estou indo bem."

"Tudo bem, então. Está fazendo um bom trabalho."

Quando acabei de tirar o pó da caixa de discos, coloquei-a no chão, pus os discos ao lado, abri o armário e peguei o velho aparelho de som.

"Vocês não costumam tomar um trago à noite, não é?", perguntou ela.

"Não", eu disse. "Não durante a semana, pelo menos."

"Foi o que imaginei."

Na cidade, do outro lado do rio, as lâmpadas começaram a brilhar com mais nitidez. Que horas seriam? Cinco e meia? Seis?

Limpei as prateleiras do armário e guardei o aparelho de som. Vovó, que se deu conta de que não tinha mais nada para fazer ali, suspirou, deu meia-volta e foi para a outra sala. Imediatamente em seguida ouvi sua voz, e depois a de Yngve. Ao entrar na cozinha para pegar um pouco de jornal e um limpa-vidros, vi através da porta aberta que ela havia sentado à mesa para conversar com Yngve enquanto ele trabalhava.

A questão da bebida de fato a impressionara, pensei, e tirei do armário o frasco de limpa-vidros, rasguei algumas folhas do jornal que estava na cadeira sob o relógio de parede e voltei para a sala. Não era exatamente de estranhar. Ele se embriagara metodicamente até morrer, não havia outro modo de explicar, e ela ficara ali assistindo. Toda manhã, toda tarde, toda noite. Durante quanto tempo? Dois anos? Três anos? Só ela e ele. Mãe e filho.

Esguichei um pouco do produto no vidro da porta da estante, amassei o jornal e o esfreguei algumas vezes sobre o líquido que escorria, até que o vidro estivesse seco e brilhante. Olhei em volta à procura de outros vidros para limpar, aproveitando que estava com o produto na mão, mas não vi nada a não ser as janelas, que eu tinha decidido limpar mais tarde. Então continuei na estante, limpando tudo, a começar pelos objetos que havia lá dentro.

Agora o ar sobre o porto estava tomado pela chuva. No instante seguinte ela bateu na janela diante de mim. Gotas grandes e pesadas que logo começaram a escorrer, formando padrões tremulantes no vidro. Vovó passou por trás de mim. Eu não me virei, mas seus movimentos se insinuaram na minha mente quando ela parou, apanhou o controle remoto, ligou a TV e sentou na poltrona. Pus o pano numa prateleira e fui falar com Yngve.

"Aqui também está cheio de garrafas", disse ele, indicando com a cabeça a bancada dos armários que ocupavam uma parede inteira. "Mas a louça e o resto estão em bom estado."

"Por acaso ela te perguntou se costumamos beber?", eu disse. "A mim ela perguntou umas dez vezes desde que chegamos. Pelo menos."

"Claro que perguntou. A questão é se ela pode beber um pouco também. Ela não precisa da nossa permissão, mas é justamente por isso que fica perguntando. Então... o que você acha?"

"Do quê?"

"Não entendeu?", disse ele, erguendo os olhos novamente, com um sorriso sem graça nos lábios.

"Entendeu o quê?"

"Ela quer beber. Está desesperada."

"Vovó?"

"Sim. O que você acha, ela pode beber um pouco?"

"Tem certeza que é isso? Pensei que fosse o contrário."

"Foi o que também pensei a princípio. Mas fica óbvio quando a gente para pra pensar. Ele viveu aqui um bom tempo. Como ela conseguiu suportar?"

"Ela é *alcoólatra*?"

Yngve deu de ombros.

"A questão é que ela quer beber. E que precisa da nossa permissão."

"Merda! Mas que inferno é isso aqui."

"Sim, mas muda alguma coisa se ela beber um pouquinho agora? Ela está numa espécie de choque."

"E o que vamos fazer, então?"

"Nada. Vamos só perguntar se ela quer beber alguma coisa e aí bebemos com ela?"

"O.k., mas não já, certo?"

"À noite, quando tivermos terminado. E aí perguntamos a ela. Como se fosse uma coisa normal."

Meia hora depois eu tinha acabado de limpar a estante e fui para a varanda, onde parara de chover e o ar estava repleto dos aromas frescos que vinham do jardim. A mesa estava coberta por uma película de água, o revestimento dos assentos estava escurecido pela umidade. As garrafas de plástico junto à parede estavam pontilhadas de gotas. Os gargalos lembravam bocas, como se fossem pequenos canhões apontados em todas as direções. As gotas escorriam em grande quantidade da parte de baixo do parapeito de ferro batido. De vez em quando uma caía na parede com um som quase imperceptível. Que papai estivera ali apenas três dias antes era difícil de acreditar. Que ele vira a mesma paisagem três dias antes, que andara pela mesma casa, que vira vovó como nós a víamos e que elaborara seus pensamentos apenas três dias antes eram coisas difíceis de compreender. Quer dizer, o fato em si, que ele estivera ali recentemente, eu compreendia. Mas não que agora ele não pudesse ver aquilo. A varanda, as garrafas de plástico, a luz nas janelas do vizinho. A crosta de tinta amarela que descascara e agora jazia no piso vermelho da varanda, junto à perna enferrujada da mesa. A calha e a água ainda escorrendo sobre o gramado. Eu não conseguia compreender, por mais que tentasse, o fato de que ele nunca mais veria nada daquilo. Que ele nunca mais veria Yngve nem a mim, isso eu compreendia, tinha a ver com a vida afetiva, na qual a morte estava entrelaçada de uma maneira totalmente diferente do que na realidade objetiva e concreta que me cercava.

Nada, só o nada. Nem mesmo a escuridão.

Acendi um cigarro, passei a mão algumas vezes sobre a cadeira molhada e sentei. Só me restavam dois cigarros. Precisava ir à banca de jornais antes que fechasse.

Um gato se esgueirou pelo gramado ao longo da cerca. Era malhado de cinza e parecia velho. Parou com a pata erguida, olhou para a grama por um instante e prosseguiu. Lembrou-me o nosso gato, Nansen, por quem Tonje era apaixonada. Ele tinha apenas alguns meses e dormia sob a coberta dela, só sua cabeça aparecia.

Não havia pensado em Tonje uma única vez durante o dia. Nem uma única vez. O que isso significava? Eu não queria ligar para ela porque não tinha nada para dizer, mas precisava fazê-lo, por ela. Se eu não havia pensado nela, ela pensara em mim, disso eu tinha certeza.

Uma gaivota cruzou o céu sobre o porto. Ela voava na direção da varanda, e eu me peguei sorrindo, era a gaivota de vovó que vinha atrás de comida. Mas, ao me ver sentado ali, ela não ousou se aproximar e em vez disso foi pousar no telhado, onde esticou o pescoço para trás e emitiu seu grito de gaivota.

Quem sabe um pouco de salmão não cairia bem?

Apaguei o cigarro, pus a bituca numa garrafa, levantei-me e fui até vovó, que estava vendo TV.

"Sua gaivota está aqui de novo", eu disse. "Dou um pouco de salmão para ela?"

"Quê?", disse ela, virando-se para mim.

"A gaivota está aqui. Dou um pouco de salmão para ela?"

"Ah. Mas eu mesma posso fazer isso."

Ela se levantou e foi andando curvada até a cozinha. Peguei o controle remoto e abaixei o volume. Depois fui até a sala de jantar, que estava vazia, e sentei-me diante do telefone. Disquei o número de casa.

"Alô, aqui é Tonje."

"Oi, aqui é Karl Ove."

"Ah, *oi*..."

"Oi."

"Como você está?"

"Não muito bem. É duro estar aqui. Choro quase o tempo todo. Mas não sei direito por quê. Porque papai morreu, claro, mas não é só isso..."

"Eu devia ter ido com você. Estou com muita saudade."

"É uma casa de morte. Estamos chafurdando na morte dele. Ele morreu na poltrona da sala ao lado, e ela ainda está aqui. Como estão aqui todas as coisas que aconteceram, quer dizer, há muito tempo, quando eu era criança, tudo isso está presente e vem à tona. Entende? Eu me sinto muito próximo de tudo, de certo modo. De quem eu era quando criança. De quem papai era. Todos os sentimentos daquela época estão retornando."

"Pobre Karl Ove."

Vovó passou pela porta diante de mim, levando um prato com um pedaço de salmão. Ela não me viu. Fiquei em silêncio até que ela chegasse à outra sala.

"Não, não precisa sentir pena de mim", eu disse. "Ele é que merece piedade. Sua vida estava tão terrível no fim, você não iria acreditar."

"E como sua avó está lidando com isso?"

"Não sei direito. Ela está em choque. Parece que está senil. E está extremamente magra. Eles ficavam o tempo todo aqui, bebendo. Ela e ele."

"Ela também? Sua avó?"

"Isso mesmo. Você não iria acreditar. Mas nós decidimos ajeitar tudo e fazer aqui a reunião depois do funeral."

Pelo vidro da porta da varanda eu vi vovó pondo o prato no chão. Ela deu um passo para trás e olhou em volta.

"Parece uma boa ideia", disse Tonje.

"Não sei. Mas agora é o que vamos fazer. Limpar essa porra dessa casa inteira e depois arrumá-la. Comprar toalhas de mesa, flores e..."

Yngve enfiou a cabeça pela porta. Quando me viu falando no telefone, ergueu as sobrancelhas e se retirou, no mesmo instante em que vovó voltava da varanda. Ela ficou diante da janela, olhando para fora.

"Estou pensando em chegar aí um dia antes", disse Tonje. "Assim posso ajudar um pouco."

"O enterro será na sexta. Você acha que consegue uma folga no trabalho?"

"Acho. Assim, eu chego de manhã. Estou com muita saudade."

"O que você fez hoje?"

"Nada de especial. Almocei com mamãe e com Hans. Eles mandaram lembranças, estão preocupados com você."

"Hum, eles são legais. O que vocês comeram?"

A mãe de Tonje era uma cozinheira fantástica, comer na casa dela era uma experiência única para quem apreciava gastronomia. Não era o meu caso, eu não dava a mínima para comida, para mim tanto fazia comer empanados de peixe como halibute ao forno, salsichas ou filé à Wellington, mas era o caso de Tonje, seus olhos brilhavam quando ela começava a falar de comida, e também tinha talento, gostava de mexer na cozinha, mesmo que estivesse preparando uma pizza, dedicava-se de corpo e alma. Era a pessoa mais ligada aos sentidos que eu jamais conhecera. E fora se envolver logo com alguém que encarava as refeições, os confortos e a intimidade do lar como males necessários.

"Linguado. Então foi ótimo você não estar aqui."

Ouvi sua risada.

"Mas, ah, estava fantástico!"

"Não tenho a menor dúvida. Kjetil e Karin também foram?"

"Sim. E Atle."

Muita coisa tinha se passado naquela família, como em todas as famílias, mas não era algo que comentassem, portanto, se aquilo se revelava de algum modo, era em cada um deles e no clima que se criava quando estavam juntos. Uma das coisas de que Tonje mais gostava em mim, eu achava, era o fato de eu me sentir tão atraído por isso, por todos os contextos e possibilidades das várias relações, algo a que ela não estava habituada, nunca enveredava por esse terreno, então quando eu lhe abria os olhos para o que eu via, ela sempre demonstrava interesse. Era uma característica que eu herdara da minha mãe, desde a época em que frequentava a escola fundamental, eu e ela conversávamos longamente sobre as pessoas que encontrávamos ou conhecíamos, sobre o que tinham dito, por que o tinham dito, de onde vinham, quem eram seus pais, em que espécie de casa moravam, tudo interligado a questões que diziam respeito a política, ética, moral, psicologia e filosofia, e esse tipo de conversa, que continua até hoje, deu uma direção ao meu olhar, eu sempre via o que estava acontecendo entre as pessoas e tentava explicar, e durante um bom tempo achei que também era bom em decifrar os outros, mas não era, para onde quer que eu me voltasse eu só via a mim mesmo, mas talvez não fosse esse o tema principal das nossas conversas, havia algo mais, elas versavam sobre mim e sobre mamãe, foi assim que nos tornamos próximos um do outro, em expressão e pensamento, era o que nos ligava, e era dessa forma que eu procurava me ligar também a Tonje. E era bom, porque ela precisava disso da mesma maneira que eu precisava da sua forte sensualidade.

"Estou com saudade", eu disse. "Mas estou contente que você não esteja aqui."

"Prometa que não vai me deixar de fora do que está acontecendo com você."

"Não vou."

"Eu te amo."

"Também te amo."

Como sempre quando eu dizia isso, me perguntei se era verdade. Depois aquela sensação passou. Claro que era verdade, claro que eu a amava.

"Você liga amanhã?"

"Ligo. Tchau, então."

"Tchau. Mande lembranças para Yngve."

Desliguei e fui para a cozinha, onde Yngve estava debruçado na bancada.

"Era Tonje", eu disse. "Mandou lembranças."

"Obrigado", disse ele. "Mande lembranças para ela também."

Sentei-me na beirada da cadeira.

"Vamos parar por hoje?"

"Sim. Eu, pelo menos, não aguento mais fazer nada."

"Tenho só que ir até a banca de jornais. E aí nós... você sabe. Quer alguma coisa?"

"Pode comprar um pacote de tabaco? E talvez batatas fritas ou algo assim?"

Eu assenti e me levantei, desci as escadas, vesti o casaco, que tinha pendurado no armário, verifiquei se o cartão de crédito estava no bolso interno e dei uma olhada no espelho antes de sair. Parecia exausto. E, ainda que tivesse passado um bom tempo desde a última vez que eu chorara, meus olhos me entregavam. Não estavam vermelhos, mas inchados e úmidos.

Parei nos degraus por um instante. Pensei na quantidade de coisas que tínhamos que perguntar à vovó. Nós havíamos sido cautelosos demais até então. Quando, por exemplo, chegou a ambulância? Veio logo? Ainda era possível salvar a vida dele quando a ambulância chegou, houve um atendimento de emergência?

Eles devem ter chegado com as luzes acesas e a sirene ligada. O motorista e o médico devem ter saltado, apanhado o equipamento e subido correndo as escadas até a porta, que devia estar fechada. Aquela porta estava sempre fechada, será que ela tivera presença de espírito para descer e abri-la antes que eles chegassem? Ou eles precisaram tocar a campainha? O que ela disse a eles quando entraram? *Ele está lá dentro?* E aí os acompanhou até a sala? Ele estava sentado na poltrona naquele momento? Ou estava deitado no chão? Eles tentaram reanimá-lo? Massagem cardíaca, oxigênio, boca a boca? Ou constataram imediatamente que estava morto, que não havia possibilidade de reanimá-lo, e o colocaram numa maca e o levaram embora, depois de trocar algumas palavras com ela? Vovó tinha consciência do que estava acontecendo? O que ela disse? E quando aconteceu, de manhã, no meio do dia ou à noite?

Não podíamos sair de Kristiansand sem saber em que circunstâncias ele tinha morrido, podíamos?

Dei um suspiro e comecei a descer. O céu se abrira sobre mim. Aquilo que até poucas horas antes fora uma simples camada compacta de nuvens, agora era uma sucessão de formações paisagísticas sobre um abismo, com longos trechos planos, elevações íngremes e cumes pontudos, em alguns locais brancas e densas como neve, em outros cinzentas e duras como pedra, embora as amplas áreas iluminadas pelo pôr do sol não reluzissem nem cintilassem nem refletissem o brilho vermelho, como era de esperar, mas em vez disso parecessem ter sido imersas em algum líquido. Elas pairavam sobre a cidade, variando do vermelho opaco ao rosa-escuro, cercadas por todos os tons de cinza concebíveis. O cenário era lindo e selvagem. Na verdade todas as pessoas deveriam estar nas ruas, pensei, os carros deveriam parar, as portas deveriam ser abertas, e motoristas e passageiros deveriam descer com a cabeça erguida para o céu e os olhos brilhando de curiosidade e desejo de beleza, perguntando-se o que era aquilo que estava acontecendo sobre a cabeça deles.

No entanto, eram pouquíssimos os olhares lançados para o alto, talvez seguidos de comentários isolados sobre a beleza daquela tarde, porque vistas como aquela não eram excepcionais, ao contrário, dificilmente se passava um dia sem que o céu se enchesse daquelas fantásticas formações de nuvens, cada uma delas iluminada de uma maneira única e nova, e, como aquilo que sempre se vê é aquilo que não se vê nunca, vivemos nossa vida sob um céu em permanente mutação sem que lhe dediquemos um olhar ou um pensamento que seja. E por que deveríamos? Se as diversas formações tivessem algum *significado*, se, por exemplo, nelas estivessem ocultos sinais e mensagens para nós que fosse importante interpretarmos corretamente, uma atenção contínua ao que acontecesse lá em cima seria inevitável e compreensível. Mas claro que não era assim, as diferentes formas e cores das nuvens não significavam *nada*, o seu aspecto em momentos distintos dependia totalmente do acaso, portanto, se as nuvens sinalizavam alguma coisa, era a falta de sentido na sua forma mais pura e completa.

Cheguei à rua principal, que estava deserta, e segui até o cruzamento, onde o clima de domingo também predominava. Um casal idoso caminhava pela calçada oposta, alguns carros passaram lentamente em direção à ponte, o semáforo ficou vermelho de novo para ninguém. No ponto de ônibus ao lado da banca estacionou um Golf preto, e o motorista, um rapaz de short, desceu com a carteira na mão e correu até a banca, deixando o carro ligado. Cruzei com ele na porta quando ele estava de saída, agora com um sorvete na mão. Não era um tanto infantil, deixar o carro ligado para comprar um *sorvete*?

O jornaleiro de agasalho esportivo da véspera fora substituído por uma garota de pouco mais de vinte anos. Ela era rechonchuda, tinha cabelos pretos e, por suas feições, nas quais havia alguma coisa de persa, deduzi que seu país de origem devia ser o Irã ou o Iraque. Apesar do rosto redondo e do corpo roliço, era atraente. Nem sequer olhou para mim. Sua atenção estava voltada para uma revista aberta no balcão diante dela. Eu abri a porta de correr da geladeira e peguei três garrafas de meio litro de Sprite, procurei as fritas nas prateleiras, encontrei-as, peguei dois pacotes e pus tudo em cima do balcão.

"E um pacote de Tiedemanns Gul com os papéis", eu disse.

Ela se virou para pegar o tabaco na prateleira às suas costas.

"Rizla?", perguntou, sempre sem me olhar nos olhos.

"Sim, por favor."

Ela enfiou os papéis cor de laranja na dobra do pacote amarelo de tabaco e pôs em cima do balcão, enquanto com a outra mão digitava os preços na caixa registradora.

"Cento e cinquenta e sete e cinquenta", disse, num forte dialeto de Kristiansand.

Dei-lhe duas notas de cem. Ela digitou o total e pegou o troco na gaveta que se abrira. Embora eu estivesse com a mão estendida, ela pôs o troco no balcão.

Por quê? Havia alguma coisa em mim que ela vira e não lhe agradara? Ou simplesmente ela era lerda? É comum os vendedores olharem nos olhos dos clientes uma ou outra vez durante a transação, não é? E, se você está com a mão estendida, não é quase uma ofensa pôr o troco em outro lugar? Ou pelo menos presunção?

Olhei para ela.

"Pode me arrumar uma sacola?"

"Claro", ela disse, agachando-se e retirando uma sacola de plástico branco de sob o balcão.

"Aqui está."

"Obrigado", eu disse, pus as compras na sacola e saí. O desejo de ir para a cama com ela, que se manifestou mais como uma espécie de receptividade e suavidade física, uma espécie de contração dos sentidos, do que da forma mais comum do desejo, o qual, claro, é mais forte e mais intenso, perdurou pelo trajeto de volta para a casa, mas não assumiu o controle, porque a tristeza estava em toda parte, com seu céu cinzento e nublado, que, eu suspeitava, poderia novamente me invadir a qualquer momento.

Eles estavam na sala, vendo TV. Yngve estava na poltrona de papai. Ele virou a cabeça quando entrei e se levantou.

"Pensamos em beber alguma coisa", disse ele para vovó, "já que passamos o dia inteiro dando duro. Você também quer?"

"Seria muito bom", respondeu vovó.

"Vou preparar algo para você. Que tal irmos para a cozinha?"

"Ótimo."

Teria ela andado um pouco mais rápido do que costumava andar? Será que eu tinha visto um pequeno brilho nos seus olhos antes opacos?

Sim, sem dúvida.

Pus um pacote de batatas fritas na bancada, despejei o conteúdo do outro numa tigela, que levei à mesa enquanto Yngve pegou no armário uma garrafa de Absolut Blue, a qual tinha ficado perdida entre os comestíveis quando jogamos pelo ralo da pia todas as bebidas que encontramos, três copos nas prateleiras acima da bancada, uma caixa de suco na geladeira, e começou a preparar as bebidas. Sentada no seu lugar, vovó o observava.

"Então vocês gostam de tomar um traguinho à noite", disse.

"Claro", disse Yngve. "Passamos o dia trabalhando. Precisamos também relaxar um pouco!"

Ele sorriu e lhe entregou o copo. Então, os três sentados à mesa, bebemos. Já eram quase dez da noite. Lá fora começava a escurecer. Não tínhamos mais dúvida de que o álcool estava fazendo bem a vovó. Seus olhos readquiriram o viço perdido, a cor voltou às suas bochechas pálidas, seus movimentos ficaram mais suaves, e, quando ela terminou o primeiro copo e Yngve lhe serviu mais um, ela pareceu se tornar mais leve, e logo estava conversando e rindo como nos velhos tempos. Durante a primeira meia hora eu fiquei paralisado, perturbado e tenso, pois ela parecia uma vampira que finalmente provara um pouco de sangue, era assim que eu via a coisa: a vida retornava nela, preenchendo-a, membro após membro. Era terrível, terrível. Mas então eu também passei a sentir o efeito do álcool, meus pensamentos se acalmaram, minha mente se abriu, e o fato de ela estar sentada ali, bebendo e rindo depois de ter encontrado o filho morto na sala, já não parecia assustador, não era tão terrível, vovó estava claramente precisando daquilo, depois de ela ter ficado sentada imóvel na cadeira da cozinha o dia inteiro, exceto pelos instantes em que vagava pela casa, inquieta e confusa, sempre em silêncio, dava gosto vê-la de volta à vida. E, quanto a nós, também estávamos precisando daquilo. Então lá estávamos os três, vovó contando histórias, nós rindo, Yngve acrescentava um detalhe e nós ríamos mais ainda. Eles sempre tiveram sintonia nos jogos de palavras, mas nunca como naquela noite. A todo momento vovó enxugava as lágrimas que derramava de tanto rir, a todo momento eu olhava para Yngve e via alegria no seu olhar, uma alegria que a princípio continha um pedido de desculpas mas logo voltava a ser só alegria. Era uma poção mágica o que estávamos bebendo. O líquido brilhante de gosto forte, ainda que misturado com suco de laranja, alterou o significado da nossa presença ali, ocultando os acontecimentos recentes e assim abrindo caminho para as pessoas que normalmente éramos e para o que normalmente pensávamos, como se iluminados de outro ângulo, pois de repente o que nós éramos e pensávamos ressurgiu com brilho e calor, deixando de ser obstáculos para nós. Vovó ainda cheirava a urina, seu vestido ainda estava coberto de manchas de gordura e de comida, ela continuava assustadoramente magra, era a mesma que tinha vivido os últimos meses num ninho de ratos com seu filho, nosso pai, que morrera ali de tanto beber e cujo corpo ainda não havia esfriado completamente. Mas os olhos dela brilhavam. Sua boca sorria. E as mãos, que até então permaneceram inertes no seu colo, quando não estavam ocupadas em segurar o cigarro, agora passavam a gesticular. Diante dos nossos olhos ela se transformou na pessoa que sempre fora, leve, rápida, sempre prestes a sorrir ou a dar uma gargalhada. As histórias que contava, já tínhamos ouvido antes, mas era exatamente esse o ponto, ao menos para mim, porque assim vovó se tornava quem sempre fora e também a vida ali voltava a ser aquela que existira. Nenhuma daquelas histórias era divertida em si, era a maneira como vovó as contava que transformava as piadas em histórias, e o fato de que ela as achava engraçadas. Ela enxergava o lado divertido do cotidiano e sempre ria disso do mesmo modo. Seus filhos participavam, visto que sempre lhe contavam coisas do seu dia a dia, ela achava graça e, caso gostasse dos relatos, incorporava-os ao seu repertório. Seus filhos, sobretudo Erling e Gunnar, tinham a mesma inclinação para os jogos de palavras. Não foi Gunnar que certa vez mandaram a uma loja para comprar "graxa de cotovelo"? E um "cabo triaxial"? Não foi a Yngve que enganaram fazendo-o acreditar que "escapamento" e "carburador" eram os piores palavrões que existiam no mundo, e que teve que prometer que jamais os pronunciaria? Papai também era chegado nessa brincadeira, mas eu jamais a associava a ele, quando ele participava eu em geral reagia com surpresa. A ideia de que ele gostasse de contar histórias e risse delas da mesma maneira que vovó fazia, para mim era inconcebível.

Embora ela já tivesse contado centenas de vezes aquelas histórias, recontava-as de maneira tão vívida que cada vez era como se fosse a primeira. As risadas que se seguiam eram, portanto, libertadoras: não havia nada de artificial nelas. E, depois de termos bebido um pouco e de o álcool ter iluminado a escuridão dentro de nós, além de ter aniquilado nosso olhar crítico, não víamos dificuldade em seguir por aquele caminho. Era uma gargalhada atrás da outra. Vovó tirou do baú da memória todas as suas histórias, reunidas nos seus oitenta e cinco anos de vida, mas não parou por aí, pois, à medida que a embriaguez baixava sua guarda, ela encompridava os relatos sobre a família, de modo que o teor deles se modificava. Por exemplo, nós bem sabíamos que ela havia trabalhado como motorista particular em Oslo no início da década de 1930, isso pertencia à mitologia familiar, pois não eram muitas as mulheres que tinham carta de motorista naquele tempo ou que trabalhavam como motoristas. Ela nos contou que respondera a um anúncio que lera no jornal *Aftenposten* quando morava em Åsgårdstrand, fora aceita no emprego e se mudara para Oslo. Trabalhava para uma senhora idosa, rica e excêntrica. Vovó, que tinha vinte e poucos anos na época, passou a ocupar um quarto na mansão dela e a levava para onde ela quisesse. A mulher tinha um cachorro que costumava ficar com a cabeça para fora da janela e latir para todos os transeuntes, e vovó ria ao nos contar como se envergonhava disso. Mas havia outro episódio a que ela recorria para exemplificar quão excêntrica e provavelmente senil era a velha senhora. Ela guardava dinheiro pela casa inteira. Havia pilhas de cédulas nos armários da cozinha, dentro de panelas e bules, no chão, debaixo de tapetes, na cama, debaixo de travesseiros. Vovó ria e balançava a cabeça enquanto falava, lembrando-nos que ela acabara de sair de casa, que vinha de uma cidade pequena e que aquele era seu primeiro contato não apenas com o mundo lá fora, mas também com o mundo dos ricos lá fora. Agora, sentados à mesa iluminada da cozinha, com as sombras do nosso rosto nas janelas escuras, e uma garrafa de vodca Absolut entre nós, ela de súbito perguntou, retoricamente: "Então, o que eu podia fazer? Ela era podre de rica, vocês sabem. E o dinheiro estava espalhado por toda parte. Ela não perceberia se algumas cédulas sumissem. Então que diferença faria se eu pegasse algumas?".

"Você *pegou* dinheiro dela?", perguntei.

"Claro que sim. Não foi muito, para ela não significava nada. E, já que ela nem notava, que diferença fazia? E ela pagava muito mal, eu ganhava uma miséria. Porque eu não era só sua motorista, eu fazia um monte de outras coisas, então era justo que eu ganhasse mais!"

Ela bateu com a mão na mesa. E depois riu.

"E ainda tinha aquele cachorro! Nós chamávamos a atenção de todo mundo quando passávamos pelas ruas de Oslo. Não havia muitos carros naquele tempo, vocês sabem. Então, reparavam em nós. E como reparavam."

Riu mais um pouco. Em seguida suspirou.

"Ai, ai. A vida é uma luda, como dizia aquela velha que não conseguia pronunciar o tê. Ha-ha-ha!"

Levou o copo à boca e bebeu. Eu fiz o mesmo. Depois peguei a garrafa e enchi meu copo vazio, olhei para Yngve, que assentiu, e enchi o copo dele também.

"Quer mais um pouco?", perguntei, olhando para vovó.

"Por favor", disse ela. "Só um pouquinho."

Quando a servi, Yngve entornou o suco, mas este terminou antes que o copo estivesse pela metade, e ele balançou um pouco a caixa.

"Acabou", disse ele, olhando para mim. "Você não comprou umas garrafas de Sprite?"

"Sim, comprei. Vou pegar."

Levantei-me e fui até a geladeira. Além das três garrafas de meio litro que eu tinha comprado, havia a garrafa de um litro e meio que Yngve tinha comprado mais cedo.

"Lembrava dessa aqui?", perguntei, segurando a garrafa maior.

"É mesmo", disse Yngve.

Pus a garrafa na mesa, saí da cozinha e desci as escadas para ir ao banheiro. Ao meu redor, os quartos escuros, grandes e vazios. Mas, com a chama do álcool ardendo no cérebro, nem reparei naquela atmosfera, que, de outra maneira, teria me afetado, pois, embora eu não estivesse propriamente feliz, me sentia tão cheio de vida, determinado e com vontade de continuar daquele jeito, que nem mesmo a lembrança da morte de papai me abalaria, era só uma sombra pálida, presente mas sem consequências, porque a vida havia tomado o seu lugar, todas as imagens, vozes e ações que a embriaguez evocava tinham atingido o clímax e me davam a ilusão de que eu estava num lugar com muitas pessoas e muita alegria. Eu sabia que não era verdade, mas era assim que me sentia, e era essa a sensação que me guiava também quando pus os pés no carpete manchado do térreo, iluminado pela luz tênue que atravessava a vidraça da porta da frente, e entrei no banheiro, que sibilava e assobiava como havia feito por pelo menos trinta anos. Ao sair, ouvi as vozes no andar de cima e tratei de subir as escadas. Entrei na sala para olhar de perto o local onde papai morrera, agora num estado de ânimo diferente, mais leve. Naquele momento tive a súbita sensação de quem ele tinha sido. Não o vi, não foi nada parecido com isso, mas pude senti-*lo*, todo o seu ser, o modo como ele tinha sido nos últimos tempos naqueles cômodos. Ah, foi estranho. Mas eu não quis prolongar aquela sensação, e talvez nem pudesse fazê-lo, porque ela durou apenas alguns momentos, depois meu cérebro cravou suas garras nela e eu fui para a cozinha, onde tudo estava como quando eu saíra dali, exceto pela cor das bebidas, que agora estavam brilhantes e cheias de pequenas bolhas esbranquiçadas.

Vovó continuava a falar do período em que vivera em Oslo. Aquela história também pertencia à mitologia familiar, e também a seu final ela deu uma reviravolta inesperada, e para nós inédita. Eu já sabia que vovó tivera um relacionamento com Alf, irmão mais velho do nosso avô. No começo eles eram um casal. Os dois irmãos estudaram juntos em Oslo: Alf biologia, vovô economia. Quando o relacionamento com Alf terminou, vovó se casou com vovô e eles se mudaram para Kristiansand, o que Alf também viria a fazer, mas já casado com Sølvi. Quando jovem, Sølvi tivera tuberculose, um dos pulmões foi perfurado e ela seguiu doente pelo resto da vida, não podia ter filhos, então, numa idade relativamente avançada, eles adotaram uma menina asiática. Alf e sua família e vovô e vovó participavam da maior parte das reuniões às quais eu ia quando criança, eram eles que vinham nos visitar, e sempre se fazia menção ao fato de que vovó e Alf um dia tinham sido um casal, não era segredo, e, quando vovô e Sølvi morreram, vovó e Alf se encontravam uma vez por semana, ela o visitava todo sábado de manhã na casa em Grim, algo que ninguém achava estranho mas era motivo de alguns sorrisos discretos, pois a história não deveria ter sido essa?

Vovó nos contou da primeira vez que encontrara os dois irmãos. Alf era mais extrovertido, vovô, mais introvertido, mas ambos demonstraram claramente interesse pela garota de Åsgårdstrand, pois, quando vovô percebeu o rumo que tomava a conversa com o irmão, que encantara vovó com seu bom humor e sagacidade, ele sussurrou no ouvido dela *Ele esconteu a aliança no bolso!*

Vovó riu quando contou isso.

"*Como?*, eu perguntei, embora tivesse ouvido o que ele tinha dito. *Ele escondeu a aliança no bolso!*, ele repetiu. *Que aliança?*, eu perguntei. *Aliança de noivado!*, ele disse, vocês sabem. Ele achou que eu não tinha entendido!"

"Alf já estava noivo de Sølvi, então?", indagou Yngve.

"Na verdade, estava. Mas ela morava em Arendal e estava doente, vocês sabem. Ele não achava que aquilo fosse durar. Mas no fim eles acabaram se casando!"

Ela tomou mais um gole da bebida. Depois lambeu os lábios. Houve uma pausa, e ela se recolheu em si mesma como tinha feito tantas vezes nos dois últimos dias. Entrelaçou as mãos e ficou olhando fixo para a frente. Eu esvaziei o copo e em seguida o reenchi, peguei um papel de seda, pus no meio dele um punhado de tabaco, espalhei um pouco para distribuir melhor o fumo, enrolei o papel algumas vezes, apertei levemente a extremidade, fechei-o, lambi a cola, limpei os restos de tabaco da mesa e guardei no pacote, enfiei na boca o cigarro levemente curvo e o acendi com o isqueiro verde translúcido de Yngve.

"Nós íamos viajar para o sul naquele inverno em que vovô morreu", disse vovó. "Já tínhamos comprado as passagens e tudo mais."

Exalando fumaça, olhei para ela.

"Na noite em que ele caiu no banheiro, vocês sabem... Assim que ouvi o barulho lá dentro, me levantei, e lá estava ele, no chão, me dizendo para chamar uma ambulância. Depois de telefonar, sentei do lado dele e fiquei segurando sua mão até chegar a ambulância. Aí ele disse *Nós vamos para o sul, de qualquer jeito*. E aí eu pensei *É para outro sul que você vai*."

Ela riu, mas baixou os olhos.

"*É para outro sul que você vai!*"

Houve um longo silêncio.

"Ai, ai", disse ela então. "A vida é uma luda, como dizia aquela velha que não conseguia pronunciar o tê."

Nós sorrimos. Yngve mexeu um pouco no copo e fixou o olhar na mesa. Eu não queria que ela ficasse pensando na morte de vovô nem na de papai, e tentei dar outro rumo à conversa, voltando ao assunto anterior.

"Mas foi para cá que vocês vieram quando se mudaram para Kristiansand?", perguntei.

"Ah, não", disse ela. "Foi lá para baixo, no fim da Kuholm. Esta casa aqui nós compramos depois da guerra. Quer dizer, foi mais a localização que compramos. Era um lugar maravilhoso, um dos melhores em Lund, porque nós tínhamos uma belíssima vista, vocês sabem. Do mar e da cidade. E era tão alto que ninguém nos via. Mas, quando compramos o terreno, aqui havia uma casa totalmente diferente. Se bem que chamar aquilo de casa é um pouco de exagero. Ha-ha-ha! Era um casebre, na verdade. Os moradores, dois homens, pelo que me lembro, sim, acho que eram dois homens... bebiam para valer. E a primeira vez que estivemos aqui para ver a casa, lembro bem, havia garrafas por toda parte. No hall de entrada, nas escadas, na sala, na cozinha. Por toda parte! Alguns locais estavam tão cheios delas que não se conseguia andar. Então nós pagamos bem pouco por ela. Demolimos a casa e depois construímos esta. Também não existia jardim, só rocha, era um casebre na rocha, foi isso que nós compramos."

"Você precisou de muito tempo para fazer o jardim, então?", eu disse.

"Ah, sim, vocês podem imaginar. Ah, sim, sim. As ameixeiras aí fora, vocês sabem, vieram da casa dos meus pais em Åsgårdstrand. Elas são bem velhas. Já não vemos muitas desse tipo hoje em dia."

"Lembro que costumávamos levar sacos de ameixas para casa", disse Yngve.

"Eu também", eu disse.

"Continuam a dar frutos?", perguntou Yngve.

"Sim, acho que sim", disse vovó. "Talvez não tanto quanto antes, mas..."

Peguei a garrafa, que já estava quase pela metade, e de novo enchi meu copo. Não achei tão estranho que vovó não tivesse se dado conta de que o ciclo havia se fechado, com o que acontecera ali. Enxuguei uma gota no gargalo da garrafa com o polegar e o lambi em seguida, enquanto vovó, do outro lado da mesa, abriu o pacote de tabaco e pôs um punhado na máquina de enrolar cigarros. Porque, não importava o quanto a vida tivesse sido árdua para ela nos últimos anos, isso constituía só uma parte diminuta de tudo que ela já tinha passado. Quando olhara para papai, ela vira o bebê, o menino, o adolescente, o rapaz, todo o caráter e todas as qualidades dele foram abarcados por aquele olhar, e, mesmo que ele estivesse bêbado a ponto de cagar nas calças deitado no sofá dela, aquele momento era tão breve, e ela tão idosa, que, comparado com o imenso período que mãe e filho passaram juntos, ele não tinha peso suficiente para se tornar a imagem que contava. O mesmo valia para a casa, presumi. A primeira casa com as garrafas se tornou "a casa das garrafas", enquanto esta era o seu lar, o lugar onde ela vivera os últimos quarenta anos, e, ainda que agora estivesse cheia de garrafas, isso nunca representaria o que a casa significava para ela.

Ou será que ela já estava tão bêbada que não conseguia mais raciocinar direito? Em todo caso fingiu muito bem, pois a não ser pela extroversão havia poucos sinais de embriaguez no seu comportamento. Por outro lado, eu não era a pessoa certa para julgar ninguém. Estimulado pela luz cada vez mais brilhante do álcool, que corroía mais e mais meus pensamentos, passara a beber a vodca como se fosse suco. E o buraco parecia não ter fundo.

Depois de me servir de Sprite, peguei a garrafa de Absolut, que estava atrapalhando a visão que tinha de vovó, e a pus no parapeito da janela.

"Que está fazendo?", perguntou Yngve.

"Ele pôs a garrafa na janela!", disse vovó.

Vermelho e confuso, rapidamente peguei a garrafa e a pus de volta na mesa.

Vovó começou a rir.

"Ele pôs a garrafa de bebida na janela!"

Yngve também riu.

"Era para os vizinhos verem que estamos aqui bebendo!", disse ele.

"Tudo bem, está certo", eu disse. "Foi sem pensar."

"Ah, foi mesmo!", disse vovó, enxugando as lágrimas que derramava de tanto rir. "Ha-ha-ha!"

Naquela casa, onde sempre procurávamos nos proteger da bisbilhotice alheia, onde sempre procurávamos ser irrepreensíveis em tudo que se pudesse notar, das roupas ao jardim, do carro na garagem ao comportamento das crianças, o mais perto que podíamos chegar do absolutamente inconcebível era exibir uma garrafa de bebida numa janela iluminada. Foi por isso que eles, e no fim eu também, rimos daquele jeito.

A luz no céu acima da colina do outro lado da rua, de um tom cinzento de azul, cujo reflexo podia ser apenas entrevisto na janela da cozinha, fazia-nos parecer três figuras submersas. A noite não poderia estar mais escura. Yngve já começara a falar com menos clareza. Quem não o conhecia não poderia notar. Mas eu notei, porque ele sempre fazia aquilo quando bebia, primeiro falava um pouco menos claro, depois um tanto mais, até estar prestes a desmaiar, e então quase não dava para entender o que ele dizia. No meu caso, a ausência de clareza decorrente da bebedeira era sobretudo um fenômeno interno, e isso era um problema, pois, se não era possível ver quão bêbado eu estava, já que eu podia caminhar e falar quase normalmente, não haveria desculpa para os lapsos que viria a cometer logo mais, sob a forma de palavras ou de gestos. Além disso, por essa mesma razão meu estado sempre piorava, como eu não sentia sono nem apresentava problemas de coordenação motora, simplesmente continuava a beber, invadindo os limites do vazio e do primitivo. Eu adorava aquilo, adorava aquela sensação, era a minha sensação preferida, mas ela jamais levava a nada de bom, e no dia seguinte, ou nos dias seguintes, ela se associava tanto à falta de limites quanto à estupidez, o que eu odiava profundamente. Mas, quando eu me encontrava naquele estado, o futuro não existia, tampouco o passado, só aquele momento, e era por isso que eu desejava tanto vivê-lo, porque o meu mundo, em toda a sua insuportável banalidade, brilhava.

Virei-me para olhar o relógio de parede. Eram onze e trinta e cinco. Então olhei para Yngve. Ele parecia cansado. Seus olhos estavam pequeninos e levemente avermelhados nos cantos. Seu copo estava vazio. Eu esperava que ele não estivesse pensando em ir se deitar. Não queria ficar ali sozinho com vovó.

"Quer mais?", perguntei, apontando para a garrafa em cima da mesa.

"Hum, não, quer dizer, talvez só mais um pouco", disse ele. "Mas é o último. Precisamos levantar cedo amanhã."

"É? E por quê?"

"Temos um compromisso às nove, não lembra?"

Bati com a mão na testa, um gesto que não devia fazer desde os tempos de escola.

"Tudo bem", eu disse. "É só não perder a hora."

Vovó olhou para nós.

Tomara que ela não pergunte aonde vamos!, pensei. A expressão "agente funerário" certamente iria quebrar o encantamento. E então voltaríamos a estar ali como uma mãe que perdera o filho e dois filhos que perderam o pai.

No entanto, não ousei perguntar se ela queria mais. Havia limites que tinham a ver com decência e que foram rompidos fazia muito tempo. Peguei a garrafa e despejei um pouco no copo de Yngve, em seguida no meu copo. Mas, depois que fiz isso, o olhar dela encontrou o meu.

"Quer mais um pouco?", me peguei dizendo.

"Mais um pouquinho, talvez", disse ela. "Já está tarde."

"Já se faz tarde na face da Terra", eu disse.

"O que você disse?", perguntou ela.

"Ele disse que já se faz tarde na face da Terra", explicou Yngve. "É uma citação de um poema sueco famoso."

Por que ele disse isso? Queria me colocar no meu lugar? Ah, mas, porra, que coisa idiota dizer aquilo. "Tarde na face da Terra"...

"Karl Ove vai publicar um livro logo, logo", disse Yngve.

"É mesmo?", disse vovó.

Eu assenti.

"Sim, agora que você falou, eu lembrei. Foi Gunnar quem me contou, acho. Que coisa. Um livro!"

Ela levou o copo à boca e bebeu. Eu fiz o mesmo. Foi só impressão ou seus olhos estavam sombrios de novo?

"Então vocês não moravam aqui na época da guerra?", eu disse, e tomei outro gole.

"Não, só nos mudamos para cá depois da guerra, alguns anos depois. Durante a guerra morávamos lá", disse ela, apontando para trás.

"E como era?", eu disse. "Durante a guerra, quer dizer."

"Bem, era quase normal, sabe. Era um pouco mais difícil conseguir comida, mas de resto não era tão diferente. Os alemães eram pessoas comuns, como nós. Ficamos próximos de alguns deles, sabe. Depois da guerra fomos até visitá-los."

"Na Alemanha?"

"Sim. E, quando eles estavam indo embora, em maio de 1945, ligaram para nós e disseram que, se quiséssemos, podíamos ir pegar várias coisas que eles tinham deixado. Eles nos deram as melhores bebidas. E um rádio. E muito mais."

Que eles haviam recebido presentes dos alemães antes da queda, eu já ouvira dizer. Mas agora eles tinham ido visitar os alemães.

"Coisas que eles tinham deixado?", perguntei. "Mas onde?"

"Perto de um penhasco", disse vovó. "Eles ligaram e nos disseram exatamente onde encontrá-las. Então nós fomos até lá uma noite, e lá estavam elas, exatamente como eles tinham dito. Eram boas pessoas, não há como negar."

Vovó e vovô haviam escalado um penhasco numa noite de maio de 1945 atrás de bebidas deixadas pelos alemães?

A luz de um par de faróis iluminou o jardim e se deteve por alguns segundos na parede sob a janela, até o carro completar a curva e seguir lentamente beco abaixo. Vovó se debruçou na janela.

"Quem pode ser a uma hora dessas?", disse.

Deu um suspiro e tornou a sentar, com as mãos no colo. Olhou para nós.

"É bom que vocês estejam aqui, meninos", disse.

Fez-se uma nova pausa. Vovó tomou outro gole.

"Lembra quando você morou aqui?", disse ela de repente, olhando com afeto para Yngve. "Quando o pai de vocês veio apanhá-lo, ele tinha deixado crescer a barba, e você subiu correndo as escadas, gritando: 'Não é o papai!'. Ha-ha-ha! 'Não é o papai!' Você era tão engraçado, menino."

"Eu me lembro muito bem", disse Yngve.

"E teve aquela vez em que nós estávamos escutando rádio e falavam do proprietário do cavalo mais velho da Noruega. Você lembra? 'Papai, você tem a mesma idade que o cavalo mais velho da Noruega!', você disse."

Ela se inclinou para a frente enquanto ria e esfregou os olhos com os nós dos indicadores.

"E você?", disse, voltando-se para mim. "Lembra quando foi conosco para a cabana, sozinho?"

Eu fiz que sim com a cabeça.

"Uma manhã nós te encontramos sentado nos degraus, chorando, e, quando perguntamos por que você estava chorando, você disse: 'Estou me sentindo tão sozinho'. Você tinha oito anos."

Tinha sido no verão em que mamãe e papai foram passar as férias na Alemanha. Yngve ficara em Sørbøvåg com os avós maternos, e eu ali, em Kristiansand. O que eu me lembrava daquilo? Que a distância entre mim e vovô e vovó era grande demais. De repente eu passara a fazer parte do seu cotidiano. Mais do que nunca eles eram estranhos para mim, já que não havia nada nem ninguém para nos unir. Certa manhã havia caído um inseto no leite e eu não queria beber, vovó me disse para deixar de bobagens, era só tirar o inseto dali, aquelas coisas costumavam acontecer quando se estava próximo da natureza. Ela fora ríspida. E eu tomei o leite, com nojo. Por que exatamente essa lembrança ficara na memória? E nenhuma outra? Deveria haver outras. Sim: mamãe e papai me enviaram um cartão-postal com a foto do Bayern de Munique. Quanto tempo eu tinha esperado por aquele postal e como fiquei contente quando ele chegou! E os presentes que eles trouxeram quando enfim voltaram: uma bola de futebol amarela e vermelha para Yngve, uma verde e vermelha para mim. As cores... ah, que felicidade elas proporcionaram...

"Outra vez você ficou aqui nas escadas gritando por mim", disse vovó, olhando para Yngve. "'Vovó, você está em cima ou embaixo?' Eu respondi: 'Embaixo', e você gritou: 'E por que não está em cima?'."

Ela riu.

"Sim, era muito divertido... Quando vocês se mudaram para Tybakken, você vivia batendo na porta dos vizinhos e perguntando se lá morava alguma criança. 'Mora alguma criança aí?', você perguntava. Ha-ha-ha!"

Quando as risadas cessaram, ela ficou murmurando alguma coisa e enrolando outro cigarro na máquina. A ponta do papel estava vazia, e surgiu uma labareda quando ela o acendeu com o isqueiro. Um pequeno floco de cinza flutuou até o chão. E em seguida a chama atingiu o tabaco e se encolheu numa brasa, cujo brilho aumentava a cada tragada que ela dava no filtro.

"Mas agora vocês estão crescidos", disse ela. "E isso é tão estranho. Parece que ainda ontem vocês eram crianças..."

* * *

Meia hora depois nós fomos dormir. Yngve e eu arrumamos a mesa, guardamos a garrafa de vodca no armário debaixo da pia, esvaziamos o cinzeiro e pusemos os copos na lava-louça, enquanto vovó nos observava. Quando terminamos, ela também se levantou. Um pouco de xixi escorreu da cadeira, sem que ela percebesse. Ela saiu se apoiando no batente da porta, primeiro no da cozinha, depois no do hall.

"Boa noite", eu disse.

"Boa noite, meninos", disse ela, sorrindo. Eu a observei e vi o sorriso se desfazer no instante em que ela virou a cabeça e se dirigiu às escadas.

"Muito bem", eu disse um minuto depois, quando já estávamos lá em cima. "Acabou-se."

"É", disse Yngve. Ele tirou o suéter, estendeu-o no encosto da cadeira e tirou as calças. Afetuoso por causa da bebida, tive vontade de lhe dizer alguma coisa boa. Todas as nossas diferenças tinham sido superadas, não havia problemas, tudo era simples.

"Que dia", disse ele.

"É mesmo."

Ele se recostou na cama e se cobriu com o edredom.

"Boa noite", disse, fechando os olhos.

"Boa noite. Dorme bem."

Fui até o interruptor próximo à porta e apaguei a luz. Sentei na cama. Não queria dormir agora. Por um instante de desatino pensei em sair. Ainda faltavam ao menos duas horas para os bares fecharem. E era verão, a cidade estava cheia de gente, provavelmente eu encontraria algum conhecido.

Mas aí veio o cansaço. De repente só o que eu queria era dormir. De repente não conseguia mais nem erguer os braços. A ideia de ter que me despir era insuportável, então me deitei de costas com a roupa do corpo, fechei os olhos e mergulhei na tênue luz interior. Cada pequeno movimento, mesmo o roçar do dedo mínimo, fazia cócegas na minha barriga, e, quando um segundo depois caí no sono, foi com um sorriso nos lábios.

Quando ainda dormia profundamente, eu sabia que algo terrível me esperava lá fora. Por isso, ao me aproximar de um estado de quase consciência, tentei retornar ao sono, e sem dúvida teria conseguido, não fosse a voz insistente de Yngve e a certeza de que teríamos um encontro importante naquela manhã.

Abri os olhos.

"Que horas são?", perguntei.

Yngve estava na soleira da porta, já vestido. Calça preta, camisa branca, casaco preto. Seu rosto parecia inchado, os olhos estavam apertados e o cabelo desarrumado.

"Vinte para as nove", respondeu ele. "Levanta."

"Merda!", eu disse.

Sentei-me e senti que a bebedeira ainda não tinha passado.

"Estou descendo", disse ele. "É bom você se apressar."

Estar vestido com as roupas da véspera me dava uma sensação extremamente desagradável, que aumentou com a lembrança do que fizéramos. Tirei-as. Havia um peso em todos os meus movimentos, até mesmo ficar em pé me cansava, para não mencionar o que provocava em mim o ato de esticar o braço e alcançar a camisa pendurada na porta do guarda-roupa. Mas não havia escolha, eu precisava me vestir. Primeiro o braço direito, depois o esquerdo, abotoar as mangas, depois os botões da frente. Por que tínhamos feito aquela merda? Como podíamos ter sido tão estúpidos? Eu não queria de jeito nenhum, a última coisa que eu queria era ficar ali, justo ali, bebendo com ela. E mesmo assim era *exatamente* o que eu tinha feito. Como fora possível? Como fora possível fazer uma merda daquelas?

Era vergonhoso.

Ajoelhei diante da mala e procurei entre as camadas de roupa até achar a calça preta, que vesti sentado na cama. Como foi bom sentar novamente! Mas precisava me levantar para subir a calça, pegar o casaco e vesti-lo, e descer para a cozinha.

Depois de encher um copo com água e beber, minha testa ficou molhada de suor. Inclinei-me e joguei água da torneira na cabeça. Serviu para me refrescar e dar um jeito no meu cabelo, que estava curto mas desarrumado.

Com água escorrendo pelo queixo e o corpo pesado como um saco de batatas, fui para o hall e depois para os degraus da entrada, onde Yngve me esperava ao lado de vovó. Ele balançava as chaves do carro.

"Tem um chiclete ou algo assim?", perguntei. "Não deu tempo para escovar os dentes."

"Você não pode ficar sem escovar os dentes logo hoje", disse Yngve. "Dá tempo se você se apressar."

Ele tinha razão. Meu hálito provavelmente recendia a álcool, e não era assim que eu devia me apresentar numa agência funerária. Mas não conseguia me apressar. No patamar do primeiro andar tive que fazer uma pausa e me segurar no corrimão, era como se até a vontade tivesse se esgotado. Depois de pegar a escova e a pasta no criado-mudo, escovei rapidamente os dentes na pia da cozinha. Deveria deixar a escova e a pasta lá mesmo e descer, mas algo dentro de mim me dizia que não estava certo, cozinha não era lugar de tubo de pasta de dentes e escova, era preciso levá-los de volta para o quarto, e assim se foram mais dois minutos. Quando cheguei novamente às escadas lá de fora, faltavam quatro para as nove.

"Estamos indo", disse Yngve, dirigindo-se a vovó. "Não vamos demorar muito. Voltamos logo."

"Está bem", disse ela.

Subi no carro, afivelei o cinto de segurança. Yngve desabou no assento ao lado, enfiou a chave na ignição, girou-a, virou a cabeça e começou a manobrar rumo à pequena colina. Vovó ficou olhando do alto das escadas. Eu acenei para ela, ela acenou de volta. Quando entramos de ré no beco e não dava mais para vê-la, fiquei imaginando se ela havia permanecido ali, como costumava fazer, porque, quando seguíssemos em frente de novo, poderíamos nos ver e acenar uma última vez, e só então ela iria para dentro e nós continuaríamos nosso caminho.

Ela ainda estava lá. Eu acenei, ela acenou e depois entrou na casa.

"Ela queria vir conosco hoje também?", perguntei.

Yngve fez que sim com a cabeça.

"Vamos fazer como dissemos a ela. Não vamos demorar muito. Ainda que eu tivesse pensado em parar num café em algum lugar. Ou ir a uma loja de discos."

Ele acionou a seta com o indicador da mão esquerda e reduziu a marcha olhando para a direita. Não vinha ninguém.

"Como está se sentindo?", perguntei.

"Totalmente o.k. E você?"

"Eu não. Ainda estou meio bêbado, na verdade."

Ele olhou de soslaio para mim ao entrar na rua principal.

"Eh, ufa!", disse ele.

"Não foi uma boa ideia."

Ele sorriu discretamente, reduziu de novo a marcha e parou logo antes da linha branca. Um homem idoso de cabelos brancos, magro como um varapau e com um nariz grande, atravessou a rua diante de nós. Os cantos da sua boca eram voltados para baixo. Os lábios eram de um tom escuro de vermelho. Ele primeiro olhou para as colinas à minha direita, depois para a fileira de lojas do outro lado da rua, e só então baixou os olhos para o chão, decerto para verificar onde ficava a beira da calçada. Ele fez tudo isso como se estivesse completamente sozinho. Como se não se importasse com o olhar dos outros. Era assim que Giotto pintava as pessoas. Elas nunca pareciam se dar conta de que estavam sendo observadas. Giotto foi o único pintor a retratar a aura de vulnerabilidade que isso lhes conferia. Provavelmente era uma característica da sua época, porque as gerações seguintes de pintores italianos, grandes pintores, sempre inseriram a influência do olhar nas pinturas deles. Isso as tornava menos ingênuas, mas também menos reveladoras.

Do outro lado da rua uma jovem ruiva empurrava apressadamente um carrinho de bebê. O semáforo para pedestres ficou vermelho naquele instante, mas ela olhou para o semáforo para veículos, que continuava vermelho, e se arriscou a atravessar, um segundo depois passava correndo diante de nós. Seu bebê, talvez de um ano de idade, com bochechas gordas e boca pequena, estava sentado ereto no carrinho, um tanto desorientado com o que acontecia ao redor.

Yngve soltou a embreagem e avançou cuidadosamente para o cruzamento.

"Já estamos dois minutos atrasados", eu disse.

"Eu sei. Mas, se acharmos logo um lugar para estacionar, não vai ter problema."

Quando chegamos à ponte, olhei para o céu sobre o mar. Estava levemente nublado, em alguns pontos o branco havia adquirido um tom azul, como se uma película translúcida se estendesse sobre ele, em outros pontos estava carregado e mais escuro, com nuvens cinzentas cujas bordas se moviam como fumaça pela brancura. Onde brilhava o sol, a cobertura de nuvens tinha uma coloração amarelada, porém não muito forte, de modo que a luz debaixo dela parecia vir de todas as direções. Era um daqueles dias em que nada tem sombra, em que tudo parece estar suspenso.

"É hoje que você viaja, não é?", perguntei.

Yngve assentiu.

"Ah, aí está uma vaga!", disse ele.

Em seguida estacionou no meio-fio, desligou o motor e puxou o freio de mão. A agência funerária ficava do outro lado da rua. Eu teria preferido uma aproximação mais lenta, na qual pudesse ter me preparado para o que nos esperava, mas não havia nada a fazer, o único jeito era ir em frente.

Desci do carro, fechei a porta e fui atrás de Yngve. Na sala de espera a senhora atrás do balcão sorriu para nós e disse que já podíamos entrar.

A porta estava aberta. O robusto agente funerário se levantou atrás da sua escrivaninha ao nos ver, veio até nós e nos cumprimentou com um sorriso cordial nos lábios, mas, dadas as circunstâncias, não muito caloroso.

"Então, aqui estamos nós novamente", disse ele, apontando para as duas cadeiras. "Sentem-se, por favor."

"Obrigado", eu disse.

"Vocês certamente refletiram um pouco sobre o funeral durante o fim de semana", disse ele, sentando-se, pegando uma pequena pilha de papéis que estava na escrivaninha e começando a folheá-la.

"Refletimos, sim", disse Yngve. "E nos decidimos por um funeral religioso."

"Entendo", disse o agente funerário. "Então vou lhes dar o telefone do escritório do pastor. Nós trataremos dos detalhes práticos, mas seria bom se vocês pudessem conversar pessoalmente com ele. Como sabem, ele vai dizer algumas palavras sobre o pai de vocês, e seria interessante se pudessem lhe contar algo a respeito dele."

Olhou para nós. As dobras da sua papada pendiam sobre o colarinho da camisa como a pele de um lagarto. Nós assentimos.

"Existem muitas maneiras de fazer isso", continuou ele. "Tenho aqui uma lista com várias alternativas. Trata-se de coisas como se vocês vão querer música, por exemplo, e que tipo de música. Alguns preferem música ao vivo, outros preferem gravações. Mas temos um cantor a quem costumamos recorrer com frequência, e ele também toca vários instrumentos... A música ao vivo cria uma atmosfera especial, de solenidade e dignidade... Não sei, já pensaram no que desejam?"

Olhei para Yngve.

"Talvez fique bonito, não?", eu disse.

"Sim", respondeu Yngve.

"Vamos fazer isso, então?"

"Acho que sim."

"Então está decidido?", indagou o agente funerário.

Nós assentimos.

Ele estendeu o braço sobre a escrivaninha e deu uma folha a Yngve.

"Aqui estão algumas opções de músicas. Mas, se quiserem uma música que não esteja nessa lista, não tem problema, é só nos avisarem com alguns dias de antecedência."

Inclinei-me para Yngve e ele afastou um pouco a folha para que eu pudesse vê-la.

"Bach seria bacana, não?", perguntou Yngve.

"Sim, ele gostava bastante de Bach", eu disse.

Pela primeira vez em vinte e quatro horas eu começava a chorar novamente.

Nem à força iria usar aquela droga daqueles lencinhos Kleenex que estavam ali, pensei, esfregando os olhos com o antebraço, inspirando bem fundo e expelindo o ar lentamente. Percebi que Yngve me deu uma rápida olhada.

Estaria constrangido pelo fato de eu ter chorado?

Não, não era possível.

Não.

"Está tudo bem", eu disse. "Onde estávamos?"

"Bach seria bacana", disse Yngve, olhando para o agente funerário. "Essa sonata para violoncelo, por exemplo..."

Ele olhou para mim.

"Concorda?"

Eu fiz que sim com a cabeça.

"Então está combinado", disse o agente funerário. "Em geral temos três números musicais. E também um ou dois salmos que todos cantam."

"'Deilig er jorden'", eu disse. "Pode ser?"

"Claro", respondeu ele.

Oooh. Oooh. Oooh.

"Você está bem, Karl Ove?", perguntou Yngve.

Eu fiz que sim com a cabeça.

Escolhemos duas canções para o cantor da igreja, um salmo que todos cantariam, além da peça para violoncelo e do "Deilig er jorden". Também decidimos que ninguém faria discursos ao lado do caixão, e assim concluímos o planejamento do funeral, já que os demais elementos faziam parte da liturgia e portanto eram fixos.

"Vocês vão querer flores? Coroas, por exemplo? Muitas pessoas acham que as flores são importantes para compor o clima. Tenho aqui as alternativas, se quiserem ver..."

Ele deu a Yngve outra folha de papel. Yngve indicou uma das alternativas e olhou para mim, eu assenti.

"Está muito bem", disse o agente funerário. "E aí temos o caixão... Temos diversas fotos aqui..."

Mais uma folha por cima da escrivaninha.

"Branco", eu disse. "Tudo bem por você? Este aqui."

"Sim, pode ser esse", disse Yngve.

O agente funerário pegou a folha de volta e fez uma anotação. Em seguida olhou novamente para nós.

"Vocês tinham pedido uma verificação do corpo hoje, não foi?"

"Sim", respondeu Yngve. "De preferência na parte da tarde, se for possível."

"É possível, claro. Mas... bem, vocês sabem em quais circunstâncias ele faleceu? Que teve a ver... com bebida?"

Nós assentimos.

"Muito bem", disse ele. "Às vezes é bom estarmos preparados para o que nos espera em situações como essa."

Ele juntou as folhas batendo-as sobre a escrivaninha.

"Infelizmente não poderei acompanhá-los hoje à tarde, mas meu colega estará lá. Na capela da igreja de Oddernes. Sabem onde fica?"

"Acho que sim", eu disse.

"Quatro horas. Está bem para vocês?"

"Sim."

"Então está combinado. Quatro horas na capela da igreja de Oddernes. E, se lhes ocorrer mais alguma coisa ou se quiserem alterar algo, é só telefonar. Já têm o meu número, certo?"

"Sim, temos", disse Yngve.

"Ótimo. Ah, mais uma coisa. Vocês querem anunciar no jornal?"

"Queremos, não?", perguntei, olhando para Yngve.

"Sim", disse ele. "Acho que temos que anunciar."

"Mas talvez seja melhor pensarmos um pouco no assunto", eu disse. "Decidir o que escrever, quais nomes vamos incluir, essas coisas..."

"Sem problemas", disse o agente funerário. "Podem voltar aqui ou telefonar quando tiverem chegado a uma conclusão. Só não deixem para muito tarde, costuma haver fila de espera para esses anúncios."

"Posso telefonar amanhã com uma resposta", eu disse. "Está bem assim?"

"Perfeito", respondeu ele, levantando-se com outra folha na mão. "Aqui está o número do nosso telefone e o endereço do escritório do pastor. Com quem vai ficar?"

"Pode deixar comigo", eu disse.

Quando paramos na calçada ao lado do carro, Yngve tirou do bolso um maço de cigarros e me ofereceu um. Eu aceitei. Na verdade, a ideia de fumar agora era repugnante, como sempre no dia seguinte a uma bebedeira, não tanto por causa do sabor ou do cheiro do cigarro, mas pelo que representava fumar, uma conexão com a véspera, uma espécie de ponte de sensações pela qual todas as coisas fluem, de modo que tudo que me cercava, o asfalto de um tom cinza de preto, o meio-fio cinza-claro, o céu cinzento, os pássaros voando sob ele, as janelas escuras nas fileiras de casas, o carro vermelho ao nosso lado, a figura alheia de Yngve, estivesse permeado por terríveis imagens internas. Ao mesmo tempo, na sensação de destruição e desolação proporcionada pela fumaça nos pulmões havia algo que eu necessitava, ou queria.

"Correu tudo bem", eu disse.

"Ainda temos que resolver uma série de coisas", disse ele. "Ou melhor, você tem que resolver. Como o anúncio fúnebre, por exemplo. Mas pode me ligar para falar sobre isso."

"Hum-hum."

"Aliás, você prestou atenção nas palavras que ele usou? 'Verificação do corpo'?"

Eu sorri.

"Sim, mas essas pessoas parecem corretores de imóveis. O trabalho delas é cuidar da melhor maneira possível das aparências e encher os bolsos de dinheiro. Você viu o preço dos caixões?"

Yngve assentiu.

"É, não dá para não ser cauteloso lá dentro", disse ele.

"É um pouco como pedir vinho num restaurante. Quando se é leigo, quer dizer. Se você tem muito dinheiro, pede o segundo mais caro. Se tem pouco, pede o segundo mais barato. Nunca o mais caro nem o mais barato. O mesmo deve valer para caixões."

"Aliás, você estava muito determinado lá dentro", disse Yngve. "Ao escolher o branco, quer dizer."

Dei de ombros e joguei o cigarro aceso na rua.

"Pureza", eu disse. "Imagino que era nisso que eu estava pensando."

Yngve deixou o cigarro cair no chão e o esmagou com o pé, abriu a porta do carro e entrou. Eu fiz o mesmo.

"Estou apavorado de ter que olhar para ele", disse Yngve. Ele afivelou o cinto de segurança com uma das mãos enquanto com a outra enfiava a chave na ignição e a girava. "Você não?"

"Sim. Mas preciso fazer isso. Senão, jamais vou achar que ele realmente morreu."

"Eu também", disse Yngve, olhando no retrovisor. Em seguida deu seta e saiu com o carro.

"Agora vamos para casa, é isso?", perguntou.

"Precisávamos ver os equipamentos. O limpador de carpete e o cortador de grama. Seria bom ver isso antes de você viajar."

"Sabe onde é?"

"Não, é esse o problema. Gunnar disse que havia uma empresa que alugava esses equipamentos em Grim, mas não peguei o endereço."

"O.k. Vamos achar uma lista telefônica e dar uma olhada nas páginas amarelas. Sabe onde tem uma cabine telefônica aqui perto?"

Balancei a cabeça.

"Mas tem um posto de gasolina no fim da Elve, podemos tentar lá."

"Ótimo. Preciso também encher o tanque antes de pegar a estrada hoje à noite."

Minutos depois lá estávamos nós, entrando no posto de gasolina. Yngve estacionou ao lado da bomba e, enquanto abastecia, eu fui até a loja. Havia um telefone público e debaixo dele três suportes com listas telefônicas. Depois de encontrar o endereço da empresa e memorizá-lo, fui até o caixa para comprar um pacote de tabaco. O homem que estava na minha frente na fila se virou quando me aproximei.

"Karl *Ove*?", disse ele. "É você?"

Eu o reconheci. Tínhamos estudado juntos no colégio. Mas não consegui lembrar seu nome.

"Olá, quanto tempo!", eu disse. "Como vai?"

"Muito bem!", disse ele. "E você?"

Fiquei surpreso com o tom amistoso. No último ano do curso eu dei uma festa em casa, ele compareceu, se comportou de maneira agressiva e quebrou a porta do nosso banheiro com um chute. Depois se recusou a pagar, e eu não pude fazer nada. Outra ocasião ele dirigia o ônibus dos formandos, e eu e Bjørn, acho, estávamos sentados no teto, a caminho do Fun-Senter, e de repente, na colina após o cruzamento de Timenes, ele pisou fundo no acelerador e nós tivemos que nos abaixar e agarrar nas barras do bagageiro, ele estava a pelo menos setenta, talvez oitenta por hora, e, ao chegarmos, ele riu, mesmo quando lhe demos um esporro.

Então por que aquele tom amistoso agora?

Olhei nos olhos dele. Seu rosto estava talvez um pouco mais cheio, exceto por isso ele continuava com a mesma aparência. Mas havia algo de rígido nas suas feições, uma ausência de mobilidade que o sorriso, em vez de atenuar, reforçava.

"O que você faz?", perguntei.

"Trabalho numa plataforma no mar do Norte."

"Ah. Está ganhando muito dinheiro, então!"

"Sim. E tenho um bom tempo livre. É perfeito. E você?"

Enquanto falava comigo, ele olhou para o vendedor e apontou para as salsichas no grill, erguendo um dedo no ar.

"Ainda estou estudando."

"O quê?"

"Literatura."

"É mesmo, você gostava disso."

"É. Tem visto Espen? E Trond? E Gisle?"

Ele deu de ombros.

"Trond mora aqui na cidade, eu o vejo de vez em quando. Espen, só quando ele vem passar o Natal. E você? Ainda mantém contato com algum dos velhos conhecidos?"

"Só com Bassen."

O vendedor pôs a salsicha no pão e o embrulhou num guardanapo.

"Ketchup e mostarda?", perguntou.

"Sim, os dois, obrigado. E cebola."

"Crua ou frita?"

"Frita. Não, crua."

"Crua?"

"Sim."

Ao concluir o pedido, já com o cachorro-quente na mão, ele se virou para mim.

"Foi muito bom te ver de novo, Karl Ove. Você não mudou nada!"

"Nem você."

Ele abriu a boca, mordeu um pedaço da salsicha e entregou uma nota de cinquenta ao vendedor. Os instantes nos quais ele ficou esperando o troco foram um pouco embaraçosos, porque já tínhamos posto um ponto final na conversa. Ele deu um sorriso forçado.

"Muito bem, é isso", disse ele, fechando a mão em torno das moedas que recebera. "Quem sabe a gente não se vê por aí."

"É, quem sabe", eu disse. Comprei o tabaco e fiquei diante do estande de jornais, fingindo interesse, porque não queria topar com ele de novo lá fora. Yngve entrou e pagou com uma nota de mil. Olhei para o lado quando ele tirou do bolso a carteira, não queria demonstrar que tinha percebido que se tratava de dinheiro deixado por papai, então apenas balbuciei alguma coisa sobre esperar lá fora e me dirigi à porta.

Cheiro de gasolina e concreto à sombra do telhado de um posto de gasolina: existiria algo mais carregado de associações? Máquinas, velocidade, futuro.

Mas também cachorros-quentes e CDs de Celine Dion e Eric Clapton.

Abri a porta do carro e entrei. Yngve veio logo em seguida, ligou o motor e partimos sem dizer nada.

* * *

    Percorri o jardim de alto a baixo, cortando a grama. O cortador que alugamos consistia numa peça que era preciso atar às costas e num cabo com uma lâmina rotativa na extremidade. Eu me sentia um robô dando voltas pelo jardim, usando grandes protetores auriculares amarelos, como que grudado a uma máquina vibrante e barulhenta, e cortando metodicamente todos os arbustos, todas as flores e toda a grama que encontrava. Chorava sem parar. Acessos de choro se sucediam enquanto eu trabalhava, eu nem os reprimia mais, apenas deixava vir as lágrimas. Ao meio-dia Yngve chamou por mim da varanda e entrei para comer com eles, ele tinha servido chá com pãezinhos, como vovó sempre fizera, aquecidos numa grelha sobre a placa do fogão, de modo que a casca ficava crocante e espalhava migalhas quando a mordíamos, mas eu não estava com fome e logo retomei o trabalho. Estar lá fora sozinho era libertador, e também satisfatório, porque os resultados apareciam rapidamente. O tempo estava fechado, as nuvens de um tom esbranquiçado de cinza formavam uma capa debaixo do céu, a claridade contrastando com a superfície escura do mar, e a cidade, que sob um céu aberto surgia como um punhado de casas, uma mancha de pó no chão, adquiria mais peso e solidez. Era ali que eu estava, era aquilo que eu via. Na maior parte do tempo meu olhar se fixava na lâmina rotativa e nos fios de grama caindo como soldados dizimados, mais amarela e cinza do que verde, misturada ao vermelho das dedaleiras e ao amarelo das margaridas, embora ocasionalmente eu olhasse para o imenso teto cinza-claro do céu e para o imenso chão cinza-escuro do mar, para o porto, com sua confusão de guindastes, cascos, mastros, proas, contêineres e escombros enferrujados, e para a cidade vibrante como uma máquina, com suas cores e sua atividade, tudo isso com as lágrimas escorrendo sem cessar pelo rosto, porque papai, que tinha crescido ali, morrera. Ou talvez não fosse por isso que eu chorava, talvez fosse por motivos bem diferentes, talvez fosse por todo o sofrimento e infelicidade que eu acumulara ao longo dos últimos quinze anos, os quais agora estavam sendo liberados. Não tinha a menor importância, nada tinha a menor importância, eu apenas andava pelo jardim cortando a grama que havia crescido demais.

Às três e quinze eu desliguei aquela máquina infernal, guardei-a no depósito debaixo da varanda e fui tomar um banho antes de sair. Peguei as roupas, a toalha e o xampu no sótão, coloquei-os no assento da privada, tranquei a porta, me despi, entrei na banheira, afastei o chuveiro para o lado e abri a torneira. Quando a água esquentou, virei o chuveiro na minha direção e ela correu sobre mim. Normalmente era uma sensação prazerosa, mas não daquela vez, não ali, então, depois de ensaboar o cabelo e enxaguá-lo, fechei a torneira, saí da banheira, me enxuguei e me vesti. Acendi um cigarro nas escadas lá fora e fiquei esperando Yngve descer. Eu temia a etapa seguinte, e, assim que ele destravou as portas, vi em seu rosto do outro lado do teto do carro que ele também temia.

A capela era vizinha ao colégio que eu frequentara, atrás do grande ginásio de esportes, e nós fizemos o mesmo caminho que eu havia percorrido nos seis meses em que morara no sobrado de vovô e vovó na rua Elve, mas a visão daqueles locais familiares não despertou nada em mim, e pode ser que pela primeira vez eu os tenha visto como eles realmente eram, desprovidos de significado e de aura. Aqui uma cerca de madeira, ali uma casa do século XIX pintada de branco, algumas árvores, alguns arbustos, um pouco de grama, uma barreira na pista, uma placa. Os movimentos habituais das nuvens no céu. Os movimentos habituais das pessoas na terra. O vento erguendo galhos e fazendo tremer milhares de folhas em padrões tão imprevisíveis quanto inevitáveis.

"Pode entrar por aqui", eu disse, quando passamos pela escola e vimos a igreja atrás da mureta de pedra na nossa frente. "É por aqui."

"Já estive aqui", disse Yngve.

"Mesmo?"

"Na crisma. Você também, não?"

"Não lembro."

"Mas eu lembro", disse Yngve, inclinando-se para enxergar mais à frente.

"É atrás daquele estacionamento?"

"Deve ser", eu disse.

"Estamos um pouco adiantados. Ainda faltam quinze minutos."

Desci do carro e fechei a porta. Um cortador de grama veio na nossa direção do outro lado da mureta de pedra, conduzido por um homem sem camisa. Assim que ele passou por nós, a cerca de cinco metros de distância, vi que tinha uma corrente prateada no pescoço, com um pingente que parecia uma lâmina de barbear. A leste, sobre a igreja, o céu havia escurecido. Yngve acendeu um cigarro e deu alguns passos pelo estacionamento.

"Então é isso", disse ele. "Aqui estamos nós."

Olhei na direção da capela. Na entrada havia uma lâmpada acesa, quase invisível à luz do dia. Um carro vermelho estava estacionado ao lado.

Meu coração bateu mais forte.

"É, aqui estamos", eu disse.

No alto do céu acima de nós, que continuava cinza-claro, pássaros voavam em círculos. O pintor holandês Ruisdael sempre pintava pássaros voando no alto do céu para dar o efeito de profundidade, era quase sua marca registrada, ao menos fora isso que eu vira em todos os quadros no livro que tinha sobre ele.

Sob a copa das árvores ao nosso redor a escuridão era quase total.

"Que horas são agora?", perguntei.

Yngve esticou o braço para que a manga do casaco escorregasse e ele pudesse ver o relógio.

"Faltam cinco minutos. Vamos?"

Eu assenti.

Quando estávamos a dez metros da capela, a porta se abriu. Um jovem de terno escuro olhou para nós. Tinha o rosto bronzeado e o cabelo claro.

"Knausgård?", disse ele.

Assentimos.

Ele nos cumprimentou com um aperto de mão. A pele ao redor das suas narinas estava vermelha e parecia irritada. Os olhos azuis, ausentes.

"Vamos entrar?", sugeriu.

Assentimos novamente. Chegamos primeiro a um hall, onde ele parou.

"Está aí dentro", disse. "Mas, antes de entrarmos, devo adverti-los. Não se trata de uma visão agradável, havia muito sangue, vocês sabem, então... bem, fizemos o melhor que pudemos, mas ainda se vê."

O sangue?

Ele olhou para nós.

Eu estremeci.

"Estão prontos?"

"Sim", disse Yngve.

Ele abriu a porta e nós o seguimos até uma sala ampla. Papai estava deitado numa mesa no centro. Seus olhos estavam fechados, suas feições, serenas.

Oh, Deus.

Fiquei ao lado de Yngve, diante de papai. As bochechas dele estavam avermelhadas, como que cheias de sangue. Deve ter ficado entranhado nos poros quando tentaram removê-lo. E o nariz estava quebrado. Mas, embora eu visse aquelas coisas, era como se não as visse, pois todos os detalhes desapareciam diante de alguma coisa bem maior, tanto o que emanava dele, a própria morte, que eu jamais tinha visto de perto, quanto o que ele era para mim, um pai e toda a vida que isso encerrava.

Foi só quando estava a caminho da casa de vovó, depois de ter visto Yngve partir para Stavanger, que tornei a pensar na questão do sangue. Como podia ter terminado daquele modo? Vovó tinha dito que o encontrara morto na poltrona, e com base nessa informação era natural supor que seu coração havia parado de bater enquanto ele estava sentado ali, provavelmente enquanto dormia. O funcionário da funerária, por sua vez, mencionara que havia não apenas sangue, mas muito sangue. E o nariz de papai estava quebrado. Então, ele teria se debatido de alguma forma. Teria se levantado, agonizante, e caído sobre a lareira? No chão? Mas, se tivesse sido assim, por que não havia sangue nem na parede nem no chão? E como vovó não tinha dito nada sobre o sangue? Porque *alguma coisa* devia ter acontecido, ele *não* podia ter morrido tranquilamente, não com todo aquele sangue. Será que ela limpara tudo e depois se esquecera? E por que se esqueceria? Ela não tinha limpado mais nada ali, não era coisa que costumasse fazer. A ideia era tão estranha que eu simplesmente a deixei de lado. Ou talvez não fosse tão estranha, talvez houvesse muitas outras coisas nas quais eu devesse reparar. Ainda assim, eu tinha que ligar para Yngve logo que chegasse à casa de vovó. Precisávamos entrar em contato com o médico que autorizara a remoção do corpo. Ele poderia explicar o que acontecera.

Subi a colina levemente íngreme o mais rápido que pude, margeando uma cerca de alambrado verde com uma densa sebe atrás, como se tivesse que chegar o mais cedo possível, enquanto atuava dentro de mim também outro impulso, o de prolongar ao máximo o tempo que eu tinha para estar comigo mesmo, talvez até achar um café e ler um jornal. Uma coisa era ficar na casa de vovó com Yngve, outra coisa inteiramente diferente era ficar lá sozinho. Yngve sabia lidar com ela. Mas o tom de voz suave e gentil dele, ao qual também Erling e Gunnar recorriam, nunca foi uma característica minha, para dizer o mínimo, e naquele ano no colégio em Kristiansand, em que eu passara muito tempo com meus avós, já que morava tão perto, eles achavam insuportável o meu modo de ser, havia alguma coisa em mim da qual eles não queriam saber, suspeita que se confirmou meses depois, quando certa noite mamãe me disse que vovó havia telefonado para dizer que eu não devia ir com tanta frequência à casa deles. Eu conseguia lidar com a maior parte das rejeições, mas não com aquela, eles eram meus avós, e o fato de não quererem saber de mim era tão arrasador que não me contive e desatei a chorar, bem na frente da minha mãe. Ela estava furiosa, mas o que podia fazer? Naquela época eu não compreendia, e achava pura e simplesmente que eles não gostavam de mim, no entanto, desde então passei a perceber o que tornava insuportável a minha presença. Eu era incapaz de dissimular, incapaz de fingir, e com o passar do tempo se tornava impossível ignorar a minha honestidade absoluta, cedo ou tarde eles teriam que se habituar a ela, e o desequilíbrio resultante, já que as chateações pelas quais eu passava nunca me causaram maiores aborrecimentos, deve ter sido o que acabou fazendo com que eles ligassem para minha mãe. Minha presença sempre demandava algo, comida, por exemplo, pois eu ia para lá depois da escola e antes do treino de futebol, do contrário teria que ficar até oito ou nove da noite sem comer, ou dinheiro, porque somente os ônibus da tarde eram gratuitos para estudantes, e com frequência eu não tinha como pagar a passagem. Eles não tinham nada contra me dar comida e dinheiro, mas o que lhes provocava raiva, acho, era que eu precisava de ambos, e portanto eles não tinham escolha: comida e dinheiro da passagem já não eram presentes, oferecidos com afeto, mas outra coisa, e essa outra coisa contaminou nossa relação, criou uma dependência entre nós que eles não desejavam. Na época eu não compreendia, mas agora compreendo. Meu modo de ser, o modo como eu me aproximava deles com a minha vida e os meus pensamentos, era mais ou menos parte do mesmo problema. Essa proximidade não era algo que eles estivessem buscando: era algo que eu tomava deles. O mais irônico era que eu, durante todas aquelas visitas, sempre os levava em consideração, sempre dizia o que eu achava que eles queriam ouvir, mesmo as coisas mais pessoais eu contava porque achava que eles ficariam contentes em ouvir, não porque tivesse necessidade de lhes contar.

Mas o pior de tudo, pensei, enquanto seguia pela alameda que levava a Lund, ao longo da fila de carros do tráfego pesado da tarde, passando por árvores cujos troncos estavam enegrecidos de fumaça e pó de asfalto, pesados como pedra em comparação com a leveza das folhas verdes da copa no alto, era que naquele tempo eu realmente me considerava alguém que conhecia as pessoas. Eu tinha o dom, ou ao menos me iludia pensando que era bom naquilo. Compreender os outros. Enquanto eu mesmo era um mistério.

Ah, quanta estupidez!

Eu ri e imediatamente ergui o olhar para me certificar de que ninguém dentro dos carros tinha me visto. Não, ninguém tinha me visto. Todos estavam absortos em seus próprios pensamentos. Eu podia até ter me tornado mais inteligente naqueles doze anos, mas ainda não aprendera a ser dissimulado. Nem a mentir, nem a fingir. Por isso me contentara em deixar que Yngve tratasse com vovó. Mas agora teria que me virar sozinho.

Parei para acender um cigarro. Quando voltei a caminhar, por alguma razão fiquei entusiasmado. Era por causa das fachadas das casas à minha esquerda, que um dia tinham sido brancas e agora estavam impregnadas de poluição? Ou era por causa das árvores na alameda? Aqueles seres imóveis, carregados de ramos, imersos no ar com sua infinidade de folhas? Pois, cada vez que eu as via, me enchia de felicidade.

Dei uma tragada profunda e bati a cinza prateada do cigarro enquanto caminhava. As lembranças latentes evocadas pelo que havia ao redor durante minha ida à capela com Yngve agora me bombardeavam com toda a intensidade. Vinham de dois períodos: o primeiro, quando em criança ia visitar a casa dos meus avós em Kristiansand e cada detalhe mínimo da cidade me parecia fabuloso, o segundo, quando morei ali na adolescência. Agora já fazia alguns anos que eu estivera lá, e, desde que chegara, tinha reparado como a torrente de impressões que o lugar me transmitia estava ligada em parte ao primeiro mundo de lembranças, em parte ao segundo, e portanto existia simultaneamente em três épocas distintas. Eu via a farmácia e me lembrava da ocasião em que Yngve e eu fomos lá com vovó, os montes de neve acumulada no chão em frente eram bem altos, estava nevando, ela usava um chapéu de pele e um casaco, estava na fila do caixa, farmacêuticos de jaleco branco andavam de um lado para outro atrás do balcão. De quando em quando ela virava a cabeça para trás para ver o que estávamos fazendo. Depois dos primeiros instantes de busca, nos quais seus olhos eram, se não frios, ao menos neutros, ela sorria e eles se enchiam de ternura, como se enfeitiçados. Eu via a rua que subia na direção da ponte de Lund e lembrava que era dali que vovô costumava vir de bicicleta à tarde. Como ele parecia diferente ao ar livre. Como se o leve oscilar decorrente da inclinação dissesse algo não apenas sobre a bicicleta em que ele estava montado, mas também sobre quem ele era: num instante um idoso qualquer de Kristiansand, de casaco e boina, no instante seguinte, vovô. Eu via os cumes dos telhados na zona residencial que se estendia rua abaixo e me lembrava de quando caminhava por entre eles, aos dezesseis anos, fervilhando de emoções. Quando tudo que eu via era de uma beleza arrasadora, mesmo que fosse um gira-gira enferrujado no fundo de um jardim, ou maçãs podres ao pé de uma árvore, ou um barco envolto num encerado, com a proa saliente e a grama amarela achatada debaixo dele. Eu via a colina coberta de grama atrás dos edifícios no outro lado e me lembrava de um céu azul num dia frio de inverno em que vovô nos levou para passear de trenó. O reflexo dos raios de sol na neve brilhava tanto que a luz se assemelhava à que existe nas montanhas altas, e a cidade abaixo de nós parecia tão estranhamente aberta que tudo que acontecia, pessoas e carros passando pelas ruas, o homem retirando a neve com uma pá do pequeno pátio diante do salão de festas na rua em frente, as outras crianças no trenó, parecia não estar ligado a nada mas apenas flutuar sob o céu. Tudo isso revivia em mim enquanto eu caminhava, deixando-me extremamente sensível ao que havia a minha volta, mas só na superfície, só na camada mais externa da consciência, porque papai tinha morrido, e o sofrimento que isso provocara em mim se projetava sobre tudo que eu pensava e sentia, como que repelindo a superfície. Ele também existia nessas lembranças, mas não tinha um papel relevante nelas, por mais estranho que fosse, pensar nele não suscitava nada. Papai andando na calçada alguns metros à minha frente no começo dos anos 1970, havíamos ido a uma banca de jornais comprar limpadores de cachimbo e estávamos a caminho da casa dos meus avós, o modo como ele levantava o queixo e a cabeça enquanto ria consigo mesmo, o prazer que eu sentia com aquilo, ou papai no banco, o modo como segurava a carteira numa das mãos e passava a outra mão pelos cabelos, vendo o seu reflexo no vidro diante do caixa, ou papai quando saía da cidade: em nenhuma dessas lembranças eu o via como alguém importante. Quer dizer, eu o via como tal quando recordava essas experiências, mas não ao pensar nelas agora. As coisas eram diferentes agora que ele tinha morrido. Na morte ele era tudo, claro, mas a morte também era tudo, pois, enquanto eu caminhava sob aquela leve garoa, era como se me encontrasse numa área delimitada. O que estivesse do lado de fora não significava nada. Eu via, pensava, mas depois o que eu via e pensava era anulado: não contava. Nada contava. Somente papai, o fato de que ele tinha morrido, era só o que contava.

Durante a caminhada, o envelope marrom com os pertences que ele carregava quando morreu não saiu da minha cabeça nem por um instante. Parei diante da mercearia em frente à farmácia, virei-me para o muro e peguei o envelope. Olhei para o sobrenome de meu pai. Parecia estranho. Eu esperava ler Knausgård. Mas estava correto, aquele sobrenome ridículo e pomposo era o que ele usava quando morreu.

Uma senhora idosa que puxava uma mochila de rodinhas com uma das mãos e um cachorrinho branco com a outra olhou para mim ao sair de casa. Dei alguns passos em direção ao muro e sacudi o envelope para que o seu conteúdo caísse na minha mão. Seu anel, uma corrente, algumas moedas e um broche. Só isso. Objetos banais em si. Mas o fato de que ele os usava, que o anel estava no seu dedo, a corrente em volta do seu pescoço, quando morreu, emprestava-lhes uma aura especial. Morte e ouro. Remexi-os na palma da mão, um por um, e eles me deixaram inquieto. Senti medo da morte do mesmo modo que sentia quando era criança. Não medo de morrer, mas medo dos mortos.

Guardei os pertences no envelope, enfiei-o de novo no bolso e atravessei correndo a rua entre dois carros, entrei na banca e comprei um jornal e um chocolate Lion, que comi enquanto caminhava os duzentos metros que faltavam para chegar à casa.

Apesar de tudo que acontecera, ali ainda havia reminiscências do cheiro que eu lembrava da infância. Quando criança eu costumava especular sobre o fenômeno: em cada casa que eu entrava, dos vizinhos e dos familiares, havia um cheiro próprio, específico, que jamais se alterava. Em todas, exceto na nossa. Ela não tinha um cheiro característico. Não cheirava a nada. Sempre que vovó e vovô vinham nos visitar, traziam com eles o cheiro da sua casa, lembro-me especialmente de uma ocasião em que vovó nos visitou de surpresa, eu nem desconfiava que ela vinha e, quando voltei da escola e senti o cheiro no hall, achei que estivesse imaginando coisas, porque não havia nenhum outro sinal da presença dela. Nenhum carro na frente de casa, nenhuma roupa nem sapatos no hall. Só o cheiro. Mas eu não estava imaginando coisas: quando subi as escadas, vovó estava sentada na cozinha, de casaco e tudo, ela havia tomado o ônibus, queria nos fazer uma surpresa, o que não era nem um pouco do seu feitio. Era estranho que, passados vinte anos, depois de tanta coisa ter mudado, o cheiro da casa permanecesse o mesmo. Talvez tivesse a ver com os costumes, com o fato de que usavam o mesmo sabão, o mesmo detergente, o mesmo perfume e a mesma loção pós-barba, que preparassem a mesma comida do mesmo modo, que voltassem sempre do mesmo trabalho e que sempre fizessem as mesmas coisas à noite. Se alguém trabalhasse numa oficina mecânica, no cheiro haveria vestígios de óleo, parafina, metal e gás de escapamento, se colecionasse livros antigos, no cheiro haveria vestígios de papel amarelado e couro velho. Mas, numa casa em que já tinham parado com os hábitos antigos, em que pessoas morreram e as que restavam estavam velhas demais para fazer o que costumavam fazer antes, por que o cheiro continuava imutável? Quarenta anos de vida impregnados nas paredes, era esse o cheiro que eu sentia toda vez que punha os pés ali?

Em vez de ir vê-la imediatamente, abri a porta do porão e desci a escada estreita. O ar frio e escuro que me envolveu parecia um concentrado do ar que havia nas demais partes da casa, exatamente como eu me recordava dele. Era lá embaixo que guardavam as caixas de maçãs, peras e ameixas no outono, e esse odor, juntamente com o de tijolos velhos e terra, dominava a casa como uma espécie de cheiro subjacente, ao qual todos os outros sobressaíam. Eu estivera lá embaixo apenas duas ou três vezes, assim como os quartos do sótão aquela era uma área proibida para nós. Mas quantas vezes eu ficara no hall vendo vovó subir do porão com sacolas cheias de ameixas-amarelas suculentas ou maçãs vermelhas levemente enrugadas e deliciosamente doces?

A única luz provinha de uma janelinha em forma de meia-lua na parede. Como o jardim ficava num nível abaixo da entrada da casa, do porão dava para vê-lo diretamente. Era uma perspectiva desnorteadora, o senso de relações espaciais se anulava, por um breve instante o chão pareceu sumir sob os meus pés. Logo em seguida me apoiei no corrimão e tudo voltou a ficar claro: eu estava ali, mais para a frente a janela, lá fora o jardim e acima a entrada da casa.

Fiquei olhando pela janela, sem registrar nada nem pensar em nada em particular. Então dei meia-volta e subi ao hall, pendurei o casaco num dos cabides e dei uma olhada no espelho pendurado na parede ao lado da escada. O cansaço cobria meus olhos como uma espécie de membrana. Em seguida subi as escadas com passos pesados, para que vovó me ouvisse chegar.

Ela estava sentada como quando a deixáramos horas antes, à mesa da cozinha. Diante dela havia uma xícara de café, um cinzeiro e um prato cheio de migalhas do pão que tinha comido.

Quando entrei, ela ergueu os olhos para mim do seu jeito, alerta como um pássaro.

"Ah, é você", disse ela. "Correu tudo bem?"

Provavelmente ela esquecera aonde eu tinha ido, mas não dava para ter certeza, e eu respondi com o tom de voz sério que a situação requeria.

"Sim", eu disse. "Foi tudo bem."

"Que bom", disse ela, voltando a baixar os olhos. Eu dei alguns passos adiante e pus na mesa o jornal que tinha comprado.

"Não quer um pouco de café?", perguntou.

"Ah, por favor", respondi.

"A cafeteira está no fogão."

Alguma coisa no seu tom de voz me levou a olhar para ela. Nunca havia falado assim comigo. O estranho foi que aquilo mexeu mais comigo do que com ela. Devia ser assim que ela vinha falando com papai nos últimos tempos. Fora a ele que ela se dirigira, não a mim. E não seria desse modo que ela se dirigiria a ele se vovô ainda estivesse vivo. Aquele era o tom entre mãe e filho quando não havia mais ninguém por perto.

Não acredito que ela tivesse me tomado por papai, apenas tinha cedido ao hábito, como um barco que segue deslizando pela água depois que os motores são desligados. Mesmo assim senti um calafrio. Mas não podia permitir que aquilo me afetasse, então peguei uma xícara no armário, fui até o fogão e encostei o dedo na cafeteira. Fazia muito tempo que esfriara.

Vovó assobiava e tamborilava com os dedos na mesa, como costumava fazer desde que me entendo por gente. Havia algo de bom naquilo, pois era um indício de que, afinal, ela não mudara tanto.

Eu tinha visto fotos dela do início da década de 1930, e ela havia sido bonita, não deslumbrante, mas atraente o bastante para se destacar como uma beleza típica da época: olhos escuros e dramáticos, boca pequena, cabelos curtos. Depois, quando já no fim dos anos 1950, mãe de três filhos, fora fotografada diante de um ponto turístico qualquer numa das viagens da família, todas aquelas características continuavam presentes, embora de uma maneira mais discreta, tênue porém clara, e ainda era possível usar a palavra "atraente" para descrevê-la. Quando eu era um garoto e ela já tinha em torno de setenta anos, naturalmente não conseguia perceber nada daquilo, ela era apenas "a vovó", eu não fazia a menor ideia das suas características, do que a definia. Uma senhora idosa de classe média, conservada e elegantemente vestida, talvez fosse essa a impressão que ela transmitia no fim dos anos 1970, quando tomou a insólita iniciativa de pegar um ônibus e ir nos visitar, e de repente lá estava ela, sentada na nossa cozinha em Tybakken. Vivaz, presente, vendendo saúde. Até dois anos antes ela era assim. Depois alguma coisa aconteceu a ela, e não foi a idade avançada nem uma doença, foi outra coisa. Seu alheamento não tinha nada a ver com o doce afastamento do mundo nem com a saciedade dos idosos, seu alheamento era duro e magro como o corpo em que residia.

Eu via tudo aquilo, mas não podia fazer nada, não podia transpor aquele abismo, não podia ajudá-la ou consolá-la, só me restava assistir, e cada minuto que eu passava com ela era tenso. A única coisa que ajudava era ficar em movimento e não deixar que nada do que havia ali, na casa ou nela mesma, se instalasse.

Com a mão ela tirou dos lábios um fiapo de tabaco. Olhou para mim.

"Quer que eu prepare uma xícara para você?", perguntei.

"Tinha algo errado com o café?", disse ela.

"Não estava muito quente", eu disse, levando a cafeteira para a pia. "Vou fazer outro."

"Não estava muito quente, você disse?"

Será que ela estava me repreendendo?

Não. Porque depois ela riu e limpou uma migalha do colo.

"Acho que estou começando a ficar atrapalhada", disse ela. "Tinha certeza que tinha acabado de fazer o café."

"Não estava tão frio assim", eu disse, abrindo a torneira. "É que prefiro o café fervendo."

Enxaguei os resíduos de café e deixei que o jato de água levasse todo o pó para o ralo. Depois enchi a cafeteira, que estava quase completamente preta por dentro e coberta de impressões digitais gordurosas por fora.

"Ficar atrapalhado" era o eufemismo que nossa família costumava usar para demência senil. Leif, irmão de vovô, "ficou atrapalhado" quando mais de uma vez fugiu do lar para idosos e foi até a casa em que tinha passado a infância, onde não punha os pés havia sessenta anos, e ficou gritando e batendo na porta a noite inteira. Seu outro irmão, Alf, "ficou atrapalhado" nos últimos anos, o que se tornou óbvio quando ele começou a misturar presente e passado. E vovô também começou a "ficar atrapalhado" no final da vida, quando se levantava à noite para brincar com uma enorme coleção de chaves que ninguém sabia que ele tinha nem por quê. Era uma coisa típica da família, a mãe deles "ficou atrapalhada" no fim da sua existência, se levarmos em conta a versão do meu pai. Aparentemente, a última coisa que ela fez foi subir ao sótão em vez de descer para o porão quando ouviu soar um alarme, segundo meu pai ela caiu da escada íngreme do sótão da casa onde morava e morreu. Se era verdade ou não, eu não sabia, meu pai era um mentiroso contumaz. Minha intuição me dizia que não era verdade, mas não havia como ter certeza.

Levei a cafeteira para o fogão e a coloquei sobre a placa quente. O tique-taque do termostato tomou conta da cozinha. Em seguida o fundo úmido da cafeteira começou a estalar. Fiquei de braços cruzados, admirando pela janela a colina íngreme e a imponente casa branca. E me dei conta de que passara a vida olhando para aquela casa sem jamais ter visto ninguém dentro ou fora dela.

"Cadê o Yngve, afinal?", perguntou vovó.

"Ele teve que ir para Stavanger hoje", eu disse, virando-me para ela. "Ver a família. Ele vai voltar para o ent... sexta-feira."

"Ah, é mesmo", disse ela, assentindo. "Ele teve que ir para Stavanger."

Enquanto pegava o pacote de tabaco e a máquina de enrolar cigarros preta e vermelha, ela disse, sem erguer os olhos: "Mas você vai ficar aqui?".

"Sim. Vou ficar aqui o tempo todo."

O fato de que ela quisesse que eu ficasse ali me deixou feliz, embora eu tivesse entendido que não era propriamente a minha presença que ela queria, mas a de qualquer pessoa.

Ela pressionou com uma força surpreendente a alavanca da máquina, tirou de lá o cigarro recém-enrolado e o acendeu, limpando novamente as migalhas que ainda restavam no seu colo, e permaneceu sentada olhando para o vazio.

"Pensei em continuar a faxina", eu disse. "Vou trabalhar até mais tarde hoje e depois dar alguns telefonemas."

"Está bem", disse ela. Ergueu os olhos para mim. "Mas está tão ocupado que não pode sentar um pouquinho?"

"Não, imagina."

A cafeteira começou a chiar. Eu a pressionei firme contra a placa do fogão, ela chiou mais alto ainda, tirei-a dali, joguei um pouco de pó de café lá dentro, mexi com um garfo, que bati com força na chapa uma única vez, e depois a coloquei em cima do suporte na mesa.

"Pronto", eu disse. "Agora é só deixar descansar um pouco."

As impressões digitais na cafeteira, que não tínhamos removido, certamente incluíam as de papai. Eu visualizei as pontas dos seus dedos amareladas de nicotina. Havia algo de pouco digno em fazê-lo. Trivialidades da vida não combinavam com a solenidade que a morte evocava.

Ou que eu queria que a morte evocasse.

Vovó suspirou.

"Ai, ai", disse ela. "A vida é uma luda, como dizia aquela velha que não conseguia pronunciar o tê."

Eu sorri. Vovó também sorriu. E logo em seguida seus olhos voltaram a se embaçar. Fiquei pensando em alguma coisa para dizer, mas não encontrei nada, despejei o café na xícara, embora ele estivesse mais dourado que propriamente preto, e um pouco do pó flutuou na superfície.

"Você quer?", perguntei. "Não está muito forte, mas..."

"Quero, sim", respondeu vovó, empurrando sua xícara alguns centímetros na mesa.

"Obrigada", disse ela, quando enchi a xícara pela metade. Peguei a caixa amarela de creme e despejei um pouco.

"Cadê o Yngve, afinal?", ela perguntou.

"Foi para Stavanger", respondi. "Foi ver a família."

"É verdade. Ele teve que ir. Quando volta?"

"Acho que na sexta."

Esvaziei o balde na pia, abri a torneira, despejei um pouco de desinfetante, calcei as luvas amarelas, com uma das mãos peguei o pano que estava em cima da mesa, com a outra peguei o balde e fui para a sala. Lá fora a escuridão começava a cair. Um tênue reflexo azul luzia perto da colina, da copa das árvores, dos seus troncos, dos arbustos da cerca da casa vizinha. Tão tênue que as cores não se extinguiam aos poucos como costuma acontecer quando anoitece, ao contrário, elas se intensificavam, porque a luz não mais ofuscava e o pano de fundo opaco ressaltava toda a sua plenitude. A sudoeste, porém, onde se podia avistar o farol no mar, a luz do dia permanecia imutável. Algumas nuvens exibiam um brilho avermelhado, como se tivessem sua própria fonte de energia, pois o sol se escondera.

Pouco depois vovó chegou. Ela ligou a TV e sentou na poltrona. O som dos comerciais, mais alto que o do programa, como sempre, não só tomou conta da sala, mas reverberou nas paredes.

"Vai começar o noticiário?", perguntei.

"Parece que sim", disse ela. "Não quer assistir também?"

"Quero. Vou só terminar aqui."

Depois de limpar todo o painel de madeira que cobria uma das paredes, torci o pano e fui para a cozinha, onde se via o reflexo da minha imagem, mais clara, na janela, despejei a água na pia, pendurei o pano no balde, fiquei imóvel por um instante, em seguida abri o armário, afastei os rolos de papel absorvente para o lado e peguei a garrafa de vodca. Peguei dois copos no escorredor em cima da pia, abri a geladeira e peguei a garrafa de Sprite, enchi um copo até a borda, misturei o outro com vodca e levei ambos para a sala.

"Achei que podíamos beber um pouquinho", eu disse, sorrindo.

"Que bom", disse ela, sorrindo de volta. "Claro que podemos."

Entreguei-lhe o copo de vodca, fiquei com o de Sprite e sentei na poltrona ao lado dela. Terrível, era terrível. Fiquei arrasado. Mas não havia nada que pudesse fazer. Ela estava precisando. Era isso.

Ainda se fosse conhaque ou vinho do Porto!

Eu poderia servi-lo numa bandeja, acompanhado de uma xícara de café, o que teria dado uma impressão, se não completamente normal, ao menos não tão ordinária quanto a de um copo transparente de vodca e Sprite.

Fiquei olhando enquanto ela abria sua boca enrugada e sorvia a bebida. Estava determinado a não deixar aquilo se repetir, mas agora, lá estava ela, sentada, segurando um copo de bebida. Aquilo me partia o coração. Felizmente ela não pediu mais.

Levantei-me.

"Vou dar uns telefonemas", disse.

Ela virou a cabeça na minha direção.

"Para quem vai ligar a uma hora dessas?", perguntou.

Novamente ela parecia estar se dirigindo a outra pessoa.

"São só oito horas."

"Não é mais tarde?"

"Não. Pensei em ligar para Yngve. E depois para Tonje."

"Yngve?"

"Sim."

"Então ele não está aqui? Não, claro que não está", disse ela. Em seguida voltou a atenção para a TV como se eu já tivesse deixado a sala.

Peguei uma cadeira da mesa da cozinha, sentei-me e disquei o número de Yngve. Ele tinha acabado de chegar e a viagem transcorrera bem. Ao fundo ouvi Torje gritando e Kari Anne tentando acalmá-lo.

"Fiquei pensando naquele negócio do sangue", eu disse.

"Sim, o que foi aquilo?", disse ele. "Devem ter acontecido mais coisas do que vovó contou."

"Ele deve ter caído ou algo assim. Deve ter batido em algo duro, porque o nariz estava quebrado, você viu?"

"Claro."

"Devíamos falar com alguém que esteve aqui. De preferência com o médico."

"O agente funerário provavelmente sabe o nome dele. Quer que eu ligue?"

"Quero, tudo bem?"

"Ligo amanhã. Está um pouco tarde agora. E depois nos falamos."

Eu tinha pensado em conversar um pouco mais sobre o que havia acontecido, mas percebi uma certa impaciência na sua voz, o que não era de estranhar, a filha Ylva, de dois anos, estava acordada esperando por ele. Além disso, tínhamos nos falado poucas horas antes. Mas ele não deu nenhuma indicação de que iria desligar, logo caberia a mim fazê-lo. Quando desliguei, disquei o número de Tonje. Ela estava esperando minha ligação, percebi pela sua voz. Eu disse que estava exausto, que falaríamos mais no dia seguinte e que dali a poucos dias ela viria. A conversa durou apenas alguns minutos, mas ainda assim me senti melhor depois. Tirei do bolso o maço de cigarros, peguei um isqueiro na mesa da cozinha e fui para a varanda. Novamente a baía estava repleta de barcos que retornavam. A brisa amena estava tomada pelo cheiro de madeira característico da cidade, como sempre acontecia quando o vento soprava do norte, pelo aroma de plantas do jardim abaixo de mim e pela maresia tênue, quase imperceptível. Lá dentro a luz da TV tremelicava. Fiquei fumando diante do parapeito preto de ferro batido da varanda. Quando terminei, apaguei o cigarro na parede externa e as fagulhas caíram como pequenas estrelas no jardim. Antes de subir as escadas para o meu quarto no sótão, conferi outra vez se vovó continuava sentada na sala. Minha mala estava aberta ao lado da cama. Peguei a caixa de papelão onde estava o manuscrito, sentei na beirada da cama e tirei a fita adesiva. O pensamento de que aquilo se tornara um livro e em breve seria publicado me invadiu com toda a força quando vi a página com o título, cuja diagramação era bem diferente daquela das provas de revisão às quais eu estava acostumado. Rapidamente a coloquei debaixo do calhamaço, não podia perder tempo pensando naquilo, peguei um lápis no bolso da mala, a folha com as anotações da revisão, recostei-me na cabeceira da cama e pus o manuscrito no colo. Tinha pressa, havia planejado avançar o máximo possível naquele trabalho durante as noites na casa de vovó. Até então não tivera tempo. Mas, com Yngve em Stavanger e a noite ainda no início, eu tinha ao menos quatro horas de trabalho pela frente, se não mais.

Comecei a ler.

Os dois ternos pretos, cada um pendurado numa porta entreaberta do guarda-roupa, perturbaram minha concentração, pois, enquanto lia, eu percebia a presença deles, e, embora soubesse que se tratava apenas de ternos, a impressão de que na verdade eram corpos obnubilou minha mente. Alguns minutos depois, levantei-me para tirá-los dali. Fiquei com um terno em cada mão, procurando um lugar onde pendurá-los. No varão da cortina acima da janela? Ficariam mais visíveis que antes. No batente da porta? Não, atrapalhariam a passagem. No fim, fui para o quarto vizinho, onde as roupas eram postas para secar, e os pendurei cada um numa corda do varal. Ali, soltos, pareciam-se mais ainda com pessoas, mas, se eu fechasse a porta, pelo menos não ficariam ao alcance da minha vista.

Voltei para o meu quarto, sentei na cama e continuei a ler. Um carro acelerou ao longe. Do andar de baixo vinha o barulho da TV. Na casa antes vazia e silenciosa parecia algo insano, um completo desatino.

Ergui os olhos.

Tinha escrito o livro para papai. Eu não sabia, mas era isso. Tinha escrito o livro para ele.

Pus o manuscrito de lado e me levantei, caminhei até a janela.

Ele significava tanto assim para mim?

Ah, sim, sem dúvida.

Queria que ele pudesse me ver.

A primeira vez que me dei conta de que o que eu escrevia tinha algum valor, que não era apenas eu querendo ser alguém, ou fingindo ser alguém, foi quando escrevi uma passagem sobre papai e comecei a chorar enquanto escrevia. Jamais acontecera aquilo, nem nada parecido. Escrevi sobre papai e as lágrimas escorreram pelo meu rosto, eu mal conseguia enxergar o teclado ou a tela, apenas seguia digitando. Não sabia daquele sofrimento que acabava de ser liberado dentro de mim naquele instante, não tinha ideia de que ele existia. Meu pai era um idiota, eu não queria nada com ele, e não me custava nada ficar distante. A questão não era ficar distante dele, a questão era que ele não existia, nada que dizia respeito a ele me afetava. Era assim que tinha sido, mas então me pus a escrever e as lágrimas jorraram.

Sentei novamente na cama e pus o manuscrito no colo.

No entanto, havia mais.

Eu quisera mostrar também que era melhor que ele. Que era maior que ele. Ou será que só queria que ele se orgulhasse de mim? Que me reconhecesse?

Ele jamais ficara sabendo que eu iria publicar um livro. A última vez que o encontrara antes da sua morte, um ano e meio antes, ele me perguntou o que eu estava fazendo, e eu respondi que tinha começado a escrever um romance. Nós estávamos caminhando pela rua Dronningens, íamos comer fora, o suor escorria do seu rosto embora o tempo estivesse frio, e ele perguntou, sem olhar para mim, obviamente para puxar assunto, se o livro realmente seria publicado. Eu assenti e disse que uma editora se interessara. Então ele olhou para mim, enquanto caminhávamos, como se fosse aquele que fora um dia e que talvez pudesse voltar a ser.

"É bom saber que as coisas estão indo bem para você, Karl Ove", disse.

Por que eu me lembrava tão bem daquilo? Normalmente me esquecia de quase tudo que as pessoas me diziam, não importava quão importantes fossem, e nada naquelas circunstâncias sugeria que aquela seria a última vez que nos veríamos. Talvez eu lembrasse porque ele disse o meu nome, acho que fazia mais de quatro anos que ele não o dizia, e por isso aquelas palavras soaram tão inesperadamente íntimas. Talvez eu lembrasse porque apenas alguns dias antes eu tinha escrito sobre ele, e com sentimentos completamente opostos àquele que seu comportamento amistoso suscitara em mim. Ou talvez eu lembrasse porque detestava a ascendência que ele tinha sobre mim, o que se tornava evidente quando eu me alegrava com tão pouco. Por nada neste mundo eu faria alguma coisa por ele, nem no sentido positivo nem no sentido negativo.

Mas agora aquele desejo não valia mais nada.

Pus o manuscrito na cama, enfiei o lápis de volta no bolso da mala, inclinei-me para apanhar a caixa de papelão no chão, tentei guardar o manuscrito na caixa, mas não conseguia, então coloquei-o na mala, bem no fundo, e o cobri cuidadosamente com as roupas. A caixa, agora em cima da cama, para a qual fiquei olhando durante um bom tempo, não me deixava parar de pensar no romance. Meu primeiro impulso foi levá-la lá para baixo e jogá-la na lixeira da cozinha, mas, depois de refletir, decidi que não queria fazer aquilo, não queria que ela se tornasse parte da casa. Então tirei as roupas da mala novamente, pus a caixa ao lado do manuscrito, cobri tudo com as roupas, fechei a mala, puxei o zíper e depois saí do quarto.

* * *

Vovó estava na sala vendo TV. Um programa de entrevistas. Para ela não importava o que estivesse sendo exibido, imaginei. Ela assistia à programação infantil da tarde na TV2 e na TVNorge com o mesmo interesse com que via os documentários noturnos. Jamais entendi o que a atraía naquela programação voltada para os jovens, com seus reality shows insanos e sua ode ao consumo desenfreado. Ela, que nascera antes da Primeira Guerra Mundial, na Velha Europa, na periferia, é verdade, mas mesmo assim. Ela, que vivera a infância nos anos 1910, a adolescência nos 20, a vida adulta nos 30, a maternidade nos anos 40 e 50, e já era uma senhora idosa em 68. Alguma coisa havia de ser, pois toda noite ela sentava ali para assistir.

No chão debaixo de vovó havia uma poça amarelo-torrada. Uma mancha escura na lateral da poltrona revelava de onde ela viera.

"Yngve mandou lembranças", eu disse. "Ele chegou bem em casa."

Ela me deu uma breve olhada.

"Que bom", disse.

"Está precisando de alguma coisa?"

"Precisando?"

"Sim, para comer, ou algo assim. Posso preparar alguma coisa para você, se quiser."

"Não, obrigada. Mas pode comer alguma coisa você."

A visão do cadáver de papai me tirou o apetite. Mas uma xícara de chá dificilmente poderia ser associada à morte, não é? Pus uma chaleira com água para aquecer no fogão e a despejei, fumegante, sobre um saquinho de chá numa xícara, observei a cor se desprender e se espalhar em lentas espirais até a água ficar dourada, peguei a xícara e fui para a varanda. Ao longe, na boca do fiorde, aproximava-se o ferry proveniente da Dinamarca. No alto, o tempo estava novamente aberto. Ainda havia traços de azul no céu escuro, o que o fazia parecer palpável, como se ele fosse uma enorme toalha de mesa, e as estrelas que eu via pareciam brilhar através de seus milhares de pequenos orifícios.

Tomei um gole e pus a xícara no parapeito da varanda. Lembrei de mais detalhes da noite com meu pai. Havia uma fina camada de gelo na calçada e um vento leste açoitava as ruas quase desertas. Fomos ao restaurante de um hotel, tiramos o casaco e nos sentamos à mesa. Papai respirava com dificuldade, esfregou a testa, pegou o cardápio e o examinou. Começou novamente do topo.

"Parece que não servem vinho aqui", disse ele, levantando-se, foi até o maître e lhe disse alguma coisa. Quando ele balançou a cabeça, papai lhe deu as costas, quase arrancou o casaco da cadeira e se dirigiu à saída. Eu tratei de segui-lo.

"Que aconteceu?", perguntei, ao encontrá-lo na calçada.

"Não servem álcool aí", disse ele. "Meu Deus, esse é um hotel para abstêmios!"

Então olhou para mim e sorriu.

"Temos que beber vinho nas refeições, sabe. Mas tudo bem. Tem outro restaurante logo ali."

Acabamos no Caledonien, numa mesa próxima à janela, e comemos nossos bifes. Quer dizer, eu comi, quando terminei, o prato de papai estava intacto. Ele acendeu um cigarro, bebeu o último gole de vinho tinto, inclinou-se na cadeira e disse que estava pensando em trabalhar como caminhoneiro. Eu não sabia como reagir, apenas assenti sem dizer nada. Caminhoneiros sabiam se divertir, disse ele. Sempre gostara de dirigir, sempre gostara de viajar, e, se podia fazer isso e ainda ganhar dinheiro, por que não aproveitar? Alemanha, Itália, França, Bélgica, Holanda, Espanha, Portugal, ele disse. Sim, é um trabalho bacana, eu disse. Mas agora é melhor irmos andando, disse ele. Eu pago. Pode ir. Você certamente tem muita coisa para fazer. Foi muito bom te ver. E eu fiz o que ele sugeriu, levantei-me, peguei meu casaco, disse tchau, saí pela recepção do hotel, cheguei à rua e fiquei pensando se pegava um táxi ou não, decidi que não e fui andando até o terminal de ônibus. Pela janela voltei a vê-lo, ele atravessara o restaurante até a porta do lado oposto, que levava ao bar, e de novo seus movimentos, apesar do corpo grande e pesado, eram apressados e impacientes.

Foi a última vez que o vi com vida.

Tive a nítida impressão de que ele tinha tomado jeito. Que, naquelas duas horas, ele reunira todas as forças para se manter íntegro, sensível e presente, para ser quem havia sido.

Aquele pensamento me atormentava enquanto eu andava para cima e para baixo na varanda, olhando alternadamente para a cidade e para o mar. Tive vontade de ir até a cidade, ou talvez até o estádio, mas não poderia deixar vovó sozinha ali, e de qualquer maneira não estava a fim de caminhar. Além do mais, no dia seguinte tudo pareceria diferente. O dia sempre nasce com algo mais que luz. Não importa quão abalado se esteja, não dá para ficar impassível diante das promessas de um novo começo trazidas pelo dia. Então levei a xícara para a cozinha, coloquei-a na lava-louça, fiz o mesmo com todas as demais xícaras e copos, pratos e talheres, despejei um pouco de sabão na máquina e a liguei, limpei a mesa com um pano, torci-o e o pendurei na torneira, embora houvesse algo de obsceno no encontro do pano úmido e amassado com o brilho da torneira cromada, fui para a sala e parei ao lado da poltrona onde vovó estava sentada.

"Acho que vou me deitar", eu disse. "Foi um dia longo."

"Já está tarde assim?", perguntou ela. "É, acho que logo, logo também vou me deitar."

"Boa noite, então."

"Boa noite."

Dei meia-volta.

"Karl Ove", chamou ela.

Eu me virei.

"Não está pensando em dormir lá em cima hoje também, está? É melhor para você dormir lá embaixo. No nosso antigo quarto, sabe. O banheiro fica bem ao lado."

"É verdade. Mas acho que vou dormir lá em cima, mesmo. Já deixamos todas as coisas lá."

"Certo. Faça como quiser, então. Boa noite."

"Boa noite."

Foi só quando já estava no quarto e tinha começado a trocar de roupa que entendi que não fora por minha causa que ela havia sugerido que eu dormisse lá embaixo, mas por causa dela. Imediatamente vesti uma camiseta, peguei os lençóis da cama, enrolei tudo no edredom, pus debaixo do braço, peguei a mala com a outra mão e tornei a descer. Encontrei-a no patamar do andar de baixo.

"Mudei de ideia", expliquei. "Melhor dormir aqui embaixo, como você disse."

"Melhor mesmo", disse ela.

Desci as escadas atrás de vovó. No hall ela se virou para mim.

"Você pegou tudo que precisa?"

"Peguei, está tudo aqui."

Então ela abriu a porta do seu quartinho e entrou.

O quarto em que eu ia dormir era um dos que ainda não tínhamos limpado. As coisas dela, escovas, bobes, joias e caixas de joia, cabides, camisolas, blusas, roupas íntimas, nécessaires, cosméticos, estavam espalhadas em cima dos criados-mudos, do colchão, nas prateleiras do guarda-roupa aberto, no chão, no parapeito da janela, mas eu não me importei, apenas tirei as coisas da cama com uma passada de mão, estendi o lençol e o edredom, tirei a roupa, apaguei a luz e me deitei.

Devo ter caído no sono no instante seguinte, porque a única coisa de que me lembro foi ter acordado e acendido a lâmpada do abajur para olhar o relógio e eram duas horas. Ouvi passos na escada. Ainda sonolento, a primeira coisa que me ocorreu, provavelmente relacionada a algo que eu sonhara, foi que papai tinha voltado. Não como um fantasma, mas em carne e osso. Nada em mim rebateu aquela ideia e entrei em pânico. Então, não imediatamente mas como um prolongamento daquela ilusão, me dei conta de que se tratava de uma ideia ridícula e fui até o hall. A porta do quarto de vovó estava entreaberta. Olhei lá dentro. Sua cama estava vazia. Subi as escadas. Ela devia ter ido tomar um copo de água, ou talvez não tivesse conseguido dormir e fora ver TV, mas de todo modo eu precisava me certificar. Primeiro a cozinha. Ela não estava lá. Em seguida a sala. Também não. Devia ter ido à outra sala de estar, aquela que só era usada em ocasiões especiais.

Sim, ela estava ali, diante da janela.

Por alguma razão não deixei que me visse. Fiquei oculto na sombra da porta de correr escura, observando-a.

Era como se ela estivesse em transe. Estava imóvel, o olhar fixo no jardim. De vez em quando seus lábios se moviam, como se ela estivesse sussurrando algo consigo mesma. Mas deles não saía um único som.

Inadvertidamente ela deu meia-volta e veio na minha direção. Eu não tive presença de espírito para reagir, só fiquei olhando enquanto ela se aproximava. Passou a meio metro de distância, mas, embora seu olhar tivesse cruzado com o meu, não me viu. Continuou andando como se eu fosse apenas um dos tantos móveis.

Esperei até ouvir a porta lá embaixo se fechar e então desci.

Quando voltei para o meu quarto, senti medo. A morte estava em toda parte. A morte estava no casaco no hall, onde estava o envelope com os pertences do meu pai, a morte estava na poltrona da sala, onde ela o encontrara, a morte estava nas escadas, por onde o carregaram, a morte estava no banheiro, onde vovô caíra com o abdômen cheio de sangue. Se eu fechasse os olhos, era impossível evitar o pensamento de que os mortos podiam retornar, como eu imaginava quando era criança. Mas eu tinha que fechar os olhos. E, caso conseguisse enxergar o ridículo daquelas fantasias infantis, de repente me defrontava com a imagem do cadáver de papai. Os dedos entrelaçados com as unhas brancas, a pele amarelada, as bochechas inchadas. Essas imagens me acompanharam até eu cair num sono leve, de tal modo que eu já não podia dizer se elas pertenciam à realidade ou ao mundo dos sonhos. Como a minha consciência foi impregnada pelo sono, tive a certeza de que seu corpo estava no guarda-roupa e fui conferir, remexendo em todos os vestidos pendurados lá dentro, abri uma porta, a outra, e só depois de fazer isso é que voltei para a cama e continuei a dormir. Nos meus sonhos ele às vezes estava morto, outras vivo, às vezes no presente, outras no passado. Era como se ele tivesse me dominado completamente, como se controlasse tudo dentro de mim, e, quando enfim despertei, por volta das oito da manhã, meu primeiro pensamento foi que ele estivera ali à noite, e o segundo foi que eu tinha que vê-lo novamente.

Duas horas depois eu fechei a porta da cozinha, onde vovó estava sentada, fui até o telefone e disquei o número do agente funerário.

"Agência Funerária Andanæs?"

"Ah, olá, aqui é Karl Ove Knausgård. Estive aí com meu irmão anteontem. É sobre meu pai. Ele morreu há quatro dias..."

"Ah, sim, olá."

"Nós estivemos aí para vê-lo ontem... Mas agora estava pensando se não seria possível vê-lo novamente. Uma última vez, entende..."

"Sim, claro. Quando seria bom para você?"

"Be... em. Hoje à tarde? Às três? Quatro?"

"Marcamos às três, então?"

"Sim."

"Em frente à capela."

"Sim."

"Muito bem, está combinado, então."

"Muito obrigado."

"Não há de quê."

Aliviado pelo fato de que a conversa transcorreu sem problemas, fui para o jardim e continuei a cortar a grama. O céu estava nublado, a luz suave, o ar quente. Terminei às duas horas mais ou menos. Então voltei para ver vovó e disse que ia encontrar um amigo, mudei de roupa e segui para a capela. O mesmo carro estava estacionado perto da entrada, o mesmo homem abriu a porta quando bati. Ele me reconheceu, meneou a cabeça, abriu a porta da sala onde estivéramos na véspera, sem entrar, e eu me vi novamente diante de papai. Dessa vez estava preparado para o que me esperava, e seu corpo, a pele devia ter escurecido ainda mais com o passar de mais vinte e quatro horas, não despertou nenhuma das sensações que tinham me invadido na véspera. Agora eu via somente a ausência de vida. E já não havia diferença entre aquilo que um dia fora meu pai e a mesa onde ele jazia, ou o chão onde estava a mesa, ou a tomada na parede embaixo da janela, ou o fio que ia até a luminária ao lado dele. Pois os seres humanos são apenas formas em meio a outras formas, as quais o mundo não cessa de reproduzir, não só naquilo que tem vida, mas também naquilo que não tem, desenhado na areia, na pedra e na água. E a morte, que eu sempre considerara a maior dimensão da vida, escura, imperiosa, não era mais que um cano que vaza, um galho que se quebra ao vento, um casaco que escorrega do cabide e cai no chão.

1ª EDIÇÃO [2013]
2ª EDIÇÃO [2015] 7 reimpressões

ESTA OBRA FOI COMPOSTA POR ACOMTE EM ELECTRA E IMPRESSA
PELA GRÁFICA SANTA MARTA EM OFSETE SOBRE PAPEL PÓLEN DA
SUZANO S.A. PARA A EDITORA SCHWARCZ EM JUNHO DE 2024

A marca FSC® é a garantia de que a madeira utilizada na fabricação do papel deste livro provém de florestas que foram gerenciadas de maneira ambientalmente correta, socialmente justa e economicamente viável, além de outras fontes de origem controlada.